중국 고전산문

중국문학 5000년 속의 명문장

選讀

역주 · 최봉원 성균관대 교수

【개정판】

다락원

序

중국의 문장은 文言과 白話라는 두 가지 문체를 사용하고 있다. 간단히 말해서 문언은 文意를 위주로 하고, 백화는 口語를 위주로 한다. 그런데, 그 역사를 살펴보면 문언은 중국문자가 창제된 후 秦始皇의 문자 통일을 거쳐 淸末에 이르기까지 수천 년 동안 정치·경제·사회·문화·역사·지리 등 모든 분야에서 보편적인 기록수단으로 사용되었다. 뿐만 아니라 한자문화권에 속해 있는 우리나라에서도 한글이 창제되기 이전에는 이른바 漢文이 유일한 기록수단이었고, 한글이 창제된 이후에도 漢文은 典雅한 글로서의 지위를 그대로 유지하였다. 반면에 백화는 비록 漢·魏 樂府로부터 唐·五代의 新樂府·變文, 宋의 語錄이나 話本, 金·元의 희곡, 明·淸의 擬話本과 章回小說에 이르기까지 맥을 이어오기는 했으나, 과거 사대부들이 의식적으로 백화를 멸시함으로써, 民國 五四 신문학혁명이 일어나기 이전까지는 문언문의 그늘에서 벗어나지 못했다. 따라서 중국 문언문에 대한 학습은 중국과 우리나라의 고전을 이해하는데 있어서 그 필요성이 매우 절실하다고 할 수 있다.

본서는 필자가 中國古文을 공부하면서 느꼈던 여러 가지 문제점을 보완한다는 뜻에서 우선 先秦으로부터 民國에 이르기까지 人口에 膾炙되는 문장가운데 50여 편을 임의로 골라 상세한 주석을 달고 문구마다 풀이를 하여, 한자를 어느 정도 공부한 사람이면 비교적 용이하게 문장을 이해할 수 있도록 심혈을 기울였다.

그럼에도 불구하고 또 다른 차원의 몇 가지 문제점은 있다. 그 첫째는 필자의 淺學菲才로 인한 오류가 있을 것이요, 그 다음은 동일한 字意 또는 文句의 풀이에 있어서 학자들 간의 견해차이가 있을 수 있고, 본래 句讀點이 없던 原典에 후인들이 이해를 돕기 위해 구두점을 찍으면서, 점을 찍는 위치에 따라 서로 다른 해석이 가능한 경우가 있기 때문이다. 이러한 제반 문제점에 대해서는 독자들의 관심과 아울러 아낌없는 질정을 바라며, 아울러 편자의 이 노력이 문언문을 공부하려는 이들에게 조금이라도 보탬이 되기를 바랄 뿐이다.

2001. 1. 1.
편자

개정판 序

이 책은 중국 고전을 접하는 독자들이 난해한 고문을 학습하는데 있어서 길잡이 역할을 할 수 있도록 상세한 주석 및 간단한 문법과 아울러 번역문을 달아 어느 정도 한자를 아는 사람이면 쉽게 이해할 수 있도록 편찬했다. 다행히 책이 출판된 후 많은 독자들의 호응과 더불어 여러 대학에서 교재로 채택하는 등 나름대로 좋은 반응을 얻어 필자로서 감사한 마음을 금할 수 없다.

그러나 한편, 책이 출간된 후 5년여가 지나는 동안, 이 책을 교재로 채택하여 강의를 담당했던 여러 교수들을 비롯해 필자와 교분이 있는 독자들로부터 예리한 지적과 함께 고귀한 의견을 듣고, 필자 또한 미진한 부분을 보완하기 위해 새로운 자료들을 수집하여 참고하는 한편, 최근 2년 동안은 필자가 직접 강의를 맡아 내용 전체를 일독하였다. 그 결과, 오탈자는 물론 해석상의 오류가 많이 발견되었을 뿐만 아니라, 주석이 추가되어야 할 부분, 일부 글자에 대한 중국과 대만 간의 발음 차이 문제, 심지어 매끄럽지 못한 문맥에 이르기까지 필자의 마음에 걸리는 부분이 상당수 발견되어 수정을 하지 않고는 초조하여 그냥 두고 볼 수가 없었다. 이에 출판사와 협의하여 개정판을 내기로 하고 수정작업을 완료하고 보니 책의 면모가 전보다 많이 개선되었다는 생각이 들어 한결 위안이 된다.

그럼에도 불구하고 원래 난해한 고문이다 보니, 비록 필자가 수정작업을 위해 많은 시간과 노력을 기울였음에도 불구하고 필자의 얄팍한 지식으로 심오한 선인들의 뜻을 헤아리지 못해 발견되지 않은 오류가 여전히 남아 있다는 우려를 떨쳐버릴 수 없다. 따라서 필자는 앞으로도 부단히 독자들의 고견을 청취하여 부족한 부분을 보완함으로써 충실한 텍스트로 거듭날 수 있기를 기대한다.

2007. 2.
편자

일러두기

■ 본서는 매 작품을 作者, 註釋, 解題 및 本文 要旨說明의 세 부분으로 나누어 해설했다.

■ 본문에 한하여 인명, 지명 등 고유명사는 밑줄(＿＿)로 표시하고, 書名, 작품 등은 《 》로 표시했다.
예) 壁中書者, 魯恭王壞孔子宅, 而得《禮記》·《尙書》·《春秋》·《論語》·《孝經》。

■ 인용문 또는 드러낼 필요가 있는 문구에 대해서는 「 」를 사용하여 표시했다.
예) 袁枚는 「시는 성정으로, 성정을 제외한 시는 존재할 수 없다(詩者, 性情也。性情之外無詩。)」라고 할 정도로 시의 性靈을 중시하여 淸代 시단에서 「性靈說」의 창도자로 ……

■ 본문의 주석은 각주형식으로 하였으며, 그 방식은 다음과 같다.
① 먼저 본문의 句節을 따다가 우리말로 번역한 후, 다시 난해한 단어를 【 】로 묶어 풀이했다.
예) 君子曰 : 學不可以已。→ 군자가 말했다. 「배움은 멈춰서는 안 된다.」
【君子】: 덕망과 재능을 갖춘 사람. 【已】: 멈추다, 정지하다.
② 읽기 어려운 글자는 漢語拼音 방식으로 발음을 표기하여 읽기에 편리하도록 했다.
예) 願大王少留意, 臣請奏其效。→ 원컨대 대왕께서 좀 유념하시어, 제가 그 효능을 설명할 수 있도록 청하고자 합니다.
【奏(zòu)】: 진언하다, 설명하다. 【效(xiào)】: 효능, 효험.
③ [인명]·[지명]·[산이름]·[관직명] 등을 별도로 표기하여 구별하기 쉽게 했다.

■ 보충설명이 필요하다고 여겨지는 경우에는 ※표를 사용하여 설명을 추가했다.
예) 徐孺下陳蕃之榻。→ 徐孺가 陳蕃의 걸상을 내려놓게 하다.
※ 陳蕃은 豫章太守로 있으면서 줄곧 빈객을 맞아들이지 않았으나 특별히 徐孺를 위해 걸상을 만들어 벽에 걸어두었다가 徐孺가 찾아오면 그것을 내려 그를 접대했다.

Contents
중국고전산문 選讀

序   (3)

개정판 序   (4)

일러두기   (5)

01. 短文 十五句   (10)

02. 《論語》十三句   (16)

03. 寓言

    1) 愚公移山   《列子》   (22)

    2) 扁鵲治病   《韓非子》   (28)

    3) 刻舟求劍   《呂氏春秋》   (32)

    4) 狐假虎威   《戰國策》   (34)

    5) 塞翁失馬   《淮南子》   (36)

04. 性善說   《孟子》   (40)

05. 勸學   《荀子》   (44)

06. 大同與小康   《禮記》   (50)

07. 蘇秦以連橫說秦   《戰國策》   (56)

08. 女媧補天   《淮南子》   (70)

09. 《毛詩·序》   《毛詩》   (74)

10. 過秦論   [漢] 賈誼   (82)

11. 《史記·游俠列傳序》   [漢] 司馬遷   (94)

12. 《史記·太史公自序》   [漢] 司馬遷   (104)

13. 《漢書 · 藝文志 · 諸子略》   [漢] 班固   (116)

14. 《說文解字 · 敍》   [漢] 許慎   (130)

15. 出師表   [三國 · 蜀] 諸葛亮   (148)

16. 《典論 · 論文》   [三國 · 魏] 曹丕   (158)

17. 陳情表   [晉] 李密   (168)

18. 蘭亭集序   [晉] 王羲之   (176)

19. 桃花源記   [晉] 陶淵明   (182)

20. 歸去來辭   [晉] 陶淵明   (188)

21. 《水經注 · 三峽》   [北魏] 酈道元   (194)

22. 滕王閣序   [唐] 王勃   (204)

23. 師說   [唐] 韓愈   (220)

24. 答李翊書   [唐] 韓愈   (228)

25. 毛穎傳   [唐] 韓愈   (236)

26. 陋室銘   [唐] 劉禹錫   (246)

27. 捕蛇者說   [唐] 柳宗元   (250)

28. 阿房宮賦   [唐] 杜牧   (258)

29. 岳陽樓記   [宋] 范仲淹   (266)

30. 醉翁亭記   [宋] 歐陽修   (272)

31. 六國論   [宋] 蘇洵   (278)

32. 愛蓮說   [宋] 周敦頤   (286)

33. 墨池記   [宋] 曾鞏   (290)

34. 訓儉示康   [宋] 司馬光   (296)

35. 傷仲永   [宋] 王安石   (308)

36. 石鐘山記 　　　　　　[宋] 蘇軾 　　　　　(314)

37. 前赤壁賦 　　　　　　[宋] 蘇軾 　　　　　(322)

38. 爲兄軾下獄上書 　　　[宋] 蘇轍 　　　　　(330)

39. 白鹿洞書院學規 　　　[宋] 朱熹 　　　　　(338)

40. 《指南錄・後序》 　　[宋] 文天祥 　　　　(344)

41. 項脊軒志 　　　　　　[明] 歸有光 　　　　(358)

42. 滿井遊記 　　　　　　[明] 袁宏道 　　　　(366)

43. 芙蕖 　　　　　　　　[淸] 李漁 　　　　　(372)

44. 左忠毅公逸事 　　　　[淸] 方苞 　　　　　(378)

45. 祭妹文 　　　　　　　[淸] 袁枚 　　　　　(386)

46. 登泰山記 　　　　　　[淸] 姚鼐 　　　　　(398)

47. 病梅館記 　　　　　　[淸] 龔自珍 　　　　(404)

48. 原才 　　　　　　　　[淸] 曾國藩 　　　　(408)

49. 《黃花岡烈士事略・序》 [民國] 孫文 　　　(414)

50. 少年中國說 　　　　　[民國] 梁啓超 　　　(420)

부록

중국의 역대 散文 　　　　　　崔奉源 　　　　　(428)

참고문헌 　　　　　　　　　　　　　　　　　(438)

본문

01

短文 十五句

01>> **身體髮膚, 受之父母, 不敢毀傷, 孝之始也。**

사람의 몸과 四肢와 두발과 피부는 모두가 부모에게서 받은 것이므로, 감히 손상하지 않는 것이 효도의 시작이다.

- -

출전▶《孝經·開宗明義章》

해설▶ 우리 몸의 모든 것은 부모로부터 받은 것이므로 자식된 자는 자기 몸을 다치지 않게 잘 보호해야 하며, 이것이 바로 효도하는 첫걸음이다.

주석▶【身】: 몸(몸통과 머리).【體】: 팔과 다리, 四肢.【髮】: 두발.【膚(fū)】: 피부.【之】: [대명사] 그, 그것. 즉 「身體髮膚」.【毀(huǐ)傷】: 다치게 하다, 손상시키다, 망가뜨리다.

02>> **曾子曰：「孝有三：大孝尊親, 其次弗辱, 其下能養。」**

증자가 말했다. 「효도에는 세 가지가 있는데, 가장 큰 효도는 부모를 존경하는 것이고, 그 다음은 부모를 욕되지 않게 하는 것이며, 그 아래는 능히 부모를 봉양하는 것이다.」

- -

출전▶《禮記·祭義》

해설▶ 부모에게 효도하는 것은 크게 세 가지가 있는데, 그 중 부모를 존경하는 것이 으뜸이다. 부모를 존경하는 마음이 있으면 자연히 부모를 욕되게 하는 행동은 삼갈 것이며, 봉양하는 일을 게을리 하지 않을 것이다. 따라서 마음에서 우러나오는 존경심이 효도의 근본이자 핵심이라는 것을 강조한 말이다.

주석▶【弗(fú)】: 不.【親】: 양친, 부모.【辱(rǔ)】: [사동용법] 욕되게 하다.【養】: 봉양하다.

03>> **人誰無過, 過而能改, 善莫大焉。**

사람이면 누가 허물이 없을 수 있겠는가? 허물이 있어 능히 고칠 수 있다면, 이보다 더 좋은 것은 없다.

- 출전 ▶ 《左傳·宣公二年》:「(晉靈公)曰:『吾知所過矣, 將改之。』(士會) 稽首而對曰: 『人誰無過, 過而能改, 善莫大焉。』」
- 해설 ▶ 인간은 누구나 완벽할 수가 없다. 이는 우리가 존경하는 聖人이라 해도 예외가 아니다. 중요한 것은 자신의 허물을 알고 이를 고쳐나가려는 인간으로서의 올바른 자세이다. 알고 있다 해도 실행하기에 너무나 어려운 일이기 때문에, 능히 실행할 수 있다면 실로 자신과 남을 위해서도 그보다 더 좋은 일이 있을 수 없다.
- 주석 ▶ 【過】: 허물, 과오, 잘못. 【將(jiāng)】: ……하려고 하다. 【之】: [대명사] 그, 즉 「허물」. 【士會】: [인명] 춘추시대 晉나라의 大夫. 【稽(qǐ)首】: 머리를 조아리다. 【善莫大】: 이보다 더 좋은 일이 없다. 【焉(yān)】: [어조사].

04>> 心不在焉, 視而不見, 聽而不聞, 食而不知其味。

마음에 두지 않으면, 보아도 보이지 않고, 들어도 들리지 않으며, 먹어도 그 맛을 알지 못한다.

- 출전 ▶ 《大學》
- 해설 ▶ 정신을 집중하지 않고 다른 곳에 정신을 파는 것을 비유한 말이다. 朱熹가 「精神一到何事不成(정신을 집중하여 일을 하면 불가능한 것이 없다)」이라고 한 말과도 같다.
- 주석 ▶ 【焉(yān)】: [어조사]. 【食】: [동사] 먹다.

05>> 有志者事竟成。

뜻이 있으면 일은 결국 이루어진다.

- 출전 ▶ 《後漢書·耿弇傳》:「將軍前在南陽建此大策, 常以爲落落難合, 有志者事竟成也。」
- 해설 ▶ 「뜻이 있는 곳에 길이 있다.」라는 우리의 속담과 같은 말로 확고한 뜻을 가지고 노력하면 반드시 성공할 수 있다는 의미이다.
- 주석 ▶ 【後漢書】: [서명] 南朝 宋의 范曄이 지은 後漢의 正史. 【耿弇(gěng yǎn)】: [인명] 東漢 初의 장수. 자는 伯昭, 扶風 茂陵(지금의 陝西省 興平) 사람. 【大策】: 큰 계책. 【南陽】: [지명] 지금의 河南省 南陽市. 【落落難合】: 흩어져 모이기가 어렵다. 【竟】: 끝내, 결국, 마침내.

06>> 不入虎穴, 焉得虎子?

호랑이 굴에 들어가지 않으면, 어찌 호랑이 새끼를 잡겠는가?

출전 ▶ 《三國志 · 吳志 · 呂蒙傳》:「不探虎穴, 安得虎子?」

해설 ▶ 목적을 달성하려면 그만한 노력과 어려움이 따르며 결코 쉽게 얻어지지 않는다는 말이다.

주석 ▶ 【焉(yān)】: 어찌. 【呂蒙】: [인명] 삼국시대 吳나라의 장수. ※周瑜와 더불어 烏林에서 曹操를 격파하고, 또 孫權을 따라 濡須에서 조조와 대항하면서 좋은 계책을 많이 냈다. 【探(tàn)】: 찾다, 탐색하다. 【安】: 어찌.

07>> 知彼知己, 百戰不殆。

적을 알고 나를 알면, 백 번 싸워도 위태롭지 않다.

출전 ▶ 《孫子 · 謀攻》:「知彼知己, 百戰不殆, 不知彼而知己, 一勝一負, 不知彼不知己, 每戰必敗。」

해설 ▶ 본래 兵法에서 상대와 자기의 형편을 확실히 파악하여 알면 비록 백 번을 싸워도 위태롭지 않다는 말이나, 우리의 일반 사회현상도 마찬가지로 매사에 신중히 대비하면 실패하지 않는다는 말이다.

주석 ▶ 【彼】: 저, 상대. 여기서는 적을 가리킨다. 【殆(dài)】: 위태롭다. 【負】: 지다, 패배하다.

08>> 天無絶人之路。

하늘은 사람의 길을 막지 않는다.

출진 ▶ 속담

해설 ▶ 「하늘이 무너져도 솟아날 구멍이 있다.」라는 우리의 속담과 같다. 즉, 뜻하지 않게 곤란이 닥치더라도 방법이 있어서 결코 절망적인 상황에 빠지지는 않는다는 말이다.

주석 ▶ 【無絶(jué)】: 끊지 않다, 막지 않다.

09>> 君子以行言, 小人以舌言。

군자는 행동으로 말하고, 소인은 혀로 말한다.

출전 ▶ 《孔子家語 · 顏回》:「顏回問於孔子曰:『小人之言有同乎? 君子者, 不可不察也。』孔子曰:『君子以行言, 小人以舌言。』」

해설 ▶ 이 말은 안회가 공자에게 「소인의 말과 군자의 말이 같습니까? 군자 된 사람은 이를 분별하지 않을 수 없습니다.」라고 한 질문에 공자가 답한 것이다. 흔히 소인은 세 치의 혀로써 시비를 왜곡하고 충신을 해하며 심지어 국가를 망치기도 한다. 반면에 군자는 모든 것에 대해 말보다 행동으로써 자신의 인격을 증명한다. 위정자가 군자를 가까이 하면 정치가 성공하고 소인을 가까이 하면 망하듯이, 친구를 사귀는 이치도 역시 이와 같은 것이다.

주석 ▶ 【顏(yán)回】: [인명] 자는 子淵이며, 공자의 제자. 【以】: ……로써. 【孔子家語】: [서

명] 三國시대 魏의 王肅이 지은 孔子의 언행 및 제자와의 문답을 기록한 책.

10>> 貧賤之交不可忘, 糟糠之妻不下堂。

가난하던 시절의 친구는 잊어서는 안되고, 어려움을 함께 한 아내는 버려서는 안 된다.

출전 ▶ 《後漢書·宋弘傳》:「帝謂弘曰:『諺云, 貴易交, 富易妻, 人情乎?』弘曰:『臣聞貧賤之交不可忘, 糟糠之妻不下堂。』」

해설 ▶ 사람이 출세하거나 부귀해지면 어려웠던 시절을 까맣게 잊고, 서로 돕고 의지하며 살아가던 친구를 배반하고 업신여기는 경우가 있는가 하면, 또한 끼니조차 제대로 먹지 못하며 헌신하던 아내를 헌신짝처럼 버리는 비열한 사람이 있다. 이처럼 인간성을 상실한 부도덕한 사람에 대해 최소한의 인간윤리를 강조한 말이다.

주석 ▶ 【宋弘】: [인명] 東漢 初의 大臣, 長安(지금의 陝西省 西安市) 사람, 자는 仲子. 【諺(yàn)】: 속어, 속담. 【易】: 바꾸다. 【交】: 교제, 사귀는 친구. 【人情】: 人之常情, 사람이 일반적으로 지닌 정서, 또는 생각. 【糟糠(zāo kāng)之妻】: 가난한 시절에 고생을 함께 하며 살아온 아내. ※「糟糠」: 지게미와 쌀겨. 거친 음식을 가리키며, 「어려운 생활」을 비유한 말이다.

11>> 良藥苦口而利於病, 忠言逆耳而利於行。

좋은 약은 입에는 쓰지만 병에는 이롭고, 충고하는 말은 귀에는 거슬리나 행동에는 이롭다.

출전 ▶ 《孔子家語·六本》:「孔子曰: 良藥苦口而利於病, 忠言逆耳而利於行。」

해설 ▶ 일반적으로 사람들은 이 말을 인정하면서도, 막상 실제 생활에서 보면 대다수의 사람들이 설사 유익한 충고라도 받아들이기보다는 내심 불쾌하게 생각하는 경우가 많다. 남의 충고를 오해 없이 받아들이는 것은 매우 어렵고, 상당한 수양을 쌓은 사람이라야 가능하다. 그래서 이러한 人性의 약점을 바로잡고자 한 말이다.

주석 ▶ 【苦口】: 입에 쓰다. 【逆(nì)】: 거스르다.

12>> 毋以己之長而形人之短, 毋因己之拙而忌人之能。

자기의 장점을 가지고 남의 단점을 드러내지 말고, 자기의 서툰 바로 인해 다른 사람의 능한 바를 시기하지 말라.

출전 ▶ (明) 洪自誠《菜根譚》前集 120

해설 ▶ 자기의 장점을 자랑하여 남에게 보이면 자연히 남의 단점이 드러나 비교되어 마음에 상처를 줄 수 있기 때문에 남을 배려할 줄 모르는 이러한 소인배의 행위는 삼가야 하며, 또 자기의 재능이 서툴다 하여 남의 훌륭한 능력을 시기하는 것 또한 소인배의 행위로 자신의 발전을 위해서도 도움이 되지 않음을 경계한 말이다.

주석 ▶ 【毋(wú)】: ……하지 마라, ……해서는 안된다. 【長(cháng)】: 장점, 좋은 점. 【形】: 나타내다, 드러내다. 【短】: 단점, 나쁜 점. 【拙(zhuō)】: 서툴다, 졸렬하다. 【忌(jì)】: 꺼리다, 싫어하다. 시기하다.

13» 一年之計，莫若樹穀；十年之計，莫若樹木；終身之計，莫若樹人。

일 년의 계획은 곡식을 심는 것 만한 일이 없고, 십 년의 계획은 과일나무를 심는 것 만한 일이 없으며, 평생의 계획은 사람을 심는 것 만한 일이 없다.

출전 ▶ 《管子 · 經言 · 權修》:「一年之計，莫若樹穀；十年之計，莫若樹木；終身之計，莫若樹人。一樹一穫者，穀也；一樹十穫者，木也；一樹百穫者，人也。」

해설 ▶ 모든 계획은 일의 성격에 따라 時空을 달리한다. 한 해는 한 해에 맞는 계획이 있고, 십 년은 십 년에 맞는 계획이 있다. 한 번 심어서 한 번 수확하는 것은 곡식이요, 한 번 심어서 여러 해 수확하는 것은 과일나무요, 한 번 길러서 평생토록 수확하는 것은 人才이다. 《관자》의 이 말은 국가 백년대계를 위한 인재 육성의 중요성을 강조한 말이다. 정성껏 인재를 육성하여 기용하는 것은 국가의 영원한 발전을 위해 필수 불가결한 관건이기 때문이다.

주석 ▶ 【莫若】: ……만한 것이 없다. 【樹(shù)】: 심다. 【穀(gǔ)】: 곡식. 【穫(huò)】: 수확하다.

14» 事之至難，莫如知人；事之至大，亦莫如知人；誠能知人，則天下無餘事矣。

일 중에서 가장 어려운 일은 사람을 아는 것처럼 어려운 일이 없고, 일 중에서 가장 큰 일도 역시 사람을 아는 것처럼 큰 일이 없다. 따라서 진정으로 사람을 알 수 있다면, 세상에는 남은 일이 없을 것이다.

출전 ▶ 《陸象山全集》

해설 ▶ 「열길 물 속은 알아도, 한길 사람 속은 알 수가 없다.」는 말이 있다. 사람을 안다는 것은 그만큼 어려운 일이다. 인간의 공동생활에서 모든 일은 대인관계에서 시작되고 대인관계로 끝난다. 사람을 잘 알고 적절히 대처하면 모든 일이 원만해지고 그렇지 못하면 실패하고 만다. 그래서 사람을 잘 알 수만 있다면 더 이상 중요한 일이 없는 것이다.

주석 ▶ 【莫如】: ……만한 것이 없다. 【誠】: 실로, 진정으로.

15» 朱子曰:「勿謂今日不學而有來日，勿謂今年不學而有來年。

日月逝矣歲不我延, 嗚呼, 老矣! 是誰之愆?」

주자가 말했다. 「오늘 배우지 않고 내일이 있다고 말하지 말며, 올해에 배우지 않고 내년이 있다고 말하지 말라. 날과 달은 가고, 세월은 나를 위해 늦추지 않는다. 아, 늙었구나! 이 누구의 허물인가?」

출전 《明心寶鑑 · 勸學篇》

해설 「오늘 할 일을 내일로 미루지 말라.」는 우리의 속담도 있고, 중국의 유명한 田園詩人 陶淵明의 詩에도 「젊은 시절은 다시 오지 않고, 하루는 아침이 두 번 오지 않으니, 때에 이르면 부지런히 일하라. 세월은 사람을 기다리지 않는다.(盛年不重來, 一日難再晨, 及時當勉勵, 歲月不待人。)」라는 구절이 있다. 사람은 누구나 어려서부터 늙을 때까지 매 시기마다 그 때 그 때 해야 할 일이 있다. 만일 주어진 시기에 해야 할 일을 않고 지나쳐 버리면 그 기회는 다시 오지 않으며, 결국은 낙오하여 후회해도 어찌 할 방법이 없다.

주석 【勿(wù)】: ……하지 말라. 【逝(shì)】: 가다, 지나가다. 【延(yán)】: 늦추다, 연기하다. 【愆(qiān)】: 허물, 잘못.

02 |

《論語》十三句

作者 ○

　《論語》는 공자와 제자의 언행을 기록한 책으로 儒家의 가장 중요한 經典이다. 孔子(B.C. 551-B.C.479)의 이름은 丘, 자는 仲尼이며, 春秋시대 斯魯國 陬邑(지금의 山東省 曲阜 남쪽지방) 사람으로 고대 중국의 저명한 사상가이자 정치가요 교육자이며, 儒家학파의 창시자이다.

　《論語》는 결코 한 사람의 손에서 나온 것이 아니어서 작자를 어느 누구라고 밝힐 수가 없다. 공자의 제자가 기록한 것도 있고, 孔門後學들이 기록한 것도 있다. 先秦시대의 대표적인 語錄體 산문으로서, 공자의 언행·공자와 제자의 문답·제자의 언행·제자 상호간의 문답 및 再傳弟子의 언론 등을 담고 있다. 내용 대부분이 매우 간단한 어록과 대화로 구성되어 있으나, 표현한 사상은 오히려 매우 풍부하고 예리하며 名言名句가 많다. 따라서 공자의 생애와 사상을 살펴볼 수 있는 중요한 근거가 되고 있다.

　漢代에는 본래 《魯論》·《齊論》·《古論》 등 3종의 각기 다른 판본이 있었으나, 후에 東漢의 鄭玄이 정리하여 오늘날의 《論語》 20편으로 만들었다. 東漢의 官府에서 《論語》는 《詩》·《書》·《禮》·《易》·《春秋》·《孝經》과 더불어 「七經」의 하나로 불리웠으며, 南宋에 이르러 朱熹가 《論語》를 《大學》·《中庸》·《孟子》와 합쳐 「四書」를 만들고, 《四書集注》를 지었다.

　역대 《論語》를 풀이한 책으로는 三國時代 魏 何晏의 《論語集解》, 南北朝 梁 皇侃의 《論語義疏》, 宋 邢昺의 《論語正義》, 朱熹의 《論語集注》, 淸 劉寶楠의 《論語正義》, 今人 楊伯峻의 《論語譯註》, 毛子水의 《論語今註今譯》 등이 있다.

譯註 ⟳

01>> 子曰:「學而時習之, 不亦說乎? 有朋自遠方來, 不亦樂乎? 人不知而不慍, 不亦君子乎?」《學而》

공자께서 말씀하셨다. 「배우고 때때로 익히면 또한 기쁘지 아니한가? 벗이 있어 먼 곳으로부터 찾아오면 또한 즐겁지 아니한가? 남이 알아주지 않아도 노여워하지 않으면 또한 군자가 아니겠는가?」

- -

해설▷ 몰랐던 것을 스승에게서 배우고, 배운 바를 잊지 않도록 때때로 복습하면서 실천에 옮겨 나간다면 얼마나 기쁜 일인가? 그리고 멀리서 스승의 명성을 듣고 찾아와 함께 학문을 논한다면 이 또한 얼마나 즐거운 일이겠는가? 이 밖에 다른 사람이 내 학문과 덕행을 알아주지 않는다 해도 노여워하지 않고 의연한 자세를 보인다면 바로 이러한 사람을 군자라 하지 않겠는가?

주석➡ 【子】: 선생. ※여기서는 孔子를 가리킨다. 【學】: 배우다. ※여기서 말하는 「學」은 修己와 濟世利人의 도리를 배우는 것. 【而】: [연사] ……하고서. 【時習(xí)】: 때때로 복습하여 익히다. 【說(yuè)】: 悅. 기쁘다. 【乎】: [의문사] ……한가? 【朋】: 벗. ※여기서는 弟子를 가리킨다. 【自】: ……로부터. 【遠方】: 먼 곳. 【樂(lè)】: 즐겁다. 【人】: 남, 다른 사람. 【不知】: 알아주지 않다. 【慍(yùn)】: 노여워하다, 원망하다, 성내다. 【君子】: 군자, 고상한 도덕수양과 지식을 갖춘 사람.

02>> 曾子曰:「吾日三省吾身: 爲人謀而不忠乎? 與朋友交而不信乎? 傳, 不習乎?」《學而》

증자가 말했다. 「나는 매일 세 가지 일을 가지고 나 자신을 반성한다. 남을 위해 도모함에 있어 불성실하지는 않았는가? 친구와 더불어 사귀면서 신의를 저버리지는 않았는가? 남에게 전하면서, 익히지 않은 것을 전하지는 않았는가?」

- -

해설▷ 사람이 사회생활을 하면서 남을 평하기는 쉬워도, 객관적 입장에서 자신을 되돌아보고 반성하기란 매우 어려운 일이다. 이는 상당한 수양을 쌓은 군자만이 가능한 일이다. 특히 남을 대함에 있어서 성실과 신의를 중시하고 이를 잘 이행했는가? 또 잘 알지도 못하는 바를 무책임하게 남에게 전하는 과오를 범하지 않았는가? 이러한 것들을 성찰함으로써 군자의 인격을 도야하려는 것이다.

주석➡ 【曾(zēng)子】: 공자의 제자로 이름은 參(삼), 자는 子輿이다. 【三省(xǐng)】: 세 가지를 반성하다. ※「세 번을 반성하다」라고 풀이하는 사람도 있다. 【謀(móu)】: 꾀하다, 도모하다. 【忠(zhōng)】: 성실하다, 충실하다.

03>> 子曰：「吾十有五而志於學，三十而立，四十而不惑，五十而知天命，六十而耳順，七十而從心所欲不踰矩。」《爲政》

공자께서 말씀하셨다. 「나는 나이 열다섯에 학문에 뜻을 두었고, 서른에 홀로 일어섰고, 마흔에 유혹에 빠져들지 않았고, 쉰에 천명을 알게 되었고, 예순에 귀가 순해졌고, 일흔에 마음이 하고자하는 바를 따라 행동해도 법도를 넘지 않았다.」

해설 공자가 노년에 이르러 자신의 살아온 과정을 시기별로 돌아본 것이다. 열다섯에 평생 학문할 결심을 했고, 서른에 이르러 비로소 학문의 기초를 확립했으며, 마흔에 이르러 주관이 확립되어 남의 허튼 말에 흔들리지 않고 자신의 관점에 따라 판단하게 되었고, 쉰에 이르러 인간의 한계를 터득하고 최선의 노력을 다하되 이루지 못하는 것을 천명으로 받아들이게 되었으며, 예순에 이르러 남의 말이 듣기가 좋든 싫든 간에 당장 반응하지 않고 일단 귀담아 들을 줄 알게 되었고, 일흔에 이르러 자신이 하고 싶은 대로 행동을 해도 그 행위가 결코 법도를 벗어나지 않는 경지에 이르게 되었다.

주석 【十有五】: 열 다섯. ※「有」: 又, 또. 【立】: (배운 바를 운용하여) 홀로 서다. 【不惑】: 유혹에 빠져들지 않다, 異端이나 邪說에 이끌리지 않다. 【天命】: 하늘이 내려준 운명. ※ 인간 능력의 한계를 가리켜 한 말이다. 【耳順】: 귀가 순해지다, 즉 남의 말에 귀를 기울일 줄 안다. 【從心所欲】: 마음이 하고자하는 바를 따르다. 【踰(yú)】: 넘다, 위반하다. 【矩(jǔ)】: 법도.

04>> 子曰：「溫故而知新，可以爲師矣。」《爲政》

공자께서 말씀하셨다. 「옛 것을 복습하여 익히고 새 것을 알면, 남의 스승이 될 수 있다.」

해설 「溫故」와 「知新」의 관계이다. 이미 배운 지식에 대한 복습을 통해 보다 더 이해하고 다져나감은 물론, 이로부터 새로운 체험과 새로운 지식을 얻는 이른바 적은 노력으로 많은 효과를 거두는 목적에 도달하자는 것이다.

주석 【溫(wēn)】: 복습하여 익히다. 【可以】: ……할 수 있다. 【爲師】: 스승이 되다.

05>> 子曰：「學而不思則罔，思而不學則殆。」《爲政》

공자께서 말씀하셨다. 「배우기만 하고 생각하지 않으면 사리에 어둡고, 생각만 하고 배우지 않으면 확실한 지식을 얻지 못한다.」

해설 「學(배움)」과 「思(생각)」의 결합이다. 배우는 과정에서는 반드시 적극적인 「생각」이 필요하다. 만일 머리를 써서 깊이 생각하지 않으면 의혹만 누적되고 얻는 바가 없다. 그렇다고 空想만 하고 실질학습을 등한시한다면, 이 또한 얻는 바가 없다. 「學」과 「思」는 상부상조해야 하는 중요한 관계로, 「學」은 「思」의 기초가 되고, 「思」는 「學」에 대한 분석·비교·귀납·總結의 필연적인 과정이요, 효과적인 수단이 된다.

06›› 子曰:「由, 誨女知之乎? 知之爲知之, 不知爲不知, 是知也。」 《爲政》

공자께서 말씀하셨다. 「유야, 너에게 안다고 하는 것을 가르쳐 줄까? 아는 것을 안다고 하고, 모르는 것을 모른다고 하는 것, 이것이 바로 아는 것이다.」

해설▶ 학문하는 사람의 올바른 태도에 대해 한 말이다. 어떤 사람은 잘 알지도 못하면서 체면을 중시한 나머지 자신과 남을 속이고 아는 체하는 경우가 있다. 그러나 모르는 것을 솔직하게 모른다고 말하는 것은 결코 무식의 탄로가 아니라 학문하는 사람의 용기요 바른 자세이다. 이러한 용기가 있어야 깊이 있는 지식을 얻을 수 있다.

주석▶ 【由】: [인명] 孔子의 제자로, 성은 仲, 이름은 由, 자는 子路. 【誨(huì)】: 가르치다, 가르쳐 일깨워주다. 【女(rǔ)】: 汝, 너, 자네, 당신. 【是】: [대명사] 이것, 즉「아는 것을 안다고 하고 모르는 것을 모른다고 하는 것」.

07›› 子曰:「君子喩於義; 小人喩於利。」 《里仁》

공자께서 말씀하셨다. 「군자는 정의에 밝고, 소인은 이익에 밝다.」

해설▶ 인생을 살아가는 데 있어서 군자는 정의를 생각하고 이익을 탐하지 않는 반면, 소인은 먼저 이익을 앞세우고 정의를 뒤로 미룬다는 말이다.

주석▶ 【喩(yù)】: 밝다. 【義】: 정의, 의리. 【利】: 理財, 이익.

08›› 子曰:「默而識之, 學而不厭, 誨人不倦, 何有於我哉!」 《述而》

공자께서 말씀하셨다. 「묵묵히 보고 들은 바를 마음속에 기억하고, 배우며 싫증내지 않고, 남을 가르치는 데 게을리하지 않는 일, (이것 말고) 나에게 또 무엇이 있으랴!」

해설▶ 묵묵한 가운데 보고 들은 것을 마음에 기억해 두고, 배우는 일을 즐겁게 여기며, 또 배운 지식을 열심히 제자들에게 가르쳐주는 선비로서의 기본적인 자세를 보여준 것이다.

주석▶ 【識(zhì)】: 기억하다, 마음에 새겨두다. 【之】: [대명사] 그것, 즉「배워서 얻은 바」. 【厭(yàn)】: 싫어하다, 싫증내다. 【誨(huì)】: 가르치다. 【倦(juàn)】: 나태하다, 게으르다. 【何有】: 무엇이 있겠는가?

09» 子曰：「三人行，必有我師焉；擇其善者而從之，其不善者而改之。」《述而》

공자께서 말씀하셨다. 「몇 사람이 함께 가다보면, 그 중에는 반드시 나의 스승 될 사람이 있다. 그들의 선한 점을 골라 따르고, 그들의 선하지 못한 점을 골라 나의 잘못을 고친다.」

해설 ▶ 몇 사람이 함께 있으면, 남의 장단점이 잘 드러난다. 이때 남의 장점은 당연히 본받고 단점은 이를 거울삼아 자신의 잘못을 고쳐나갈 수 있으니, 장점이든 단점이든 모두가 나의 스승 역할을 할 수 있는 것이다.

주석 ▶【三人】: 몇 사람. ※고대중국어에서「三」이나「九」는 흔히 개략적이고 불확실한 수를 가리켰다.【焉(yān)】: [어조사].【擇(zé)】: 고르다, 선택하다.【從(cóng)】: 좇다, 따르다.

10» 子曰：「非禮勿視，非禮勿聽，非禮勿言，非禮勿動。」《顔淵》

공자께서 말씀하셨다. 「예가 아니면 보지를 말고, 예가 아니면 듣지를 말고, 예가 아니면 말하지 말고, 예가 아니면 행동하지 말라.」

해설 ▶ 제자 顔回가 공자에게「仁」에 대해 물어, 공자가「자기를 극복하고 예로 돌아가는 것이 인이다.(克己復禮爲仁。)」라 하고, 그 구체적인 실행방법을 가르쳐 준 것이다. 禮의 본질이 남을 존중하는 것이라 할 때, 예의 실천은 매우 어려운 일이다. 그러자면 무엇보다도 사리사욕을 이겨내는 일이 가장 중요하기 때문에 공자가 이를 특별히 강조한 말이다.

주석 ▶【勿(wù)】: ……하지 말라.

11» 己所不欲，勿施於人。《顔淵》·《衛靈公》

내가 원하지 않는 것은, 남에게 베풀지 말라.

해설 ▶ 무슨 일이든 내가 원하지 않는 것은 남도 역시 원하지 않는 것이다. 남의 입장을 고려하지 않고 자기만을 우선시하는 것은 군자의 도리가 아닌 소인배의 이기적 행위이며, 대인관계에서 반드시 피해야 하는 인간의 기본 덕목이다.

주석 ▶【施(shī)】: 베풀다.【人】: 남, 다른 사람.

12» 子曰：「吾嘗終日不食，終夜不寢以思，無益，不如學也。」
《衛靈公》

공자께서 말씀하셨다. 「내가 일찍이 하루종일 식사를 하지 않고, 밤새도록 잠을 자지 않고 생각만 해보았는데, 이로운 점이 없었으니, 배우는 것만 못하더라.」

해설 학문에 있어서 배우고 깊이 생각하는 것은 모두 중요한 요소이다. 그러나 배우지 않고 생각만 하는 것은 오히려 생각하지 않고 배우는 것만도 못하다. 따라서 배움에 치중하면서 깊이 생각하는 것이 올바른 治學方法이다.

주석 【嘗(cháng)】: 일찍이. 【寢(qǐn)】: 잠자다.

13>> 子貢問曰:「孔文子何以謂之『文』也?」子曰:「敏而好學, 不恥下問, 是以謂之『文』也。」《公冶長》

자공이 물었다. 「공문자를 어째서 『文』이라 하셨습니까?」 공자께서 말씀하셨다. 「민첩하면서도 배우기를 좋아하고, 아래 사람에게 묻기를 부끄러워하지 않으니, 그래서 『文』이라 했다.」

해설 孔文子는 친구의 아내를 빼앗아 자기의 아내로 삼은 사람이기 때문에 이런 사람에게 「文」이라는 고상한 시호를 쓴 것이 못마땅하여 자공이 그 까닭을 공자에게 묻고, 공자가 이에 대해 답한 것이다. 공자는 자공의 배우고자하는 자세를 더욱 높이 평가한 것이다.

주석 【子貢】: 공자의 제자. 성는 木, 이름은 賜, 子貢은 그의 字이다. 【孔文子】: 孔圉(yǔ). 衛나라의 대부, 그의 諡號가 「文」이므로 孔文子라 불렀다. 【何以】: 왜, 어째서. 【謂(wèi)】: ……라 이르다. 【之】: [대명사] 그, 즉 孔文子. 【敏(mǐn)】: 민첩하다, 이해가 빠르다. 【好(hào)】: [동사] 좋아하다. 【下問】: 아래 사람에게 묻다. 【是以】: 그래서, 그럼으로.

03

寓 言

1. 愚公移山

《列子》

作者 ○

  작자는 列子(생졸년대 未詳)라고 전한다. 列子는 이름이 寇 또는 御寇라고도 하며 戰國시대 鄭나라 사람이다. 그가 언제 살았었는지 확실히 알 수 없으나 莊子이전이라고도 하고 莊子와 같은 시기라고도 한다. 또 일설에는 열자는 존재하지 않았던 인물로 莊子의 寓言일 뿐 고증할 길이 없다고 말하는 사람도 있는데, 어쨌든 「淸靜無爲」를 주장한 그의 사상이 黃帝 · 老子로부터 나와 莊子와 함께 道家學派의 대표적인 인물로서 세상에 널리 전해진 것을 보면, 비록 列御寇라는 사람이 실존하지 않았다 해도 그가 중국의 사상과 문학에 끼친 영향은 결코 무시할 수 없다. 지금 전하고 있는《列子》는 晉 張湛이 전설을 모아 편찬했는데, 내용이 비록 道家의 허무주의와 자연순응 등 소극적 사상을 선양하고 있지만, 많은 민간고사나 우언 및 신화전설을 보존하고 있어 나름대로 높은 문학적·사상적 가치를 지니고 있다고 할 수 있다.

註釋 ○

  太行 · 王屋二山, 方七百里, 高萬仞, 本在冀州之南, 河陽之北。[1] 北山愚公者, 年且九十, 面山而居。[2] 懲山北之塞, 出入之迂

---

1) 太行 · 王屋二山, 方七百里, 高萬仞, 本在冀州之南, 河陽之北。 ➡ 태행 · 왕옥 두 산은 사방이

也，聚室而謀，³⁾ 曰：「吾與汝畢力平險，指通豫南，達於漢陰，可
乎？」⁴⁾ 雜然相許。⁵⁾ 其妻獻疑曰：「以君之力，曾不能損魁父之丘，
如太行・王屋何？ 且焉置土石？」⁶⁾ 雜曰：「投諸渤海之尾，隱土之

칠백 리요, 높이가 萬仞이며, 본래 기주의 남쪽, 황하의 북쪽에 있었다.
【太行(háng)】：[산 이름] 山西省의 高原과 河北省의 평원지대 사이에 있는 산. 일명 五行山이
라고도 한다. 【王屋】：[산 이름] 山西省 陽城縣과 垣曲縣 사이에 있는 산. 【方】：縱橫, 사방.
※사방의 길이로 면적을 표시하는 단위. 옛날에 면적을 계산할 때에는, 통상 긴 쪽을 잘라 짧은 쪽
을 채워주는 방법으로 불규칙한 변의 길이를 먼저 正方形으로 고친 다음, 다시 그 길이를 계산했다.
【仞(rèn)】：길이의 단위. 7－8尺을 一仞이라 했다. 【冀州(jì zhōu)】：[지명] 지금의 河北省・
山西省・河南省의 黃河북쪽과 遼寧省 遼河서쪽 일대. 【河陽】：黃河 北岸. ※산의 남쪽 면과
강의 북쪽 면을 「陽」이라 하고, 산의 북쪽 면과 강의 남쪽 면을 「陰」이라 한다.

2) 北山愚公者, 年且九十, 面山而居。 ➜ 북산의 우공이란 사람은, 나이가 거의 아흔이 되어가는데,
산을 마주하여 살았다.
【且】：곧 ……하려고 한다. 【面】：[동사] 마주하다, 대하다, 향하다.

3) 懲山北之塞, 出入之迂也, 聚室而謀, ➜ 산의 북쪽이 막혀 왕래할 때 돌아가기에 고생스러워, 가
족을 모아 놓고 상의했다.
【懲(chéng)】：……하기에 고생스럽다. 【塞(sè)】：막히다. 【迂(yū)】：멀리 돌다, 우회하다.
【聚(jù)】：모으다. 【室】：가족. 【謀(móu)】：상의하다, 방법을 꾀하다.

4) 「吾與汝畢力平險, 指通豫南, 達於漢陰, 可乎？」➜「나와 너희들이 힘을 다해 험준한 산을 평탄
하게 고르면, 곧장 예주의 남쪽과 통하고, 한수의 南岸에 도달할 수 있는데, 할 수 있겠느냐？」
【汝(rǔ)】：너(당신), 너희(당신)들. 【畢(bì)力】：힘을 다하다. 【平】：평탄하게 고르다. 【險
(xiǎn)】：험준하다. 여기서는 「험준한 산」을 뜻한다. 【指通】：直通, 곧장 통하다. 【豫(yù)】：[지
명] 豫州. 지금의 河南省 黃河 남쪽지방. 【達於】：……에 이르다. 【漢陰】：漢水의 남쪽. ※
「漢」：漢水 또는 漢江이라고도 하며 陝西省의 서남쪽에서 발원하여 武漢에서 長江으로 들어간
다. 【可乎】：되겠는가？ 할 수 있겠는가？

5) 雜然相許。 ➜ 분분하게 찬성을 표시했다.
【雜然】：어지러운 모양, 분분한 모양. 【相許】：찬성하다, 동의하다.

6) 其妻獻疑曰：「以君之力, 曾不能損魁父之丘, 如太行・王屋何？ 且焉置土石？」➜ 그의 처가
의문을 세기하어 밀겠다. 「딩신의 힘을 기지고는 이미 괴부의 언덕그치도 평탄히 고를 수 없는데,
태행・왕옥과 같은 큰 산을 어찌하겠으며, 또한 흙과 돌은 어디에 처치할 것이요？」
【獻疑(xiàn yí)】：의문을 제기하다. 【以】：……을 가지고, ……로써. 【君】：그대, 당신. 【曾不
能】：이미 ……조차도 할 수 없다. 【損(sǔn)】：줄이다, 감소하다. 여기서는 「평탄하게 고르다」의
뜻. 【魁(kuí)父】：河南省 陳留縣에 있는 언덕. 【如……何？】：「……을 어찌 하겠는가？」 【且】：
또한, 그리고. 【焉(yān)】：[의문대명사] 어디, 어찌, 어떻게. 【置(zhì)】：놓다, 두다, 처치하다.

23

北。」⁷⁾ 遂率子孫荷擔者三夫, 叩石墾壤, 箕畚運於渤海之尾。⁸⁾ 隣人京城氏之孀妻有遺男, 始齔, 跳往助之。⁹⁾ 寒暑易節, 始一反焉。¹⁰⁾

河曲智叟笑而止之,¹¹⁾ 曰:「甚矣, 汝之不惠! 以殘年餘力, 曾不能毀山之一毛, 其如土石何?」¹²⁾ 北山愚公長息曰:¹³⁾「汝心之

---

7) 雜曰:「投諸渤海之尾, 隱土之北。」 → 이구동성으로 말하길「그것을 발해의 변방과 은토의 북쪽에 내다 버리면 되지요.」라고 했다.
【雜曰】: 여럿이 함께 말하다, 이구동성으로 말하다. 【諸】: 之於. 【渤(bó)海之尾】: 渤海의 변방.
【隱(yǐn)土】: [지명] 고대 전설에 나오는 中原 동북쪽.

8) 遂率子孫荷擔者三夫, 叩石墾壤, 箕畚運於渤海之尾。 → 마침내 아들과 손자 중에 짐을 멜 수 있는 자로 세 사람을 데리고, 돌을 깨고 흙을 파내서, 삼태기에 담아 발해의 변방으로 운반했다.
【遂(suì)】: 그리하여, 마침내. 【率(shuài)】: 거느리다, 데리다, 인솔하다. 【荷擔者(hè dàn zhě)】: 짐을 멜 수 있는 자. ※「荷」: 메다, 짊어지다. 【三夫】: 장정 세 사람. ※「夫」: 成年 男子를 가리킨다. 【叩(kòu)】: 치다, 깨다, 두들기다. 【墾(kěn)】: (흙을) 파다. 【壤(rǎng)】: 흙.
【箕畚(jī běn)】: 본래는「삼태기」를 뜻하는 명사이나, 여기에서는「삼태기에 담다」라는 상황어로 사용되었다.

9) 隣人京城氏之孀妻有遺男, 始齔, 跳往助之。 → 이웃사람 경성씨의 과부에게 아들이 있어, 갓 이를 갈기 시작한 나이인데, 달려와 그들을 도왔다.
【京城】: 姓氏. 【孀(shuāng)妻】: 과부. 【遺(yí)男】: 아버지가 죽은 남자 아이. 【始齔(chèn)】: 이를 갈기 시작하다. 즉, 7-8살의 어린아이. ※「齔」: 이를 갈다. 【跳往】: 달려가다, 뛰어가다.

10) 寒暑易節, 始一反焉。 → 겨울과 여름의 계절이 바뀌는 동안, 겨우 한번을 왕복했다.
【寒暑(hán shǔ)】: 추위와 더위, 겨울과 여름. 【易節】: 계절이 바뀌다. 【始】: 비로소, 겨우.
【反】: 返, 왕복하다. 【焉】: [어조사].

11) 河曲智叟笑而止之, → 하곡의 지수가 비웃으며 그를 제지했다.
【河曲】: [지명] 지금의 山西省 芮城縣 風陵渡 일대. 【叟(sǒu)】: 늙은이. 【止】: 말리다, 제지하다. 【之】: [대명사] 그, 즉 愚公.

12) 「甚矣, 汝之不惠! 以殘年餘力, 曾不能毀山之一毛, 其如土石何?」 →「심하도다, 당신의 지혜롭지 못함이여! 여생의 남은 힘으로는, 산의 초목 하나 조차도 없앨 수 없는데, 그 흙이나 돌과 같은 것은 어찌할 것인가?」
【甚矣, 汝之不惠!】:「汝之不惠甚矣!」가 도치된 형태. 【惠(huì)】: 慧, 총명하다, 지혜롭다.
【殘(cán)年】: 餘生. 【毀(huǐ)】: 없애다, 훼손하다. 【毛】: 山毛, 즉 산의「草木」을 가리킨다.

13) 北山愚公長息曰: → 북산의 우공이 길게 탄식하며 말했다.
【長息(cháng xī)】: 길게 탄식하다.

固, 固不可徹, 曾不若孀妻弱子。¹⁴⁾ 雖我之死, 有子存焉。¹⁵⁾ 子又生孫, 孫又生子, 子又有子, 子又有孫, 子子孫孫, 無窮匱也,¹⁶⁾ 而山不加增, 何苦而不平?」¹⁷⁾ 河曲智叟亡以應。¹⁸⁾ 操蛇之神聞之, 懼其不已也, 告之於帝。¹⁹⁾ 帝感其誠, 命夸蛾氏二子負二山, 一厝朔東, 一厝雍南。²⁰⁾ 自此, 冀之南・漢之陰無隴斷焉。²¹⁾

---

14) 汝心之固, 固不可徹, 曾不若孀妻弱子。 ➡ 당신의 생각이 완고한데, 완고함이 통할 수 없을 정도이니, 실로 과부의 어린 자식만도 못하다.
【固】: 완고하다. 【徹(chè)】: 통하다. 【曾不若】: 실로 ……만도 못하다. 【弱子】: 어린 아이.

15) 雖我之死, 有子存焉。 ➡ 비록 내가 죽는다 해도, 자식이 있다.
【雖】비록……라 해도.

16) 子子孫孫, 無窮匱也, ➡ 자자손손, 모자람이 없다.
【窮匱(qióng kuì)】: 부족하다, 모자라다.

17) 而山不加增, 何苦而不平? ➡ 그러나 산이 불어나지 않는데, 어찌 평탄하게 되지 않을까 걱정하는가?
【而】: [연사] 그러나. 【苦】: 걱정하다, 근심하다.

18) 河曲智叟亡以應。 ➡ 하곡의 지수는 응대할 말이 없었다.
【亡(wú)】: 無와 통용. 【以】: ……로써, ……을 가지고.

19) 操蛇之神聞之, 懼其不已也, 告之於帝。 ➡ 山神이 이 말을 듣고, 그가 멈추지 않고 파내려 갈 것을 두려워한 나머지, 이 사실을 천제에게 알렸다.
【操蛇(cāo shé)之神】: 神話傳說 속의 山神 이름. 손에 뱀을 잡고 있기 때문에 붙여진 이름이다. 【懼(jù)】: 두려워하다, 걱정하다. 【其】: [대명사] 그 사람, 즉 愚公. 【已】: 정지하다, 그만두다. 【告】: 알리다, 고하다. 【之】: 그것, 즉 「愚公이 산을 옮기려는 일」. 【於】: [개사] ……에게. 【帝】: 天帝.

20) 帝感其誠, 命夸蛾氏二子負二山, 一厝朔東, 一厝雍南。 ➡ 천제가 우공의 정성에 감동되어, 과아씨의 두 아들에게 명하여 두 산을 짊어지고, 하나는 삭동에 옮겨놓고, 하나는 옹남에 옮겨놓도록 했다.
【夸蛾(kuā'é)氏】: 신화에 나오는 힘이 매우 센 神의 이름. 【負(fù)】: 짊어지다. 【厝(cuò)】: 措, 처분하다, 갖다 버리다, 안치하다. 【朔(shuò)東】: 朔方(寧夏의 옛 이름, 지금의 山西省 북부)의 동쪽. 【雍(yōng)南】: 雍州의 남쪽. 즉 지금의 山西省・甘肅省 일대로 太行山・王屋山의 소재지.

21) 自此, 冀之南・漢之陰無隴斷焉。 ➡ 이 때부터, 기주의 남쪽과 漢水의 남쪽에 (앞을) 가로막는 높은 산이 없어졌다.
【冀】: 冀州. 【隴(lǒng)】: 壟. 산이나 언덕 등의 高地. 【斷(duàn)】: 가로막다.

解題 및 本文 要旨說明 🔊

　《愚公移山》은 《列子·湯問》의 일부분으로, 제목은 후인들이 붙인 것이며 역대로 人口에 膾炙되는 고대 우언 중의 名篇이다. 寓言은 흔히 어떠한 도리를 이야기에 기탁하여 작자의 관점이나 주장을 표현하고 전달하는 작용을 하는데, 《愚公移山》은 바로 愚公이 산을 옮기는 고사를 통해 확고한 결심과 두려움 없는 용기, 그리고 어려움을 극복하고 나태함이 없이 노력한다면 반드시 성공할 수 있다는 교훈을 주고 있다.

　작자는 고사의 구성에 있어서 중심사상을 부각시키기 위해 대비 또는 대조의 기법을 매우 효과적으로 운용하고 있다. 예를 들어 사방이 칠백 리요 높이가 萬丈이나 되는 산을 愚公의 여력에 대비한 것이나, 愚公과 智叟와의 대화를 통한 두 사람간의 사상관점의 대비, 대대로 이어지는 자손의 번창과 고정된 산의 대비 외에도, 太行·王屋의 웅장한 모습, 멀고 먼 運土의 여정, 열악한 운송수단, 操蛇之神이 오히려 두려워하는 모습, 天帝의 감동 등 愚公의 移山에 대한 결심과 기백을 돌출시키기 위한 측면묘사는 고사의 주제와 인물형상을 더욱 돋보이게 하는 작용을 하고 있다.

古代 漢語의 발음표기

1. 反切

反切은 「反語」라고도 하며, 「注音字母」, 「漢語拼音方案」이 사용되기 이전에 漢語(中國語) 발음을 표기했던 전통적인 注音 방법의 하나이다. 즉, 두 글자의 음을 병렬하여 다른 글자의 발음을 표기하는 것인데, 「反」이나 「切」은 모두 拼音 즉 두 가지 音素를 결합하여 발음을 표시한다는 뜻이다. 注音에 사용되는 두 글자는 앞의 글자를 「反切上字」, 뒤의 글자를 「反切下字」라고 한다. 注音의 방법은 반절상자의 聲母(子音)와 반절하자의 韻母(母音)를 취해 병렬하고, 여기에 반절하자의 聲調를 취하는 방식이다. 예를 들어 「土」자에 대한 注音은 「他魯切」(唐代 이전에는 「某某反」, 唐代 이후에는 「某某切」이라 했다.)이다. 즉 반절상자인 「他 tā」의 성모 「t」와 반절하자 「魯 lǔ」의 운모 「u」를 결합한 후, 여기에 다시 반절하자 「魯」의 성조인 上聲(제3성)을 취하면 「土」의 발음은 「tǔ」가 된다.

그러면 반절법은 언제 누가 만들어 사용하기 시작했는가?

陳澧《切韻考》: 「옛 사람들이 글자에 음을 달 때는, 다만 「讀若某」라 했는데, 이는 즉 某와 같이 읽는다는 말이다. 그러나 간혹 同音字가 없으면, 그 방법은 궁색해진다. 그래서 孫炎이 처음으로 反語를 만들어, 두 글자를 이용해 한 글자의 음을 달았는데, 그 쓰임새가 궁색하지 않으며, 이는 옛 사람들이 미처 생각하지 못한 방법이다.(古人音書, 但曰讀若某, 讀與某同; 然或無同音之字, 則其法窮, 孫叔然始爲反語, 以二字爲一字之音, 而其用不窮, 此古人所不及也。)」
陸德明《經典釋義》: 「손염이 처음으로 반어를 만들었다.(孫炎始爲反語。)」
張守節《史記正義》: 「위나라 비서 손염이 처음으로 반어를 만들었다.(魏秘書孫炎始作反語。)」

위 말에서 보면 魏의 손염(자는 叔然)이라 했다. 그런데 근자에 이르러 劉師培가《正名隅論》에서 馬融의《易注》와 鄭衆의《周官注》에 모두 반절의 음이 있다고 밝혔고, 또 章炳麟이 應劭의《漢地理志注》에도 반절을 사용했다고 밝힌 것으로 보면, 反切은 실제로 漢代부터 비롯된 것이지 결코 魏 孫炎에서 시작된 것이 아닌 듯하다.

2. 直音

음이 같거나 비슷한 글자를 가지고 注音하는 것을 말하는데, 예를 들어 「庭音亭」 혹은 「兪音愉」와 같은 것이다. 그러나 이러한 주음방법은 예를 들어《辭海》에 「仍」자를 주음하기 위해 이보다 난해한 「礽」자를 사용한 것처럼 표음에 사용된 글자가 오히려 주음되는 글자에 비해 난해한 경우가 있어, 주음의 작용을 못한다.

3. 讀若

음이 비슷한 글자를 가지고 주음하는 방법으로 예를 들어 「珣讀若宣」이라 한 것을 말한다. 「讀如」 「讀爲」 「讀近」이라고도 하는데, 이러한 주음방법 역시 直音의 방법과 비슷한 결점을 가지고 있다.

2. 扁鵲治病

《韓非子》

作者 ○

　韓非(약B.C.280-B.C.233)는 戰國시대 말기 韓나라 제후의 아들이며, 전국시대의 사상가로 法家思想을 집대성한 사람이다. 《史記》의 기록에 의하면 韓非는 말을 더듬었기 때문에 말하기를 싫어하였으나, 저술에 매우 능했다. 李斯와 더불어 荀子에게 배웠는데, 李斯 스스로도 韓非만 못했음을 인정했다고 한다. 韓非는 韓나라가 점점 쇠퇴하는 것을 보고 여러 차례 글을 올려 先王之敎를 폐지하고 刑法으로 다스려 부국강병을 꾀할 것을 주장하였다. 韓王이 이를 채택하지 않자 韓非는 물러나 오직 저술에만 전념하여 《五蠹》·《孤憤》·《說難》·《內外諸說》·《說林》 등을 완성하였다. 얼마 후, 그의 저술은 秦나라로 전해졌다. 秦始皇이 읽고 나서 탄식하며 말하길 「내가 만약 이 사람을 만나 교유할 수 있다면, 죽어도 한이 없겠다.」라고 했다. 그리하여 秦이 韓을 공격해 들어가 韓非를 데려가려 하자, 韓王이 서둘러 韓非를 秦에 보냈다. 秦王은 韓非를 보고 매우 기뻐했다. 그러자 李斯는 韓非가 기용될 것을 두려워하여 秦王에게 「韓非는 韓王의 아들이기 때문에 秦의 虛實을 알게 되면 귀국 후 틀림없이 후환이 될 것이니 죄를 뒤집어 씌워 죽여야 한다.」고 참소하였다. 秦王은 곧 韓非를 처치하라는 명을 내렸다. 李斯는 秦王의 마음이 변하기 전에 서둘러 독약을 보내 韓非로 하여금 자살토록 했다. 이렇게 하여 韓非는 죽었지만, 그의 정치주장은 오히려 秦王에 의해 채택되었다.

　《韓非子》는 法家의 대표작으로 총 20권 55편 10여만 자에 이른다. 《韓非子》의 내용은 대부분이 論辨文에 속하는데, 선명한 관점, 예리한 언어, 생동감 있는 論證, 힘있는 辨駁, 투철한 說理, 정밀한 분석과 아울러 강한 논리성이 돋보이며, 또한 많은 寓言고사를 論證의 재료로 운용함으로써 보다 흥미롭고 생동감을 더해주고 있다.

《韓非子》의 註釋本으로는 淸末 王先愼의 《韓非子集解》, 近人 陳奇猷의 《韓非子集釋》, 梁啓雄의 《韓非子淺解》, 周勛初의 《韓非子校注》 등이 있다.

註釋 ☞

扁鵲見蔡桓公, 立有間, 扁鵲曰:「君有疾在腠理, 不治將恐深。」[1] 桓侯曰:「寡人無疾。」[2] 扁鵲出, 桓侯曰:「醫之好治不病以爲功。」[3] 居十日, 扁鵲復見, 曰:「君之病在肌膚, 不治將益深。」桓侯不應。[4] 扁鵲出, 桓侯又不悅。[5] 居十日, 扁鵲復見, 曰:「君之

---

1) 扁鵲見蔡桓公, 立有間, 扁鵲曰:「君有疾在腠理, 不治將恐深。」➡ 편작이 채환공을 알현하고, 잠시 서서 보더니 말하길 「임금님은 병이 살결에 있는데, 치료하지 않으면 아마도 심해질 것입니다.」라고 했다.
   【扁鵲(biǎn què)】: 戰國시대의 名醫. 성은 秦, 이름은 越人으로 渤海郡鄭邑(지금의 河北省 任丘縣 北鄭州鎭) 사람이다. 그는 중국 醫術에서의 전통진단법인 「望·聞·問·切」의 四診法의 기초를 닦았다. 당시 사람들은 그의 의술을 黃帝시대의 名醫인 「扁鵲」과 비교하여 그 이름을 그대로 따서 扁鵲이라 불렀다. 【見】: 알현하다. 【蔡桓公】: 春秋戰國시대 蔡나라(지금의 河南省 上蔡縣 일대)의 임금. 【有間(jiàn)】: 잠시, 잠깐. 【疾】: 질병. ※본래 질병의 상태가 비교적 가벼운 것은 「疾」이라 했고, 비교적 무거운 것은 「病」이라 했다. 【腠(còu)理】: 살결. 【將(jiāng)】: 장차……할 것이다. 【恐(kǒng)】: 아마도, 어쩌면. 【深(shēn)】: 깊다, 심하다.

2) 桓侯曰:「寡人無疾。」➡ 채환공이 말하길 「과인은 병이 없다.」라고 했다.
   【桓侯(huán hóu)】: 蔡 桓公. 【寡(guǎ)人】: 과인. ※임금이 자신을 낮추어 부르는 말로 「寡德之人(덕이 부족한 사람)」이란 뜻.

3) 扁鵲出, 桓侯曰:「醫之好治不病以爲功。」➡ 편작이 나가자, 채환공이 말하길 「의사는 병이 없는 사람을 치료하여 병을 낫게 하고 이로써 자신의 공으로 삼기를 좋아한다.」라고 했다.
   【之】: [허사]. 【好(hào)】: [동사] 좋아하다. 【不病】: 병이 없는 사람. 【以】: ……로써.

4) 居十日, 扁鵲復見, 曰:「君之病在肌膚, 不治將益深。」桓侯不應。➡ 열흘이 지나, 편작이 다시 (채환공을) 배알하고 말하길 「폐하의 병환은 근육과 피부 사이에 있는데, 치료하지 않으면 더욱 깊어질 것입니다.」라고 했다. 채환공은 대꾸하지 않았다.
   【居】: 머물다, 경과하다. 【復(fù)】: 다시, 또. 【肌膚(jī fū)】: 근육과 피부 사이. 【益(yì)】: 더욱. 【應(yìng)】: 대꾸하다, 대응하다.

5) 扁鵲出, 桓侯又不悅。➡ 편작이 나가자, 채환공은 또 불쾌하게 생각했다.

病在腸胃, 不治將益深。」桓侯又不應。扁鵲出, 桓侯又不悅。

居十日, 扁鵲望桓侯而還走, 桓侯故使人問之。⁶⁾ 扁鵲曰:「病在腠理, 湯熨之所及也;⁷⁾ 在肌膚, 鍼石所及也;⁸⁾ 在腸胃, 火齊之所及也;⁹⁾ 在骨髓, 司命之所屬, 無奈何也。¹⁰⁾ 今在骨髓, 臣是以無請也。¹¹⁾ 居五日, 桓侯體痛, 使人索扁鵲, 已逃秦矣。桓侯遂死。¹²⁾

---

6) 居十日, 扁鵲望桓侯而還走, 桓侯故使人問之。 ➡ 열흘이 지나, 편작이 멀리서 채환공을 보고 나서 몸을 돌려 나가 버리자, 채환공이 의도적으로 사람을 시켜 그에게 물어보았다.
【還(huán)走】: 몸을 돌려 나가 버리다. ※「還」: 旋, 돌다, 회전하다. 【故】: 의도적으로. 【之】: [대명사] 그, 즉「편작」.

7) 病在腠理, 湯熨之所及也; ➡ 병이 살결에 있을 때는, 뜨거운 물로 덥게 하거나 약물로 찜질하여 완치에 이를 수 있습니다.
【湯(tàng)】: 燙, 뜨거운 물로 데우다. 【熨(wèi)】: 약물로 찜질하다. 【及】: (완치에) 이르다, 도달하다.

8) 在肌膚, 鍼石所及也; ➡ 근육과 피부 사이에 있을 때는, 침으로 완치할 수 있습니다.
【鍼(zhēn)石】: 침으로 치료하다. ※鍼石은 본래「금속 침과 돌 침」이나, 여기서는 동사용법으로 쓰였다.

9) 在腸胃, 火齊之所及也; ➡ 장이나 위에 있을 때는, 화제탕으로 완치할 수 있습니다.
【火齊(jì)】: 火劑湯. 해열과 위·장을 치료하는 탕약. ※「齊」: 劑.

10) 在骨髓, 司命之所屬, 無奈何也。 ➡ 골수에 있으면, 이는 사명신의 소관으로, 어찌할 방법이 없습니다.
【司命】: 生死를 主宰한다는 전설 속의 神 이름. 【所屬(shǔ)】: 소관, 관장하는 바. 【無奈(nài)何】: 어찌 할 방법이 없다.

11) 今在骨髓, 臣是以無請也。 ➡ 지금은 이미 골수에 있기 때문에, 저는 그래서 (병을 치료하도록) 요청하지 않았습니다.
【臣】: 저(나). ※신하가 임금에 대해 자신을 낮추어 부르는 말. 【是以】: 그래서. 【無請】: 요청하지 않다.

12) 居五日, 桓侯體痛, 使人索扁鵲, 已逃秦矣. 桓侯遂死。 ➡ 닷새가 지나, 채환공의 몸이 아파 사람을 시켜 편작을 찾았으나, 이미 진나라로 도망가 버린 뒤였다. 채환공은 결국 죽고 말았다.
【使】: 시키다, ……하게 하다. 【索(suǒ)】: 찾다. 【逃(táo)】: 도망하다. 【遂(suì)】: 마침내, 결국.

解題 및 本文 要旨說明 🍂

《扁鵲治病》은 《韓非子 · 喩老》의 일부분으로, 내용은 채환공이 병을 들추어내기를 꺼려하여 의사를 기피하다가 끝내 질병으로 죽었다고 하는 간단한 고사를 통해, 사람들이 맹목적으로 자신하고 오만하거나 평소 자기의 방식만을 고집하는 행위를 삼가고, 마땅히 자신의 결점과 착오를 바로 보고 충고를 귀담아 들어야 하며, 그렇지 않으면 후에 반드시 비참한 결과를 초래하게 됨을 示唆해 주고 있다.

편작은 전국 초기의 명의로 전설이 매우 많은데, 사실도 있고 허구도 있다. 채환공은 춘추시대 사람이고 편작은 전국시대 사람이니 시간적으로 두 사람이 만날 수가 없으므로 본 고사는 허구이다. 그러나 한비의 이 고사는 작자의 독립된 短文이 아닌 장편철학의 일부분으로 「制物於細, 未兆易謀」(아래 설명 참조)의 관점을 설명하고 있다. 이러한 說理목적을 바탕으로 하기 때문에 문장이 장황하거나 꾸밈이 없고, 절차가 분명하며, 언어가 정확 · 세련 · 질박 · 간결하여 《韓非子》산문의 예리하고 정밀한 풍격을 여실히 보여주고 있다.

설명 🌧

「制物於細, 未兆易謀」: 「制物於細」는 《韓非子 · 喩老》에 「사물을 制御하려면 반드시 그 사물의 작은 부분으로부터 착수해야 한다.(欲制物者於其細也。)」라 한 말이고, 「未兆易謀」는 역시 《韓非子 · 喩老》에 老子가 「정세가 안정되어 있으면 지탱하기가 쉽고, 징조가 아직 보이지 않을 때 도모하기가 쉽다.(其安, 易持也, 其未兆, 易謀也。)」라고 한 말을 인용한 것이다. 이 말은 곧 모든 일은 사전에 잘 대비해야 그르치지 않는다는 有備無患의 의미를 강조한 것이다.

3. 刻舟求劍

《呂氏春秋》

作者 ○

　《呂氏春秋》는《呂覽》이라고도 하며, 呂不韋가 자기의 문객을 시켜 쓴 책이다. 책 전체를 12紀 8覽 6論으로 구분하여, 26卷 160편으로 엮었다. 雜家의 대표작으로 알려져 있는데, 이 책에는 많은 古史와 더불어 天文·曆數·音律 등의 지식과 秦이전 여러 학자들의 사상자료를 보존하고 있어 문헌으로서의 높은 가치를 지니고 있다.

　呂不韋(?-B.C.235)는 전국시대 衛나라 濮陽(현재의 河南省 濮陽縣 서남쪽) 사람이다. 《史記·呂不韋列傳》에 의하면, 그는 陽翟(韓의 도읍지, 지금의 河南省 禹縣)의 大商 출신으로, 莊襄王때 승상이 되어 文信侯에 봉해진 후, 河南 洛陽의 10만 호를 食邑으로 받았다. 장양왕이 즉위 3년 만에 죽고, 나이 어린 태자 嬴政(성은 嬴, 이름은 政, 후의 秦始皇)이 왕이 되자, 여불위를 존경하여 그대로 재상으로 삼고「仲父」라 호칭했다. 여불위는 식객 3천 명을 두고 있었는데, 그들로 하여금 견문을 저술토록 하여 이것을 책으로 엮어《여씨춘추》를 완성했다. 후에 여불위는 진시황의 미움을 사서 食邑으로 추방되었는데, 죽음을 당할 것이라는 두려움을 느껴 스스로 독주를 마시고 자살했다.

註釋 ☞

　楚人有涉江者, 其劍自舟中墜於水, 遽契其舟, 曰:「是吾劍之所從墜。」[1] 舟止, 從其所契者入水求之。[2] 舟已行矣, 而劍不行; 求劍若此, 不亦惑乎?[3]

解題 및 本文 要旨說明 ☁

　본문은《呂氏春秋 · 察今》중의 일부분이다.「察今」은 현재의 실제상황을 확실히 살핀다는 뜻이다. 전국시대는 사회변혁이 매우 심한 시기로, 형세가 바뀌어「고대의 법령제도」는 이미 새로운 국면에 적응할 수가 없었다. 그런데, 옛것에 젖어있는 사람들은 여전히 그처럼 구태의연한 방법을 떨쳐내지 못했다.「刻舟求劍」은 바로 그러한 사람들을 비웃은 이야기이다. 배는 분명히 멀리 나갔는데, 그 楚나라 사람은 그런 사실은 생각지도 못하고 배에 표기해 놓은 흔적만을 가지고 물 속에 빠진 칼을 찾고자 했다. 이는 헛되이 기력을 낭비할 뿐만 아니라, 당연히 어떤 결과도 얻을 수 없다는 사실을 우의적으로 풍자한 것이다.

---

1) 楚人有涉江者, 其劍自舟中墜於水, 遽契其舟, 曰:「是吾劍之所從墜。」→ 초나라 사람으로 강을 건너는 자가 있었는데, 그의 칼이 배로부터 물 속으로 떨어지자, 재빨리 그 배에 표기를 해 놓고 나서 말하길「여기가 내 칼이 떨어진 곳이다.」라고 했다.
   【楚】: [국명] 戰國時代의 나라이름. 도읍지는 지금의 湖北省 江陵縣 북쪽. 【涉(shè)】: 건너다. 【墜(zhuì)】: 떨어지다. 【遽(jù)】: 재빨리, 즉시. 【契(qì)】: 새기다, 표기하다. 【是】: 이곳, 여기.

2) 舟止, 從其所契者入水求之。→ 배가 멈추자, 그 표기해 놓은 곳으로부터 물 속으로 들어가 칼을 찾고자 했다.
   【求】: 찾다, 구하다. 【之】: [대명사] 그것, 즉「칼」.

3) 舟已行矣, 而劍不行; 求劍若此, 不亦惑乎? → 배는 이미 떠나가고 칼은 (배를) 따라가지 않았는데, 이와 같이 칼을 찾고 있으니, 또한 어리석은 일이 아니겠는가?
   【若此】: 如此, 이와 같다. 【不亦……乎】: 또한 ……하지 않겠는가? 【惑】: 어리석다, 멍청하다.

寓 言

4. 狐假虎威

《戰國策》

作者 ○

《戰國策》은 戰國시대의 역사적 사실을 기록한 일종의 역사책으로 西漢말 劉向이 정리하여 완성한 것이다. 體裁는 東周策·西周策·秦策·齊策·楚策·趙策·魏策·韓策·燕策·宋策·衛策·中山策 등 12책 33卷으로 구성되어 있는데, 유향의《戰國策·序》에 의하면 이 책은 본래《國策》·《國事》·《短長》·《事語》 등 여러 이름으로 불리었으나, 책의 내용이 대체로 전국시대 여러 나라의 제후들에 대해 유세객들이 계책을 도모한 언론이란 점을 감안하여 유향이 「策」자를 붙여《전국책》이란 이름으로 불리게 된 것이다.

현재 통행되고 있는《전국책》외에, 1973년 河南省 長沙 馬王堆의 三號 漢墓에서 출토된《전국책》과 비슷한 帛書는 書名이 없이 총 27장으로 구성되어 있는데, 그중 10章은《전국책》에 보이고, 8章은《史記》에 보인다. 따라서, 두 책에서 중복된 것을 빼고 나면 11장만 수록되어 있는 셈이며, 그 나머지 16장은 모두 佚書들로서 상당한 史料的 가치를 지니고 있다.

註釋 ○

　　虎求百獸而食之, 得狐。[1] 狐曰:「子無敢食我也。[2] 天帝使我長百獸, 今子食我, 是逆天帝之命也。[3] 子以我爲不信, 吾爲子先

行, 子隨我後, 觀百獸之見我而敢不走乎!⁴⁾」虎以爲然, 故遂與之行。⁵⁾ 獸見之皆走。⁶⁾ 虎不知獸畏己而走也, 以爲畏狐也。⁷⁾

解題 및 本文 要旨說明

본문은 《戰國策·楚一》의 일부분이다. 이 고사는 여우의 영특하고 機智있는 모습을 서술하고 있지만, 한편으론 그처럼 어리석은 호랑이를 만나야 비로소 엉거주춤 넘길 수가 있다는 것을 비유하고 있다. 본래 군대의 지휘관이 국가의 세력을 믿고 우쭐대는 것을 비난한 것이었는데, 후세 사람들이 악한 세력이 선량한 사람을 기만하고 억압하는 것을 가리켜 「狐假虎威」라는 成語로 사용했다.

---

1) 虎求百獸而食之, 得狐。 ➡ 호랑이는 여러 짐승들을 잡아먹고 사는데, (마침) 여우를 잡았다.
   【求】: 찾다, 구하다, 즉 「잡다」. 【食(shí)】: [동사] 먹다. 【之】: [대명사] 그것, 즉 「百獸」.

2) 子無敢食我也。 ➡ 그대는 감히 나를 잡아먹지 못한다.
   【子】: 너, 당신, 그대. 【無敢】: 不敢, 감히……하지 못하다.

3) 天帝使我長百獸, 今子食我, 是逆天帝之命也。 ➡ 천제께서 나를 보내 백수의 어른으로 삼았으므로, 지금 그대가 나를 잡아먹는다면 이는 천제의 명령을 거역하는 것이다.
   【使】: 보내다, 파견하다. 【長(zhǎng)】: 우두머리가 되다, 어른 노릇을 하다. 【是】: [대명사] 이것, 즉 「호랑이가 여우를 잡아먹는 것」.

4) 子以我爲不信, 吾爲子先行, 子隨我後, 觀百獸之見我而敢不走乎! ➡ 그대가 나를 성실하지 않다고 생각한다면, 내가 그대 보다 앞에서 걸어갈 테니 그대는 나의 뒤를 따라오며, 백수가 나를 보고 감히 달아나지 않는가 살펴보라!
   【以……爲……】: …… 을 …… 라고 여기다(생각하다). ※「以」의 賓語(목적어)를 생략할 경우 「以爲」의 형태가 된다. 예를 들어, 「人皆以孔子爲大聖, 吾亦以爲大聖。」에서 「吾亦以爲大聖。」은 「吾亦以孔子爲大聖。」에서 賓語 孔子를 생략한 형태이다. 【信】: 성실하다, 정직하다. 【先行】: 앞에서 걷다. 【敢不走】: 감히 달아나지 못하다.

5) 虎以爲然, 故遂與之行。 ➡ 호랑이는 그렇다고 생각하여, 그래서 즉시 여우를 따라 걸었다.
   【以爲】: ……라 생각하다, ……라 여기다. 【然】: 그렇다, 맞다. 【遂】: 곧, 바로, 즉시. 【之】: [대명사] 그, 즉 「여우」.

6) 獸見之皆走。 ➡ 짐승들이 여우를 보자 모두 달아났다.
   【之】: [대명사] 그, 즉 「여우」.

7) 虎不知獸畏己而走也, 以爲畏狐也。 ➡ 호랑이는 짐승들이 자기를 보고 달아나는 것을 알지 못하고, 여우를 두려워하는 것으로 생각했다.
   【畏(wèi)】: 두려워하다, 무서워하다.

寓言

5. 塞翁失馬

《淮南子》

作者 ○

《淮南子》는 淮南王 劉安과 그의 門客인 蘇非·李尙·伍被 등이 지은 책으로 西漢 道家思想의 최고 이론서이다. 劉安(B.C.179-B.C.122)은 漢 高祖의 庶孫이요 淮南 厲王의 長子로, 西漢의 사상가이며 문학가이다. 厲王은 역모를 꾀하다가 西蜀으로 유배되어 식량이 떨어져 객사했는데, 후에 漢 文帝가 그 유족을 거두고, 劉安을 淮南王에 봉했다.

劉安은 독서를 좋아하고 문장에 뛰어났으며 창작구상이 민첩하여 漢 武帝의 명을 받아《離騷傳》을 지었고, 또한 賓客과 道士 수천 명을 초치하여《鴻烈》을 지었는데, 후세에 이르러 이를《淮南鴻烈》또는《淮南子》라 했다.

《淮南子》의 내용은 道家의 自然無道觀을 중심으로 하고 있는데, 先秦의 道·法·陰陽 등 諸家의 사상을 종합하여 우주만물이 道로부터 파생되어, 道는 천지를 뒤덮고 높이가 끝이 없을 뿐만 아니라 깊이를 헤아릴 수 없는 존재라 여겼으며, 정치적으로는「無爲而治」를 주장하였다. 劉安은 후에 모반사건으로 자살했는데, 이에 연루된 자가 수천 명에 달했다.

註釋

夫禍福之轉而相生, 其變難見也。[1] 近塞上之人, 有善術者, 馬無故亡而入胡。[2] 人皆弔之, 其父曰:「此何遽不爲福乎?」[3] 居數月, 其馬將胡駿馬而歸。[4] 人皆賀之, 其父曰:「此何遽不能爲禍乎?」[5] 家富良馬, 其子好騎, 墮而折其髀。[6] 人皆弔之, 其父曰:「此何遽不爲福乎?」居一年, 胡人大入塞, 丁壯者引弦而戰。[7] 近

---

1) 夫禍福之轉而相生, 其變難見也。→ 대저 길흉화복이란 서로 번갈아 일어나서, 그 변화를 예측하기 어렵다.
【夫】: [발어사] 대저, 무릇. 【轉而相生】: 번갈아 발생하다. 【見難】: 예측하기 어렵다.

2) 近塞上之人, 有善術者, 馬無故亡而入胡。→ 변방 가까이 사는 사람으로 술수에 정통한 사람이 있었는데, (그 집의) 말이 아무런 까닭 없이 달아나 오랑캐 지역으로 들어갔다.
【近】: 부근, 가까이. 【塞(sài)上】: 변방, 국경지대. ※여기서는 萬里長城 일대를 가리킨다. 【善術者】: 술수에 정통한 사람. ※「術」: 관상 · 점복 등 길흉화복을 헤아려 아는 술법. 【無故】: 까닭 없이, 이유 없이. 【亡】: 달아나다, 도망하다. 【胡(hú)】: 오랑캐. ※옛날 중국 북방과 서방의 소수민족에 대한 호칭.

3) 人皆弔之, 其父曰:「此何遽不爲福乎?」→ 사람들이 모두 그를 위로하였으나, 그의 아버지는 「이 어찌 곧 복으로 변하지 않겠는가?」라고 말했다.
【弔(diào)】: 위로하다. 【之】: [대명사] 그 사람, 즉 말을 잃은 塞翁. 【何】: 어찌. 【遽】: 곧, 바로, 머지 않아. 【爲】: ……가 되다, ……으로 변하다. 【乎】: [의문조사] ……겠는가?

4) 居數月, 其馬將胡駿馬而歸。→ 몇 달이 지나자, 그 말이 오랑캐의 준마를 데리고 돌아왔다.
【居】: 경과하다, 지나다. 【將】: 데리다, 인솔하다.

5) 人皆賀之, 其父曰:「此何遽不能爲禍乎?」→ 사람들이 모두 그에게 축하를 보내자, 그의 아버지는 「이 어찌 곧 화로 변하지 않을 수 있겠는가?」라고 말했다.
【賀(hè)】: 축하하다.

6) 家富良馬, 其子好騎, 墮而折其髀。→ 집에 좋은 말이 많고, 그 아들이 말타기를 좋아하다가, 말에서 떨어져 넓적다리 뼈가 부러졌다.
【好(hào)】: [동사] 좋아하다. 【騎(qí)】: (말, 자전거 등을) 타다. 【墮(duò)】: 떨어지다. 【折(zhé)】: 부러지다. 【髀(bì)】: 대퇴골, 넓적다리 뼈.

7) 居一年, 胡人大入塞, 丁壯者引弦而戰。→ 일년이 지난 후, 오랑캐가 대거 변방에 침입해 들어와, 장정들이 모두 활을 들고 전장에 나아가 싸웠다.
【丁壯(zhuàng)】: 장정, 청년 남자. 【引弦(yǐn xián)而戰】: 활을 들고 전장에 나아가 싸우다. ※「引」: 끌어당기다. 「弦」: 활 줄.

37

塞之人, 死者十九。[8] 此獨以跛之故, 父子相保。[9]

故福之爲禍, 禍之爲福, 化不可極, 深不可測也。[10]

解題 및 本文 要旨說明

本篇은《淮南子・人間訓》의 일부분으로《塞翁失馬》란 제목은 후인들이 붙인 것이다. 내용은 변방에 사는 한 노인이 편안한 마음으로 자기 아들이 「失馬한 일」・「得馬한 일」・「落馬한 일」에 대해, 일시적인 禍로 인해 근심하지 않고, 일시적인 福으로 인해 기뻐하지 않는다는 吉凶禍福에 대한 그 특유의 대응방법을 서술하고 있다.

《塞翁失馬》고사는 대비법을 반복적으로 운용하면서 「失馬」・「得馬」・「落馬」・「生命保全」 등 네 가지 일을 통해서 「失馬와 得馬」・「得馬와 落馬」・「落馬와 生命保全」이란 세 가지 모순을 구성하여 吉凶禍福이 서로 의존하며 轉化하는 이치를 설명하고 있다. 문장의 구성상 여러 사람들과 塞翁간의 吉凶禍福에 대한 관점을 둘러싸고 세 차례의 대화를 교묘하게 안배하고 있는데, 상황의 발전은 여러 사람의 생각과 전혀 다르게 모두가 塞翁의 의중에 따라 전개되고 있다. 고사 스토리가 생동적이고 寓意를 밖으로 드러내지 않으면서도 보면 볼수록 흥미를 자아내게 한다. 독자들에게 得失이 환경이나 조건에 따라 화가 될 수도 있고 복이 될 수도 있어 미리 헤아릴 수 없다는 轉化의 교훈을 주고 있다. 「人間萬事, 塞翁之馬」란 바로 이를 두고 한 말이다.

---

8) 近塞之人, 死者十九。→ 변방의 사람들은, 죽은 자가 십중팔구였다.
   【十九】: 9할, 열 중의 아홉. ※옛날 「九」는 대체로 절대다수의 많은 수를 가리켰다.

9) 此獨以跛之故, 父子相保。→ 이 사람 혼자만이 다리를 전 까닭으로 인하여, 부자가 서로 생명을 보전하게 되었다.
   【此】: 이 사람, 즉 새옹의 아들. 【獨(dú)】: 유독, 홀로. 【以】: ……로 인하여, ……때문에. 【跛(bǒ)】: 다리를 절다. 【故】: 연고, 까닭. 【相保】: 서로 생명을 보전하다.

10) 故福之爲禍, 禍之爲福, 化不可極, 深不可測也。→ 그래서 복이 화가 되기도 하고 화가 복이 되기도 하는데, 그 변화가 무궁무진하고 심오한 도리를 측량할 수가 없다.
   【不可極】: 다할 수 없다, 무궁무진하다. 【測(cè)】: 재다, 측량하다.

「成語」의 연원

　「成語」란 장기간의 언어운용 과정에서 습관적으로 사용함으로써 형성된 단어의 조합을 말한다. 예를 들어 《列子·湯問》의 「愚公移山」은 北山에 사는 90세 가까운 우공이 집 앞을 막고 있는 두 산을 평탄하게 고르기 위해 집안 식구들을 동원하여 일하는 과정에서 여러 사람들의 만류에도 불구하고 뜻을 굽히지 않자, 이를 알게 된 天帝의 도움으로 목적을 달성한 이야기이다. 「愚公移山」은 직역하면 「우공이 산을 옮기다」라는 말이다. 그러나 이 고사가 나타내는 의미는 「흔들리지 않고 부단히 노력하면 성공할 수 있다.」라는 말이다. 이러한 성어의 연원은 매우 다양하다.

1. 寓言故事
　우언은 어떠한 사상 인식을 비유의 형식으로 설명하는 것이다. 중국은 예로부터 우언고사가 많아 성어가 매우 풍부하다. 예를 들면, 앞에서 인용한 「우공이산」 외에도, 《呂氏春秋·察今》의 《刻舟求劍》은 楚나라 사람이 강을 건너다가 칼을 물속에 떨어뜨리자 그 배에다 칼이 떨어진 지점을 표시하고, 잠시 후 배를 멈춘 다음 그 표시된 지점의 물속으로 들어가 칼을 찾는다는 내용으로, 곧 「고집스럽고 융통성이 없는 경우」를 비유했다. 이밖에도 「守株待兎」, 「自相矛盾」 등은 우언고사에서 나온 성어이다.

2. 歷史事件
　역사상 유명한 사건을 후세 사람들이 간단한 어휘로 축약하여 오랫동안 사용함으로써 성어가 되는 경우가 있다. 「四面楚歌」는 《史記·項羽本紀》에서 項羽의 군대가 漢나라 군사에 포위되어 사방의 한나라 진영에서 초나라 노래 소리가 들려온 상황을 가리켰지만, 이는 곧 孤立無援하여 탈출구가 없는 처지를 비유하는 의미로 사용되었다. 이밖에도 「臥薪嘗膽」, 「脣亡齒寒」, 「負荊請罪」 등은 모두 이러한 유형이다.

3. 古書文句
　성어 중에는 古籍의 文句에서 따온 것들이 많다. 어떤 것은 古書의 원문 그대로이고, 어떤 것은 축약해서 만들어진 것이다. 예를 들어 「水落石出」은 본래 歐陽脩의 《醉翁亭記》 중 겨울에 개울의 물이 줄어들어 돌이 드러나는 산간의 경치를 묘사한 것이나, 오늘날은 진상이 들어나는 것을 비유하는 말로 사용되고 있다. 이밖에도 「撲朔迷離」, 「後來居上」 등은 이러한 유형의 성어이다.

4. 口語轉化
　많은 사람들이 입에서 습관적으로 나오는 통속적이고 형상적인 언어 가운데 성어로 흡수된 경우가 있다. 예를 들어 「改頭換面」, 「七零八落」, 「七手八脚」, 「粗心大意」 등이 그것이다.

04

性善說

《孟子》

作者 ○

孟子(B.C.372-289)는 戰國시대의 철학자로 이름은 軻, 자는 子輿, 또는 子車이며 魯나라 鄒(지금의 山東省 鄒縣) 사람이다. 周 烈王 4년에 출생하여 赧王 26년에 84세의 나이로 죽었다.

맹자는 어려서 賢母의 「三遷之敎・斷機之訓」의 감화를 받고 성장하여 학문적 기반을 다지고, 후에 孔子의 손자인 子思에게 배웠다. 학문을 성취한 후, 梁・齊・宋・魯 등의 여러 나라를 돌아다니면서 제후들이 王道를 행하도록 설득했으나 끝내 뜻을 이루지 못하고 돌아와 萬章 등과 함께 道를 논하며 《孟子》 7편을 지었다.

맹자의 사상은 완전히 공자를 계승했다고 할 수 있다. 공자가 「仁」을 강조한 반면 맹자는 「義」를 강조하면서 「仁」과 「義」를 겸하기도 했다. 그러나 이는 실제로 공자의 「仁」을 더욱 구체적으로 천명한데 불과하다. 그래서 후세 사람들은 공자를 至聖, 맹자를 亞聖이라 했다.

《孟子》는 《論語》・《大學》・《中庸》과 더불어 「四書」라 불리며 宋・元・明・淸 이래 마치 국정교과서처럼 읽혀졌다. 《맹자》의 중심사상은 「性善說」로서 사람의 본성은 선천적으로 착하다고 본 것인데, 이는 모두 공자가 논한 「仁」의 精義를 부연한 것이며, 《孟子》 7편 중 여러 곳에서 「仁」을 강조하고 있다. 특히 「仁, 人心也。」, 「仁也者, 人也。」, 「惻隱之心, 仁之端也。」라 한 말은 사람의 본성이 선하다는 것을 단적으로 표현한 말이다.

註釋 ⌖

公都子[1]曰：「告子曰：『性無善無不善也。』[2] 或曰：『性可以爲善，可以爲不善。是故文·武興則民好善；幽·厲興則民好暴。』[3] 或曰：『有性善，有性不善。是故以堯爲君而有象，以瞽瞍爲父而有舜，以紂爲兄之子，且以爲君，而有微子啓·王子比干。』[4] 今曰

---

1) 公都子: 맹자의 제자. ※趙岐注：「孟子弟子也。」

2) 告子曰：『性無善無不善也。』➡ 고자는 『(인간의) 본성은 착함도 없고 착하지 않음도 없다.』고 말했다.
   【告子】: [인명] 전국시대의 철학자. 《孟子》의 告子篇에서 맹자의 논쟁상대로 등장한다. 漢儒인 趙岐의 注에 따르면 告子의 「告」는 姓이고 이름은 不害이며, 儒家와 墨家를 겸했다. 告子는 맹자에게 배웠으나, 사람의 본성이 착하지도 않고 악하지도 않다고 주장하면서 맹자의 「義」는 후천적 영향이라고 했다.

3) 或曰：『性可以爲善, 可以爲不善。是故文·武興則民好善; 幽·厲興則民好暴。』➡ 어떤 사람은 『인간의 성품은 착하게 될 수도 있고, 착하지 않게 될 수도 있다. 그래서 문왕과 무왕이 일어나니 사람들이 善行을 좋아했고, 유왕과 여왕이 일어나니 백성이 포악한 행위를 좋아했다.』라고 말했다.
   【爲】: 되다. 【是故】: 그래서. 【文·武】: 周의 文王과 武王. 【興(xīng)】: 일어나다. 【好(hào)】: 좋아하다. 【善】: 善行. 【幽·厲】: 周의 幽王과 厲王. ※모두 포악한 君主로 이름이 높다. 【暴(bào)】: 포악한 행위.

4) 或曰：『有性善, 有性不善。是故以堯爲君而有象, 以瞽瞍爲父而有舜, 以紂爲兄之子, 且以爲君, 而有微子啓·王子比干。』➡ 또 어떤 사람은 『본성이 착한 사람도 있고, 본성이 착하지 않은 사람도 있다. 그래서 堯와 같은 聖君 치하에서도 象과 같은 악한자가 있었고, 瞽瞍와 같은 나쁜 아비를 두었어도 舜과 같은 효자가 있었으며, 紂와 같은 포악한 자를 조카로 두고, 또 그를 임금으로 삼았어도, 微子啓와 같은 어진 庶兄과 王子比干 같은 어진 숙부가 있었다.』고 말했다.
   【堯(yáo)】: 고대 唐의 임금. 【象】: [인명] 舜의 어머니가 죽은 후 그 아버지 瞽瞍가 후처를 얻어 象을 낳았다. 象은 성질이 오만하고 항상 舜을 죽이고자 음모했으나, 舜은 오히려 그를 감싸고 사랑하며 임금이 된 후에는 象을 有庳에 봉했다. 【瞽瞍(gǔ sǒu)】: [인명] 虞나라 舜임금의 아버지. 舜이 어렸을 때 여러 차례 舜을 죽이려다 실패했다. 【舜(shùn)】: 虞의 임금. 【紂(zhòu)】: 商帝 乙의 아들로 商의 마지막 임금. 힘이 천하장사여서 민첩하고 언변이 뛰어나지만 酒色을 좋아하고 포악하기 이를 데 없다. 후에 周 武王에게 정벌당하여 자결함으로써 商이 멸망했다. 【兄之子】: 형의 아들, 조카. 【且】: 또한. 【以爲】: 以(之)爲, 그를……로 삼다. 【微子啓】: 紂의 庶兄이며, 商帝 乙의 맏아들. ※「微」: 나라이름. 「子」: 작위. 「啓」: 이름. 微子啓는 紂의 음란한 행동에 대해 여러 차례 諫했으나 듣지 않자 紂에게서 떠났다. 【王子比干】: 紂의 叔父로 이름은 干. 比지방에 봉해졌으므로 比干이라 했다. 紂에게 3일 동안 물러나지 않고 諫하다가 紂의 노여움을 사서 죽임

性善, 然則彼皆非與?」[5]

孟子曰:「乃若其情, 則可以爲善矣, 乃所謂善也。[6] 若夫爲不善, 非才之罪也。[7] 惻隱之心,[8] 人皆有之。羞惡之心,[9] 人皆有之。恭敬之心,[10] 人皆有之。是非之心,[11] 人皆有之。惻隱之心, 仁也。羞惡之心, 義也。恭敬之心, 禮也。是非之心, 智也。仁義禮智, 非由外鑠我也, 我固有之也, 弗思耳矣。[12] 故曰:『求則得之, 舍則失之。』[13] 或相倍蓰而無算者, 不能盡其才者也。[14]《詩》云:『天生蒸

을 당했다.

5) 今日性善, 然則彼皆非與? → 지금 (선생께서) 본성이 선하다고 말했는데, 그렇다면 그들은 모두 옳지 않은 것입니까?
【然則】: 그렇다면. 【與】: [어조사] 反問표시.

6) 乃若其情, 則可以爲善矣, 乃所謂善也。 → 오직 (본성에서 발동한) 情을 따르면, 착하게 될 수가 있으니, 이것이 바로 내가 말하는 善이다.
【乃若】: 오직……에 따르다. 「乃」: 오직, 다만. 「若」: 따르다. ※ 趙岐注:「若, 順也。」. 朱熹《孟子集註》:「乃若, 發語辭。」. 여기서는 趙岐注를 따른다. 【乃】: 바로 ……이다.

7) 若夫爲不善, 非才之罪也。 → 악한 짓을 하는 것에 관해 말하자면, 결코 타고난 성품이 저지른 죄가 아니다.
【若夫】: ……관해 말하자면. 【爲不善】: 악한 짓을 하다. 【才】: 성품의 본질, 타고난 성품.

8) 惻隱(cè yǐn)之心, → 불쌍히 여기는 마음.

9) 羞惡(xiū wù)之心, → 不義를 부끄러워하고 惡을 미워하는 마음.

10) 恭敬之心, → 공경하는 마음.

11) 是非之心, → 옳고 그름을 가리는 마음.

12) 仁義禮智, 非由外鑠我也, 我固有之也, 弗思耳矣。 → 인·의·예·지는, 밖으로부터 나를 醇化한 것이 아니고, (내가) 본래 그것을 가지고 있었는데, 다만 생각하지 않고 있었을 뿐이다.
【鑠(shuò)】: 녹이다. 여기서는 「醇化하다」의 뜻. 【固有】: 본래 가지고 있다. 【弗(fú)】: 不. 【耳矣】: 而已, ……일 뿐이다.

13) 故曰:『求則得之, 舍則失之。』 → 그래서 말하길『구하면 얻을 것이요, 버리면 잃을 것이다。』라고 했다.
【舍(shě)】: 捨, 버리다.

14) 或相倍蓰而無算者, 不能盡其才者也。 → (따라서 사람의 선하고 악함이) 간혹 서로 두 배·다섯 배 심지어 무수히 많은 차이가 나는 것은, 성품의 본질을 충분히 발휘하지 못하기 때문이다.

民, 有物有則。民之秉彝, 好是懿德。』[15] 孔子曰:『爲此詩者, 其知道乎! 故有物必有則, 民之秉彝也, 故好是懿德。』[16]

解題 및 本文 要旨說明 🍈

　본문은《孟子・告子》에서「善」에 관해 언급한 부분으로, 人性의 선악에 대한 고자 등의 질문에 맹자가 인성을 善으로 해석한 글이다.

　告子는「사람의 본성이 착한 것도 없고 착하지 않은 것도 없다.」고 했고, 또 어떤 사람은「사람의 성품은 착할 수도 있고 착하지 않을 수도 있다. 그래서 문왕과 무왕이 일어나자 백성들이 善行을 좋아했고, 유왕과 여왕이 일어나자 백성들이 포악한 행위를 좋아했다.」라고 했으며, 또 어떤 이는「본성이 착한 사람도 있고, 본성이 착하지 않은 사람도 있다. 그래서 堯와 같은 성인이 임금이 되었어도 象과 같은 나쁜 백성이 있었고, 瞽瞍와 같은 못된 아비에게 舜과 같은 효자가 있었으며, 紂와 같은 악한 조카가 임금이 되었어도 王子比干과 같은 어진 숙부가 있었다.」라고 하여 인간의 본성을 善과 惡 어느 한쪽으로 보지 않았다.

　이에 대해 맹자는「惻隱之心」・「羞惡之心」・「恭敬之心」・「是非之心」을「仁」・「義」・「禮」・「智」四德의 발로라 하여 인간의 본성을 착하게 보고,「仁・義・禮・智」가 모두 마음에 뿌리를 두고 있기 때문에 그 성품을 쫓아 마음을 길러나간다면 곧 착한 사람이 된다고 강조하였다.

【倍(bèi)】: 두 배.【蓰(xǐ)】: 다섯 배.【而】: 與, ……과, ……하고도.【無算】: 세지 못하다, 무수히 많다.【盡】: 다하다, 충분히 발휘하다.【才】: 성품의 본질.

15)《詩》云:『天生蒸民, 有物有則。民之秉彝, 好是懿德。』→《시경》에 말하길『하늘이 수많은 백성을 낳으매, 사물마다 일정한 규범을 부여했다. 백성이 그 영구불변의 규범을 잘 지키기 때문에, 그래서 아름다운 덕망을 좋아한다.』라고 했다.
　※이 말은《詩經・大雅・蕩之什》에 보인다.
【蒸(zhēng)民】: 많은 백성.「蒸」: 衆, 많다. ※《시경》에는「蒸」을「烝」으로 썼다.【有物有則】: 사물마다 그에 맞는 일정한 규범을 부여하다.「物」: 事, 사물.「則」: 法, 법칙, 규범.【秉(bǐng)】: 執, 잡다. 지키다.【彝(yí)】: 常 영구불변의 규범.【好(hào)】: 좋아하다.【是】: 이, 이러한.【懿(yì)德】: 아름다운 덕망, 美德.

16) 孔子曰:『爲此詩者, 其知道乎! 故有物必有則, 民之秉彝也, 故好是懿德。』→ 공자가 말하길『이 시를 지은 사람이 性情의 이치를 깊이 알고 있도다! 그래서 사물이 있으면 반드시 일정한 규범이 있다는 것이고, 백성이 그 영구불변의 규범을 잘 지키기 때문에, 그래서 아름다운 덕망을 좋아한다는 것이다.』라고 했다.
【爲】: 짓다, 읊다.【道】: 도리, 이치.

05

勸學

《荀子》

作者 ○

荀況(B.C.313-B.C.238)은 戰國末 趙나라 사람으로 자는 卿이며, 저명한 사상가요 학자이다. 그는 두 차례에 걸쳐 당시 齊나라의 문화중심지인 稷下(지금의 山東省 臨淄 西門)에 遊學하고 후에 楚나라에 들어가 蘭陵令(蘭陵은 지금의 山東省 棗莊市 東南지역)을 지냈다. 그는 일생동안 많은 제자를 배출했는데 저명한 제자로 韓非와 李斯가 있다.

순황은 先秦儒家중 최후의 대표적 인물로 맹자와 대립적인 양대 파벌이다. 그는 걸출한 사상가로 자연계의 존재는 인간의 주관적 의지에 따라 轉移되는 것이 아니지만, 인류는 주관적인 노력으로 자연을 인식하고 자연에 순응하며 자연을 운용함으로써 길조를 지향하고 흉조를 피한다는 이른바「制天命而用之」(《荀子·天論》) 사상을 제시했다.

인식론에 있어서 그는 사람이 객관적 사물을 인식하자면 먼저 감각기관을 통해서 外界事物과 접촉해야 한다고 보고,「行」과「知」의 필요성 및 후천적인 학습의 중요성을 강조했다.

정치에 있어서 그는 孔·孟이 先王의 사상을 모방하는데 대해「法後王」의 구호를 제기하면서 마땅히 당시의 사회상황에 적응하여 정치를 베풀고, 어질고 능력 있는 사람을 등용하고 상벌을 분명히 하며, 禮·法·術을 겸용하여 통치해야 한다고 주장했다. 이와 같은 그의 다양한 사상은 韓非로 대표되는 法家에 의해 흡수되었다.

人性문제에 있어서는 맹자의 性善說과 상반되게 性惡說을 주장하면서 후천적인 환경이 악한 본성을 개선할 수 있다고 보고「明禮義以化之」(《荀子·性惡》)를 주장했다. 아울러 그는 교육의 작용을 매우 중시하여 교육기능의 중요성을 강조했다.

순자의 산문은 說理가 치밀하고 기세가 重厚하며 언어가 질박할 뿐만 아니라, 구법이 간결·세련되고 대구법과 비유법을 잘 썼다. 그가 저술한《荀子》는《論語》나《孟子》의 語錄體로부터 제목이 있는 논문으로 발전하여, 고대 說理文의 성숙한 일면을 보여주었다.《荀子》는 모두 20卷으로 문장 32편을 수록하고 있는데, 내용은 철학사상·정치·治學·입신처세의 도리 및 학술논변 등 여러 분야를 고루 섭렵하고 있다.

註釋 ☞

君子曰: 學不可以已。[1] 青, 取之於藍, 而青於藍; 冰, 水爲之, 而寒於水。[2] 木直中繩, 輮以爲輪, 其曲中規, 雖有槁暴, 不復挺者, 輮使之然也。[3] 故木受繩則直, 金就礪則利, 君子博學而日參省乎己, 則知明而行無過矣。[4]……

---

1) 君子曰: 學不可以已。→ 군자가 말하길「배움은 멈춰서는 안 된다.」고 했다.
【君子】: 덕망과 재능을 갖춘 사람. 【已】: 멈추다, 정지하다.

2) 青, 取之於藍, 而青於藍; 冰, 水爲之, 而寒於水。→ 전청은, 쪽에서 취했으나, 쪽보다 더 푸르고, 얼음은, 물로 만들었으나, 물보다 더 차다.
【青】: [염료] 靛青, 인디고(Indigo). 【藍(lán)】: [식물] 쪽. ※이 식물의 잎을 가지고 청색염료를 만든다. 【青】: [형용사] 푸르다. 【於】: ……보다. 【爲】: 만들다, 되다.

3) 木直中繩, 輮以爲輪, 其曲中規, 雖有槁暴, 不復挺者, 輮使之然也。→ 나무가 곧으면 목공의 먹줄에 알맞지만, (그것을) 불에 구워 수레바퀴를 만들면, 그 굽은 모양은 그림 쇠에 알맞게 되어, 비록 또다시 햇볕을 쪼여 말린다해도, 다시는 곧게 펴지지 않는데, 이는 (사람이) 불에 구워 구부려 그것으로 하여금 그렇게 변하도록 만들었기 때문이다.
【直】: 곧다. 【中(zhòng)】: 적합하다, 알맞다. 【繩(shéng)】: 먹줄. ※목공이 직선을 그릴 때 사용하는 도구. 【輮(róu)】: 煣, 불로 구워서 구부리다. 【其】: 그것, 즉 수레바퀴. 【曲】: 구부러짐. 【規】: 그림 쇠. ※목공이 원을 그릴 때 사용하는 도구로 현대의 콤파스와 같은 것. 【雖】: 비록……해도. 【有】: 又, 또, 다시. 【槁暴(gǎo pù)】: 햇볕을 쪼여 말리다. ※「暴」: 曝의 本字, 햇볕을 쪼이다. 【挺(tǐng)】: 直, 곧다. 【使之然】: 그것으로 하여금 그렇게 변하도록 만들다.

4) 故木受繩則直, 金就礪則利, 君子博學而日參省乎己, 則知明而行無過矣。→ 그러므로 나무는 먹줄을 받으면 곧아지고, 쇠붙이는 숫돌에 갈면 예리해지며, 군자는 널리 배우고 날마다 자신을 성찰하면, 지혜롭고 사리에 밝아져서 행함에 허물이 없게 된다.

吾嘗終日而思矣，不如須臾之所學也；吾嘗跂而望矣，不如登高之博見也。[5) 登高而招，臂非加長也，而見者遠；順風而呼，聲非加疾也，而聞者彰。[6) 假輿馬者，非利足也，而致千里；假舟檝者，非能水也，而絕江河。[7) 君子生非異也，善假於物也。[8) ……

積土成山，風雨興焉；積水成淵，蛟龍生焉；積善成德，而神明自得，聖心備焉。[9) 故不積頤步，無以至千里；不積小流，無以成

【受繩】: 먹줄을 받다,즉 먹줄로 그은 다음 연장으로 가공하다. 【就礪(lì)】: 숫돌에 갈다. ※「就」: 가까이 하다. 여기서는「갈다」의 뜻. 「礪」: 숫돌. 【博(bó)學】: 널리 배우다 【參省(cān xǐng)】: 성찰하다, 반성하다. ※《論語‧學而》에「曾子曰: 吾日三省吾身, 爲人謀而不忠乎? 與朋友交而不信乎? 傳不習乎?」라 한 말을 근거로,「參省」을「三省」과 같은 뜻이라고 풀이하기도 한다. 【知明】: 지혜롭고 사리에 밝다. ※「知」: 智, 지혜롭다. 【過】: 과오, 허물.

5) 吾嘗終日而思矣, 不如須臾之所學也; 吾嘗跂而望矣, 不如登高之博見也。 → 내가 일찍이 온종일 생각에 잠겨보니, 잠깐동안 배우는 것보다 못하고, 내가 일찍이 발끝으로 서서 멀리 보고자 하니, 높은 곳에 올라가 넓게 보는 것만 못했다.
【須臾(xū yú)】: 잠깐동안. 【跂(qì)】: 발끝으로 서다. 【博(bó)見】: 넓게 보다.

6) 登高而招, 臂非加長也, 而見者遠; 順風而呼, 聲非加疾也, 而聞者彰。 → 높은 곳에 올라가 손을 흔들면, 팔이 더 길게 늘어나지 않아도, 보는 사람은 더욱 멀리서 볼 수 있고, 바람을 따라 소리를 지르면, 소리는 더 크게 지르지 않아도, 듣는 사람이 더욱 분명하게 듣는다.
【招】: 손을 흔들다. 【臂(bì)】: 팔. 【加長】: 더 길게 늘어나다. 【呼】: 외치다, 소리지르다. 【加疾】: 더 크게 소리 지르다. 【彰(zhāng)】: 분명하다, 확실하다.

7) 假輿馬者, 非利足也, 而致千里; 假舟檝者, 非能水也, 而絕江河。 → 수레와 말을 빌려 타는 사람은, 걸음이 빠르지는 않지만, 능히 천리 길을 갈 수 있고, 배를 빌려 타는 사람은, 결코 수영에 능숙하지 않더라도, 능히 강을 건널 수 있다.
【假(jiǎ)】: 빌리다, 차용하다. 【輿(yú)】: 수레, 차. 【利足】: 걸음이 빠르다. 【舟檝(zhōu jí)】: 배와 노. 여기서는「배」를 의미한다. ※「檝」: 楫, 노. 【能水】: 수영을 잘하다, 헤엄을 잘 치다. 【絕】: 渡, 건너다.

8) 君子生非異也, 善假於物也。 → 군자는 천성이 보통사람과 다른 게 아니고, 외적 환경을 이용하는 데 능하다.
【生】: 性, 본성, 천성. 【非異】: 보통사람과 다르지 않다, 특별하지 않다. 【善】: ……에 능하다, ……을 잘하다. 【假】: 빌려쓰다, 이용하다. 【物】: 외물, 외적 환경.

9) 積土成山, 風雨興焉; 積水成淵, 蛟龍生焉; 積善成德, 而神明自得, 聖心備焉。 → 흙이 쌓여 산을 이루면, 비바람이 일고, 물이 모여 연못을 이루면, 용이 생겨나고, 선행을 쌓아 덕을 이루면, 고

江海。¹⁰⁾ 騏驥一躍, 不能十步; 駑馬十駕, 功在不舍。¹¹⁾ 鍥而舍之,
朽木不折; 鍥而不舍, 金石可鏤。¹²⁾ 螾無爪牙之利, 筋骨之强, 上
食埃土, 下飲黃泉, 用心一也。¹³⁾ 蟹六跪而二螯, 非蛇蟺之穴, 無
可寄託者, 用心躁也。¹⁴⁾

상한 정신이 자연히 형성되고, 성인의 마음이 갖추어진다.
【焉(yān)】: [어조사]. 【淵(yuān)】: 연못. 【蛟(jiāo)龍】: 교룡. ※물 속에 살다가 큰비를 만나면
하늘로 올라가 용이 된다고 한다. 그래서 때를 만나지 못한 영웅을 이에 비유하기도 한다. 【神明】:
고상한 정신. 【自得】: 자연히 형성되다, 스스로 얻어지다. 【聖心】: 성인의 마음, 성스러운 마음.
【備】: 구비되다, 갖추어지다.

10) 故不積蹞步, 無以至千里; 不積小流, 無以成江海。➜ 그러므로 반보가 누적되지 않으면, 천리
에 도달할 방법이 없고, 작은 물줄기가 모이지 않으면, 강이나 바다를 이룰 방법이 없다.
【蹞(kuǐ)步】: 半步, 반걸음. 【無以】: ……할 방법이 없다. 【小流】: 작은 물줄기.

11) 騏驥一躍, 不能十步; 駑馬十駕, 功在不舍。➜ 준마가 한 번 뛴다 해도, 10보를 멀리 뛸 수 없고,
열등한 말이 10일 동안 수레를 끌면 멀리 가는데, 그 공은 포기하지 않은 데 있다.
【騏驥(qí jì)】: 駿馬, 좋은 말. 【躍(yuè)】: 펄쩍 뛰다. 【駑(nú)馬】: 열등한 말. 【駕(jià)】: 말이
수레를 끌고 하루를 걷는 거리를「一駕」라 한다. 【舍(shě)】: 捨, 버리다, 포기하다, 중단하다.

12) 鍥而舍之, 朽木不折; 鍥而不舍, 金石可鏤。➜ 새기다가 포기하면, 썩은 나무도 절단하지 못하
고, 새기다가 포기하지 않으면, 쇠붙이나 돌이라도 새길 수 있다.
【鍥(qiè)】: 새기다, 조각하다. 【朽木】: 썩은 나무. 【折(zhé)】: 절단하다. 【鏤(lòu)】: (금속에)
새기다, 조각하다.

13) 螾無爪牙之利, 筋骨之强, 上食埃土, 下飲黃泉, 用心一也。➜ 지렁이는 예리한 발톱이나 튼튼
한 근육과 뼈대가 없이도, 위로는 진흙을 먹고, 아래로는 지하수를 마시는데, 그것은 마음씀이 한결
같기 때문이다.
【螾(yǐn)】: 지렁이. 【爪(zhǎo)】: (짐승의) 발톱. 【利】: 利器, 잇점. 【筋(jīn)骨】: 근육과 뼈대.
【埃(āi)土】: 진흙. 【黃泉】: 지하수.

14) 蟹六跪而二螯, 非蛇蟺之穴, 無可寄託者, 用心躁也。➜ 게는 여섯 개의 다리와 두 개의 집게발
을 가지고 있지만, 뱀과 지렁이익 굴이 아니면, 의딕할 곳이 없는데, 그것은 마음씀이 경솔하고 한결
같지 못하기 때문이다.
※게는 8개의 다리가 있는데 본문에서 6개라고 한 것은 착오일 것이다.
【蟹(xiè)】: 게. 【跪(guì)】: 게의 다리. 【螯(áo)】: 집게 발. 【蟺(shàn)】: 지렁이. 【寄託】: 기탁
하다, 의탁하다, 몸을 맡기다. 【躁(zào)】: 경박하다, 경솔하고 한결같지 못하다.

解題 및 本文 要旨說明 🞉

《勸學》은《荀子》의 제1편이며, 본문은《勸學》중의 일부분이다. 본문은 벽두부터「學不可以已」라는 논점을 제기한 후 두 가지 방면에서 대비방법으로 논증을 하고 있다. 하나는 학습의 중요성을 논술한 것이고, 하나는 지식을 습득하려면 점차적으로 쌓아가며 지속해야 절차가 분명하고 논점이 두드러지며 중심사상이 명확해진다는 것이다.

문장을 써나가는 데 있어서 본문의 가장 큰 특징은 비유법을 많이 운용하고 있다는 것이다. 비유 그 자체는 비록 논증을 할 수 없지만, 분명하고 선명하게 논점의 함의를 해석할 수 있다. 예를 들어 작자는「登高而招」·「順風而呼」·「假輿馬」·「假舟檝」등으로「君子善假於物」의 논점을 해석하고 있다. 이러한 비유들은 모두가 논점의 핵심인「學不可以已」를 위해「靑出於藍」·「冰寒於水」를 설정하여 후천적 영향이 능히 사물의 본성을 바꾸고 발전시킬 수 있음을 설명하면서 학습이 본성을 고칠 수 있음을 암시하고 있다. 그리고「木直中繩」·「輮以爲輪」으로 후천적 영향의 결정적 작용 즉,「木受繩則直, 金就礪則利」를 설명하면서「博學而日參省乎己」의 결론을 끌어내고 있다. 이러한 비유는 각기 다른 방면에서 논점에 대해 보다 상세한 해석을 하고, 이로 인해 논점이 더욱 명확해지고 생동감을 느끼게 한다.

荀子의 性惡說

荀子는 스스로를 儒家라 하며 공자를 계승한 사람으로 자처했다. 그는 당시 子思, 孟子 등 유가 일파를 모두 비난하고, 아울러 「옛 성왕을 본받는다(法先王)」함은 다만 허세일 뿐 옛것을 근거로 邪說을 날조하며 道理를 도출해내지 못한다고 비판했다. 심지어 子夏, 子游와 같은 부류에 대해서는 賤儒, 俗儒라고 비하하기까지 했다.

순자는 道家의 관점을 받아들여 《荀子·禮論》에서 「하늘은 만물을 낳을 수 있지만, 만물을 다스리지는 못한다.(天能生物, 不能辨物。)」라고 하여, 하늘은 의지가 없고 인류의 운명을 主宰할 수 없다고 여겼다. 더욱이 그는 《荀子·天論》에서 「천명을 따르며 찬양하는 것(從天而頌之)」보다는 차라리 「천명을 제어하여 이용하는 것(制天命而用之)」을 원한다고 하는 이른바 운명은 사람의 노력으로 극복할 수 있다는 저명한 논리를 제기했다. 그의 「天人」사상은 兩漢시대의 철학사상에 상당한 영향을 주었고 후대 중국 유물주의철학의 발전에도 지대한 작용을 했다.

정치·사회적 사상방면에서 순자는 유가학설의 바탕에 法家의 정치주장을 수용했다고 볼 수 있다. 그는 人性論에 있어서 孟子의 性善說에 대해 《荀子·性惡篇》에서 「사람의 본성은 악한데, 선하게 된 것은 사람이 그렇게 만든 것이다.(人性本惡, 其善者僞也。)」라고 하는 이른바 性惡說의 원리를 제기했다. 인간의 본성은 본래 악한데 착한 점이 있다면 그것은 교육을 통한 인위적 결과라는 것이다. 다시 말해서 인간의 본성은 배가 고프면 먹으려 하고, 추우면 따뜻하기를 바라고, 피곤하면 쉬기를 원하고, 유리한 것은 취하려 하고, 손해 보는 것을 원하지 않는다는 것이다.

이러한 본성에 따라, 인간은 누구나 욕심을 가지고 있고 만족을 추구하게 되며, 만족을 추구하지 못하면 이를 위한 투쟁이 일어나고, 투쟁이 일어나면 천하가 어지러워진다. 그래서 성인이 출현하여 예의를 밝히고, 백성을 교화하고, 법을 만들어 다스리고 상벌을 시행하여 사람들로 하여금 나쁜 행위를 못하게 함으로써 착한 마음으로 돌아가도록 하는 것이다.

그래서 순자는 유가에서 창도한 예의로서 교화하고 법가의 형벌로서 단속해야 한다고 주장한 것이다. 그는 禮와 法의 관계에 대해 《荀子·勸學篇》에서 「예라는 것은 법의 근본이다.(禮者, 法之大分也。)」라고 하여, 예는 기본적인 원칙이요, 법은 구체적인 조치라 했다.

순자의 이러한 학설은 중국 후대의 통치를 위해 하나의 책략을 제시한 것이라 할 수 있는데, 사실 중국의 이천 년 역사를 통해 오직 진시황이 예교정치를 비교적 소홀히 했을 뿐, 모든 왕조가 왕도와 패도를 겸하지 않은 예가 없는 것을 보면 순자의 영향이 컸음을 알 수 있다. (黃晨淳 著《中國傳奇人物100》, 台灣 台中, 好讀出版社, 2001 참조)

06

大同與小康

《禮記》

作者 ○

　《禮記》는 儒家의 중요한 典籍으로 「十三經」중의 하나이며, 《儀禮》·《周禮》와 더불어 「三禮」라고 불리운다. 《禮記》는 본래 오래 전부터 전해 왔으나 漢代에 이르러 편수가 너무 문란하여 유학자들이 이를 정리한 후 다시 후세에 전했는데, 戴德이 전한 것을 《大戴記》(大 戴禮 또는 大戴禮記) 라 하고, 그의 조카인 戴聖이 전한 것을 《小戴記》(小戴禮 또는 小戴 禮記) 라고 했다. 오늘날 전해지고 있는 《禮記》는 바로 《小戴記》이며, 《小戴記》라는 이름은 戴德의 《大戴記》와 구별하기 위해 붙여진 이름이다. 《禮記》는 모두 49편으로 이루어져 있으며, 대체로 공자의 제자와 그 후의 유학자들이 禮에 대해 언급한 글을 집대성한 것이라 할 수 있다. 중심내용은 哲理와 정치제도 외에 禮樂·器物·예의범절 등에 관해 강술한 것이다.

　東漢 鄭玄이 풀이한 《鄭注禮記》를 비롯하여 唐 孔穎達이 정현의 《鄭注禮記》 등 여러 주석서를 바탕으로 연구·정리하여 편찬한 《禮記正義》, 宋 衛湜의 《集說》, 淸 朱彬의 《禮記 訓纂》, 孫希旦의 《禮記集解》, 鄭元慶의 《禮記集說》 등은 모두 《禮記》를 註解한 이름 있는 저작들이다.

　　昔者仲尼與於蜡賓, 事畢, 出遊於觀之上, 喟然而嘆。[1] 仲尼之嘆, 蓋嘆魯也。[2] 言偃在側, 曰:「君子何嘆?」[3] 孔子曰:「大道之行也, 與三代之英, 丘未之逮也, 而有志焉。[4] 大道之行也, 天下爲公, 選賢與能, 講信脩睦。[5] 故人不獨親其親, 不獨子其子;[6] 使老

---

1) 昔者仲尼與於蜡賓, 事畢, 出遊於觀之上, 喟然而嘆。→ 옛날에 공자가 蜡祭에 제사를 도와주는 사람으로 참여하고, 일이 끝난 다음, 문루 위에서 유람하다가, 한숨을 내쉬며 탄식했다.
【昔者】: 옛날. 【仲尼】: 공자의 字. ※공자의 이름은 丘. 【與(yù)】: 참여하다. 【蜡(zhà)】: 蜡祭 ※周나라 때 연말에 지내던 제사의 명칭. 秦나라 때는「臘祭」라 했다. 【賓(bīn)】: 제사를 도와주는 사람. 【出遊】: 유람하다. 【觀(guàn)】: 宮殿이나 종묘 앞의 門樓. 【喟(kuì)然】: 한숨쉬는 모양.

2) 仲尼之嘆, 蓋嘆魯也。→ 공자의 탄식은, 대체로 魯나라를 탄식한 것이다.
※魯나라의 祭禮가 완비되지 못하고 儀式이 禮에 맞지 않는 것을 보고 탄식했던 것을 말한다.

3) 言偃在側, 曰:「君子何嘆?」→ 子游가 옆에 있다가, 물었다.「선생님은 어째서 탄식하십니까?」
【言偃(yǎn)】: [인명] 공자의 제자, 字는 子游. 공자의 나이보다 45세가 적으며 문학에 능했다. 【君子】: 군자, 덕망을 갖춘 사람. 여기서는「선생님」정도의 의미.

4) 大道之行也, 與三代之英, 丘未之逮也, 而有志焉。→ 대도가 행해지던 시절과 삼대의 영명한 군주시절을, 내가 미처 보지는 못했지만, 그러나 문자로 기록한 서적이 있다.
【大道】: 유가의 이상적인 정치 형태. ※鄭玄의 注에「大道, 謂五帝時也。」라고 한 것을 보면, 儒家에서는 黃帝·顓頊·帝嚳·堯·舜 등의 五帝시대를 大道가 행해졌던 시절로 보고 있다. 【行】: 실행되다, 시행되다. 【與】: ……과, 그리고. 【三代】: 夏·商·周. 【英】: 영명한 군주. ※여기서는 禹王·湯王·文王·武王을 가리킨다. 【丘】: 공자가「나」라는 의미로 자신의 이름을 직접 거명한 謙稱. 【逮(dài)】: 及, 미치다, 이르다. 여기서는「직접 보다, 겪다」의 뜻. 【志】: 문자로 기록한 서적.

5) 大道之行也, 天下爲公, 選賢與能, 講信脩睦。→ 대도가 행해지던 시절에는, 천하를 모든 사람의 것으로 여기고, 어진 사람을 뽑고 유능한 사람을 천거하고, 신의를 중시하고 화목을 도모했다.
【公】: 모든 사람의 소유. 【選】: 뽑다, 선발하다. 【賢(xián)】: 어진 사람. 【與】: 擧, 천거하다. 【能】: 유능한 사람. 【講信】: 신의를 중시하다. 【脩睦(xiū mù)】: 화목을 도모하다.

6) 故人不獨親其親, 不獨子其子; → 그래서 사람들은 오직 자기 부모만을 부모로 섬기지 않고, 오직 자기 자식만을 자식으로 여기지 않았다.
※즉, 자기 부모뿐만 아니라 남의 부모도 자기 부모처럼 여기고, 자기 자식뿐만 아니라 남의 자식도 자기 자식처럼 여긴다는 말.
【獨】: 다만, 오직. 【親其親……子其子】: 자기 부모를 부모로 섬기고, ……자기 자식을 자식으로 여기다. ※앞의「親」자와「子」자는 동사, 뒤의「親」자와「子」자는 명사.

有所終, 壯有所用, 幼有所長, 矜・寡・孤・獨・廢疾者皆有所養;[7] 男有分, 女有歸。[8] 貨惡其棄於地也, 不必藏於己;[9] 力惡其不出於身也, 不必爲己。[10] 是故謀閉而不興, 盜竊亂賊而不作, 故外戶而不閉。[11] 是謂大同。[12]

今大道旣隱, 天下爲家。[13] 各親其親, 各子其子;[14] 貨力爲己,

---

7) 使老有所終, 壯有所用, 幼有所長, 矜・寡・孤・獨・廢疾者皆有所養; → 노인들이 마지막 여생을 편히 지낼 수 있고, 장년들이 열심히 일할 수 있고, 어린 아이들이 건전하게 자랄 수 있고, 홀아비・과부・고아・늙어 자식 없는 부모・불구자들이 보살핌을 받을 수 있게 했다.
【使】: ……하게 하다. ※여기서 「使」는 「老有……女有歸。」 전체에 해당한다. 【終】: 마지막을 편히 지내다. 【用】: 기용되다. 【長(zhǎng)】: 건전하게 자라다. 【矜(guān)】: 鰥, 홀아비. 【寡(guǎ)】: 과부. 【孤(gū)】: 고아. 【獨】: 늙어 자식 없는 부모. 【廢疾(fèi jí)者】: 불구자. 【養(yǎng)】: 보살핌을 받다.

8) 男有分, 女有歸; → 남자들은 각자의 직분을 가지고 있었고, 여자들은 각자의 가정을 가지고 있었다.
【分(fèn)】: 직분, 직업. 【歸】: 돌아가 묵을 곳, 즉 「가정」을 뜻한다.

9) 貨惡其棄於地也, 不必藏於己; → 물건이 길거리에 버려지는 것을 싫어했지만, 반드시 자기의 것으로 거두지는 않았다.
※「貨惡……」의 「貨」는 술어동사 「惡」의 뒤에 오는 목적어이나 도치된 경우이다.
【惡(wù)】: 싫어하다, 증오하다. 【不必】: 반드시……하지는 않다. 【藏(cáng)】: 소장하다, 거두어두다.

10) 力惡其不出於身也, 不必爲己。→ 힘이 자신으로부터 나오지 않는 것을 싫어했지만, 반드시 자신만을 위하지는 않았다.
※「力惡……」의 「力」은 술어동사 「惡」의 다음에 오는 목적어이나 도치된 경우이다.

11) 是故謀閉而不興, 盜竊亂賊而不作, 故外戶而不閉。→ 그래서 음모가 사라져 일어나지 않고, 강도나 도둑이나 불량배들이 나쁜 짓을 하지 않았으며, 그래서 바깥문을 잠그지 않았다.
【是故】: 그래서. 【謀】: 음모, 흉계. 【閉】: 없어지다, 사라지다. 【興】: 발생하다. 【盜竊(dào qiè)】: 강도와 도둑. 【亂賊】: 불량배. 【不作】: 나쁜 짓을 하지 않다. 【外戶】: 바깥 문. 【閉】: 잠그다.

12) 是謂大同。→ 이것을 이르러 大同이라 한다.
【是】: [대명사] 이, 이것. 【大同】: 평화롭고 통일된 세계. ※鄭玄의 注에 「同猶和也, 平也。」라 했다.

13) 今大道旣隱, 天下爲家。→ 오늘날은 大道가 이미 사라지고, 천하를 자기 집의 것으로 여겼다.
【隱(yǐn)】: 사라지다, 감추다. 시행되지 않다. 【家】: 자기 집의 것, 자기 一家의 소유.

14) 各親其親, 各子其子; → 각자 자기의 부모만 부모로 여기고, 각자 자기의 자식만 자식으로 여겼다.

大人世及以爲禮, 城郭溝池以爲固。¹⁵⁾ 禮義以爲紀:¹⁶⁾ 以正君臣,
以篤父子, 以睦兄弟, 以和夫婦;¹⁷⁾ 以設制度, 以立田里; 以賢勇
知, 以功爲己。¹⁸⁾ 故謀用是作而兵由此起。¹⁹⁾ <u>禹</u> · <u>湯</u> · <u>文</u> · <u>武</u> · <u>成</u>
<u>王</u> · <u>周公</u>, 由此其選也。²⁰⁾ 此六君子者, 未有不謹於禮者也。²¹⁾ 以

---

15) 貨力爲己, 大人世及以爲禮, 城郭溝池以爲固。 ➡ 재물과 힘은 모두 자기만을 위하고, (천자 ·
제후 등의) 통치자들은 지위를 대대로 세습하는 것을 제도로 삼았으며, 성곽을 쌓고 城池를 파서
(자신의 지위를) 공고히 하는 수단으로 삼았다.
【大人世及以爲禮】: [大人以世及爲禮의 변형]. 【大人】: 천자, 제후 등의 통치계층에 대한 범
칭. 【世及】: (작위를) 세습하다. ※「世」는 父子간의 세습을 말하고, 「及」은 형제간의 세습을 말
한다. 【禮】: 제도. 【城郭溝池以爲固】: [以城郭溝池爲固의 변형]. 【溝池(gōu chí)】: 城池,
垓字, 城濠. 적의 침입을 막기 위해 성곽 밖으로 파 놓은 못이나 개울. 【固】: 튼튼하게 하다, 공고
히 하다.

16) 禮義以爲紀: ➡ [以禮義爲紀의 변형] 예의로써 규범을 삼다.
※五帝시대에는 「大道」로써 규범을 삼았고, 三王시대에는 「禮義」로써 규범을 삼았다.
【紀(jì)】: 규범, 紀綱.

17) 以正君臣, 以篤父子, 以睦兄弟, 以和夫婦; ➡ (그리하여) 이로써 임금과 신하의 관계를 바로
잡고, 이로써 부모와 자식 사이를 돈독하게 하고, 이로써 형제 사이를 화목하게 하고, 이로써 부부
사이를 화목하게 하였다.
【正】: 바로잡다. 【篤(dǔ)】: 돈독하게 하다. 【睦(mù)】: 화목하게 하다. 【和(hé)】: 화목하게 하다.

18) 以設制度, 以立田里; 以賢勇知, 以功爲己。 ➡ (또한) 이를 근거로 각종 제도를 만들고, 이를 근
거로 전답과 마을을 조성하고, 이를 근거로 용기 있고 지혜로운 사람을 중시하였으며, 모든 공적을
자기의 것으로 삼았다.
【以】: 이를 근거로 하여, 이로써. 【設】: 만들다, 설립하다. 【制度】: 각종 제도. ※宮室 · 의복 · 음
식 · 貴賤 등의 제도를 말한다. 【立】: 건립하다, 조성하다. 【田】: 전답, 농토. 【里】: 마을. 즉 가옥
이 있는 주거 환경. 【賢】: [동사] 존중하다, 중시하다. 【勇】: 용기 있는 사람. 【知】: 智, 지혜로운
사람.

19) 故謀用是作而兵由此起。 ➡ 그래서 음모가 이로 인해 성행하고 병란이 이로부터 일어났다.
【謀(móu)】: 음모, 흉계. 【用是】: 이로 인해, 이로부터. 【作】: 성행하다. 【兵】: 투쟁, 싸움, 兵
亂. 【由此】: 이로부터. 【起】: 일어나다.

20) 禹 · 湯 · 文 · 武 · 成王 · 周公, 由此其選也。 ➡ 우왕 · 탕왕 · 문왕 · 무왕 · 성왕 · 주공 등은
이러한 시대배경으로부터 선출된 인물들이다.
【禹(yǔ)】: 夏나라를 세운 임금. 성은 姒(sì)이며, 호가 禹이다. 그의 아버지 鯀(gǔn)이 治水에
실패하여 虞의 舜임금에게 죽임을 당하고, 禹가 父業을 계승하여 치수에 성공하자, 순임금이 帝位
를 그에게 물려주었다. 그가 처음 夏지방에 봉해졌기 때문에 이를 국호로 삼았으며 8년 간 재위했

著其義, 以考其信, 著有過, 刑仁講讓, 示民有常。[22] 如有不由此
者, 在執者去, 眾以爲殃。[23] 是謂小康。[24]」

다. 【湯(tāng)】: 商나라를 세운 임금. 성은 子, 이름은 履이며, 일명 天乙이라고도 한다. 夏의 마
지막 임금인 桀王이 無道하여 湯王이 군사를 일으켜 토벌하고 30년을 재위했다. 【文】: 周나라 文
王. 성은 姬, 이름은 昌이다. 본래 殷나라 紂王의 제후였으나, 선정을 베풀어 정치의 교화가 크게
행하여지자 여러 제후들이 그에게 귀순하여 천하의 3분의 2를 차지하였으며, 그의 아들 武王이 殷
을 멸하고 천하를 통일한 후 文王으로 追尊했다. 【武】: 周나라 무왕. 이름은 發이다. 殷나라 말엽
에 부친을 계승하여 西伯이 되었다. 殷나라 紂王이 무도하여 무왕이 제후들을 거느리고 정벌에 나
서 牧野에서 紂王을 격파한 후 즉위하여 19년 동안 재위했다. 【成王】: 周 武王의 아들. 이름은
誦이다. 즉위할 때 나이가 너무 어려 周公이 섭정, 禮樂을 제정하고 7년이 지난 후 친정을 시작하
여 32년 간 재위했다. 【周公】: 성은 姬, 이름은 旦이다. 周 武王의 동생이자 成王의 숙부로, 成王
을 보좌하여 내란을 평정하고, 殷왕조의 잔여세력을 소탕한 후, 官制를 개정하고 예법을 창제하여
周왕조의 문물제도를 완비했다.

21) 此六君子者, 未有不謹於禮者也。 → 이 여섯의 군자들은, 禮制를 중시하지 않은 사람이 없다.
   【未有不】: ……하지 않음이 없다, ……하다. 【謹(jǐn)】: 중시하다, 힘써 지키다. 【禮】: 禮制.

22) 以著其義, 以考其信, 著有過, 刑仁講讓, 示民有常。 → (그들은) 禮로써 그 행위의 옳고 그름
   을 판명하고, 禮로써 그 신용을 검증하고, (백성들의) 잘못을 판명하며, 仁愛를 전형으로 삼아 謙
   讓之德을 講求함으로써, 백성들에게 규범이 있다는 것을 보여주었다.
   【著】: 밝히다, 판명하다. 【義】: 정당하다, 옳다, 마땅하다. ※여기서는「옳고 그름의 여부」를 말한
   다. 【考】: 살피다, 검증하다. 【過】: 과오, 잘못, 허물. 【刑(xíng)】: 型, 典型으로 삼다, 표준으로
   삼다. 【講】: 講求하다. 【讓(ràng)】: 양보하는 마음, 謙讓之德. 【示】: 알리다, 보이다. 【常】: 규
   범, 본보기.

23) 如有不由此者, 在執者去, 眾以爲殃。 → 만약에 이에 따르지 않는 사람이 있으면, 높은 지위에
   있는 자도 파면되어, 모두가 이를 재앙으로 여겼다.
   【如】: 만약. 【由】: 따르다. 【此】: 이, 이것. 즉 모든 규범을 가리킨다. 【在執(shì)者】: 지위가 있
   는 자. 「執」: 勢와 同字. 【去】: 제거되다, 파면되다. 【眾】: 모든 사람. 【殃(yāng)】: 재앙.

24) 是謂小康。 → 이를 이르러 小康이라 한다.
   【是】: [대명사] 이, 이것. 【小康】: 小康政治. ※禹·湯·文·武·成王·周公의 정치는 천하
   를 자기 집의 재산으로 여겼다. 정치는 잘 다스려졌으며 백성들은 편안하고 즐거운 생활을 하였지
   만, 五帝의「大同世界」에 비하면 역시 그보다 못했기 때문에, 편안하다는 의미의「康」자에 작다
   는 의미의「小」자를 붙인 것이다.「康」: 安, 편안함.

解題 및 本文 要旨說明 🖛

　본문은《小戴禮記‧禮運》의 제1장으로 孔子가 言偃에게 五帝와 三代의 정치에 관해 알려준 말이다. 당시 공자는 魯에서 벼슬을 하고 있었는데 魯君을 모시고 蜡祭에 참여했다가 魯君이 지내는 제례가 古禮의 격식에 부합하지 않은 것을 보고 탄식을 금할 수가 없었다. 그래서 정치에 대한 그의 바람을 끌어다가 자신의 治國平天下에 대한 의론을 펼치고 있다. 본문에 나타난 바에 의하면 공자는 五帝의 정치를 「大同」으로 삼고 三代의 정치를 「小康」으로 삼았는데, 「大同」은 천하가 태평하다는 뜻이며, 「小康」은 나라가 평안하다는 뜻이다.

07

蘇秦以連橫說秦

《戰國策》

作者 ○

3. 寓言 ④狐假虎威 참조.

註釋 ↩

蘇秦始將連橫說秦惠王曰：¹⁾「大王之國，西有巴蜀漢中之
利；²⁾ 北有胡貉代馬之用；³⁾ 南有巫山黔中之限；⁴⁾ 東有殽函之固；⁵⁾

---

1) 蘇秦始將連橫說秦惠王曰：➡ 소진이 처음에 연횡 전략을 가지고 진혜왕에게 유세하여 말했다.
   【蘇秦(sū qín)】: [인명] 戰國시대 종횡가. ※「解題 및 本文 要旨說明」 참조. 【始(shǐ)】: 처
   음에. 【將(jiāng)】:……로써, ……을 가지고. 【連橫(lián héng)】: 東西연합 책략. ※「解題 및
   本文 要旨說明」 참조. 【說(shuì)】: 유세하다. 【秦惠王】: 이름은 駟, 秦孝公의 아들. ※秦은 惠
   王때부터 王이란 호칭을 사용했다.

2) 巴蜀漢中之利；➡ 巴·蜀과 漢中의 풍부한 자원.
   ※巴·蜀·漢中은 후에 秦나라가 점령하여 郡으로 삼았다.
   【巴】: [국명] 지금의 四川省 동쪽. 【蜀(shǔ)】: [국명] 지금의 四川省 서쪽. 【漢中】: [지명]
   지금의 陝西省 남쪽 일대. 【利】: 풍부한 자원.

田肥美, 民殷富, 戰車萬乘, 奮擊百萬;⁶⁾ 沃野千里, 蓄積饒多, 地勢形便,⁷⁾ 此所謂天府, 天下之雄國也! ⁸⁾ 以大王之賢, 士民之衆, 車騎之用, 兵法之敎, 可以幷諸侯, 吞天下, 稱帝而治。⁹⁾ 願大王少留意, 臣請奏其效。¹⁰⁾」

---

3) 胡貉代馬之用; ➡ 胡지방의 담비와 代지방의 좋은 말 등 가용자원.
   【胡】: 북쪽 오랑캐의 통칭. 【貉(hé)】: 담비. ※담비의 모피는 갑옷의 재료로 쓰인다. 【代】: [지명] 지금의 山西省 북쪽과 河北省 서북쪽 일대. 말의 출산지로 유명하다. 【用】: 可用資源.

4) 巫山黔中之限; ➡ 무산·검중 등의 장애물.
   【巫(wū)山】: [산 이름] 지금의 四川省 巫山縣 동쪽. 【黔(qián)中】: [지명] 지금의 湖南省 북부와 貴州省 동북 일대. 【限(xiàn)】: 경계. 여기서는 「장애물, 장벽, 장막」을 뜻한다.

5) 殽函之固 ➡ 효산과 함곡관 등의 요새.
   【殽(yáo)】: [산 이름] 殽山. 지금의 河南省 洛寧縣 북쪽. 【函(hán)】: [지명] 函谷關. 지금의 河南省 靈寶縣 서남쪽. 【固】: 요새.

6) 田肥美, 民殷富, 戰車萬乘, 奮擊百萬; ➡ 땅이 기름지고, 백성이 부유하며, 전차가 만대요, 정병이 백만이다.
   【田】: 땅, 토지. 【肥(féi)美】: 기름지다, 비옥하다. 【殷(yīn)富】: 부유하다. 【乘(shèng)】: [양사] 대. ※옛날 4필의 말이 끄는 戰車를 세는 단위로, 전차가 많고 적음에 따라 나라의 크고 작음을 나타냈다. 周나라 때 천자는 「萬乘之國」, 제후는 「千乘之國」이라 했다. 【奮擊(fèn jī)】: 戰士, 精兵.

7) 沃野千里, 蓄積饒多, 地勢形便, ➡ 비옥한 땅이 매우 넓고, 비축된 자원이 풍부하며, 지세가 (攻守 양면에 모두) 편리하다.
   【沃(wò)野】: 비옥한 땅. 【千里】: 천리, 즉 「매우 넓음」을 형용한 말. 【蓄積(xù jī)】: (자원을) 비축하다. 【饒(ráo)多】: 풍부하다, 넉넉하다. 【形便】: 형세가 (攻守 양면에) 편리하다.

8) 此所謂天府, 天下之雄國也! ➡ 이는 이른바 천연의 보고요, 천하제일의 강국입니다.
   【天府(fǔ)】: 천연의 寶庫. 【雄(xióng)國】: 제일의 강국.

9) 以大王之賢, 士民之衆, 車騎之用, 兵法之敎, 可以幷諸侯, 吞天下, 稱帝而治。 ➡ 대왕의 현명함과, 많은 군사와 백성, 차마 등의 군수장비, 숙련된 병법으로써, 제후들을 합병하여, 천하를 손에 넣고, 황제가 되어 다스릴 수 있습니다.
   【以】: ……으로써 【衆】: 많다. 【車騎(jū jì)之用】: 車馬 등의 군수장비. 「用」: 물자, 장비. 【兵法之敎】: 병법의 숙련. 【幷】: 합병하다. 【吞(tūn)】: 삼키다, 손에 넣다. 【稱帝】: 황제에 오르다.

10) 願大王少留意, 臣請奏其效。 ➡ 원컨대 대왕께서 좀 유념하시어, 제가 그 효능을 설명할 수 있도록 청하고자 합니다.
    【奏(zòu)】: 진언하다, 설명하다. 【效(xiào)】: 효능, 효험. 즉 「秦나라가 천하를 합병하는 효험」.

秦王曰:「寡人聞之:[11] 毛羽不豐滿者, 不可以高飛;[12] 文章不成者, 不可以誅罰;[13] 道德不厚者, 不可以使民;[14] 政教不順者, 不可以煩大臣。[15] 今先生儼然不遠千里而庭教之, 願以異日。[16]」

蘇秦曰:「臣固疑大王之不能用也![17] 昔者神農伐補遂,[18] 黃帝伐涿鹿而禽蚩尤,[19] 堯伐驩兜,[20] 舜伐三苗,[21] 禹伐共工,[22] 湯伐

---

11) 寡人聞之: ➡ 과인이 이런 말을 들었다.
   【寡(guǎ)人】: 寡德之人. ※德이 부족한 사람이란 뜻으로 왕이 자신을 낮추어 부르는 말.

12) 毛羽不豐滿者, 不可以高飛; ➡ 깃털이 풍부하지 못하면, 높이 날 수가 없다.
   【毛羽】: (날짐승의) 깃털.

13) 文章不成者, 不可以誅罰; ➡ 법령이 완비되지 않으면 함부로 처벌할 수가 없다.
   【文章】: 법령. 【成】: 완비되다. 【誅罰(zhū fá)】: 처벌하다.

14) 道德不厚者, 不可以使民; ➡ 덕망이 두텁지 못하면, 백성을 부릴 수 없다.
   【厚(hòu)】: 두텁다. 【使】: 부리다.

15) 政教不順者, 不可以煩大臣。 ➡ 정치의 교화가 순조롭지 못하면, 대신을 고생시킬 수 없다.
   【政教】: 정치 교화. 【不順】: 순조롭지 못하다. 즉 백성이 잘 따르는 경지에 이르지 못하다. 【煩(fán)】: 수고를 끼치다, 고생시키다.

16) 今先生儼然不遠千里而庭教之, 願以異日。 ➡ 지금 선생이 정중하게 불원천리하고 여기까지 찾아와 나에게 가르침을 주고자 하지만, 다음으로 미루었으면 한다.
   【儼(yǎn)然】: 정중히, 공손히. 【庭教】: 뜰 앞에서 가르치다. 즉 「이곳에 와서 가르쳐 주다」. 【異日】: 다른 날, 이 다음.

17) 臣固疑大王之不能用也! ➡ 저는 본래부터 왕이 (나의 계책을) 채택하지 못할 것이라 의심하고 있었습니다.
   【固】: 본래부터. 【疑(yí)】: 의심하다.

18) 昔者神農伐補遂, ➡ 옛날에 신농씨가 보수를 토벌하다.
   【神農】: 신농씨. ※처음으로 쟁기를 만들어 백성에게 농사짓는 법을 가르쳤다는 옛 임금. 【伐(fā)】: 치다, 공격하다, 토벌하다. 【補遂(bǔ suì)】: 옛 나라이름.

19) 黃帝伐涿鹿而禽蚩尤, ➡ 황제가 탁록을 공격하여 치우를 사로잡다.
   【黃帝】: 옛 왕의 이름. 성은 公孫씨, 軒轅의 언덕에서 출생했다하여 軒轅氏라고도 한다. 【涿鹿(zhuō lù)】: [산이름] 지금의 河北省 涿鹿縣 동남쪽. 【禽(qín)】: 擒, 사로잡다, 생포하다. 【蚩尤(chī yóu)】: 치우. 九黎族의 우두머리. ※《史記‧五帝本紀》正義에《尤魚河圖》를 인용하여

有夏,23) 文王伐崇,24) 武王伐紂,25) 齊桓任戰而霸天下。26) 由此觀之, 惡有不戰者乎?27) 古者使車轂擊馳, 言語相結, 天下爲一。28)

설명한 바에 의하면, 蚩尤는 형제가 81명으로 모두 짐승의 몸에 사람의 말을 사용하며, 구리로 된 머리와 쇠로 된 이마에 모래와 돌을 먹고, 창·칼·화살 등의 무기를 잘 만들어 그 위세가 천하에 떨쳤다. 후에 黃帝와 涿鹿에서 싸우다가 사로잡혀 죽었다.

20) 堯伐驩兜, ➡ 요임금이 환두를 토벌하다.
【堯(yáo)】: 요임금. 고대 唐나라의 군주. 【驩兜(huān dōu)】: [인명] 堯임금의 신하로 共工과 작당하여 나쁜 짓을 일삼자, 堯임금이 그를 토벌하여 崇山으로 추방했다.

21) 舜伐三苗, ➡ 舜이 三苗를 정벌하다.
【舜(shùn)】: 순임금. 고대 虞나라의 군주. 【三苗(miáo)】: [국명] 고대의 苗族 국가. 지금의 湖南省 岳陽·湖北省 武昌·江西省 九江 일대. ※堯임금이 섭정할 때 삼묘가 반란을 일으키자 三危에서 그 왕을 죽였다.

22) 禹伐共工, ➡ 우왕이 공공을 토벌하다.
【禹(yǔ)】: 우임금. 고대 夏나라의 군주. 【共工】: 堯舜시대 驩兜·三苗·鯀과 더불어 四凶의 하나. ※음탕하고 나태하여 舜이 禹에게 명하여 토벌하도록 했다.

23) 湯伐有夏, ➡ 탕왕이 하를 정벌하다.
【湯】: 탕왕. 商의 개국 군주. 【有夏】: 夏나라. ※옛날에는 朝代의 앞에 「有」자를 붙이는 습관이 있었다. 여기서는 夏의 桀王을 가리킨다.

24) 文王伐崇, ➡ 문왕이 숭을 정벌하다.
【文王】: 周의 문왕. 【崇(chóng)】: [국명] 지금의 陝西省 鄠縣일대. ※崇王 虎가 商王 紂를 포악해지도록 도와주자 文王이 그를 죽였다.

25) 武王伐紂, ➡ 周 武王이 商 紂王을 토벌하다.
【紂(zhòu)】: 紂王. 포악하기로 이름난 商의 군주.

26) 齊桓任戰而霸天下。➡ 齊나라의 桓公이 무력에 의존하여 천하를 제패하다.
【齊桓(qí huán)】: 齊나라 桓公. 齊는 春秋시대 五霸의 하나. 환공은 일찍이 鄭을 멸하고, 魯를 굴복시키고, 山戎을 정벌하고, 蔡를 침략했다. 【任戰】: 전쟁에 맡기다, 무력에 의존하다. 【霸(bà)】: 제패하다.

27) 由此觀之, 惡有不戰者乎? ➡ 이로 미루어 볼 때, 어찌 전쟁을 하지 않을 수 있겠습니까?
【惡(wū)】: 烏, 豈, 어찌.

28) 古者使車轂擊馳, 言語相結, 天下爲一。 ➡ 옛날에는 사신들의 수레바퀴가 서로 부딪치며 달릴 정도로 매우 빈번하게 왕래하며, 대화로서 서로 맹약을 맺어, 천하가 하나로 통일되었다.
【車轂(jū gǔ)】: 수레바퀴 중심의 볼록 튀어나온 부분. 【擊馳(jī chí)】: 부딪치며 질주하다.

約從連橫, 兵革不藏,[29] 文士並飭, 諸侯亂惑,[30] 萬端俱起, 不可勝理。[31] 科條旣備, 民多僞態;[32] 書策稠濁, 百姓不足;[33] 上下相愁, 民無所聊。[34] 明言章理, 兵甲愈起;[35] 辯言偉服, 戰攻不息;[36] 繁稱文辭, 天下不治;[37] 舌敝耳聾, 不見成功;[38] 行義約信, 天下不親。[39]

---

29) 約從連橫, 兵革不藏, → (그러나 후에는) 합종이니 連橫이니 하여, 오히려 전쟁이 사라지지 않았다.
【約從(yuē zòng)】: 合縱. 【兵革(bīng gé)】: 전쟁. 【藏(cáng)】: 사라지다, 없어지다.

30) 文士並飭, 諸侯亂惑, → (기용한) 문사들이 서로 다투어 교묘한 말재주로 유세하여, 오히려 제후들을 혼란과 미혹에 빠지게 했다.
【並】: 서로 다투다. 【飭(chì)】: 飾, 꾸미다. 여기서는 「교묘한 말재주로 유세하다」의 뜻. ※「飭」는 판본에 따라 「餙(shì)」라 쓰기도 한다.

31) 萬端俱起, 不可勝理。→ 수많은 문제가 동시에 발생하니, 능히 감당하여 처리할 수가 없었다.
【萬端(duān)】: 수많은 문제. 【俱(jù)】: 함께, 동시에. 【起】: 일어나다, 발생하다. 【勝】: 능히 ……을 감당하다. ……할 수 있다.

32) 科條旣備, 民多僞態; → 법령이 이미 완비되었지만, 백성들은 대부분 거짓태도를 취했다.
【科條(kē tiáo)】: 법률의 조문, 법령. 【備】: 완비되다. 【僞態(wěi tài)】: 거짓 태도.

33) 書策稠濁, 百姓不足; → 문헌은 많아서 혼란스러울 지경이지만, 백성의 생활은 오히려 빈곤해졌다.
【書策(cè)】: 문헌, 책자. 【稠濁(chóu zhuó)】: 많아서 혼란을 일으키다. 【不足】: 생활이 풍족하지 못하다.

34) 上下相愁, 民無所聊。→ 임금과 신하가 서로 근심만 하니, 백성들이 의지할 곳이 없었다.
【上下】: 위 아래, 즉 임금과 신하. 【愁(chóu)】: 근심하다, 걱정하다. 【聊(liáo)】: 의지하다, 기대다.

35) 明言章理, 兵甲愈起; → 말을 명백하게 하고 이치를 분명하게 밝힐수록, 전쟁이 더욱 일어났다.
【明言】: 말을 명백히 하다. 【章理】: 彰理, 이치를 분명하게 밝히다. 【兵甲】: 전쟁. 【愈(yù)】: 더욱.

36) 辯言偉服, 戰攻不息; → 말재주가 뛰어난 사절들이 있어도, 전쟁이 여전히 그치지 않다.
【辯(biàn)言】: 언변이 능하다, 말재주가 뛰어나다. 【偉(wěi)服】: 예복, 훌륭한 복장. 여기서는 「외교사절」을 가리킨다. 【戰攻】: 공격, 전쟁. 【不息】: 멈추지 않다, 그치지 않다.

37) 繁稱文辭, 天下不治; → (고서의) 훌륭한 문구를 많이 들어 말하지만, 천하는 여전히 잘 다스려지지 않다.
【繁稱(fán chēng)】: 많이 인용하다, 많이 들어 말하다. 【文辭(cí)】: 문장, 문구.

38) 舌敝耳聾, 不見成功; → 말하는 사람의 혀가 해지고 듣는 사람의 귀가 먹을 정도가 되어도, 끝내 성공을 거두지 못했다.
【敝(bì)】: 해지다. 【聾(lóng)】: 귀가 먹다.

於是乃廢文任武, 厚養死士, 綴甲厲兵, 效勝於戰場。⁴⁰⁾ 夫徒處而致利, 安坐而廣地, 雖古五帝·三王·五霸, 明主賢君, 常欲坐而致之, 其勢不能, 故以戰續之。⁴¹⁾ 寬則兩軍相攻, 迫則杖戟相撞, 然後可建大功。⁴²⁾ 是故兵勝於外, 義强於內, 威立於上, 民服於下。⁴³⁾ 今欲幷天下, 凌萬乘, 詘敵國, 制海內, 子元元, 臣諸侯, 非

---

39) 行義約信, 天下不親。➡ 인의를 행하고 신의를 강구해도, 천하는 여전히 화목하지 않았다.
【約信】: 신의를 강구하다. 【不親】: 화목하지 못하다.

40) 於是乃廢文任武, 厚養死士, 綴甲厲兵, 效勝於戰場。➡ 그리하여 결국 문치를 폐지하고 무력에 의존하여, 후한 예우로 목숨을 바칠 수 있는 무사를 양성하는 한편, 갑옷을 꿰매고 병기를 갈아, 전장에서 승부를 겨루었다.
【於是】: 그리하여. 【乃】: 결국, 마침내. 【文】: 文治, 禮治. 【武】: 무력. 【厚養(hòu yǎng)】: 후한 예우로 양성하다. 【死士】: 목숨을 바칠 수 있는 武士. 【綴(zhuì)】: 꿰매다. 【甲】: 갑옷. 【厲(lì)】: 갈다. 【兵】: 병기, 무기. 【效(xiào)勝】: 승부를 다투다, 승패를 겨루다.

41) 夫徒處而致利, 安坐而廣地, 雖古五帝·三王·五霸, 明主賢君, 常欲坐而致之, 其勢不能, 故以戰續之。➡ 대저 아무 하는 일 없이 이익을 얻고, 편히 앉아서 국토를 넓히는 일은, 비록 옛날 오제·삼왕·오패 등, 현명한 군주들도 항상 가만히 앉아서 그것을 얻고자 했지만, 그 상황이 불가능했기 때문에, 그래서 전쟁으로써 文治를 이어나갔다.
【夫】: [발어사] 대저, 무릇. 【徒處】: 가만히, 하는 일 없이. 【致利】: 이익을 얻다. 【安坐】: 안주하다, 편히 앉다. 【地】: 국토. 【五帝】: 고대 전설 속의 다섯 임금.《史記·五帝本紀》에 黃帝·顓頊·帝嚳·堯·舜을 五帝라 했다. 【三王】: 三代의 聖君. 즉, 夏의 禹王·商의 湯王·周의 文王. 【五霸(bà)】: 춘추시대 제후의 맹주로서 패업을 이룩한 다섯 사람. 즉, 齊의 桓公·晉의 文公·秦의 穆公·楚의 莊王·宋의 襄公. 【明主賢君】: 현명한 군주. 【常】: 항상. 【欲】: ……하고자 하다. 【致之】: 이것을 얻다. 「之」: [대명사] 이것. 즉, 「徒處而致利, 安坐而廣地。」 【勢】: 형세, 상황. 【續之】: 이것을 이어나가다. ※「之」: [대명사] 이것, 즉 「文治」.

42) 寬則兩軍相攻, 迫則杖戟相撞, 然後可建大功。➡ 거리가 멀면 양측의 군대가 서로 대치 공격하고, 가까이 접근하면 백병전을 벌려, 그런 다음에 비로소 큰공을 세울 수가 있다.
【寬(kuān)】: 넓다, 거리가 멀다. 【相攻(gōng)】: 서로 대치하여 공격하다. 【迫(pò)】: 가까이 접근하다. 【杖戟相撞(zhàng jǐ xiāng zhuàng)】: 몽둥이와 창이 서로 부딪치다. 즉, 백병전을 벌이다.

43) 是故兵勝於外, 義强於內, 威立於上, 民服於下。➡ 그러므로 밖에서 전쟁에 이겨야만, 비로소 道義 명분이 안에서 강한 힘을 얻고, (군주의) 권위가 위에서 세워지며, 백성이 아래에서 복종한다.
【是故】: 그러므로. 【兵勝】: 전쟁에 이기다. 【義】: 도의 명분. 【威】: 권위, 위엄. 【服】: 복종하다.

兵不可。⁴⁴⁾ 今之嗣主, 忽於至道, 皆惛於教, 亂於治, 迷於言, 惑於語, 沈於辯, 溺於辭。⁴⁵⁾ 以此論之, 王固不能行也。⁴⁶⁾」

　　說秦王書十上而說不行。⁴⁷⁾ 黑貂之裘敝, 黃金百斤盡, 資用乏絕, 去秦而歸。⁴⁸⁾ 羸縢履蹻, 負書擔橐, 形容枯槁, 面目犂黑, 狀

---

44) 今欲幷天下, 凌萬乘, 詘敵國, 制海內, 子元元, 臣諸侯, 非兵不可。➡ 오늘날 천하를 합병하고, 제위를 찬탈하고, 적국을 굴복시키고, 천하를 제압하고, 백성을 자식으로 만들고, 제후를 신하로 만들려면, 무력이 아니면 안 된다.
　　【欲】: ……하고자 하다. ※여기서「欲」은「幷天下……臣諸侯」전체에 해당한다. 【幷】: 합병하다. 【凌(líng)】: 빼앗다, 차지하다. 【萬乘(shèng)】: 천자, 帝位. ※周나라의 제도에서 천자는 사방 천리의 땅과 만대의 차량을 보유할 수 있었으므로「萬乘」은 곧「천자」를 가리킨다. 【詘(qū)】: 굴복시키다. 【制】: 통제하다, 제압하다. 【海內】: 천하, 세상. 【子】: [동사용법] 자식으로 만들다. 【元元】: 서민, 백성. 【臣】: [동사용법] 신하로 만들다. 【非……不可】: ……이 아니면 안되다.

45) 今之嗣主, 忽於至道, 皆惛於教, 亂於治, 迷於言, 惑於語, 沈於辯, 溺於辭。➡ 오늘날의 왕위 계승자들은, 用兵의 중요한 이치를 소홀히 하고, 모두가 정치교화에 밝지 못하며, 멋대로 다스리고, 꾸며대는 말에 허둥대고, 말장난에 현혹되고, 궤변에 깊이 빠져 있다.
　　【嗣(sì)主】: 왕위 계승자. 【忽(hū)】: 소홀히 하다. 【至道】: 가장 중요한 이치. 즉「무력사용의 이치」. 【惛(hūn)】: 昏, 어둡다, 밝지 못하다. ※「惛」은 판본에 따라「惽」으로 쓰기도 한다. 【教】: 정치교화. 【迷】: 미혹되다, 허둥대다. 【言】: 巧言, 꾸며대는 말. 【惑(huò)】: 현혹되다. 【語】: 말장난, 논설. 【沈(chén)】: 빠지다, 잠기다. 【辯(biàn)】: 궤변, 변론. 【溺(nì)】: 빠지다. 【辭】: 문장.

46) 以此論之, 王固不能行也。➡ 이러한 것을 가지고 말한다면, 왕께서는 당연히 (나의 건의를) 실행할 수 없습니다.
　　【固】: 당연히. 【行】: 실행하다.

47) 說秦王書十上而說不行。➡ (소진은) 진왕에게 유세하는 글을 열 차례나 올렸지만 유세가 성공하지 못했다.

48) 黑貂之裘敝, 黃金百斤盡, 資用乏絕, 去秦而歸。➡ 검은담비 가죽옷이 다 해지고, 황금 백 근을 다 써버린 후, 여비가 떨어지자, 하는 수 없이 진을 떠나 귀가 길에 올랐다.
　　【貂(diāo)】: 담비. 【裘(qiú)】: 가죽 옷. 【資用】: 여비, 노자. 【乏絕(fá jué)】: 고갈되다, 떨어지다. 【去】: 떠나다.

49) 羸縢履蹻, 負書擔橐, 形容枯槁, 面目犂黑, 狀有愧色。➡ 각반을 매고 짚신을 신고, 책을 짊어지고 행낭을 걸머메고, 몰골이 바싹 마르고, 얼굴이 검게 변하고, 모습은 부끄러운 기색을 띠었다.
　　【羸(léi)】: 纍, 묶다, 매다. ※「羸」는 판본에 따라「贏(yíng)」을 쓰기도 한다. 【縢(téng)】: 각반,

有愧色。[49] 歸至家, 妻不下紝, 嫂不爲炊, 父母不與言。[50] 蘇秦喟
然嘆曰:「妻不以我爲夫, 嫂不以我爲叔, 父母不以我爲子, 是皆
秦之罪也!」[51]

　　乃夜發書, 陳篋數十, 得太公《陰符》之謀。[52] 伏而誦之, 簡練
以爲揣摩。[53] 讀書欲睡, 引錐自刺其股, 血流至足,[54] 曰:「安有說

대님.【履(lǚ)】: (신을) 신다.【蹻(juē)】: 짚신.【擔(dān)】: 짊어지다, 등에 메다.【橐(tuó)】:
전대, 행낭.【形容】: 몰골, 꼴, 모습.【枯槁(kū gǎo)】: 바싹 마르다.【黧(lí)】: 검다.【狀
(zhuàng)】: 모습, 모양.【愧(kuì)色】: 부끄러운 기색.

50) 歸至家, 妻不下紝, 嫂不爲炊, 父母不與言。→ 집에 돌아오니, 아내는 베틀에서 내려오지 않고,
　 형수는 밥을 해 주지 않고, 부모는 더불어 말을 하지 않았다.
　 【紝(rèn)】: 베를 짜다. ※여기서는 「베틀」을 가리킨다.【嫂(sǎo)】: 형수, 형의 아내.【炊
　 (chuī)】: 밥을 짓다.

51) 蘇秦喟然嘆曰:「妻不以我爲夫, 嫂不以我爲叔, 父母不以我爲子, 是皆秦之罪也!」→ 소진
　 이 탄식하며 말했다. 「아내는 나를 남편으로 여기지 않고, 형수는 나를 시동생으로 여기지 않으며,
　 부모는 나를 자식으로 여기지 않으니, 이는 모두가 나의 죄로다!」
　 【喟(kuì)然】: 한숨쉬는 모양.【以……爲……】: ……를(을) ……으로 여기다.【叔】: 시동생.
　 【是】: 이, 이것. 즉「자신을 남편·시동생·자식으로 여기지 않는 것」.【秦之罪】: 나(蘇秦 자신)
　 의 죄. ※「秦」을 「秦나라의 죄」로 풀이한 경우도 있다.

52) 乃夜發書, 陳篋數十, 得太公《陰符》之謀。→ 그리하여 밤새 책을 찾아, 케케묵은 상자 수십 개
　 에서, 태공의 《陰符》의 계략을 찾아냈다.
　 【乃】: 그리하여.【發書】: 책을 찾다.【陳篋(chén qiè)】: 케케묵은 상자.【太公】: 姜太公, 齊나
　 라의 시조 呂尙.【陰符(yīn fú)》】: 병법서 이름.【謀】: 계략. 여기서는「兵法」을 의미한다.

53) 伏而誦之, 簡練以爲揣摩。→ 책상에 엎드려 읽고, 요점을 발췌하여 숙독하는 방법으로 이치를 탐
　 구했다.
　 【伏(fú)】: 엎드리다.【誦(sòng)】: 소리내어 읽다, 암송하다.【之】: 그것, 즉《陰符》.【簡練(jiǎn
　 liàn)】: 요점을 발췌하여 숙독하다. 「簡」: 고르다, 뽑다, 발췌하다, 선택하다. 「練」: 연마하다, 익
　 히다, 숙련하다.【揣摩(chuǎi mó)】: 탐구하다, 연구하다.

54) 讀書欲睡, 引錐自刺其股, 血流至足, → 책을 읽다가 졸리면, 송곳을 들어 자신의 허벅지를 찔러,
　 피가 발목까지 흘렀다.
　 【欲】: ……하려고 하다.【睡(shuì)】: 잠자다.【引】: 끌어당기다, 들다.【錐(zhuī)】: 송곳.【刺
　 (cì)】: 찌르다.【股(gǔ)】: 허벅지, 넓적다리.

人主, 不能出其金玉錦繡, 取卿相之尊者乎?」⁵⁵⁾ 朞年, 嗑摩成。⁵⁶⁾
曰:「此眞可以說當世之君矣。⁵⁷⁾」

　　於是乃摩燕烏集闕, 見說趙王於華屋之下, 抵掌而談。⁵⁸⁾ 趙王
大悅, 封爲武安君, 受相印。⁵⁹⁾ 革車百乘, 錦繡千純, 白璧百雙, 黃
金萬鎰, 以隨其後。⁶⁰⁾ 約從散橫, 以抑强秦。⁶¹⁾ 故蘇秦相於趙, 而
關不通。⁶²⁾

---

55)「安有說人主, 不能出其金玉錦繡, 取卿相之尊者乎?」➡「어찌 제후들에게 유세하여, 그들의
금옥 비단을 내놓게 하거나, 재상의 존귀한 자리를 얻지 못하겠는가?」
【安】: 어찌. 【人主】: 제후. 【錦繡(jǐn xiù)】: 비단. 【卿(qīng)相】: 재상.

56) 朞年, 嗑摩成。➡ 1년이 지난 후, 탐구를 끝냈다.
【朞(jī)年】: 1년 후. ※판본에 따라서는「朞」를「期」로 썼다. 【成】: 끝내다, 완성하다, 성공하다.

57)「此眞可以說當世之君矣。」➡「이번에는 진정 당대의 군주들에게 유세를 할 수 있을 것이다.」
【當世】: 當代.

58)「於是乃摩燕烏集闕, 見說趙王於華屋之下, 抵掌而談。➡ 그리하여 곧 연오집궐 가까이 가서,
화려한 궁전에서 조왕을 배알하고 유세하는데, 손뼉을 치며 이야기했다.
【摩(mó)】: 가까이 가다, 접근하다. 【燕烏集闕(yān wū jí quē)】: ①燕나라의 지명「烏集闕」이
라는 설. ②趙나라의 궁궐 이름 또는 關門 要塞라는 설. 【見說(xiàn shuì)】: 배알하고 유세하다.
【華屋(huá wū)】: 화려한 궁전. 【抵掌(dǐ zhǎng)】: 손뼉을 치다.

59) 趙王大悅, 封爲武安君, 受相印。➡ 조왕이 크게 기뻐하여, (소진을) 무안군에 봉하고, 재상의
인장을 주었다.
【悅(yuè)】: 기뻐하다. 【封(fēng)爲】: ……로 봉하다. 【武安】: [지명] 趙나라의 읍이름. 지금
의 하남성 武安縣 서남쪽. 【受】: 授, 주다. 【相印(xiàng yìn)】: 재상의 인장.

60) 革車百乘, 錦繡千純, 白璧百雙, 黃金萬鎰, 以隨其後。➡ 병차 백 량과, 비단 천 필과, 백옥 백
쌍과, 황금 이십만 량이, 그 뒤를 따랐다.
【革車(gé jū)】: 병차. 【乘(shèng)】: [양사] 량. 【錦繡(jǐn xiù)】: 비단. 【純(tún)】: [양사] 필,
묶음. 【鎰(yì)】: [무게 단위] 1鎰은 20량. ※24량이라는 설도 있다.

61) 約從散橫, 以抑强秦。➡ 합종을 맺고 연횡을 해산하여, 강한 진나라를 억제했다.
【約】: 맺다, 약속하다. 【從】: 합종. 【橫】: 연횡. 【抑(yì)】: 억제하다.

62) 故蘇秦相於趙, 而關不通。➡ 그래서 소진이 조나라에서 재상을 지내는 동안, 함곡관의 교통이 단
절되었다.
※즉, 진나라가 육국과 내왕하지 못했다는 말이다.
【相】: [동사용법] 재상을 지내다. 【關(guān)】: 函谷關.

當此之時，天下之大，萬民之衆，王侯之威，謀臣之權，皆欲決於蘇秦之策。[63] 不費斗糧，未煩一兵，未戰一士，未絕一弦，未折一矢，諸侯相親，賢於兄弟。[64] 夫賢人在而天下服，一人用而天下從。[65] 故曰：「式於政，不式於勇；式於廊廟之内，不式於四境之外。」[66] 當秦之隆，黃金萬鎰爲用，轉轂連騎，炫熿於道；山東之國，從風而服，使趙大重。[67]

---

63) 當此之時，天下之大，萬民之衆，王侯之威，謀臣之權，皆欲決於蘇秦之策。 → (소진이 趙나라 재상을 지낼) 그 당시에는, 천하가 그처럼 크고, 백성이 그처럼 많고, 제후가 그처럼 위엄이 있고, 중신들이 그처럼 권력이 있어도, 모두가 소진의 책략에 따라 결정하고자 했다.
【當此之時】: 그 당시, 그 때, 즉 소진이 趙나라 재상을 지낼 당시.【王侯(hóu)】: 제후.【謀臣(móu chén)】: 중신, 지모가 뛰어난 신하.

64) 不費斗糧，未煩一兵，未戰一士，未絕一弦，未折一矢，諸侯相親，賢於兄弟。 → 한 말의 양식도 소비하지 않고, 한 사람의 병사도 고생시키지 않고, 한 사람의 장수도 전쟁터에 나가지 않고, 활 시위 하나도 끊어지지 않고, 화살 한 개도 꺾지 않고, 제후들이 서로 화목하기가, 형제보다 나았다.
【斗糧】: 한 말의 양식.【煩(fán)】: 고생시키다.【戰】: 전쟁에 나가다.【煩】: 귀찮게 하다, 고생시키다.【弦(xián)】: 활줄, 활의 시위【折(zhé)】: 부러지다, 꺾다.【矢(shǐ)】: 화살.【相親】: 서로 화목하다.【賢(xián)】: 능가하다, 낫다, 좋다.

65) 夫賢人在而天下服，一人用而天下從。 → 무릇 현명한 사람이 자리에 있으면 천하가 (마음으로) 믿고 복종하며, 한 사람이 중용되면 천하가 (그의 호령에) 따른다.
【服】: 마음으로 믿고 복종하다.【用】: 중용되다, 권력을 장악하다.

66) 故曰：「式於政，不式於勇；式於廊廟之内，不式於四境之外。」 → 그래서「정치에 힘을 쓰고, 무력에 힘쓰지 말며, 조정 내의 일에 힘을 쓰고, 나라 밖의 일에 힘쓰지 않는다.」라고 한 것이다.
【式(shì)】: 힘쓰다.【勇(yǒng)】: 무력, 전쟁.【廊廟(láng miào)】: 조정.【四境(jìng)】: 국경.

67) 當秦之隆，黃金萬鎰爲用，轉轂連騎，炫熿於道；山東之國，從風而服，使趙大重。 → 소진의 전성시대에는, 황금 이십만 량을 마음대로 쓰고, 차마가 줄을 이어, 도로에 현란하게 펼쳐지고, 殽山 동쪽의 나라들이, 그의 뜻에 따라 복종하여, 조나라의 지위를 크게 높였다.
【當(dāng)】: 在, ……할 당시.【秦】: 蘇秦.【隆(lóng)】: 전성시대, 권력 득세하던 때.【爲用】: 마음대로 쓰다.【轉轂連騎(zhuǎn gǔ lián jì)】: 수레가 굴러가고 기마가 줄을 잇다. ※「轉」: 굴러가다.「轂」: 수레바퀴. 여기서는 수레를 가리킨다.「騎」: 기병.【炫熿(xuàn huáng)】: 현란하다, 휘황찬란하다.【山東之國】: 殽山 동쪽의 나라들. ※六國 중 趙를 제외한 다섯 나라.【從風】: 바람이 부는 대로 순응하다, 즉「남의 뜻에 따르다」.【大重(zhòng)】: 매우 중시되다, 크게 존중받다. 즉「지위가 크게 높아지다」.

65

且夫蘇秦特窮巷・掘門・桑戸・棬樞之士耳。⁶⁸⁾ 伏軾撙銜,
橫歷天下, 庭說諸侯之主, 杜左右之口, 天下莫之伉。⁶⁹⁾

　　將說楚王, 路過洛陽。⁷⁰⁾ 父母聞之, 淸宮除道, 張樂設飲, 郊
迎三十里。⁷¹⁾ 妻側目而視, 側耳而聽。⁷²⁾ 嫂蛇行匍伏, 四拜自跪而
謝。⁷³⁾ 蘇秦曰:「嫂何前倨而後卑也?」⁷⁴⁾ 嫂曰:「以季子之位尊而

---

68) 且夫蘇秦特窮巷・掘門・桑戸・棬樞之士耳。 ➡ 또한 소진은 가난한 골목에서, 벽에 구멍을 뚫
어 출입문을 만들고, 뽕나무를 엮어 사립문을 달고, 굽은 나무로 문 지도리를 한 가난한 집안의 선비
였을 뿐이다.
【且夫】: 또한, 더욱이. 【特】: 다만, 단지. 【窮巷(qióng xiàng)】: 가난한 골목. 【掘(jué)門】: 벽
을 뚫어 출입문을 만들다. 【桑(sāng)戸】: 뽕나무를 엮어 만든 사립문. 【棬樞(quān shū)】: 굽은
나무로 만든 문 지도리. 【耳】: ……일 뿐이다.

69) 伏軾撙銜, 橫歷天下, 庭說諸侯之主, 杜左右之口, 天下莫之伉。 ➡ 수레에 앉아 말고삐를 움켜
잡고, 천하를 누비고 다니며, 각 국의 제후들을 조정으로 찾아가 유세하여, 제후 측근들의 입을 막
지만, 천하 어디에도 그와 대항할 사람이 없었다.
【伏(fú)】: 엎드리다. 【軾(shì)】: 수레 앞에 걸친 橫木. 【撙(zǔn)】: 움켜잡다, 통제하다. 【銜
(xián)】: 말 재갈, 여기서는 말 고삐를 의미한다. 【橫歷(héng lì)】: 누비고 다니다, 횡행하다. 【庭
說(shuì)】: 조정으로 찾아가 유세하다. 【左右】: 측근, 주변인물. 【杜(dù)】: 막다. 【伉(kàng)】:
抗, 대항하다, 필적하다.

70) 將說楚王, 路過洛陽。 ➡ 장차 초왕에게 유세하고자, 가는 길에 낙양을 지나갔다.
【將(jiāng)】: 장차 ……하려하다. 【楚王】: 초나라 成王.

71) 父母聞之, 淸宮除道, 張樂設飲, 郊迎三十里。 ➡ 부모가 이 소식을 듣고, 집안을 청소하고 길을
쓸고, 음악을 베풀고 음식을 차리고, 성밖 삼십 리까지 나가 맞이했다.
【淸宮】: 집안을 청소하다. 【除道】: 길을 깨끗이 쓸다. 【張】: 베풀다, 준비하다. 【郊(jiāo)】: 교
외, 성밖.

72) 妻側目而視, 側耳而聽。 ➡ 아내는 감히 정면으로 보지 못해 곁눈질로 보고, 감히 정면으로 듣지
못해 귀를 옆으로 하고 들었다.
【側(cè)目】: 곁눈질하다. 【側耳】: 귀를 옆으로 향하다.

73) 嫂蛇行匍伏, 四拜自跪而謝。 ➡ 형수는 뱀처럼 기어와서 엎드린 채, 네 번을 절하며 스스로 무릎
을 꿇고 사죄했다
【蛇(shé)行】: 뱀처럼 기다. 【匍伏(pú fú)】: 포복하다, 엎드리다. 【跪(guì)】: 무릎을 꿇다.
【謝】: 사죄하다.

74) 蘇秦曰:「嫂何前倨而後卑也?」 ➡ 소진이 말했다. 「형수님은 어째서 전에는 교만하더니 지금은
겸손합니까?」

多金。」[75] 蘇秦曰：「嗟乎！ 貧窮則父母不子，富貴則親戚畏懼。人生世上，勢位富厚，蓋可忽乎哉？」[76]

解題 및 本文 要旨說明 🕮

　　본문은 《戰國策·秦策》의 일부분으로, 戰國시대의 종횡가 蘇秦(B.C.? - B.C.317)이 秦 惠王에게 유세하다가 실패한 후, 다시 趙 肅侯에게 유세하여 성공한 사례를 서술한 것이다.

　　蘇秦은 자가 季子이며, 東周 洛陽 사람으로 어려서 張儀와 함께 齊나라의 鬼谷子에게 師事했다. 학업을 마친 후 周顯王 32년(B.C.337) 趙나라로부터 秦나라로 들어가 秦 惠王에게 連橫의 정책을 써서 六國(燕·韓·魏·齊·楚·趙)을 정복하도록 권했으나 시기가 무르익지 아니한데다 秦이 마침 變法維新의 商鞅을 처형했던 시기였기 때문에 유세객들이 건의하는 일체의 책략을 거부했다. 따라서 蘇秦의 책략 역시 벽에 부딪칠 수밖에 없었다. 秦 惠王이 듣지 않자, 蘇秦은 다시 燕·趙 두 나라에 가서 趙 肅侯에게 「合縱」의 정책으로 六國이 단결하여 秦에 저항하도록 游說한 것이 성공하여 15년 동안 秦나라가 감히 동쪽의 函谷關을 넘보지 못하였다.

　　후에 秦이 張儀를 기용하여 六國의 合縱을 와해시켜 齊·魏 두 나라가 趙나라를 공격하자 蘇秦은 趙에서 빠져나와 燕을 거쳐 齊로 갔다가 齊나라 사대부의 자객에 의해 살해당했다.

　　이른바 「連橫」이란 秦나라의 입장에서 「東西를 連結한다」는 말로 즉, 殽山(지금의 河南省 洛寧縣 북쪽) 서쪽에 위치한 秦나라가 殽山 동쪽에 위치한 六國의 제후들과 각기 단독으로 연합하면서, 한편으로는 자기 쪽으로 끌어들이고 다른 한편으로는 그들 사이를 이간시키는

【倨(jù)】: 교만하다. 【後】: 나중. 즉 「현재」를 가리킨다. 【卑(bēi)】: 자세를 낮추다, 겸손하다.

75) 嫂曰：「以季子之位尊而多金。」➡ 형수가 대답했다. 「왜냐하면 서방님의 지위가 높아지고 돈이 많아졌기 때문입니다.」
　　【以】: 因, 왜냐하면 …… 때문에. 【季子】: 소진의 字. 【位尊】: 지위가 존귀하다.

76) 蘇秦曰：「嗟乎！ 貧窮則父母不子，富貴則親戚畏懼。人生世上，勢位富厚，蓋可忽乎哉？」➡ 소진이 말했다. 「아! 가난하면 부모까지도 자식으로 여기지 않더니, 부귀해 지니까 친척까지도 (나를) 두려워하는구나. (그러니) 사람이 세상을 살아가면서, 권세와 부귀를 어찌 소홀히 할 수 있겠는가?」
　　【不子】: [동사용법] 자식으로 여기지 않다. 【畏懼(wèi jù)】: 두려워하다. 【勢位】: 권세와 지위. 【富厚】: 부귀. 【蓋(hé)】: 盍, 어찌.

방법으로 각개 격파하여 최후에 천하를 석권한다는 전략이다.

그리고, 이른바 「合縱」이란 六國의 입장에서 「南北으로 연합한다」는 말로, 즉 殽山 동쪽에 남북으로 걸쳐 있는 六國이 연합하여 함께 秦나라에 대항한다는 전략이다. 이렇게 볼 때 「合縱」은 「連橫」과 서로 정반대의 개념이며, 縱橫家라는 명칭은 바로 여기에서 취한 것이다.

秦나라가 후에 張儀를 기용하여 六國의 연합을 파괴해 버린 것도, 실은 바로 「連橫」의 전략을 사용한 것이었다. 그래서《漢書·藝文誌·諸子略》에는 합종의 대표적 인물 蘇秦과 連橫의 대표적 인물 張儀를 함께 종횡가로 분류했다. 이러한 종횡가는 결코 어떤 학술사상이 있다고 할 수가 없고, 다만 자신의 부귀를 추구할 목적으로 세 치의 혀로써 제후들을 기쁘게도 하고 또는 이간질을 하여 제후들간의 전쟁을 유발시키기도 했다. 그래서 孟子는 그들의 행위를 「妾婦之道」라 하여 배척하였다.

그러나 언사가 날카롭고 滔滔하게 이어지며 설득력이 있을 뿐 아니라, 언어가 아름답고 리듬이 강하며 문장격식이 정연하고 비유가 교묘하여 문학의 관점에서 보더라도 나름대로 중요한 의미와 가치를 지니고 있다.

다만《戰國策》에 기록된 蘇秦의 사적은《史記·蘇秦列傳》의 기록과 비교할 때 상당한 차이가 있는데, 여기서는 史實의 중요성보다 문장을 위주로 하고 있기 때문에 진위에 대한 규명을 생략하였다.

漢字 형체의 변천

1. 甲骨文 : 갑골문은 옛사람들이 龜甲이나 짐승의 뼈에 새긴 초기의 문자를 말한다. 갑골문이 출현한 시기는 商代이며, 갑골문에 기록한 내용은 대체로 제사, 정벌, 사냥, 年代, 風雨, 질병 등에 관한 일이었다. 당시 사람들은 자주 귀갑이나 짐승의 뼈를 이용하여 길흉을 점을 쳤는데, 점을 친 후 그 위에 점친 시간, 점친 사람의 이름, 점을 친 사정과 점친 결과 등을 기록했다. 그래서 갑골문을「卜辭」라고도 하며, 또 글자를 새길 때 契刀를 사용했기 때문에「契文」이라고도 한다.

2. 金文 : 금문은 鐘鼎文이라고도 하며 周代에 鐘, 鼎 등 청동기에 새긴 문자를 말한다. 금문의 형체는 갑골문과 비슷하지만 쓰는 방법이 약간 모가 나게 변했다. 필획이 다소 簡化되어 쓰기에 편하고, 자체의 변화는 균형이 잡히고 미관을 중시했다.

3. 篆書 : 전서는 周代 후기에 형성된 서체로, 대전과 소전으로 나눈다. 대전은 籒文이라고도 하며, 자체는 金文과 비슷하지만 약간 변화했고, 필획은 더욱 線 모양을 추구했다. 주대 후기에 秦나라 일대에서 사용한 문자가 바로 대전이다. 당시 여러 제후국들의 문자는 대체로 같았으나, 쓰는 방법이 각기 달라 진시황이 중국을 통일한 후「書同文字」의 명을 내려 대전을 簡化하여 소전을 만들었다.

4. 隷書 : 예서는 전서가 簡化된 서체로, 초기에는 전서와 큰 차이가 없이 전서를 약간 흘려 쓰는 정도에 불과했으나, 후에 점차 발전하여 완전히 다른 두 가지의 서체로 변했다. 예서는 당시에 徒隷(일반문서를 처리하는 낮은 관리)가 사용했기 때문에 隷書라 한 것인데, 그 것이 실용적이었기 때문에 후에 사회에서 유행했고, 漢代에 이르러서는 정식 서체가 되었다. 예서는 전서의 구조를 타파하고 점차 간화되는 한편, 전서의 구부러진 필획을 平直한 모양으로 변화시켰다.

5. 草書 : 초서는 漢代에 필사의 민첩성을 위해 만들어진 서체로 예서를 빨리 흘려 씀으로써 草隷라 했다. 초서는 쓰는 방법에 있어서 붓끝이 계속 이어지고, 또 어떤 글자는 다만 예서의 간화에 불과하기 때문에, 필획 하나하나를 또렷하게 쓰는 것을 요구하지 않는다. 초서는 후에 자체를 변별하기 힘들 정도로 발전하면서 일종의 예술적 가치를 지닌 서법으로 변모했다.

6. 楷書 : 해서는 正書 또는 眞書라고도 한다. 이는 예서의 필치를 바꾸고 또 적당히 간화하여 이루어진 것이다. 예서와 비교해 보면, 해서는 필획이 더욱 平直하고 구조가 더욱 方正해졌으며 쓰기에 예서처럼 힘들지 않고 초서처럼 알아보기 힘들지도 않다. 그래서 漢末에 이르러 예서를 대신하여 정식서체로 인정받아 현재에 이르고 있다.

7. 行書 : 해서가 통행된 후 초서와 해서가 조화를 이룬 이른바 행서라는 일종의 서체가 생겨났다. 행서는 해서를 바탕으로 약간의 초서체를 가미한 것인데, 세밀하고 정제된 맛은 해서만 못하지만 쓰기는 해서에 비해 빠르다. 그러나 초서처럼 흘려 쓰지 않아, 魏晉시대 이후에는 서찰과 같은 친필원고에 자주 쓰이는 서체가 되었다.

08

女媧補天

《淮南子》

作者 ○

03. 寓言 5.塞翁失馬 참조.

註釋 ☞

往古之時, 四極廢, 九州裂, 天不兼覆, 地不周載。[1] 火爁焱而

---

1) 往古之時, 四極廢, 九州裂, 天不兼覆, 地不周載。 ➡ 아주 먼 옛날, 사방에서 하늘을 떠받치던 기둥이 무너져, 전 국토가 갈라지고, 하늘이 대지를 다 덮지 못하며, 땅이 만물을 두루 실어 담지 못했다.
※《淮南子·天文訓》에 「옛날에 공공이 전욱과 天帝의 자리를 다투다가, 화가 나서 不周山을 들이받아 하늘을 받치고 있던 기둥이 부러지고, 땅을 잡아매고 있던 밧줄이 끊어졌다.(昔者共工與顓頊爭爲帝, 怒而觸不周之山。天柱折, 地維絶。)」라고 했다.
【往古】: 아주 먼 옛날. 【四極(jí)】: 사방에서 하늘을 떠받치고 있는 기둥. 【廢(fèi)】: 부러지다.
【九州】: 전설에 나오는 상고시대 중국 중원의 행정구역. ※《淮南子·地形訓》에는 「東南의 神州·正南의 次州·西南의 戎州·正西의 弇州·正中의 冀州·西北의 台州·正北의 泲州·東北의 薄州·正東의 陽州」라 했고,《尙書·禹貢》에는 「冀州·兗州·靑州·徐州·揚州·荊州·豫州·梁州·雍州」라 했다. 여기서는 「전 국토」를 가리킨다. 【兼(jiān)】: 모두, 다. 【覆(fù)】: 덮다. 【周(zhōu)】: 두루, 모두. 【載(zài)】: 싣다, 실어 담다.

不滅, 水浩洋而不息。²⁾ 猛獸食顓民, 鷙鳥攫老弱。³⁾ 於是<u>女媧</u>煉五色石以補蒼天, 斷鼇足以立四極, 殺黑龍以濟<u>冀州</u>, 積蘆灰以止淫水。⁴⁾ 蒼天補, 四極正, 淫水涸, <u>冀州</u>平, 狡蟲死, 顓民生。⁵⁾ …… 當此之時, 禽獸蝮蛇, 無不匿其爪牙, 藏其螫毒, 無有攫噬之心。⁶⁾

考其功烈, 上際九天, 下契黃壚。⁷⁾ 名聲被後世, 光暉熏萬物。⁸⁾

---

2) 火爁焱而不滅, 水浩洋而不息。 ➡ 불길이 온통 번져 꺼지지 않고, 홍수가 범람하여 멈추지 않았다.
【爁焱(lǎn yàn)】: (불길이) 번지다. 【浩洋】: (물이) 크게 범람하다. 【息(xī)】: 멈추다.

3) 猛獸食顓民, 鷙鳥攫老弱. ➡ 맹수가 선량한 사람을 잡아먹고, 사나운 날짐승이 노약자들을 잡아채갔다.
【顓(zhuān)民】: 선량한 백성. 【鷙(zhì)鳥】: 사나운 날짐승. 【攫(jué)】: 잡아 채가다.

4) 於是女媧煉五色石以補蒼天, 斷鼇足以立四極, 殺黑龍以濟冀州, 積蘆灰以止淫水。 ➡ 그리하여 여와는 五色의 돌을 녹여서 이로써 하늘을 보수하고, 거대한 거북의 다리를 잘라 이로써 네 기둥을 세우고, 흑룡을 잡아 이로써 기주의 백성을 구제하고, 갈대 태운 재를 쌓아 이로써 평지에서 솟는 물을 멈추게 했다.
【女媧(wā)】: 중국의 전설에 나오는 인류의 시조. 伏羲氏의 누이동생으로 사람의 머리에 뱀의 몸을 하고 있는데, 그들 남매 간에 혼인하여 인류를 생산했다는 설도 있고, 여와가 黃土로 인간을 만들었다는 설도 있다. 【煉(liàn)】: 녹이다, 정련하다. 【補(bǔ)】: 보수하다. 【蒼(cāng)天】: 하늘. 【斷(duàn)】: 베다, 자르다. 【鼇(áo)】: 거대한 거북. 【冀(jì)州】: 중원 九州의 하나. ※주1) 참조. 【積(jī)】: 쌓다. 【蘆灰(lú huī)】: 갈대를 태운 재. 【止】: 멈추게 하다, 방지하다. 【淫(yín)水】: 평지에서 솟아나는 물, 홍수.

5) 蒼天補, 四極正, 淫水涸, 冀州平, 狡蟲死, 顓民生。 ➡ 하늘이 보수되고, 네 기둥이 바로 세워지고, 홍수가 마르고, 기주가 평온해지고, 독충과 맹수가 죽자, 백성이 삶을 되찾았다.
【正】: 바로 세워지다. 【涸(hé)】: 마르다. 【平】: 평온해지다, 안정되다. 【狡蟲(jiǎo chóng)】: 독충과 맹수. 【生】: 생존하다, 살아남다.

6) 當此之時, 禽獸蝮蛇, 無不匿其爪牙, 藏其螫毒, 無有攫噬之心。 ➡ 이때, 금수와 독충과 뱀은, 그 발톱과 이빨을 감추고 그 독침을 감추었으며, 사냥하고 씹는 (나쁜) 마음을 갖지 않게 되었다.
【無不】: ……하지 않음이 없다, ……하다. 【匿(nì)】: 감추다. 【藏(cáng)】: 감추다. 【螫(zhē)毒】: 독을 쏘다. 【攫(jué)】: 잡다, 사냥하다. 【噬(shì)】: 물어뜯다, 씹다.

7) 考其功烈, 上際九天, 下契黃壚。 ➡ 여와의 공적을 살펴보면, 위는 하늘에 이를 수 있고, 아래는 황천의 검은 흙에 새길 수 있다.
【考(kǎo)】: 살피다, 밝히다. 【其】: [대명사] 그, 즉 여와. 【功烈】: 공적, 공과. 【際】: 닿다, 이르다. 【九天】: 하늘의 가장 높은 곳. ※고대 전설에 의하면 하늘에 9층이 있어 가장 높은 곳을 九天이라 했다. 【契】: 刻, 새기다. 【黃壚(lú)】: 黃泉의 검은 흙.

乘雷車, 服應龍, 驂靑虬, 援絶瑞, 席蘿圖, 絡黃雲, 前白螭, 後奔蛇, 浮游逍遙, 道鬼神, 登九天, 朝帝于靈門, 宓穆休于太祖之下。⁹⁾ 然而不彰其功, 不揚其聲, 隱眞人之道, 以從天地之固然。¹⁰⁾

---

8) 名聲被後世, 光暉熏萬物。➡ (여와의) 명성은 후세 사람들에 의해 전파되고, (여와의) 찬란한 빛은 만물을 따사하게 비추었다.
  【被】: 널리 전파되다, 두루 전하다. 【熏(xūn)】: 曛, 따뜻하게 비추다.

9) 乘雷車, 服應龍, 驂靑虬, 援絶瑞, 席蘿圖, 絡黃雲, 前白螭, 後奔蛇, 浮游逍遙, 道鬼神, 登九天, 朝帝于靈門, 宓穆休于太祖之下。➡ (여와는) 우뢰차를 타고, 날개 달린 응룡으로 하여금 중앙에서 수레를 끌게 하고, 푸른 규룡으로 하여금 양 옆에서 수레를 끌게 하며, 손에는 상서로운 물건을 쥐고, 蘿圖를 깔고 앉아 있는데, 누런색의 雲氣가 수레를 휘감고, 앞에서는 백룡을 앞세우고, 등사를 뒤따르게 하고, 구름위에 떠서 유유자적하게, 여러 귀신들을 이끌고, 구천으로 올라가, 여러 신령이 거처하는 영문에서 천제를 알현하고, 편안하게 태조의 옆에서 휴식을 취했다.
  【乘(chéng)】: 타다. 【雷車】: 우뢰차. 【服】: 수레의 중간에서 끄는 말. 여기서는 동사용법으로 「수레의 중간에서 끌다.」의 뜻. 【驂(cān)】: 수레의 양 옆에서 끄는 말. 여기서는 동사용법으로 「양 옆에서 수레를 끌다.」의 뜻. 【虬(qiú)】: 규룡, 뿔이 없는 용. 【援(yuán)】: 持, 잡다, 쥐다. 【絶瑞】: 상서로운 물건. 【席】: 깔다, 펴다. 【蘿(luó)圖】: 수레에 까는 돗자리. 【絡(luò)】: 휘감다, 두르다. 【前】: 앞세우다. 【白螭(chī)】: 백룡. 【後】: 뒤따르게 하다. 【奔蛇】: 騰蛇, 구름을 타고 안개를 부릴 수 있는 전설 속의 뱀. 【浮游】: 떠돌아 다니다. 【逍遙】: 아무런 구속을 받지 않고 자유롭게 거닐다. 【道】: 이끌다, 인도하다. 【九天】: 하늘. ※고대 중국에서 하늘을 아홉 방위로 나누어 부른데서 나온 말. 동쪽을 皥天, 동남쪽을 陽天, 남쪽을 赤天, 서남쪽을 朱天, 서쪽을 成天, 서북쪽을 幽天, 북쪽을 玄天, 동북쪽을 變天, 중앙을 鈞天이라 했다. 【朝】: 알현하다, 배알하다. 【靈門】: 신령이 거주하는 문. 【宓穆(mì mù)】: 평화롭다, 편안하다. 【太祖】: 여기서는 「천제」를 가리킨다.

10) 然而不彰其功, 不揚其聲, 隱眞人之道, 以從天地之固然。➡ 그러나 그 공덕을 자랑하지 않고, 그 명성을 드러내지 않았으며, 진인의 본령을 감추고, 천지의 자연의 섭리를 좇아 행동했다.
  【然而】: 그러나. 【彰(zhāng)】: 자랑하다, 과시하다. 【揚】: 현양하다, 드러내다. 【聲】: 명성. 【隱(yǐn)】: 감추다. 【眞人】: 진실한 덕망을 지닌 사람. 【道】: 도술, 본령. 【固然】: 자연, 자연의 섭리.

解題 및 本文 要旨說明

　본문은《淮南子·覽冥訓》의 일부분이다. 내용은 太古시대에 하늘을 떠받치고 있던 네 기둥이 무너져 천지가 갈라지는 바람에 하늘이 대지를 덮지 못하고, 땅이 만물을 모두 실어 담지 못하며, 화염이 솟구치고, 홍수가 범람하고, 맹수가 사람을 잡아먹는 등 천지가 아수라장으로 변하자, 女媧가 五色의 돌을 녹여서 그것으로 구멍난 하늘을 메우고, 또 큰 거북이의 다리를 잘라 네 기둥을 세워 하늘을 떠받치고, 검은 용을 잡아 백성의 굶주림을 해결하고, 갈대를 태워 그 재로 홍수를 막는 등 인간을 구제한 상황을 서술하였다.

　과학적 지식이 결여되었던 상고시대의 인류는 자연계에서 일어나는 불가사의한 현상을 하늘의 일로 여겨 경외감을 가지고 있었다. 그러나 그들은 결코 포기하지 않고 이를 극복하려는 강한 의지를 지니고 있었다. 「女媧補天」고사는 바로 여와가 惡을 제거하고 善을 보호한 위대한 행위를 통해 자연재해를 두려워만 하지 않고 지혜를 발휘하여 역경을 극복해 나가려는 옛 사람들의 불굴의 정신을 표현한 것이라 할 수 있다.

09 |

《毛詩·序》

《毛詩》

作者 ○

《毛詩·序》의 작자에 대해서는 설이 많다. 東漢의 鄭玄은《詩譜》에서《大序》는 孔丘의 제자인 子夏가 지었고,《小序》는 子夏와 毛公의 합작이라 했다. 그리고 范曄의《後漢書·儒林傳》에는 후한의 衛宏이 지었다고 보았으며, 이밖에도 여러 가지 설이 있다. 작자에 관한 이설이 많은 것과 아울러 詩序 중에 여러 가지 옛 설이 있는 것으로 볼 때《毛詩·序》는 결코 어느 한 사람이나 어느 한 시기에 이루어진 것이 아니고 先秦兩漢의 儒家 詩論의 총화로서 최후로 한대학자들의 손에서 완성된 것이 아닌가 여겨진다.

註釋 ○

《關雎》, 后妃之德也, 風之始也, 所以風天下而正夫婦也。[1]

---

1) 《關雎》, 后妃之德也, 風之始也, 所以風天下而正夫婦也。 ➡《관저》는 왕후의 덕행을 표현한 시로, 15개 國風중의 제1편이며, 이로써 천하 사람들을 교화하고 부부의 도리를 바로잡으려는 것이다.
【關雎(guān jū)】:《詩經·國風》의 처음에 나오는 시. 【后妃】: 왕후, 왕비. ※여기서는 周 文王의 妃를 가리킨다. 【風(fēng)】: 國風. 【始】: 시작, 즉「제1편」. 【所以】: 以之, 이로써, 이를 통해. 【風(fěng)天下】: 천하를 교화하다. ※「風」: 諷, 교화하다. 【正】: 바로잡다.

故用之鄕人焉, 用之邦國焉。[2] 風, 風也, 敎也。[3] 風以動之, 敎以化之。[4] 詩者, 志之所之也。[5] 在心爲志, 發言爲詩。[6] 情動於中而形於言, 言之不足, 故嗟嘆之; 嗟嘆之不足, 故永歌之; 永歌之不足, 不知手之舞之, 足之蹈之也。[7] 情發於聲, 聲成文謂之音。[8] 治世之音安以樂, 其政和;[9] 亂世之音怨以怒, 其政乖;[10] 亡國之音哀

---

2) 故用之鄕人焉, 用之邦國焉。➡ 그래서 그것을 鄕民에게 적용할 수도 있고, 또한 그것을 제후국에 적용할 수도 있다.
   【用之】: 用之(於), 그것을 ……에 적용하다. 【鄕】: 12,500호를 一鄕이라 했다. 【邦國】: 국가, 여기서는 제후국을 가리킨다.

3) 風, 風也, 敎也。➡ 風은, 諷諭하고, 교화한다는 뜻이다.
   ※앞의「風」은 國風을 가리키는 명사이고, 뒤의「風」은「諷諭하다」라는 의미의 동사이다.

4) 風以動之, 敎以化之。➡ 諷諭하여 감동시킬 수도 있고, 가르쳐서 감화시킬 수도 있다.
   【風】: 諷諭하다. 【動】: [사동용법] 감동시키다. 【化】: [사동용법] 감화시키다.

5) 詩者, 志之所之也。➡ 詩라는 것은, 뜻을 표현해 낸 것이다.
   【志】: 뜻, 사상감정. 【所之】: 가고자 하는 바, 나타내려는 바, 즉「표현」을 뜻한다.

6) 在心爲志, 發言爲詩。➡ 마음속에 있으면 뜻이요, 말로써 표현해 내면 시가 된다.
   【爲】: ……이다, ……이 되다. 【發言】: 말로 펴내다, 말로 표현하다.

7) 情動於中而形於言, 言之不足, 故嗟嘆之; 嗟嘆之不足, 故永歌之; 永歌之不足, 不知手之舞之, 足之蹈之也。➡ 감정이 마음에서 움직여 말로써 나타나는데, 말로써 부족하여, 그래서 감탄하게 되고, 감탄하는 것으로 부족하여, 그래서 읊고 노래하게 되고, 읊고 노래하는 것으로 부족하여, 저도 모르게 손으로 춤추고, 발로 춤추고 하는 것이다.
   【中】: 마음 속. 【形】: 표현되다, 나타나다. 【嗟嘆(jiē tàn)之】: 감탄하다.「之」는 無義助詞. 【永】: 詠, 읊다. ※「永」을「長(길다)」이라고 해석한 경우도 있다. 【舞(wǔ)】: 춤추다. 【蹈(dǎo)】: 춤추다. 【不知】: 저도 모르게, 저절로.

8) 情發於聲, 聲成文謂之音。➡ 감정이 소리에 의해 표현되고, 소리가 조화된 곡조를 이루는 것을 음악이라 한다.
   【發於】: ……에서 표현되다. 【文】: 宮·商·角·徵(zhī)·羽의 五聲이 일정한 선율에 따라 서로 엇섞여 이룬 곡조.

9) 治世之音安以樂, 其政和; ➡ 태평시대의 음악이 편안하고 즐거운 것은, 그 나라의 정치가 안정되어 있기 때문이다.
   【治世】: 태평시대. 【以】: [연사] ……하고도 또한. 【其】: [대명사] 그, 즉 그 나라. 【和】: 안정되다, 평화롭다.

10) 亂世之音怨以怒, 其政乖; ➡ 난세의 음악이 원망하고 노기를 띠는 것은, 그 나라의 정치가 조화

以思, 其民困。¹¹⁾ 故正得失, 動天地, 感鬼神, 莫近於詩。¹²⁾ 先王以
是經夫婦, 成孝敬, 厚人倫, 美敎化, 移風俗。¹³⁾ 故《詩》有六義焉,
一曰風, 二曰賦, 三曰比, 四曰興, 五曰雅, 六曰頌。¹⁴⁾

　　上以風化下, 下以風刺上, 主文而譎諫, 言之者無罪, 聞之者
足以戒, 故曰風。¹⁵⁾ 至於王道衰, 禮義廢, 政敎失, 國異政, 家殊

롭지 못하기 때문이다.
【怨(yuàn)】: 원망하다. 【乖(guāi)】: 조화롭지 못하다, 잘 맞지 않다.

11) 亡國之音哀以思, 其民困。→ 망하는 나라의 음악이 애절하고 근심에 가득 찬 것은, 그 백성이 빈
곤하기 때문이다.
【哀以思】: 애절하고 근심이 가득 차다. 【困(kùn)】: 궁핍하다, 빈곤하다.

12) 故正得失, 動天地, 感鬼神, 莫近於詩。→ 그래서 득실을 바로 하고, 천지를 감동시키고, 귀신을
감동시키는 것으로는, 시를 능가하는 것이 없다.
【莫近於】: 莫過於, ……를 능가하는 것이 없다, ……보다 더한 것이 없다.

13) 先王以是經夫婦, 成孝敬, 厚人倫, 美敎化, 移風俗。→ 선왕은 이로써 부부의 도리를 바르게 다
스리고, 효도와 공경하는 마음을 이루게 하고, 인륜을 두텁게 하고, 교화를 찬미하고, 풍속을 개선
하였다.
【是】: [대명사] 이, 이것. 즉「시」. 【經】: 다스리다, 바른 길로 이끌다. 【成】: [사동용법] 이루게
하다. 【厚】: 두텁게 하다, 돈독히 하다. 【人倫】: 인륜, 즉「父子兄弟의 유가적 인간관계」. 【美】:
찬미하다. 【移】: [사동용법] 개선시키다.

14) 故《詩》有六義焉, 一曰風, 二曰賦, 三曰比, 四曰興, 五曰雅, 六曰頌。→ 그래서《詩經》에는
六義가 있으니, 첫째는 風, 둘째는 賦, 셋째는 比, 넷째는 興, 다섯째는 雅, 여섯째는 頌이다.
※「風・雅・頌」은 시의 체제와 종류를 말하고,「賦・比・興」은 시의 표현방법을 말한다.
【六義】: 風・雅・頌・賦・比・興. 【風】: 여러 나라의 民歌. 【雅】: 周나라 조정의 연회 때 사
용하던 노래. 【頌】: 제사 때 조상의 공덕을 찬미하던 노래. 【賦】: 사물에 대해 비유하는 형식을 취
하지 않고 직접 펴내는 표현방법. 【比】: 직설하지 않고 완곡하게 비유하는 표현방법. 【興】: 먼저
다른 사물을 말하여 이로써 읊고자하는 바를 끌어내는 표현방법.

15) 上以風化下, 下以風刺上, 主文而譎諫, 言之者無罪, 聞之者足以戒, 故曰風。→ 윗사람(통치
자)은 風으로써 아랫사람(백성)을 교화하고, 아랫사람은 風으로써 윗사람을 풍자하는데, 직설을
피하고 비유하는 말로 완곡하게 돌려서 충고하여, 말하는 사람은 죄 됨이 없고, 듣는 사람은 족히 경
계하는 마음을 갖게 됨으로, 그래서 風(諷諭)이라 했다.
【上】: 윗사람, 즉 통치자. 【化】: 교화하다. 【下】: 아랫사람, 즉 백성. 【刺(cì)】: 풍자하다, 풍간하
다. 【主文】: 직접 말하지 않고 비유하다. 【譎諫(jué jiàn)】: 잘못을 완곡하게 돌려서 충고하다.
【足以】: 족히 ……하다. 【風】: 諷諭, 풍자하여 깨우치다.

俗, 而變風變雅作矣。[16] 國史明乎得失之迹, 傷人倫之廢, 哀刑政之苛,[17] 吟詠情性, 以風其上, 達於事變, 而懷其舊俗者也。[18] 故變風發乎情, 止乎禮義。[19] 發乎情, 民之性也; 止乎禮義, 先王之澤也。[20] 是以一國之事, 繫一人之本, 謂之風; 言天下之事, 形四

---

16) 至於王道衰, 禮義廢, 政教失, 國異政, 家殊俗, 而變風變雅作矣。 → 周의 왕도가 쇠퇴하기에 이르자, 예의가 폐지되고, 정치의 교화가 기능을 상실하고, 나라에 다른 정치가 행하여지고, 평민 가정의 풍속이 변하더니, 변질된 風·변질된 雅의 詩가 흥성했다.
【王道】: 仁義로써 천하를 다스리는 도리. 【國異政】: 나라에 다른 정치가 행하여지다. 즉, 여러 제후국들이 각기 자기 나름의 정치를 한 것을 가리킨다. 【家】: 평민 가정. 【殊(shū)】: 달라지다. 【而】: 그리하여, 이로 인하여. 【俗】: 풍속, 습관. 【變風·變雅】: 변란의 사회를 반영한 시. ※ 「變」은 「正」과 반대의 개념으로 국가가 흥성으로부터 쇠퇴하고 세상이 다스려지다가 어지럽게 변하여, 詩 또한 변화함으로써 이러한 변란사회를 반영하는 시들이 흥성했는데, 이를 가리켜 「變風·變雅」라 한 것이다. 【作】: 짓다. 여기서는 「흥성하다」의 뜻.

17) 國史明乎得失之迹, 傷人倫之廢, 哀刑政之苛, → 사관은 정치득실의 자취에 대해 잘 알기에, 윤리도덕이 폐지됨을 마음 아파하고, 형법정치의 가혹함을 슬퍼했다.
【國史】: 왕실의 史官. 【明乎】: ……에 대해 잘 알다. ※「乎」: 於. 【得失之迹】: 정치득실의 자취. 【傷】: 마음 아파하다. 【廢(fèi)】: 쇠퇴하다. 【刑政】: 형법정치. 【苛(kē)】: 가혹하다, 잔악하다.

18) 吟詠情性, 以風其上, 達於事變, 而懷其舊俗者也。 → (그리하여) 악관으로 하여금 그러한 감정을 시로 읊도록 하여, 이로써 통치자를 풍자하는 한편, (통치자로 하여금) 사태의 변화에 대해 통달하고, 옛날 태평성대의 풍속을 생각하도록 했다.
【吟詠(yín yǒng)】: 읊다, 노래하다. ※여기서는 악관으로 하여금 시를 노래하도록 한 것을 의미한다. 【情性】: 감정. 【達】: 통달하다, 잘 알다. 【事變】: 사태의 변화, 즉 「사회 정치의 동란」. 【懷(huái)】: 생각하다. 【舊俗】: 옛 풍속, 즉 「옛 태평성세의 풍속」.

19) 故變風發乎情, 止乎禮義。 → 그래서 變風이 감정에서 표현되어 나오지만, 예의規範을 벗어나지 않았다.
【發乎】: 發於, ……에서 표현되다. 【止乎】: 止於, ……에서 멈추다, ……를 벗어나지 않다.

20) 發乎情, 民之性也; 止乎禮義, 先王之澤也。 → 감정을 표현해 내는 것은 사람의, 본성이요, 예의規範에서 벗어나지 않는 것은, 선왕의 교화 덕택이다.
【性】: 천성, 본성. 【澤(zé)】: 덕택, 은덕.

21) 是以一國之事, 繫一人之本, 謂之風; 言天下之事, 形四方之風, 謂之雅. → 그래서 제후국 한 나라의 일이, 한 시인의 뜻과 관련된 것을, 「風」이라 하고, 천하의 일을 말하고, 사방 여러 나라의 풍속을 표현한 것을, 「雅」라 한다.

方之風，謂之雅。[21] 雅者，正也，言王政之所由廢興也。[22] 政有小大，故有《小雅》焉，有《大雅》焉。[23] 頌者，美盛德之形容，以其成功告於神明者也。[24] 是謂四始，詩之至也。[25]

　　然則《關雎》·《麟趾》之化，王者之風，故繫之周公。[26] 南，言化自北而南也。[27]《鵲巢》·《騶虞》之德，諸侯之風也，先王之所以

※즉, 시인이란 나라의 일을 살펴 자신의 마음으로 표현하는데, 한 시인이 한 제후국의 일을 말한 것을 좁은 의미에서 風이라 하고, 천하의 일을 말한 것을 넓은 의미에서 雅라 한다는 뜻이다.
【是以】: 그래서. 【一國】: 한 나라, 즉「제후국 한 나라」.【繫(xì)】: 관련되다. 【一人】: 한 사람, 즉「시인 한 사람」. 【本】: 마음, 뜻. 【形】: 표현하다.

21) 雅者, 正也, 言王政之所由廢興也。→ 雅는,「바르다」라는 뜻으로, 왕정이 흥하고 쇠한 까닭을 말한 것이다.
【正】: 바르다. ※「正」을「政」즉,「政治」라고 풀이한 경우도 있다. 【所由】: ……한 까닭.

23) 政有小大, 故有《小雅》焉, 有《大雅》焉。→ 政事는 제후의 작은 정치와 천자의 큰 정치가 있으므로, 그래서《小雅》가 있고,《大雅》가 있는 것이다.

24) 頌者, 美盛德之形容, 以其成功告於神明者也。→ 頌이란, 천자·제후의 공덕을 찬미하고, 그 성공을 신명에게 고하는 것이다.
【美】: [동사] 찬미하다, 찬송하다. 【盛德】: 천자·제후의 공덕. 【形容】: 가무로 연출해 내는 모습, 즉 가무형식의 표현.

25) 是謂四始, 詩之至也。→ 이것을「四始」라 하는데, 바로 시의 극치이다.
【四始】: 본래《國風》,《小雅》,《大雅》,《頌》등 시경의 모든 시를 가리키나, 國風의《關雎》, 小雅의《鹿鳴》, 大雅의《文王》, 頌의《淸廟》등 매 편의 처음에 나오는 詩가 周 文王에 관한 내용을 읊은 작품들이기 때문에「始」자를 붙였다. 【至】: 극치.

26) 然則《關雎》·《麟趾》之化, 王者之風, 故繫之周公。→ 그렇다면《관저》·《인지》의 교화는, 본래 周 文王의 風이므로, 그래서 그것을 주공과 관련지었다.
※風은 다만 一國의 일을 말한 것이고, 周 文王은 천하를 관장하여 一國에만 국한할 수 없기 때문에, 그래서 부득이 周公과 관련을 지은 것이다.
【麟趾】:《詩·國風·周南》의 마지막에 나오는 시 제목. 제후의 자손이 번성함을 찬미한 시이다. ※전설에 나오는 기린은 천성이 인자하여 살아있는 벌레를 밟아 죽이지 않고 살아있는 풀을 밟지 않아 仁德의 상징으로 알려져 있다. 【化】: 敎化. 【王者】: 왕. ※여기서는「周 文王」을 가리킨다.
【周公】: 周 武王의 동생으로, 이름은 姬旦이며, 무왕이 죽은 후 成王의 나이가 어려서 주공이 攝政했다. 전하는 바에 의하면 禮樂을 제정하고 周의 典章制度를 확립하여「明德愼罰」을 주장했다.

教，故繫之召公。[20]《周南》·《召南》，正始之道，王化之基。[29] 是以《關雎》樂得淑女，以配君子，憂在進賢，不淫其色; 哀窈窕，思賢才，而無傷善之心焉，是《關雎》之義也。[30]

解題 및 本文 要旨說明

통설에 의하면 孔子가 詩를 정리한 후, 먼저 그의 제자 卜商(子夏)에게 전했고, 그 후 曾申·李章·孟仲子의 손을 거쳐 荀卿에게 전해졌다. 荀卿이 이를 다시 魯나라 毛亨에게 전하고, 毛亨이 또 趙나라 毛萇에게 전했는데 이것이 바로 오늘날의《詩經》이다.

그런데, 秦이 망하고 漢이 일어나자 세상에는 갑자기 魯나라 사람 申培公이 전했다고 하는

---

27) 南, 言化自北而南也。➡ 南이란, 교화가 북쪽으로부터 남쪽에까지 이르는 것을 말한다.

28)《鵲巢》·《騶虞》之德, 諸侯之風也, 先王之所以教, 故繫之召公。➡《작소》·《추우》의 어진 덕망은, 본래 제후의 風이나, 선왕이 이를 가지고 백성을 교화했으니, 그러므로 그것을 召公과 관련지었다.
【鵲巢(què cháo)】:《詩經·召南》의 첫 번째 시. 제후의 딸이 제후에게 시집가는 일을 읊은 시이다. 【騶虞(zōu yú)】:《詩經·召南》의 마지막 시. 제후가 수렵하는 일을 읊은 시이다. 【召公】: 이름은「奭」, 일찍이 武王을 보좌하여 商을 멸하고 燕에 봉해졌으며, 成王때는 太保에 임명되어, 周公과 더불어 陝을 나누어 통치했다. 주공이 陝의 동쪽을 다스리고, 소공이 陝의 서쪽을 다스렸기 때문에 周南과 召南이라는 명칭이 생겼다.

29)《周南》·《召南》, 正始之道, 王化之基。➡《주남》·《소남》은, 처음을 바로잡는 길이요, 왕이 백성을 교화하는 기본이다.
【正始】: 처음을 바로잡다. 【道】: 도리, 길, 방법. 【王化】: 천자의 교화. 【基】: 기초, 기본.

30) 是以《關雎》樂得淑女, 以配君子, 憂在進賢, 不淫其色; 哀窈窕, 思賢才, 而無傷善之心焉, 是《關雎》之義也。➡ 그러므로《關雎》에서 기꺼이 요조숙녀를 찾아, 군자에게 짝지어 주고자 하는 것은, 어진 인재의 천거를 걱정하는 것이지, 여색을 탐하는 것이 아니며, 요조숙녀를 애틋하게 기다리는 것은, 어진 인재를 사모하는 것일 뿐, 결코 선량함을 해치려는 마음이 없으니, 이것이《관저》의 본뜻이다.
【是以】: 그래서, 그러므로. 【樂得】: 즐거이 찾다. 【配】: 짝짓다, 배필로 삼다. 【進賢】: 어진 인재를 천거하다. 【淫(yín)】: 탐하다, 빠져들다. 【哀】: 애틋하게 생각하다. 【思】: 사모하다, 그리다. 【是】:[대명사] 이것. 즉,「여색을 탐하지 않고, 선량함을 해치려는 의도가 없는 것」. 【義】: 요지, 본뜻.

魯詩, 齊나라 사람 轅固生이 전했다고 하는 齊詩, 燕나라 사람 韓嬰이 전했다고 하는 韓詩 등의 三家詩가 출현하여 모두 《詩經》이라 이름했다. 이들 三家詩는 모두 今文《詩經》으로 古文《詩經》인 毛詩와 별도로 學官에 두었는데, 후에 毛詩만이 출현하여 세상에 떠돌았다. 이에 漢나라의 鄭衆·賈逵·馬融 등이 毛詩를 위해 傳을 짓고, 또 대유학자인 鄭玄이 《毛詩箋》을 지어 毛詩의 義理를 밝히는 한편 三家詩의 설을 비판하고 나서자, 三家詩는 점차 쇠퇴하여, 魯詩는 西晋때 없어지고 齊詩는 魏나라 때, 韓詩는 北宋때 각각 없어져 그 후부터 는 毛詩 하나만 남게 되었다.

　　毛詩에는 시 한 수마다 題下에 모두 小序가 달려 있는데 적은 것은 몇 자에 불과하지만 긴 것은 몇십 자에 이른다. 그 序에는 시의 主旨·배경·작자 등에 대해 간략히 서술하고 있다.

　　《詩經》의 첫 편인 《關雎》에는 小序가 있고, 그 小序 아래에 비교적 긴 문구로 시의 性質·작용·체제·작법 등을 논했는데, 역대로 이를 「大序」라 했다. 陸德明의 《經典釋文》에는 이를 해석하여 「起此至『用之邦國焉』, 名《關雎》序, 謂之『小序』; 自『風, 風也。』訖末, 名爲『大序』。」라 했다.

　　본문은 「大序」와 「關雎序」인데, 蕭統은 이를 《毛詩·序》라 이름했으며, 일반적으로는 이를 《詩大序》라 한다.

　　《毛詩·序》의 주요 내용은 크게 세 가지로 요약할 수 있다.

(1) 시가의 예술적 특징:

　　《毛詩·序》에 「시라는 것은 뜻의 표현으로 마음속에 있으면 뜻이 되고, 말로써 표현하면 시가 된다. 감정이 마음속에서 움직여 말로 나타나고, 말로써 부족하여 감탄하게 되며, 감탄으로 부족하여 노래를 부르고, 노래로 부족하여 저도 모르게 손과 발로 춤을 추게 된다.」라고 한 말은 「感情과 뜻의 결합」 및 「詩와 音樂의 결합」이라는 시가의 특징을 말한 것이다.

(2) 시가의 敎化작용:

　　시의 정치교화 작용에 대한 중시는 유가 시론의 핵심이라고 할 수 있는데, 《毛詩·序》는 이를 더욱 구체적으로 이론화하고 계통화하고 있다. 즉, 「治世之音安以樂, 其政和; 亂世之音怨以怒, 其政乖; 亡國之音哀以思, 其民困。」이라 한 말은 詩·樂과 시대정치의 밀접한 관계를 지적한 것으로, 다시 말하면 백성의 情緒상에서 그 시대의 정치상황을 반영한 것이다. 뿐만 아니라 先王이 시를 「經夫婦, 成孝敬, 厚人倫, 美敎化, 移風俗」의 도구로 이용했다는 것은 그만큼 시의 교화작용을 강조한 말이라 하겠다.

(3) 시의 체제와 작법:

《詩經》에는 「風·雅·頌·賦·比·興」의 六義가 있다. 六義에 대해서는 이미《周禮·春官》에 「大師教六詩: 曰風, 曰賦, 曰比, 曰興, 曰雅, 曰頌。」이라 하여 그 명칭이 보이는데,《毛詩·序》에서 風·雅·頌에 대해 보다 구체적인 설명을 하고 있다. 즉, 風은 각국의 여러 지방에서 생겨난 시가요, 雅는 周나라 조정에서 생겨난 시가이며, 頌은 제사 때나 조상의 공덕을 찬미할 때 사용하던 歌舞이다. 다만 賦·比·興에 대해서는 구체적인 설명이 없다가 宋代 朱熹에 이르러 비로소 賦는 사물을 직접 서술하는 방식이요, 比는 저것을 가지고 이것을 비유하는 것이며, 興은 먼저 다른 것을 들어 흥을 돋운 후, 읊고자 하는 것을 끌어내는 방법이라 해석하고 있다. 이렇게 볼 때 風·雅·頌은 곧 詩의 體裁이고, 賦·比·興은 시의 作法이라 하겠으며,《毛詩·序》는 중국 詩史에서 매우 중요한 詩歌理論이라 할 수 있다.

10

過秦論

[漢] 賈誼

作者 ○

賈誼(B.C.200-B.C.168)는 洛陽(지금의 河南省 洛陽市)사람으로 西漢의 政論家요 文學家이다. 그는 어려서부터 재능이 뛰어나더니 18세에 이미 郡에서 이름을 날려 河南郡守 吳公이 그를 불러들여 문하로 삼았다. 漢 文帝가 즉위하면서 吳公이 廷尉에 올랐는데, 이때 吳公이 가의를 추천하여 불과 20여 세에 박사가 되었다. 매번 황제의 명령으로 의론을 올릴 때마다 원로 박사들이 의견을 제시하지 못했는데, 젊은 가의가 모두 응대하자 漢 文帝는 그를 일약 太中大夫로 승진시켜 약관의 나이에 文帝의 고문이 되었다. 그러나 가의의 뛰어난 재능과 파격적인 승진은 周勃, 張相如 등 重臣들의 시기와 질투로 모함을 받아 결국 한 문제로부터 소원해지고 이로 인해 長沙王太傅로 폄적되었다. 가의는 울분을 머금고 湘水를 건너가《弔屈原賦》를 지었다. 그는 長沙에서 3년을 보낸 후 文帝 7년에 長安으로 소환되었다. 文帝는 그를 불러 오랫동안 이야기를 나누었으나 治國에 대한 계책은 묻지 않고 다만 귀신에 대해서만 물었다. 얼마 후 文帝는 가의를 자기가 매우 사랑하는 아들인 梁懷王 劉揖의 太傅로 임명하였다. 4년째 되던 해에 梁懷王이 落馬하여 죽자 가의는 책임을 다하지 못한 죄책감에 빠져 1년여를 울다가 그만 33세의 나이로 세상을 떠났다.

뛰어난 政論家인 賈誼는 농본주의·仁政愛民·외부침략 방어 및 변방오랑캐 무마 등 많은 정치주장을 제기했다. 이러한 주장은 漢 文帝에 의해 채택되었을 뿐만 아니라 또한 역대 봉건왕조의 정책으로도 널리 활용되었다.

가의의 저작은 현재《新書》10권이 전하는데 이는 후인들이 모은 것이며《漢書‧藝文志》에 기록된 儒家 58편의 原書는 아니다.

註釋 ⌘

秦孝公據殽函之固, 擁雍州之地, 君臣固守而窺周室;[1] 有席卷天下, 包舉宇內, 囊括四海之意, 并吞八荒之心。[2] 當是時, 商君佐之, 內立法度, 務耕織, 修守戰之備, 外連橫而鬪諸侯。[3] 於是秦人拱手而取西河之外。[4] 孝公旣沒, 惠文‧武‧昭襄, 蒙故業, 因

---

1) 秦孝公據殽函之固, 擁雍州之地, 君臣固守而窺周室; → 진나라 효공은 효산과 함곡관의 견고한 요새를 점거하고, 옹주의 땅을 보유하여, 군신이 굳게 지키며 주나라 왕실을 엿보았다.
【秦孝公】: 秦의 임금으로 성은 嬴, 이름은 渠梁이다. 그는 商鞅을 기용하여 법령을 개혁하고 부국강병 정책을 써서 나라를 강성하게 했다. 【據(jù)】: 점거하다. 【殽(yáo)】: [산이름] 殽山. 函谷關의 동쪽에 위치. ※「殽山」은「崤山」으로 쓰기도 한다. 【函(hán)】: [지명] 函谷關. 하남성 靈寶縣 서남쪽. 【固】: 견고한 요새. 【擁(yōng)】: 보유하다, 점유하다. 【雍(yōng)州】: [지명] 옛 九州의 하나. 지금의 섬서성 중부와 북부, 감숙성 대부분, 靑海省의 동남부, 寧夏 回族자치구 일대를 포함한 지방. 【固守】: 굳게 지키다. 【窺(kuī)】: 엿보다.

2) 有席卷天下, 包舉宇內, 囊括四海之意, 并吞八荒之心。 → (그는) 천하를 석권하고, 여러 나라를 완전히 점령하여, 전국을 통괄하려는 의도와, 팔방의 먼 땅까지 삼키려는 야심을 가지고 있었다.
【席卷】: 석권하다, 완전 장악하다. 【包舉】: 완전히 점령하다. 【宇內】: 여러 나라, 천하. 【囊括(náng kuò)】: 통괄하다, 전체를 포괄하다. 【四海】: 전국, 천하. 【并吞】: 併吞, 삼키다. 【八荒】: 八方(동, 서, 남, 북, 동북, 동남, 서북, 서남)의 먼 땅, 즉「온 천하」. ※《說苑》:「八荒之內有四海, 四海之內有九州。」

3) 當是時, 商君佐之, 內立法度, 務耕織, 修守戰之備, 外連橫而鬪諸侯。 → 이때, 상앙이 그를 보필하여, 안으로는 법도를 세우고, 농경과 방직에 힘쓰며, 방어와 공격에 필요한 장비를 보수하고, 대외적으로 連衡의 책략을 써서 제후들끼리 서로 다투게 했다.
【商君】: [인명] 商鞅. 戰國시대 魏나라 사람으로 성은 公孫, 이름은 鞅이다. 秦 孝公을 보필하여 나라를 강성하게 만들었기 때문에 孝公이 그를 商에 봉하고 商君의 호칭을 붙였으므로 商鞅이라 했다. 【佐】: 보좌하다, 보필하다. 【務】: 힘쓰다, 진력하다. 【修】: 정비하다, 보수하다. 【守戰】: 방어와 공격. 【備】: 장비, 기구. 【連衡(lián héng)】: 連橫. ※「07. 蘇秦以連橫說秦」의 [解題 및 本文 要旨說明] 참조. 【鬪(dòu)】: [사동용법] 다투게 하다.

4) 於是秦人拱手而取西河之外。 → 그리하여 진나라 사람들은 힘을 들이지 않고 황하 서쪽의 땅을 취했다.

83

遺冊, 南取漢中, 西擧巴·蜀, 東割膏腴之地, 北收要害之郡。⁵⁾ 諸侯恐懼, 會盟而謀弱秦, 不愛珍器重寶肥饒之地, 以致天下之士, 合從締交, 相與爲一。⁶⁾ 當此之時, 齊有孟嘗, 趙有平原, 楚有春申, 魏有信陵。⁷⁾ 此四君者, 皆明智而忠信, 寬厚而愛人, 尊賢重

【於是】: 그리하여. 【拱(gǒng) 手】: 가슴높이에서 손을 맞잡고 하는 인사. 즉「조금도 힘을 들이지 않다」라는 뜻. 【西河之外】: 黃河의 서쪽지역. ※「西河」: 중국 서부지역에서 남북으로 흐르는 黃河를 말하는데, 대체로 지금의 山西省과 陝西省 경계지역의 黃河를 가리킨다.

5) 孝公旣沒, 惠文·武·昭襄, 蒙故業, 因遺冊, 南取漢中, 西擧巴·蜀, 東割膏腴之地, 北收要害之郡。 ➡ 효공이 죽은 이후, 혜문왕·무왕·소양왕이 옛 사업을 이어 받아, 선인들이 남긴 정책을 그대로 답습하여, 남으로 (楚의) 한중을 탈취하고, 서로 파·촉 두 나라를 공략하고, 동으로 (韓·魏의) 비옥한 땅을 베어 갖고, 북으로 (趙의) 요충인 郡邑을 거두어들였다.
【旣沒】: 이미 죽다, 죽은 이후. ※「沒」: 歿, 죽다. 【惠文】: 惠文王. 효공의 아들. 【武】: 武王. 혜문왕의 아들. 【昭襄(zhāo xiāng)】: 昭襄王. 무왕의 이복 동생. 【蒙(méng)】: 이어받다, 계승하다. 【因】: 그대로 따르다, 답습하다. 【冊(cè)】: 정책, 책략. ※판본에 따라서는「冊」을「策」으로 썼다. 【漢中】: [지명] 楚의 영토. 지금의 陝西省 남쪽과 湖北省 서북쪽 지역. 【擧(jǔ)】: 공략하다, 공격하다. 【巴】: [국명] 지금의 四川省 동쪽. 【蜀(shǔ)】: [국명] 지금의 四川省 서쪽. 【膏腴(gāo yú)】: 기름지다, 비옥하다. 【要害】: 요충.

6) 諸侯恐懼, 會盟而謀弱秦, 不愛珍器重寶肥饒之地, 以致天下之士, 合從締交, 相與爲一。 ➡ (각국의) 제후들은 겁을 먹고, 동맹을 맺어 진나라의 힘을 弱化시키고자 꾀하여, 진귀한 기물과 귀중한 보물이며 비옥한 땅을 아끼지 않고, 이로써 천하의 인재들을 불러들여, 합종동맹을 체결하고, 서로 더불어 하나로 뭉쳤다.
【恐懼(kǒng jù)】: 겁먹다, 두려워하다. 【會盟】: 회동하여 동맹을 맺다. 【謀(móu)】: 도모하다, 꾀하다. 【弱】: [사동용법] ……약하게 하다. 【不愛】: 아끼지 않다. 【珍器】: 진귀한 기물. 【重寶】: 귀중한 보물. 【肥饒(ráo)】: 비옥하다. 【致】: 불러들이다, 초치하다. 【合從】: 合縱. ※「07. 蘇秦以連橫說秦」의 [解題 및 本文 要旨說明] 참조. 【締(dì) 交】: 동맹을 체결하다. 【爲一】: 하나가 되다, 하나로 뭉치다.

7) 當此之時, 齊有孟嘗, 趙有平原, 楚有春申, 魏有信陵。 ➡ 이때, 제나라에는 맹상군, 조나라에는 평원군, 초나라에는 춘신군, 위나라에는 신릉군이 있었다.
【孟嘗】: 孟嘗君. 성은 田, 이름은 文. 田文의 아버지 田嬰은 齊나라의 재상을 지냈으며, 薛에 봉해졌다. 전영이 죽자 전문이 설의 영주가 되었다. 식객 3천 명을 두었으며, 일찍이 韓·魏와 연합하여 秦을 공격한 적이 있다. 【平原】: 平原君. 성은 趙, 이름은 勝. 趙나라 惠文王의 아우로 식객 수천 명을 거느렸으며, 재상을 세 번 지내고, 東武城에 봉해졌다. 秦이 趙의 도읍인 邯鄲을 포위하자 평원군이 楚·魏와 연합하여 진을 격퇴했다. 【春申】: 春信君. 성은 黃, 이름은 歇. 20여 년 동안 楚의 재상을 지냈다. 春申에 봉해져 호를 춘신군이라 했으며, 식객 3천을 거느렸다. 진시황 6년 (B.C.241)에 楚·韓·趙·魏·衛 등 다섯 나라의 군사를 거느리고 秦을 공격했다가 실패했다.

士，約從離橫，兼韓·魏·燕·楚·齊·趙·宋·衛·中山之衆。[8] 於是六國之士，有寧越·徐尚·蘇秦·杜赫之屬爲之謀；[9] 齊明·周最·陳軫·昭滑·樓緩·翟景·蘇厲·樂毅之徒通其意；[10] 吳起·孫臏·帶佗·兒良·王廖·田忌·廉頗·趙奢之朋制其兵。[11] 嘗以十

【信陵】: 信陵君. 魏公子 無忌의 호. 식객 3천여 명을 거느렸다. 일찍이 魏의 군사를 이끌고 趙를 도와 秦을 격파하여 趙의 도읍 邯鄲의 포위를 풀었고, 또 魏·燕·趙·韓·楚 등 다섯 나라의 군사를 거느리고 진병을 函谷關까지 몰아냈다.

8) 此四君者, 皆明智而忠信, 寬厚而愛人, 尊賢重士, 約從離橫, 兼韓·魏·燕·楚·齊·趙·宋·衛·中山之衆。→ 이 네 사람의 군자는, 모두 총명하고 지혜롭고 충직하고 신의가 있는데다, 너그럽고 후덕하고 사람을 아낄 줄 알았으며, 어질고 재능 있는 사람을 존중했는데, 合縱을 약속하고 連橫에서 이탈하였을 뿐만 아니라, 또한 한·위·연·초·제·조·송·위·중산의 많은 사람을 끌어 모았다.
【寬厚】: 너그럽고 후덕하다. 【尊賢重士】: 尊重賢士. 【約從】: 合縱을 약속하다. 【離橫】: (秦의) 連橫에서 이탈하다. 【兼】: 결집하다, 끌어모으다. 【衆】: 많은 사람.

9) 於是六國之士, 有寧越·徐尚·蘇秦·杜赫之屬爲之謀; → 그리하여 육국의 인재로, 영월·서상·소진·두혁과 같은 사람들이 있어 그들을 위해 계책을 짜냈다.
【寧越(níng yuè)】: [인명] 趙나라 中牟사람으로, 周의 威公이 그에게 師事했다. 【徐尚】: [인명] 宋나라 사람. 【蘇秦(sū qín)】: [인명] 東周 洛陽人으로 鬼谷子에게 師事했다. 周 顯王 때 「合縱」의 책략으로 육국 유세에 성공하여, 합종의 수장으로 육국 재상이 되었다. 【杜赫(dù hè)】: [인명] 周나라 사람. 천하를 안정시킨다는 책략으로 周의 昭文君에게 유세했다. 【屬】: 부류. 여기서는 「……등의 사람들」을 말한다. 【之】: [대명사] 그들, 즉 四君子. 【謀】: 계책을 짜내다.

10) 齊明·周最·陳軫·昭滑·樓緩·翟景·蘇厲·樂毅之徒通其意; → 제명·주최·진진·소활·누완·적경·소려·낙의와 같은 사람들은 그들의 의사를 소통시켰다.
【齊明】: [인명] 본래 東周의 신하였으나, 후에 秦·楚·韓에서 벼슬을 지냈다. 【周最】: [인명] 東周 成君의 아들로 齊에서 벼슬을 지냈다. 【陳軫(chén zhěn)】: [인명] 夏人으로 秦에서 벼슬하는 동안 張儀와 총애를 다투다가, 장의가 재상이 되자 楚로 달아났다. 【昭滑(zhāo huá)】: [인명] 楚人. ※《史記》에는 「昭滑」이라 했고, 《漢書》에는 「召滑」이라 했다. 【樓緩(lóu huǎn)】: [인명] 魏의 재상을 지내고, 또 秦의 재상을 지냈다. 【翟(zhé)景】: [인명] 魏나라 재상 翟强. 【蘇厲(sū lì)】: [인명] 蘇秦의 아우 齊에서 벼슬을 했다. 【樂毅(yuè yì)】: [인명] 魏나라 사람으로 병법에 정통했다. 【徒】: 무리. 여기서는 「……등의 사람들」을 말한다. 【通】: [사동용법] 통하게 하다, 소통시키다.

11) 吳起·孫臏·帶佗·兒良·王廖·田忌·廉頗·趙奢之朋制其兵。→ 오기·손빈·대타·아량·왕요·전기·염파·조사 등의 부류는 그들의 군사를 통솔했다.
【吳起】: [인명] 衛나라 사람으로 용병에 능하다. 당초 魏나라 장군이었으나 후에 楚에 들어가 재

85

倍之地, 百萬之衆, 叩關而攻秦。¹²⁾ 秦人開關延敵, 九國之師, 逡
巡遁逃而不敢進。¹³⁾

　　秦無亡矢遺鏃之費, 而天下諸侯已困矣。¹⁴⁾ 於是從散約解, 爭
割地而賂秦。¹⁵⁾ 秦有餘力而制其敝, 追亡逐北, 伏尸百萬, 流血漂
櫓;¹⁶⁾ 因利乘便, 宰割天下, 分裂河山, 强國請服, 弱國入朝。¹⁷⁾ 延

상이 되었으며, 남쪽으로 百越을 평정하고, 북쪽으로 三晋을 막고, 서쪽으로 秦을 정벌했다. 【孫
臏(sūn bìn)】: [인명] 齊나라 사람으로 兵家 孫武의 후손이자 齊의 장수. 저서로《孫臏兵法》
이 있다. 【帶佗(dài tuó)】: [인명] 楚의 장수. 【兒良】: [인명] 兵家중의 한 사람. 【王廖(liào)】:
[인명] 兵家중의 한 사람. 【田忌(jì)】: [인명] 齊의 장수. 【廉頗(lián pō)】: [인명] 趙의 장수.
【趙奢(shē)】: [인명] 趙의 장수. 【朋】: 부류, 무리. 여기서는「……등의 사람들」을 말한다. ※
판본에 따라서는「朋」을「倫」으로 썼다. 【制】: 통솔하다, 통제하다.

12) 嘗以十倍之地, 百萬之衆, 叩關而攻秦。→ (그들은) 일찍이 열 배의 토지와, 백만의 군사로, 함
곡관을 치며 진나라로 공격해 들어갔다.
【衆】: 군사. ※판본에 따라서는「衆」을「師」로 썼다. 【叩(kòu)】: 치다, 두드리다. 【關】: 函谷
關.

13) 秦人開關延敵, 九國之師, 逡巡遁逃而不敢進。→ 진나라 사람들이 함곡관의 문을 열고 적을 유
인하자, 아홉 나라의 군사들은, 우물쭈물 달아나며 감히 들어가지 못했다.
【開關】: 함곡관의 문을 열어놓다. 【延(yán)】: 유인하다, 끌어들이다. 【九國】: 韓 · 魏 · 燕 ·
趙 · 齊 · 楚 · 宋 · 魏 · 中山. 【逡巡(qūn xún)】: 머뭇거리다, 우물쭈물하다. 【遁逃(dùn
táo)】: 달아나다.

14) 秦無亡矢遺鏃之費, 而天下諸侯已困矣。→ 진나라는 화살과 화살촉을 잃는 손실이 전혀 없었으
나, 천하의 제후들은 이미 곤경에 처했다.
【亡(wáng)】: 잃다. 【矢(shǐ)】: 화살. 【遺(yí)】: 잃다. 【鏃(zú)】: 화살촉. 【費】: 손실. 【困】:
지치다, 곤란에 처하다.

15) 於是從散約解, 爭割地而賂秦。→ 그리하여 합종이 흩어지고 맹약이 와해되어, 다투어 땅을 잘라
진나라에 뇌물로 바쳤다.
【從】: 合縱. 【約】: 맹약, 동맹. 【割(gē)】: 베다, 자르다. 【賂(lù)】: 뇌물로 바치다. ※판본에 따
라서는「賂」를「奉」으로 썼다.

16) 秦有餘力而制其敝, 追亡逐北, 伏尸百萬, 流血漂櫓; → (그러자) 진나라는 여력을 가지고 그
지친 제후들을 제압하고, 敗走하는 병사들을 추격하니, 엎어진 시체가 백만이요, 피가 흘러 방패가
떠다닐 정도였다.
【制】: 제압하다, 통제하다. 【敝(bì)】: 피곤하다, 지쳐버리다. 여기서는「지쳐버린 각국의 제후」를
가리킨다. ※판본에 따라서는「敝」를「弊」로 썼다. 【追(zhuī)】: 쫓다, 추격하다. 【亡】: 도망하

及孝文王・莊襄王, 享國日淺, 國家無事。[18] 及至始皇, 奮六世之餘烈, 振長策而馭宇內, 吞二周而亡諸侯, 履至尊而制六合, 執棰拊以鞭笞天下, 威振四海。[19] 南取百越之地, 以爲桂林・象郡;[20]

다. 여기서는「패주하는 병사」를 가리킨다.【逐(zhú)】: 쫓다.【北】: 패배하다, 패주하다. 여기서는「敗走하는 병사」를 가리킨다.【伏尸(fú shī)】: 땅에 엎어진 시체.【漂(piāo)】: 뜨다.【櫓(lǔ)】: 방패. ※판본에 따라서는「櫓」를「鹵」로 썼다. 櫓는 鹵와 통한다.

17) 因利乘便, 宰割天下, 分裂河山, 强國請服, 弱國入朝。→ (진나라가) 유리한 형세를 틈타, 천하를 분할하고 강산을 갈라놓자, 강한 나라들은 항복을 받아달라고 청해오고, 약한 나라들은 (제후들이) 들어와 알현했다.
【因】: 틈타다.【乘】: 이용하다, 틈타다.【便】: 편의, 편리.【宰(zǎi)割】: 분할하다.【請服】: 항복을 받아달라고 청하다.【强】: 강하다. ※판본에 따라서는「强」을「彊」으로 썼다. 이 두 글자는 서로 뜻이 통한다.【入朝】: 조정에 들어와 알현하다. ※「朝」: 제후가 황제를 알현하는 예절.

18) 延及孝文王・莊襄王, 享國日淺, 國家無事。→ 계속 효문왕・장양왕까지 이어지는 동안, 재위기간은 짧았으나, 나라에는 별다른 일이 없었다.
【延及】: 계속 ……까지 이어지다. ※판본에 따라서는「延」을「施」로 썼다. 두 글자는 서로 뜻이 통한다.【孝文王】: 昭襄王의 아들로 재위 3일만에 죽었다.【莊襄王】: 孝文王의 아들로 3년 동안 재위했다.【享國】: 왕의 재위 기간.【淺】: 짧다, 적다.【無事】: 무사하다, 별다른 일이 없다.

19) 及至始皇, 奮六世之餘烈, 振長策而馭宇內, 吞二周而亡諸侯, 履至尊而制六合, 執棰拊以鞭笞天下, 威振四海。→ 진시황에 이르자, 육대에 걸쳐 남긴 업적을 발양하여, 긴 채찍을 휘두르며 천하를 제압하고, 東周와 西周를 삼키고 (六國의) 제후들을 멸망시키더니, 황제의 지위에 올라 천하를 통제하고, 몽둥이와 칼자루를 잡고 천하의 백성들을 매질하여, 그 위엄이 천하에 떨쳤다.
【及至】: ……에 이르다.【始皇】: 秦始皇(B.C.246-B.C.210 재위), 이름은 嬴政.「始皇」은 후기의 호칭이며, 전기에는「秦王」이라 했다.【奮(fèn)】: 발양하다, 진작시키다.【六世】: 6대, 즉 함양으로 도읍을 옮긴 孝公으로부터 惠文王, 武王, 昭王, 孝文王, 莊襄王까지.【餘烈】: 남긴 업적.【振(zhèn)】: 휘두르다.【策(cè)】: 채찍, 즉「무력」을 뜻한다.【馭(yù)】: 통치하다, 제어하다, 통제하다, 지배하다.【吞(tūn)】: 삼키다.【二周】: 東周와 西周. ※전국시대의 작은 나라로 西周는 B.C.256년에, 東周는 B.C.249년에 각각 秦에 망했다.【履(lǚ)至尊】: 황제에 즉위하다. ※「履」: 밟다, 여기서는「오르다」의 뜻.「至尊」: 황제, 천자의 호칭.【制】: 통제하다.【六合】: 천지사방, 즉「천하」.【執(zhí)】: 들다, 잡다.【棰拊(chuí fǔ)】: 몽둥이와 칼자루. ※판본에 따라서는「棰拊」를「箠扑」로 썼다.【鞭笞(biān chī)】: 매질하다, 채찍으로 때리다.【振(zhèn)】: 떨치다.

20) 南取百越之地, 以爲桂林・象郡; → 남으로 백월의 땅을 탈취하여, 계림군과 상군을 두었다.
【百越】: 고대의 越族이 江蘇, 浙江, 福建, 廣東 등지에 살면서 부락마다 각기 이름을 가지고 있었는데 이를 통칭하여 百越이라 했다.【桂林郡】: 지금의 廣西省 북부지역.【象郡】: 지금의 廣東省 서남쪽과 廣西省 남부 및 베트남 등지.

87

百越之君，俛首係頸，委命下吏。[21] 乃使蒙恬北築長城而守藩籬，却匈奴七百餘里；[22] 胡人不敢南下而牧馬，士不敢彎弓而報怨。[23] 於是廢先王之道，焚百家之言，以愚黔首；[24] 隳名城，殺豪俊，收天下之兵，聚之咸陽，銷鋒鏑，鑄以爲金人十二，以弱天下之民。[25]

---

21) 百越之君, 俛首係頸, 委命下吏。→ 백월의 군주들은, 머리를 숙이고 목에 줄을 매고 항복해 와서, 목숨을 (진나라의) 하급관리에 내맡겼다.
【俛(fǔ)首】: 머리를 숙이다. 즉「복종하다」.【係頸(xì jǐng)】: 목에 줄을 매다. 즉「항복하다」.【委命】: 목숨을 내맡기다.

22) 乃使蒙恬北築長城而守藩籬, 却匈奴七百餘里; → 그리하여 (진시황은) 몽염을 파견하여 북쪽에 만리장성을 쌓아 변방을 지키고, 흉노를 칠백여 리 밖으로 퇴각시켰다.
【乃】: 이에, 그리하여.【使】: 파견하다, 보내다.【蒙恬(méng tián)】: [인명] 秦의 장군. 진시황 33년(B.C.214)에 몽염은 30만 군사로 흉노를 북쪽으로 몰아내고 黃河이남의 땅을 수복한 후, 서쪽의 臨洮로부터 동쪽의 遼東까지 만여 리의 장성을 축조했다.【藩籬(fān lí)】: 울타리. 여기서는「변방지역」을 가리킨다.【却(què)】: [사동용법] 퇴각시키다, 물러나게 하다.

23) 胡人不敢南下而牧馬, 士不敢彎弓而報怨。→ 흉노족 사람들은 감히 남쪽으로 내려와 말을 방목하지 못했고, 군사들은 감히 활을 당겨 원한을 갚으려 하지 못했다.
【胡人】: 오랑캐, 즉 흉노족 사람들.【牧(mù)馬】: 말을 방목하다, 놓아먹이다.【士】: (흉노의) 군사, 병사. ※「六國의 賢士」라고 하는 설도 있다.【彎(wān)弓】: 활을 당기다. 즉「군사를 일으키다」의 뜻.【報怨】: 원한을 갚다, 보복하다.

24) 於是廢先王之道, 焚百家之言, 以愚黔首; → 그리하여 (진시황은) 선왕의 법도를 폐지하고, 제자백가의 서적을 불살라, 백성을 우매하게 만들었다.
※B.C.213년 秦始皇은 李斯의 건의를 받아들여 각 국의 史書와 詩·書를 불살랐다.
【於是】: 이에, 그래서.【先王】: 옛 聖君, 즉 堯·舜·禹·湯·文·武의 여섯 임금.【焚(fén)】: 태우다, 불사르다.【百家】: 제자백가.【言】: 저작, 저술, 서적.【愚(yú)】: [사동용법] 어리석게 만들다, 우매하게 하다.【黔(qián)首】: 백성. ※《史記·秦始皇本紀》:「更名民曰黔首.」

25) 隳名城, 殺豪俊, 收天下之兵, 聚之咸陽, 銷鋒鏑, 鑄以爲金人十二, 以弱天下之民。→ 이름난 성지를 부수고, 영웅호걸을 죽이고, 천하의 무기를 거두어, 함양에 모아, 칼과 살촉을 녹여, 악기 걸이와 12인의 동상을 주조하여, 이로써 천하 사람들의 힘을 약화시켰다.
※《史記·秦始皇本紀》:「收天下之兵, 聚之咸陽, 銷以爲鍾鐻, 金人十二, 重各千石, 置廷宮中.」
【隳(huī)】: 부수다, 파괴하다. ※판본에 따라서는「隳」를「墮」로 썼다.【豪俊】: 영웅호걸, 인재.【兵】: 병기, 무기.【聚(jù)】: 모으다, 집중시키다.【咸陽】: 秦나라의 수도. 지금의 섬서성 咸陽市 동쪽.【銷(xiāo)】: 녹이다.【鋒(fēng)】: 칼날, 즉 칼을 가리킨다.【鏑(dí)】: 鏑, 화살촉. ※판본에 따라서는「鏑」을「鑄鐻」또는「鏑」으로 썼다.【鑄以爲】: 주조하여 ……을 만들다.【金人】:

然後踐華爲城, 因河爲池, 據億丈之城, 臨不測之淵以爲固。²⁶⁾ 良
將勁弩, 守要害之處; 信臣精卒, 陳利兵而誰何?²⁷⁾ 天下已定, 始
皇之心, 自以爲關中之固, 金城千里, 子孫帝王萬世之業也。²⁸⁾

　　始皇旣沒, 餘威震于殊俗。²⁹⁾ 然而陳涉, 甕牖繩樞之子, 甿隷
之人, 而遷徙之徒也;³⁰⁾ 才能不及中人, 非有仲尼‧墨翟之賢, 陶

동상, 동으로 만든 사람. 【弱】: [사동용법] 약하게 만들다, 약화시키다.

26) 然後踐華爲城, 因河爲池, 據億丈之城, 臨不測之淵以爲固。➡ 그런 다음에 화산을 의지하여
성곽으로 삼고, 황하를 의지하여 성호로 삼았는데, 이처럼 억장높이의 성곽에 의지하고, 깊이를 알
수 없는 연못을 가까이 함으로써 방비를 견고하게 했다.
【踐(jiàn)】: 밟다. 여기서는 「의지하다, 기대다」의 뜻. ※판본에 따라서는 「踐」을 「斬」으로 썼다.
【華】: [산이름] 五嶽의 하나인 西嶽 華山. 지금의 섬서성 華陰縣 남쪽. 【因】: 의지하다, 기대다.
【河】: 황하. 【池】: 城壕. ※판본에 따라서는 「池」를 「津」으로 썼다. 【億丈(yì zhàng)】: 억장의
높이. 【爲固】: 견고하게 하다.

27) 良將勁弩, 守要害之處; 信臣精卒, 陳利兵而誰何? ➡ 훌륭한 장수와 강력한 활로, 중요한 곳을
지키고, 믿을 만한 신하와 정예의 병사들이, 예리한 무기를 포진해 놓으니 누가 감히 어쩌겠는가?
【良將】: 훌륭한 장수. 【勁弩(jìng nǔ)】: 강력한 활. 【信臣】: 믿을 만한 신하, 충신. 【精卒】: 정
병. 【陳】: 배치하다, 포진해 놓다. 【利兵】: 예리한 무기.

28) 天下已定, 始皇之心, 自以爲關中之固, 金城千里, 子孫帝王萬世之業也。➡ 천하가 이미 평정
되자, 진시황의 마음속에는, 관중의 견고한 형세가, 마치 천리나 되는 철옹성과 같아, 자손만대에
걸쳐 제위를 누릴 수 있는 사업기반이라고 스스로 생각했다.
【自以爲】: 스스로 ……라 생각하다. 【關中】: [지명] 秦나라의 땅으로 동은 函谷關, 남은 武關,
서는 散關, 북은 蕭關인데, 四關의 중앙에 위치하여 關中이라 했다. 【固】: 견고한 형세. 【金城】:
철옹성. 【帝王】: [상황어] 제왕노릇을 하다. 【萬世】: 만대. 【業】: 사업기반.

29) 始皇旣沒, 餘威震于殊俗。➡ 진시황이 죽은 뒤에도, 남은 위세가 풍속이 다른 오랑캐 지역에까지
떨쳤다.
【沒(mò)】: 죽다. 【餘威】: 여세, 남은 위세. 【震(zhèn)】: 떨치다, 진동하다. 【殊(shū)俗】: 풍속
이 다른 이민족, 즉 오랑캐 지역.

30) 然而陳涉, 甕牖繩樞之子, 甿隷之人, 而遷徙之徒也; ➡ 그러나 진섭은, 깨신 항아리도 창문을 만
들고 새끼줄로 문지도리를 묶은 가난한 집안의 자식이요, 농촌의 하층민으로, 군에 징발되어 변방
을 지키는 보잘것없는 사람이었다.
【陳涉(chén shè)】: [인명] 이름은 勝, 자는 涉. 秦 陽城(지금의 河南省 登封縣)사람으로 어려
서 남의 집 머슴살이를 했다. 秦 二世 원년(B.C.209) 7월에 징발되어 漁陽(지금의 河北省 密雲
縣)의 변방 수비병으로 가는 도중 大澤鄕(지금의 安徽省 宿縣 남쪽)에 이르러 폭우로 인해 길이

朱·猗頓之富;³¹⁾ 躡足行伍之間，倔起阡陌之中，率疲弊之卒，將數百之衆，轉而攻秦;³²⁾ 斬木爲兵，揭竿爲旗，天下雲集而響應，贏糧而景從，山東豪俊，遂並起而亡秦族矣。³³⁾

　　且天下非小弱也，雍州之地，殽函之固，自若也；陳涉之位，

막혀 제때 입영을 못해 참수를 당할 처지에 놓였다. 이때 동행하던 吳廣과 공모하여 秦에 저항하기로 하고 빈민, 노역자 900인을 모아 秦公子 扶蘇와 楚將 項燕의 이름을 도용하여 反秦을 외치며 스스로를 「張楚王」이라 했다. 【甕牖繩樞(wèng yǒu shéng shū)】: 깨진 옹기로 창문을 하고 새끼줄로 문지도리를 묶다. 즉 「가난한 집」을 비유한 말. ※「甕」: 깨진 옹기. 「牖」: 창, 창문. 「繩」: 새끼줄로 묶다. 「樞」: 문지도리. 【甿隷(méng lì)】: 농촌의 하층민. 【遷徙(qiān xǐ)之徒】: 군에 징발되어 변방을 지키는 보잘것없는 사람.

31) 才能不及中人, 非有仲尼·墨翟之賢, 陶朱·猗頓之富; → (그는) 재능이 보통사람에 미치지 못하고, 공자·묵자의 덕망이나, 도주·의돈의 부유함도 갖추지 못했다. 【不及】: 미치지 못하다. 【中人】: 보통사람. 【賢】: 才德, 어진 덕망. 【陶(táo)朱】: 춘추시대의 范蠡. ※越王 句踐을 도와 吳나라를 멸망시킨 후 越을 떠나 陶山(지금의 山東省 肥城縣 서쪽)으로 가서 장사를 해 큰 부자가 되었는데 자신을 陶朱公이라 불렀다. 【猗頓(yī dùn)】: [인명] 춘추시대 魯나라 사람으로 소금장사를 하여 10년 만에 王公에 비할 만큼 家産을 모았는데, 猗氏(지금의 山西省 安澤縣 부근)에서 부자가 되었기 때문에 「猗頓」이라 했다.

32) 躡足行伍之間, 倔起阡陌之中, 率疲弊之卒, 將數百之衆, 轉而攻秦; → 병졸출신으로, 밭 두렁에서 일어나, 굶주려 지친 병사들을 통솔하여, 수백 명을 거느리고, 방향을 돌려 진나라를 공격했다. 【躡(niè)足】: 발로 땅을 밟다, 즉 「……출신」이란 뜻. 【行伍(háng wǔ)】: 군대의 대오. 여기서는 「병졸」을 뜻한다. ※옛 군대의 편제에서 5인을 「伍」라하고 25인을 「行」이라 했다. 【倔(jué)起】: 갑자기 일어나다. 【阡陌(qiān mò)】: 밭두렁 길, 즉 「농촌구석」을 의미한다. 남북으로 난 길을 「阡」, 동서로 난 길을 「陌」이라 한다. 【率(shuài)】: 이끌다, 거느리다, 통솔하다. 【疲弊(pí bì)】: 굶주려 지치다. 【將】: 데리다, 거느리다.

33) 斬木爲兵, 揭竿爲旗, 天下雲集而響應, 贏糧而景從, 山東豪俊, 遂並起而亡秦族矣。 → 나무를 베어 병기를 만들고, 대나무 장대를 높이 들어 깃발을 삼으니, 천하의 사람들이 구름처럼 몰려들어 호응하며, 식량을 짊어지고 그림자처럼 (陳涉을) 따르자, 산동 육국의 호걸들이, 즉시 함께 일어나 진나라를 멸망시켰다. 【斬(zhǎn)】: 베다, 자르다. 【兵】: 병기, 무기. 【揭(jiē)】: 높이 들다. 【竿(gān)】: 대나무 장대. 【響應】: 호응하다. 【贏(yíng)】: 메다, 짊어지다. 【景(yǐng)從】: 그림자처럼 따르다. ※「景」: 影. 【山東】: 여기서는 殽山 동쪽 여러 나라의 호걸을 가리킨다. ※戰國시대에 여섯 나라를 山東이라 칭했는데 여섯 나라 모두가 殽山 동쪽에 있었기 때문이다. 【豪俊】: 호걸, 출중한 인물. 【遂】: 바로, 즉시. 【亡】: [사동용법] 멸망시키다.

非尊於齊·楚·燕·趙·韓·魏·宋·衛·中山之君也;³⁴⁾ 鉏耰

棘矜, 非銛於鉤戟長鎩也;³⁵⁾ 謫戍之衆, 非抗於九國之師也;³⁶⁾ 深

謀遠慮, 行軍用兵之道, 非及曩時之士也;³⁷⁾ 然而成敗異變, 功業

相反也。³⁸⁾ 試使山東之國, 與陳涉度長絜大, 比權量力, 則不可同

年而語矣;³⁹⁾ 然秦以區區之地, 致萬乘之權, 招八州而朝同列, 百

---

34) 且天下非小弱也, 雍州之地, 殽函之固, 自若也; 陳涉之位, 非尊於齊·楚·燕·趙·韓·魏·
宋·衛·中山之君也; → 한편 (진나라의) 천하는 작아지거나 약해지지 않았고, 옹주의 땅과 효
산·함곡관의 요새는, 여전히 전과 같았으며, 진섭의 지위는, 제·초·연·조·한·위·송·
위·중산의 군주보다 존귀하지 않았다.
【且】: 그런데, 한편. 【小弱】: 작아지거나 약해지다. 【自若】: 여전히 전과 같다. 【尊】: 존귀하다.
【於】: [비교급]……보다.

35) 鉏耰棘矜, 非銛於鉤戟長鎩也; → (농민들의 무기인) 호미·대추나무 몽둥이는, (진나라의) 갈
고리 창·자루 달린 긴 창보다 날카롭지 못했다.
【鉏耰(chú yōu)】: 호미 자루. 여기서는 호미를 가리킨다. ※판본에 따라서는「鉏」를「鋤」라 쓰
고,「耰」를「櫌(yōu)」라 썼다. 【棘矜(jí jīn)】: 대추나무 몽둥이. 【銛(xiān)】: 날카롭다, 예리하
다. ※판본에 따라서는「銛」을「銰(xiān)」으로 썼다. 【鉤戟(gōu jǐ)】: 갈고리 창. ※판본에 따라
서는「鉤」를「句(gōu)」로 썼다. 【長鎩(shā, 또는 shài)】: 자루 달린 긴 창.

36) 謫戍之衆, 非抗於九國之師也; → 징발되어 변방수비를 맡은 무리들은, 아홉 나라의 군사에 적수
가 되지 못했다.
【謫戍(zhé shù)】: 징발되어 변방수비를 맡다. 【抗】: 겨루다, 필적하다, 대항하다.

37) 深謀遠慮, 行軍用兵之道, 非及曩時之士也; → 깊이 생각하고 멀리 내다보는 지혜나, 행군·용
병의 방법도, 종전 (寧越, 徐尙 등 여섯 나라의) 策士들에 미치지 못했다.
【深謀遠慮】: 깊이 생각하고 멀리 내다보다. 【道】: 방법, 요령. 【非及】: ……에 미치지 못하다.
【曩(nǎng)時】: 이전, 종전, 즉「여섯 나라가 연합하여 진에 대항하던 때」.

38) 然而成敗異變, 功業相反也。 → 그러나 성공과 실패가 전혀 다르고, 공훈과 업적도 서로 반대였
다.
【異變】: 이변이 일어나다, 전혀 다르다, 크게 다르다. 【功業】: 공훈과 업적.

39) 試使山東之國, 與陳涉度長絜大, 比權量力, 則不可同年而語矣; → 시험삼아 만약 산동의 나
라들을, 진섭과 길이나 크기를 견주어 보고, 권세나 역량을 비교해 본다면, (도무지) 같은 반열에
놓고 논할 수가 없다.
【試】: 시험삼아 ……해보다. 【使】: 만약, 가령. 【度】: 재다. 【絜(xié)】: 따져보다, 헤아리다, 견
주다. 【比權量力】: 권세를 비교하고 역량을 헤아리다, 즉「권력을 비교하다」. 【同年而語】: 같은
반열에 놓고 말하다, 함께 취급하여 논하다.

有餘年矣。⁴⁰⁾ 然後以六合爲家，殽函爲宮，一夫作難而七廟隳，身死人手，爲天下笑者，何也？⁴¹⁾ 仁義不施而攻守之勢異也。⁴²⁾

解題 및 本文 要旨說明 🐚

《過秦論》은 일종의 논설문으로 본래 賈誼의 《新書》중 가장 먼저 나오는 글이나, 사마천이 《史記·秦始皇本紀》에 수록했다. 「過秦」이란 秦의 잘못을 바르게 평가하여 漢의 교훈으로 삼자는 것이다. 본래 제목을 《過秦》이라 하고 「論」자를 붙이지 않았으나 陳壽《三國志·吳志·闞澤傳》에 孫權이 闞澤에게 「書傳篇賦, 何者爲美？(모든 문장 가운데, 어느 것이 가장 좋은가?)」라고 묻는 말에 闞澤이 「過秦論最善。(과진론이 가장 좋습니다.)」이라 대답함으로써 이후부터 晉 左思의 《詠史詩》와 梁 蕭統의 《昭明文選》 모두 「過秦論」이라 했다. 따라서 본문은 《史記》·《新書》·《昭明文選》 등과 여러 주석서를 참고하여 정리했다.

---

40) 然秦以區區之地, 致萬乘之權, 招八州而朝同列, 百有餘年矣。→ 그러나 진나라는 (雍州의) 작은 땅을 가지고, 천자의 권세를 이룬 다음, 팔주의 제후를 불러들여 같은 반열의 제후들로 하여금 알현하게 하기를, 이미 백여 년이 되었다.
【區區之地】: 작은 땅, 즉 「雍州의 땅」을 가리킨다. ※「區區」: 작은 모양. 【致】: 얻다, 이룩하다. 【萬乘】: 周나라의 제도에서 천자는 兵車 만대를 출동시킬 수 있고, 제후는 천대를 출동시킬 수 있어 천자를 곧 「萬乘」이라 했다. 【招(zhāo)】: 불러들이다. ※「招(qiáo): 점령하다」라고 풀이한 경우도 있다. 【八州】: 고대 중국은 천하를 九州로 나누었는데, 八州는 秦의 雍州를 제외한 翼·兗·靑·徐·揚·荊·豫·梁을 말한다. 【朝(cháo)】: [사동용법] 알현하게 하다, 배알하도록 하다. 【同列】: 동등한 지위, 같은 반열, 즉 「秦과 六國이 동등한 제후」라는 뜻.

41) 然後以六合爲家, 殽函爲宮, 一夫作難而七廟隳, 身死人手, 爲天下笑者, 何也？→ 그런 다음에 천하를 집으로 삼고, 효산과 함곡관을 궁으로 삼았었는데, 한 사람이 난을 일으켜 종묘사직이 무너지고, 몸이 남의 손에 죽임을 당하여, 천하의 웃음거리가 되었으니, 어쩐 일인가?
【六合】: 上, 下와 東, 西, 南, 北 사방, 즉 「천하」. 【一夫】: 한 사람의 필부. 여기서는 「진섭」을 가리킨다. 【作難】: 봉기하다, 난을 일으키다. 【七廟】: 天子는 일곱 宗廟를 가지고 七代 祖上을 모셨는데, 이는 곧 「종묘사직」, 「국가」를 의미한다. 【隳(huī)】: 무너지다, 훼손되다. 【身死人手】: 남의 손에 죽임을 당하다. ※秦王 子嬰이 項羽에게 살해됨을 가리킨다.

42) 仁義不施而攻守之勢異也。→ (이는) 仁義를 베풀지 않고 공격과 방어의 형세가 달랐기 때문이다.
【攻】: 공격, 즉 秦이 六國을 공략하여 탈취한 일. 【守】: 방어, 즉 진시황이 六國을 통일한 후 皇權을 지키던 일.

문장은 원래 상·중·하 3편으로 나누어 상편은 秦始皇에 대해 논했고, 중편은 二世에 대해 논했으며, 하편은 子嬰에 대해 논했다.

　본문의 요지는 秦이 멸망한 것이 仁義의 정치를 펴지 못했기 때문이며, 그렇게 되면 요새화한 국토와 강대한 병력도 믿을 수 없음을 시사한 것으로, 대략 5단락으로 나눌 수 있다.

　첫째 단락은 秦孝公이 강한 국가를 만들기 위해 商鞅을 기용하여 부강한 기초를 공고히 한 내용을 서술했고, 둘째 단락은 秦惠王과 武王이 더욱 발전시켜 국력이 막강해짐으로써 여러 제후들의 合縱계획이 무산되고 오히려 九國의 제후들이 유명무실해진 상황을 서술하였으며, 셋째 단락은 秦始皇이 제후들을 멸하고 천하를 통일하여 자손만대에 걸쳐 제위를 누릴 수 있는 기반을 확립한 일을 서술했고, 넷째 단락은 陳涉이 난을 일으켜 천하가 호응하고 결국 秦이 망하는 과정을 서술했으며, 다섯째 단락은 陳涉을 九國의 제후와 비교할 때 陳涉의 지위나 병력 및 재능 모두가 비교가 안될 만큼 열악함에도 불구하고 秦이 陳涉에게 망한 것은 秦이 六國을 공략하여 점령할 때와 六國을 통일하고 나서 국가를 관리하던 때의 형세가 다른 점도 있지만 보다 중요한 것은 仁義의 정치를 베풀지 못한 秦의 실정에 있다는 것을 지적하였다.

11

《史記·游俠列傳序》

[漢] 司馬遷

作者 ○

司馬遷(B.C.145- B.C.90?)은 西漢 夏陽(지금의 陝西省 韓城 남쪽) 사람으로 고대 중국의 걸출한 사학가요 문인이다. 부친 司馬談이 박학다식하여 漢 武帝 초기에 太史令에 임명되었는데, 이로 인해 司馬遷은 어려서부터 고대문헌을 읽을 수 있는 기회가 많았다. 10살 때 부친을 따라 長安에 와서 經學의 대가인 孔安國·董仲舒에게 고대문헌을 배웠고, 20세 이후에는 강산대천을 자유롭게 유람하면서 각지의 인정풍토와 사적들을 고찰하고 역사자료를 수집하여 이후 저술을 위한 견고한 기초를 확립했다. 얼마 후 장안으로 돌아와 郎中에 임명되어 武帝를 따라 순시에 나섰다가 서남지방에 출사하기도 했다. 부친이 죽은 후 武帝 元封 4년 (B.C.108)에 그는 부친의 직책을 계승하여 太史令이 되어 그로부터 3년 뒤《史記》를 집필하기 시작했다. 武帝 天漢 2년(B.C.99) 무제의 물음에 대답할 때 李陵이 흉노에 패하여 항복한 것을 변호하다가 무제의 노여움을 사서 그 이듬해 그 죄과로 腐刑을 당했다. 그는 이처럼 말할 수 없는 모욕을 당하면서도 시종 저술에 대한 집념을 잊은 적이 없었다. 감옥에서 나온 후, 中書令에 임명되어 계속 역사의 저술에 몰두하더니 45세에 이르러 마침내 만고에 길이 남을 거작《史記》를 완성하였다.

《史記》는 본래 정해진 명칭이 없이 太史公이 지었다하여《太史公記》또는《太史公書》라 하던 것을《後漢書·班彪傳》에 「司馬遷이《史記》를 지었다」라 하고, 吳均의《西京雜記》에도 「司馬遷이 발분하여《史記》를 지었다」고 말함으로써 비로소《史記》라는 명칭이 생겨나게 되었다.

《史記》는 중국 제일의 紀傳體 通史로 전설적인 黃帝로부터 漢 武帝에 이르기까지 약 3천년간의 역사를 기록했다. 全書는 12本紀, 10表, 8書, 30世家, 70列傳 등 모두 130편으로 구성되어 있는데, 그중 「本紀」는 역대 최고 통치자들의 정치업적을 서술한 것이고, 「表」는 각 시기의 큰 사건을 기록한 것이며, 「書」는 자연과학과 사회과학의 發展略史요, 「世家」는 선진 제후들과 漢代 공신들의 역사와 傳記이며, 「列傳」은 각기 다른 계층의 人物傳記이다.

《史記》는 魯迅이 「史家之絶唱, 無韻之《離騷》。(역사가의 빼어난 詩文이요, 無韻의《이소》)」라고 했듯이 상당히 완벽한 中國通史로 紀傳體의 선하요, 중국 역사와 문학의 위대한 성취라고 하겠다.

註釋 ☞

韓子曰：「儒以文亂法，而俠以武犯禁。」[1] 二者皆譏，而學士多稱於世云。[2] 至如以術取宰相、卿、大夫，輔翼其世主，功名俱著於春秋，固無可言者。[3] 及若季次‧原憲，閭巷人也，讀書懷獨

---

1) 韓子曰：「儒以文亂法, 而俠以武犯禁。」→ 한비자가 말했다. 「儒家는 글로써 법을 어지럽히고, 협객은 무력으로써 禁令을 위반한다」.
【韓子】: [인명] 韓非, 韓非子. 戰國시대 韓의 왕자. 【禁(jìn)】: 禁令.

2) 二者皆譏, 而學士多稱於世云。→ (儒家와 협객) 양자 모두가 (한비로부터) 비난을 받았지만, 그러나 유가 선비들은 대체로 세상사람들로부터 칭찬을 받고 있다.
【譏(jī)】: [피동용법] 비난받다. 【學士】: 선비, 독서인, 즉 「유가」를 가리킨다. 【多】: 대체로, 대부분. 【稱(chēng)於】: ……로부터 칭찬 받다. 【云】: [어조사].

3) 至如以術取宰相、卿、大夫, 輔翼其世主, 功名俱著於春秋, 固無可言者。→ 권모술수로 재상‧경‧대부의 지위를 얻어, 당대의 군주를 보좌하여, 공과 이름이 모두 역사에 기록된 사람들로 말하면, 굳이 할 말이 없다.
【至如】: ……로 말하자면, ……에 이를 것 같으면. 【以】: ……로써, ……을 가지고. 【術】: 권모술수. 【輔翼(fǔ yì)】: 보좌하다, 보필하다. 【世主】: 當代의 군주. 【俱著】: 함께 기록되다. 【春秋】: 본래 魯나라의 역사를 기록한 책의 이름이나, 여기서는 「역사, 靑史」라는 보통명사의 의미로 사용되었다. 【固】: 굳이, 본래. 【可言者】: 말할 만한 것, 할만한 말.

行君子之德, 義不苟合當世, 當世亦笑之。[4] 故<u>季次</u>·<u>原憲</u>, 終身空室蓬戶, 褐衣疏食不厭。[5] 死而已四百餘年, 而弟子志之不倦。[6] 今游俠其行雖不軌於正義, 然其言必信, 其行必果, 已諾必誠, 不愛其軀, 赴士之阸困, 旣已存亡死生矣,[7] 而不矜其能, 羞伐其德, 蓋亦有足多者焉。[8]

---

4) 及若季次·原憲, 閭巷人也, 讀書懷獨行君子之德, 義不苟合當世, 當世亦笑之。 → 계차·원헌과 같은 사람들로 말하면, 평민신분으로, 독서에 열중하며 홀로 군자의 덕행을 실천한다는 생각을 품고, 義를 고집하며 당시의 세속과 영합하려 하지 않았는데, 당시 사람들 역시 그들을 비웃었다.
【及若】: ……로 말하자면, ……로 말할 것 같으면. 【季次】: [인명] 公晳哀. 춘추시대 齊나라 사람으로 공자의 제자. 【原憲】: [인명] 춘추시대 魯나라 사람. 공자의 제자로 자는 子思. 【閭巷(lú xiàng)】: 평민이 사는 지역. ※민가 25집을 一閭라 했고, 「巷」은 동네의 거리를 말한다. 【懷】: 지니다, 품다. 【獨行】: 홀로 실천하다. ※「독행」을 「獨善, 獨善其身」이라 해석한 경우도 있다. 【苟(gǒu)合】: 영합하다, 결탁하다. 【笑】: 비웃다. 【之】: [대명사] 그, 그들, 즉 계차·원헌.

5) 故季次·原憲, 終身空室蓬戶, 褐衣疏食不厭。 → 그래서 계차·원헌은, 종신토록 텅 빈집에 쑥으로 엮은 대문을 달고, 천한 베옷이나 거친 음식조차 넉넉하지 못한 채 살았다.
【蓬(péng)戶】: 쑥으로 엮은 대문, 즉 매우 초라함을 비유. 【褐(hè)衣】: 거친 베옷. 【疏食(shū shí)】: 거친 음식, 변변치 못한 음식. 【厭(yàn)】: 차다, 넉넉하다.

6) 死而已四百餘年, 而弟子志之不倦。 → (그럼에도) 그들이 죽은 지 이미 사백여 년이 지났지만, 제자들은 그들을 기억하며 싫증내지 않고 있다.
【志】: 기억하다, 마음에 두다. 【之】: [대명사] 그들, 즉 계차·원헌. 【倦(juàn)】: 싫증내다.

7) 今游俠其行雖不軌於正義, 然其言必信, 其行必果, 已諾必誠, 不愛其軀, 赴士之阸困, 旣已存亡死生矣, → 오늘날의 유협은 그 행위가 비록 법도에 부합하지는 않지만, 그러나 그들의 말은 반드시 신용이 있고, 그들의 행동은 반드시 과감하며, 이미 승낙한 바에 대해서는 반드시 성의를 다하고, 자기 몸을 돌보지 않으며, 다른 사람의 곤경에 뛰어들면, 이미 자신의 생사존망을 초월한다.
【軌(guǐ)】: 부합하다, 맞다. 【正義】: 정의. 여기서는 법도, 법규를 가리킨다. 【果】: 과감하다. ※「果」를 「결과가 있다」라고 풀이한 경우도 있다. 【諾(nuò)】: 승낙하다, 응낙하다. 【赴(fù)】: 나아가다, 뛰어들다. 【士】: 일반사람에 대한 존칭. 【阸(è)困】: 곤경, 재난, 위기. 【旣已】: 이미. 【存亡死生】: 存亡死生, 여기서는 자신의 생사존망을 초월한다는 말이다. ※「存亡死生」을 「망하려는 것을 보존하고 죽게 된 것을 회생시킨다」라고 풀이한 경우도 있다.

8) 而不矜其能, 羞伐其德, 蓋亦有足多者焉。 → 그러나 자신의 능력을 자랑하지 않고, 자신의 공덕을 찬양하는 것을 부끄러워하니, 역시 족히 칭찬할 만한 점이 있다.
【而】: 그러나. 【矜(jīn)】: 자랑하다, 뽐내다. 【羞(xiū)】: 부끄러워하다. 【伐(fá)】: 찬양하다, 떠벌리다. 【蓋】: 句의 첫머리에 놓여 앞에서 말한 이유나 원인을 표시할 때 사용. 【多】: 칭찬하다.

且緩急人之所時有也。[9] 太史公曰:「昔者虞舜窘於井廩, 伊尹負於鼎俎, 傅說匿於傅險, 呂尚困於棘津;[10] 夷吾桎梏, 百里飯牛, 仲尼畏匡, 菜色陳・蔡;[11] 此皆學士所謂有道仁人也, 猶然遭

---

9) 且緩急人之所時有也。 → 또한 급박한 상황은 사람에게 자주 있는 일이다.
【且】: 그리고, 또한. 【緩(huǎn)急】: 급박한 상황, 어려운 처지. 【時有】: 자주 있다, 때때로 겪다.

10) 昔者虞舜窘於井廩, 伊尹負於鼎俎, 傅說匿於傅險, 呂尚困於棘津; → 옛날 우나라의 순임금은 우물과 곡식창고에서 곤경에 처한 적이 있고, 이윤은 솥과 도마를 지고 부엌일을 한 적이 있으며, 부열은 부험에 숨어살았던 적이 있고, 여상은 극진에서 곤란을 당한 적이 있다.
【虞舜(yú shùn)】: 虞나라의 舜임금. ※전설에 의하면, 舜의 아버지 瞽瞍는 후처의 소생인 象을 총애하여 항상 舜을 죽이려고 생각하던 중, 한번은 두 사람이 舜에게 곡식창고를 보수하도록 시켜, 舜이 창고의 꼭대기에 올라가자 밑에서 불을 질러, 舜이 순간 기지를 발휘, 삿갓 두 개를 새의 날개처럼 펴고 뛰어내려 위기를 모면했고; 한번은 舜으로 하여금 우물을 파내도록 시키고, 흙을 덮어 죽이려 했으나 역시 지혜롭게 탈출한 적이 있었다. 【窘(jiǒng)】: 어려움을 당하다. 【廩(lǐn)】: 곡식창고. 【伊尹】: [인명] 商나라의 어진 재상. ※이윤은 본래 商나라 湯王의 노예로, 요리를 잘 만들어 湯에게 요리를 올리는 기회에, 치국의 이치를 강술하여 湯의 큰 신임을 얻고 마침내 재상이 되었다. 湯을 보필하여 夏의 桀王을 토벌하고, 대업을 이루었다. 【負】: 메다, 짊어지다. 【鼎(dǐng)】: 솥. 【俎(zǔ)】: 도마. 【傅說(fù yuè)】: [인명] 殷王 武丁의 宰相. ※부열은 일찍이 傅巖에 숨어 토목 일을 하고 살았는데, 무정이 찾아와 인재를 구하던 중, 발탁되어 재상에 임명되었다. 그 후 殷나라는 중흥의 국면을 맞았다. 傅巖에서 부열을 얻었기 때문에 무정은 傅를 그의 성씨로 하도록 명했다. 【匿(nì)】: 숨다, 은닉하다. 【傅險】: [지명] 傅巖(지금의 山西省). 【呂尚】: [인명] 여상, 원래의 성은 姜씨, 이름은 尙, 자는 子牙. 呂지방(후의 齊나라)에 봉해졌으므로 지방을 성씨로 하여 呂尚이라 했다. 일찍이 棘津에서 음식장사를 한 적이 있었는데, 渭水에 은거할 때 周 文王이 발탁하여 軍師를 삼고, 호를 太公望이라 했다. 흔히 말하는 姜太公은 이를 가리킨다. 후에 周 武王을 도와 殷을 멸하고 周를 세우는데 큰 공을 세웠으며, 齊나라의 시조가 되었다. 【棘津(jí jīn)】: [지명] 지금의 河南省.

11) 夷吾桎梏, 百里飯牛, 仲尼畏匡, 菜色陳・蔡; → 관중은 족쇄와 수갑을 찬 적이 있고, 백리해는 남의 소를 기르는 일을 한 적이 있으며, 공자는 匡에서 생명의 위협을 당하고, 진・채에서는 굶주려서 안색이 누렇게 변한 적이 있다.
【夷(yí)吾】: 춘추시대 齊 桓公의 재상을 지낸 管仲의 자. 【桎梏(zhì gù)】: [동사용법] 족쇄와 수갑을 차다「桎」: 족쇄,「梏」: 수갑. ※公子 糾가 패하여 管仲이 齊桓公에게 잡혀갈 때 족쇄와 수갑을 채웠는데, 관중은 이로 인해 제환공과 인연을 맺는 계기가 되었다. 【百里】: [인명] 百里奚. 秦 穆公의 재상. ※백리해는 원래 虞國의 대부였으나, 晋 獻公이 虞를 멸하고 백리해를 포로로 잡아 秦 穆公부인의 하인으로 삼자, 백리해가 치욕으로 여기고 宛으로 도망 갔다가 楚나라 사람에게 붙잡혀 남의 소를 사육하는 일을 했다. 진 목공이 그의 현명함을 알고 다섯 필의 검은 양가죽을 贖罪物로 바친 후, 그를 데려와 국정을 맡기자, 후에 蹇淑・由余 등과 더불어 진 목공을 보필하여 패업을 이룩했다. 【飯(fàn)牛】: 소를 먹이다. 【仲尼】: [인명] 孔子. 仲尼는 공자의 자. 【畏

此菑, 況以中材而涉亂世之末流乎?[12) 其遇害何可勝道哉! [13)」鄙
人有言曰:「何知仁義, 已饗其利者爲有德。」[14) 故伯夷醜周, 餓死
首陽山, 而文・武不以其故貶王; 跖・蹻暴戾, 其徒誦義無窮。[15)

匡(wèi kuāng)】: 匡에서 생명의 위협을 당하다. ※陽貨가 일찍이 匡에서 난폭한 행동을 한 적이
있는데, 匡사람이 공자를 양화로 잘못 보아 그를 포위하고 해치려 하여, 공자는 생명이 위태로웠다.
※「匡」: [지명] 춘추시대 衛나라의 땅. 지금의 하남성 睢縣 서쪽. 【菜色】: 굶주려서 안색이 누렇
게 변한 모습. ※공자는 魯 哀公 4년 陳・蔡에서 양식이 떨어져 얼굴에 굶주린 기색이 역력했다.
【陳】: [국명] 지금의 河南省 淮陽에 도읍을 정했던 나라. 【蔡(cài)】: [국명] 지금의 하남성 上
蔡 일대.

12) 此皆學士所謂有道仁人也, 猶然遭此菑, 況以中材而涉亂世之末流乎? ➜ 이들은 모두 선비들
이 말하는 바의 덕망을 지닌 어진 사람들임에도, 여전히 이러한 재난을 당했는데, 하물며 보통사람
으로서 난세의 말기를 살아감에 있어서랴!
【有道仁人】: 덕망을 지닌 군자, 어진사람. 【猶然】: 여전히. 【遭(zāo)】: 만나다, 당하다. 【菑
(zāi)】: 災, 재난 【中材】: 보통사람. 【涉(shè)】: 건너다, 즉 살아가다. 【末流】: 말기, 마지막 국
면.

13) 其遇害何可勝道哉! ➜ 그들이 당한 피해를 어찌 말로서 다할 수 있으랴!
【何可】: 어찌 ……할 수 있겠는가? 【勝道】: 능히 다 말 해내다.

14) 鄙人有言曰:「何知仁義, 已饗其利者爲有德。」➜ 어떤 미천한 자가 말하길「어찌 인의를 알겠
는가? 그 사람의 도움을 받았으면 그가 바로 덕망이 있는 사람이다.」라고 했다.
【鄙(bǐ)人】: 미천한 사람. 【何知】: 어찌 알겠는가? 【饗(xiǎng)】: 享, 받다, 누리다. ※「饗」은
판본에 따라「嚮」으로도 쓴다.

15) 故伯夷醜周, 餓死首陽山, 而文・武不以其故貶王; 跖・蹻暴戾, 其徒誦義無窮。 ➜ 그래서
백이가 주나라를 싫어하여, 수양산에서 굶어죽었지만, 문왕과 무왕은 그 일로 인해 왕위가 손상되
지 않았으며, 도척과 장갹은 포악하고 잔인하지만, 그 무리들은 (두 사람의) 의리를 한없이 칭찬한
다.
【伯夷】: [인명] 殷末 孤竹君의 長子. ※부친 고죽군이 次子인 叔齊에게 양위하려는 것을 알고
백이는 고죽군이 죽은 뒤 도망하여 동생인 숙제가 부친의 자리를 계승하도록 도왔다. 그러나 숙제도
즉위를 거부하고 형제 모두가 周나라로 도망쳤다. 이때 周 武王이 商의 紂王을 토벌하려 하자, 백
이와 숙제가 만류하다가 무왕이 끝내 출병하여 商을 멸하자 백이와 숙제는 周나라의 양식을 먹고사
는 것을 수치로 생각하고 수양산에 숨어살다가 굶어 죽었다. 《史記》에 그의 列傳이 있다. 【醜
(chǒu)】: 싫어하다, 미워하다. 【以】: ……로 인하여, ……로 말미암아. 【其故】: 그 연고, 즉 백
이가 수양산에서 굶어죽은 일. 【貶(biǎn)】: 격하되다, 손상되다, 추락하다. 【跖(zhí)】: [인명] 盜
跖. 春秋시대의 大盜. 【蹻(juē, 또는 qiāo)】: [인명] 莊蹻. 전국시대의 大盜, 楚莊王의 동생.
【暴戾(bào lì)】: 흉폭하다, 포악하고 잔인하다. 【誦(sòng)】: 칭송하다, 칭찬하다.

由此觀之,「竊鉤者誅, 竊國者侯; 侯之門, 仁義存。」非虛言也。¹⁶⁾
今拘學或抱咫尺之義, 久孤於世, 豈若卑論儕俗, 與世沉浮而取榮
名哉?¹⁷⁾ 而布衣之徒, 設取予然諾, 千里誦義, 爲死不顧世, 此亦
有所長, 非苟而已也。¹⁸⁾ 故士窮窘而得委命, 此豈非人之所謂賢豪
間者邪?¹⁹⁾ 誠使鄕曲之俠, 予<u>季次</u>・<u>原憲</u>比權量力, 效功於當世,

16) 由此觀之,「竊鉤者誅, 竊國者侯; 侯之門, 仁義存。」非虛言也。→ 이로 미루어 보건대,「갈고
리를 훔친 자는 죽임을 당하고, 나라를 훔친 자는 제후가 되며, 오직 제후의 집안에만, 인의가 존재
한다.」라고 한 말은, 허황된 말이 아니다.
※이 말은《莊子・胠篋》에 보인다.
【竊(qiè)】: 훔치다, 절도하다. 【鉤(gōu)】: 갈고리. ※「옷걸이」,「허리띠의 고리」라고 풀이한 경
우도 있다. 【誅(zhū)】: 베다, 죽이다. 【侯(hóu)】: [동사용법] 제후가 되다.

17) 今拘學或抱咫尺之義, 久孤於世, 豈若卑論儕俗, 與世沉浮而取榮名哉? → 오늘날 학문에 얽
매이거나 혹은 얄팍한 정의감을 끌어 안고, 오래도록 세상과 고립되어 사는 사람들이, 어찌 비천한
논리로 세속과 영합하는 사람들처럼, 세상과 더불어 부침하며 영예와 명성을 얻으려 하겠는가?
【拘(jū)學】: 학설에 얽매이다, 학문에 구애되다. 【咫尺(zhǐ chǐ)之義】: 얄팍한 정의감. 【豈若】:
어찌 ……과 같겠는가? 어찌 ……보다 못하겠는가? 【卑(bēi)論】: 비천한 논리. 【儕(chái)】: 어
울리다, 영합하다. 【浮沉(fú chén)】: 부침하다, 적당히 살다. 【榮(róng)名】: 영예와 명성.

18) 而布衣之徒, 設取予然諾, 千里誦義, 爲死不顧世, 此亦有所長, 非苟而已也。→ 그러나 평민
출신의 유협은, 주고받는 일이나 약속한 일을 중시하여, 천리 머나먼 곳에서도 그들의 의리를 칭찬
하고 있으며, 또한 죽는 한이 있어도 세상의 비난을 염두에 두지 않으니, 이 또한 장점을 지닌 것이
며, 결코 아무렇게나 하는 일이 아니다.
【布衣之徒】: 평민의 무리, 즉 평민출신의 유협. 【設】: 확립하다. 여기서는「중시하다, 성실히 지
키다」의 뜻. 【取予】: 주고받는 일.「取」: 받다.「予」: 與, 주다. 【然諾】: 승낙, 약속. 【誦
(sòng)】: 칭찬하다, 찬양하다. 【苟(gǒu)】: 적당히 하다, 아무렇게나 하다.

19) 故士窮窘而得委命, 此豈非人之所謂賢豪間者邪? → 그래서 사람들이 급박해지면 그들에게 생
명을 맡길 수가 있으니, 이 어찌 사람들이 말하는 현인호걸과 같은 부류의 인물이 아니겠는가?
【窮窘(qióng jiǒng)】: 곤란에 처하다, 사정이 급박해지다. 【得】: ……할 수 있다. 【委(wěi)】: 맡
기다. 【豈非……邪】: 어찌 ……이 아니겠는가? 【賢豪】: 현인호걸. 【……間者】: ……과 같은
부류의 인물, ……에 속하는 사람.

20) 誠使鄕曲之俠, 予季次・原憲比權量力, 效功於當世, 不同日而論矣。→ 만약 서민협객들로
하여금, 계차・원헌과 권세나 역량을 비교해 본다면, 당시 사회에 대한 공헌은, (계차, 원헌과 함
께) 취급하여 논할 수 없을 정도로 뛰어나다.
【誠】: 만약. 【鄕曲之俠】: 서민 협객. 【予】: 與, ……과(와). 【比權量力】: 권세와 역량을 비교하
다. 【效功】: 공을 세우다, 공헌하다. 【同日而論】: 함께 제기하여 논하다, 같이 취급하여 논하다.

不同日而論矣。[20] 要以功見言信, 俠客之義, 又曷可少哉! [21]

古布衣之俠, 靡得而聞已。[22] 近世延陵·孟嘗·春申·平原·信陵之徒, 皆因王者親屬, 藉於有土卿相之富厚, 招天下賢者, 顯名諸侯, 不可謂不賢者矣。[23] 此如「順風而呼, 聲非加疾」, 其勢激也。[24] 至如閭巷之俠, 脩行砥名, 聲施於天下, 莫不稱賢, 是爲難耳。[25] 然儒·墨皆排擯不載, 自秦以前, 匹夫之俠, 湮滅不

---

21) 要以功見言信, 俠客之義, 又曷可少哉! ➡ 요컨대 사회에 대한 공헌과 말에 대한 신용을 가지고 볼 때, 협객의 의리를, 또 어찌 경시할 수 있겠는가?
【要】: 요컨대, 하여간, 어쨌거나. 【以】: ……로써, ……를 가지고. 【功見】: 공헌, 공과. 【曷(hé)可】: 어찌 ……할 수 있는가? 【少】: 경시하다, 忽視하다.

22) 古布衣之俠, 靡得而聞已。 ➡ 옛 서민협객에 대해서는, 이미 들을 수가 없다.
【靡(mǐ)得】: 不能, ……할 수가 없다.

23) 近世延陵·孟嘗·春申·平原·信陵之徒, 皆因王者親屬, 藉於有土卿相之富厚, 招天下賢者, 顯名諸侯 不可謂不賢者矣。 ➡ 근세의 계찰·맹상군·춘신군·평원군·신릉군과 같은 사람들은, 모두 왕의 친족들이었기 때문에, 봉토와 재상의 지위 등 풍족한 조건을 기반으로, 천하의 재능 있는 사람들을 (수하에) 불러들여, 제후들 사이에서 명성을 드러내고 있으니, 현자가 아니라고 말할 수는 없다.
【延陵】: 춘추시대 吳나라 왕자 季札. 연릉에 봉해졌으므로 延陵季子라고도 한다. 【孟嘗】: 齊나라 孟嘗君. 이름은 田文. 【春申】: 楚나라 春申君. 이름은 黃歇. 【平原】: 趙나라 平原君. 이름은 趙勝. 【信陵】: 魏나라 왕자 信陵君. 이름은 無忌. 【藉(jiè)於】: 빌다, ……에 의지하다, ……을 기반으로 하다. 【卿相(qīng xiàng)】: 재상. 【招】: 초빙하다, 불러들이다. 【顯(xiǎn)】: 드러내다, 나타내다.

24) 此如「順風而呼, 聲非加疾」, 其勢激也。 ➡ 이는 마치「바람을 따라 소리를 지르면, 소리를 보다 크게 내지 않아도」, 그 기세가 더욱 격렬해지는 것과 같다.
※「順風而呼, 聲非加疾」이란 말은《荀子·勸學》에 보인다.
【如】: 마치 ……과 같다. 【呼】: 소리지르다. 【加疾(jí)】: 보다 크게 소리내다. 【激(jī)】: 격렬하다, 세차다.

25) 至如閭巷之俠, 脩行砥名, 聲施於天下, 莫不稱賢, 是爲難耳。 ➡ 서민협객들로 말하면, 행실을 닦고 이름을 갈아, 명성이 천하에 널리 전하여져, 어질다고 칭찬하지 않는 사람이 없으니, 이는 실로 어려운 일이다.
【至如】: ……으로 말하자면. 【脩(xiū)行】: 修行, 행실을 닦다. 【砥(dǐ)名】: 이름을 갈다. 【施(shī)】: 널리 전파하다. 【莫不】: ……하지 않음이 없다. 【稱】: 칭찬하다. 【是】: [대명사] 이것,

見, 余甚恨之。²⁶⁾ 以余所聞: 漢興, 有朱家・田仲・王公・劇孟・郭解之徒, 雖時扞當世之文罔, 然其私義, 廉潔退讓, 有足稱者。²⁷⁾ 名不虛立, 士不虛附。²⁸⁾ 至如朋黨宗彊, 比周設財役貧, 豪暴侵凌孤弱, 恣欲自快, 游俠亦醜之。²⁹⁾ 余悲世俗不察其意, 而猥以朱

즉 서민협객이 행실을 닦아 칭찬 받는 일. 【耳】: [어조사] 句末에 놓여 制限, 판단, 긍정을 표시.

26) 然儒・墨皆排擯不載, 自秦以前, 匹夫之俠, 湮滅不見, 余甚恨之。→ 그러나 유가와 묵가 모두 (그들을) 배척하고 기록하지 않아, 진 이전부터, 평민의 협객이, 인멸되어 보이지 않으니, 나는 이를 매우 애석하게 생각한다.
【排擯(pái bìn)】: 배척하다, 물리치다. 【載(zǎi)】: 기재하다, 기록하다. 【湮滅(yān miè)】: 인멸되다, 없어지다. 【恨(hèn)】: 한스럽게 여기다, 애석하게 생각하다.

27) 以余所聞: 漢興, 有朱家・田仲・王公・劇孟・郭解之徒, 雖時扞當世之文罔, 然其私義, 廉潔退讓, 有足稱者。→ 내가 들은 바에 의하면, 한나라가 일어난 후, 주가・전중・왕공・극맹・곽해 등의 무리가 있었는데, 비록 때때로 당시의 법망을 위반하기는 했지만, 그들 개인의 의리는, 청렴결백하고 사양할 줄 알아, 족히 칭찬할 만한 점이 있다.
【以】: 依, ……을 근거로 하다, ……에 의하다. 【朱家】: [인명] 漢初 魯人. 곤경에 빠진 수많은 호걸을 살려주었다. 【田仲】: [인명] 楚人. 검술을 좋아했다. 【王公】: [인명] 王孟으로 여겨지나 확실치 않다. 江淮에서 협객으로 이름이 났다. 【劇(jù)孟】: [인명] 漢 洛陽人. 장사로 돈을 벌어 이름이 났다. 【郭解(guō xiè)】: [인명] 漢 軹人. 【扞(hàn)】: 捍, 어기다, 위반하다, 거스르다. 【文罔(wǎng)】: 법령, 법망, 법률. 【私義】: 개인의 의리, 개인의 도의. 【廉潔(lián jié)】: 청렴결백하다. 【退讓(ràng)】: 사양하다, 양보하다. 【足稱】: 족히 칭찬할 만하다, 칭찬하기에 충분하다.

28) 名不虛立, 士不虛附。→ 이름은 근거 없이 나는 것이 아니며, 사람들도 근거 없이 (그들에게) 의탁하는 것이 아니다.
【虛(xū)立】: 근거 없이 얻다, 까닭 없이 서다. 【虛附(fù)】: 무작정 의탁하다, 근거 없이 기대다.

29) 至如朋黨宗彊, 比周設財役貧, 豪暴侵凌孤弱, 恣欲自快, 游俠亦醜之。→ 당파를 만들어 개인의 이익을 꾀하는 무리들과 호족들이, 서로 결탁하여, 재물을 이용하여 가난한 자를 부리고, 권세 있는 포악한 자가 약한 자를 능멸하며, 멋대로 자신만의 쾌락을 추구하는 사람들로 말하면, 유협 역시 그들을 증오한다.
【至如】: ……으로 말하면. 【朋黨(péng dǎng)】: 파벌을 만들다. 당파를 조성하다. 여기서는 당파를 만들어 개인의 이익을 추구하는 자들을 가리킨다. 【宗彊(zōng qiáng)】: 보오, 호족. ※「彊」은 판본에 따라「强」으로도 쓴다. 【比周】: 서로 결탁하다. 【設財役貧】: 재물을 모아 가난한 자를 부리다. 【豪暴】: 권세 있는 포악한 자. 【侵凌(qīn líng)】: 능멸하다, 침해하다. 【恣(zì)】: 멋대로 하다, 방자하게 굴다. 【欲】: ……하고자 하다, ……을 추구하다. 【自快】: 자기의 쾌락, 스스로 즐기다. 【醜(chǒu)】: 증오하다, 싫어하다. 【之】: [대명사] 그들, 즉 권세를 갖고 멋대로 행동하는 자들.

家 · 郭解等令與豪暴之徒同類而共笑之也。[30]

解題 및 本文 要旨說明 🏔

　본문은《史記 · 游俠列傳》의 전반부로, 내용은 유협의 의로운 행위를 찬양한 동시에 이를 통해 사회의 모순을 비판한 것이다.

　사마천은《史記 · 太史公自序》에서「사람을 곤경에서 건져주고, 사람이 고생할 때 구해주는 것은, 仁者의 도리이다. 믿음을 잃지 않고, 승낙한 바를 저버리지 않아, 사람들이 그들의 의로운 행위에 탄복한다. 그래서 유협열전을 지었다.(游俠救人於厄, 振人不贍, 仁者有采; 不卽信, 不倍言, 義者有取焉, 作游俠列傳。)」라고 유협열전의 창작배경을 밝히고 있다. 이는 한비자가 법가의 관점에서 유가와 游俠을 동시에 비난했음에도 불구하고, 당시 사회에서 유가만이 존경받는 것을 보고, 이에 대한 반론을 펴낸 것이라 할 수 있다. 즉, 사마천은 유협의 행위가 비록 반드시 법도에 부합하지는 않지만, 그러나 그 말은 믿을 수 있고, 한 번 승낙한 일에는 반드시 성의를 다하며, 자신의 생명을 돌보지 않고 위험에 처한 사람들을 구해주면서도 자신의 능력을 자랑하거나 자신의 공덕을 찬양하는 것을 수치로 여기는 등, 생명보다 의를 중시하는 협의 利他的 정신을 마치 군자에 비견하면서 마땅히 높이 평가받아야 한다는 것을 강조하고 있다.

　본래 법의 질서가 만민에게 평등하게 적용되어 정의가 구현되는 사회에서는 유협이 존재하지 않는다. 따라서 사마천이「급박한 상황은 사람에게 자주 있는 일이다.」라고 한 것은 정의가 행하여지지 않는 당시 사회에서 약자가 당하는 어려운 상황이 빈번했음을 지적한 것이다. 이때 약자를 돕기 위한 유협의 행위는 봉건통치가 용납할 수 있는 한계를 초월하여, 법의 존재는 물론 자신의 생명까지도 돌보지 않는 희생정신의 극치라고 할 수 있다.

　따라서 사마천의 이 글은「갈고리를 훔친 자는 죽임을 당하고, 나라를 훔친 자는 제후가 되어, 오직 제후의 집 안에만 인의가 존재한다.」라고 하는 당시 사회의 모순을 통해 협의 존재이유를 설명하면서 정의가 구현되는 사회에 대한 소망을 간접적으로 표현하고 있다.

---

30) 余悲世俗不察其意, 而猥以朱家 · 郭解等令與豪暴之徒同類而共笑之也。➡ 나는 세상 사람들이 그 뜻을 살피지 못하고, 오히려 함부로 주가 · 곽해 등을 포악한 무리들과 더불어 같은 부류로 취급하여 싸잡아 비웃는 것을 슬퍼한다.
　【世俗】: 세상 사람들, 일반사람들. 【而】: 오히려. 【猥(wěi)】: 함부로. 【令與】: 함께 더불다. 【同類】: [동사용법] 같은 부류로 취급하다. 【共笑】: 싸잡아 비웃다, 함께 비웃다.

司馬遷의 宮刑

사마천이 전력을 기울여《史記》를 편찬하고 있을 때, 李陵으로 인한 禍가 닥쳤다. 漢武帝 天漢 2년(B.C. 99), 무제는 총애하는 李부인의 오빠 李廣利에게 흉노를 정벌하도록 명을 내렸다. 그에게 공을 세울 기회를 주어 제후로 봉하려던 참이었다. 동시에 무제는 李廣 장군의 손자 이릉을 파견하여 이광리를 도와 군수물자를 관리 지원하도록 했다. 이릉은 평상시 황후에 의탁하여 득세한 이광리를 가소롭게 여겨왔다. 그래서 이릉은 흉노의 병력을 분산시킬 수 있도록 독자적으로 병력을 인솔하고 다른 길로 출발할 것을 무제에게 건의하여 허락을 받았다.

이릉이 병력을 거느리고 출정한 후, 처음에는 승전보가 잇달아 날아왔다. 그러나 몇 차례의 악전고투 끝에 이릉은 포로가 되어 다음 기회를 보고자 거짓으로 투항했다. 소식이 전해지자 무제가 크게 노여워하고 조정의 중신들도 이릉의 변절을 질책했다. 다만 사마천만이 이릉을 변호했다. 사마천이 이릉을 변호한 것은,《報任安書》에서「저와 이릉은 함께 궁중에서 일했을 뿐, 평소 서로 친한 사이가 아니었습니다.(僕與李陵, 俱居門下, 素非相善也。)」라고 했듯이 특별히 친분이 있어서가 아니고, 다만 이릉이 젊어서 侍中을 지낼 때, 사마천이 처음으로 郎中에 임명되어 궁중에서 함께 일하면서 이릉의 인품이 겸손하고 어질고 충직하다는 것을 알고 그를 믿었기 때문이었다.

사마천은 결국 무제의 노여움을 사서 옥에 갇히고, 이때 무제는 이릉 일가족을 죽이라는 명을 내렸다. 이 소식이 흉노에 전해지자 이릉은 한나라 조정에 대해 절망한 나머지 정말로 흉노에 투항하고 흉노족의 우두머리인 單于의 두터운 신임을 받았다. 이로 인해 사마천의 죄는 더욱 무거워지고 황제를 속였다는 죄목으로 사형을 당할 처지에 놓였다.

한나라의 율법에 따르면 사형을 받게 된 사람이 죽음을 면하려면 속죄금 오천만錢을 내거나 宮刑(腐刑)을 받아야만 했다. 그러나 통상 이러한 처지에 놓인 사람들은 조상을 욕되게 하고 친지들로부터 웃음거리가 되었다는 죄책감 때문에 자살로써 생을 마감하는 것이 보통이었다. 사마천은《報任安書》에서「집이 가난하여, 속죄할 만큼 많은 재화를 가지고 있지 않고 친구들이라고 해야 와서 구조하거나 찾아보는 사람도 없으며, 황제의 주변에 있는 사람들도 나를 위해 말 한마디 해주는 사람이 없습니다.(家貧, 貨賂不足以自贖, 交游莫救視, 左右親近不莫爲一言。)」라고 했듯이 자신뿐만 아니라 주변에서도 도와줄 사람이 없었다. 사마천은《史記》의 저술을 완성하라는 부친의 유언을 저버릴 수 없어 궁형을 받아들이기로 결심했다. 사실 사마천으로서 궁형은 죽음보다 더욱 큰 치욕이었다. 사마천은 이러한 심정을《報任安書》에서「사람이 한번 죽는데, 그 죽음이 태산보다 무거울 수도 있고, 기러기 깃털보다 가벼울 수도 있는 것은, 어디에 쓰느냐에 따라 다르다. (人固有一死, 或重於泰山, 或輕於鴻毛, 用之所趨異也。)」라고 하여, 오직《史記》를 완성하기 위해 생사를 초월한 동기를 밝히고 있다.

이렇게 볼 때, 사마천이 궁형을 당한 것이 불행한 처지를 발분의 계기로 삼아 불후의 명저《史記》를 탄생시킨 원동력으로 작용했다는 점을 부인할 수 없다.

12

《史記 · 太史公自序》

[漢] 司馬遷

作者 ○

11.《史記 · 游俠列傳序》참조.

註釋 ○

太史公[1]曰: 「先人有言:[2] 『自周公卒, 五百歲而有孔子; 孔子卒後, 至於今五百歲。[3] 有能紹明世, 正《易傳》, 繼《春秋》, 本

---

1) 太史公 ➡ 漢의 史官을 「太史令」이라 했는데, 지위는 비록 낮지만 朝會시에 항상 황제의 좌우에서 公보다 윗자리에 있었기 때문에 「태사공」이라 불렸다. 여기서는 司馬遷 자신을 가리킨다.

2) 先人有言: ➡ 부친께서 말씀하셨다.
   【先人】: 부친. ※여기서는 司馬遷의 부친 司馬談을 가리킨다.

3) 自周公卒, 五百歲而有孔子; 孔子卒後, 至於今五百歲。 ➡ 주공이 죽은 뒤로부터, 오백 년이 지나 공자가 태어났고, 공자가 죽은 후, 지금에 이르기까지 오백 년이 되었다.
   【自】: ……로부터. 【歲】: 年, 해.

《詩》·《書》·《禮》·《樂》之際, 意在斯乎? 意在斯乎?⁴⁾」小子何敢讓焉! ⁵⁾」

上大夫壺遂曰:「昔孔子何爲而作《春秋》哉?」⁶⁾

太史公曰:「余聞董生⁷⁾曰:『周道衰廢, 孔子爲司寇, 諸侯害之, 大夫壅之。⁸⁾ 孔子知言之不用道之不行也, 是非二百四十二年之中, 以爲天下儀表;⁹⁾ 貶天子, 退諸侯, 討大夫, 以達王事而已

---

4) 有能紹明世, 正《易傳》, 繼《春秋》, 本《詩》·《書》·《禮》·《樂》之際, 意在斯乎? 意在斯乎?
→ 어느 누가 능히 태평성세를 계승하여, 《周易》을 바로 해석하고, 《春秋》를 이어 짓고, 《詩經》·《書經》·《禮記》·《樂經》의 취지를 근본으로 삼아야 할 때가 되었는데, (너) 여기에 뜻이 있느냐? 여기에 뜻이 있느냐?
【紹(shào)】: 잇다, 계승하다. 【明世】: 태평성세. 【正】: 바로 잡다, 바로 해석하다. 《易傳》: 《周易 · 繫辭傳》. 【本】: 본받다, 근본으로 삼다. 【際】: 때, 시기. 【斯(sī)】: [대명사] 이, 즉「紹明世……本《詩》·《書》·《禮》·《樂》之際」.

5) 小子何敢讓焉! → 제가 어찌 감히 (남에게) 양보하겠습니까?
※즉, 어찌 자신이 하지 않고 남이 하도록 내버려두겠는가? 라는 뜻.
【小子】: [겸어] 저 (나). 【讓(ràng)】: 양보하다.

6) 上大夫壺遂曰:「昔孔子何爲而作《春秋》哉?」→ 상대부 호수가「옛날에 공자는 어째서《춘추》를 지었는가?」라고 물었다.
【上大夫】: 관리의 직급. ※봉록 2천 섬을 받았다. 【壺遂(hú suì)】: [인명] 일찍이 사마천과 더불어 律曆을 정하는 일에 참여했다. 벼슬이 詹事에 올라 2천 섬의 봉록을 받았으므로 상대부라 불렸다. 【何爲】: 왜, 어째서. 【哉】: [의문조사] ……한가?

7) 董生 → 董仲舒. 漢 文帝 때의 유학자.

8) 周道衰廢, 孔子爲司寇, 諸侯害之, 大夫壅之。→ 周의 정치가 쇠퇴했을 때, 공자가 魯나라에서 司寇를 지냈는데, 제후는 공자를 해치려 하고, 대부들은 공자를 방해했다.
※공자가 司寇를 지낼 때, 魯 定公을 모시고 齊 景公과 夾谷에서 회동하여 禮로써 景公을 설득하였다. 이에 魯가 공자를 등용하여 나라가 잘 다스려지자 齊의 질투를 사게 되었다. 齊가 魯의 大夫 季桓子에게 女樂을 보내고 계환자가 이를 받아들여 3일 동안 政事를 돌보지 않자 공자는 魯를 떠났다.
【司寇(sī kòu)】: [관직명] 형벌과 옥사를 맡은 관리. 【之】: [대명사] 그 사람. 즉 공자를 가리킨다. 【壅(yōng)】: 방해하다, 가로막다.

9) 孔子知言之不用道之不行也, 是非二百四十二年之中, 以爲天下儀表; → 공자는 자신의 말이 쓰이지 못하고 王道가 행하여지지 않음을 알고, 242년 간의 제후들의 일에 대해 시비를 가려, 이로써 천하의 본보기로 삼았다.

矣。[10]』子曰:『我欲載之空言, 不如見之於行事之深切著明也。』[11] 夫《春秋》, 上明三王之道, 下辨人事之紀; 別嫌疑, 明是非, 定猶豫; 善善‧惡惡, 賢賢‧賤不肖; 存亡國, 繼絶世, 補敝‧起廢, 王道之大者也。[12]《易》著天地‧陰陽‧四時‧五行, 故長於變;[13]

【言之不用】: 말이 채택되지 못하다. 【道之不行】: 왕도가 시행되지 못하다. 【是非】: 포폄하다, 시시비비를 가리다. 【之中】: ……동안의 일. 【以爲】: 以(之)爲, 이로써 ……를 삼다. 【儀(yí)表】: 모범, 본보기, 표본. ※공자는 魯 隱公 원년부터 哀公 14년까지 12君 242년 간의 일을 기술하여《春秋》를 지었다.

10) 貶天子, 退諸侯, 討大夫, 以達王事而已矣。 → 다만 (禮를 잃은) 천자를 비판하고, (경거망동하는) 제후를 배척하고, (분수를 모르는) 대부를 성토함으로써, 왕도를 설명했을 뿐이다.
【貶(biǎn)】: 비판하다, 깎아내리다. 【退】: 배척하다. 【討】: 성토하다. 【以】: 以(之), 이로써.
【達】: 표현하다, 설명하다. 【而已】: ……뿐이다.

11) 子曰:『我欲載之空言, 不如見之於行事之深切著明也。』 → 공자가『내가 포폄하는 일을 그저 말만 가지고 기록하려 한다면, (이는) 그것을 실제의 사적을 통해 표현하는 것보다 절실하고 분명하지 못하다.』라고 했다.
※이 말은《春秋緯》에 보인다. 이 책은《隋書‧經籍志》에「梁有《春秋緯》三十卷, 宋均注, 已亡。」이라 했으나,《玉函山房輯佚書》에 그 逸文이 여러 편 전한다.
【欲】: ……하고자 하다. 【載(zǎi)】: 기록하다, 기재하다. 【之】: [대명사] 그것, 즉 포폄하는 일. 【空言】: 구체적인 실체가 없는 말 그 자체. 【見】: 표현하다. 【行事】: 실제의 사적. 【深切】: 절실하다. 【著明】: 분명하다.

12) 夫《春秋》, 上明三王之道, 下辨人事之紀; 別嫌疑, 明是非, 定猶豫; 善善‧惡惡, 賢賢‧賤不肖; 存亡國, 繼絶世, 補敝‧起廢, 王道之大者也。 → 무릇《춘추》는, 위로는 三王의 도리를 밝히고, 아래로는 인간의 윤리강령을 분별해 주고, 혐의를 판별하고, 시시비비를 밝히고, 주저하는 바를 결정해 주고, 착한 사람을 칭찬하고, 악한 사람을 미워하고, 어진 사람을 존경하고, 현명치 못한 사람을 천시하고, 망한 나라를 존립하게 하고, 단절된 系譜를 이어 주고, 파괴된 것을 보수해 주고, 폐지된 것을 다시 일으키니, (이 모두가) 왕도의 중요한 일들이다.
【夫】: [발어사] 대저, 무릇. 【三王】: 夏‧商‧周 三代의 開國 君主. 【辨(biàn)】: 분별하다. 【紀】: 윤리강령, 기강. 【別】: 판별하다, 변별하다. 【猶豫(yóu yù)】: 주저하다, 머뭇거리다. 【善善】: ※앞의 善자는「칭찬하다」라는 동사, 뒤의 善자는「착한 사람」이라는 명사. 【惡惡(wù è)】: ※앞의 惡(오)자는「미워하다」라는 동사, 뒤의 惡(악)자는「악한 사람」이란 명사. 【賢賢】: ※앞의 賢자는「존경하다」라는 동사, 뒤의 賢자는「어진 사람」이라는 명사. 【不肖(xiào)】: 현명하지 못한 사람. 【絶世】: 단절된 계보. 【敝(bì)】: [명사] 파괴된 것. 【大者】: 중요한 일.

13) 《易》著天地‧陰陽‧四時‧五行, 故長於變; →《周易》은 천지‧음양‧사시‧오행의 관계를 서술하고 있기 때문에, 그래서 변화의 법칙을 논하는 데 장점이 있다.
【著(zhù)】: 서술하다, 설명하다. 【長(cháng)】: 장점을 지니다.

《禮》經紀人倫，故長於行；14)《書》記先王之事，故長於政；15)
《詩》記山川‧谿谷‧禽獸‧草木‧牝牡‧雌雄，故長於風；16)
《樂》樂所以立，故長於和；17)《春秋》辨是非，故長於治人。18) 是
故《禮》以節人，《樂》以發和，《書》以道事，《詩》以達意，《易》以
道化,《春秋》以道義。19) 撥亂世反之正，莫近於《春秋》。20)《春秋》
文成數萬，其指數千，萬物之散聚，皆在《春秋》。21)《春秋》之中，

---

14)《禮》經紀人倫, 故長於行; ➡《禮記》는 인간의 윤리를 다루었기 때문에, 그래서 행위규범을 논
하는 데 장점이 있다.
【經紀】: 다루다, 운영하다, 다스리다. 【行】: 행위규범.

15)《書》記先王之事, 故長於政; ➡《書經》은 선왕의 사적을 기술하고 있기 때문에, 그래서 정사를
논하는 데 장점이 있다.
【政】: 정치, 정사.

16)《詩》記山川‧谿谷‧禽獸‧草木‧牝牡‧雌雄, 故長於風; ➡《詩經》은 산천‧계곡‧금
수‧초목‧빈모‧자웅 등을 기술하고 있기 때문에, 그래서 각지의 풍속을 논하는 데 장점이 있다.
【牝牡(pìn mǔ)】: 암컷과 수컷. 【風】: 풍속.

17)《樂》樂所以立, 故長於和; ➡《樂經》은 즐거움을 주기 위해 세워졌으므로, 그래서 화합을 촉진
하는 데 장점이 있다.
【和】: 화합, 화목.

18)《春秋》辨是非, 故長於治人。➡《春秋》는 是非를 변별하기 때문에, 그래서 사람을 다스리는 데
장점이 있다.

19) 是故《禮》以節人,《樂》以發和,《書》以道事,《詩》以達意,《易》以道化,《春秋》以道義。➡
그래서《禮記》로써 사람의 행동을 절제시키고,《樂經》으로써 화합하는 감정을 일으키게 하고,
《書經》으로써 政事를 지도하고,《詩經》으로써 뜻을 전달하고,《周易》으로써 천지만물의 변화를
설명하고,《春秋》로써 義理를 설명했다.
【是故】: 그래서. 【節】: 절제하다. 【發】: 일으키다. 【和】: 화합. 【道事】: 정사를 지도하다.
「道」: 인도하다, 지도하다, 이끌다. 【道化】: 천지만물의 변화를 설명하다. 【道義】: 義理를 설명
하다.

20) 撥亂世反之正, 莫近於《春秋》。➡ 난세를 바로잡아 바른 길로 돌아가게 하는데는,《春秋》를 능
가하는 것이 없다.
【撥(bō)】: 바로잡다, 다스리다. 【近】: 적합하다.

21)《春秋》文成數萬, 其指數千, 萬物之散聚, 皆在《春秋》。➡《春秋》는 자수가 수만을 이루고,
그 요지 또한 수천 가지로, 만물의 이합집산의 이치가, 모두《春秋》안에 들어있다.
【文】: 글자 수. 【指】: 旨, 요지.

107

弑君三十六，亡國五十二，諸侯奔走不得保其社稷者不可勝數。[22)]
察其所以，皆失其本已。[23)] 故《易》曰：『失之毫釐，差以千里。』[24)]
故曰：『臣弑君，子弑父，非一旦一夕之故也；其漸久矣！[25)]』故有
國者不可以不知《春秋》，前有讒而弗見，後有賊而不知；[26)] 爲人臣
者不可以不知《春秋》，守經事而不知其宜，遭變事而不知其權。[27)]

---

22)《春秋》之中，弑君三十六，亡國五十二，諸侯奔走不得保其社稷者不可勝數。→《春秋》에는，
임금을 살해한 사건이 36건에 이르고, 망국에 관한 일이 52건에 이르며, 제후가 도망쳐서 그 사직
을 보존하지 못한 경우는 헤아릴 수 없이 많다.
【奔走】: 도망치다, 달아나다.【不得】: ……하지 못하다.【保】: 보존하다.【不可勝數】: 헤아릴
수 없이 많다.

23) 察其所以，皆失其本已。→ 그 까닭을 살펴보면, 모두가 그 근본을 잃었기 때문이다.
【所以】: 원인, 까닭, 이유.【本】: 근본, 즉「仁義」를 가리킨다.【已】: [문미조사].

24) 故《易》曰：『失之毫釐，差以千里。』→ 그래서《周易》에 말하길,「처음의 작은 실수가, 나중에
천리의 차이를 벌인다.」라고 했다.
※이 말은 오늘날의《周易》이 아니라《易緯》에 보이는 말로,「毫釐千里」즉「처음의 작은 실수
가 나중에 큰 잘못을 초래한다.」는 古事成語의 출전이다.
【毫釐(háo lí)】: 매우 작은 것.

25) 故曰：『臣弑君，子弑父，非一旦一夕之故也；其漸久矣！』→ 그러므로『신하가 임금을 죽이고,
자식이 부모를 죽이는 것은, 一朝一夕에 일어난 변고가 아니고, 점차 오래도록 쌓인 것이다.』라고
말한 것이다.
【弑(shì)】: 죽이다, 시해하다.【一旦一夕】: 일조일석.【故】: 일, 사고, 변고.

26) 故有國者不可以不知《春秋》，前有讒而弗見，後有賊而不知；→ 그래서 군주는《춘추》를 모르
면 아니 되며, (만일《춘추》를 모르면) 앞에 참소하는 자가 있어도 보지 못하고, 뒤에 역적이 있어
도 알지 못한다.
【有國者】: 君主.【讒(chán)】: 참소하는 자.【弗(fú)】: 不.【賊(zéi)】: 역적, 반역자.

27) 爲人臣者不可以不知《春秋》，守經事而不知其宜，遭變事而不知其權。→ 신하된 자가《춘추》
를 모르면 아니 되며, (만약《춘추》를 모르면) 일상 업무를 처리함에 있어서 그 옳은 방법을 모르
고, 사태의 변화를 당했을 때 적절히 대응할 줄을 모른다.
【爲人臣者】: 신하노릇을 하는 자, 신하.【守】: 지키다, 즉「맡아 처리하다」.【經事】: 일상의 업
무.【宜】: 옳은 방법.【遭(zāo)】: 만나다, 당하다.【變事】: 사태의 변화, 변고.【權】: 임기응변하
다, 적절히 대응하다.

爲人君父而不通於《春秋》之義者, 必蒙首惡之名;[28] 爲人臣子而不通於《春秋》之義者, 必陷簒弑之誅, 死罪之名。[29] 其實皆以爲善, 爲之不知其義, 被之空言而不敢辭。[30] 夫不通禮義之旨, 至於君不君, 臣不臣, 父不父, 子不子。[31] 夫君不君則犯; 臣不臣則誅; 父不父則無道; 子不子則不孝。[32] 此四行者, 天下之大過也。[33] 以

---

28) 爲人君父而不通於《春秋》之義者, 必蒙首惡之名; → 임금 또는 부모가 되어《춘추》의 뜻에 통달하지 못한 자는, 반드시 가장 나쁜 명성을 얻는다.
【通】: 정통하다, 통달하다. 【義】: 뜻, 의미. 【蒙(méng)】: 받다, 얻다. 【首惡之名】: 가장 나쁜 명성, 악명.

29) 爲人臣子而不通於《春秋》之義者, 必陷簒弑之誅, 死罪之名。 → 신하 또는 자식이 되어《춘추》의 뜻에 통달하지 못한 자는, 필경 찬탈과 시해로 인해 주살되는 처지에 빠지고, 죽을 죄를 지었다는 오명을 얻을 것이다.
【臣子】: 신하와 자식. 【陷(xiàn)】: 빠져들다. 【簒弑(cuàn shì)】: 찬탈하고 시해하다. 【誅(zhū)】: [피동용법] 죽임을 당하다, 주살되다.

30) 其實皆以爲善, 爲之不知其義, 被之空言而不敢辭。 → 실제로 그들은 모두 좋은 일을 한다고 생각하지만, 그 일을 하면서도 그 이치를 모르기 때문에, 그들에게 없는 죄를 덮어 씌워도 감히 거부하지 못한다.
【以】: ……라고 생각하다. 【爲善】: 좋은 일을 하다, 善行을 하다. 【爲之】: 그것을 하다, 즉 좋은 일을 하다. 「之」: [대명사] 그것, 즉 좋은 일, 善行. 【義】: 이치, 義理. 【被】: 덮어씌우다. 【空言】: 빈말. ※여기서는 「엉뚱한 죄명, 없는 죄」를 가리킨다. 【辭(cí)】: 변명하다, 거부하다.

31) 夫不通禮義之旨, 至於君不君, 臣不臣, 父不父, 子不子。 → 대저 예의의 취지에 통달하지 못하기 때문에, 임금이 임금답지 못하고, 신하가 신하답지 못하며, 아비가 아비답지 못하고, 자식이 자식답지 못한 지경에 이르게 된다.
【夫】: [발어사] 대저, 무릇. 【通】: 잘 알다, 통달하다. 【旨】: 요지, 취지. 【至於】: ……에 이르다.

32) 夫君不君則犯; 臣不臣則誅; 父不父則無道; 子不子則不孝。 → 무릇 임금이 임금답지 못하면 (신하로부터) 침범을 당하고, 신하가 신하답지 못하면 죽임을 당하며, 아비가 아비답지 못하면 인륜의 도리가 없어지고, 자식이 자식답지 못하면 불효하게 된다.
【犯(fàn)】: [피동용법] 침범을 당하다. 【誅(zhū)】: [피동용법] 죽임을 당하다. 【道】: 인륜의 도리.

33) 此四行者, 天下之大過也。 → 이 네 가지의 행위는, 세상에서 가장 큰 罪過이다.

天下之大過予之, 則受而弗敢辭。³⁴⁾ 故《春秋》者, 禮義之大宗也。³⁵⁾
夫禮禁未然之前, 法施已然之後;³⁶⁾ 法之所爲用者易見, 而禮之所
爲禁者難知。³⁷⁾」

　　壺遂曰:「孔子之時, 上無明君, 下不得任用, 故作《春秋》,
垂空文以斷禮義, 當一王之法。³⁸⁾ 今夫子上遇明天子, 下得守職,
萬事旣具, 咸各序其宜;³⁹⁾ 夫子所論, 欲以何明?⁴⁰⁾」

---

34) 以天下之大過予之, 則受而弗敢辭。➡ 세상에서 가장 큰 죄과로써 덮어씌우면, 받아들일 뿐 감
히 물리치지 못한다.
【予之】: 덮어씌우다, 전가시키다. 【弗(fú)】: 不.

35) 故《春秋》者, 禮義之大宗也。➡ 그래서《춘추》라는 책은, 예의의 근본이다.
【大宗】: 근본, 근원.

36) 夫禮禁未然之前, 法施已然之後; ➡ 대저 禮는 미연에 방지하는 것이요, 法은 사후에 시행하는
것이다.
※즉, 禮란 사건이 발생하기 전에 미리 금지시키는 작용을 하는 것이고, 法이란 사건이 발생한 후
에 처벌을 시행하는 것이다.
【禁(jìn)】: 금지하다, 방지하다. 【施(shī)】: 시행하다, 처리하다.

37) 法之所爲用者易見, 而禮之所爲禁者難知。➡ 법의 작용은 적용하면 쉽게 알 수 있지만, 예의 작
용은 미연에 방지할 수 있다는 것을 이해하기 어렵다.
【所爲】: 행위, 작용. 【易見】: 알기 쉽다.

38) 孔子之時, 上無明君, 下不得任用, 故作《春秋》, 垂空文以斷禮義, 當一王之法。➡ 공자의 시
대에, 위로 聖君이 없어, 아래에서 인재가 임용되지 못하자, 그래서《춘추》를 지어, 글을 남겨가지
고 예의를 판단하고, 아울러 왕의 法典으로 삼고자 했다.
【明君】: 현명한 군주, 聖君. 【垂(chuí)】: 남기다, 전하다. 【空文】: 글, 문장. ※문장을 구체적인
실체와 상대적인 의미에서 가리킨 말. 【斷】: 단정하다, 판단하다. 【當(dàng)】: ……로 삼다.
【法】: 법전, 법규.

39) 今夫子上遇明天子, 下得守職, 萬事旣具, 咸各序其宜; ➡ 지금 선생은 위로 현명한 임금을 만
나, 아래에서 직분을 얻었으며, 모든 일이 이미 갖추어 지고, 모두가 각기 알맞게 안배되었다.
【夫子】: 선생. ※司馬遷에 대한 존칭. 【明天子】: 현명한 군주. ※여기서는 漢 武帝를 가리킨다.
【旣具】: 이미 갖추다. 【守職】: 직분, 직무, 일자리. 【咸】: 모두. 【各序其宜】: 각기 알맞게 안배
되다. 「序」: 차례, 순서. 「宜」:알맞다, 적당하다.

40) 夫子所論, 欲以何明? ➡ (그런데) 선생이 저술하려는 바는, 무엇을 밝히고자 하는 것인가?
【所論】: 논하려는 바. 여기에서는 「저술」을 뜻한다. 【欲】: ……하고자 하다. 【以】: ……을(를).
【明】: 밝히다, 설명하다, 천명하다.

太史公曰:「唯唯, 否否, 不然! 41) 余聞之先人曰:42) 『伏羲至純厚, 作《易·八卦》;43) 堯·舜之盛, 《尚書》載之, 禮樂作焉;44) 湯·武之隆, 詩人歌之;45)《春秋》采善貶惡, 推三代之德, 襃周室, 非獨刺譏而已也。46)』漢興以來, 至明天子, 獲符瑞, 建封禪, 改正朔, 易服色, 受命於穆清, 澤流罔極。47) 海外殊俗, 重譯款塞, 請來

---

41) 唯唯, 否否, 不然! → 어 어, 아니 아니, 그렇지 않아요!
【唯(wéi)唯】: 대답할 때 나오는 소리. 【否(fǒu)否】: 동의하지 않음을 표시하는 말.

42) 余聞之先人曰: → 나는 (다음과 같은) 선친의 말씀을 들었다.

43) 伏羲至純厚, 作《易·八卦》; → 복희씨는 성품이 지극히 순박하고 너그러웠으며, 《易經》의「八卦」를 지었다.
【伏羲(fú xī)】: 복희씨. 전설에 나오는 옛 임금. ※《白虎通》에는 神農氏와 燧人氏를 합쳐「三皇」이라 했는데, 신농씨는 인류에게 최초로 농사짓는 법을 가르쳤고, 수인씨는 불을 사용하는 방법을 가르쳤으며, 복희씨는 밭 갈고 고기 잡고 목축하는 방법을 가르쳤다고 한다. 【至】: 지극히, 매우. 【純厚】: 순박하고 너그럽다.

44) 堯·舜之盛, 《尚書》載之, 禮樂作焉; → 요·순의 태평성세는, 《상서》에 기록되어 있는데, 禮樂은 이 때에 만들어졌다.
【盛(shèng)】: 태평성세. 【載(zǎi)】: 기록하다. 【之】: [대명사] 그것, 즉 요·순의 태평성세.

45) 湯·武之隆, 詩人歌之; → 탕왕과 무왕의 융성한 치적은, 시인들이 그것을 노래하여 찬미했다.
【之】: [대명사] 이것, 그것. 즉「탕왕·무왕의 융성한 치적」.

46)《春秋》采善貶惡, 推三代之德, 襃周室, 非獨刺譏而已也。→《춘추》는 선량함을 채택하고 사악함을 배척했는데, (夏·商·周) 삼대의 훌륭한 덕을 받들고, 周 王朝를 찬양하며, 오직 풍자만 했을 뿐이 아니다.
【采(cǎi)】: 採, 채택하다, 받아들이다. 【貶(biǎn)】: 배척하다. 【推】: 받들다. 【襃(bāo)】: 칭찬하다, 찬양하다. 【周室】: 周 王朝. 【獨】: 다만, 오직. 【刺譏(cì jī)】: 풍자하다, 비난하다. 【而已】: ……일(할) 뿐이다.

47) 漢興以來, 至明天子, 獲符瑞, 建封禪, 改正朔, 易服色, 受命於穆清, 澤流罔極。→ 한이 개국한 이래, 지금의 현명한 천자에 이르기까지, 길조를 얻어, 封禪大祭를 거행하고, 曆法을 개정하고, 服飾의 색깔을 바꾸는 등, 하늘에서 명을 받아 恩德이 그지없이 流布되었다.
【興】: 흥기하다, 흥성하다. ※여기서는 開國을 뜻한다. 【明天子】: 聖君, 현명한 군주. 【符瑞(fú ruì)】: 길조, 상서로운 징조. ※옛 사람들은 기이한 사물을 보면 하늘이 길조를 내렸다고 여기고 인간의 사물과 대응하여 이를「符瑞」라고 했는데, 여기서는 漢 武帝 元狩 원년(B.C.122)에 雍에 가서 白麟을 포획한 것을 가리킨다. 【建】: 세우다, 건립하다. 여기서는「지내다, 거행하다.」의 뜻. 【封禪(fēng shàn)】: 옛날에 천자가 泰山에 제단을 쌓고 천지의 공덕에 보답하기 위해 제사를 지

111

獻見者, 不可勝道。⁴⁸⁾ 臣下百官, 力誦聖德, 猶不能宣盡其意。⁴⁹⁾
且士賢能而不用, 有國者之恥; 主上明聖而德不布聞, 有司之過
也。⁵⁰⁾ 且余嘗掌其官, 廢明聖盛德不載, 滅功臣・世家・賢大夫之
業不述, 墮先人所言, 罪莫大焉! ⁵¹⁾ 余所謂述故事, 整齊其世傳,

내던 의식. ※태산 위에 흙으로 壇을 쌓고 하늘에 제사지내는 의식을 「封」이라 하고, 태산 아래의 작은 산에 제터를 만들고 땅의 공덕에 보답하기 위해 제사 지내던 의식을 「禪」이라 했다.【改正朔(zhēng shuò)】: 정월 초하루의 날짜를 개정하다, 즉 曆法을 개정하다.「正朔」: 元旦, 정월초하루. ※朝代가 바뀌거나 제왕이 새로 등극하면 元旦을 다른 날로 바꾸는 경우가 있는데, 예를 들어 漢 武帝 太初 원년(B.C. 104)에「太初曆」을 바꿔, 10월을 歲首로 하던 秦나라의 역법을 폐지하고 正月을 歲首로 정했다.【易服色】: 의복과 기물의 색깔을 바꾸다. 진나라는 黑色을 숭상했으나, 漢武帝는 黃色을 숭상했다.【穆(mù)淸】: 하늘. ※본래의 뜻은「하늘의 맑고 온화한 기운」이나, 여기서는「하늘」을 가리킨다.【澤(zé)】: 恩澤, 은덕.【流】: 유포되다, 흘러 퍼지다.【罔極(wǎng jí)】: 망극하다, 그지없다, 한이 없다, 끝이 없다.

48) 海外殊俗, 重譯款塞, 請來獻見者, 不可勝道。→ 나라 밖의 풍속습관을 달리하는 오랑캐 족속들은, 여러 차례 통역을 보내 변방의 관문을 두드리며, 조공을 바치고 알현하기를 청해온 경우가, 셀 수 없이 많았다.
【殊(shū)俗】: 다른 풍속, 즉「이민족 오랑캐」를 가리킨다.【重譯(chóng yì)】: (이사람 저사람 바꿔가며) 여러 차례 통역을 보내다.【款(kuǎn)】: 두드리다.【塞(sài)】: 변방의 관문.【獻(xiàn)見】: 조공을 바치고 알현하다.【不可勝道】: 不知其數, 셀 수 없이 많다.

49) 臣下百官, 力誦聖德, 猶不能宣盡其意。→ 모든 관료 신하들은, 성덕을 극력 찬양하면서도, 아직도 그 뜻을 다 펴내지 못했다.
【力誦(sòng)】: 극력 찬양하다.【猶(yóu)】: 아직, 여전히.【宣盡(xuān jìn)】: 다 펴내다, 모두 표현해 내다.

50) 且士賢能而不用, 有國者之恥; 主上明聖而德不布聞, 有司之過也。→ 또한 현명하고 능력 있는 인재들이 임용되지 못한다면, 그것은 임금의 수치요, 군주가 현명하고 성스러운데 그 은덕이 널리 전파되지 않는다면, 그것은 관리들의 잘못이다.
【且】: 또한, 그리고.【恥(chǐ)】: 수치.【主上】: 군주.【布聞】: 퍼지다, 전파되다.【有司】: 관리. ※옛날의 관리들이 각기 맡은 직책이 있었기 때문에「有司」라 했는데, 여기서는 史官을 가리킨다.

51) 且余嘗掌其官, 廢明聖盛德不載, 滅功臣・世家・賢大夫之業不述, 墮先人所言, 罪莫大焉! → 하물며, 내가 일찍이 (태사령이란) 그 관직을 맡았었는데, 천자의 성덕을 폐기하여 기록하지 않고, 공신・세가・어진 대부들의 업적을 없애 기술하지 않으며, 선친의 유언을 파기한다면, 그 죄과가 말할 수 없이 크다.
【且】: 況且, 하물며, 더욱이.【掌(zhǎng)】: 맡다, 담당하다.【廢(fèi)】: 없애다, 폐기하다.【明聖】: 현명하고 성스러움, 즉「천자」를 가리킨다.【滅】: 제거하다, 없애버리다.【世家】: 명문대가.【墮(huī)】: 廢, 없애다, 폐기하다.【先人】: 선친, 돌아가신 부친.【所言】: 말한 바, 즉「유언」.

非所謂作也。[52] 而君比之於《春秋》, 謬矣! [53]」

於是論次其文, 七年, 而太史公遭李陵之禍, 幽於縲絏。[54] 乃喟然而歎曰:「是余之罪也夫! 是余之罪也夫! 身毀不用矣!」[55] 退而深惟曰:[56]「夫《詩》·《書》隱約者, 欲遂其志之思也。[57] 昔西伯拘羑里, 演《周易》;[58] 孔子厄陳·蔡, 作《春秋》;[59] 屈原放逐,

---

52) 余所謂述故事, 整齊其世傳, 非所謂作也。→ 내가 말한 바의 고사를 서술한다 함은, 그들의 역대 전기를 정리하는 것이지, 이른바 창작이 아니다.
【整齊(zhěng qí)】: 정리하다. 【世傳(zhuàn)】: 역대의 전기, 대대로 전해 내려오는 史料. 【作】: 창작.

53) 而君比之於《春秋》, 謬矣! → 그러니 당신이 그것을《춘추》에 비한다면, 잘못된 것이리라!
【比之於……】: 그것을 ……에 비하다. ※여기서「之」는「역대 사료를 정리한 것」. 【謬(miù)】: 잘못, 과오.

54) 於是論次其文, 七年, 而太史公遭李陵之禍, 幽於縲絏。→ 그리하여 그 책을 편찬하다가, 7년이 되던 해에, 태사공은 이릉의 화를 만나, 감옥에 갇히었다.
【於是】: 그리하여. 【論次】: 편찬하다, 정리해 나가다. 【七年】: 漢 武帝 天漢 3년(B.C.98)을 가리킨다. 【李陵之禍】: 이릉은 漢의 장군 李廣의 孫으로 흉노 정벌에 나섰다가 패하여 항복했는데, 사마천이 이를 변호하다가 감옥에 갇히고 宮刑(또는 腐刑이라고도 함)을 당했다. 【幽(yōu)】: [피동용법] 갇히다. 【縲絏(léi xiè)】: 감옥. ※「縲絏」는 본래「밧줄」이나, 여기서는 의미가 확대되어「감옥」을 의미한다.

55) 乃喟然而歎曰:「是余之罪也夫! 是余之罪也夫! 身毀不用矣!」→ 이에 한숨을 쉬며 탄식해 말하길「이 모두가 나의 죄과로다! 이 모두가 나의 죄과로다! 몸이 망가져 쓸모 없게 되었구나!」라고 했다.
【乃】: 그리하여, 이에. 【喟(kuì)然】: 한숨 쉬다. 【是】: [대명사] 이것, 즉「이릉을 변호하다가 당한 일」. 【身毀(huǐ)】: 몸이 망가지다. ※즉, 宮刑을 당해 불구가 된 것.

56) 退而深惟曰: → 물러 나와 깊이 생각하고 말했다.
【深惟(wéi)】: 깊이 생각하다.

57) 夫《詩》·《書》隱約者, 欲遂其志之思也。→ 대저《시경》·《서경》의 의미가 함축된 것은, 그(작자) 마음속의 생각을 표달하고자 한 것이다.
【隱約(yǐn yuē)】: 말이 간단하면서 의미가 매우 함축되다. 【遂(suì)】: 표달하다, 전달하다. 【志之思】: 마음속의 생각.

58) 昔西伯拘羑里, 演《周易》; → 옛날 서백은 유리에 구금되어 있으면서,《주역》을 더욱 발전시켜 나갔다.

著《離騷》;[60]　<u>左丘</u>失明, 厥有《國語》;[61]　<u>孫子</u>臏脚, 而論《兵法》;[62]　<u>不韋</u>遷蜀, 世傳《呂覽》;[63]　<u>韓非</u>囚秦,《說難》·《孤憤》;[64]　《詩》三

※문왕은 伏羲가 그린 八卦를 더 확대하여 六十四卦를 만들었다.
【西伯】: 周 文王 姬昌. 周 文王이 殷 紂王 때 雍州의 州長을 지냈는데, 州長을 伯이라 했고, 雍州가 서쪽에 위치했으므로 西伯이라 했다. 【拘】: [피동용법] 구금되다, 갇히다. 【羑(yǒu) 里】: [지명] 지금의 河南省 湯陰縣. 周 文王은 일찍이 이곳에서 殷 紂王에 의해 구금된 적이 있다. 【演(yǎn)】: 발전시키다.

59) 孔子戹陳·蔡, 作《春秋》; → 공자는 陳·蔡에서 곤란을 당하면서도,《춘추》를 지었다.
※이는 楚나라가 사람을 파견하여 공자를 초빙해 갔는데 陳·蔡의 大夫들이 楚가 공자를 기용할까 두려워 공자를 陳·蔡사이의 들판에서 둘러싸고 풀어주지를 않아 양식이 끊어지고 병이 나서 한동안 일어나지 못했던 일이 있었다.
【戹(è)】: 厄, 곤란을 당하다. 【陳·蔡】: [국명] 춘추시대의 두 나라이름. 지금의 河南省부근.

60) 屈原放逐, 著《離騷》; → 굴원은 쫓겨나서,《이소》를 지었다.
【屈原】: [인명] 굴원(B.C.340-B.C.278). 전국시대 楚나라 사람으로 이름은 平, 자는 原이며 楚辭의 대가. 간신들의 참소로 頃襄王의 노여움을 사서 쫓겨났다. 【放逐(zhú)】: 쫓겨나다, 방출되다. 【《離騷(lí sāo)》】: 굴원이 지은 장편의 서정시.

61) 左丘失明, 厥有《國語》; → 좌구명은 실명하고 나서,《국어》를 지었다.
【左丘】: [인명] 左丘明. 魯나라의 史官.《左傳》과《國語》를 지었다고 전한다. 【失明】: 눈이 멀다. 【厥(jué)】: [어조사].

62) 孫子臏脚, 而論《兵法》; → 손자는 다리를 잘리고 나서,《병법》을 저술했다.
【孫子】: 성은 孫, 이름은 臏이며 전국시대 齊나라 사람이다. 그는 龐涓과 함께 鬼谷子에게 병법을 배웠는데, 후에 魏의 장군이 된 龐涓이 손빈의 능력을 시기하여 몰래 사람을 보내 손빈을 불러들여 그의 다리를 잘라 버렸다. 마침 齊나라 사신 淳于髡이 魏에 왔다가 손빈을 싣고 돌아오자 威王이 그를 軍師로 삼았다. 그후 魏나라가 韓을 공략하자 韓이 급히 齊에 알려와 손빈이 齊나라 군사를 魏에 보내 馬陵에서 涓을 죽이고 여세를 몰아 魏軍을 격파했다. 【臏脚(bìn jué)】: 다리를 잘리다. ※손자가 다리를 잘리는 화를 당했기 때문에 후세사람들이 그를 孫臏이라 불렀다.

63) 不韋遷蜀, 世傳《呂覽》; → 呂不韋가 西蜀으로 쫓겨나자,《呂氏春秋》가 세상에 전해졌다.
【不韋】: 呂不韋. 전국시대 秦始皇의 재상을 지냈으나, 후에 죄를 짓고 쫓겨나 西蜀으로 가던 도중 자살했다. 【呂覽(lǔ lǎn)】:《呂氏春秋》. 여불위가 재상을 지낼 당시 문객을 시켜 지은 책.

64) 韓非囚秦,《說難》·《孤憤》; → 한비자는 진에 구금되어서도,《설난》과《고분》을 지었다.
※한비자와 李斯는 함께 荀卿에게 배웠는데, 후에 명을 받고 秦에 파견되었다가 이사의 모함에 빠져 옥사했다.
【囚(qiú)】: 구금되다. 【《說(shuì)難》·《孤憤》】:《韓非子》중의 篇名.

114

百篇, 大抵賢聖發憤之所爲作也。[65] 此人皆意有所鬱結, 不得通其道也, 故述往事, 思來者。[66]」 於是卒述陶唐以來, 至于麟止, 自黃帝始。[67]

解題 및 本文 要旨說明 🐚

　본문은《史記》의 마지막 편으로 사마천이《史記》를 위해 쓴 自序이다. <自序>의 원문은 본래 매우 긴 문장이나 본문은 그 중 일부를 발췌한 것이다. 그 요지는 대체로 사마천 자신이 이 험난한 저술작업에 종사한 경위를 밝히는 동시에, 또한 역사적 史實을 가지고 옛 윤리도덕의 중요성을 강조하면서, 사악한 것을 제거하고 예의를 존립시켜 국가 · 사회 · 개인 모두가 태평하고 편안한 생활을 누려야 한다는 것을 서술한 것이다.

　본문은 대략 4단락으로 나눌 수 있는데, 첫째 단락에서는 「어찌 남에게 양보하겠는가?」라는 말로 부친의 명을 받들어 周公과 孔子의 길을 계승하겠다는 굳은 의지를 표명했고, 둘째 단락에서는 壺遂와의 문답을 빌어《春秋》의 이치를 밝히는 동시에《史記》가 六經을 근원으로 하고 있는《春秋》에 비견되는 거작이라는 것을 부각시키고 있으며, 셋째 단락에서는 지난날의 성현들이 재난을 당하면서도 저술에 힘썼던 일을 들고, 자신이 李陵의 사건으로 화를 당하면서도 죽지 않고 치욕을 참은 까닭이 바로 태평성세를 계승하여《春秋》를 이어 짓기 위한 것이었음을 밝혔으며, 마지막 단락에서는《史記》의 기술이 언제부터 시작하여 언제까지로 끝을 맺었다는 始終年代를 밝혔다.

---

65)《詩》三百篇, 大抵賢聖發憤之所爲作也。➡《시경》의 시 삼백 편은, 대체로 현인과 성인들이 발분하여 지어낸 것들이다.
　【大抵(dǐ)】: 대체로, 대개. 【發憤(fèn)】: 발분하다.

66) 此人皆意有所鬱結, 不得通其道也, 故述往事, 思來者。➡ 이들은 모두 마음에 막힌 응어리가 있어도, 그 길을 소통시킬 수가 없었기 때문에, 그래서 지난 일을 서술하여, 후세 사람들에게 남기고자 생각한 것이다.
　【鬱(yù)結】: 막힌 응어리. 【來者】: 후세 사람. 【不得】: 不能, …… 할 수 없다. 【通其道】: 그 길을 소통시키다. 여기서는 「자기의 주장을 실현하다.」의 뜻.

67) 於是卒述陶唐以來, 至于麟止, 自黃帝始。➡ 그리하여 마침내 唐堯이래, 漢 武帝가 기린을 포획한 때까지를 기술했는데, 黃帝로부터 시작했다.
　【卒】: 마침내. 【陶唐】: 堯임금의 국호. 【麟(lín)】: 전설에 나오는 길상의 동물인 麒麟을 말하는데, 수컷을 「麒」라하고 암컷을 「麟」이라 한다. 漢 武帝 元狩 元年에 雍지방에서 白麟을 포획했다.

13

《漢書·藝文志·諸子略》

[漢] 班固

作者 ○

班固(32-92)는 東漢의 저명한 역사가이자 문인으로 자가 孟堅이며, 扶風 安陵(지금의 陝西省 咸陽市)사람이다. 班固의 부친 班彪는 前代의 遺事를 모아《史記後傳》65편을 지었다. 班固는 아홉 살 때 능히 글을 짓고 詩賦를 읊었으며 약관시절에 東漢 光武帝의 여덟 째 아들인 東平王 劉蒼에게 글을 올려 인재로 발탁되었다. 부친이 죽고 나서 고향으로 돌아와 부친의 유지를 받들어 저술에 종사하던 중, 國史를 마음대로 고친 일로 인해 투옥되었다가 그의 동생 班超의 상소와 郡의 上書에 힘입어 풀려나 校書郞에 임명되었다. 이때부터 저술에 진력하여 20여 년 만에《漢書》의 초고를 완성했으나 모친이 별세하자 벼슬을 그만 두었다. 和帝 永元 원년(89)에 대장군 竇憲이 匈奴를 정벌하러 나갈 때 班固를 中護軍으로 삼았는데, 永元 4년 竇憲이 외척·환관과 권력을 다투다가 죽음을 당한 후, 班固도 이에 연루되어 洛陽의 감옥에서 생을 마쳤다.

班固가 저술한 遺書는 모두 흩어져 정리할 수가 없었고, 당시 「表」8개 조항과 「天文志」가 아직 확정되지 않은 상황에서 和帝가 班固의 여동생 班昭를 불러 東閣의 藏書를 가지고 그 뒤를 이어 완성하도록 명했다. 天文志의 집필에는 班昭의 문하인 馬融의 형 馬續 등 10인이 참여했다. 다만《漢書》가 처음 나왔을 때 내용이 어려워 이를 이해하는 사람이 없자, 馬融 등 10인의 人才를 뽑아 班昭의 講讀을 듣도록 했다. 그 후 東漢에 이르자 胡廣·蔡邕·服虔·應劭 등 여러 사람의 註釋書가 나왔다. 劉知幾는 漢末로부터 陳에 이르기까지《漢書》

에 注한 사람이 모두 25家에 이른다고 했는데, 唐 顔師古는 이를 근거로 《漢書集注》를 지었고, 淸末 王先謙은 다시 《漢書補注》를 지었으며, 楊樹達은 또 《漢書補注補正》을 지었다. 이처럼 三代 四人의 손을 거쳐 이룩된 《漢書》는 《史記》와 더불어 중국의 역사에서 불후의 역작으로 전해지고 있다. 班固가 지은 詩文은 모두 40여 편으로 현재 《班蘭臺集輯本》 一卷이 있다.

註釋 ⬅

儒家者流, 蓋出於司徒之官。[1] 助人君, 順陰陽, 明敎化者也。[2] 游文於六經之中, 留意於仁義之際。[3] 祖述堯·舜, 憲章文·武, 宗師仲尼, 以重其言, 於道最爲高。[4] 孔子曰:「如有所譽, 其有所

---

1) 儒家者流, 蓋出於司徒之官。→ 유가의 학파는, 대개 교육을 관장하던 관리로부터 나왔다.
【儒家】: 춘추시대 말엽에 공자가 창립한 학파. 【流(liú)】: 학파, 유파. 【蓋(gài)】: 대개. 【司徒(sī tú)】: 백성의 교육을 담당하던 관리.

2) 助人君, 順陰陽, 明敎化者也。→ 임금을 도와, 음양을 순조롭게 하고, 교화의 일을 밝히는 학파이다.
【陰陽】: 고대의 철학용어로 좁은 의미에서 「明暗」, 「向背」, 「冷暖」 등을 가리키고, 넓은 의미에서 「우주의 자연적인 규율」을 가리킨다. 【敎化】: (교양·도덕 등의) 교육을 통해 감화시키는 일.

3) 游文於六經之中, 留意於仁義之際。→ (그들은) 육경에서 학문을 연마하고, 인의에 뜻을 두고 있다.
【游(yóu)文】: 학문을 연마하다. 【六經】: 《詩經》, 《書經》, 《易經》, 《春秋》, 《禮記》, 《樂經》. 【留意】: 뜻을 두다. 【際(jì)】: 속, 안.

4) 祖述堯·舜, 憲章文·武, 宗師仲尼, 以重其言, 於道最爲高。→ 요·순의 道理를 본받아 서술하고, 문왕·무왕의 법도를 따르며, 공자를 사표로 받들고, 이로써 자신들의 학설을 제고시켜, 학술에 있어서 가장 높은 지위를 차지했다.
【祖述】: (先人의 도를) 본받아 서술하다. 【堯·舜】: 상고시대 唐의 堯임금과 虞의 舜임금. 【憲(xiàn)章】: 법도를 따르다. 【文·武】: 周의 文王과 武王. 【宗師】: 사표로 받들다. 【仲尼】: 孔子의 자. 【重】: 제고시키다. 【其】: [대명사] 그들, 즉 유가학파. ※ 「其」를 「堯·舜·文王·武王·孔子」를 가리키는 대명사로 보기도 한다.

試。」[5] 唐·虞之隆, 殷·周之盛, 仲尼之業, 已試之效者也。[6] 然惑者旣失精微, 而辟者又隨時抑揚, 違離道本, 苟以譁衆取寵。[7] 後進循之, 是以五經乖析, 儒學寖衰;[8] 此辟儒之患。[9]

　　道家者流, 蓋出於史官。[10] 歷記成敗·存亡·禍福·古今之道。[11] 然後知秉要執本, 清虛以自守, 卑弱以自持;[12] 此君人南面

---

5) 孔子曰:「如有所譽, 其有所試。」➡ 공자가 말하길 「만약 칭찬을 했다면, 그것은 이미 시험해 보았기 때문이다.」라고 했다.
　　※이 말은《論語·衛靈公》에 보인다.
　　【譽(yù)】: 칭찬하다. 【試(shì)】: 시험하다.

6) 唐·虞之隆, 殷·周之盛, 仲尼之業, 已試之效者也。➡ 당·우의 태평성세와, 은·주의 흥성과, 공자의 사업은, 모두 이미 시험하여 효과를 본 것이다.
　　【隆(lóng)】: 태평성세, 흥성. 【盛(shèng)】: 융성. 【業】: 사업, 학문. 【效(xiào)】: 효과를 보다.

7) 然惑者旣失精微, 而辟者又隨時抑揚, 違離道本, 苟以譁衆取寵。➡ 그러나 어리석은 사람이 이미 (공자의) 깊고 미묘함을 버리고, 어떤 괴벽한 사람이 또 시류에 따라 억누르거나 추켜세워, 儒道의 본질을 위배하고, 함부로 여러 사람을 교란하는 방법으로 존경을 받으려 했다.
　　【惑者】: 어리석은 사람. 【精微(jīng wēi)】: 깊고 미묘하다. 【辟(pì)者】: 僻, 괴벽한 사람. 【時】: 시류. 【抑揚(yì yáng)】: 억누르기도 하고 추켜세우기도 하다. 【違離(wéi lí)】: 위배하다, 벗어나다. 【苟(gǒu)】: 함부로. 【譁(huá)】: 교란하다. 【寵(chǒng)】: 존경.

8) 後進循之, 是以五經乖析, 儒學寖衰; ➡ 그 후의 사람들이 이를 답습하여, 이로 인해 五經에 대한 異見이 어지럽게 일어나고, 유학이 점차 쇠퇴했다.
　　【後進】: 후세 사람들. 【循(xún)】: 답습하다, 그대로 따르다. 【五經】:《易經》,《書經》,《詩經》,《禮記》,《春秋》의 다섯 가지 경전. 【乖析(guāi xī)】: 이견이 분분하다. 【寖(jìn)】: 점차.

9) 此辟儒之患。➡ 이것이 바로 괴벽한 유가들이 야기시킨 결함이다.
　　【辟(pì)儒】: 괴벽한 유가. 【患(huàn)】: 문제점, 결함.

10) 道家者流, 蓋出於史官。➡ 도가의 학파는, 대개 사관에서 나왔다.
　　【道家】: 전국시대 제자백가의 하나. 노자·장자의 「道」에 관한 학설을 중심으로 하는 학파로 自然을 숭상하고 名利를 천박하게 여겼으며, 정치적으로 「無爲而治」를 주장하고, 윤리적으로 「絶仁棄義」를 주장했다. 儒·墨 학설과 대립적인 관계이다. 【史官】: 史實의 기록을 맡은 관리.

11) 歷記成敗·存亡·禍福·古今之道。➡ 성패·존망·화복 등에 관한 고금의 법칙을 하나하나 기술했다.
　　【歷記】: 하나하나 기술하다.

12) 然後知秉要執本, 清虛以自守, 卑弱以自持; ➡ 그런 다음에 요점과 근본을 잡는 것을 알고, 조

118

之術也。¹³⁾ 合於堯之克攘,《易》之嗛嗛, 一謙而四益;¹⁴⁾ 此其所長也。¹⁵⁾ 及放者爲之, 則欲絕去禮學, 兼棄仁義。¹⁶⁾ 曰獨任淸虛, 可以爲治。¹⁷⁾

　　陰陽家者流, 蓋出於羲和之官。¹⁸⁾ 敬順昊天, 歷象日月星辰,

　　용히 지내며 행동하지 않음으로써 자신을 지키고, 몸을 낮춤으로써 자신을 지탱하고자 했다.
　　【秉(bǐng)要】: 요점을 잡다. 【執(zhí)本】: 근본을 잡다. 【淸虛(xū)】: 淸靜無爲, 조용히 지내며 행동하지 않다. 【卑弱(bēi ruò)】: 몸을 낮추다. 【自持(chí)】: 자신을 지탱하다.

13) 此君人南面之術也。➡ 이것이 바로 임금이 나라를 다스리는 통치수단이다.
　　【君人】: 人君, 임금. 【南面】:조정에서 임금이 앉는 자리의 방향. 즉, 조정에서 君臣이 자리할 때 제왕의 자리가 남쪽을 향했는데, 이는 바로 임금을 상징하는 말이다. 【術(shù)】: 수단, 기술.

14) 合於堯之克攘,《易》之嗛嗛, 一謙而四益; ➡ (이는) 요임금의 겸양지덕, 그리고 군자가 겸손하면 한번 겸손으로 4가지 이익을 얻는다고 하는《易經·謙卦》의 이치와도 부합한다.
　　【克攘(ràng)】: 양보하다. ※「攘」은「讓」의 古字. 【嗛(qiān)嗛】: 謙謙, 겸손한 모양.

15) 此其所長也。➡ 이것이 그들의 장점이다.
　　【所長(cháng)】: 장점.

16) 及放者爲之, 則欲絕去禮學, 兼棄仁義。➡ 방종한 자들이 이 학파를 운용하기에 이르자, 禮敎와 학문을 끊고, 동시에 인의를 버리려고 했다.
　　【及】……에 이르다. 【放者】: 방종한 자. 【之】: [대명사] 이것, 즉「道家」학설. 【絕去】: 끊어버리다, 단절하다. 【禮學】: 예교와 학문. 【兼棄】: 함께 버리다.

17) 曰獨任淸虛, 可以爲治。➡ (그들은) 오직 淸靜無爲에 맡겨야만, 나라가 다스려질 수 있다고 말했다.
　　【獨】: 오직. 【任】: 맡기다. 【爲治】: 다스려지다.

18) 陰陽家者流, 蓋出於羲和之官。➡ 음양가의 학파는, 대개 천문과 사시를 관장하는 관리로부터 나왔다.
　　【陰陽家】: 전국시대 제자백가의 하나. 천지간 만물의 현상과 인사의 상관관계를 설명하는 중국철학. 陰陽說은 해의 향배에 따라 해를 향한 것을 陽, 해를 등진 것을 陰이라 하여, 일체의 현상을 正反의 대립관념에 근거하여 설명하려는 二元論的 사상이며, 五行說은 우주만물이 五行(五德이라고도 함) 즉「木·火·土·金·水」의 다섯 가지 물질로 구성되어 있어 이들이 相生·相克하며 순환 변화한다는 설. 전국시대 말엽에 齊나라의 鄒衍(약B.C.305 - B.C.240)을 대표로 하는 陰陽家가 출현하여「五德始終」說을 제기하며 역대왕조의 흥망 원인을 설명하는 등 봉건왕조에 기여했다. 【羲(xī)和之官】: 羲氏·和氏라는 天文과 四時를 관장한 관리. ※羲和는 羲仲·羲叔·和仲·和叔 등 唐虞시대에 天文四時를 관찰하던 관리인데,《尙書·堯典》에「희씨와 화씨에게 명하여, 넓은 하늘을 받들고, 일월성진을 계속 관찰하여, 사람들에게 때를 알려주도록 했다.(乃命

119

敬授民時; 此其所長也。[19] 及拘者爲之, 則牽於禁忌, 泥於小數, 舍人事而任鬼神。[20]

  法家者流, 蓋出於理官。[21] 信賞必罰, 以輔禮制。[22]《易》曰:「先王以明罰飭法。」[23] 此其所長也。及刻者爲之, 則無敎化, 去仁愛, 專任刑法而欲以致治, 至於殘害至親, 傷恩薄厚。[24]

名家者流, 蓋出於禮官。[25] 古者名位不同, 禮亦異數。[26] 孔子曰:「必也正名乎! 名不正, 則言不順, 言不順, 則事不成。[27]」此其所長也。及警者爲之, 則苟鉤鈲析亂而已。[28]

墨家者流, 蓋出於淸廟之守。[29] 茅屋采椽, 是以貴儉;[30] 養三

람들이 이 학파를 운용하기에 이르자, 교화를 무시하고, 인애를 버리며, 오직 형법에 맡겨 다스리고자 하여, 골육을 잔혹하게 죽이고, 은덕을 훼손하고 두터운 인정을 각박하게 하는 지경에 이르렀다. 【刻(kè) 者】: 각박한 사람, 모진 사람. 【去】: 버리다. 【專(zhuān)】: 오직. 【致治】: 잘 다스려지다. 【至於】: ……에 이르다. 【殘(cán)害】: 잔혹하게 죽이다. 【至親】: 매우 가까운 친척, 골육. 【傷恩(shāng ēn)】: 은덕을 훼손하다. 【薄厚(bó hòu)】: 두터운 인정을 각박하게 만들다. ※「薄」은 사역동사용법으로「각박하게 만들다」의 뜻.

25) 名家者流, 蓋出於禮官。➡ 명가의 학파는, 대개 의례를 관장하던 관리로부터 나왔다.
   【名家】: 전국시대 제자백가의 하나. 詭辯을 일삼던 학파로 名分을 중시하여 붙여진 이름이다. 오늘날의 논리학과 유사하기 때문에 중국에서는 논리학을 名學이라 번역하기도 한다. 宋의 惠施·趙의 公孫龍 등이 대표적인 인물이다. 【禮官】: 옛날 의례를 관장하던 관리.

26) 古者名位不同, 禮亦異數。➡ 옛날에는 명분과 지위가 다르면, 예우 또한 차등이 있었다.
   ※《左傳·莊公18年》傳에「周의 天子가 제후들에게 칙명을 내려, 명분과 지위가 다르면 禮儀의 등급 또한 다르기 때문에 함부로 예의를 베풀지 못하도록 했다. (王命諸侯, 名位不同, 禮亦異數, 不以禮假人。)」라고 한 말이 있다.
   【禮】: 예우, 대우. 【異數】: 차등이 있다, 등급이 다르다.

27) 必也正名乎! 名不正, 則言不順, 言不順, 則事不成。➡ 반드시 명분을 먼저 바로 세우리라! 명분이 바로 서지 않으면, 말이 순조롭지 못하고, 말이 순조롭지 못하면, 일이 이루어지지 않는다.
   ※이 말은《論語·子路》에 보인다.

28) 及警者爲之, 則苟鉤鈲析亂而已。➡ 트집잡기를 좋아하는 사람들이 이 학파를 운용하기에 이르자, 함부로 왜곡·파괴하고 지나치게 따져서 복잡하게 만들었을 뿐이다.
   【警(jiào) 者】: 트집잡기 좋아하는 사람. 【苟(gǒu)】: 마구, 함부로. 【鉤鈲(gōu pī)】: 왜곡하고 파괴하다. 【析亂(xī luàn)】: 지나치게 따져 복잡하게 만들다. 【而已】: ……일 (할) 뿐이다.

29) 墨家者流, 蓋出於淸廟之守。➡ 묵가의 학파는, 대개 종묘를 지키는 관리로부터 나왔다.
   【墨家】: 춘추전국시대 제자백가의 하나. 춘추 말 전국초기의 사상가인 墨子(약B.C.468-B.C.376)에 의해 창도된 학파로 兼愛를 무상하여 선생을 말내야고, 尙賢을 무상하여 능익 있는 자가 천거되기를 강조하였으며, 節用을 주장하여 節喪과 禮樂의 간소화와 아울러 귀족들의 사치와 향락생활을 반대하였다. 【淸廟之守】: 청묘를 지키는 관리. ※「淸廟」: 엄숙하고 경건한 종묘.

30) 茅屋采椽, 是以貴儉; ➡ 띠풀로 지붕을 덮고 採木으로 서까래를 한 집에 살았기 때문에, 그래서 검소함을 숭상하였다.

老·五更, 是以兼愛;[31] 選士大射, 是以上賢;[32] 宗祀嚴父, 是以右鬼;[33] 順四時而行, 是以非命;[34] 以孝視天下, 是以上同;[35] 此其所長也。及蔽者爲之, 見儉之利, 因以非禮;[36] 推兼愛之意, 而不知

【茅(máo)屋】: 띠풀로 지붕을 덮은 집. 【采】: 採木. 【椽(chuán)】: 서까래. 【是以】: 그래서. 【貴儉】: 검소함을 숭상하다. ※《墨子·節用》참조.

31) 養三老·五更, 是以兼愛; → 三老五更을 봉양하는 일을 했기 때문에, 그래서 兼愛를 제창하였다.
【三老·五更】: 경험이 풍부하고 벼슬을 지낸 원로. ※《禮記·文王世子》에 「三老五更, 羣老之席位焉。」이라 했는데, 鄭注에 「三老·五更, 各一人, 皆年老更事致仕者也。天子以父兄養之, 示天下之孝弟也。(三老·五更은, 각 1인으로, 모두가 연로하고 경험이 풍부하며 벼슬을 지낸 사람들이다. 천자는 이들을 부모형제처럼 봉양하여, 천하에 효도와 우애를 보여주었다.)」라고 했다. 【兼愛】: 널리 사람을 사랑하다.

32) 選士大射, 是以上賢; → 인재를 선발할 때 大射예식을 거행했기 때문에, 그래서 어진 선비를 존경하였다.
【選士】: 인재를 뽑다, 선발하다. 【大射】: 대사, 즉 활쏘기 예식의 하나. ※《儀禮·大射儀》의 疏에 「名曰大射者, 諸侯將有祭祀之事, 與其羣臣射, 以觀其禮; 數中者得與於祭, 不數中者不得與於祭。(大射라는 것은, 제후가 장차 제사지낼 일이 있을 경우, 여러 신하들과 더불어 활쏘기 대회를 열고, 그 의식을 관람하는 것인데, 여러 발을 적중시킨 사람은 제사에 참여하고, 적중하지 못한 사람은 제사에 참여하지 못했다.)」라 했는데, 「大射儀」는 五禮 중의 성대한 예식에 속한다. 【上賢】: 어진 선비를 존경하다. ※「上」: 尙.

33) 宗祀嚴父, 是以右鬼; → 제사로써 부친을 존경했기 때문에, 그래서 귀신을 믿었다.
【宗祀】: [동사용법] 제사지내다. 【嚴父】: 부친을 존경하다. 【右】: 믿다, 숭상하다. ※《墨子·明鬼》참조.

34) 順四時而行, 是以非命; → 사시에 순응하여 행하였기 때문에, 그래서 천명을 거부하였다.
【順】: 순응하다, 따르다. 【四時】: ①아침, 저녁, 낮, 밤. ②봄, 여름, 가을, 겨울. 【非命】: 숙명을 믿지 않다, 천명을 거부하다.

35) 以孝視天下, 是以上同; → 효로써 천하를 보았기 때문에, 그래서 모두가 평등함을 숭상하였다.
【上同】: 평등함을 숭상하다. 「上」은 「尙」. ※《墨子·上同》참조.

36) 及蔽者爲之, 見儉之利, 因以非禮; → 사리에 어두운 사람이 이 학파를 운용하기에 이르자, 검소함의 장점만을 보았기 때문에, 그래서 禮敎를 반대하였다.
※오직 검소한 것만 추구하다 보니 정작 필요한 장례식을 거부하는가 하면, 겸애를 시행하다보니 親疏를 구별할 줄 몰랐음을 지적한 말이다.
【蔽(bì)者】: 막힌 사람, 사리에 어두운 사람. 【利】: 장점. 【因以】: 이로 인해, 그래서. 【非】: 반대하다. 【禮】: 禮敎.

別親疏。[37)]

　　從橫家者流, 蓋出於行人之官。[38)] 孔子曰:「誦詩三百, 使於
四方, 不能專對, 雖多亦奚以爲?」[39)] 又曰:「使乎![40)] 使乎!」言
其當權事制宜, 受命而不受辭; 此其所長也。[41)] 及邪人爲之, 則上

---

37) 推兼愛之意, 而不知別親疏。 ➡ 겸애의 뜻을 널리 확대할 뿐, 가깝고 먼 것을 구별할 줄 몰랐다.
【推(tuī)】: 확대하다. 【別】: 구별하다, 분별하다. 【親疏(qīn shū)】: 가까운 것과 먼 것, 친밀함과
소원함.

38) 從橫家者流, 蓋出於行人之官. ➡ 종횡가의 학파는, 대개 외교를 관장하던 관리로부터 나왔다.
【從(zōng)橫家】: 縱橫家, 전국시대 제자백가의 하나. 「07.蘇秦以連橫說秦」의 [解題 및 本文
要旨說明] 참조. ※從橫은 縱橫, 從衡이라고도 하며, 從은 縱의 古字. 【行人之官】: 周代에 임
금을 배알하고 외교를 관장하던 관리. 즉 외교사절.

39) 孔子曰:「誦詩三百, 使於四方, 不能專對, 雖多亦奚以爲?」 ➡ 공자께서 말씀하셨다. 「시 삼백
편을 다 암송하되, 사방 다른 나라에 사절로 파견되어, 독자적으로 응대하지 못한다면, 아무리 시를
많이 외우고 있은들 또한 무슨 소용이 있겠는가?」.
※《論語·子路》:「誦詩三百, 授之以政, 不達; 使於四方, 不能專對, 雖多亦奚以爲?」.
【使】: 사신으로 파견되다. 【四方】: 사방, 여러 곳. 즉, 「여러 나라」. 【專對】: 독자적으로 응대하
다. 【奚以爲?】: 무엇에 쓰겠는가, 무슨 소용이 있겠는가?

40) 使乎! ➡ 심부름꾼일 뿐이겠는가!
※이 말은《論語·憲問》에「거백옥이 심부름꾼을 공자에게 보냈다. 공자가 이와 더불어 앉은 후
그에게 물었다. 『어르신께서는 무얼 하고 계신가?』심부름꾼이 대답했다. 『저의 어르신께서는 자
신의 잘못을 적게 하려고 애쓰지만 아직 잘 안 되는 듯 합니다.』심부름 온 사람이 나가자, 공자가
말했다. 『심부름꾼일 뿐이겠는가! 심부름꾼일 뿐이겠는가!』(遽伯玉使人於孔子。孔子與之坐而
問焉, 曰:『夫子何爲?』對曰:『夫子欲寡其過而未能也。』使者出, 子曰:『使乎! 使乎!』)」라
고 한 말에서 인용한 것이다. 거백옥은 衛의 大夫인데, 공자가 위에 갔을 때 그의 집에 묵은 적이 있
었다. 거백옥이 심부름꾼을 보내 공자의 안부를 묻자, 공자도 그의 안부를 물었다. 그때 심부름꾼의
말이 너무 겸손하여 공자가 감탄하며 한 말이다.

41) 言其當權事制宜, 受命而不受辭; 此其所長也。 ➡ 그 스스로가 마땅히 일의 이해득실을 따져보
고 적당히 대처해야 함을 말한 것인데, 이는 왜냐하면 사명을 줄 뿐 결코 응대할 言辭를 주지 않기
때문이다. 이것이 그들의 장점이다.
※즉, 외교사절은 오직 사명만을 부여받을 뿐, 대응할 말을 받지 않고 가기 때문에 스스로 일의 이
해득실을 따져 적당한 말을 구사하고 대응해야 한다는 말이다.
【權事制宜】: 일의 이해득실을 따져 적당히 대처하다.

42) 及邪人爲之, 則上詐諼, 而棄其信。 ➡ 간사한 사람들이 이 학파를 운용하기에 이르자, 속여넘기
는 것만 숭상하고, 신의를 내던졌다.

123

詐諼, 而棄其信。⁴²⁾

　　雜家者流, 蓋出於議官。⁴³⁾ 兼儒 · 墨, 合名 · 法, 知國體之有此, 見王治之無不貫; 此其所長也。⁴⁴⁾ 及盪者爲之, 則漫羨而無所歸心。⁴⁵⁾

　　農家者流, 蓋出於農稷之官。⁴⁶⁾ 播百穀, 勸耕桑, 以足衣食。⁴⁷⁾ 故八政, 一曰食, 二曰貨。⁴⁸⁾ <u>孔子曰</u>:「所重民食。」⁴⁹⁾ 此其所長也。

　　【邪(xié)人】: 사악한 사람. 간사한 사람.【上】: 尙, 숭상하다.【詐諼(zhà xuān)】: 속이다, 기만하다.

43) 雜家者流, 蓋出於議官。➡ 잡가의 학파는, 대개 정치를 의론하고 풍간하던 관리로부터 나왔다.
　　【雜家】: 전국시대 제자백가의 하나. 어느 한 학설에 국한하지 않고 儒家 · 墨家 · 名家 · 法家 등 제가의 설을 종합한데서 붙여진 이름. 대표적인 인물과 저술로는 呂不韋의《呂氏春秋》와 劉安의《淮南子》등이 있다.【議官】: 정치를 의론하고 풍간하던 관리.

44) 兼儒 · 墨, 合名 · 法, 知國體之有此, 見王治之無不貫; 此其所長也。➡ 유가와 묵가를 겸하고, 명가와 법가를 합처, 나라를 다스리는 방법에 제가의 학설이 있어야 한다는 것을 알고, 왕의 통치에 서로 연관되지 않음이 없다는 것을 인식하였는데, 이것이 그 장점이다.
　　【國體】: 나라를 다스리는 방법.【此】: 이것, 즉「諸家의 학설」.【見】: 인식하다, 파악하다.【貫(guàn)】: 서로 통하다, 연관되다.

45) 及盪者爲之, 則漫羨而無所歸心。➡ 방탕한 사람들이 이 학파를 운용하기에 이르자, 산만하여 귀착점이 없어졌다.
　　※ 즉, 이것저것 거론하여 어느 것이 옳은 지 알 수 없다.
　　【盪(tāng)者】: 蕩子, 방탕한 사람. ※「盪」: 蕩.【漫羨(màn xiàn)】: 산만하다.【歸(guī)心】: 귀착점.

46) 農家者流, 蓋出於農稷之官。➡ 농가의 학파는, 대개 농정을 관장하던 관리로부터 나왔다.
　　【農家】: 춘추전국시대 제자백가의 하나.【農稷(jì)之官】: 옛날 농정을 맡아보던 관리, 農政官.

47) 播百穀, 勸耕桑, 以足衣食。➡ 여러 가지 곡식을 파종하고, 뽕나무 재배를 독려하여, 의식을 충족하게 하고자 했다.
　　【百穀(gǔ)】: 여러 가지 곡식.【耕桑(gēng sāng)】: 뽕나무를 재배하다.

48) 故八政, 一曰食, 二曰貨。➡ 그래서《書經 · 洪範》에 八政가운데, 첫째가 양식이요, 둘째가 용품이라 했다.
　　【八政】: 옛날 임금의 8가지 政事. ※《書經 · 周書 · 洪範》에「八政으로, 첫째는 양식, 둘째는 용품, 셋째는 제사, 넷째는 토목 건축, 다섯째는 교육, 여섯째는 치안, 일곱째는 외교, 여덟째는 군

及鄙者爲之, 以爲無所事聖王, 欲使君民並耕, 誖上下之序。[50]

　　小說家者流, 蓋出於稗官。[51] 街談巷語, 道聽塗說者之所造也。[52] 孔子曰：「雖小道, 必有可觀者焉！ 致遠恐泥, 是以君子弗爲也。」[53] 然亦弗滅也。[54] 閭里小知者之所及, 亦使綴而不忘；[55] 如

사.(八政：一曰食, 二曰貨, 三曰祀, 四曰司空, 五曰司徒, 六曰司寇, 七曰賓, 八曰師。)」라 했다.

49) 孔子曰：「所重民食。」此其所長也。→ 공자가 말하길：「가장 중요한 것이 백성의 양식이다.」라 고 했는데, 이것이 그들의 장점이다.
　　※이 말은《論語・堯曰》에 보인다.

50) 及鄙者爲之, 以爲無所事聖王, 欲使君民並耕, 誖上下之序。→ 야비한 사람들이 이 학파를 운 용하기에 이르자, 성왕을 섬길 바가 없다고 여기고, 임금과 백성이 함께 농사짓고자 하여, 상하의 질서를 문란하게 했다.
　　【鄙(bǐ)者】：야비한 사람。【以爲】：……라고 여기다。【事】：섬기다。【並耕(gēng)】：함께 농사 짓다。【誖(bó, 또는 bèi)】：悖, 어긋나다, 문란하다。

51) 小說家者流, 蓋出於稗官。→ 소설가의 학파는, 대개 패관으로부터 나왔다.
　　【小說家】：전국시대 제자백가의 하나。【稗(bài)官】：길거리의 이야기를 수집・정리하던 낮은 관 리。

52) 街談巷語, 道聽塗說者之所造也。→ 항간에서 떠도는 이야기나, 길거리에서 주워들은 풍문을 가 지고 지어낸 것이다.
　　【街談巷語】：항간에 떠도는 이야기。【道聽塗說】：길에서 주워들은 풍문。「塗」：途, 길。

53) 孔子曰：「雖小道, 必有可觀者焉！ 致遠恐泥, 是以君子弗爲也。」→ 공자가 말하길 「비록 잔재 주이긴 하지만 반드시 볼만한 것이 있다. (그러나) 원대한 목표에 이르고자 한다면, 막혀 통하지 않 는 것이 두렵기 때문에, 그래서 군자는 (이에) 힘쓰지 않는다.」라고 했다.
　　※이 말은《論語・子張》에 보인다.
　　【小道】：잔재주, 잔기술。【可觀者】：볼만한 것。【致遠(zhì yuǎn)】：원대한 목표에 도달하다。【泥 (nì)】：막혀 통하지 않다。【弗(fú)】：不。

54) 然亦弗滅也。→ 그러나 또한 없애지도 않았다.
　　【然】：그러나。【滅(miè)】：없애다, 금지하다。

55) 閭里小知者之所及, 亦使綴而不忘；→ 마을의 잔재주꾼이 섭렵한 일까지, 역시 기록하여 남겼다.
　　【閭(lú)里】：마을, 동네。【小知者】：잔재주꾼, 지식이 천박한 사람。【所及】：섭렵하다, 미치다。
　　【使】：……하게 하다。【綴(zhuì)而不忘】：기록하여 잊지 않게 하다。

或一言可採, 此亦芻蕘 · 狂夫之議也。[56]

諸子十家, 其可觀者九家而已。[57] 皆起於王道旣微, 諸侯力政, 時君世主, 好惡殊方。[58] 是以九家之術, 蜂出並作, 各引一端, 崇其所善, 以此馳說, 取合諸侯。[59] 其言雖殊, 辟猶水火, 相滅亦相生也;[60] 仁之與義, 敬之與和, 相反而皆相成也。[61]《易》曰:「天

---

56) 如或一言可採, 此亦芻蕘 · 狂夫之議也。➡ 만약 그 중에서 취할 만한 말이 있다면, 이 역시 (일종의 백성을 대표하는) 나무꾼 · 미치광이의 의견이다.
※《詩經 · 大雅 · 板》에「옛 사람이 말했노라, 나무꾼에게 물었노라고.(先民有言, 詢于芻蕘。)」라 했는데, 이는 비록 하찮은 사람의 말이라도 귀담아 들을 만한 가치가 있음을 가리켜 한 말이다.
【如或】: 만약. 【芻蕘(chú ráo)】: 나무꾼. 【狂(kuáng)夫】: 방탕한 사람. 【議(yì)】: 의견, 의론.

57) 諸子十家, 其可觀者九家而已。➡ 제자십가는, 그 가운데 볼만한 것이 구가뿐이다.
※十家 가운데 小說家는 小道라 하여 무시했기 때문에 볼만한 부류에 들지 못하였음을 의미한다.
【其】: 그중, 그 가운데. 【而已】: ……뿐.

58) 皆起於王道旣微, 諸侯力政, 時君世主, 好惡殊方。➡ (제자백가는) 모두 왕도가 이미 쇠퇴하고, 제후들이 서로 무력으로 다투는 상황에서 일어났기 때문에, 당시 군주들이, 좋아하고 싫어하는 바가 각기 달랐다.
【起於】: ……에서 일어나다. 【微(wēi)】: 쇠퇴하다, 쇠약해지다. 【力政】: 무력으로 정벌하다. ※「政」: 征. 【好惡(hào wù)】: 좋아하고 싫어함. 【殊方】: 각기 다르다.

59) 是以九家之術, 蜂出並作, 各引一端, 崇其所善, 以此馳說, 取合諸侯。➡ 그리하여 구가의 유파가, 벌떼처럼 일제히 나타나, 각기 한 분야를 끌어다가, 자신들이 완벽하다고 생각하는 학설을 추켜세우며, 이를 가지고 도처에 유세를 다녀, 제후들의 환심을 구하고자 했다.
【術(shù)】: 유파, 학설. 【蜂(fēng)出並作】: 벌떼처럼 일제히 나타나다. 【端(duān)】: 분야, 방면. 【崇(chóng)】: 추켜세우다, 떠받들다. 【馳說(chí shuì)】: 유세를 다니다. 【取合】: 환심을 구하다.

60) 其言雖殊, 辟猶水火, 相滅亦相生也。➡ 그들의 학설이 비록 다르기는 하지만, 마치 물 · 불의 관계와도 같아서, 서로 죽이기도 하고 또한 서로 살리기도 했다.
【言】: 언론, 학설. 【殊(shū)】: 다르다. 【辟猶(pì yóu)】: 譬猶, 마치 …… 같다.

61) 仁之與義, 敬之與和, 相反而皆相成也。➡ 또한 仁과 義, 敬과 和의 관계처럼, 서로 배척하면서도 또한 모두가 서로 이루게 했다.
【相反】: 서로 배척하다.

62)《易》曰:「天下同歸而殊塗, 一致而百慮。」➡ 주역에 말하길「천하는 한 곳으로 함께 돌아가지만 길은 다르고, 理想은 일치하지만 생각은 여러 갈래이다.」라고 했다.

下同歸而殊塗，一致而百慮。」⁶²⁾ 今異家者各推所長，窮知究慮，以明其指，⁶³⁾ 雖有蔽短，合其要歸，亦六經之支與流裔。⁶⁴⁾ 使其人遭明王聖主，得其所折中，皆股肱之材已。⁶⁵⁾ <u>仲尼有言：「禮失而求諸野。」</u>⁶⁶⁾ 方今去聖久遠，道術缺廢，無所更索，彼九家者，不猶癒於野乎？⁶⁷⁾ 若能修六藝之術，而觀此九家之言，舍短取長，則可

※ 즉, 목표는 하나로 귀결되지만 방법은 서로 다르고, 理想은 일치하지만 생각은 여러 갈래임을 뜻하는 말로《周易·繫辭下》에 보인다.
【同歸】: 한곳으로 함께 돌아가다. 목표가 서로 같다. 【殊塗(shū tú)】: 길이 서로 다르다. 즉, 방법이 서로 다르다. 【一致】: (理想이) 일치하다. 【百慮(lǜ)】: 생각이 여러 갈래이다.

63) 今異家者各推所長, 窮知究慮, 以明其指, → 오늘날 (儒家 이외의) 다른 학파사람들이 각기 자기학파의 장점을 내세우고, 모든 지혜와 생각을 짜내서, 자신들의 취지를 천명했다.
【異家者】: 다른 학파의 사람들. 즉, 儒家 이외의 사람들을 가리킨다. 【推】: 내세우다. 【所長】: 장점. 【明】: 천명하다, 밝히다. 【指】: 취지, 宗旨, 목적.

64) 雖有蔽短, 合其要歸, 亦六經之支與流裔。 → 비록 막혀 통하지 않는 단점이 있긴 하지만, 그들의 요지를 종합해 보면, 역시 육경의 지맥이요 流派라 할 수 있다.
【蔽(bì)短】: 막혀 통하지 않는 단점. 【要歸】: 요점, 요지. 【支】: 지맥. 지류, 가지. ※「支」: 枝. 【流裔(yì)】: 유파.

65) 使其人遭明王聖主, 得其所折中, 皆股肱之材已。 → 만약 그들이 훌륭한 군주를 만나, 그의 적절한 가르침을 받았다면, 모두가 군주를 보필하는 재목이 되었을 것이다.
【使】: 만약. 【遭(zāo)】: 만나다. 【明王聖主】: 훌륭한 군주. 【其】: [대명사] 그들, 즉「훌륭한 군주」. 【折(zhé)中】: 절충하다, 적당히 조절하다. 여기서는 훌륭한 군주의「적절한 가르침」을 뜻한다. 【股肱(gǔ gōng)】: 넓적다리와 팔뚝. 즉, 「임금이 가장 신임하는 신하」를 비유한 말. ※《左傳·昭公九年》「君之卿佐, 是謂股肱」。【已】: [어기조사] 矣.

66) 仲尼有言：「禮失而求諸野。」→ 공자가 말하길「(조정에서) 禮를 잃으면 그것을 민간에 나가 구한다.」라고 했다.
【仲尼】: 孔子의 字. 【諸】: 之於. 【野】: 향리, 민간.

67) 方今去聖久遠, 道術缺廢, 無所更索, 彼九家者, 不猶癒於野乎? → 지금은 聖人의 시대를 떠난 지 이미 오래되었기 때문에, 道가 피폐해져서, 다시 찾을 수 없지만, 그 九家라는 자들은, 그래도 일반사람보다는 낫지 않은가?
【方今】: 오늘날, 지금. 【去】: 떠나다, 이탈하다. 【道術】: 聖人의 道. 【缺廢(quē fèi)】: 피폐하다. 【彼】: 그, 저. 【猶(yóu)】: 아직은, 그래도. 【不……乎?】: [의문형] ……하지 않은가? 【癒(yù)於】: ……보다 낫다. 【野】: 민간, 일반사람.

以通萬方之略矣。[68]

解題 및 本文 要旨說明 🍃

본문은 序跋文의 일종으로 諸子十家의 학술요지를 서술한 글이다. 내용은 모두 다음과 같이 11단락으로 나누어져 있다.

(1) 유가의 기원이 司徒에서 비롯되었으며, 그 효용이 「임금을 도와 음양을 순조롭게 하고 교화를 밝히는 일」이라는 것, 유가가 六經과 仁義를 근거로, 堯·舜·文·武·孔子를 종주로 받든다는 것, 또 공자의 말을 인용하여 유가가 학문에 있어서 최고의 지위에 있으며 또한 이를 행할 때 실효를 거둔다는 것 등을 서술하고, 아울러 유가의 末流들에 이르러 유도의 본질을 위배하고 이로 인해 五經에 대한 異見이 분분하여 유학이 점차 쇠퇴의 길로 빠져들었다는 폐단을 서술하였다.

(2) 도가의 기원이 사관으로부터 나왔으며, 그 효용이 「成敗」·「存亡」·「禍福」·「고금의 도리」 등을 기록하고, 「淸虛」와 「卑弱」이 바로 임금의 나라를 다스리는 책략과 수단임을 주장했다는 것, 堯·舜의 양보의 덕과 《易》의 괘를 끌어다가 도가의 장점을 설명했다는 것 등을 서술하고, 아울러 道家의 末流들에 이르러 禮敎와 학문을 끊어버리고 仁義를 포기한 채 無爲에 의존했던 폐단을 서술하였다.

(3) 음양가의 기원이 羲·和의 관리에서 나왔으며, 그 장점이 하늘을 공경하여 따르고, 천문현상을 자주 관찰하여 백성에게 농사에 적합한 때를 신중히 가르쳐 준다는 것을 서술하고, 아울러 음양가의 末流들에 이르러 禁忌와 하찮은 기교를 거론하며 귀신을 믿고 사람이 하는 일을 멀리했다는 폐단을 서술하였다.

(4) 법가의 기원이 理官에서 나왔으며, 그 장점이 상벌을 엄격히 하여 禮治를 돕는다는 것을 서술하고, 아울러 법가의 末流들에 이르러 오직 형법에 의존함으로써 은덕을 훼손하고 두터운 인정을 각박하게 만들었다는 폐단을 서술하였다.

(5) 명가의 기원이 禮官에서 나왔으며, 그 장점이 명분과 지위에 따라 예우 또한 차등을 둔

---

68) 若能修六藝之術, 而觀此九家之言, 舍短取長, 則可以通萬方之略矣。➡ 만약 능히 육예의 도리를 깊이 연구하고, 이 九家의 학설을 살펴, 단점을 버리고 장점을 취한다면, 여러 방면의 책략에 통달할 수 있다.
　【若】: 만약. 【修(xiū)】: 깊이 연구하다. 【六藝】: 六經. 【術】: 도리. 【觀(guān)】: 관찰하다, 살피다. 【九家之言】: 九家의 학설. 【舍(shě)】: 捨, 버리다. 【通】: 통달하다, 정통하다. 【萬方】: 여러 방면. 【略(lüè)】: 방략, 책략.

128

데 있다는 것을 서술하고, 아울러 명가의 末流들에 이르러 함부로 왜곡·파괴하고 지나치게 따짐으로써 오히려 詭辯으로 흐르게 된 폐단을 서술하였다.

(6)묵가의 기원이 청묘지기로부터 나왔으며, 그 장점이 「貴儉」「兼愛」「右鬼」「尚同」에 있다는 것을 서술하고, 아울러 묵가의 末流들에 이르러 검소의 이점만을 보고 禮敎를 반대함으로써 가깝고 먼 것을 구별할 줄 모르게 된 폐단을 서술하였다.

(7)종횡가의 기원이 行人之官에서 나왔으며, 그 장점이 외교사절로 파견될 때 오직 사명만을 부여받고 대응할 言辭를 주지 않기 때문에 일의 이해득실을 따져 스스로 대응하는데 있다는 것을 서술하고, 아울러 종횡가의 末流들에 이르러 속여넘기는 것만 숭상하고 신의를 저버리게 된 폐단을 서술했다.

(8)잡가의 기원이 議官으로부터 나왔으며, 그 장점이 儒·墨·名家 등의 학설을 집약하고 그것이 왕의 통치에 서로 연관되지 않음이 없다는 것을 파악한데 있다는 것을 서술하고, 아울러 잡가의 末流들에 이르러 산만하여 귀착점이 없게 된 폐단을 서술하였다.

(9)농가의 기원이 農政을 관장하던 관리로부터 나왔으며, 그 장점이 여러 가지 곡식을 파종하고 뽕나무 재배를 독려하여 衣食을 충족하게 했다는 것을 서술하고, 아울러 末流들에 이르러 임금과 백성이 함께 농사짓도록 요구함으로써 상하의 질서를 문란케 한 폐단을 서술하였다.

(10)소설가의 기원이 稗官으로부터 나왔으며, 그것이 군자들이 기피하는 잔재주에 불과하지만 「그 중에는 반드시 볼만한 것이 있다」라고 한 공자의 말을 인용 서술하였다.

(11)諸家들이 각기 한 분야를 끌어다가 그들이 좋다고 여기는 바를 추앙하고 있지만, 그들의 요지를 종합해 보면 역시 六經의 流派라 할 수 있어 治道에 도움이 된다는 가치관을 결론으로 하면서 다음의 4가지를 강조했다.

첫째, 諸子十家중 볼만한 것은 소설가를 제외한 九家뿐이며, 이들은 모두 王道가 쇠미하고 제후들이 서로 다투는 상황에서 일어나 각기 한 분야를 끌어다가 그들이 좋다고 여기는 바를 추앙하면서, 이 학설을 가지고 도처에서 유세를 벌여 제후들로부터 환심을 사고자 했다.

둘째, 그들의 학설이 비록 서로 다르기는 하지만, 마치 물과 불의 관계와도 같아서 서로 죽이기도 하고 또한 서로 살리기도 한다.

셋째, 《周易》에서 「길은 다르지만 한 곳으로 함께 돌아가고, 생각은 여러 갈래지만 理想은 일치한다.」라고 한 말을 인용하여, 그들의 요지를 종합해 보면 역시 六經의 流派라 할 수 있어 만약 그들이 훌륭한 군주를 만나 올바른 가르침을 받았다면 모두가 군주를 보필하는 훌륭한 재목이 되었을 것이다.

넷째, 「(조정에서) 禮를 잃으면 그것을 민간에 나가 구한다.」라고 한 孔子의 말을 인용하여, 만약 六藝의 도리를 깊이 연구하고 이 九家의 학설을 살펴 단점을 버리고 장점을 취한다면 여러 분야의 학술에 정통할 것이다.

14

《說文解字 · 敍》

[漢] 許慎

作者 ○

　許愼은 자가 叔重이며, 東漢 光武帝 建武 30년(서기 54)에서 明帝 永平 원년(서기 58) 사이에 汝南郡 召陵(지금의 河南省 偃城縣)에서 출생했다. 8살에 小學에 들어가 李斯의《倉頡篇》· 趙高의《爰歷篇》· 揚雄의《訓纂篇》· 史游의《急就篇》등을 읽고, 자라면서《論語》·《孝經》을 읽은 다음 성년이 되기까지《五經》을 비롯하여 제자백가 · 曆算 · 醫藥 · 歷史 등 섭렵하지 않은 분야가 없을 정도였다. 이것이 모두 이후 저술의 밑거름이 되었다. 그는 성년이 된 후 시험에 합격하여 낮은 관리가 되었으나 학식이 풍부하여 이내 汝南郡 功曹로 승진, 군수를 도와 정무와 인사를 관장하기도 했다. 章帝 建初 8년(서기 83) 12월, 칙령으로 천하의 人才들을 선발했는데, 허신이 천거되어 서울로 올라와 太尉府의 南閣祭酒에 임명되면서 당시 古文의 대가인 賈逵의 문하로 들어가 학문이 크게 발전했다. 그는 또 戰國時代의 六國문자 뿐만 아니라 今文과 古文經學에도 정통하여, 당시 대학자 馬融으로부터 인정을 받아《五經》을 교정했고, 틈틈이 후학들을 가르치면서《五經異義》를 저술하기도 했다. 허신은 결국 이러한 학문 경험과 20여 년 동안 모아온 자료를 토대로 和帝 永元 12년(100) 정월에 불후의 명저인《설문해자》의 초고를 완성하여, 安帝 建光 원년(121) 와병 중에 아들 許冲을 보내 책을 황제에게 바쳤다.

　그 후 허신은 고향 召陵으로 돌아와 은거하며 후학들을 위해 강학에 힘쓰다가 桓帝 建和 초기(대략 147-149)에 90여 세의 나이로 세상을 떠났다.

《설문해자》는 偏旁 부수에 따라 배열한 중국 최초의 字典이자 세계 최초의 字書가운데 하나이다. 全書는 모두 15卷으로, 1권에서 14권까지는 문자에 대한 해설이고 15권은 後敍인데, 매권을 상하로 나누었기 때문에 실제로는 30권인 셈이다. 수록한 글자는 모두 9,353자에 重文(異體字)이 1,163개이다. 허신은 이를 540가지의 部首로 나누고, 각 글자의 주석에 있어서 小篆을 중심으로 古文과 籒文 등의 異體를 첨가했으며, 먼저 字意를 설명하고 다시 字形의 구조를 분석한 다음 音讀을 辨別하는 방식을 취했다.

본래 허신이 《설문해자》를 편찬한 주요 목적은 今文經學家들의 경전에 대한 해석을 반박하기 위한 것이었으나, 그럼에도 불구하고 《설문해자》는 허신이 당시의 여러 경학가나 문자학자들의 연구성과를 정리·연구하여 편찬한 문자학 방면의 결정체로서 先秦 字體와 漢代 및 그 이전의 訓詁를 보존하고 있는 등, 상고시대 漢語 어휘의 면모를 반영함과 동시에 계통적으로 문자분석의 이론을 제기했다는 점에서 후세 사람들로부터 古文字學과 古代漢語의 연구에 없어서는 안될 고귀한 자료로 평가받고 있다.

註釋

古者庖犧氏之王天下也,[1] 仰則觀象於天, 俯則觀法於地, 視鳥獸之文與地之宜,[2] 近取諸身, 遠取諸物,[3] 於是始作《易》八卦,

---

1) 古者庖犧氏之王天下也, → 옛날 포희씨가 천하를 다스리던 시절에.
   【庖犧氏(páo xī shì)】: 伏羲氏. ※宓羲·伏戲·包犧라고도 하며, 중국 신화에서 말하는 인류의 시조이다. 백성들에게 망짜기와 어업·수렵·목축을 가르쳤다고 전한다. 【王】: [동사] 임금 노릇하다, 통치하다, 다스리다.

2) 仰則觀象於天, 俯則觀法於地, 視鳥獸之文與地之宜, → 위로는 하늘에서 (日月星辰의) 천체현상을 관찰하고, 아래로는 땅에서 (높고 낮은) 지형의 법칙을 관찰하며, 또 새나 짐승의 무늬와 땅의 생긴모양을 살폈다.
   【仰(yǎng)】: 위로 올려보다. 【俯(fǔ)】: 아래로 내려보다. 【法】: (높고 낮은 등) 地形의 법칙. 【文】: 紋, 무늬. 【宜(yí)】: 儀, (山, 川, 土, 木 등의) 생긴 모양, 형상.

3) 近取諸身, 遠取諸物, → 가까이는 자신의 몸에서 (모양을) 취하고, 멀리는 다른 물건에서 (모양을) 취했다.
   ※孔穎達 疏에 「가까이 자신의 몸에서 모양을 취했다고 하는 것은, 耳·目·口·鼻와 같은 것이요, 멀리 다른 물건에서 모양을 취했다고 하는 것은 雷·風·山·澤과 같은 것이다.(近取諸身者, 若耳目鼻口之屬是也。遠取諸物者, 若雷風山澤之類是也。)」라고 했다.
   【諸】: 之於.

以垂憲象。⁴⁾ 及神農氏, 結繩爲治而統其事, 庶業其繁, 飾僞萌生。⁵⁾ 黃帝之史倉頡, 見鳥獸蹄远之迹, 知分理之可相別異也, 初造書契。⁶⁾ 百工以乂, 萬品以察, 蓋取諸夬。⁷⁾「夬, 揚於王庭。」言文者宣敎明化於王者朝廷, 君子所以施祿及下, 居德則忌也。⁸⁾

---

4) 於是始作《易》八卦, 以垂憲象。→ 그리하여 처음으로《주역》의 팔괘를 만들어, 이로써 법정 도상을 표시했다.
【於是】: 그리하여. 【始】: 처음으로. 【八卦】: 팔괘. ※「乾(qián)」: ☰, 하늘. 「坤(kūn)」: ☷, 땅. 「坎(kǎn)」: ☵, 물. 「離(lí)」: ☲, 불. 「震(zhèn)」: ☳, 우뢰. 「兌(duì)」: ☱, 연못. 「艮(gèn)」: ☶, 산. 「巽(xùn)」: ☴, 바람. 【垂(chuí)】: 나타내다, 표시하다. 【憲象(xiàn xiàng)】: 법으로 정한 圖象.

5) 及神農氏結繩爲治而統其事, 庶業其繁, 飾僞萌生。→ 신농씨에 이르자 노끈으로 매듭을 지어 관리하고 그 일을 기록했는데, 많은 일들이 매우 번잡하고, 거짓행위가 부단히 발생했다.
【及】: 이르다. 【神農氏】: 중국 고대의 신화 인물. 나무로 쟁기를 만들어 백성들에게 농사 짓는 법을 가르쳤다고 전한다. 【結繩(jié shéng)】: 노끈으로 매듭을 짓다. 【治】: 다스리다, 관리하다. 【統】: 총괄하다, 여기서는 「기재하다, 기록하다」의 뜻. 【庶(shù)業】: 많은 일. 【其】: 甚, 매우, 극히. 【繁(fán)】: 복잡하다, 번잡하다. 【飾僞(shì wěi)】: 허위, 허식, 거짓. 【萌(méng)生】: 생겨나다, 발생하다.

6) 黃帝之史倉頡, 見鳥獸蹄远之迹, 知分理之可相別異也, 初造書契。→ 황제의 사관 창힐이, 새나 짐승 발자국의 흔적을 보고 나서, 무늬가 서로 구별될 수 있음을 알고, 처음으로 문자를 창조했다.
【史】: 사관. 【倉頡(cāng jié)】: [인명] 창힐. 漢字의 창조자라고 전하지만, 실제로는 한자를 정리한 사람이다. 【蹄远(tí háng)】: 발자국. 【分理】: 紋理, 무늬. 【別異】: 구별되다. 【書契(qì)】: 殷代에 대나무·龜甲 등에 새긴 문자. ※「書」: 쓰다. 「契」: 刻, 새기다.

7) 百工以乂, 萬品以察, 蓋取諸夬。→ 모든 장인들은 이것을 가지고 다스리고, 모든 물건은 이것을 가지고 살폈는데, 이는 대체로 「夬」괘에서 취한 것이다.
※《周易·繫辭下》에「上古結繩而治, 後世聖人易之以書契, 百官以治, 萬民以察, 蓋取諸夬。(옛날에는 문자가 없어서 결승으로써 사물을 기록했는데, 후에 진보한 사회에서 결승이 사용하기에 적합하지 않았기 때문에, 성인들이 서계를 발명하여 모든 관리들은 書契를 의존하여 다스리고, 모든 백성은 書契를 근거로 살펴 일을 그르치지 않았으니, 이는 夬卦에서 취한 것이다.)」라고 했는데, 이 말은《周易·繫辭下》의 말을 본떠서 문자의 편의성을 설명한 것이다.
【百工】: 모든 장인. 【乂(yì)】: 다스리다. 【萬品】: 모든 물건, 만물의 종류. 【諸】: 之於. 【夬(guài)】: 夬卦, 64괘의 하나. 「夬」는 「결정하다, 결단을 내리다.」의 뜻.

8) 「夬, 揚於王庭。」言文者宣敎明化於王者朝廷, 君子所以施祿及下, 居德則忌也。→《周易》夬卦의 卦辭에서)「결단을 내리면, 왕의 뜰에서 널리 알렸다.」라고 한말은, 문자란 왕의 조정에서

倉頡之初作書, 蓋依類象形, 故謂之文; 其後形聲相益, 卽謂之字。9) 文者, 物象之本; 字者, 言孶乳而浸多也。10) 著於竹帛謂之書, 書者, 如也。11) 以迄五帝三王之世, 改易殊體, 封于泰山者七十有二代, 靡有同焉。12)

교화를 명백하게 선포함을 말한 것이며, 높은 지위에 있는 사람은 이를 근거로 아랫 사람에게 은혜를 베풀고, 덕을 증진하고 禁忌를 밝혔다.
※문자가 있기 때문에 일체의 고정된 법도가 마련되어 是非善惡의 판단이 명확해지고, 동시에 조정이 교화를 분명하게 선포할 수 있으며, 높은 지위에 있는 사람은 문자를 도구로 하여 관리를 선발하고, 또 문자를 통해 덕을 증진하고 禁忌를 명확하게 이해했다.
【揚】: 널리 알리다, 선양하다. 【宣敎明化】: 宣明敎化, 교화를 명백하게 선포하다. 【君子】: 높은 지위에 있는 사람. 【所以】: 以之, 이로써, 이를 가지고. 【施祿及下】: 아랫 사람에게 은혜를 베풀다. 「祿」: 祿俸, 여기서는 「은혜」를 말한다. 【居德】: 덕을 증진하다. 【則忌】: 禁忌를 밝히다. ※ 桂馥《說文義證》에 「『則忌』當爲『明忌』。」라 했다.

9) 倉頡之初作書, 蓋依類象形, 故謂之文; 其後形聲相益, 卽謂之字。 → 창힐이 처음 문자를 창조할 때, 대개 사물의 종류에 따라 그 모양을 본떠 그렸으므로, 그래서 이를 文이라 했고, 후에 形方과 聲方이 서로 첨가되었는데, 바로 이를 字라 했다.
※「依類象形」은 곧 「指事」와 「象形」을 가리키고, 「形聲相益」은 形聲과 會意를 가리킨다. 形과 聲이 합친 것을 「形聲」이라 하고, 形과 形이 합친 것을 「會意」라 한다.
【書】: 문자. 【類】: 종류. 【象】: 본떠 그리다. 【相益】: 서로 더해지다, 첨가되다.

10) 文者, 物象之本; 字者, 言孶乳而浸多也。 → 文이란 것은, 사물형상의 본래 모습이요, 字라는 것은, (문과 문이 서로 결합함으로써) 불어나서 점점 많아진 현상을 말한다.
【本】: 본래 모습. 【孶乳(zī rǔ)】: 번식하다, 불어나다. 【浸(jìn)】: 점점, 점차.

11) 著於竹帛謂之書, 書者, 如也. → 대나무·비단에 새기거나 쓴 것을 書라 하는데, 書라는 것은, 서로 같다는 뜻이다.
【著(zhù)】: 쓰다, 새기다. 【竹帛(zhú bó)】: 대나무와 비단. 【如】: 같다, 동일하다. 즉, 사물의 모양과 같다는 뜻.

12) 以迄五帝三王之世, 改易殊體, 封于泰山者七十有二代, 靡有同焉。 → 오제삼왕의 시대에 이르는 동안, 다른 글자체로 바뀌었는데, 태산에 단을 쌓고 제사지낸 것이 72대가 되지만, (남긴 문자는) 서로 같은 것이 없다.
【迄(qì)】: 이르다. 【五帝】: 黃帝, 顓頊, 嚳, 堯, 舜 등의 다섯 임금. 【三王】: 夏禹, 商湯, 周文王 또는 武王. 【封(fēng)】: 단을 쌓아 하늘에 제사하다. 【泰山】: [산이름] 지금의 山東省 泰安縣 북쪽에 있는 산. 중국 五嶽 중의 하나로, 태산은 東嶽이다. 【七十有二代】: 虛數로 수가 많음을 비유한 말. ※「有」: 又. 【靡(mǐ)】: 無. 【焉】: [어조사].

周禮: 八歲入小學, 保氏教國子, 先以六書。[13] 一曰指事。指事者, 視而可識, 察而見意, 上下是也。[14] 二曰象形。象形者, 畫成其物, 隨體詰詘, 日月是也。[15] 三曰形聲。形聲者, 以事爲名, 取譬相成, 江河是也。[16] 四曰會意。會意者, 比類合誼, 以見指撝, 武信

---

13) 周禮: 八歲入小學, 保氏教國子, 先以六書。 ➡ 주나라의 제도는, 여덟 살에 소학에 들어가면, 보씨가 공경대부의 자제를 가르쳤는데, 먼저 육서를 가지고 가르쳤다.
【周禮】: 周나라의 제도. 「禮」: 제도. 【保氏】: 왕의 잘못을 충간하고 아울러 공경대부의 자제들을 가르치던 관리. ※《周禮 · 地官 · 保氏》:「掌諫王惡,而養國子以道。(왕의 잘못을 충간하고, 道로써 공경대부의 자제들을 가르치는 일을 관장한다。)」【國子】: 公卿大夫의 자제. 【六書】: 文字 · 聲音 · 義理의 총칭으로 象形 · 指事 · 會意 · 形聲 · 轉注 · 假借의 여섯 가지. ※그러나 班固《漢書 · 藝文志》에는 象形, 象事, 象意, 象聲, 轉注, 假借라 했고, 鄭衆《周禮 · 保氏》注는 象形, 會意, 轉注, 處事, 假借, 諧聲이라 했는데, 당시 육서에 대해 학자들은 허신의 명칭을 취하고, 반고의 순서를 따랐다.

14) 一曰指事。指事者, 視而可識, 察而見意, 上下是也。 ➡ 첫째는 지사이다. 지사라는 것은, 보아서 식별할 수 있고, 살펴서 뜻을 알 수 있는 것으로, 「上」과 「下」가 그것이다.
※「上(ㅗ)」과 「下(ㅜ)」는 보아서 위 · 아래라는 것을 식별할 수 있고, 또한 살펴보면 위 · 아래라는 뜻을 알 수 있다.

15) 二曰象形。象形者, 畫成其物, 隨體詰詘, 日月是也。 ➡ 둘째는 상형이다. 상형이라는 것은, 그 사물의 형상을 그려낸 다음, 그 형체를 따라 (문자로서) 구불구불 묘사해 낸 것으로, 「日」과 「月」이 그것이다.
※상형에는 獨體상형과 合體상형이 있는데 「日」과 「月」은 獨體상형이다.
【詰詘(jié qū)】: 굽다, 구부러지다.

16) 三曰形聲。形聲者, 以事爲名, 取譬相成, 江河是也。 ➡ 셋째는 형성이다. 형성이라는 것은, 사물을 가지고 하나의 글자를 만들고, 다시 그것과 독음이 비슷한 글자를 취해 서로 배합하여 만든 것으로, 「江」과 「河」가 그것이다.
※「江」과 「河」는 의미요소인 水方과 발음요소인 「工」과 「可」가 합쳐 이루어진 글자이다.
【事】: 事物. ※여기서 「事物」은 指事의 事와 상형의 物을 함께 가리킨다. 【名】: 字. 【譬(pi)】: 비슷한 글자. ※여기서는 만들어진 글자와 서로 독음이 비슷한 글자를 가리킨다.

17) 四曰會意。會意者, 比類合誼, 以見指撝, 武信是也。 ➡ 넷째는 회의이다. 회의라는 것은, 글자를 서로 조합하고 의미를 합쳐, 지향하는 바의 새로운 의미를 표현해 낸 것으로, 「武」와 「信」이 그것이다.
※「武」는 止와 戈를 합친 것으로 「전쟁을 억제하다」라는 뜻이며, 「信」은 人과 言을 합친 것으로 「사람의 말은 신용이 있어야한다」라는 뜻이다.
【比】: 배열하다, 조합하다. 【類】: 글자의 종류, 즉 지사나 상형에 의해 이미 만들어진 글자를 말한

是也。[17] 五曰轉注。轉注者，建類一首，同意相受，考老是也。[18] 六曰假借。假借者，本無其字，依聲託事，令長是也。[19]

及宣王太史籀，著大篆十五篇，與古文或異。[20] 至孔子書《六經》，左丘明述《春秋傳》，皆以古文，厥意可得而說。[21] 其後諸侯

다. 【誼(yì)】: 義의 假借字. 【見】: 표현하다, 나타내다. 【指撝(huī)】: 지향하는 바, 여기서는 「지향하는 바의 새로운 의미를 표현해 내는 造字」의 취지를 말한다.

18) 五曰轉注。轉注者, 建類一首, 同意相受, 考老是也。→ 다섯째는 전주이다. 전주라는 것은, 어원이 같은 同類의 글자를 만들 때 部首를 하나로 통일하고, 같은 뜻을 서로 부여하는 것으로, 「老」와 「考」가 그것이다.
※《說文解字》에 보면 「老, 考也」, 「考, 老也」라고 하여, 老와 考를 모두 「늙은이」라는 의미로 해석하고 있다. 이는 지방에 따라 「노인」에 대한 호칭을 「lǎo」, 「kǎo」라고 한데서 기인한 것으로 老, 考는 본래 어원이 같다. 따라서 학계에서는 이를 같은 部首의 字意를 설명하는 일종의 訓詁방법일 뿐 造字法이 아니라고 보는 견해가 있다.
【建類】: 同類의 글자를 만들다. 【一首】: 部首를 하나로 통일하다. 【相受】: 서로 부여하다.

19) 六曰假借。假借者, 本無其字, 依聲託事, 令長是也。→ 여섯째는 가차이다. 가차라는 것은, 본래 그 글자가 없고, 소리에 따라 사물을 기탁하는 것으로, 「令」과 「長」이 그것이다.
※본래 그 글자가 없고, 음이 같거나 유사한 글자가 있을 경우에 이를 빌어다 쓰는 방법이다. 따라서 학계에서는 이를 用字방법일 뿐 造字방법이 아니라고 보고 있다.
【令長】: 漢代에는 縣令을 令長이라 했는데, 縣令이나 縣長은 본래 글자가 없었다.

20) 及宣王太史籀, 著大篆十五篇, 與古文或異。→ 周 宣王의 태사령 籀에 이르러, 대전 15편을 지었는데, 고문과 약간 달랐다.
【及】: 이르다. 【太史】: 옛날 사건을 기록하던 관리. 【籀(zhòu)】: [인명]. 【大篆(zhuàn)】: 전국시대 秦에서 사용하던 문자. 위로는 古文과 구별하고, 아래로는 小篆과 구별하여 일컫는 말. 許愼은 이를 宣王의 太史 籀가 지은 것이라 했으나, 王國維의 고증에 의하면 籀라는 사람은 존재하지 않았고, 더욱이 宣王때 大篆을 지었던 사실이 없다고 했다. 【古文】: 광의의 古文은 甲骨文, 金文, 籀文 및 戰國時代 六國에서 통행되던 文字를 가리키고; 협의의 古文은 전국시대 육국에서 통행되던 문자만을 가리키는데, 여기서는 후자를 말한다. 【或】: 약간, 다소.

21) 至孔子書《六經》, 左丘明述《春秋傳》, 皆以古文, 厥意可得而說。→ 공자가 《六經》을 짓고, 좌구명이 《春秋傳》을 저술할 때까지, 모두 고문을 사용했지만, 《造字》할 당시의 뜻을 설명할 수가 있다.
【六經】: 《易經》·《書經》·《詩經》·《禮記》·《樂經》·《春秋》. 【左丘明】: [인명] 좌구명. 춘추시대 魯나라의 史學者로 太史를 지냈으며, 두 눈을 잃었으나 《春秋傳》을 완성하였다. 【以】: 用, 사용하다. 【厥(jué)意】: 그 뜻, 즉 「造字 당시의 뜻」. ※「厥」: [대명사] 그, 즉 造字 당시.

力政, 不統於王, 惡禮樂之害己, 而皆去其典籍。[22] 分爲七國, 田疇異晦, 車塗異軌, 律令異法, 衣冠異制, 言語異聲, 文字異形。[23]

秦始皇帝, 初兼天下, 丞相李斯乃奏同之, 罷其不與秦文合者。[24] 斯作《倉頡篇》, 中車府令趙高作《爰歷篇》, 太史令胡毋敬作

【古文】: 광의의 고문은 甲骨文 · 金文 · 籀文과 戰國시대 六國에 통행하던 문자를 말하며, 협의의 고문은 戰國시대 六國에서 통행하던 문자를 말하는데, 여기서는 광의의 고문을 가리킨다. 【可得】: 능히 ……할 수 있다.

22) 其後諸侯力政, 不統於王, 惡禮樂之害己, 而皆去其典籍. → 그 후 제후들이 무력으로 정벌하여, 周의 천자로부터 통치를 받지 않게 되자, 예악이 자신들을 해친다고 싫어하여, 모두 그 문헌을 없애 버렸다.
【其後】: 공자와 좌구명 이후, 즉 「東周후기의 전국시대」를 가리킨다. 【力政】: 무력으로 정벌하다. ※「政」: 征의 假借字. 【王】: 여기서는 「周의 천자」를 가리킨다. 【惡(wù)】: 싫어하다. 【去】: 없애다, 포기하다.

23) 分爲七國, 田疇異晦, 車塗異軌, 律令異法, 衣冠異制, 言語異聲, 文字異形。 → 일곱 나라로 분할된 후, 토지는 면적이 달라지고, 차로는 궤도가 달라지고, 율령은 法制가 달라지고, 의관은 양식이 달라지고, 언어는 소리가 달라지고, 문자는 字形이 달라졌다.
【七國】: 秦 · 燕 · 趙 · 魏 · 韓 · 齊 · 楚 등 전국시대의 일곱 나라. 【田疇(chóu)】: 토지, 전답. 【晦(mǔ)】: 畝, 면적의 단위. 一畝는 6,000平方尺, 약 6.667아르. 【塗(tú)】: 途, 길. 【軌(guǐ)】: 차량 두 바퀴간의 거리. 【法】: 법제. 【制】: 양식, 모양, 스타일.

24) 秦始皇帝, 初兼天下, 丞相李斯乃奏同之, 罷其不與秦文合者。 → 진시황이, 막 천하를 통일하고 나서, 승상 이사가 곧 문자를 통일할 것을 상주하여, 그 秦나라 문자와 일치하지 않는 것들을 폐기했다.
【兼(jiān)】: 통일하다. 【乃】: 곧, 바로, 이내. 【奏(zòu)】: 上奏하다. 【同之】: 그것을 같게 하다, 즉 「문자를 통일하다」. ※천하의 문자를 秦나라 문자인 小篆으로 통일했다. 【罷(bà)】: 폐기하다, 없애다. 【其】: [대명사] 그것, 즉 秦의 문자와 부합하지 않는 다른 문자. 【與】: ……과(와). 【合】: 일치하다, 부합하다.

25) 斯作《倉頡篇》, 中車府令趙高作《爰歷篇》, 太史令胡毋敬作《博學篇》, → 이사가 《창힐편》을 짓고, 중거부령 조고가 《원력편》을 지었으며, 태사령 호무경이 《박학편》을 지었다.
※창힐편, 원력편, 박학편은 모두 앞의 두 글자를 따서 편명을 만들었다. 그 체제는 4字를 1句로 하고 歌訣體를 채택하였으며, 마치 후세의 千字文과 비슷하다. 漢代에 이르러 세 편을 하나로 합쳐 《창힐편》이라 하고, 60자를 1章으로 하여 모두 55장으로 만들었다.
【斯】: 李斯. 【中車(jū)府令】: 황제의 乘車를 관장하는 관리. 【太史令】: 天文, 曆術 등을 관장

《博學篇》,[25] 皆取《史籒》大篆, 或頗省改, 所謂小篆者也。[26] 是時, 秦燒滅經書, 滌除舊典, 大發隸卒, 興役戍, 官獄職務繁, 初有隸書, 以趣約易, 而古文由此絶矣。[27]

自爾, 秦書有八體:[28] 一曰大篆, 二曰小篆, 三曰刻符[29], 四

하는 관리.【胡母(wú)敬】: [인명] 胡母는 성, 敬은 이름.

26) 皆取《史籒》大篆, 或頗省改, 所謂小篆者也。→ 모두가《사주》대전에서 취하여, 간혹 약간 줄이거나 고쳤는데, 이른바 소전이라는 것이다.
【頗(pō)】: 꽤, 자못, 많이. 여기서는「다소, 약간」의 뜻.【省改】: 줄이고 고치다.【小篆(zhuàn)】: 籒文(大篆)의 기초 위에서 발전한 자체. 大篆의 字形에 비해 簡化되었으며, 秦代에 통용되었으므로「秦篆」이라고도 했다. 진시황이 중국을 통일하고 나서, 정치·경제·문화의 필요성에 따라 승상 李斯의 의견을 받아들여 小篆을 만들고 이를 전국의 통일문자로 확정했다. 이로써 小篆은 이후 중국 문사의 발선에 지대한 역할을 하였다.

27) 是時, 秦燒滅經書, 滌除舊典, 大發隸卒, 興役戍, 官獄職務繁, 初有隸書, 以趣約易, 而古文由此絶矣。→ 이 때, 진나라는 경서를 불태우고, 옛 典籍을 없애 버렸으며, 用役을 대거 징발하여, 役事와 변방의 수비대책 사업을 벌이면서, 관청이나 감옥의 직무가 번잡해지자, 비로소 예서를 만들어, 간편한 방향으로 나아갔으며, 고문은 이때부터 사용되지 않았다.
【是時】: 이 때.【燒滅(shāo miè)】: 태워버리다.【滌除(dí chú)】: 폐기하다.【發】: 징발하다.【隸卒(lì zú)】: 노예, 심부름꾼. ※여기서는 용역에 동원된 사람을 가리킨다.【興】: 벌이다, 일으키다.【役戍(yì shù)】: 役事와 변방 수비. ※《史記·秦始皇本紀》에 의하면, 진시황 35년에 길을 뚫어 九原으로 통하고 직접 雲陽에 이르도록 하기 위해 산을 파고 계곡을 메우는 일을 벌였고, 또 아방궁을 지을 때 宮刑을 받은 자가 70여만 명이나 되었으며, 이밖에도 흉노를 막기 위해 만리장성을 축조하는데 백성을 대거 징발한 일이 있었다.【初】: 비로소.【隸(lì)書】: 예서. ※秦 程邈이 구조가 복잡한 小篆을 간단하게 고쳐 만든 서체의 일종으로「隸字」또는「佐書」라고도 한다. 秦代로부터 漢·魏에 이르기까지 보편적으로 사용되었는데, 소전에 비해 필획이 간단하여 쓰기에 편하며, 楷書의 기초를 확립하는 작용을 했다.【趣(qù)】: 趨, 나아가다, 향하다.【約易】: 간단하고 용이하다, 간편하다.【絶】: 단절되다, 사용되지 않다.

28) 自爾, 秦書有八體: → 이때부터, 진서에는 여덟 가지의 서체가 생겨났다.
※이는바「秦書八體」라 했으나, 실은 대전·소전·예서를 3종의 자체라 볼 수 있고, 나머지는 용도에 따른 구별이라고 할 수 있다.
【爾(ěr)】: 이, 그.

29) 刻符(kè fú) → 대나무를 갈라 만든 符節에 새긴 문자. 자체는 본래 篆書에 속하나, 칼로 새겨 굴곡을 마음대로 할 수 없기 때문에 필획이 비교적 평탄하고 곧다.

日蟲書³⁰⁾, 五日摹印³¹⁾, 六日署書³²⁾, 七日殳書³³⁾, 八日隷書。

漢興有草書。³⁴⁾ 尉律: 學僮十七已上, 始試, 諷籀書九千字, 乃得爲吏。³⁵⁾ 又以八體試之, 郡移太史幷課, 最者以爲尚書史。³⁶⁾ 書或不正, 輒擧劾之。³⁷⁾ 今雖有尉律, 不課; 小學, 不修。³⁸⁾ 莫達其

---

30) 蟲(chóng)書 → 篆書의 變體. 벌레나 새의 형상을 하고 있기 때문에 「鳥蟲書」라고도 한다. 주로 깃발의 題字에 많이 사용한다.

31) 摹印(mó yìn) → 도장을 새기는데 쓰는 서체. ※小篆의 서체에 약간의 변화를 가한 것이다.

32) 署(shǔ)書 → 題署할 때 쓰는 서체.

33) 殳(shū)書 → 병기 款識의 서체. ※「殳」: (창・몽둥이 등) 병기.

34) 漢興有草書。→ 漢이 흥하자 초서가 생겨났다.
   【草書】: 초서. ※글 쓰는 속도의 편의를 위해 생겨난 일종의 서체. 秦末漢初로부터 비롯되었으며, 당시에는 흘려 쓴 隷書 즉 草隷가 통용되었다.

35) 尉律: 學僮十七已上, 始試, 諷籀書九千字, 乃得爲吏。→ 율령에, 학동은 17세 이상이 되어야, 비로소 시험에 참가하는데, 9천 자를 외우고 이해하고 쓸 수 있어야, 비로소 書記에 충당될 수 있다.
   【尉律(wèi lǜ)】: 漢의 廷尉(형법을 맡은 관리)가 獄事를 다스리는 율령. 【學僮(tóng)】: 學童. 【已上】: 以上. 【諷(fěng)】: 암송하다, 외우다. 【籀(zhòu)】: 이해하다. 【書】: 쓰다. 【乃】: 비로소, 겨우. 【吏】: 書記, 기록을 맡은 관리. ※「吏」를 段玉裁 注에는 「史」라 했다.

36) 又以八體試之, 郡移太史幷課, 最者以爲尚書史。→ 또 다시 秦書八體로써 (그들을) 시험하고, (합격자를) 郡에서 太史에게 보내 합쳐서 시험을 치러, 가장 성적이 우수한 자를 尚書史로 삼았다.
   【移(yí)】: 보내다, 이송하다. 【太史】: 太史令. 【幷課】: (두 가지를) 합쳐 시험을 치다. 즉, 「9천 자를 외우고 이해하여 치는 시험」과 「秦書八體」 필적 시험을 합쳐 치르는 시험을 말한다. 【最者】: 최우수자, 가장 성적이 우수한 자. 【以爲】: 以之爲, ……를 ……로 삼다. 【尚書史】: 상서를 관장하던 관리.

37) 書或不正, 輒擧劾之。→ (吏民들이 올린 上書의) 글자가 혹 바르지 못하면, 바로 檢擧하여 그것을 죄로 다스렸다.
   【輒(zhé)】: 곧, 바로. 【擧】: 검거하다, 적발하다. 【劾(hé)】: 죄로 다스리다. 【之】: [대명사] 그것, 즉「글자를 잘못 쓴 것」.

38) 今雖有尉律, 不課; 小學, 不修。→ 오늘날은 비록 법령이 있어도, 시험하지 않고, 문자학이 있어도, 연구하지 않는다.
   【課】: 시험하다. 【小學】: 문자학. 【修】: 학습하다, 연구하다.

說久矣。[39]

　孝宣時, 召通《倉頡》讀者, 張敞從受之。[40] 凉州刺史杜業, 沛人爰禮, 講學大夫秦近, 亦能言之。[41] 孝平時, 徵禮等百餘人, 令說文字未央廷中, 以禮爲小學元士。[42] 黃門侍郎揚雄, 采以作《訓纂篇》。[43] 凡《倉頡》已下十四篇, 凡五千三百四十字, 群書所載,

---

39) 莫達其說久矣。➡ 사람들이 문자의 학문에 통달하지 못한지 오래 되었다.
【莫】: ……하지 못하다. 【達】: 정통하다, 통달하다. 【其說】: 그 학설, 즉「문자에 관한 학문」.

40) 孝宣時, 召通《倉頡》讀者, 張敞從受之。➡ 漢 宣帝 때,《창힐》에 정통한 사람을 불러들여, 장창으로 하여금 그를 쫓아 배우도록 했다.
【孝宣】: 漢 宣帝 劉詢. B.C.73–B.C.49 재위. 【召(zhào)】: 불러들이다. 【通《倉頡》讀者】: 《倉頡》에 정통한 사람. ※누구인지는 알 수 없으나,《漢書·藝文志》에는 齊人이라 했다. 【倉頡》】: 본래 李斯가 지은 小篆의 편명이나, 여기서는《博學》·《爰歷》두 편까지 두루 포함한 의미이다. 【張敞(chǎng)】: [인명] 자는 子高, 漢 河東郡 平陽縣(지금의 山西省 臨汾縣 남쪽) 사람. 【從受】: 쫓아 배우다. 【之】: 그, 그 사람, 즉「창힐에 정통한 사람」.

41) 凉州刺史杜業, 沛人爰禮, 講學大夫秦近, 亦能言之。➡ (후에) 양주자사 두업, 패 지방 사람 원례, 강학대부 진근 등이, 역시 문자를 해설할 수 있게 되었다.
【凉州】: [지명] 지금의 甘肅省 武威縣. 【刺史】: 漢代의 관직명. 【杜業(dù yè)】: [인명] 張敞의 외손자로서 자는 子夏이며, 장창의 아들 張吉에게서 문자를 배웠다. 【沛(pèi)】: [지명] 지금의 江蘇省 沛縣. 【爰禮(yuán lǐ)】: [인명] 西漢 말 왕망의 新나라 때 사람. 【講學大夫】: [관직명] 王莽이 설치한 관직. 【秦近】: [인명] 西漢 말 왕망의 新나라 때 사람. 【言】: 해설하다. 【之】: [대명사] 그것, 즉 문자.

42) 孝平時, 徵禮等百餘人, 令說文字未央廷中, 以禮爲小學元士。➡ 漢 平帝 때, 爰禮 등 백여 명을 불러들여, 그들로 하여금 미양궁에서 문자를 강설하게 하고, 원례를 문자학의 전문가로 삼았다.
【孝平】: 漢 平帝 劉衎. A.D.1–5년 재위. 후에 王莽에게 살해되었다. 【徵(zhēng)】: 불러들이다. 【禮】: 爰禮. 【令】: ……하게 하다. 【說】: 강설하다. 【未央廷】: 未央宮. 漢의 왕궁 이름. 【小學元士】: [관직명] 문자학 전문가.

43) 黃門侍郎揚雄, 采以作《訓纂篇》。➡ 황문시랑 양웅이, 회의 자료를 수집하여 이로써《訓纂篇》을 지었다.
【黃門侍郎】: [관직명] 황제의 조칙을 전달하는 업무를 맡은 관리. 【揚雄】: [인명] 楊雄이라고도 한다. 자는 子雲, 漢 蜀郡 成都(지금의 四川省) 사람. 【采(cǎi)】: 採, 수집하다. 【訓纂篇(xùn zuǎn piān)】:《창힐편》에서 중복된 글자를 바꾸어 89章으로 만들었다. 每章 60자로 모두 5,340자이다.

略存之矣。⁴⁴⁾

　　及亡新居攝, 使大司空甄豊等校文書之部, 自以爲應制作,
頗改定古文。⁴⁵⁾ 時有六書:⁴⁶⁾ 一曰古文, 孔子壁中書也;⁴⁷⁾ 二曰奇
字, 卽古文而異者也;⁴⁸⁾ 三曰篆書, 卽小篆;⁴⁹⁾ 四曰佐書, 卽秦隷

---

44) 凡《倉頡》已下十四篇, 凡五千三百四十字, 群書所載, 略存之矣。→ 무릇《倉頡》이하 (《訓
纂篇》까지의) 14편에는, 모두 5,340자가 수록되어 있는데, 고금의 여러 서적에 기재된 글자가,
대체로 輯存되어 있다.
【已下】: 以下. 【十四篇】:《倉頡》이하 14편이란《爰歷篇》·《博學篇》· 司馬相如의《凡將
篇》· 史游의《急就篇》· 李長의《元尙篇》및《訓纂篇》등 모두 7편이나, 허신의《설문해자》에
14편이라 한 것은, 혹 매 편을 상하로 나누었기 때문이 아닌가 여겨진다. 【群書】: 앞에서 말한 7종
의 문자학 서적. 【存】: 輯存하다, 수집하여 보존하다.

45) 及亡新居攝, 使大司空甄豊等校文書之部, 自以爲應制作, 頗改定古文。→ (王莽의) 新이 漢
室을 섭정하기에 이르러, 대사공 견풍으로 하여금 문자의 부류를 교정하게 했는데, (견풍) 자신은
황제의 명에 따라 해야 한다고 생각하고, 간혹 고문을 개정하였다.
【及】: ……에 이르러. 【亡新居攝(shè)】: (왕망의) 新이 (漢을) 섭정하다. ※「亡新」은 新나라
에 대한 부정적인 호칭이며, 王莽이 平帝를 시해하고 평제의 어린 아들 嬰을 옹립한 후 자신이 섭
정하다가, 후에 漢을 찬탈하여 국호를 「新」이라 고쳤다. 왕망은 결국 漢나라 군사에게 멸망했다.
【居攝(jū shè)】: 섭정하다. 【使】: ……로 하여금 ……하게 하다. 【大司空】: 漢代의 관직명. 【甄
豊(zhēn fēng)】: [인명]. 【校(jiào)】: 교정하다. 【制】: 황제의 명령. 【頗(pō)】: 꽤, 자못. 여기
서는「간혹, 어쩌다가, 약간」의 뜻.

46) 時有六書: → 당시 여섯 가지의 서체가 있었다.
※六書에 대해 段玉裁의《說文解字注》(약칭: 段注)에는「莽之六書, 卽秦八體而損其二
也。」라 하여, 왕망의 新에 이르러 秦書八體 중 두 가지가 없어졌음을 밝혔다.

47) 一曰古文, 孔子壁中書也; → 첫째는 古文이라 하는데, 공자 집의 벽 속에 보존되어 온 서적의 문
자이다.

48) 二曰奇字, 卽古文而異者也; → 둘째는 奇字라 하는데, 이것은 바로 고문 가운데 형체가 기이한
것을 가리킨다.
※奇字란 즉 고문의 이체자로, 예를 들어《설문해자》의「儿(rén)」자 항목에「古言奇字人也。」라
한 것과 같다.

49) 三曰篆書, 卽小篆; → 셋째는 전서라 하는데, 즉 소전을 말한다.

50) 四曰佐書, 卽秦隷書, 秦始皇帝使下杜人程邈所作也; → 넷째는 좌서라 하는데, 즉 진의 예서를
말하며, 진시황이 하두 사람 정막으로 하여금 정리토록 한 것이다.
【程邈(chéng miǎo)】: [인명] 원래 옥졸로 있다가 죄를 지어 雲陽에 유배되어 있을 때, 大篆의
서체를 정리하여 그 번잡한 것을 없애버렸는데, 진시황이 그것을 좋아하여 (그를) 御史로 임명하

書, 秦始皇帝使下杜人程邈所作也;[50] 五曰繆篆, 所以摹印也;[51]
六曰鳥蟲書, 所以書幡信也。[52]

　　壁中書者, 魯恭王壞孔子宅, 而得《禮記》·《尚書》·《春
秋》·《論語》·《孝經》;[53] 又, 北平侯張蒼獻《春秋左氏傳》; 郡國
亦往往於山川得鼎彝, 其銘卽前代之古文, 皆自相似。[54] 雖叵復見
遠流, 其詳可得略說也。[55]

고 그 서체를 이름하여 隷書라 했다.

51) 五曰繆篆, 所以摹印也; ➡ 다섯째는 무전이라 하는데, 이로써 도장을 새긴다.
【繆篆(miù zhuàn)】: 무전, 이는 字形의 굴곡이 많아 붙여진 이름이다. 【所以】: 以之, 이로써,
이를 가지고. 【摹印(mó yìn)】: 도장을 새기다.

52) 六曰鳥蟲書, 所以書幡信也。 ➡ 여섯째는 조충서라 하는데, 이로써 번신에 글씨를 쓴다.
【書】: (글씨를) 쓰다. 【幡信(fān xìn)】: 幡信 ※ 옛날 명령을 전달할 때 사용하던 글씨를 쓴 깃발.

53) 壁中書者, 魯恭王壞孔子宅, 而得《禮記》·《尚書》·《春秋》·《論語》·《孝經》; ➡ 벽 속의
책이란, 노 공왕이 공자의 집을 허물었을 때, 얻은《예기》·《상서》·《춘추》·《논어》·《효경》이
다.
※ 공왕이 자신의 궁궐을 확장하기 위해 공자의 옛집을 허물었다.
【《尚書》】: 이는 伏生이 전한 것과 다른 57편의 古文尚書를 말한다. 【魯恭王】: 恭王은 漢 景帝
의 아들로 이름이 餘이며 魯에 봉해졌다.

54) 又, 北平侯張蒼獻《春秋左氏傳》; 郡國亦往往於山川得鼎彝, 其銘卽前代之古文, 皆自相似。
➡ 이밖에, 북평후 장창이《춘추좌씨전》을 헌납하고, 전국 각지에서도 또한 가끔 산이나 강에서
鼎·彝 등을 얻었는데, 그 銘文들은 바로 전대의 고문으로, 모두가 각자 서로 비슷하다.
【張蒼(cāng)】: [인명] 진나라 때의 御史로 후에 북평후에 봉해졌다. 진의 禁書조치로 인해 장창
이《춘추좌씨전》을 몰래 감추어 두었다가, 漢 惠帝 3년 禁書令이 해제되자 이 책을 헌납했다. 【獻
(xiàn)】: 헌상하다. 【郡國】: 전국 각지. ※秦은 봉건제도를 폐지하고 郡縣제도를 채택하여 전국
을 36郡으로 나누었는데, 「郡國」이란 곧 「전국 각지」를 말한다. 【往往】: 때때로, 가끔. 【鼎彝
(dǐng yí)】: 「鼎」은 발이 세 개에 귀가 둘 달린 銅으로 만든 솥이고, 「彝」는 술을 담던 銅으로 만든
祭器의 일종이다. ※商周시대의 銅器로 鐘·鐸·彝·爵·鼎·鬲(lì) 등이 있는데, 본문에서
「鼎彝」는 모든 銅器를 포괄하는 의미로 사용하였다. 【銘(míng)】: 넝문, 새긴 문사. 【相似】: 서
로 비슷하다.

55) 雖叵復見遠流, 其詳可得略說也。 ➡ 비록 (古文字의) 源流를 다시 볼 수는 없지만, 그 상세한
정황은 대략 설명할 수 있다.
【叵(pǒ)】: 할 수 없다, ……하기 어렵다. 【遠流】: 源流, 기원. 【詳(xiáng)】: 상세한 정황. 【可
得】: 능히 ……할 수 있다.

而世人大共非訾：以爲好奇者也，故詭更正文，鄉壁虛造不可知之書，變亂常行，以燿於世。[56] 諸生競說字解經，誼稱秦之隸書爲倉頡時書，云：「父子相傳，何得改易！」[57] 乃猥曰：「馬頭人爲長，人持十爲斗，虫者屈中也。」[58] 廷尉說律，至以字斷法，苛人受錢，苛之字止句也。[59] 若此者甚眾，皆不合孔氏古文，謬於史

---

56) 而世人大共非訾：以爲好奇者也，故詭更正文，鄉壁虛造不可知之書，變亂常行，以燿於世。
→ 그러나 당시 사람들은 마구 비방하기를, 기이한 것을 좋아하는 자들이, 고의로 바른 문자를 변경하여, 공자 옛집의 벽 속에다가 알지도 못하는 글자를 날조해 넣고, 常用하는 隸書를 어지럽게 변화시켜, 이로써 세상에 (기이함을) 과시했다고 여겼다.
※ 당시 사람들이 문자의 원류를 알지도 못하고, 공자 옛집 벽 속의 고문에 대해 마구 비방했다는 말.
【大共】: 마구, 함부로. 【非訾(zǐ)】: 비난하다, 비방하다. 【以爲】: ……라고 여기다. 【故】: 고의로. 【詭(guǐ)更】: 변경하다, 바꾸다. ※「詭」: 變. 【正文】: 바른 글자. 【鄉】: 向, ……에다가. 【虛造】: 날조하다, 근거 없이 만들다. 【變亂】: 바꾸어 어지럽히다. 【常行】: 통상, 일반. ※여기서는 즉「상용하는 예서」를 가리킨다. 【燿(yào)】: 자랑하다, 뽐내다, 과시하다.

57) 諸生競說字解經, 誼稱秦之隸書爲倉頡時書, 云:「父子相傳, 何得改易!」→ 여러 태학생들이 다투어 문자를 해설하고 경전을 해석하며, 진나라의 예서를 창힐 시대의 문자라고 함부로 떠들며 말하길,「부자간에 (입과 귀를 통해) 서로 전한 것을, 어찌 바꿀 수 있겠는가!」라고 했다.
※ 본문을《段注》는「……解經誼, 稱秦之……」라 하여「誼」를「義」로 보았고, 王筠의《句讀》는「……解經, 誼稱秦之……」라 하여「誼」을「諠」으로 보았다. 여기서는 왕균의 설을 따랐다.
【誼稱(xuān chēng)】: 마구 떠들다, 함부로 떠들다. 【何得】: 어찌 ……할 수 있겠는가.

58) 乃猥曰:「馬頭人爲長, 人持十爲斗, 虫者屈中也。」→ 그리하여 함부로 말하길「馬頭에 人을 합친 것은 長字이고, 人字가 十을 갖게 되면「斗」字가 되며, 虫字는 中字의 세로획을 구부려 쓴 것이다.」라고 했다.
【乃】: 그리하여. 【猥(wěi)】: 함부로, 사리에 맞지 않게. 【屈(qū)】: 구부리다.

59) 廷尉說律, 至以字斷法, 苛人受錢, 苛之字止句也。→ 법을 집행하는 관리는 율령을 해석하면서, 심지어 隸書의 자형으로써 법리를 판단하여,「苛人受錢(법집행관이 뇌물을 받다)」에서,「苛」자를 止와 句가 합친 會意字라 했다.
※段玉裁《說文解字注》에 의하면「苛」는「訶」로, 苛人은「법을 집행하는 사람」이란 뜻이나, 隸書의 俗體를 근거로「苛」를「荀」로 보아,「苛人受錢」의 의미를「소송을 중단시켜 주고 백성의 돈을 갈취하다。(止之而鉤取其錢。)」라고 잘못 해석함으로써, 결국 字義와 律意를 모두 잃었다는 것이다.
【廷尉(tíng wèi)】: [관직명] 법을 관장하던 관직. 【說律】: 율령을 해석하다. 【至】: 심지어. 【字】: 字形, 즉 隸書의 자형. 【斷法】: 판결하다, 法理를 판단하다. 【苛(kē)人】: 법을 집행하는 관리, 법관. 【受錢】: 돈을 받다, 즉 뇌물을 받다. 【止句】: 荀. 苛의 예서 속체를 잘못 쓴 글자.

籀。[60]

俗儒啚夫，翫其所習，蔽所希聞。[61] 不見通學，未嘗覩字例之條。[62] 怪舊埶而善野言，以其所知爲祕妙，究洞聖人之微恉。[63] 又見《倉頡篇》中「幼子承詔」，因曰：「古帝之所作也，其辭有神僊之

---

60) 若此者甚衆，皆不合孔氏古文，謬於史籀。➡ 이와 같은 경우가 매우 많은데, 모두가 孔壁의 고문에 부합하지 않고, 史籀에도 어긋난다.
　【謬(miù)】: 위배되다, 어긋나다.

61) 俗儒啚夫，翫其所習，蔽所希聞。➡ 저속한 선비나 지식이 미천한 자들이, 자신이 익숙한 바를 가지고 놀며, 자주 보고 듣지 못하는 바의 고문을 덮어 버렸다.
　※지식이 미천한 자들이 자신이 익숙한 隸書에만 집착하고, 자주 듣지 못하는 고문을 덮어버려 그 이치에 대해 알지 못함을 의미한다.
　【俗儒】: 저속한 선비. 【啚(bǐ)夫】: 지식이 미천한 자. 【翫(wán)】: 가지고 놀다. 【蔽(bì)】: 덮다.
　【希聞】: 자주 듣지 못하는 것. 즉 고문을 가리킨다. 「希」: 稀, 드물다.

62) 不見通學，未嘗覩字例之條。➡ 통달한 학자를 보지 못하고, 또한 造字 體例의 법칙을 본 적이 없다.
　【通學】: 통달한 학자. 【未嘗】: ……한 적이 없다. 【覩(dǔ)】: 보다, 목격하다. 【字例之條】: 造字 體例의 법칙, 즉 六書(指事·象形·形聲·會意·轉注·假借)의 법칙.

63) 怪舊埶而善野言，以其所知爲祕妙，究洞聖人之微恉。➡ 고문을 괴이하게 보고 속설을 좋게 보며, 자신들이 아는 바가 오묘하여, 성인들의 깊은 뜻을 통달할 수 있다고 여겼다.
　【怪(guài)】: 괴이하게 보다. 【舊埶(jiù yì)】: 옛 전적, 고문. ※「埶」: 藝, 즉「典籍」. 【善】: 좋게 보다. 【野言】: 俗說. 【以】: ……라고 여기다, ……라고 생각하다. 【祕妙((mì miào)】: 오묘하다. 【究洞】: 窮究하여 통달하다. 【微恉(wēi zhǐ)】: 깊은 뜻.

64) 又見《倉頡篇》中「幼子承詔」，因曰：「古帝之所作也，其辭有神僊之術焉。」➡ 또《창힐편》에 있는「幼子承詔」라는 말을 보고, 이로 인해 말하길「(이 글은) 옛날 黃帝가 지은 것으로, 그 말에는 신선의 술법이 들어 있다.」라고 했다.
　※이 말은 段玉裁의《說文解字注》에 의하면, 저속한 선비와 지식이 미천한 사람들이《창힐편》을 창힐이 지은 것으로 잘못 알고, 또 창힐이 황제의 史官이기 때문에, 마침내「幼子承詔」란 말을 「황제가 용을 타고 하늘로 올라가 어린 아들이 제위를 계승했다.」라는 의미로 보아, 그래서「그 말에 신선의 술법이 들어 있다.」라고 했다는 뜻이다
　【幼子承詔(zhào)】: 이는 李斯의《창힐편》에 나오는 말로 해석이 분분하다. ①梁容若·齊鐵恨의《古今文選》(臺灣 國語日報社)에서는「幼子」를 진시황의 아들「胡亥」로 보아「胡亥가 始皇을 계승하여 즉위한 일」이라 했고, ②湯可敬의《說文解字今釋》(中國 湖南 岳麓書社)에서는「幼子」를「어린아이」, 즉 學童,「承」을 受, 받다,「詔」를「교육」으로 보아,「학동이 스승의 교육을 받다.」라고 풀이 했다. 【古帝】: 옛 임금. 여기서는「黃帝」를 가리킨다. 【神僊(shén xiān)】: 神仙. ※「僊」은「仙」과 同字.

143

術焉。」[64] 其迷誤不諭, 豈不悖哉! [65]《書》曰:「予欲觀古人之象。」言必遵修舊文而不穿鑿。[66] 孔子曰:「吾猶及史之闕文, 今亡矣夫。」蓋非其不知而不問。[67] 人用己私, 是非無正, 巧說衺辭, 使天下學者疑。[68]

蓋文字者, 經藝之本, 王政之始。[69] 前人所以垂後, 後人所以

---

65) 其迷誤不諭, 豈不悖哉! → 그 미혹되고 그르치며 깨우치지 못하는 것을, 어찌 엉뚱하다고 하지 않겠는가?
【迷(mí)】: 미혹되다, 미궁에 빠지다. 【誤(wù)】: 그르치다. 【諭(yù)】: 잘 알다, 깨우치다. 【豈……哉】: 어찌 ……하지 않겠는가? 【悖(bèi)】: 엉뚱하다, 황당하다.

66) 《書》曰:「予欲觀古人之象。」言必遵修舊文而不穿鑿。→《尚書》에서「나는 옛 사람의 글자 모양을 관찰하려고 한다.」라고 한 말은, 반드시 옛 문자를 쫓아 연구할 뿐 천착하지 않음을 말한 것이다.
※이 말은《尚書·虞書·皐陶謨》에 보인다.
【古人之象】: 옛 사람의 글자 모양, 즉 창힐의 고문. ※湯可敬의《說文解字今釋》에는 段玉裁의 《說文解字注》에서「卽倉頡古文是也。像形·像事·像意·像聲, 無非像也。」라고 한 말을 인용하고 나서「象卽字象」이라 했고,《古今文選》에서는「衣冠제도는 모두 옛 사람들의 뜻을 살펴 옛사람의 법도에서 모양을 취하려고 한다.」라고 풀이하고 있다. 【遵修(zūn xiū)】: 쫓아 연구하다. 【舊文】: 옛 문자. 【穿鑿(chuān záo)】: 천착하다.

67) 孔子曰:「吾猶及史之闕文, 今亡矣夫。」, 蓋非其不知而不問。→ 공자가「나는 그래도 전에는 史官이 분명치 않은 일은 비워두고 기록하지 않는 것을 보았는데, 지금은 없어졌다.」라고 한 말은, 대체로 그 알지 못하면서도 묻지 않는 것을 비난한 말이다.
※공자의 이 말은《論語·衛靈公》에 보인다.
【猶(yóu)】: 그래도. 【及】: 접하다, 목격하다. 【史】: 사관. 【闕(quē) 文】: 비워두고 기록하지 않다. 【亡(wú)】: 無. 【蓋(gài)】: 대체로. 【非】: 비난하다, 비평하다.

68) 人用己私, 是非無正, 巧說衺辭, 使天下學者疑。→ 사람이 자기의 사견을 쓰면, 시비가 공정하지 못하고, 교묘하게 꾸미는 말과 사악한 말은, 천하의 학자들로 하여금 의혹을 갖게 한다.
【己私】: 자기의 私見. 【無正】: 공정하지 못하다. 【巧說】: 巧言, 교묘하게 꾸미는 말. 【衺辭(xié cí)】: 성실하지 않은 말. ※「衺」: 邪, 불성실한. 【使】: ……로 하여금 ……하게 하다.

69) 蓋文字者, 經藝之本, 王政之始。→ 대저 문자라는 것은, 경전의 근본이요, 왕이 나라를 다스리는 기초이다.
【蓋(gài)】: [발어사] 대저, 무릇. 【經藝】: 經傳. ※六經(《禮記》·《樂經》·《書經》·《詩經》·《周易》·《春秋》)을「六藝」라고도 한다. 【始】: 기초.

識古。[70] 故曰:「本立而道生」,「知天下之至賾而不可亂也。」[71]

今敍篆文, 合以古籀。[72] 博采通人, 至於小大, 信而有證。[73]

稽譔其說, 將以理羣類, 解謬誤, 曉學者, 達神恉。[74] 分別部居, 不

---

70) 前人所以垂後, 後人所以識古。➡ 앞사람들은 이를 가지고 후세 사람들에게 전하고, 후세 사람들은 이를 가지고 옛것을 안다.
【所以】: 以之, 이로써, 이를 가지고. 【垂(chuí)】: 후세에 전하다, 후세에 남겨주다. 【識(shí)】: 알다, 인식하다.

71) 故曰:「本立而道生」,「知天下之至賾而不可亂也。」➡ 그래서 말하길「근본이 확립되어야 도가 생겨난다。」,「천하의 가장 심오한 도리를 알면 함부로 행동할 수가 없다。」라고 한 것이다.
【本立而道生】: 이 말은《論語 · 學而》에「君子務本, 本立而道生, 孝弟也者, 其爲仁之本與。」라 하여, 본래 효행과 공손함이 仁의 근본이요, 仁이 곧 道라는 것을 설명한 것이나, 여기서는 이를 원용하여 문자가 바로 확립되어야 경전과 왕정이 바르게 된다는 것을 비유한 말이다. 【知天下之至賾而不可亂也】: 이 말은《周易 · 繫辭上》의「言天下之至賾而不可惡也, 言天下至動而不可亂也。」에서 따온 것이다. 【至賾(zé)】: 至賾之理, 지극히 심오한 도리. ※「賾」: 심오하다, 深遠하다.

72) 今敍篆文, 合以古籀。➡ (《說文解字》의 체례는) 현재 小篆을 먼저 들고 나서, 고문과 주문을 결합시켰다.
※이는 許愼이《說文解字》의 문자 體例를 설명한 것으로, 예컨대 全書의 기본 원칙은 小篆을 먼저 들고 古文과 籀文이 小篆과 다를 경우, 小篆 다음에「古文作某」「籀文作某」라는 말을 첨가했으며, 다만 어쩌다 變例가 있을 경우에 한해,「上」자의 예(「二: 高也, 此古文上, 指事也。 ……篆文」)처럼 먼저 古文 또는 籀文을 들고, 그 뒤에 小篆을 첨부하는 형식을 취했다는 것이다.
【敍(xù)】: 들다, 열거하다. 【合】: 결합하다. 【篆文】: 篆書. 여기서는「小篆」을 가리킨다.

73) 博采通人, 至於小大, 信而有證。➡ 문자에 해박한 사람들의 견해를 널리 채택하여, 언급한 바가 무엇이든 간에, 모두 믿을 만 하고 증거가 있다.
【博采(bó cǎi)】: 널리 채택하다. 【通人】: 문자에 대해 해박한 사람. 【至於小大】: 크고 작은 것에 이르기까지. 여기서는「언급한 바가 무엇이든 간에」의 뜻.

74) 稽譔其說, 將以理羣類, 解謬誤, 曉學者, 達神恉。➡ 문자를 해석한 학설을 살펴보면, 이로써 사물의 종류를 분석정리하고, (저속한 선비들의) 오류를 해석하고, 배우는 사람들을 깨우쳐 주고, (造字의) 신비한 뜻을 통달하도록 하려 했다.
【稽(jī)】: 조사하다, 살피다. 【譔(zhuàn)】: 해석하다. 【其說】: 그 학설, 즉 문자를 해석한 학설. 【將】: 장차 ……하려 하다. 【理】: 분석 정리하다. 【羣類】: 사물의 종류. 즉 천문 · 지리 · 초목 · 조수 · 인물 · 제도 · 衣冠 · 器物 등. 【謬誤(miù wù)】: 오류. 【曉(xiǎo)】: [사역동사] 깨우치다, 알게 하다. 【學者】: 배우는 사람. 【達】: [사역동사] 통달하게 하다. 【神恉(zhǐ)】: 신비한 뜻.

相雜厕也。[75] 萬物咸覩, 靡不兼載。[76] 厥誼不昭, 爰明以諭。[77] 其
偁《易》孟氏·《書》孔氏·《詩》毛氏·《禮》·《周官》·《春秋》左
氏·《論語》·《孝經》, 皆古文也。[78] 其於所不知, 蓋闕如也。[79]

解題 및 本文 要旨說明 🍵

　　본문은 허신이《설문해자》의 마지막에 第15卷《後敍》로, 내용은 문자의 원류와《설문해자》
의 體例를 밝힘과 아울러 허신이《설문해자》를 편찬한 목적에 따라 今文經學家들의 경전에

---

75) 分別部居, 不相雜厕也。→ (全書는) 부류로 나누어 안배했기 때문에, 서로 뒤섞이지 않았다.
　　※《설문해자》는 수록한 모든 글자를 540部로 나누고, 部마다 그 部를 대표할 수 있는 部首를 설정
　　해 두었으며, 만일 정해진 部首와 글자가 동일할 경우「凡某之屬皆從某」라고 했다. 예를 들어
　　「一」部에 속하는 글자로「一, 元, 天, 丕, 吏」가 있는데, 部首를「一」로 설정하고「凡一之屬皆
　　從一」한 것이다.
　　【部】: 부류.【居】: 배열하다, 안배하다.【雜厕(zá cè)】: 뒤섞이다.

76) 萬物咸覩, 靡不兼載。→ 만물을 다 보고, 완벽하게 기재하지 않은 것이 없다.
　　【咸(xián)】: 모두, 다.【覩(dǔ)】: 보다.【靡(mǐ)不】: [이중부정] ……하지 않음이 없다.【兼載
　　(jiān zǎi)】: 빠짐없이 싣다, 완벽하게 기재하다.

77) 厥誼不昭, 爰明以諭。→ 그 뜻이 분명치 않은 것은, 이에 설명을 가하여 깨닫게 했다.
　　【厥(jué)】: 그, 그것.【誼(yì)】: 義. 뜻, 의미.※여기서는 문자의 形·音·義를 겸한 뜻을 말한
　　다.【昭(zhāo)】: 분명하다.【爰(yuán)】: 이에, 그리하여.【明】: 설명하다.【諭(yù)】: 밝히다,
　　깨닫게 하다, 깨우치다.

78) 其偁《易》孟氏·《書》孔氏·《詩》毛氏·《禮》·《周官》·《春秋》左氏·《論語》·《孝經》,
　　皆古文也。→《說文解字》가 인용한 孟喜本《周易》·孔安國本《尚書》·毛亨本《詩經》·《禮
　　記》·《周禮》·左丘明本《春秋》·《論語》·《孝經》등은, 모두 다 고문이다.
　　【其】: [대명사] 그, 그것. 즉《說文解字》.【偁(chēng)】: 들다, 인용하다.【孟氏】: 孟喜. 漢 東
　　海郡 蘭陵縣 사람으로《易章句》의 저자.【孔氏】: 孔安國. 공자의 후예로《古文尙書傳》의 저
　　자.【毛氏】: 毛亨.《詩詁訓傳》의 저자.【春秋】:《춘추좌씨전》즉《좌전》.【左氏】: 左丘明.
　　《좌전》의 저자.【周官】:《周禮》.

79) 其於所不知, 蓋闕如也。→ 그 알지 못하는 바에 대해서는, 대체로 비워 두었다.
　　※《설문해자》의 주석에는「闕」자가 자주 보이는데, 문자의 形·音·義를 해석하면서 모르는 부
　　분을 비워둔 것이다.
　　【於】: ……에 대해.【闕如】: 비워두다.「如」는 無義語尾.

146

대한 해석을 반박하고 고문을 찬양하기 위한 입장을 서술한 것이다.

허신이 살았던 당시, 漢代 학파들산에는 고문학파와 금문학파로 나뉘어 치열한 투쟁을 전개했다. 본래 今文은 秦의 隷書를 가리키고, 古文은 先秦六國의 문자를 가리킨다. 그런데 經傳의 기록이 今文으로 되어 있는 今文經傳과 古文으로 되어 있는 古文經傳이 생겨남으로써 字體가 다르다는 이유만으로 그것을 연구하는 사람들이 다른 학파를 만들고, 나아가 학설주장도 서로 다르게 발전하였다. 今文經學派는 經書를 聖人之言으로 삼아 字句마다 오묘한 뜻이 담겨있어 經世致用에 크게 도움이 된다고 주장하며 항상 斷章取義하거나 임의로 끌어다가 억지로 비유했고, 古文經學派는 마땅히 字義에 근거하여 객관적으로 經義를 해석하고 言語文字學을 중시하여 經學에서의 숭고한 지위를 수립해야 한다고 여겼다.

許愼은 고문경학가로서 東漢 중엽 이후 금문경학파가 점차 쇠퇴하고 고문경학파가 흥성하던 시기에 살던 사람으로, 경세치용을 위해 문자를 곡해하는 현상을 용납할 수 없었기 때문에 금문학자들을 俗儒요, 비천한 사람들이라 맹렬히 비난하면서, 문자를 「經埶之本, 王政之始。」라 하고, 문자에 대한 곡해로 인해 「經義」에 잘못 영향을 주면 「王政」에 도움이 되지 못한다고 여겼다. 따라서 허신이 《설문해자》를 편찬하게 된 동기가 금문경학가들이 함부로 經義를 고치는 것을 반박하기 위한 것이었고, 그 의미가 《後敍》에 반영되었다는 것도 미루어 짐작할 수 있다. 그러나 한편 「其于所不知, 蓋闕如也。」라고 한 것을 보면 자신이 모르는 것은 그대로 비워두고 결코 옳다고 주장하거나 억지로 남을 이해시키려 하지 않았음을 알 수 있다.

어쨌든, 우리는 이 《後敍》가 상고문자의 발전과정을 체계적으로 서술했다는 점에서 매우 긍정적인 의미를 찾을 수 있을 것이다.

15

出師表

[三國] 諸葛亮

作者 ○

　諸葛亮(181-234)은 삼국시대 蜀漢의 걸출한 정치가요 전략가로 자가 孔明이며 琅琊陽都(지금의 山東省 諸城縣)사람이다. 어려서 숙부 諸葛玄을 따라 荊州에 왔다가, 숙부가 죽은 후 襄陽 서쪽 20里 떨어진 隆中에서 밭을 갈며 治國安民의 구상에 몰두했다. 建安 12년(207) 유비는 司馬徽·徐庶의 추천으로 제갈량을 세 번이나 찾아가 국사를 논하면서 깊은 감명을 받았다. 그 후 유비의 三顧草廬에 감동되어 유비를 따라 나선 제갈량은 이때 나이가 겨우 27세였다. 제갈량은 유비에게 손권과 연합할 것을 제의하여 赤壁에서 조조를 대파하고 荊州를 얻어 근거지로 삼은 다음, 다시 益州로 쳐들어가 漢中을 점령했다. 유비가 蜀漢의 황제에 오른 후 제갈량은 丞相이 되어 天下三分策을 고수하며 불세출의 지장으로 천하를 종횡무진 했다. 그러다가 章武(蜀漢 昭烈帝 劉備의 연호) 3년(223) 4월, 유비가 병이 들어 죽자, 제갈량은 아들을 부탁한 유비의 유언을 받들어 後主 劉禪을 극진히 보필하면서 촉한의 실질적인 일인자가 되었다. 촉한은 당시 吳나라 정벌에 실패한 후, 또 南蠻까지 반란을 일으켜 형세가 매우 위급한 상황에 처해 있었다. 제갈량은 군사를 정비하고 농업을 장려하며, 법령을 정비하여 상벌을 분명히 하는 등 혼신의 힘을 쏟아 나라를 다스림으로써 얼마 후 다시 안정을 회복할 수 있었다. 그리하여 建興(蜀漢 後主 劉禪의 연호) 3년(225) 군사를 이끌고 나가 南蠻을 평정한 후, 건흥 5년(227)부터 12년까지 여섯 차례에 걸쳐 曹魏의 정벌에 나서 中原을 빼앗기도 했으나, 보급이 충분한 魏가 수비에 치중함으로써 대승을 거두지 못하고, 결국 건흥 12

년(234) 8월 軍中에서 병사하고 말았다.

현재 그의 글을 모아 문집으로 펴낸《諸葛孔明集》이 있다.

註釋 ☞

臣亮言:¹⁾ 先帝創業未半, 而中道崩殂!²⁾ 今天下三分, <u>益州</u>疲弊, 此誠危急存亡之秋也!³⁾ 然侍衛之臣, 不懈於內; 忠志之士, 忘身於外者, 蓋追先帝之殊遇, 欲報之於陛下也。⁴⁾ 誠宜開張

---

1) 臣亮言: → 신하 제갈량이 말씀드립니다.
   【臣】: 신하, 저. ※군주에 대해 자신을 낮춘 말.

2) 先帝創業未半, 而中道崩殂! → 선제께서 창업이 아직 절반도 이루어지기 전에, 중도에서 붕어하셨습니다.
   【先帝】: 죽은 황제. ※여기서는 蜀漢 昭烈帝 劉備를 가리킨다. 劉備의 자는 玄德, 涿縣사람으로 漢 景帝의 아들인 中山靖王의 후손이다. 【創業(chuàng yè)】: 창업, 즉 漢을 부흥하기 위한 대업. 【未半】: 아직 절반도 이루지 못하다. ※이는 유비가 서기 221년 蜀漢을 세우고 나서 3년 만에 세상을 떠난 반면, 그가 이룩해 보려던 통일의 대업은 아직 요원한 상태였으므로 이를 비유해서 한 말이다. 【中道】: 도중, 중도. 【崩殂(bēng cú)】: 붕어하다. ※황제의 죽음을 가리키는 말로 《禮記・曲禮》에「天子死曰崩, 諸侯死曰薨, 大夫死曰卒, 士曰不祿, 庶人曰死。」라고 했다.

3) 今天下三分, 益州疲弊, 此誠危急存亡之秋也! → 지금 천하는 三分되고, 益州는 곤궁에 빠져 있으니, 이는 그야말로 存亡이 걸린 위급한 시기입니다.
   【三分】: 魏・蜀・吳 세 나라로 분할된 형세. 【益州】: [지명] 後漢(東漢)은 그 당시 12개 州가 있었는데, 益州는 지금의 四川省 일대로 곧 蜀漢을 가리킨다. 【疲弊(pí bì)】: 곤궁에 빠지다. ※여기서는 蜀漢의 땅이 좁고 인구가 적음을 가리킨 말. ※「疲」는 판본에 따라「罷」로 쓰기도 한다. 【誠】: 실로, 그야말로. 【秋】: 때, 중요한 시점.

4) 然侍衛之臣, 不懈於內; 忠志之士, 忘身於外者, 蓋追先帝之殊遇, 欲報之於陛下也。→ 그러나 황제를 곁에서 모시며 보위하는 신하들이, 안에서 맡은 바 직무에 충실하고, 충성스런 장사들이 전장에서 생명을 돌보지 않고 분투하는 것은, 선제께서 그들에게 베푸신 각별한 禮遇를 추념하여, 이를 폐하께 보답하려는 것입니다.
   【然】: 그러나. 【侍衛(shì wèi)】: 곁에서 모시며 보위하다. 【懈(xiè)】: 게으르다, 태만하다. 【內】: 안, 즉「朝廷」. 【忠志之士】: 충성스런 將士. 【忘(wàng)身】: 몸을 돌보지 않다. 【外】: 밖, 즉 戰場. 【蓋(gài)】: [어조사] ※句의 첫머리에 놓여 앞에서 말한 바에 대한 이유를 표시. 【追(zhuī)】: 추념하다, 돌이켜 생각하다. 【殊遇(shū yù)】: 특별한 待遇, 각별한 예우. 【欲】: ……하고자 하다. 【報】: 보답하다. 【之】: [대명사] 이것, 즉「선제께서 그들에게 베푸신 각별한 예우」.

聖聽, 以光先帝遺德, 恢宏志士之氣;⁵⁾ 不宜妄自菲薄, 引喩失義, 以塞忠諫之路也。⁶⁾

宮中府中, 俱爲一體, 陟罰臧否, 不宜異同。⁷⁾ 若有作姦犯科 及爲忠善者, 宜付有司論其刑賞, 以昭陛下平明之治;⁸⁾ 不宜偏私, 使內外異法也。⁹⁾

侍中 · 侍郎郭攸之 · 費禕 · 董允等, 此皆良實, 志慮忠純,

---

5) 誠宜開張聖聽, 以光先帝遺德, 恢宏志士之氣; → 실로 마땅히 견문을 크게 넓혀, 선제의 덕을 빛내고, 지사들의 사기를 북돋우어야 합니다.
【誠】: 실로, 정말로. 【宜(yí)】: 마땅히. 【開張(kāi zhāng)】: 넓히다, 확대하다. 【聖聽(shèng tīng)】: 황제의 견문. 즉, 황제가 널리 여러 사람의 의견을 청취함. 【光】: [동사] 빛내다. 【恢宏 (huī hóng)】: 북돋우다. ※「宏」은 판본에 따라「弘」으로 쓰기도 한다. 【志士】: 지사. 즉, 나라를 위해 몸바쳐 일하려는 포부를 지닌 사람.

6) 不宜妄自菲薄, 引喩失義, 以塞忠諫之路也。 → 함부로 자신을 가볍게 보거나, 끌어다 비유함이 옳지 못함으로써, 충간할 수 있는 길을 막아서는 안됩니다.
【妄自菲薄(wàng zì fěi bó)】: 함부로 자신을 가볍게 보다. 【引喩(yǐn yù)】: 끌어다 비유하다. 【失義】: 사리에 맞지 않다, 옳지 못하다. 【塞(sè)】: 막다, 저지하다. 【忠諫】: 충심으로 간언하다.

7) 宮中府中, 俱爲一體, 陟罰臧否, 不宜異同。 → 궁중과 승상부는, 모두 한 몸이니, 선행을 상주고 악행을 벌함에 있어서, 서로 달라서는 안됩니다.
【宮中】: 황제가 거처하는 황궁. 【府(fǔ)】: 승상이 집무하는 丞相府. 【俱(jù)】: 다, 모두. 【爲】: ……이다. 【陟(zhì)】: 발탁하여 상을 주다. 표창하다. 【臧(zāng)】: 선행. 【否(pǐ)】: 악행. 【不宜】: ……해서는 안 되다. 【異同】: 다르다, 같지 않다. ※「異同」은 본래「같고 다름」의 뜻이지만, 여기서는 偏義複合詞로 다만「異」쪽의 뜻을 나타낸다.

8) 若有作姦犯科及爲忠善者, 宜付有司論其刑賞, 以昭陛下平明之治; → 만약 간악한 일을 저지르고 법령을 위반하는 자나 충성과 선행을 하는 자가 있으면, 마땅히 전담 부서로 넘겨 그 刑 · 賞을 따져서, 폐하의 공평하고 밝은 정치를 보여주어야 합니다.
【作姦(jiān)】: 간악한 일을 저지르다. 【犯科(fàn kē)】: 법령을 위반하다. ※「科」: 법령의 조문. 【付(fù)】: 넘기다, 보내다, 회부하다. 【有司】: 職有專司. 전담관청, 전담부서. 【論】: 따지다, 논하다. 【刑(xíng)】: 벌하다. 【昭(zhāo)】: 보여주다, 밝히다. 【陛(bì)下】: 폐하.

9) 不宜偏私, 使內外異法也。 → 개인감정에 치우쳐, 궁중과 조정으로 하여금 법을 다르게 적용해서는 안됩니다.
【偏(piān)】: 치우치다. 【使】: ……하게 하다. 【內】: 궁중. 【外】: 승상부, 즉 조정. 【異】: [동사] 다르게 적용하다, 달리하다.

是以先帝簡拔以遺陛下。¹⁰⁾ 愚以爲宮中之事, 事無大小, 悉以咨之, 然後施行, 必能裨補闕漏, 有所廣益;¹¹⁾ 將軍<u>向寵</u>, 性行淑均, 曉暢軍事, 試用於昔日, 先帝稱之曰「能」, 是以衆議擧寵爲督。¹²⁾ 愚以爲營中之事, 悉以咨之, 必能使行陣和睦, 優劣得所。¹³⁾ 親賢

---

10) 侍中 · 侍郎郭攸之 · 費禕 · 董允等, 此皆良實, 志慮忠純, 是以先帝簡拔以遺陛下。 ➔ 시중 곽유지와 비위, 시랑 동윤 등은, 모두가 선량 · 성실하고, 지조와 사상이 충성스럽고 순수하기 때문에, 그래서 선제께서 발탁하여 폐하께 남겨주셨습니다.
【侍中】: [관직명] 황제의 고급 侍從. 일종의 고문. 【侍郎】: [관직명] 黃門侍郎. ※황제의 조칙 전달 업무를 맡은 관리. 【郭攸之】: [인명] 南陽사람으로 도량과 식견이 뛰어났으며, 黃門侍郎을 거쳐 侍中에 올랐다. 【費禕(fèi yī)】: [인명] 江夏사람으로 자가 文偉이며, 後主 劉禪시기에 黃門侍郎을 거쳐 시중에 올랐다. 【董允】: [인명] 枝江(지금의 湖北省 枝江縣)사람으로 자가 休昭이며 後主때 黃門侍郎이 되었다. 【良實(liáng shí)】: 선량하고 성실하다. 【志慮(zhì lǜ)】: 지조와 사상. 【忠純(zhōng chún)】: 충성스럽고 순수하다. 【簡拔(jiǎn bá)】: 고르다, 선발하다. 【遺(wèi)】: 주다, 남겨주다.

11) 愚以爲宮中之事, 事無大小, 悉以咨之, 然後施行, 必能裨補闕漏, 有所廣益; ➔ 저는 궁중의 일은, 그 일이 크거나 작거나, 모두 그들에게 묻고, 그런 다음에 시행하면, 반드시 부족하고 빠진 것을 보완하는데 도움을 주어, 널리 이로움이 있을 것이라 생각합니다.
【愚(yú)】: [겸칭] 저(나). 【以爲】: ……라고 생각하다. 【悉(xī)】: 모두. 【咨(zī)】: 묻다. 【之】: [대명사] 그들. 【裨(bì)】: 도움이 되다, 도움을 주다. 【補(bǔ)】: 보완하다, 채우다. 【闕(quē)】: 同「缺」. 결점, 잘못. 【漏(lòu)】: 누락, 빠진 것.

12) 將軍向寵, 性行淑均, 曉暢軍事, 試用於昔日, 先帝稱之曰「能」, 是以衆議擧寵爲督。 ➔ 장군 상총은, 성품이 착하고 일을 처리함이 공정하며, 군사에 정통하여, 이전에 시험삼아 기용한 적이 있는데, 선제께서 그를 칭찬하여 「유능하다」고 말씀하셨으므로, 그래서 여럿이 상의한 끝에 상총을 천거하여 도독으로 삼았습니다.
【向寵(chǒng)】: [인명] 襄陽 宜城(지금의 湖北省 宜城縣)사람으로 자는 巨違이다. 劉備때 牙門將에 임명되어 猇亭의 전투에서 그가 인솔한 군대가 손실을 당하지 않아 유비로부터 칭찬을 받았다. 劉禪이 즉위한 후 都亭侯에 봉해졌다가 후에 中部督이 되어 近衛部隊를 통솔했다. 【行】: 일의 처리. 【淑(shū)】: 착하다. 【均】: 공정하다. 【曉暢(xiǎo chàng)】: 정통하다. 【昔(xī)日】: 이전, 과거. 【試(shì)用】: 시험삼아 기용하다. 【稱(chēng)】: 칭찬하다. 【衆議】: 여럿이 상의하다. 【擧】: 천거하다, 추천하다. 【督(dū)】: 도독.

13) 愚以爲營中之事, 悉以咨之, 必能使行陣和睦, 優劣得所。 ➔ 저는 陣中의 일은, 모두 상총과 상의한다면, 반드시 군대로 하여금 화목하게 하고, 능력이 뛰어난 사람이나 모자란 사람 할 것 없이 적당한 자리를 얻게 될 것이라고 생각합니다.
【營(yíng)中】: 진영, 병영. 【之】: [대명사] 그, 즉「상총」. 【行陣(háng zhèn)】: 隊伍의 행렬, 즉「군대」. ※「行」: 옛날 군대에서 25인을「一行」이라 했다. 「陣」: 행렬. 【優劣(yōu liè)】: 능력이 뛰어난 사람과 모자란 사람. 【得所】: 적당한 자리를 얻다.

臣，遠小人，此先漢所以興隆也；[14] 親小人，遠賢臣，此後漢所以傾頹也。[15] 先帝在時，每與臣論此事，未嘗不歎息痛恨於桓·靈也。[16] 侍中·尚書·長史·參軍，此悉貞良死節之臣也，[17] 願陛下親之信之，則漢室之隆，可計日而待也。[18]

臣本布衣，躬耕於南陽，苟全性命於亂世，不求聞達於諸侯。[19]

---

14) 親賢臣, 遠小人, 此先漢所以興隆也。 → 어진 신하를 가까이 하고, 소인배를 멀리하는 일, 이것이 바로 전한이 흥성한 원인입니다.
【親】: 가까이하다. 【遠】: 멀리하다. 【先漢】: 前漢, 西漢. 【所以】: ……한 원인, 까닭.

15) 親小人, 遠賢臣, 此後漢所以傾頹也。 → 소인배를 가까이 하고, 어진 신하를 멀리하는 일, 이것이 바로 후한이 쇠망한 원인입니다.
【後漢】: 東漢. 【傾頹(qīng tuí)】: 기울어 무너지다, 쇠망하다.

16) 先帝在時, 每與臣論此事, 未嘗不歎息痛恨於桓·靈也。 → 선제가 살아 계실 때, 매번 저와 이 일을 논하게 되면, 환제와 영제에 대해 탄식하며 몹시 마음 아파하지 않은 적이 없었습니다.
【未嘗(cháng)】: ……한 적이 없다. 【痛恨(tòng hèn)】: 몹시 마음 아파하다. 매우 한스럽게 생각하다. 【桓·靈(huán·líng)】: 東漢 말의 두 임금 桓帝와 靈帝. ※이들 두 임금은 환관과 외척의 말을 믿다가 정치가 부패하여 민생이 도탄에 빠지고 도적배가 날뛰며 나라가 크게 혼란했다.

17) 侍中·尚書·長史·參軍, 此悉貞良死節之臣也。 → 시중·상서·장사·참군, 이들은 모두 지조가 굳고 믿을 만하며 목숨을 바칠 수 있는 충신들입니다.
【侍中·尚書·長(zhǎng)史·參軍】: [관직명] 당시 侍中 郭攸之 외에 尚書는 陳震, 長史는 張裔, 參軍은 蔣琬이 맡았다. 【貞(zhēn)良】: 지조가 굳고 믿을 만하다. ※「良」은 판본에 따라 「亮」으로도 쓴다. 【死節】: 목숨을 바칠 수 있는 지조.

18) 願陛下親之信之, 則漢室之隆, 可計日而待也。 → 원컨대 폐하께서 그들을 가까이하고 그들을 믿는다면, 한나라의 흥성은 그리 멀지 않을 것입니다.
【之】: [대명사] 그들, 즉 侍中 尚書 長史 參軍. 【隆(lóng)】: 융성, 부흥. 【可】: ……할 것이다. 【計日而待】: 날짜를 계산하며 기다리다, 즉 「멀지 않다」의 뜻.

19) 臣本布衣, 躬耕於南陽, 苟全性命於亂世, 不求聞達於諸侯。 → 저는 본래 평민으로서, 몸소 남양에서 밭을 갈고, 난세에서 구차하게 목숨을 보전하며, 제후들에게 이름이 알려져 영달하기를 추구하지 않았습니다.
【布衣】: 평민, 서민. ※옛날에 평민은 나이가 많은 사람을 제외하고 모두 麻布로 지은 의복을 입었다. 그래서 후에 「布衣」는 곧 평민을 일컫는 대명사가 되었다. 【躬(gōng)】: 몸소, 친히. 【耕(gēng)】: 밭을 갈다. 【南陽】: [지명] 지금의 湖北省 襄陽 일대. 【苟(gǒu)全】: 구차하게 보전하다. 【聞達】: 명성이 알려져 기용되다.

先帝不以臣卑鄙, 猥自枉屈, 三顧臣於草廬之中, 諮臣以當世之
事;[20] 由是感激, 遂許先帝以驅馳。[21] 後值傾覆, 受任於敗軍之際,
奉命於危難之間, 爾來二十有一年矣![22] 先帝知臣謹愼, 故臨崩
寄臣以大事也。[23] 受命以來, 夙夜憂勤, 恐託付不效, 以傷先帝之

---

20) 先帝不以臣卑鄙, 猥自枉屈, 三顧臣於草廬之中, 諮臣以當世之事; → 선제께서는 저와 같은
   신하를 비천하게 여기지 않고, 자신을 욕되게 신분을 낮추어, 초가로 저를 세 번이나 찾아와, 저에
   게 당시 세상의 일을 물으셨습니다.
   【卑鄙(bēi bǐ)】: 비천하다. 【猥(wěi)自】: 자신을 욕되게 하다. 【枉屈(wǎng qū)】: 굽히다, 신분
   을 낮추다. 【顧(gù)】: 방문하다, 찾아오다. 【草廬(lú)】: 초가. ※자기의 집을 낮추어 부르는 말.
   【諮(zī)】: 묻다, 자문을 구하다.

21) 由是感激, 遂許先帝以驅馳。→ 이로 말미암아 감격하여, 마침내 선제께 신명을 바쳐 일할 것을
   허락하였습니다.
   【由是】: 이로 인하여, 이로 말미암아. 【遂(suì)】: 마침내, 결국. 【許】: 허락하다, 응낙하다. 【驅
   馳(qū chí)】: 신명을 바쳐 일하다, 온 힘을 쏟다.

22) 後值傾覆, 受任於敗軍之際, 奉命於危難之間, 爾來二十有一年矣! → 그 후 나라가 기우는 어
   려움에 처해, 패전한 상황에서 임무를 부여받고, 위급한 상황에서 명을 받든지, 지금까지 21년이 되
   었습니다.
   ※建安 13년(208) 當陽의 長坂坡에서 曹操에게 패전하여 나라가 기우는 어려움에 처하자, 유비
   는 三顧草廬 끝에 제갈량을 軍師로 삼고, 그를 吳에 사신으로 보내 손권과 연합하여 조조에 대항
   토록 했다. 따라서 유비가 제갈량을 처음 만난 때는 건안 12년(207)으로 추정되면, 21년이라 한 것
   은 유비가 제갈량을 처음 만난 때부터 제갈량이 출사표를 내고 북벌에 나선 후주 건흥 5년(227)까
   지의 21년을 말하는 것이다.
   【值(zhí)】: 처하다, 놓이다. 【傾覆(qīng fù)】: 기울다. 【際(jì)】: 때, 상황. 【奉命】: 명을 받들다.
   【危難(wēi nàn)】: 위급하다. 【間(jiān)】: 상황, 순간. 【爾來】: 그때부터 지금까지. 【二十有一
   年】: 20년하고도 1년. 【有】: 又. 또, ……하고도.

23) 先帝知臣謹愼, 故臨崩寄臣以大事也。→ 선제께서는 저의 신중함을 아시고, 그래서 임종시에 저
   에게 큰 일을 맡기셨습니다.
   ※유비는 章武 3년(223) 4월, 병이 들어 임종하기 전에 제갈량에게 「그대의 재능은 曹丕보다 열
   배는 월등하여 반드시 나라를 안정시킬 수 있으니, 끝내 대업을 이룩해 주오.」라 하고, 또 아들 유선
   을 불러 「너는 승상과 더불어 종사하되, 승상 섬기기를 어버이처럼 하라.」고 당부했다.([解題 및
   本文 要旨說明] 참조)
   【謹愼(jǐn shèn)】: 신중하다, 조심하다. 【臨崩(lín bēng)】: 붕어할 때, 임종시에. 【寄(jì)】: 맡기
   다, 기탁하다.

明。[24] 故五月渡瀘, 深入不毛。[25] 今南方已定, 兵甲已足, 當獎率三軍, 北定中原。[26] 庶竭駑鈍, 攘除姦凶, 興復漢室, 還於舊都;[27] 此臣所以報先帝而忠陛下之職分也。[28] 至於斟酌損益, 進盡忠言, 則攸之·禕·允之任也。[29] 願陛下託臣以討賊興復之效, 不效則

---

24) 受命以來, 夙夜憂勤, 恐託付不效, 以傷先帝之明。➡ 명을 받은 이후, 밤낮으로 걱정하고 부지런히 일하며, (선제께서 저에게) 부탁하신 일을 이루지 못함으로써, 선제의 사람 보는 밝은 슬기에 손상을 입힐까 두려워했습니다.
【夙(sù)夜】: 이른 아침부터 저녁 늦게까지, 밤낮. 【憂勤(yōu qín)】: 부지런히 일하다. ※「勤」은 판본에 따라 「歎」으로도 쓴다. 【恐(kǒng)】: 걱정하다, 두려워하다. 【託付】: 당부한 일, 부탁한 일, 즉 유비가 임종할 때 제갈량에게 남긴 遺志. 【不效(xiào)】: 이루지 못하다, 실현하지 못하다. 【明】: 知人之明, 즉 사람을 알아보는 밝은 슬기.

25) 故五月渡瀘, 深入不毛。➡ 그래서 (무더운) 오월에 瀘水를 건너, (南蠻을 토벌하기 위해) 깊숙이 불모지에 들어갔던 것입니다.
※蜀漢 後主 建興3년(325)에 益州郡의 土豪들과 西南의 소수민족들이 반란을 일으키자 제갈량이 군사를 이끌고 정벌에 나서 평정하고 후방을 안정시켰다.
【瀘(lú)】: 瀘水. ※金沙江이 흘러 지나가는 雲南省 북부 麗江縣 북쪽의 일단. 일명 雅礱江이라고도 한다. 【不毛】: 불모지, 즉 오곡이 자라나지 못하는 척박한 땅. 여기서는 南蠻 지역을 가리킨다.

26) 今南方已定, 兵甲已足, 當獎率三軍, 北定中原。➡ 지금 남방은 이미 평정되었고, 군비도 이미 충분하니, 마땅히 삼군을 독려 통솔하여, 북으로 중원을 평정해야 합니다.
【定】: 평정되다. 【兵甲】: 군사 및 장비, 군비. ※「兵」: 군사. 「甲」: 갑옷, 즉 장비. 【當(dāng)】: 마땅히. 【獎率(jiǎng shuài)】: 독려하여 통솔하다. 【三軍】: 군대의 통칭. 지금의 陸·海·空軍과 의미가 다르다. 【中原】: 대략 「黃河 중류 지대」로, 당시 조조가 점령하고 있던 지역.

27) 庶竭駑鈍, 攘除姦凶, 興復漢室, 還於舊都。➡ 바라옵건대 (저로 하여금) 미약한 재능을 다하여, 간사하고 흉악한 자를 제거하고, 한나라를 다시 일으켜, 옛 도읍으로 돌아갈 수 있게 해 주십시오.
【庶(shù)】: 바라다, 희망하다. 【竭(jié)】: 다하다. 【駑鈍(nú dùn)】: 미약한 재능, 보잘것없는 재능. ※「駑」는 본래 「열등한 말(馬)」이며, 「鈍」은 「예리하지 못한 칼날」. 【攘(rǎng)除】: 제거하다, 없애다. 【姦凶(jiān xiōng)】: 간사하고 흉악한 자. 【舊都】: 옛 도읍. ※西漢의 도읍이 본래 長安이었으나, 東漢의 光武帝 때 洛陽으로 옮겼다.

28) 此臣所以報先帝而忠陛下之職分也。➡ 이것은 제가 선제께 보답하고 폐하께 충성하는 직분인 까닭입니다.
【所以】: 까닭, 이유. ※앞에서 어떤 사실을 말하고, 뒤에서 그 이유를 설명할 때 사용. 【報】: 보답하다.

治臣之罪, 以告先帝之靈。³⁰⁾ 若無興德之言, 則責攸之·褘·允等之慢, 以彰其咎。³¹⁾ 陛下亦宜自謀, 以諮諏善道, 察納雅言, 深追先帝遺詔。³²⁾ 臣不勝受恩感激。³³⁾ 今當遠離, 臨表涕零, 不知所云。³⁴⁾

---

29) 至於斟酌損益, 進盡忠言, 則攸之·褘·允之任也。 ➡ 득실을 헤아리고, 충언을 빠짐없이 올리는 일은, 곽유지·비위·동윤의 책임입니다.
【至於】: ……로 말하면, ……에 이르러 말하면. 【斟酌(zhēn zhuó)】: 헤아리다, 짐작하다. 【損益(sǔn yì)】: 득실. 【進盡】: 빠짐없이 올리다.

30) 願陛下託臣以討賊興復之效, 不效則治臣之罪, 以告先帝之靈。 ➡ 원컨대 폐하께서 저에게 역적을 토벌하여 (漢나라를) 부흥시키는 임무를 맡기시고, 성과가 없으면 저의 죄를 다스려, 선제의 영전에 고하십시오.
【討(tǎo)】: 토벌하다. 【賊(zéi, zé)】: 도적, 역적. 즉 「曹魏」. 【興復之效】: (漢을) 부흥시키는 임무. 「效」: 임무. 【不效】: 성공하지 못하다, 성과가 없다.

31) 若無興德之言, 則責攸之·褘·允等之慢, 以彰其咎。 ➡ 만일 (폐하의) 덕행을 증진하는 충언이 없으면, 곽유지·비위·동윤 등의 태만함을 꾸짖어, 그들의 잘못을 밝히십시오.
【若】: 만일. 【興德之言】: 덕행을 증진시키는 좋은 말. 【慢(màn)】: 태만하다, 소홀하다. 【彰(zhāng)】: 밝히다, 들추어내다. ※「彰」은 판본에 따라 「章」으로도 쓴다. 【其】: [대명사] 그들. 【咎(jiù)】: 과오, 잘못.

32) 陛下亦宜自謀, 以諮諏善道, 察納雅言, 深追先帝遺詔。 ➡ 폐하께서도 또한 마땅히 스스로 도모하여, 좋은 방법을 묻고, 바른 말을 살펴 받아들이며, 선제께서 남긴 詔書를 깊이 생각해야 합니다.
【自謀】: 스스로 도모하다. ※「謀」는 판본에 따라 「課」로도 쓴다. 【諮諏(zī zōu)】: 묻다, 문의하다. ※「諮」는 판본에 따라 「咨」로도 쓴다. 【善道】: (治國을 위한) 좋은 방법. 【察納(chá nà)】: 살펴 받아들이다. 【雅言】: 바른 말, 좋은 의견. 【深追(shēn zhuī)】: 깊이 추념하다, 깊이 쫓아 생각하다. 【遺詔(yí zhào)】: 임금의 유언, 임금이 임종시에 남기는 詔書. ※劉備가 임종할 때 아들 劉禪에게 「선행은 작다하여 아니하지 말고, 악행은 작다해도 하지 말며, 오직 어질고 덕이 있어야 사람을 복종시킬 수 있는 것이다. 《漢書》·《禮記》를 열심히 읽고, 틈틈이 諸子書와 《六韜》·《商君書》를 읽으면 사람의 지혜를 증진시킬 것이다.(勿以善小而不爲, 勿以惡小而爲之。惟賢惟德, 可以服人。可讀漢書·禮記, 暇觀諸子及六韜·商君書益人意智。)」라고 했다.

33) 臣不勝受恩感激。 ➡ 저는 (폐하의) 은혜를 받고 감격을 금할 수 없습니다.
【不勝】: 감당하기 어렵다. 금할 수 없다.

34) 今當遠離, 臨表涕零, 不知所云。 ➡ 이제 멀리 떠남에 즈음하여, 표를 대하니 눈물이 나와, 무슨 말을 했는지 모르겠습니다.
【當(dāng)】: 즈음하다, 당하다. 【臨(lín)】: 면전에서 대하다, 마주하다. 【涕零(tì líng)】: 눈물이 흘러 내리다. 「涕」: 눈물. 「零」: (액체가) 떨어지다. ※「零」은 판본에 따라 「泣」으로도 쓴다. 【所云】: 말한 바. ※「云」은 판본에 따라 「言」으로도 쓴다.

解題 및 本文 要旨說明 🌰

「表」는 옛날에 신하가 임금에게 올리는 일종의 문체이다. 《出師表》는 최초로 《三國志·蜀志·諸葛亮傳》에 보이는데, 제갈량이 中原을 통일하라는 劉備의 유지를 실현하기 위해 建興(後主 劉禪의 연호) 5년(227) 曹魏 정벌에 나서면서 後主에게 올린 글이다. 본래 이 글에는 제목이 없이 다만 「臨發上疏(출정에 임하여 疏를 올린다)」라고 했을 뿐인데 후인들이 내용을 근거로 제목을 붙인 것이다.

당시 蜀은 맹장 關羽와 張飛가 불시에 죽음을 당하고 중요한 근거지가 적에 함락되자 유비로 하여금 일대 타격과 분노를 금할 수 없게 했다. 이때 유비는 공명의 만류에도 불구하고 東征에 나섰다가 대패하고 돌아와 병들어 눕게 되자 章武 3年(223) 4月 임종 전에 제갈량과 아들 유선을 불러 이렇게 말했다.

> 「그대의 재능은 曹丕보다 열 배는 월등하여 반드시 나라를 안정시킬 수 있으니, 끝내 대업을 이룩해 주오.(君才十倍曹丕, 必能安國, 終建大業。)」
> 「너는 승상과 더불어 종사하되, 승상 섬기기를 어버이처럼 하라.(汝與丞相從事, 事之如父。)」

그러나 공명은 죽기를 각오하고 後主를 섬길 것을 맹세했다. 유비가 죽고 나서 태자가 17세의 나이로 즉위했는데, 그의 지능은 보통 이하였다. 그래서 공명은 유비가 임종시에 남긴 비통한 당부를 생각하며 유선을 위해 더욱 분골쇄신할 것을 맹세했다. 그러나 유비가 죽은 후 蜀의 운명은 날로 쇠약해져 그야말로 存亡의 기로에 놓여 있었다. 이와 같이 위급한 시기에 처해 자신의 능력을 최대한 발휘하여 난국을 타개하고 또 나라를 위해 한 몸을 바치겠다는 것이 공명의 진실한 심정이었다. 그래서 공명은 우선 동쪽으로 吳와 화친하는 동시에 남쪽 변방지역에 대한 평정에 나서 성공을 거두고, 그 이듬해 일년 동안 군비를 강화하는데 온 힘을 기울였다. 그 결과, 이듬해인 建興 5년(227)에 마침내 5만의 군사로 친히 曹魏의 정벌에 나서기로 결심했다.

출정에 앞서 공명은 유비 생전의 자신에 대한 절실한 신임과 간곡한 부탁을 다시 한 번 생각하며 劉禪 황제에게 表文을 바치니, 이것이 바로 《出師表》이다.

《出師表》의 내용은 대략 네 단락으로 나눌 수 있다. 첫째 단락은 後主가 忠言에 귀를 기울여 덕망을 더욱 증진시키고 스스로를 가벼이 보지 말며, 또한 끌어다 비유하는 사례들이 사리에 맞지 않음으로써 정직한 신하들이 충언할 수 있는 길을 막지 말라는 것을 지적했고, 둘째 단락은 상벌을 공정하고 분명히 하여 법의 집행에 있어서 궁중이나 승상부가 치우침이 없이 하나의 통일된 원칙이 있어야 함을 강조했으며, 셋째 단락은 前漢이 흥성한 이유와 後漢이 패망한 근거를 들어, 後主가 어진 신하를 가까이하고 小人을 멀리할 것을 요구함과 아울러 충성스러운 신하들의 말에 귀를 기울여야 한다는 의견을 제시했고, 넷째 단락은 역적들을 소멸하고 漢나라를 부흥시키고자 하는 자신의 염원을 피력했다.

전체적으로 보아 이 글은 유비의 은혜에 대해 감사하는 제갈량의 진실한 마음과 국가에 대한 충성심, 후주에 대한 소망 등이 모두 폐부로부터 흘러나와 읽는 사람으로 하여금 감동을 금치 못하게 한다. 그래서 사람들은 「孔明의《出師表》를 읽고 눈물을 흘리지 않는 사람은 충신이 아니오, 李密의《陳情表》를 읽고 눈물을 흘리지 않는 사람은 효자가 아니다.」라고 했다.

본래 공명이 立身한 바는 정치가인 동시에 전략가로 결코 문학가는 아니었다. 그러나 그의 《出師表》만은 위진 남북조의 산문 중 대표작일 뿐만 아니라 중국 역대 문장 가운데서도 걸출한 名文으로 꼽히고 있다. 다만 한 가지 의문시되는 것은 본래 공명이 북벌에 나설 때 올린 表는 바로 本文이었으나 후에 또 하나의《出師表》가 나와 2종의《出師表》가 유행하게 되었다는 점이다. 그래서 후세 사람들이 앞의 것을《前出師表》라 했고 뒤의 것을《後出師表》라 불렀다.

16

《典論·論文》

[三國·魏] 曹丕

作者 ○

曹丕(187-226)는 자가 子桓, 沛 國譙(지금의 安徽省 亳縣) 사람으로 曹操의 둘째 아들이며, 정치가인 동시에 뛰어난 문인이기도 하다. 漢 獻帝 建安 16년(211)에 五官中郎將이 되었다가 建安 22년(217)에 魏王 조조의 태자로 옹립되어 조조가 죽은 후 丞相과 魏王의 자리를 계승했고, 建安 25년(220)에 帝位를 찬탈하여 稱帝하고 국호를 「魏」라 했다. 재위 7년 만에 40세의 나이로 죽어 시호를 「文」이라 하니 이가 바로 魏文帝이다.《三國志·魏書》에는 曹丕에 대해「일찍이 文帝는 문학을 좋아하여 저술에 힘썼으며 스스로 편찬하여 백편을 후세에 전했다.(初帝好文學, 以著述爲務, 自所勒成垂百篇。)」라고 했고,《隋書·經籍志》에「魏文帝集 十卷」,「典論 五卷」이라고 한 것을 보면 曹丕의 탁월한 文才를 엿볼 수 있다.《典論》은 曹丕가 太子시절에 심혈을 기울여 지은 것으로 原書가 본래 20편이었는데 宋代 이전에 이미 실전되어, 지금은 다만《三國志》裴松之 注에 인용한《自敍》와 蕭統의《文選》에 남아있는《論文》등 2편뿐이다. 明 張溥가 輯한《漢魏六朝百三名家集》에《魏文帝集》二卷이 있다.

註釋 ✑

文人相輕, 自古而然。¹⁾ 傳毅之於班固, 伯仲之間耳;²⁾ 而固小之, 與弟超書曰:「武仲以能屬文爲蘭臺令史, 下筆不能自休。」³⁾ 夫人善於自見, 而文非一體, 鮮能備善, 是以各以所長, 相輕所短。⁴⁾ 里語曰:「家有敝帚, 享之千金。」斯不自見之患也。⁵⁾

---

1) 文人相輕, 自古而然。→ 문인들이 서로 경시하는 풍조는, 옛날부터 이미 그러했다.
【相輕】: 서로 경시하다, 서로 깔보다. 【自】: ……로부터. 【而】: 已, 이미. 【然】: 그렇다.

2) 傳毅之於班固, 伯仲之間耳; → 부의는 반고와 비교해 볼 때, 서로 엇비슷한 사이일 뿐이다.
【傳毅(fù yì)】: [인명] 東漢의 辭賦家로 자는 武仲, 茂陵(지금의 섬서성 興平縣) 사람이며, 章帝때 蘭台令史를 지냈다. 【於】: [비교용법] ……와 비교하여. 【班固】: [인명] 자는 孟堅, 東漢 安陵(지금의 陝西省 咸陽縣 동쪽)사람으로 학문이 해박하다. 明帝 때 郎이 되어 秘閣(宮안의 서적 보관 장소)의 藏書를 관장했고, 傳毅와 함께 교감작업을 맡아 하기도 했으며, 부친 班彪가 하던 《漢書》의 저술작업을 이어받아 20여 년 만에 완성했다. 후에 竇憲을 따라 匈奴 토벌에 나섰다가 憲이 패하는 바람에 이에 연좌되어 獄死했다. 【伯仲之間】: 서로 비슷한 사이. 【耳】: ……일 뿐이다.

3) 而固小之, 與弟超書曰:「武仲以能屬文爲蘭臺令史, 下筆不能自休。」→ 그러나 반고는 그를 멸시하여, 동생 반초에게 보내는 편지에서 「부의는 글을 잘 썼기 때문에 난대영사가 되었지만, 붓을 댔다하면 (길기만 하고) 스스로 (적당히) 멈출 줄을 모른다.」라고 했다.
【小】: [동사] 깔보다, 멸시하다. 【之】: [대명사] 그, 그 사람, 즉 傳毅. 【與】: 주다, 보내다. 【超(chāo)】: [인명] 班超. 東漢 安陵(지금의 섬서성 咸陽縣) 사람으로 班彪의 아들이며, 班固의 동생이다. 明帝 때 西域에 파견되어 공을 세우자 明帝가 그를 불러 西域都護를 삼고 定遠侯에 봉했는데, 西域에서 31년을 살다가 나이가 많아 교체하여 돌아온 후 바로 세상을 떠났다. 【書】: 편지, 서찰. 【以】: 因, ……로 인해. 【屬(zhǔ)文】: 문자를 엮다, 즉 「글을 쓰다」의 뜻. 【蘭臺令史】: [관직명] 도서를 정리하고 문서의 처리를 관장하는 직책. ※漢나라 때 蘭臺라는 장서를 보관하는 별관이 있어 御史中丞이 이를 관장했는데, 후에 蘭臺令史를 두어 이를 대신했다. 【下筆】: 붓을 대다, (글을) 쓰다. 【自休】: 스스로 멈추다.

4) 夫人善於自見, 而文非一體, 鮮能備善, 是以各以所長, 相輕所短。→ 대저 사람들은 자신의 장점을 잘 보지만, 그러나 문장이란 결코 하나의 체제가 아니며, 모두 잘 쓸 수 있는 경우가 드물기 때문에, 그래서 각기 자신의 장점을 가지고, 서로 남이 단점을 헐뜯는다
【夫(fú)】: [발어사] 무릇, 대저. 【善於】: ……에 능하다, ……을 잘하다. 【自見】: 자신의 장점을 보다. 【而】: 그러나. 【鮮(xiǎn)】: 드물다. 【備善】: 모두 잘하다, 완벽하다. 【是以】: 그래서, 이로 인해. 【各以】: 각기 ……을 가지고(……으로써). 【所長】: 장점. 【所短】: 단점.

5) 里語曰:「家有敝帚, 享之千金。」斯不自見之患也。→ 속담에 「집안에 낡은 빗자루 하나만 있어

今之文人: 魯國孔融文舉[6] · 廣陵陳琳孔璋[7] · 山陽王粲仲宣[8] ·
北海徐幹偉長[9] · 陳留阮瑀元瑜[10] · 汝南應瑒德璉[11] · 東平劉楨
公幹[12]; 斯七子者, 於學無所遺, 於辭無所假, 咸以自騁驥騄於千
里, 仰齊足而並馳。[13] 以此相服, 亦良難矣。[14] 蓋君子審己以度人,

도, 그것을 마치 천금과 같이 여긴다.」라고 했는데, 이것이 자신을 바로 보지 못하는 결점이다.
※이 속담은《東觀漢記 · 光武帝記》에 보인다.
【里語】: 俚語, 속어, 속담. 【敝帚(bì zhǒu)】: 낡은 빗자루. 【享】: ……로 여기다, ……로 대접하
다. 【斯(sī)】: [대명사] 이것. 【自見】: 자신을 바로 보다. 【患(huàn)】: 결점, 단점.

6) 魯國孔融文舉 ➡ 노국 사람 공융.
   【魯(lǔ)國】: [지명] 지금의 山東省 曲阜縣. 【孔融(róng)】: [인명] 建安七子 중의 한 사람이
   며 공자의 20세손이다. ※「建安七子」란 後漢 獻帝 建安시대의 이름난 일곱 작가들로, 조비의
   《典論 · 論文》에서 나온 호칭이다. 【文舉】: 공융의 字.

7) 廣陵陳琳孔璋 ➡ 광릉 사람 진림.
   【廣陵(guǎng líng)】: [지명] 지금의 江蘇省 江都縣. 【陳琳(chén lín)】: [인명] 건안칠자 중의
   한 사람. 【孔璋(zhāng)】: 진림의 字.

8) 山陽王粲仲宣 ➡ 산양 사람 왕찬.
   【山陽】: [지명] 지금의 山東省 金鄕縣. 【王粲(càn)】: [인명] 건안칠자 중의 한 사람. 【仲宣
   (zhòng xuān)】: 왕찬의 字.

9) 北海徐幹偉長 ➡ 북해 사람 서간.
   【北海】: [지명] 지금의 山東省 壽光縣. 【徐幹(gàn)】: [인명] 건안칠자 중의 한 사람. 【偉長
   (wěi cháng)】: 서간의 字.

10) 陳留阮瑀元瑜 ➡ 진류 사람 완우.
    【陳留】: [지명] 지금의 河南省 縣이름. 【阮瑀(ruǎn yǔ)】: [인명] 건안칠자 중의 한 사람. 【元
    瑜(yú)】: 완우의 字.

11) 汝南應瑒德璉 ➡ 여남 사람 응창.
    【汝南】: [지명] 지금의 河南省 縣이름. 【應瑒(yīng yáng)】: [인명] 건안칠자 중의 한 사람.
    【德璉(liǎn)】: 응창의 字.

12) 東平劉楨公幹 ➡ 동평 사람 유정.
    【東平】: [지명] 지금의 山東省 縣이름. 【劉楨(liú zhēn)】: [인명] 건안칠자 중의 한 사람. 【公
    幹(gàn)】: 유정의 字.

13) 斯七子者, 於學無所遺, 於辭無所假, 咸以自騁驥騄於千里, 仰齊足而並馳。 ➡ 이 일곱 사람
    은, 학문에 있어서 빠짐없이 배우고, 문사에 있어서도 남의 것을 모방함이 없이, 모두가 자기의 재
    능을 배경으로 준마를 타고 천리를 달리는데, 고개를 치켜들고 보조를 맞추어 나란히 달린다.

故能免於斯累, 而作《論文》。¹⁵⁾

王粲長於辭賦, 徐幹時有齊氣, 然粲之匹也。¹⁶⁾ 如¹⁷⁾粲之《初征》·《登樓》·《槐賦》·《征思》,¹⁸⁾ 幹之《玄猿》·《漏巵》·《圓扇》·《橘賦》,¹⁹⁾ 雖張·蔡不過也。²⁰⁾ 然於他文, 未能稱是。²¹⁾ 琳·

※이 말은 일곱 사람 모두가 서로 우열을 가릴 수가 없다는 뜻이다.
【斯(sī)】: 이, 이들. 【七子】: 建安七子. 【遺(yí)】: 빠뜨리다, 누락하다. 【假(jiǎ)】: 빌리다, 모방하다. 【咸(xián)】: 모두. 【以】: 依凭, ……을 배경으로. 【自】: 자기 자신 여기서는「자기의 재능」을 가리킨다. 【騁(chěng)】: 내닫다, 달리다. 【驥騄(jì lù)】: 준마, 좋은 말. 【仰(yǎng)】: (고개를) 쳐들다. 【齊(qí)足】: 보조를 맞추다. 【竝馳(chí)】: 나란히 달리다.

14) 以此相服, 亦良難矣。➡ 이 때문에 서로 감복하게 하는 것은, 역시 매우 어려운 일이다.
【以】: 因, ……로 인해, ……때문에. 【相服】: 서로 감복하게 하다. 【良】: 실로, 매우.

15) 蓋君子審己以度人, 故能免於斯累, 而作《論文》。➡ 대체로 군자는 먼저 자신을 살펴보고 나서 남을 평가하기 때문에, 그래서 능히 이러한 폐단을 면할 수 있으므로, 이에 (내가) 이《論文》을 쓰는 것이다.
【蓋】: [발어사] 대저. 【審(shěn)】: 살피다, 성찰하다. 【度(duó)】: 평가하다, 재다, 측량하다, 판단하다. 【斯累】: 이러한 폐단, 즉「문인들이 서로 경시하는 폐단」.

16) 王粲長於辭賦, 徐幹時有齊氣, 然粲之匹也。➡ 왕찬은 사부에 뛰어나고, 서간의 문장은 항상 제나라 풍격을 띠고 있지만, 그러나 왕찬과 필적할 만하다.
【長(cháng)於】: ……에 뛰어나다. 【辭賦(cí fù)】: 사부. ※운문과 산문의 중간에 해당하는 문체의 일종으로 본래 賦라고 했으나, 후인들이 屈原의 賦를 楚辭라 함으로써, 辭와 賦를 합쳐 辭賦라는 명칭이 생겨나게 되었다. 【時】: 항상. 【齊氣】: 제나라의 풍격. ※齊나라(지금의 山東省일대) 문인들의 문장에 나타나는 그들 특유의 완만한 풍격.「氣」: 풍격, 기질. 【然】: 그러나. 【匹(pǐ)】: 맞수, 적수, 필적.

17) 如 ➡ 예컨대, 예를 들어.

18) 《初征》·《登樓》·《槐賦》·《征思》, ➡ 왕찬의 賦 작품.
※嚴可均이 편한《全後漢文》卷九十에 수록되어 있고,《征思》는 失傳되었다.

19) 《玄猿》·《漏巵》·《圓扇》·《橘賦》, ➡ 서간의 賦 작품.
※이 중에서《團扇》만《全後漢文》卷九十三에 보이고 나머지는 失傳되었다.

20) 雖張·蔡不過也。➡ 비록 장형과 채옹이라 해도 (왕찬과 서간은) 능가하지 못하다.
【張】: 張衡. 後漢사람으로, 辭賦의 대가. 【蔡(cài)】: 蔡邕. 後漢 사람으로 辭賦의 대가. 【不過】: 능가하지 못하다.

21) 然於他文, 未能稱是。➡ 그러나 다른 체제의 문장에 있어서는, 이와 걸맞지 못하다.
【於】: ……에 있어서. 【他文】: 다른 체제의 문장, 즉 辭賦를 제외한 다른 문체. 【未能稱(chèn)

瑀之章表書記, 今之雋也。²²⁾ 應瑒和而不壯, 劉楨壯而不密。²³⁾ 孔
融體氣高妙, 有過人者;²⁴⁾ 然不能持論, 理不勝辭, 以至乎雜以嘲
戲;²⁵⁾ 及其所善, 揚·班儔也。²⁶⁾ 常人貴遠賤近, 向聲背實, 又患
闇於自見, 謂己爲賢。²⁷⁾

是】: 이와 걸맞지 못하다. 즉「辭賦처럼 잘 쓰지 못하다」. ※「未能」: ……하지 못하다.「稱」: 걸
맞다, 상응하다, 어울리다.「是」: [대명사] 이, 이것. 즉辭賦 작품.

22) 琳·瑀之章表書記, 今之雋也。➡ 진림·완우의 章·表·書·記는, 오늘날의 최고 수준이다.
【章】: 신하가 은혜에 대해 감사하는 뜻으로 황제에게 올리는 글.【表】: 신하가 사정을 진술하기 위
해 황제에게 올리는 글.【書】: 일반 서신.【記】: 하급자가 상급자에게 보내는 서신.【雋(jùn,
juàn)】: 출중하다, 뛰어나다, 걸출하다.

23) 應瑒和而不壯, 劉楨壯而不密。➡ 응창의 문장은 온화하나 기세가 웅장하지 못하고, 유정의 문장
은 기세가 웅장하나 치밀하지 못하다.
※이는 문사의 수식과 윤색을 가리켜 한 말이다.
【和】: 온화하다.【壯(zhuàng)】: (문장의 기세가) 웅장하다.【密(mì)】: 치밀하다.

24) 孔融體氣高妙, 有過人者; ➡ 공융의 문장은 격조와 기세가 뛰어나, 다른 사람을 능가하는 장점이
있다.
【體氣】: 체재와 기세.【高妙】: 뛰어나다, 훌륭하다.【過人】: 남을 능가하다.

25) 然不能持論, 理不勝辭, 以至乎雜以嘲戲; ➡ 그러나 자신의 논리를 견지하지 못하고, 논리가 문
사를 따르지 못하며, 심지어 조소와 희롱의 문구가 섞여 있다.
【理不勝辭】: 논리가 문사를 따르지 못한다. 즉「이치는 빈약하고 문사만 화려하다」. ※「不勝」:
따르지 못하다, ……만 못하다.【至乎】: 甚至, 심지어.【雜】: 섞이다.【嘲戲(cháo xì)】: 조소와
희롱.

26) 及其所善, 揚·班儔也。➡ (그러나) 그의 좋은 작품에 이를 것 같으면, 양웅· 반고와도 능히 견
줄만하다.
【及】: 至於, ……에 이르다.【揚·班】: 揚雄과 班固. ※두 사람 모두 후한의 辭賦 작가로 유명
하며, 양웅의《甘泉賦》·《羽獵賦》와 반고의《兩都賦》가《昭明文選》에 수록되어 있다.【所
善】: 능한 바, 즉「좋은 작품」.【儔(chóu)】: 同類, 같은 부류.

27) 常人貴遠賤近, 向聲背實, 又患闇於自見, 謂己爲賢。➡ 일반 사람들은 옛것을 귀하게 여기고
오늘날의 것을 천하게 여기며, 명성만을 지향하고 실제를 등지며, 또 자신을 바로 보는데 어두운 병
을 앓아, 자기가 가장 뛰어나다고 말한다.
【常人】: 일반사람.【貴】: [동사] 귀하게 여기다, 중시하다.【遠】: 먼 것, 즉 옛것.【賤(jiàn)】: 천
시하다, 경시하다.【近】: 가까운 것, 즉 오늘날의 것.【向】: 지향하다, 추구하다.【聲】: 명성.【背
(bèi)】: 등지다, 멀리하다.【實】: 실제, 사실.【患(huàn)】: (병을) 앓다, (잘못을) 범하다.【闇

夫文本同而末異。²⁸⁾ 蓋奏議宜雅, 書論宜理, 銘誄尚實, 詩賦欲麗。²⁹⁾ 此四科不同, 故能之者偏也, 唯通才能備其體。³⁰⁾

文以氣爲主, 氣之淸濁有體, 不可力强而致。³¹⁾ 譬諸音樂, 曲度雖均, 節奏同檢, 至於引氣不齊, 巧拙有素, 雖在父兄, 不能以移子弟。³²⁾

(àn)於】: ……에 어둡다. 【賢】: 훌륭하다, 뛰어나다.

28) 夫文本同而末異。→ 대저 문장은 본질은 같지만 표현 형식은 다르다.
【夫】: [발어사] 대저, 무릇. 【本】: 본질, 근본. 【末】: 말초, 즉 (문장의) 체재, 표현 형식.

29) 蓋奏議宜雅, 書論宜理, 銘誄尚實, 詩賦欲麗。→ 대체로 奏·議는 마땅히 우아해야 하고, 書·論은 마땅히 조리가 있어야 하며, 銘·誄는 실제를 숭상하고, 詩·賦는 문사가 화려해야 한다.
【蓋】: [발어사] 대저, 무릇. 【奏(zòu)·議(yì)】: 신하가 임금에게 올리는 글. 【宜】: 마땅히. 【雅】: 우아하다, 품위가 있다. 【書】: 문서. 【論】: 논설문. 【理】: 조리, 논리. 【銘(míng)】: 碑銘. ※사람이 죽으면 그 공덕을 비석에 새겨 남기는 글. 【誄(lěi)】: 죽은 사람의 생전의 덕행을 서술하여 기념하는 글. 【尚】: 중히 여기다, 숭상하다. 【實】: 사실, 진실, 실제. 【欲】: ……해야 하다.

30) 此四科不同, 故能之者偏也, 唯通才能備其體。→ 이 네 가지의 문체는 서로 다르기 때문에, 그래서 문장을 잘 쓰는 사람이라 해도 흔히 (자신이 잘하는 쪽에) 치우치기 마련이고, 오직 통달한 사람이라야 능히 그 여러 가지 문체를 겸비할 수 있다.
【四科】: 네 가지 문체. ※「科」: 과목, 종류. 【能之者】: 이에 능한 자, 즉 문장을 잘 쓰는 사람. ※「之」: [대명사] 이것, 즉 여러 가지 문체. 【偏(piān)】: 치우치다. 【唯(wéi)】: 다만. 【通才】: 통달한 사람. 【備】: 겸비하다. 【其體】: 그 여러 가지 문체.

31) 文以氣爲主, 氣之淸濁有體, 不可力强而致。→ 문장이란 기질을 위주로 하는데, 기질이 청하고 탁함은 타고난 바탕이 있기 때문에, 노력에 의해 억지로 얻을 수가 없다.
【氣】: 기질, 개성. 【淸濁(zhuó)】: 청탁. ※청탁이란 본래 상대적인 차이를 비유한 말이나, 여기에서 「淸」은 준수하고 호방한 기질을 가리키고, 「濁」은 엄숙하고 침울한 기질을 가리킨다. 【體】: 본질, 타고난 바탕. 【力强】: 노력에 의해 억지로. 【致(zhì)】: 얻다, 획득하다.

32) 譬諸音樂, 曲度雖均, 節奏同檢, 至於引氣不齊, 巧拙有素, 雖在父兄, 不能以移子弟。→ 이것을 음악에 비유하면, 곡조가 비록 같고, 리듬이 같다해도, 氣의 운용이 일치하지 않은 것으로 말하면, 잘하고 못하는 것은 타고난 바탕이 있어서, 비록 아버지나 형이라 해도 자식이나 동생에게 전해줄 수가 없다.
【譬(pì)】: 비유하다. 【諸】: 之於. 【曲度】: 曲譜, 曲調. 【均】: 동일하다, 서로 같다. 【節奏(jié zòu)】: 리듬. 【同檢(jiǎn)】: 법도에 부합하다. ※「檢」: 법도. 【引氣】: 호흡의 운용. 【不齊】: 일치하지 않다, 서로 다르다. 【巧拙(qiǎo zhuō)】: 좋고 나쁨, 잘하고 못함, 정교하고 졸렬함, 즉 우열. 【素】: 타고난 바탕, 천부적 소질. 【移(yí)】: 이전하다, 옮기다.

163

蓋文章, 經國之大業, 不朽之盛事。[33] 年壽有時而盡, 榮樂止於其身;[34] 二者必至之常期, 未若文章之無窮。[35] 是以古之作者寄身於翰墨, 見意於篇籍, 不假良史之辭, 不託飛馳之勢, 而聲名自傳於後。[36] 故西伯幽而演《易》,[37] 周旦顯而制《禮》,[38] 不以隱約而弗務, 不以康樂而加思。[39] 夫然, 則古人賤尺璧而重寸陰, 懼乎時

---

33) 蓋文章, 經國之大業, 不朽之盛事。→ 대저 문장이란 나라를 다스리는 큰 사업이요, 영원히 불멸하는 성대한 일이다.
【蓋】: 대저, 무릇. 【經國】: 治國, 나라를 다스리다. 【不朽(xiǔ)】: 영원불멸하다. 【盛事】: 성대한 일.

34) 年壽有時而盡, 榮樂止於其身; → 수명은 때가 되면 다하고, 부귀영화는 자신의 한 몸에 그친다.
【年壽(shòu)】: 수명. 【榮樂】: 영예와 향락, 부귀영화. 【止於】: ……에서 멈추다, ……에 그치다. 【其身】: 자기 한 몸.

35) 二者必至之常期, 未若文章之無窮。→ 이 두 가지는 반드시 다가오는 불변의 기약이니, 문장의 무궁함만 못하다.
【二者】: 두 가지, 즉「수명과 부귀영화」. 【常期】: 불변의 기약. 【未若】: 不如. ……만 못하다, ……와 같지 않다.

36) 是以古之作者寄身於翰墨, 見意於篇籍, 不假良史之辭, 不託飛馳之勢, 而聲名自傳於後。→ 그래서 옛날의 작가들은 필묵에 몸을 맡기고, 자신의 뜻을 저작에 발표하며, 걸출한 史家의 기록을 빌리지 않고, 권문세가에 의탁하지 않으면서, 명성을 스스로 후세에 전했다.
【寄】: 맡기다, 기탁하다. 【翰墨(hàn mò)】: 필묵, 즉「글 쓰는 일」. 【見(xiàn)】: 발표하다, 표현하다. 【意】: 뜻, 理想. 【篇籍(piān jí)】: 저작, 저술. 【假】: 빌리다. 【良史】: 걸출한 史家. 【託(tuō)】: 의탁하다, 기대다. 【飛馳(chí)之勢】: 날고 뛰는 세력, 즉 권문세가. 【聲名】: 명성. 【自傳】: 스스로 전하다.

37) 故西伯幽而演《易》, → 그래서 서백은 감옥에 갇혀서도《周易》을 탐구하여 발전시켰다.
【西伯】: 서쪽지방 제후 중의 首長. 여기서는 周 文王 姬昌을 가리킨다. ※文王이 殷나라 때 雍州의 伯을 지냈는데, 殷의 서쪽에 있었으므로「西伯」이라 했다. 【幽(yōu)】: 가두다, 감금하다. ※紂王이 文王을 羑里에 감금한 일이 있다. 【演(yǎn)】: 탐구하여 발전시키다.

38) 周旦顯而制《禮》, → 周公은 높은 지위에 오른 후에도《周禮》를 지었다.
【周旦(dàn)】: 周公 旦. 武王의 동생. 【顯(xiǎn)】: 높은 지위에 오르다, 귀하게 되다. 【《禮》】: 《周禮》.

39) 不以隱約而弗務, 不以康樂而加思。→ 결코 미천하고 곤궁한 상황에 처함으로 인해 게을리 하지 않고, 편안하다 하여 생각을 바꾸지 않았다.

之過已。⁴⁰⁾ 而人多不强力，貧賤則懾於饑寒，富貴則流於逸樂，遂
營目前之務，而遺千載之功。⁴¹⁾ 日月逝於上，體貌衰於下，忽然與
萬物遷化，斯志士之大痛也。⁴²⁾

　　融等已逝，唯幹著論，成一家言。⁴³⁾

【以】: 因, ……로 인해, ……로 말미암아. 【隱約(yǐn yuē)】: 미천하고 곤궁하다. 【弗(fú)】: 不, ……하지 않다. 【務(wù)】: 힘쓰다, 노력하다. 【康樂】: 안락하다, 편안하다. 【加】: 移, 고치다, 바꾸다. 【思】: 생각, 즉 저술에 대한 집념.

40) 夫然, 則古人賤尺璧而重寸陰, 懼乎時之過已。→ 그렇기 때문에, 옛 사람들은 크고 진귀한 옥을 천하게 여기고 짧은 시간을 귀중하게 여겼으며, 시간이 헛되이 지나가는 것을 두려워했다.
【夫然】: 그렇기 때문에, 즉 문장을 중시하고 정성을 다해 쓰기 때문에. 【則】: 그래서, 그러므로. 【賤(jiàn)】: 천하게 여기다. 【尺璧(chǐ bì)】: 매우 크고 진귀한 옥. 【重(zhòng)】: 중히 여기다. 【寸陰(cùn yīn)】: 극히 짧은 시간. 【懼(jù)】: 두려워하다. 【乎】: 於, ……에 대하여. 【已】: [어조사] 矣.

41) 而人多不强力, 貧賤則懾於饑寒, 富貴則流於逸樂, 遂營目前之務, 而遺千載之功。→ 그러나 오늘날의 사람들은 대부분이 힘써 노력하지 않고, 빈천해지면 굶주리고 추위에 시달리는 것을 두려워하고, 부귀해지면 향락에 빠져, 마침내 눈앞의 일을 꾀할 뿐, 천추의 功業을 포기한다.
【强力】: 힘써 노력하다. 【懾(shè, zhé)】: 두려워하다. 【流於】: ……에 흐르다, ……에 빠지다. 【逸樂(yì lè)】: 향락. 【遂】: 마침내. 【營(yíng)】: 꾀하다, 영위하다, 모색하다. 【目前之務】: 눈앞의 일. 즉, 빈천하면 먹고 입는 것을 꾀하고, 부귀하면 향락을 탐하는 일. 【遺(yí)】: 포기하다. 【千載之功】: 천년의 功業, 千秋의 사업, 즉「저술 활동」. ※「千載」: 천년, 千秋, 오랜 시간.

42) 日月逝於上, 體貌衰於下, 忽然與萬物遷化, 斯志士之大痛也。→ 세월은 하늘에서 사라지고, 신체의 모습은 땅에서 노쇠해지다가, 갑자기 만물과 더불어 변화하니, 이것이 바로 뜻 있는 사람들이 마음 아파하는 것이다.
【日月】: 세월, 시간. 【逝(shì)】: 사라지다, 없어지다. 【上】: 위, 즉「하늘」. 【衰(shuāi)】: 노쇠하다, 쇠미하다. 【下】: 아래, 즉「땅, 인간세상」. 【忽然】: 별안간, 돌연, 갑자기. 【遷(qiān)化】: 변화하다. 즉, 죽어버리다. 【斯】: [지시대명사] 이, 이것. 즉 앞에서 말한「貧賤則懾於饑寒……忽然與萬物遷化」를 가리킨다. 【志士】: 뜻 있는 사람. 【大痛】: 크게 마음 아파하다.

43) 融等已逝, 唯幹著論, 成一家言。→ 공융 등은 이미 세상을 떠났고, 다만 徐幹이《中論》을 저술하여, 스스로 일가의 학설을 이루었다.
【唯(wéi)】: 오직, 다만. 【論】: 서간이 저술한《中論》. 【言】: 학설.

解題 및 本文 要旨說明 🔖

《論文》은《典論》중의 한 편으로, 建安七子가 죽은 후, 조비가 그들의 작품에 대해 우열을 논평하고, 아울러 자신의 문학에 대한 관점을 밝힌 글이다.

중국문학사에서 비평에 관한 글은《論文》이전에도《毛詩·序》·《離騷序》·《兩都賦序》·《楚辭章句》등이 있었으나 이 序文들은 다만 어느 한 책에 대해 언급했거나 아니면 어떤 문체에 대해 논한 정도에 불과하며, 문학 전반에 걸쳐 논한 것은 아니다. 그러나 조비의《論文》은 문학비평 가운데 여러 가지 원칙적인 문제들을 논의했을 뿐만 아니라 문학비평사상 중요한 위치에 있는 여러 작가들에 대해서도 논평하고 있어 명실상부한 문학비평의 면모를 갖추고 있다. 따라서《典論·論文》은 중국문학사에서 현존하는 최초의 문학비평논문이라 할 수 있다.

내용은 대략 文體·文氣·批評·效用 등 4부분으로 나누어져 있다.

(1) 문체: 선진시기의「文」또는「文學」은 학술을 가리키는 것이었고, 漢代에 이르러서는 문학과 문장의 구분이 있어 문학은 유학, 문장은 辭賦를 가리키는 것이었다. 그런데, 조비는 「문장은 본질은 같지만 표현 형식은 다르다」라는 관점을 제기하며, 문장을 奏議·書論·銘誄·詩賦 등 이른바「四科八體」로 구분하고, 각기 그 특징을 지적했다. 이러한 분류가 비록 과학적이지 못하고 엉성한 분류법이라고는 하지만, 그러나 문체론에 관한 최초의 탐색이라는 점과 순문학 작품인 詩賦를 한 분야로 열거한 점은 문체에 대한 새로운 인식이라 할 수 있다.

(2) 文氣: 조비가 말하는「氣」는 氣質(개성)과 風格 두 가지를 포함하고 있다.「文以氣爲主」의「氣」는 작가의 기질이고,「徐幹時有齊氣」의「氣」는 작품의 풍격을 말한다. 그러나 사실 기질과 풍격은 하나라고 할 수 있을 만큼 서로 불가분의 관계이다. 왜냐하면 작품의 풍격은 작자의 기질에 따라 결정되기 때문이다. 어쨌든 조비가 문학의 창작주체와 작품 풍격의 관계를 통해 문학창작의 개성화와 작품 풍격의 다양화라는 관점을 제시한 것은 문학의 내재적 규율을 밝힌 중요한 문학이론이라 하겠다.

(3) 비평: 조비는 문학비평에 관해 어떤 비평방법의 제시보다는 문학비평을 저해하는 몇 가지 요인을 들고 있는데, 모두가 조비의 새로운 견해이다.

첫째, 문인들이 서로 경시하는 원인으로, 자신의 장점은 잘 보면서 자신의 단점은 잘 보지 못하는 결점이 있고, 또 문장이 여러 가지 체재로 나누어져 있어 모든 문체에 능통하기가 불가능함에도 불구하고 문인들이 자신의 장점만을 가지고 남의 단점을 경시하는 나쁜 풍조가 있음을 지적하였다.

둘째, 옛것을 중시하고 오늘날의 것을 경시하는 풍조를 지적했다.

셋째, 명성만을 추구하고 실제를 등한시하는 풍조를 지적했다.

(4) 문장의 효용: 조비가 말하는 「文」이란 詩賦를 포함한 광의의 문학을 말한다. 그러나 당시 儒家는 시를 문학에 포함시키지 않고 경전으로 삼았으며, 또 立言을 문학창작으로 간주하지 않았으나, 조비는 문장을 「나라를 다스리는 큰 사업이요, 영원히 불멸하는 성대한 일」이라 평가하고, 또 「걸출한 史家의 기록을 빌리지 않고, 권문세가에 의탁하지 않으면서, 명성을 스스로 후세에 전한다」고 하여 문인들의 창작의식을 고취하는 한편 문학의 사회적 지위를 끌어올리는 데 큰 영향을 주었다.

17

陳情表

[晉] 李密

作者 ○

　李密(224-287)은 蜀漢 犍爲 武陽縣(지금의 四川省 彭山縣) 사람으로 자가 令伯이다.(《續漢書》에는「虔」이라 했고,《華陽國志》에는「宓」또는「虙」이라 했으며,《晋書‧李密傳》에는「密」또는「虔」이라 했다.) 이밀은 태어난 후 불과 몇 살이 되지 않아 부친이 죽고 모친이 개가하여 조모 劉氏에 의해 양육되었다. 이밀은 성장한 후 조모에게 효성이 지극하기로 이름이 났는데, 조모가 병이 나자 눈물을 흘리며 항상 곁을 떠나지 않고 정성을 다해 보살폈다. 그는 당시 저명한 학자 譙周에게 사사했는데 五經을 두루 읽었으며 특히《春秋左傳》에 정통했다. 그는 젊어서 蜀漢에서 尙書郞을 지내다가 蜀漢이 망한 후, 晋 武帝의 부름을 받아 太子洗馬에 임명되었으나 연로하고 병환중인 조모를 봉양할 사람이 없어, 표를 올려 간곡히 사양하고 조모가 죽은 후에야 비로소 부임했다. 그후 漢中太守로 좌천되어 있던 중 무제의 노여움을 사서 면직되어 집에 돌아와 죽었다.

　이밀의 작품은 대부분 없어지고 지금은《陳情表》와《賜錢東堂詔令賦詩》만 남아 전한다.

註釋 ⚓

　　臣密言:[1] 臣以險釁, 夙遭閔凶, 生孩六月, 慈父見背。[2] 行年四歲, 舅奪母志。[3] 祖母劉愍臣孤弱, 躬親撫養。[4] 臣少多疾病, 九歲不行; 零丁孤苦, 至於成立。[5] 旣無伯叔, 終鮮兄弟; 門衰祚薄, 晚有兒息。[6] 外無期功强近之親, 內無應門五尺之童。[7] 煢煢獨立,

---

1) 臣密言: ➡ 신하 이밀이 말씀드립니다.
　【臣】: 신하, 저(나). ※임금에 대한 자신의 낮춤 말.

2) 臣以險釁, 夙遭閔凶, 生孩六月, 慈父見背。 ➡ 저는 운명이 기구했기 때문에, 어려서부터 凶事를 만나, 태어난 지 반년 만에, 부친이 세상을 떠났습니다.
　【以】: 因, …… 때문에, ……로 인해. 【險釁(xiǎn xìn)】: 운명이 기구하다, 운세가 험난하다. 【夙(sù)】: 일찍부터. 【遭(zāo)】: 만나다, 당하다. 【閔凶(mǐn xiōng)】: 우환, 凶事. 【慈(cí)父】: 아버지, 부친. 【見背】: 세상을 떠나다, 별세하다.

3) 行年四歲, 舅奪母志。 ➡ 나이 4살 때, 외삼촌이 어머니의 뜻을 꺾었습니다.
　※이밀의 외삼촌이 수절하려는 어머니의 뜻을 꺾고 강제로 개가하도록 했다는 의미이다.
　【行年】: 나이. 【舅(jiù)】: 외삼촌. 【奪(duó)】: 박탈하다, 빼앗다, 꺾다.

4) 祖母劉愍臣孤弱, 躬親撫養。 ➡ 조모 劉氏가 저의 외롭고 軟弱함을 가엾게 여겨, 친히 양육하였습니다.
　【愍(mǐn)】: 가련하게 여기다, 불쌍히 여기다. 【孤弱】: 외롭고 연약하다. 【躬親】: 친히, 몸소. 【撫(fǔ)養】: 보살펴 기르다, 양육하다.

5) 臣少多疾病, 九歲不行; 零丁孤苦, 至於成立。 ➡ 저는 어렸을 때 병이 많아, 아홉 살이 되어서도 걷지를 못했고, (일가, 친척 등) 의지할 곳이 없이 외롭게 고생하며, 장성하기에 이르렀습니다.
　【行】: 걷다. 【零丁】: 의지할 곳 없이 외롭다. 【孤苦】: 외롭게 고생하다. 【至於】: ……에 이르다. 【成立】: 장성하다.

6) 旣無伯叔, 終鮮兄弟; 門衰祚薄, 晚有兒息。 ➡ 이미 백부나 숙부가 없으니, 끝내 형제도 없으며, 가문이 쇠퇴하고 박복하여, 뒤늦게 자식을 얻었습니다.
　【鮮】: 드물다, 적다. 여기서는 「없다」라는 뜻으로 쓰였다. 【祚(zuò)】: 福. 【兒息】: 자식.

7) 外無期功强近之親, 內無應門五尺之童。 ➡ 밖으로는 상복을 입을 만한 가까운 친척이 없고, 안으로는 대문을 열어줄 만한 아이조차도 없습니다.
　【期(jī)功】: 喪服의 명칭. 「期」는 期服, 즉 일년동안 입는 상복으로 伯叔父母나 형제가 입는다. 「功」은 功服으로 「大功服」과 「小功服」으로 나뉘는데, 大功服은 9개월 동안 입는 상복으로 堂兄弟가 입고, 小功服은 5개월 동안 입는 상복으로 堂姪 또는 堂姪孫이 입는다. 【强近之親】: 억지로 가깝다고 여기는 친족. 【應門】: 대문을 열고 닫고 하는 일. 【五尺之童】: 아이.

形影相弔。8) 而劉夙嬰疾病, 常在牀蓐; 臣侍湯藥, 未曾廢離。9)

逮奉聖朝, 沐浴清化。10) 前太守臣逵, 察臣孝廉; 後刺史臣榮, 擧臣秀才;11) 臣以供養無主, 辭不赴命。12) 詔書特下, 拜臣郎中。13) 尋蒙國恩, 除臣洗馬。14) 猥以微賤, 當侍東宮, 非臣隕首所能上

---

8) 煢煢獨立, 形影相弔。➡ 외롭게 혼자서, 몸과 그림자가 서로 위로하고 있습니다.
   【煢(qióng)煢】: 외로운 모양. 【獨立】: 혼자서, 홀로. ※판본에 따라서는「獨」을「孑(jié)」로 썼다. 【形影】: 몸과 그림자. 【弔(diào)】: 위로하다.

9) 而劉夙嬰疾病, 常在牀蓐, 臣侍湯藥, 未曾廢離。➡ 또한 조모 유씨는 일찍부터 병을 앓아, 항상 자리에 누워있어서, 제가 탕약을 보살펴 드리며, 아직까지 곁을 떠나 본 적이 없습니다.
   【嬰(yīng)】: 몸에 달고 있다, 시달리다. 【牀蓐(chuáng rù)】: 침상, 자리. 【侍(shì)】: 모시다, 보살펴 드리다. 【未曾】: 아직까지 ……해 본적이 없다. 【廢離(fèi lí)】: 그만두고 떠나다.

10) 逮奉聖朝, 沐浴清化。➡ (지금의) 晉王朝를 받들기에 이르러, 청명한 정치의 교화를 입었습니다.
    ※즉 지금의 晉王朝에 이르러 맑고 깨끗한 정치로 백성을 교화하는 은혜를 입다.
    【逮(dài)】: ……에 이르다. 【聖朝】: 지금의 王朝, 즉 晉王朝에 대한 존칭. 【沐浴(mù yù)】: (은혜를) 입다. 【清化】: 淸明한 정치교화.

11) 前太守臣逵, 察臣孝廉; 後刺史臣榮, 擧臣秀才; ➡ 지난번에는 태수 逵가, 저를 살펴 효렴으로 추천해 주었고, 또 그 후에는 자사 榮이, 저를 수재로 천거해 주었습니다.
    【太守】: [관직명] 郡의 우두머리. 【臣】: 황제에 대해 신하를 낮추어 부른 말. 【逵(kuí)】: [인명]. 【察(chá)】: 살펴 ……로 추천하다. 【孝廉(lián)】: 효렴. ※漢나라때 효성이 지극하고 청렴한 사람에 붙여준 칭호. 【刺史】: [관직명] 州의 首長. 【榮】: [인명]. 【秀才】: 漢代 이후 재능이 뛰어난 사람에게 붙여준 칭호.

12) 臣以供養無主, 辭不赴命。➡ 저는 (조모를) 봉양할 사람이 없기 때문에, 사양하고 명에 따라 부임하지 못했습니다.
    【以】: 因, …… 때문에, ……로 인해. 【赴(fù)命】: 명에 따르다, 명에 따라 부임하다.

13) 詔書特下, 拜臣郎中。➡ (폐하께서) 조서를 특별히 내려, 저를 낭중에 임명하셨습니다.
    【詔(zhào)書】: 조서. 황제가 명령을 하달하는 문서. 【拜】: 임명하다. 【郎中】: [관직명] 궁중에서 차마·궁문을 관리하는 동시에, 안에서는 侍衛에 충당되고, 밖에서는 작전에 참여한다.

14) 尋蒙國恩, 除臣洗馬。➡ 얼마 안 가서 또 나라의 은혜를 받아, 저를 태자세마에 새로 임명하셨습니다.
    【尋(xún)】: 얼마 안 가서. 【蒙(méng)】: 받다. 【除】: (현재의 관직을 바꾸어) 새로운 관직에 임명하다. 【洗(xiǎn)馬】: [관직명] 태자를 보필하는 직책. ※「洗馬」는 본래「先馬」라 하여 태자가 외출하면 먼저 말을 타고 앞에서 인도했기 때문에 붙여진 이름이다.

報。¹⁵⁾ 臣具以表聞，辭不就職。¹⁶⁾ 詔書切峻，責臣逋慢;¹⁷⁾ 郡縣逼迫，催臣上道;¹⁸⁾ 州司臨門，急於星火。¹⁹⁾ 臣欲奉詔奔馳，則劉病日篤; 欲苟順私情，則告訴不許。²⁰⁾ 臣之進退，實爲狼狽。²¹⁾

伏惟聖朝以孝治天下，凡在故老，猶蒙矜育，況臣孤苦，特爲

---

15) 猥以微賤, 當侍東宮, 非臣隕首所能上報。→ 외람되게 미천한 몸으로써, 태자를 모시는 일을 맡았으니, (그 은혜는) 제가 목숨을 바친다 해서 능히 보답할 수 있는 일이 아닙니다. 【猥(wěi)】: 외람되다. 【微賤】: 미천한 신분. 【當】: 맡다, 담당하다. 【東宮】: 태자. ※본래「태자가 거처하는 궁」이나, 통상「태자」를 호칭하는 대명사로 사용한다. 【隕(yǔn)首】: 목이 떨어지다, 목숨을 바치다. 【上報】: 보답하다.

16) 臣具以表聞, 辭不就職。→ 저는 모두 표로써 진술한 후, 사절하고 부임하지 않았습니다. 【具】: 俱, 모두, 다. 【聞】: 진술하다, 올려 알리다. 【辭】: 사절하다, 사양하다. 【就職】: 취임하다, 부임하다.

17) 詔書切峻, 責臣逋慢; → 詔書에는 절박하고 엄하게, 제가 회피하고 오만했다고 꾸짖었습니다. 【切峻(qiè jùn)】: 절박하고 엄하다. 【責】: 꾸짖다, 혼내다. 【逋(bū)】: 기피하다, 회피하다. 【慢(màn)】: 오만하다.

18) 郡縣逼迫, 催臣上道; → 군·현에서는 핍박하며, 제가 길에 오를 것을 재촉하였습니다. 【逼迫(bī pò)】: 핍박하다. 【催(cuī)】: 재촉하다. 【上道】: 길에 오르다, 출발하다.

19) 州司臨門, 急於星火。→ 州의 관리가 집에 찾아와, 성화보다 더 급히 서둘렀습니다. 【州司】: 州의 관리. 【臨門】: 대문에 이르다, 집에 찾아오다. 【急】: 급히 서두르다. 【星火】: 流星, 매우 다급하게 조르는 모양.

20) 臣欲奉詔奔馳, 則劉病日篤; 欲苟順私情, 則告訴不許。→ 저는 명을 받들어 달려가고자 했으나, 조모 유씨의 병이 날로 심해져서, 잠시 사사로운 감정을 좇고자 사정을 호소했으나, 허락을 받지 못하였습니다. 【奔馳(bēn chí)】: 달려가다. 【日篤(dǔ)】: 날로 심해지다, 점점 위독해지다. 【苟(gǒu)】: 잠시. 【順】: 좇다, 따르다. 【告訴】: 사정을 호소하다.

21) 臣之進退, 實爲狼狽。→ 저의 진퇴가, 실로 난감합니다. 【狼狽(láng bèi)】: 난감하다, 이렇지도 저렇지도 못하다. ※唐 段成式《酉陽雜俎·廣動植·毛篇》의 기록에 의하면, 본래「狼」과「狽」는 두 종류의 짐승으로, 狽는 앞다리가 매우 짧아서 걸을 때는 항상 狼의 다리에 의존하기 때문에 狽가 狼을 잃으면 움직일 수가 없다. 그래서 진퇴양난의 상황을「狼狽」라는 말로 비유했다.

22) 伏惟聖朝以孝治天下, 凡在故老, 猶蒙矜育, 況臣孤苦, 特爲尤甚。→ 엎드려 생각컨대 (지금의) 聖朝는 孝로써 천하를 다스려, 모든 나이든 노인들이, 여전히 불쌍히 여겨져 보살핌을 받고 있

171

尤甚。²²⁾ 且臣少仕僞朝, 歷職郎署, 本圖宦達, 不矜名節。²³⁾ 今臣亡國賤俘, 至微至陋, 過蒙拔擢, 寵命優渥;²⁴⁾ 豈敢盤桓, 有所希冀?²⁵⁾ 但以劉日薄西山, 氣息奄奄, 人命危淺, 朝不慮夕。²⁶⁾ 臣無祖母, 無以至今日; 祖母無臣, 無以終餘年。²⁷⁾ 母孫二人, 更相爲

습니다. 하물며 저의 외롭고 힘든 사정은, 더욱 심한 처지입니다.

【伏惟(fú wéi)】: 엎드려 생각하다. ※아랫사람이 황제에 대한 예의로써 자신을 낮춘 말.「伏」: 엎드리다, 자세를 낮추다.「惟」: 思, 생각하다. 【凡】: 무릇, 모든. 【故老】: 나이가 들다, 늙다. 【猶(yóu)】: 여전히. 【蒙(méng)】: 받다. 【矜(jīn)育】: 불쌍히 여겨 보살피다. 【況】: 하물며. 【孤苦】: 외롭고 힘들다. 【特爲尤甚】: 특히 더 심하다.

23) 且臣少仕僞朝, 歷職郎署, 本圖宦達, 不矜名節。➔ 또한 저는 젊었을 때 蜀漢에서 벼슬을 살며, 상서랑을 역임했는데, 본래 벼슬길에서 출세하기를 꾀했을 뿐, 결코 명예나 절조 같은 것은 중시하지 않았습니다.

【且】: 또한, 그리고. 【少】: 젊은 시절. 【仕】: 벼슬을 하다. 【僞朝】: 蜀漢에 대한 호칭. 촉한이 魏에 멸망하고, 다시 晋에 귀속되었으므로, 지금의 晋王朝를 정통으로 인정하여 사용한 말이다. 【歷職】: 역임하다, 지내다. 【郎署】: 尙書郎이 속해있는 관청. 여기서는 尙書郎을 가리킨다. 【圖】: 도모하다, 꾀하다. 【宦(huàn)達】: 벼슬로 출세하다. 【矜(jīn)】: 중시하다, 자랑스럽게 여기다. 【名節】: 명예와 지조.

24) 今臣亡國賤俘, 至微至陋, 過蒙拔擢, 寵命優渥; ➔ 지금 저는 멸망한 나라의 천한 포로로서, 지극히 보잘것없고 지극히 비천한데, 과분하게 발탁되어, 두터운 은총을 받았습니다.

【亡國】: 멸망한 나라, 즉「蜀漢」을 말한다. 【賤俘(jiàn fú)】: 천한 포로. 【過蒙(méng)】: 과분하게 ……을 받다. 【拔擢(zhuó)】: 뽑다, 발탁하다. 【寵(chǒng)命】: 은총. 【優渥(yōu wò)】: 매우 두텁다.

25) 豈敢盤桓, 有所希冀? ➔ 어찌 감히 망설이며, 더 바라는 바가 있겠습니까?

【豈】: 어찌 ……하겠는가? 【盤桓(pán huán)】: 배회하다, 주저하다, 망설이다. 【希冀(jì)】: 바라다, 희망하다.

26) 但以劉日薄西山, 氣息奄奄, 人命危淺, 朝不慮夕。 ➔ 다만 조모 유씨가 서산에 지는 해처럼 기운이 매우 쇠약하기 때문에, 목숨이 위태로워, 아침에 저녁 일을 생각할 수가 없습니다.

【但】: 다만. 【以】: 因, ……때문에. 【薄(bó)】: 바싹 다가붙다, 가까이 가다. 【氣息】: 기운, 숨결. 【奄(yān)奄】: 기운이 매우 쇠약한 모양. 【危淺(wēi qiǎn)】: 위태롭다. 【慮(lǜ)】: 생각하다.

27) 臣無祖母, 無以至今日; 祖母無臣, 無以終餘年。 ➔ 저는 조모가 없었다면, 오늘에 이를 수가 없었고, 조모는 제가 없이는, 남은 여생을 끝마칠 수가 없습니다.

【無以】: ……할 수가 없다, ……할 방법이 없다.

命。²⁸⁾ 是以區區不能廢遠。²⁹⁾

　臣密今年四十有四, 祖母劉今年九十有六。³⁰⁾ 是臣盡節於陛下之日長, 報養劉之日短也。³¹⁾ 烏鳥私情, 願乞終養。³²⁾ 臣之辛苦, 非獨蜀之人士, 及二州牧伯, 所見明知; 皇天后土, 實所共鑒。³³⁾ 願陛下矜愍愚誠, 聽臣微志; 庶劉僥倖, 保卒餘年。³⁴⁾ 臣生當隕首,

---

28) 母孫二人, 更相爲命。➡ 조모와 손자 두 사람이, 서로 의지하며 살아가고 있습니다.
【更相】: 서로, 상호간에.

29) 是以區區不能廢遠。➡ 그래서 애처로워 차마 버리고 멀리 떠날 수가 없습니다.
【區區】: 애처로워하는 모양.【廢遠】: 버리고 멀리 떠나다.

30) 臣密今年四十有四, 祖母劉今年九十有六。➡ 저 이밀은 올해 나이가 마흔 하고도 넷이고, 조모 유씨는 올해 아흔 하고도 여섯입니다.
【有】: 又, ……하고도 또.

31) 是臣盡節於陛下之日長, 報養劉之日短也。➡ 이로 보아 제가 폐하께 충절을 다할 날은 길고, 조모 유씨에게 보답할 날은 짧습니다.
【是】: [상황어] 이렇게 볼 때, 이로 보아.【盡節】: 충절을 다하다.【報養】: 보답하다.

32) 烏鳥私情, 願乞終養。➡ 孝鳥의 정으로, 마지막까지 봉양할 수 있도록 해 주시기를 간절히 원합니다.
【烏鳥】: 까마귀, 孝鳥.※까마귀는 어미가 늙으면 새끼가 어미를 먹여 살리기 때문에 孝鳥로 불리는데, 사람들은 이를 인용하여 자식이 부모를 봉양하는 말로 사용한다.【願乞】: 간절히 원하다.【終養】: 마지막까지 봉양하다.

33) 臣之辛苦, 非獨蜀之人士, 及二州牧伯, 所見明知; 皇天后土, 實所共鑒。➡ 저의 어려운 사정은, 촉지방 사람들과 두 州의 牧伯이 보아 잘 알고 있을 뿐만 아니라, 천지신령까지도 실로 다 아는 일입니다.
【辛苦】: 어려운 사정.【非獨】: ……뿐만이 아니다.【及】: ……과, 그리고.【二州】: 梁州와 益州.※梁州는 지금의 陝西省에 속하고, 益州는 지금의 四川省에 속하는 곳으로 모두가 지난날 蜀漢의 땅이다.【牧伯】: 州牧과 方伯.※「牧」은 州牧, 「伯」은 方伯으로 모두가 州의 首長이다.【皇天后土】: 天地神靈.※「皇天」은 天神,「后土」는 地神.【實】: 실제로.【共】: 모두, 다.【鑒(jiàn)】: 보이 일다.

34) 願陛下矜愍愚誠, 聽臣微志; 庶劉僥倖, 保卒餘年。➡ 원컨대 폐하께서 저의 정성스런 마음을 불쌍히 여겨, 저의 미천한 뜻을 들어주시어, 조모 유씨가 요행으로 남은 여생을 잘 끝마칠 수 있게 되기를 간절히 바랍니다.
【願】: 원컨대 ……하기 바라다, 원하다.【矜愍(jīn mǐn)】: 불쌍히 여기다.【愚(yú)】: 저.※자기

死當結草。³⁵⁾ 臣不勝犬馬怖懼之情, 謹拜表以聞。³⁶⁾

解題 및 本文 要旨說明 ☁

「表」란 옛날에 신하가 임금에게 올리는 문체의 일종이다.《진정표》는 바로 이밀이 자기의
딱한 사정을 임금에게 진술하여 올린 글로서《華陽國志》·《昭明文選》·《晋書 · 孝友李密
傳》·《全晋文》등에 보인다.

이밀은 부친이 일찍 죽고 모친이 개가하여 조모에 의해 양육되었는데, 晋 武帝가 그를 太子
洗馬로 임명하자 늙고 와병중인 조모의 곁을 떠날 수 없는 딱한 사정을 간곡히 글로 올려 면직
해 줄 것을 청원하였다. 이에 무제가 깊은 감명을 받아 후한 상을 내리고 조모를 봉양하도록 허
가하였다.

본문은 대략 4단락으로 나눌 수 있는데, 첫째 단락에서는 이밀이 유년시절에 고아가 된 일과
아울러 조모와 서로 의지하며 살아왔던 기구한 상황을 서술했고, 둘째 단락에서는 조모가 병이

를 낮추어 부르는 말. 【誠】: 성심, 정성 된 마음. 【聽】: 들어주다, 嘉納하다. 【微(wēi)志】: 하찮
은 뜻, 즉「작은 소망」. 【庶(shù)】: 庶幾, 간절히 바라다, 희망하다. 【僥倖(jiǎo xìng)】: 요행.
【保卒】: 편안히 끝내다. 【餘年】: 남은 여생.

35) 臣生當隕首, 死當結草。➡ (그러면) 제가 살아서는 마땅히 목숨을 바쳐 충성을 다하고, 죽어서는
마땅히 은혜에 보답할 것입니다.
   【當】: 마땅히. 【結草】: 은혜에 보답하다. ※《左傳 · 宣公十五年》의 기록에 의하면, 晋의 大夫
   魏顆의 부친인 魏武子는 애첩이 있었는데, 武子가 병이 나자 아들 魏顆를 불러「내가 죽거든 그녀
   가 개가하도록 해 주어라.」라고 했다. 그 후 병이 위독해지자 武子는 다시 아들을 불러「내가 죽거
   든 그녀를 나와 함께 순장하라.」라고 했다. 武子가 죽은 뒤, 魏顆는 아버지의 말을 듣지 않고 그녀
   를 개가 시켰다. 얼마 후, 魏顆는 秦나라 장수 杜回와 일전을 벌이게 되었다. 杜回는 힘이 장사로
   魏顆가 도저히 당해낼 수가 없었다. 그 때 어느 한 노인이 풀을 묶어 杜回를 걸려 넘어지게 하여,
   魏顆는 杜回를 사로잡아 대승을 거두었다. 그날 밤, 魏顆의 꿈에 그 노인이 나타나 말하길「나는
   당신 아버지 첩의 아버지이다. 당신이 당신 아버지의 명을 따르지 않고 내 딸을 개가토록 해 주었기
   때문에, 내가 오늘 낮에 찾아와 당신에게 보답한 것이다.」라고 했다. 이에 후세 사람들은「結草」라
   는 말을 인용하여「죽은 후 은혜에 보답하다」라는 뜻의 典故로 사용하였다.

36) 臣不勝犬馬怖懼之情, 謹拜表以聞。➡ 저는 개나 말이 (주인 앞에서) 두려움을 이기지 못하는
   그러한 심정으로, 삼가 엎드려 표로써 아룁니다.
   【不勝】: 이기지 못하다, 감당하지 못하다. 【怖懼(bù jù)】: 두려워하다. 【謹(jǐn)】: 삼가. 【拜】:
   엎드려 절하다. 【聞】: 아뢰다, 알리다.

들이 봉양할 사람이 없음에도 불구하고 부임을 재촉 받아 난감해 하는 상황을 서술했으며, 셋째 단락에서는 나라를 잃은 천한 신분이 감히 거절할 처지가 아니지만, 실로 조모가 봉양할 사람이 없어 여생을 편히 지낼 수 없다는 것을 서술했고, 마지막 단락에서는 자신의 어려운 사정을 하늘이 알고 있다는 것을 밝히고 허락해 줄 것을 간청하는 심정을 서술하였다.

어떤 사람이 「孔明의 《出師表》를 읽고 눈물을 흘리지 않는 사람은 충신이 아니오, 李密의 《陳情表》를 읽고 눈물을 흘리지 않는 사람은 효자가 아니다.」라고 했을 정도로 글의 내용이 너무 진지하고 감동적이어서 오늘에 이르기까지 독자들에게 널리 읽혀지는 명문이다.

18

蘭亭集序

[晋] 王羲之

作者 ○

王羲之(321-379)는 자가 逸少, 東晋 瑯琊 臨沂(지금의 山東省 臨沂縣) 사람으로 會稽 山陰(지금의 浙江省 紹興)에서 살았으며, 사람으로 부친은 淮南太守를 지냈다. 희지는 秘書郎・參軍・長史・江州刺史・右軍將軍・會稽內史 등을 역임했으나, 永和 11년 (355) 그의 나이 35세 때 揚州刺史와 불화가 있어 관직을 그만두고 부친의 묘소 앞에서 다시는 벼슬에 나가지 않겠다는 맹서를 하고, 그 후부터 명사들과 왕래하며 도교에 심취하여 산수를 유람하거나 약초를 채취 복용하는 등 한적한 생활을 즐겼다. 그러나 그는 무엇보다 서예의 대가로서 이름이 났으며, 특히 草書와 隸書는 고금을 통해 가장 뛰어나「書聖」이라 불릴 정도였다.《난정집서》는 문장도 뛰어나지만 글씨가 고금에 드문 명필로 알려져 있다.

저술로 淸 魯絜非가 편한《王右軍年譜》一卷과 民國 朱勤傑이 지은《王羲之評傳》이 있다.《晉書》에 王羲之傳이 전한다.

註釋 ☞

　　永和九年, 歲在癸丑, 暮春之初, 會於會稽山陰之蘭亭, 修禊事也。[1] 羣賢畢至, 少長咸集。[2] 此地有崇山・峻嶺, 茂林・修竹; 又有淸流・激湍, 映帶左右。[3] 引以爲流觴曲水, 列坐其次;[4] 雖無絲竹管絃之盛, 一觴一詠, 亦足以暢敍幽情。[5]

---

1) 永和九年, 歲在癸丑, 暮春之初, 會於會稽山陰之蘭亭, 修禊事也。→ 영화 9년, 계축년, 늦은 봄 초에, 회계군 산음현의 난정에 모여, 수계 행사를 치렀다.
【永和九年】: 晉 穆帝 9년(서기 353년).「永和」: 晉 穆帝의 연호.【歲在癸丑】: 계축년의 해.【暮(mù)春】: 늦은 봄, 즉 음력 3월.【會(huì)於】: ……에 모이다.【會稽(kuài jī)】: [지명] 郡 이름.【山陰】: [지명] 縣이름. 지금의 浙江省 紹興縣.【蘭亭】: 산음현 서남쪽 27里 지점의 蘭渚라는 모래섬에 지은 정자 이름.【修禊(xiū xì)】: 수계. ※옛날 음력 3월 上巳日에 물가에 가서 몸을 씻고 妖邪한 것을 제거하던 풍속. 魏晋을 거쳐 隋, 唐에 이르기까지 성행하였으나, 그 후 점차 그러한 풍습이 없어지고, 다만 문인들이 이날이 되면 산과 물가를 찾아 술도 마시고 시도 읊으며 즐겼다.

2) 羣賢畢至, 少長咸集。→ 여러 어진 선비들이 다 오고, 젊은 사람과 나이 많은 사람이 모두 모였다.
【畢(bì)】: 모두.【咸(xián)】: 모두, 다.

3) 此地有崇山・峻嶺, 茂林・修竹; 又有淸流・激湍, 映帶左右。→ 이곳에는 높은 산과 험한 봉우리, 무성한 숲과 곧은 대나무가 있고, 또한 맑게 흐르는 냇물과 세차게 흐르는 급류가 있어, 마치 띠를 두른 듯 (정자의) 좌우 양쪽에서 비춘다.
【崇(chóng)山】: 높은 산.【峻嶺(jùn lǐng)】: 높고 험한 봉우리.【茂(mào)林】: 무성한 숲.【修(xiū)竹】: 곧고 긴 대나무.【淸流】: 맑게 흐르는 냇물.【激湍(jī tuān)】: 급류, 세차게 흐르는 여울.【映(yìng)】: 비추다.【帶(dài)】: [동사용법] 띠를 두르다.

4) 引以爲流觴曲水, 列坐其次; → (이 물을) 끌어다가 술잔을 띄워 흘러가도록 曲水를 만들고, 차례대로 열을 지어 앉았다.
【引】: 끌어오다.【以】: ……(이)로써.【爲】: 만들다.【流觴(shāng)曲水】: 曲水에 술잔을 띄우다.「觴」: 술잔. ※옛 사람들의 음주 놀이의 일종. 놀이장소에 구불구불 개울을 만들어 물을 끌어다 흐르게 하고 그 주위에 빙 둘러앉은 다음 그 물위에 술잔을 띄워 술잔이 멈춘 자리에 앉은 사람이 그 잔을 들어 마시는 음주놀이.【列坐】: 열을 지어 앉다.【次】: 순서, 차례. ※「次」를「처소, 곳」즉「曲水의 가장자리」라고 해석하기도 한다

5) 雖無絲竹管絃之盛, 一觴一詠, 亦足以暢敍幽情。→ 비록 성대한 음악의 연주는 없지만, 한잔 마시고 한 수 읊고 하니, 역시 그윽한 정감을 펼치기에 흡족했다.
【絲竹管絃】: 거문고・비파 등의 현악기와 통소・피리 등의 관악기. 즉「음악」의 총칭.【足以】: ……하기에 족하다, ……에 충분하다.【暢敍(chàng xù)】: 펼쳐내다, 마음껏 이야기하다.【幽(yōu)情】: 그윽한 정감.

是日也, 天朗氣清, 惠風和暢;⁶⁾ 仰觀宇宙之大, 俯察品類之盛;⁷⁾ 所以游目騁懷, 足以極視聽之娛, 信可樂也。⁸⁾

夫人之相與, 俯仰一世, 或取諸懷抱, 晤言一室之內; 或因寄所託, 放浪形骸之外。⁹⁾ 雖趣舍萬殊, 静躁不同, 當其欣於所遇, 暫得於己, 快然自足, 不知老之將至。¹⁰⁾ 及其所之旣倦, 情隨事遷,

---

6) 是日也, 天朗氣清, 惠風和暢; → 이 날은, 날씨가 쾌청하고 공기가 맑았으며, 온화한 바람이 불어 편안하고 상쾌했다.
【是日】: 이날. 【朗(lǎng)】: (날씨가) 쾌청하다. 【惠(huì)風】: 온화한 바람. 【和暢(hé chàng)】: (마음이) 편안하다, 쾌적하다.

7) 仰觀宇宙之大, 俯察品類之盛; → 고개를 들어 우주의 웅대함을 바라보고, 고개 숙여 만물의 종류가 풍성함을 살펴보았다.
【仰觀(yǎng guān)】: 고개 들어 바라보다. 【俯察(fǔ chá)】: 고개 숙여 살펴보다. 【品類】: 물건의 종류. 【盛】: 풍성하다.

8) 所以游目騁懷, 足以極視聽之娛, 信可樂也。 → 마음껏 구경하며 마음을 풀고, 족히 보고 듣는 즐거움을 다할 수 있던 까닭에, 실로 즐거웠다.
【所以】: ……한 까닭에. 【游(yóu)目】: 사방을 바라보다, 마음껏 구경하다. 【騁懷(chěng huái)】: 마음을 풀다. 【足以】: 족히 ……하다, ……하기에 충분하다. 【極】: 다하다. 【信】: 실로, 정말로.

9) 夫人之相與, 俯仰一世, 或取諸懷抱, 晤言一室之內; 或因寄所託, 放浪形骸之外。 → 무릇 사람이 서로 더불어, 한세상을 살아가면서, 어떤 사람은 마음속에 품은 생각을 취해, 방안에서 서로 마주하고 이야기를 나누며, 어떤 사람은 (마음을 대자연에) 기탁하기 때문에, 몸을 밖에서 떠돌게 한다.
【夫(fú)】: [발어사] 대저, 무릇. 【相與】: 서로 함께 하다, 서로 왕래하다. 【俯仰(fǔ yǎng)】: 올려보고 내려보고하다. 여기서는「살아가다, 생활하다」의 뜻. 【諸】: 之於. 【懷抱(huái bào)】: 회포, 마음속의 생각. 【晤(wù)言】: 서로 마주하고 이야기를 나누다. 【因寄所託】: (마음을 대자연에) 기탁하다. 【放浪】: 방랑하다, 떠돌다. 【形骸(xíng hái)】: 몸. 【之外】: 於外, 밖에서.

10) 雖趣舍萬殊, 静躁不同, 當其欣於所遇, 暫得於己, 快然自足, 不知老之將至。 → 비록 취향이 각기 다르고, 動静이 서로 다르지만, 자신이 처한 상황에 대해 기뻐하며, 잠시 득의하여, 스스로 만족을 느낄 때면, 늙음이 곧 다가오는 것조차 알지 못한다.
【趣舍(qù shè)】: 좇음과 버림, 즉「취향」. ※「趣」는 趨,「舍」는 捨. 【萬殊】: 서로 매우 다르다, 각양각색이다. 【静躁(jìng zào)】: 動静, 행동. 여기서는「晤言一室之內」와「放浪形骸之外」의 두 가지 다른 행동을 가리킨다. ※「躁」: 動. 【欣(xīn)於】: ……에 대해 기뻐하다. 【所遇(yù)】: 처지, 처한 상황. 【暫(zàn)】: 잠시. 【得於己】: 득의하다. 【快然】: 즐거워하는 모양. 【將】: 곧 ……하다.

感慨係之矣。¹¹⁾ 向之所欣, 俛仰之間, 已爲陳跡, 猶不能不以之興懷; 況修短隨化, 終期於盡。¹²⁾ 古人云:「死生亦大矣。」豈不痛哉! ¹³⁾

　　每覽昔人興感之由, 若合一契; 未嘗不臨文嗟悼, 不能喩之於懷。¹⁴⁾ 固知一死生爲虛誕, 齊彭殤爲妄作。¹⁵⁾ 後之視今, 亦猶今

---

11) 及其所之旣倦, 情隨事遷, 感慨係之矣。 ➡ (그러다가) 자신이 지향하는 바에 권태를 느끼게 되면, 감정이 일에 따라 변화하고, 감회가 이에 따라 일어난다.
　　【及】: ……에 이르다. 【所之】: 지향하는 바. ※「之」: 往, 가다, 지향하다. 【遷(qiān)】: 옮겨가다, 변화하다. 【係之】: 이와 연계되다, 즉「이에 따라 일어나다」. ※「之」: [대명사] 이것, 즉「감정의 변화」.

12) 向之所欣, 俛仰之間, 已爲陳跡, 猶不能不以之興懷; 況修短隨化, 終期於盡。 ➡ 종전의 즐거움이, 순식간에, 이미 과거의 자취로 변해도, 또한 이로 말미암아 감회를 일으키지 않을 수 없거늘, 하물며 인간의 수명이 길든 짧든 자연의 섭리에 따라, 결국 죽음으로 돌아가는데 있어서라!
　　【向】: 종전, 이전. 【欣(xīn)】: 즐겁다, 기쁘다. 【俛仰(fǔ yǎng)之間】: 짧은 시간, 순식간. ※「俛」: 俯, 내려보다. 「仰」: 올려보다. 여기서의「俛仰」은「머리를 들었다 숙였다 하는 짧은 시간」을 말한다. 【已爲】: 이미 …으로 변하다, 이미 ……이 되다. 【陳跡(chén jì)】: 과거의 흔적. 【猶(yóu)】: 그래도, 또한. 【以之】: 因此, 이로 인해. 【興懷(xīng huái)】: 감회를 일으키다. 【修短】: (수명의) 길고 짧음. ※「修」: 길다. 【隨(suí)化】: 자연의 조화에 따르다. 【終】: 끝내, 결국. 【期於】: ……에 기약되다. 【盡】: 다함, 끝남, 즉「죽음」을 가리킨다.

13) 古人云:「死生亦大矣。」豈不痛哉! ➡ 옛 사람이 말하길「죽고 사는 것 역시 큰 일이다.」라고 했으니, 어찌 비통하지 않으랴!
　　【死生亦大矣。】:《莊子·德充符》편에서 공자의 말을 인용한 것이다. 【豈】: 어찌. 【哉】: [어조사] 감탄 표시.

14) 每覽昔人興感之由, 若合一契; 未嘗不臨文嗟悼, 不能喩之於懷。 ➡ 매번 옛 사람이 감흥을 일으켰던 연유를 살펴볼 때마다, 마치 하나의 契를 합친 듯 (감정이) 서로 일치하여, 문장을 대할 때마다 탄식하며 슬퍼하지 않은 적이 없는데, 마음에서조차 그러한 까닭을 알 수가 없다.
　　【若】: 마치 ……같다. 【合一契】: 계를 하나로 합치다, 즉「서로 일치하다」. ※《周易·繫辭下》에「옛날에는 새끼로 매듭을 만들어 다스렸으나, 후세에 성인이 이것을 書契로 바꾸었다.(上古結繩而治, 後世聖人易之以書契。)」라 했고, 鄭玄의 注에「書之於木, 刻其側爲契, 各持其一, 後以相考合。」이라고 한 것을 보면,「契」는 書契, 즉 널쪽의 틀로 쓴「계약」으로, 계약내용을 나무에 새겨 둘로 나누어 각기 하나씩 지닌 다음, 후에 서로 맞추어 확인했음을 알 수 있다. 【未嘗不】: ……하지 않은 적이 없다. 【臨】: 대하다. 【嗟悼(jiē dào)】: 탄식하며 슬퍼하다. 【喩(yù)】: 알다, 이해하다, 깨닫다. 【之】[대명사] 그것, 즉 그러한 까닭. 【懷(huái)】: 마음.

15) 固知一死生爲虛誕, 齊彭殤爲妄作。 ➡ 실로 죽음과 삶을 하나로 보는 것이 황당한 말이라는 것

之視昔, 悲夫! [16) 故列敍時人, 錄其所述, 雖世殊事異, 所以興懷, 其致一也。[17) 後之覽者, 亦將有感於斯文。[18)

解題 및 本文 要旨說明 🏔

《蘭亭集序》는《晉書 · 王羲之傳》에 보이며, 唐 歐陽詢의《藝文類聚》에도 수록되어 있다.

이 글은 東晉 穆帝 永和 9년(353) 음력 3월 3일 왕희지를 비롯하여 太原의 孫綽 · 廣漢의 王彬之 · 陳郡의 謝安 · 高平의 郗曇 등 41명의 명사들이 蘭亭에 모여 修禊의 행사를 거행한 후 曲水之宴을 베풀고, 이 연회에 참가한 사람들이 지은 시를 모아 왕희지가 여기에 연회의 성대한 상황과 아울러 자신의 감회를 서문으로 쓴 것이다.

본문은 대략 4단락으로 나누어져 있는데, 첫째 단락은 난정의 수려한 산수를 묘사했고, 둘째 단락은 날씨가 화창하여 한층 더 즐거웠던 분위기를 서술했으며, 셋째 단락은 아름다운 경치를

과, 장수와 요절을 동등하게 여기는 것이 허튼 말이라는 것을 알겠다.
※莊子는 生과 死가 한 몸에 동시에 존재하고 있기 때문에 삶과 죽음의 구별이 없고, 또한 장수와 요절의 구별이 없다고 여겼다.
【固】: 실로. 【一】: [동사] 동일시하다, 하나로 보다. 【虛誕(xū dàn)】: 황당한 말, 엉뚱한 말. 【齊(qí)】: 동등하게 여기다. 【彭殤(péng shāng)】: 장수와 요절. ※「彭」은 본래 상고시대에 800살을 살았어도 늙지 않았다고 전하는 彭祖라는 사람으로, 이는 곧 「장수」를 의미하며, 「殤」은 어려서 죽는 이른바 「요절」을 의미한다. 【妄(wàng)作】: 허튼 말.

16) 後之視今, 亦猶今之視昔, 悲夫! ➡ 후세 사람이 오늘을 보는 것이, 역시 오늘날의 사람이 옛날을 보는 것과 같을 것이니, 슬프도다!
【猶】: 마치 ……과 같다. 【夫】: [어조사].

17) 故列敍時人, 錄其所述, 雖世殊事異, 所以興懷, 其致一也。➡ 그러므로 이때 모인 사람들을 차례대로 열거하고, 그들이 지은 시를 기록해 두면, 비록 시대가 바뀌고 사정이 달라져도, 감회를 일으키는 까닭은, 그 정서가 일치할 것이다.
【列敍】: 차례대로 열거하다. 【時人】: 이때 모인 사람. ※즉, 蘭亭의 연회에 모인 43인. 【所述】: 지은 바의 시. 【世殊事異】: 시대가 바뀌고 사정이 달라지다. 【所以】: 까닭. 【興懷(xīng huái)】: 감회를 일으키다. 【致】: 정서, 심리상태. 【一】: 같다, 일치하다.

18) 後之覽者, 亦將有感於斯文。➡ 후세의 독자들도, 역시 장차 이 글에서 감명을 받을 것이다.
【覽(lǎn)者】: 읽는 사람, 독자. 【斯文】: 이 글.

대하고 나서 감회가 복받치자, 자연의 경지를 감상하는 즐거움으로부터 즐거움이 사라진 후의 슬픔을 생각하는 인생의 무상함을 서술했고, 넷째 단락은 曲水宴에 참석한 사람들이 지은 시를 기록하게된 이유를 밝히면서, 인생의 한계에 비해 문학이 영원하다는 것을 은연중 암시하고 있다.

19

桃花源記

[晉] 陶淵明

作者 ○

　陶淵明(365-427)은 이름이 潛, 자가 淵明 또는 元亮이며, 東晉의 저명한 시인이다. 도연명은 《五柳先生傳》을 지어 자신에 비유하고, 또 자신의 호를 「五柳先生」이라 했는데, 이는 자기 집 옆에 버드나무 다섯 그루가 있었기 때문이었다. 어려서부터 많은 책을 읽어 남다른 포부를 갖고 있었으며, 천성이 자유를 사랑하고 남에게 굽히기를 거부하였다. 그러나 집안이 가난하여 농사만으로 생계가 어려워지자 하는 수 없이 出仕하여 江州祭酒・鎭軍參軍을 지냈지만, 관리사회의 혼탁함을 보고 매번 부임한지 얼마 되지 않아 그만두고 나왔다. 나이 41세에 彭澤縣의 縣令에 부임하여 80여 일이 지났을 때, 상급기관인 郡의 督郵가 彭澤縣을 시찰하러 나왔다. 縣吏가 淵明에게 의관을 갖추고 나아가 맞이할 것을 권하자, 淵明이「내 어찌 닷 말의 쌀 때문에 시골뜨기 아이에게 허리를 굽힌단 말인가!(吾不能爲五斗米折腰, 拳拳事鄕里小兒!)」라고 탄식하며 현령을 사직하고 전원으로 돌아왔다.

　이후 그는 田園에서 친히 농사를 짓고 농민과 가까이 지내며 농촌생활에 대해 많은 체험을 했고, 여러 차례 수재를 만나 춥고 배고파 결식하는 일을 당하면서도 여전히 생활신조를 굽히지 않으나 결국 가난과 질병을 이기지 못해 62세의 나이로 세상을 떠났다.

　그의 詩文과 辭賦는 모두 높은 경지에 도달해 있다. 詩文은 농촌의 전원생활을 묘사한 작품이 많은데, 관직을 버리고 농촌에 묻혀 농사짓고 즐겁게 생활하는 정취를 표현해 냄으로써 중국역사상 유명한 田園詩人이 되었다.

문집으로《陶淵明集》이 있다.

註釋 ⌒

晋太元中, 武陵人, 捕魚爲業。[1] 緣溪行, 忘路之遠近。[2] 忽逢
桃花林, 夾岸數百步, 中無雜樹, 芳草鮮美, 落英繽紛。[3] 漁人甚異
之。[4] 復前行, 欲窮其林。[5] 林盡水源, 便得一山。[6] 山有小口, 彷彿
若有光。[7] 便舍船, 從口入。[8]

---

1) 晋太元中, 武陵人, 捕魚爲業。➡ 진 태원 연간에, 한 무릉 사람이, 고기잡이를 생업으로 하고 살
았다.
【晋(jìn)】: [국명] 東晋.【太元】: 東晋 孝武帝의 연호.【武陵(wǔ líng)】: [지명] 지금의 湖南
省 常德縣 일대.【捕(bǔ)魚】: 고기잡이, 고기를 잡다.

2) 緣溪行, 忘路之遠近。➡ 개울을 따라 나아가다, 길의 멀고 가까운 것을 잊어 버렸다.
【緣(yuán)】: ……을 따라.【溪(xī)】: 개울.【行】: 나아가다.【遠近】: 멀고 가까운 정도.

3) 忽逢桃花林, 夾岸數百步, 中無雜樹, 芳草鮮美, 落英繽紛。➡ 갑자기 도화림을 만났는데, 양안
수백 보를 가는 동안, 도중에 잡목은 없고, 향초가 신선하고 아름다웠으며, 낙화가 가득 쌓여 있었
다.
【忽(hū)】: 갑자기, 돌연.【逢(féng)】: 만나다, 마주치다.【夾岸(jiā àn)】: 양안.【芳(fāng)】: 향
기롭다.【鮮(xiān)美】: 신선하고 아름답다.【英(yīng)】: 꽃.【繽紛(bīn fēn)】: 가득하다, 매우
많다.

4) 漁人甚異之。➡ 어부는 그러한 광경을 매우 기이하게 여겼다.
【甚】: 심히, 매우.【異(yì)】: 기이하게 여기다. ※의미동사 용법으로「以……爲異」의 뜻.【之】:
[대명사] 그것. 즉「그러한 광경」.

5) 復前行, 欲窮其林。➡ 다시 앞으로 나아가, 그 숲 끝까지 가보고자 했다.
【復(fù)】: 다시.【前行】: 전진하다, 앞으로 나아가다.【欲(yù)】: ……하고자 하다.【窮
(qióng)】: [동사용법] 끝까지 가다.

6) 林盡水源, 便得一山。➡ 숲이 끝나는 개울의 발원지에 이르러, 곧 산 하나를 발견했다.
【盡(jìn)】: 다하다, 끝나다.【便】: 곧, 바로.【得】: 찾아내다, 발견하다.

7) 山有小口, 彷彿若有光。➡ 산에는 작은 동굴이 하나 있고, 마치 그 속에서 밝은 빛이 미치는 듯 했
다.
【小口】: 작은 동굴.【彷彿(fǎng fú)】: 마치.【若(ruò)】: ……듯 하다, ……같다.

8) 便舍船, 從口入。➡ 곧 배를 버리고, 동굴 입구를 따라 들어갔다.
【舍(shě)】: 捨, 버리다, 포기하다.【口】: 동굴 입구.

初極狹, 纔通人。[9] 復行數十步, 豁然開朗。[10] 土地平曠, 屋舍儼然, 有良田·美池·桑·竹之屬。[11] 阡陌交通, 雞犬相聞。[12] 其中往來種作, 男女衣著, 悉如外人。[13] 黃髮垂髫, 並怡然自樂。[14] 見漁人, 乃大驚, 問所從來。[15] 具答之。[16] 便要還家, 設酒殺雞作

---

9) 初極狹, 纔通人。→ 처음 들어갈 때는 매우 좁아서, 겨우 한 사람이 통과할 수 있을 정도였다.
【極(jí)】: 지극히, 매우. 【狹(xiá)】: 좁다, 협소하다. 【纔(cái)】: 겨우, 다만. 【通人】: 한 사람을 통과시키다.

10) 復行數十步, 豁然開朗。→ 다시 수십 보를 걸어가자, 탁 트이고 밝아졌다.
【豁然(huò rán)】: 광활한 모양. 【開朗(kāi lǎng)】: 탁 트이고 밝다.

11) 土地平曠, 屋舍儼然, 有良田·美池·桑·竹之屬。→ 토지는 평탄하고 넓었으며, 가옥은 잘 정돈되어 있고, 기름진 전답·아름다운 연못·뽕나무·대나무 같은 것들이 있었다.
【平曠(kuàng)】: 평탄하고 넓다. 【屋舍】: 집, 가옥. 【儼(yǎn)然】: 가지런한 모습, 잘 정돈된 모습. 【之屬】: ……之類. ……같은 것들.

12) 阡陌交通, 雞犬相聞。→ 밭 사이의 길들이 서로 교차해서 통해 있고, 닭 우는 소리와 개 짖는 소리가 들렸다.
【阡陌(qiān mò)】: 밭 사이의 길. 남북방향을 「阡」라 하고, 동서방향을 「陌」라 한다. ※《風俗通義》:「南北曰阡, 東西曰陌. 河東以東西爲阡, 南北爲陌.」【交通】: 교차해서 통하다.

13) 其中往來種作, 男女衣著, 悉如外人。→ 그곳에는 사람들이 왕래하며 농사일을 하고 있었고, 남녀의 옷차림새는, 모두 바깥 사람들과 같았다.
【其中】: 그곳. 【種(zhòng)作】: 농사일을 하다. 【衣著(yī zhuó)】: 옷차림새. 【悉(xī)】: 모두. 【外人】: 밖의 사람, 외부인.

14) 黃髮垂髫, 並怡然自樂。→ 노인과 아이들은, 모두 유쾌한 모습으로 각자 즐겁게 지내고 있었다.
【黃髮(fà)】: 노인의 두발. 즉, 「노인」을 가리킨다. ※사람이 늙으면 두발이 흰색에서 황색으로 변하여, 이를 長壽의 상징으로 여겼다. 【垂髫(chuí tiáo)】: 아이의 늘어뜨린 머리. 즉, 「아이」를 가리킨다. 【並】: 모두, 함께. 【怡(yí)然】: 유쾌한 모양. 【自樂(lè)】: 스스로 즐거워하다.

15) 見漁人, 乃大驚, 問所從來。→ 어부를 보더니 의외로 크게 놀라며 어디서 왔는지를 물었다.
【乃】: 의외로, 뜻밖에. 【所從來】: 온 곳.

16) 具答之。→ 모두 그들에게 대답해 주었다.
【具】: 모두, 다. 【之】: [대명사] 그들, 즉 마을 사람들.

17) 便要還家, 設酒殺雞作食。→ 즉시 (어부를) 초대하여 집에 돌아가, 술상을 차리고 닭을 잡고 밥을 지어 접대했다.
【便】: 바로, 즉시. 【要(yāo)】: 邀, 초대하다, 초청하다. 【還(huán)家】: 집에 돌아가다. 【設酒】: 술상을 차리다. 【殺雞(jī)】: 닭을 잡다. 【作食】: 밥을 짓다.

食。[17] 村中聞有此人, 咸來問訊。[18] 自云:「先世避秦時亂, 率妻子邑人來此絶境, 不復出焉, 遂與外人間隔。」[19] 問「今是何世?」[20] 乃不知有漢, 無論魏晉。[21] 此人一一爲具言, 所聞皆歎惋。[22] 餘人各復延至其家, 皆出酒食。[23] 停數日, 辭去。[24] 此中人語云:「不足爲外人道也。」[25]

---

18) 村中聞有此人, 咸來問訊。 ➡ 마을 사람들은 이런 사람이 있다는 소문을 듣고, 모두 와서 소식을 물었다.
【此人】: 이런 사람, 즉「어부」. 【咸(xián)】: 모두. 【訊(xùn)】: 소식.

19) 自云:「先世避秦時亂, 率妻子邑人來此絶境, 不復出焉, 遂與外人間隔。」 ➡ 스스로 말하길 「선조들이 진나라 때의 난을 피해, 처자와 마을 사람들을 거느리고 이 외딴 곳에 와서, 다시는 이곳에서 나가지 않아, 마침내 외부 사람들과 단절되고 말았다.」라고 했다.
【自云】: 스스로 말하다. 【先世】: 조상, 선조. 【率(shuài)】: 거느리다, 인솔하다. 【妻子】: 아내와 자녀. 【絶境】: 외딴 곳. 【焉(yān)】: 於之. 이곳으로부터, 여기에서. 【與】: ……과. 【間隔(jiàn gé)】: 단절되다, 소식이 끊어지다.

20) 問「今是何世?」 ➡ 「지금이 어느 시대인가?」라고 물었다.
【何】: 어느, 어떤. 【世】: 시대, 세상.

21) 乃不知有漢, 無論魏晉。 ➡ 끝내 漢이 있었다는 것을 모르고, 魏晉은 더욱 말할 필요조차 없었다.
【乃】: 끝내, 결국. 【不知】: 알지 못하다. 【無論】: 말할 필요조차 없다.

22) 此人一一爲具言, 所聞皆歎惋。 ➡ 어부가 일일이 그들에게 상세히 말해주자, 듣고 나서 모두 탄식했다.
【此人】: 이 사람, 즉 어부. 【一一】: 일일이, 하나하나. 【爲具言】: 그들에게 상세히 이야기하다. ※「爲(之)具言」에서「之」가 생략된 형태. 【歎惋(tàn wǎn)】: 탄식하다.

23) 餘人各復延至其家, 皆出酒食。 ➡ 나머지 사람들도 제각기 다시 (어부를) 초청하여 자기 집으로 데려가, 모두 술과 음식을 냈다.
【延(yán)】: 초청하다, 초대하다. 【其】: [대명사] 그, 즉「자기들」.

24) 停數日, 辭去。 ➡ 며칠을 머문 뒤, 작별인사를 하고 떠났다.
【辭(cí)】: 작별인사를 하다.

25) 此中人語云:「不足爲外人道也。」 ➡ 이곳 사람들이 일러 말하길 「외부 사람들에게 이야기할 만한 것이 못된다.」라고 했다.
【此中】: 이곳, 즉 桃花源. 【語云】: 일러 말하다. 【不足】: ……할 가치가 없다, ……할 만한 것이 못되다. 【爲】: [개사] ……에게, ……를 향해. 【道】: 말하다, 이야기하다.

既出, 得其船, 便扶向路, 處處誌之。²⁶⁾ 及郡下, 詣太守, 說如此。²⁷⁾ 太守卽遣人隨其往, 尋向所誌, 遂迷不復得路。²⁸⁾

南陽劉子驥, 高尚士也, 聞之, 欣然規往, 未果, 尋病終。²⁹⁾ 後遂無問津者。³⁰⁾

解題 및 本文 要旨說明 🏔

　《桃花源記》는 도연명의 五言古詩《桃花源詩》序頭에 쓴 小記이다.《桃花源記》의 창작은 당시의 시대상황과 밀접한 관계를 가지고 있다. 작자가 살던 東晋말기는 정치·사회의 암흑기로 戰禍가 계속되어 백성들은 편할 날이 없었다. 당시 백성들은 황폐한 오랑캐지역으로 도

---

26) 既出, 得其船, 便扶向路, 處處誌之。➡ 나온 후, 자기의 배를 찾아 타고, 곧바로 전에 왔던 길을 따라 나오면서 곳곳에 표시를 해 두었다.
　【既】: 이미, ……한 뒤.【得其船】: 자기의 배를 찾아 타다.【便】: 곧 바로.【扶(fú)】: 沿, ……을 따라서.【向路】: 이전의 길, 전에 왔던 길.【處處】: 곳곳마다.【誌(zhì)】: 표기하다, 표시하다.

27) 及郡下, 詣太守, 說如此。➡ 군에 도착하자, 태수를 배알하고, 이러이러한 상황을 보고했다.
　【及】: 이르다, 도착하다.【郡下】: 武陵郡 官內.【詣(yì)】: 배알하다.【說】: 보고하다, 말하다.【如此】: 이러한 상황.

28) 太守卽遣人隨其往, 尋向所誌, 遂迷不復得路。➡ 태수가 즉시 사람을 파견하여 그를 따라 가서, 지난번에 표시해 놓은 것을 찾았으나, 끝내 미궁에 빠져 다시 찾아내지 못했다.
　【遣(qiǎn)】: 보내다, 파견하다.【隨(suí)】: 쫓다, 따르다.【其】: [대명사] 그 사람, 즉 어부.【尋(xún)】: 찾다.【向】: 지난 번.【迷(mí)】: 길을 잃고 헤매다, 미궁에 빠지다.【得路】: 길을 찾아내다.

29) 南陽劉子驥, 高尚士也, 聞之, 欣然規往, 未果, 尋病終。➡ 남양의 유자기는, 고상한 선비로, 이 소식을 듣고, 기뻐하며 찾아갈 계획을 세웠으나, 실현하지 못하고, 얼마 후에 병으로 죽었다.
　【南陽】: [지명] 지금의 河南省 襄陽 부근.【劉子驥(liú zǐ jì)】: [인명] 이름은 驥之. 당시의 隱士로《晉書》에 그의「傳」이 있는데,「산수를 즐겨 유람했다.(好游山澤。)」고 했다.【欣(xīn)然】: 기뻐하는 모양.【規】: 계획하다.【果】: [동사] 실현하다, 이루다.【尋(xún)】: 얼마 후, 오래지 않아.

30) 後遂無問津者。➡ 그 후에는 끝내 (도화원을) 찾는 사람이 없었다.
　【問津(jīn)】: 찾아 나서다. ※《論語·微子》에「使子路問津焉。」이라 하여,「問津」은 본래「나루터 가는 길을 묻다」라는 말이나, 여기서는「찾아 나서다」의 뜻.

망간 자들이 매우 많았다. 그곳은 통치계층의 힘이 미치지 못하기니 억압이 심하지 않아 부역의 부담이 없고, 심지어 官稅를 내지 않을 수도 있어 백성들에게는 그야말로 理想的인 樂園이요 신선의 세계였다. 南朝 宋 武帝 永初 2년(421) 이미 57세가 된 도연명은 宋 王朝와의 협력을 거부하고 결연히 농경의 길을 걸었는데, 이렇게 함으로써 그의 사상은 일련의 변화를 가져왔다. 그는 농사일에 대한 가치를 나름대로 인정하게 되었을 뿐만 아니라, 농민과 함께 일하며 생활하는 가운데 농민에 대한 친밀한 감정과 아울러 평등사상을 갖게 되었다. 그는 나름대로 農耕의 가치를 인정하면서도, 일반 농민들과 마찬가지로 계속 하향의 길을 걸으면서 곤궁한 생활을 하다못해 걸식행각까지 했고, 이러한 생활은 그가 빈곤의 원인을 다른 곳에서 찾도록 촉구했다. 이러한 사상의 발전은 시인으로 하여금 수탈과 억압이 없는 桃花源의 이상세계를 생각하게 만들었고, 아울러 작자가《桃花源記》를 창작하게 된 사상적 기초가 되었다.

《桃花源記》는 세 부분으로 나누어져 있다. 첫째 단락에서는 어부가 도화원을 발견하는 경과를 썼고, 둘째 단락에서는 도화원 사람들의 환대를 받고 이별하는 과정을 그렸으며, 마지막 단락에서는 太守를 비롯한 여러 사람들이 도화원을 찾아 나섰다가 실패한 경위를 서술하였다. 작자는 풍부한 상상력과 질박한 언어로 주관적 서정과 객관적 서사를 통해 어두운 현실세계에 대비되는 이상세계를 구상하면서 자신의 정치사상을 기탁하고 있다.

20 |

歸去來辭

[晋] 陶淵明

作者 ○

19. 桃花源記【作者】참조.

註釋 ○

　　歸去來兮! [1] 田園將蕪, 胡不歸?[2] 旣自以心爲形役, 奚惆悵
而獨悲?[3] 悟已往之不諫, 知來者之可追;[4] 實迷途其未遠, 覺今是

---

1) 歸去來兮! → 돌아가자!
　　※스스로 벼슬을 버리고 고향으로 돌아가겠다는 뜻.
　　【來】: [어조사] 「哉」와 같으며, 감탄을 표시한다. 【兮(xī)】: [어조사] 청원, 금지 등의 어기를 돕는다.

2) 田園將蕪, 胡不歸? → 전원이 곧 황폐해지려고 하는데, 어찌 돌아가지 않는가?
　　【將】: 곧 ……하려 하다. 【蕪(wú)】: 황폐하다. 【胡(hú)】: 어찌, 왜.

3) 旣自以心爲形役, 奚惆悵而獨悲? → 기왕에 스스로가 마음을 육체의 노예로 삼았거늘, 어찌 실

而昨非。5) 舟搖搖以輕颺, 風飄飄而吹衣。6) 問征夫以前路, 恨晨光
之熹微。7)

　　乃瞻衡宇, 載欣載奔。8) 僮僕歡迎, 稚子候門。9) 三徑就荒, 松

의에 빠져 홀로 슬퍼하는가?

※즉 本心을 거역하고 벼슬길에 나아간 것을 의미한다.

【形役】: 육체의 노예. ※「形」: 형체, 즉「육체」.「役」: 노역, 노예 역할. 【奚(xī)】: 어찌, 왜. 【惆
悵(chóu chàng)】: 실의에 빠지다.

4) 悟已往之不諫, 知來者之可追; → 지난 일은 바로 잡지 못한다는 것을 깨달았고, 또 앞으로의 일
은 아직 쫓아갈 수 있다는 것을 알았다.

※《論語·微子》:「往者不可諫, 來者猶可追。」

【悟(wù)】: 깨닫다, 알다. 【已往】: 과거, 지난 일. 【諫(jiàn)】: 만회하다, 바로잡다.

5) 實迷途其未遠, 覺今是而昨非。→ 실로 잘못 든 길이 아직 멀어지기 전에, 오늘이 옳고 어제가 그
르다는 것을 깨달았다.

【迷途】: 길을 잘못 들다, 길을 잃다. ※즉, 「벼슬길에 나아간 것」을 가리킨다. 【覺(jué)】: 깨닫다.
【今是】: 오늘이 옳다. ※즉, 「지금 벼슬을 버리고 전원으로 돌아가기로 마음을 정한 것이 옳다」는
뜻. 【昨非】: 어제가 그르다. ※즉, 「지난날의 벼슬살이가 옳지 못했다」는 뜻.

6) 舟搖搖以輕颺, 風飄飄而吹衣。→ 배는 흔들흔들 가볍게 떠가고, 바람은 살랑살랑 옷자락에 불어
댄다.

【搖(yáo)搖】: 흔들거리는 모양. 【以】: 而, ……하고, ……하며. ※句의 중간에 위치하여 전후의
접속을 나타낸다. 【輕颺(qīng yáng)】: 가볍게 떠가다. 【飄(piāo)飄】: 바람이 살랑살랑 부는 모
양.

7) 問征夫以前路, 恨晨光之熹微。→ 행인에게 앞길을 물으며, 새벽빛이 희미한 것을 원망한다.
※새벽의 어둠이 아직 가시지 않아 어둑어둑한 상태를 말한다.

【征(zhēng)夫】: 행인, 길가는 사람. 【晨(chén)光】: 새벽 빛. 【征(zhēng)夫】: 행인, 길가는 사
람. 【熹微(xī wēi)】: 어둑어둑하다, 희미하다.

8) 乃瞻衡宇, 載欣載奔。→ 잠시 후 (나의) 초라한 집을 바라보자, 기뻐하며 달려간다.

【乃】: 잠시 후, 이내. 【瞻(zhān)】: 바라보다. 【衡宇(héng yǔ)】: 나무를 가로로 걸어 대문을 만
든 집, 즉 「매우 초라한 집」. 【載(zài)……載……】: ……하니 ……하다. 【欣(xīn)】: 기뻐하다.
【奔(bēn)】: 달려가다.

9) 僮僕歡迎, 稚子候門。→ 심부름하는 아이들이 반갑게 맞이하고, 어린 자식들은 문에서 기다린다.

【僮僕(tóng pú)】: 심부름하는 아이. ※도연명은 팽택 현령을 지내면서 하인 몇 명을 자기 집에 보
냈었다. 【稚子(zhì zǐ)】: (집안의) 어린아이, 자식들. 【候(hòu)】: 기다리다.

菊猶存。¹⁰⁾ 携幼入室, 有酒盈樽。¹¹⁾ 引壺觴以自酌, 眄庭柯以怡顔。¹²⁾
倚南窓以寄傲, 審容膝之易安。¹³⁾ 園日涉以成趣, 門雖設而常關。¹⁴⁾
策扶老以流憩, 時矯首而遐觀。¹⁵⁾ 雲無心以出岫, 鳥倦飛而知還。¹⁶⁾

---

10) 三徑就荒, 松菊猶存。 ➡ (정원 안의) 세 갈래 길은 잡초가 무성하지만, 소나무와 국화는 여전히 그대로 있다.
【三徑(jìng)】: 세 갈래 길. ※《三輔決錄》에 의하면, 西漢 말에 蔣詡가 兗州刺史로 부임했을 때 王莽이 섭정을 하자 병을 핑계로 사직한 후 집에 돌아와 출입을 하지 않고, 집 앞의 대나무 숲에 세 갈래의 길을 닦아 친한 친구인 羊仲과 求仲이 다닐 수 있도록 했다. 이 말은 곧 덕망이 있는 사람을 흠모한다는 뜻이다. 【就荒(jiù huāng)】: 황폐해지다. 「就」: 成, ……하게 변하다. 【猶(yóu)】: 여전히, 아직.

11) 携幼入室, 有酒盈樽。 ➡ 어린아이의 손을 잡고 방안으로 들어가니, 술이 항아리에 가득 차 있다.
【携(xié)】: 잡다, 끌다. 【幼(yòu)】: 어린아이. 【盈(yíng)】: 가득 차다. 【樽(zūn)】: 술항아리.

12) 引壺觴以自酌, 眄庭柯以怡顔。 ➡ 주전자와 술잔을 들어 스스로 따라 마시며, 정원의 나뭇가지를 보면서 즐거움을 느낀다.
【引】: 들다. 【壺(hú)】: 술 주전자. 【觴(shāng)】: 술잔. 【自酌(zhuó)】: 자작하다, 스스로 따라 마시다. 【眄(miǎn)】: 비켜 바라보다. 【柯(kē)】: 나뭇가지. 【怡顔(yí yán)】: 즐거운 표정, 즉 즐거움을 느끼다.

13) 倚南窓以寄傲, 審容膝之易安。 ➡ 남쪽 창가에 기대어 하고픈 대로 내맡기니, 겨우 무릎을 용납할만한 좁은 공간이지만 마음 편안함을 느낀다.
【倚(yǐ)】: 기대다, 의지하다. 【寄傲(jì ào)】: 하고 싶은 대로 내맡기다. 【審(shěn)】: 깊이 알다, 느끼다, 깨닫다. 【容膝(róng xī)】: 겨우 무릎을 용납하다. 즉 「매우 비좁은 공간」을 말한다. 【易安】: 마음이 편안하다.

14) 園日涉以成趣, 門雖設而常關。 ➡ 정원을 날마다 걸으며 즐거움을 얻고, 대문은 비록 설치되었지만 항상 닫혀있다.
【涉(shè)】: 산보하다, 거닐다. 【成趣(qù)】: 즐거움을 얻다. 【關(guān)】: 닫혀있다, 잠겨있다.

15) 策扶老以流憩, 時矯首而遐觀。 ➡ 지팡이에 의존하여 걷다가 쉬다가 하며, 때때로 고개를 들어 멀리 바라본다.
【策(cè)】: 집다. 【扶(fú)老】: 지팡이. 【流憩(liú qì)】: 걷다가 쉬다가 하다. 【矯首(jiǎo shǒu)】: 머리를 들다. 【遐(xiá)】: 멀다. 【觀(guān)】: 보다.

16) 雲無心以出岫, 鳥倦飛而知還。 ➡ 구름은 무심히 산에서 피어오르고, 새는 날다가 지치면 돌아올 줄을 안다.
【岫(xiù)】: 동굴. ※詩에서는 흔히 「산봉우리」를 가리킨다. 【倦飛(juàn fēi)】: 날다가 지치다. 【還(huán)】: 돌아오다.

景翳翳以將入, 撫孤松而盤桓。¹⁷⁾

　　歸去來兮! 請息交以絶游, 世與我而相遺, 復駕言兮焉求?¹⁸⁾
悅親戚之情話, 樂琴書以消憂。¹⁹⁾ 農人告余以春及, 將有事於西
疇。²⁰⁾ 或命巾車, 或棹孤舟, 旣窈窕以尋壑, 亦崎嶇而經丘。²¹⁾ 木
欣欣以向榮, 泉涓涓而始流。²²⁾ 羨萬物之得時, 感吾生之行休。²³⁾

---

17) 景翳翳以將入, 撫孤松而盤桓。➡ 해는 어둑어둑 지려하는데, (나는) 외로운 소나무를 어루만지
며 배회하고 있다.
【景】: 影, 그림자, 즉「일광」. 【翳(yì)翳】: 어둑어둑, 점점 어두워지는 모양. 【將入】: 곧 지려하
다. 【撫(fǔ)】: 어루만지다. 【盤桓(pán huán)】: 배회하다.

18) 請息交以絶游, 世與我而相遺, 復駕言兮焉求? ➡ 청컨대 교제를 그만두고 왕래를 끊자. 세상과
내가 서로 버렸거늘, 다시 수레 타고 나아가 무엇을 구하겠는가?
※ 즉「官家와의 단절」을 가리킨다.
【請】: 청컨대. ※옛 사람들이 자기가 원하는 바를 완곡하게 표시할 때 사용하는 말. 【息交】: 교제
를 그만두다. 【游(yóu)】: 교유(交遊)하다, 내왕(來往)하다. 【遺(yí)】: 잃다, 버리다. 【復】: 다
시. 【駕(jià)】: 수레를 타다. 【言】: [어조사]. 【焉(yān)求】: 무엇을 구하겠는가?

19) 悅親戚之情話, 樂琴書以消憂。➡ 친척들의 정담을 즐겨듣고, 거문고와 독서를 즐기며 근심을 달
랜다.
【悅(yuè)】: 즐기다. 【情話】: 정다운 이야기, 정담. 【琴(qín)】: 거문고. 【消憂(xiāo yōu)】: 근심
을 떨쳐버리다, 근심을 달래다.

20) 農人告余以春及, 將有事於西疇。➡ 농민들이 나에게 봄이 왔다고 알려주니, 곧 서쪽 밭에 일이
있겠구나.
【春及】: 봄이 되다. 【疇(chóu)】: 밭.

21) 或命巾車, 或棹孤舟, 旣窈窕以尋壑, 亦崎嶇而經丘。➡ 어느 때는 휘장 두른 수레를 몰고, 또
어느 때는 외로운 배를 저어, 깊숙이 계곡 물을 찾기도 하고, 또한 울퉁불퉁 험한 길로 고개를 넘기
도 한다.
【或……或……】: 어느 때는 ……하고 어느 때는 ……하다. 【命】: 명하다, 몰다. 【巾車】: 장막·
휘장을 두른 수레. 【棹(zhào)】: (노를) 젓다. 【旣……亦……】: ……도 하고 또한……도 하다.
【窈窕(yāo tiǎo)】: 깊숙하다. 【壑(hè)】: 계곡 물. 【崎嶇(qí qū)】: 울퉁불퉁 험하다. 【經】: 넘어
가다, 지나가다.

22) 木欣欣以向榮, 泉涓涓而始流。➡ 나무는 무성하게 높이 자라고, 샘물은 졸졸 흐르기 시작한다.
【欣(xīn)欣】: 무성한 모양. 【向榮】: 높이 자라다. 【涓(juān)涓】: 물이 졸졸 흐르는 모양.

23) 羨萬物之得時, 感吾生之行休。➡ 만물이 때를 만난 것을 부러워하며, 나의 인생이 바야흐로 끝

已矣乎! ²⁴⁾ 寓形宇內復幾時, 曷不委心任去留, 胡爲遑遑欲何之?²⁵⁾ 富貴非吾願, 帝鄉不可期。²⁶⁾ 懷良辰以孤往, 或植杖而耘籽, 登東皐以舒嘯, 臨淸流而賦詩。²⁷⁾ 聊乘化以歸盡, 樂夫天命復奚疑?²⁸⁾

나려 하는 것을 느낀다.
【羨(xiàn)】: 부러워하다. 【得時】: 때를 만나다. 【行】: 바야흐로 ……하려하다. 【休】: 마감하다, 끝나다.

24) 已矣乎! → 그만 두자!
【已】: 멈추다, 그만두다. 【矣乎】: [어조사] 「矣」와 「乎」 둘을 연용함으로써 語氣를 강화시킨다.

25) 寓形宇內復幾時, 曷不委心任去留, 胡爲遑遑欲何之? → 육체를 천지에 기탁할 날이 다시 얼마나 남았길래, 어찌 명리지심을 버리고 거취를 본성에 맡기지 않으며, 어찌 급히 어디로 가려고만 하는가?
【寓(yù)】: 기탁하다. 【形】: 형체, 즉 「육체」. 【宇內】: 세상, 천지. 【幾時】: 얼마의 시간. 【曷(hé)】: 何, 어찌, 왜. 【委(wěi)心】: 名利之心을 버리다. 【任】: 맡기다. 【去留】: 거취. ※ 즉 벼슬을 그만두거나 벼슬에 머물러 있는 것. 【胡爲】: 어찌, 왜. 【遑(huáng)遑】: 급히 서두르는 모양. 【欲(yù)】: ……하려 하다. 【之】: 往, 가다.

26) 富貴非吾願, 帝鄉不可期。 → 부귀는 내가 원하는 것이 아니고, 신선의 나라는 기대할 수 없다.
【帝鄉】: 하늘나라, 신선의 나라, 즉 理想世界. 【不可】: ……할 수 없다. 【期】: 기대하다.

27) 懷良辰以孤往, 或植杖而耘籽, 登東皐以舒嘯, 臨淸流而賦詩。 → 좋은 날이라 생각되면 홀로 나아가, 어느 때는 지팡이를 꽂아 놓고 김을 매고, 어느 때는 동쪽 언덕에 올라 큰 소리로 노래를 부르고, 또 어느 때는 맑게 흐르는 물가에 나아가 시를 읊는다.
【懷(huái)】: 생각되다, 마음으로 생각하다. 【良辰(chén)】: 좋은 날, 청명한 날씨. 【孤(gū)往】: 홀로 나서다. 【或】: 가끔, 어느 때. 【植(zhí)】: 꽂다, 세우다. 【杖(zhàng)】: 지팡이, 단장. 【耘(yún)】: 김매다. 【籽(zǐ)】: 흙을 북돋워주다. 【皐(gāo)】: 언덕. 【舒嘯(shū xiào)】: 큰 소리로 노래부르다. 【臨(lín)】: (어떤 장소에) 임하다, 나아가다. 【淸流】: 맑게 흐르는 냇물. 【賦詩】: 시를 읊다, 시를 짓다.

28) 聊乘化以歸盡, 樂夫天命復奚疑? → 그럭저럭 자연의 변화에 순응하며 인생을 여정을 마치거늘, 기꺼이 천명을 따라야지 또 무엇을 의심하고 주저하는가?
【聊(liáo)】: 그럭저럭, 잠시. 【乘(chéng)化】: 자연의 변화에 순응하다. 【歸盡】: 끝으로 돌아가다, 죽다, 생을 마치다. 【樂夫天命】: 하늘의 명을 기꺼이 받아들이다. ※「夫」: [어조사]. 【奚(xī)】: 무엇, 어찌. 【疑(yí)】: 의심하고 주저하다.

解題 및 本文 要旨說明 🍃

《歸去來辭》는 본래의 제목이 《歸去來兮》였는데, 蕭統의 《陶淵明傳》과 《文選》에 「兮」 자를 빼고 《歸去來》라 한 것을 이러한 글이 문체상 辭賦類에 속하기 때문에 후에 「辭」자를 붙인 것이다.

《歸去來辭》는 도연명이 나이 41세 되던 東晉 安帝 義熙 元年(405) 彭澤縣令에 부임하여 80여 일이 지났을 때, 상급기관인 郡의 督郵가 彭澤縣을 시찰하게 되었는데, 縣吏가 淵明에게 의관을 갖추고 나아가 맞이할 것을 권하자, 陶淵明이 「내 어찌 닷 말의 쌀 때문에 시골뜨기 아이에게 허리를 굽힌단 말인가!(吾不能爲五斗米折腰, 拳拳事鄕里小兒!)」라고 탄식하며 그 해 11월에 사직하고 돌아와 지은 것이다.

본문의 내용은 대략 4단락으로 나눌 수 있다.

첫째 단락은 마음이 육체의 노예가 되는 관직생활이 자신의 본성과 맞지 않는다는 것을 깨닫고 홀연히 관직을 떠나 귀가하게 된 동기와 더불어 귀가 길의 상황을 서술했고,

둘째 단락은 도연명이 집으로 돌아온 후 비록 비좁은 공간이지만 벼슬생활에서처럼 마음 쓸 일 없이 편안한 마음으로 좋아하는 술도 마시고 정원도 산책하는 등 집안에서의 생활을 그렸으며,

셋째 단락은 혼탁한 관직생활에 다시 미련을 두지 않겠다는 각오와 함께 친척들과 정담을 나누고 거문고와 독서를 즐기는 외에, 농사도 지으며 가끔 수레 타고 산길을 달리거나 배를 저어 깊은 계곡을 찾는 등의 전원생활에 대한 흥취를 묘사했고,

넷째 단락은 인생의 짧은 여정에서, 거취를 본성에 맡긴 채 서둘러 무엇을 얻으려 애쓰지 않고, 기왕 신선이 되지 못할 바에야, 가끔 밭에 나가 김매고 언덕에 올라 소리쳐 노래도 부르고, 또 맑은 물가에 나아가 시를 읊는 등, 자연에 순응하며 기꺼이 天命을 받아들이고자 하는 작자의 소박한 바람을 서술하고 있다.

21

《水經注 · 三峽》

[北魏] 酈道元

作者 ○

酈道元(?-527)은 北魏 范陽 涿鹿(지금의 察哈爾省 涿鹿縣)사람으로 자가 善長이다. 孝文帝 太和연간에 尙書主客郞 · 治書侍御史 등을 지내고, 宣武帝 때 冀中鎭東府長史 · 潁川太守 · 魯陽太守 등을 역임했으며, 延昌 4년(515)에 파직되었다가 孝明帝 正光5년(524)에 다시 복직되어 河南尹을 배수 받고, 孝昌 2년(526)에 御史中尉가 되었는데 법을 엄하게 집행하다가 汝南王 元悅의 원한을 샀다. 그 이듬해, 雍州刺史 蕭寶夤이 모반했을 때, 酈道元은 元悅의 악의에 찬 천거로 蕭寶夤의 진영에 파견되었다가, 이를 의심한 蕭寶夤에 의해 살해당했다.

酈道元은 학문에 해박하고, 특히 기이한 책을 즐겨 읽었으며, 하천의 수리사업에 관심이 많았다. 그는 저서로 《水經注》 40권을 비롯하여 《本志》 13편 및 《七聘》 등을 남겼으나, 지금은 《水經注》만 전해지고 있다. 《水經注》는 魏晋시대의 전국 물길을 기록한 작자 미상의 《水經》이란 地理書에 酈道元이 주석을 달아 해설한 것으로, 본래 《水經》에는 137개의 물길을 기록했으나, 酈道元은 漢魏이래의 문헌 비각 등을 널리 수집하고 經文을 고증하며 오류를 바로잡아, 무려 1,252개의 지류를 물길의 원류 · 흐름과 함께 산천명승을 서술했고, 인용한 典籍만도 437종에 달해 原書를 매우 풍부하게 만들었다. 따라서 正史의 지리서와 더불어 상호 보완작용을 하는 매우 가치 있는 자료라고 할 수 있으며, 또한 문장이 깔끔하고 아름다워 문학적으로도 가치가 뛰어나다는 평가를 받고 있다.

註釋 ✑

江水又東, 逕廣溪峽, 斯乃三峽之首也。[1] …… 峽中有瞿塘·
黃龕二灘,[2] …… 其峽蓋自昔禹鑿以通江, 郭景純所謂「巴東之
峽, 夏后疏鑿」者也。[3] (《水經注》卷33)

江水又東, 逕巫峽, 杜宇所鑿以通江水也。[4] 郭仲產云:「按
《地理志》, 巫山在縣西南, 而今縣東有巫山, 將郡縣居治無恒故

---

1) 江水又東, 逕廣溪峽, 斯乃三峽之首也。 ➡ 강물이 다시 동쪽으로 흐르다가, 광계협을 지나면,
   이곳이 바로 삼협의 상류이다.
   【江】: 강. ※여기서는 長江, 즉 揚子江을 가리킨다. 【又】: 다시, 계속. 【東】: [동사용법] 東流,
   동쪽으로 흐르다. 【逕(jìng)】: 經. 지나다, 경유하다. 【廣溪峽】: 광계협. ※지금의 瞿塘峽. 四川
   省 奉節縣 동쪽에 위치. 【斯】: [대명사] 이, 이곳. 【乃】: 바로 ……이다. 【三峽】: 양자강 상류
   四川省과 湖北省 사이에 있는 세 곳의 협곡. 瞿塘峽·巫峽·西陵峽을 말한다. 【首】: 상류, 윗
   자락.

2) 峽中有瞿塘·黃龕二灘, ➡ 광계협에는 구당과 황감 두 여울이 있다.
   【瞿塘(qú táng)·黃龕(kān)】: 구당과 황감. 【灘(tān)】: 여울.

3) 其峽蓋自昔禹鑿以通江, 郭景純所謂「巴東之峽, 夏后疏鑿」者也。 ➡ 이 협곡은 대체로 옛날
   夏나라 禹임금이 (治水할 때) 파서 양자강과 통하게 한 것으로부터 비롯되는데, 곽경순이 「파동의
   협곡은, 하후가 파서 소통시켰다.」라고 말한 바가 그것이다.
   【蓋(gài)】: 대체로, 대략. 【自】: ……부터 비롯되다. 【昔(xī)】: 옛날. 【禹(yǔ)】: 夏의 우 임금.
   【鑿(záo)】: 파다, 굴착하다, 뚫다. 【江】: 강, 즉 長江, 양자강. 【郭景純】: [인명] 郭璞. 자는 景
   純, 東晋의 시인. 【巴(bā)東】: [지명] 郡이름. 지금의 四川省 동쪽 雲陽縣과 奉節縣 일대. 【夏
   后(hòu)】: 夏나라의 임금. 여기서는 禹임금을 가리킨다. ※「后」: 제왕, 임금. 【疏(shū)】: [사동
   용법] 통하게 하다, 소통시키다.

4) 江水又東, 逕巫峽, 杜宇所鑿以通江水也。 ➡ 강물은 다시 동쪽으로 흐르다가, 무협을 지나는데,
   (이는) 옛 촉나라 임금 두우가 파서 강물과 통하게 한 것이다.
   【巫峽(wū xiá)】: 무협. ※長江 三峽중의 하나. 四川省 巫山동쪽의 협곡. 【杜宇(dù yǔ)】: 선설
   에 나오는 옛 蜀나라의 임금.

5) 郭仲產云:「按《地理志》, 巫山在縣西南, 而今縣東有巫山, 將郡縣居治無恒故也。」 ➡ 곽중
   산이 말하길 「《지리지》에 의하면 무산은 巫縣의 서남쪽에 있다고 했는데, 지금 현의 동쪽에 무산이
   있는 것은, 아마도 郡縣의 소재가 항상 한 자리에 고정되어 있지 않았던 까닭일 것이다.」라고 했다.
   【郭仲產】: [인명] 未詳. 【按(àn)】: ……에 의하면, ……에 따르면. 【而】: 그러나. 【將】: 아마

195

也。」⁵⁾ 江水歷峽, 東逕新崩灘。⁶⁾ 此山漢和帝永元十二年崩, 晋太元二年又崩。⁷⁾ 當崩之日, 水逆流百餘里, 涌起數十丈。⁸⁾ 今灘上有石, 或圓如簞, 或方似屋, 若此者甚眾, 皆崩崖所隕, 致怒湍流, 故謂之新崩灘。⁹⁾ 其頹巖所餘, 比之諸嶺, 尚爲竦桀。¹⁰⁾ 其下十餘里, 有大巫山, 非惟三峽所無, 乃當抗峰岷・峨, 偕嶺衡・嶷。¹¹⁾ 其翼

도, 어쩌면. 【居治無恒(héng)】: 소재가 고정되지 않다.

6) 江水歷峽, 東逕新崩灘。 → 강물이 이 협곡을 거치면, 동쪽으로 신붕탄을 지나간다.
   【歷(lì)】: 거치다. 【新崩灘(xīn bēng tān)】: 삼협의 중간에 있는 여울.

7) 此山漢和帝永元十二年崩, 晋太元二年又崩。 → 이 산은 한 화제 영원 12년에 붕괴되고, 진 효무제 태원 2년에 또 붕괴되었다.
   【漢和帝永元十二年】: 서기 100년. 【崩(bēng)】: 붕괴되다, 무너지다. 【晋太元二年】: 서기 377년. 【太元】: 晋 孝武帝의 연호.

8) 當崩之日, 水逆流百餘里, 涌起數十丈。 → 산이 무너지던 날, 물이 100여 리를 역류하고, 수십 장 높이로 솟구쳤다.
   【當(dāng)】: ……할 당시에. 【里】: [길이] 옛날에는 1,800尺(약 600미터. 1척은 약 0.33미터)을 1里로 했으나, 지금은 1,500尺(약 500미터)을 1里로 하고 있다. 【涌(yǒng)起】: 솟구치다, 치솟다. 【丈(zhàng)】: 1尺의 10배, 약 3.3미터.

9) 今灘上有石, 或圓如簞, 或方似屋, 若此者甚眾, 皆崩崖所隕, 致怒湍流, 故謂之新崩灘。 → 지금 여울에는 돌이 많은데, 어느 것은 대나무광주리처럼 둥글고, 어느 것은 가옥처럼 모가 났다. 이와 같은 것들이 매우 많은데, 모두가 산의 절벽이 붕괴되어 떨어져 내린 것들로, (이 돌들이 강물의 흐름을 방해하여) 성난 급류를 조성하였으므로, 그래서 이를 이르러 신붕탄이라 했다.
   【簞(dān)】: 대나무광주리. 【似(sì)】: ……같다. 【若(ruò)】: ……같다. 【甚(shèn)】: 매우. 【眾】: 많다. 【隕(yǔn)】: 떨어지다. 【致(zhì)】: 빚어내다, 초래하다. 즉 「조성하다, 만들다」. 【湍(tuān)流】: 격류, 급류.

10) 其頹巖所餘, 比之諸嶺, 尚爲竦桀。 → 그 무너진 산의 남은 부분은, 보통의 여러 산들과 비교하면, 아직도 더 높이 우뚝 솟아있다.
   【頹巖(tuí yán)】: 무너진 후의 산. 【尚】: 여전히, 아직. 【竦桀(sǒng jié)】: 높이 우뚝 솟다.

11) 其下十餘里, 有大巫山, 非惟三峽所無, 乃當抗峰岷・峨, 偕嶺衡・嶷。 → 그 아래 10여 리에는, 대무산이 있는데, 비단 삼협 중에 (이보다 높은 산이) 없을 뿐만 아니라, 또한 민산・아미산과 높이를 다투고, 형산・구의산과도 어깨를 나란히 한다.
   【非惟(wéi)】: 비단 ……일 뿐만 아니라. 【乃】: 또한. 【當(dāng)】: 당연히. 【抗(kàng)】: 견주

附群山，並槪青雲，更就霄漢辨其優劣耳。¹²⁾ …… 其間首尾百六十里，謂之巫峽，蓋因山爲名也。¹³⁾

　　自三峽七百里中，兩岸連山，略無闕處。¹⁴⁾ 重巖疊嶂，隱天蔽日，自非亭午夜分，不見曦月。¹⁵⁾ 至於夏水襄陵，沿泝阻絶。¹⁶⁾ 或王

다, 높이를 다투다. 【岷(mín)】: 岷山. 사천성 松潘縣 북쪽. 【峨(é)】: 峨嵋山. 사천성 峨嵋縣 서쪽. 【偕(xié)】: 함께하다. 즉, 어깨를 나란히 하다. 【衡(héng)】: 衡山. 호남성 衡山縣 서북쪽에 있으며, 중국 五嶽 중의 하나. 【嶷(yí)】: 九嶷山. 호남성 寧遠縣 남쪽 60리 지점.

12) 其翼附群山，並槪青雲，更就霄漢辨其優劣耳。 → 무산의 양쪽에는 여러 산들이 연접해 있는데, 모두가 구름과 나란히 있어, 오직 하늘로 올라가야 그 높낮이를 변별할 수가 있다.
【其】: [대명사] 그, 즉「巫山」. 【翼(yì)】: 측, 쪽, 편. ※여기서는 산의「양측」을 가리킨다. 【附(fù)】: 딸리다, 덧붙다. ※여기서는「연접해 있다」는 뜻. 【並】: 모두, 다. 【槪(gài)】: 平斗木(말이나 되로 잴 때 넘치는 분량을 고르게 깎는 도구). ※여기서는「평평하다, 나란하다」의 뜻. 【青雲】: 구름. 【更(gèng)】: [부사] 오직, 다만. 【就】: [동사] 이르다, 도달하다. 【霄漢(xiāo hàn)】: 하늘. ※「霄」: 하늘.「漢」: 은하수. 【辨(biàn)】: 분별하다, 판별하다. 【優劣(yōu liè)】: 우열. ※여기서는「높이」를 가리킨다. 【耳】: ……뿐이다.

13) 其間首尾百六十里，謂之巫峽，蓋因山爲名也。 → 그 사이 처음부터 끝까지의 160리를, 이르러 무협이라 하는데, 산을 따라 이름을 지은 것이다.
【蓋(gài)】: [어조사]. ※앞의 말을 이어받아 이유나 원인을 표시한다. 【因】: 따르다, 근거하다.

14) 自三峽七百里中，兩岸連山，略無闕處。 → 삼협 700리 안에는, 양안에 산이 연달아 이어져 있는데, 조금도 끊어진 곳이 없다.
【連山】: 산이 연이어 있다. 【略無】: 조금도 없다. 【闕(quē)處】: 결여된 곳. 즉, 단절된 곳, 끊어진 곳. ※「闕」: 缺.

15) 重巖疊嶂，隱天蔽日，自非亭午夜分，不見曦月。 → 겹겹의 바위 절벽과 겹겹의 높고 가파른 산들이, 하늘을 가리고 해를 가로막아, 만약 정오나 야밤이 아니면, 해와 달을 보지 못한다.
【疊(dié)】: 겹. 【嶂(zhàng)】: 높고 가파른 산. 【隱(yǐn)】: 가리다. 【蔽(bì)】: 덮다, 막다. 【自】: 만약. ※葛洪《西京雜記》卷四에「自非顯才高行，安可強冠之哉！」라 했다. 【亭午(tíng wǔ)】: 正午. ※李白《古風 · 其二十四》에「大車揚飛塵，亭午暗阡陌。」라 했다. 【夜分】: 야밤중. 【曦(xī)】: 해, 일광.

16) 至於夏水襄陵，沿泝阻絶。 → 여름철 강물이 구릉에까지 차는 지경에 이르면, 올라가고 내려가는 뱃길이 막혀 끊어진다.
【至於】: ……에 이르다. 【襄(xiāng)】: 차 오르다. 【陵(líng)】: 구릉. 【沿(yán)】: (강물을) 따라 내려가다. 【泝(sù)】: 溯, (강물을) 거슬러 올라가다. 【阻絶(zǔ jué)】: 막혀 끊어지다.

命急宣, 有時朝發白帝, 暮到江陵。¹⁷⁾ 其間千二百里, 雖乘奔御風
不以疾也。¹⁸⁾ 春冬之時, 則素湍綠潭, 迴清倒影, 絶巘多生怪柏,
懸泉瀑布, 飛漱其間, 清榮峻茂, 良多趣味。¹⁹⁾ 每至晴初霜旦, 林
寒澗肅, 常有高猿長嘯, 屬引凄異, 空谷傳響, 哀轉久絶。²⁰⁾ 故漁

---

17) 或王命急宣, 有時朝發白帝, 暮到江陵。 ➡ 간혹 급히 선포해야 할 王命이 있을 경우, 어느 때는
아침에 백제성을 출발하여, 저녁 무렵에 강릉에 도착한다.
【或】: 간혹. 【王命】: 왕의 명령, 조정의 공문. 【宣(xuān)】: 선포하다, 전달하다. 【有時】: 어느
때. 【朝(zhāo)】: 아침. 【發(fā)】: 출발하다, 떠나다. 【白帝】: 白帝城, 지금의 四川省 奉節縣
동쪽으로 三國 蜀의 劉備가 임종한 곳. 【暮(mù)】: 저녁. 【江陵】: [지명] 지금의 湖北省 江陵
縣.

18) 其間千二百里, 雖乘奔御風不以疾也。 ➡ 그 사이의 천이백 리나 되는 거리는, 설사 빠른 말을 타
고 가거나 (신선처럼) 바람을 타고 가도 그보다 빠르지는 못하다.
【乘(chéng)】: 타다. 【奔(bēn)】: 빨리 달리다. ※여기서는 「빠른 말」을 의미한다. 【御(yù)】: 타
다, 몰다. 【以】:《太平寰宇記》에는 「加」라 했고, 趙一清《水經注刊誤》에는 「似」로 고쳤다.
【疾(jí)】: 질주하다, 빨리 달리다.

19) 春冬之時, 則素湍綠潭, 迴清倒影, 絶巘多生怪柏, 懸泉瀑布, 飛漱其間, 清榮峻茂, 良多趣
味。 ➡ 봄과 겨울철에는, 새하얀 급류와 짙푸른 연못에, 맑은 물결이 맴돌고 산의 그림자가 물 속에
거꾸로 비치며, 높고 험준한 산봉우리에는 괴이한 잣나무들이 많이 자라고, 높은 절벽 위의 폭포수
가, 그곳에 날아 떨어져 부딪치는데, 맑은 강물과 높이 자란 나무와 높고 험준한 산세와 무성한 수풀
을 대하노라면, 실로 흥미가 무궁무진하다.
【素湍(sù tuān)】: 새하얀 급류. 【綠潭(lǜ tán)】: 짙푸른 연못. 【迴(huí)清】: 맑은 물결이 맴돌
다. 【倒影(dào yǐng)】: 그림자가 거꾸로 비치다. 【絶巘(jué yǎn)】: 매우 높은 산봉우리. 【懸
(xuán)泉瀑(pù)布】: 높은 절벽 위의 폭포. 【飛漱(fēi shù)】: 날아 떨어져 부딪치다. 【其間】: 그
곳, 즉 「絶巘」. 【清】: (강물이) 맑음. 【榮】: (나무가) 높이 자람. 【峻(jùn)】: 산이 높고 험준함.
【茂(mào)】: (수풀이) 무성함. 【良】: 실로, 매우.

20) 每至晴初霜旦, 林寒澗肅, 常有高猿長嘯, 屬引凄異, 空谷傳響, 哀轉久絶。 ➡ 매번 비가 막
개이거나 서리 내리는 아침이 되면, 숲 속은 썰렁하고 계곡은 적막이 감돌며, 항상 높은 절벽에 사는
잔나비들이 길게 울부짖는 소리가 들리는데, 계속 이어지며 매우 처량하게, 텅 빈 계곡에 메아리쳐,
구슬프게 빙빙 돌다가 한참 후에 사라진다.
【晴(qíng)初】: 비가 막 개인 때. 【霜旦(shuāng dàn)】: 서리 내리는 아침. 【寒】: 썰렁하다. 【澗
(jiàn)】: 계곡. 【肅(sù)】: 고요하다, 적막하다. 【高猿(yuán)】: 높은 절벽에 사는 잔나비. 【長嘯
(cháng xiào)】: 길게 울부짖다. 【屬(zhǔ)引】: 계속 이어지다. 【凄異(qī yì)】: 매우 처량하다.
【傳響(chuán xiǎng)】: 메아리쳐 전해오다. 【哀轉】: 구슬프게 빙빙 돌다. 【久絶】: 한참 후에 사
라지다.

者歌曰:「巴東三峽巫峽長, 猿鳴三聲泪霑裳!」²¹⁾ ……

　　江水又東, 逕狼尾灘而歷人灘。²²⁾ 袁山松曰:「二灘相去二里。」²³⁾ 人灘水至峻峭, 南岸有青石, 夏沒冬出。²⁴⁾ 其石嶔崟, 數十步中悉作人面形, 或大或小, 其分明者鬚髮皆具, 因名曰人灘也。²⁵⁾

　　江水又東, 逕黃牛山, 下有灘名曰黃牛灘。²⁶⁾ 南岸重嶺疊起, 最外高崖間有石, 色如人負刀牽牛, 人黑牛黃, 成就分明。²⁷⁾ 旣人

---

21) 故漁者歌曰:「巴東三峽巫峽長, 猿鳴三聲泪霑裳!」➡ 그래서 어부의 노래에 이르길「파동의 삼협에서 가장 긴 무협, 잔나비 세번 우니 눈물이 옷을 적시네!」라 했다.
　【漁(yú)者】: 어부. 【泪(lèi)】: 淚, 눈물. 【霑(zhān)】: 적시다.

22) 江水又東, 逕狼尾灘而歷人灘。➡ 강물은 다시 동쪽으로 흘러, 낭미탄을 거쳐 인탄을 흘러 지나 간다.

23) 袁山松曰:「二灘相去二里。」➡ 원산송이 말하길「두 여울은 서로 2리가 떨어져 있다.」라고 했 다.
　【袁山松】: [인명] 東晋 陽夏 사람으로 일명「袁崧」이라고도 한다. 학문이 해박하고 문장을 잘 지었을 뿐만 아니라, 음악에도 뛰어났으며, 吳郡 태수를 지냈다. 저서로《後漢書》百篇이 있다. ※ 이 책은 南朝 宋 范曄이 쓴 正史중의《後漢書》와는 다르다. 【去】: 떨어지다.

24) 人灘水至峻峭, 南岸有青石, 夏沒冬出。➡ 인탄은 물살이 매우 빠르고, 남쪽 대안에 푸른 돌들이 있는데, 여름철에는 물에 잠기고 겨울철에는 드러난다.
　【至】: 지극히, 매우. 【峻峭(jùn qiào)】: 산세가 높고 가파르다. ※여기서는「물살이 매우 빠르다」 의 뜻.

25) 其石嶔崟, 數十步中悉作人面形, 或大或小, 其分明者鬚髮皆具, 因名曰人灘也。➡ 그 돌들 은 키가 크고 험준한 모습을 하고 있는데, 수십 보를 가는 동안 모두 사람의 얼굴모양을 하고 있으 며, 어느 것은 크고 어느 것은 작은데, 분명한 것은 수염과 머리털이 모두 갖추어져 있다는 것이다. 그래서 이름하여 인탄이라 했다.
　【嶔崟(qīn yín)】: 키가 크고 험준하다. 【悉(xī)】: 모두. 【鬚(xū)】: 수염. 【髮(fà)】: 머리털. 【因】: 그래서.

26) 江水又東, 逕黃牛山, 下有灘名曰黃牛灘。➡ 강물이 다시 동쪽으로 흐르다가, 황우산을 서지난, 아래에 황우탄이라고 하는 여울이 있다.
　【黃牛山】: 지금의 湖北省 宜昌 서쪽에 있는 산 이름.

27) 南岸重嶺疊起, 最外高崖間有石, 色如人負刀牽牛, 人黑牛黃, 成就分明。➡ 남안은 첩첩 산

199

跡所絶, 莫得究焉。[28] 此巖旣高, 加以江湍紆迴, 雖途逕信宿, 猶望見此物。[29] 故行者謠曰:「朝發黄牛, 暮宿黄牛; 三朝三暮, 黄牛如故。」[30] 言水路紆深, 迴望如一矣。[31]

　　江水又東, 逕西陵峽。[32] 《宜都記》[33]曰:「自黄牛灘東入西陵界, 至峽口百許里, 山水紆曲, 而兩岸高山重障, 非日中夜半, 不

들로 포개져 있고, 그중 가장 먼 곳의 높은 절벽에 암석이 하나 있는데, 형상이 마치 사람이 칼을 등에 지고 소를 끄는 듯하며, 사람은 검은 색 소는 누런 색으로, 생긴 모습이 매우 분명하다. 【疊(dié)起】: 겹치다, 포개다. 【崖(yá, ái)】: 벼랑, 절벽. 【色】: 형상, 모습. 【如】: 마치 ……같다. 【負】: 짊어지다. 【牽(qiān)】: 끌다, 끌어 당기다. 【成就】: 이루어진 모습, 생긴 모양.

28) 旣人跡所絶, 莫得究焉。→ 이미 사람의 발길이 끊어져, 아무도 그 결말을 찾아내지 못한다.
　　【莫】: 아무도 ……하지 못하다. 【究】: 결말.

29) 此巖旣高, 加以江湍紆迴, 雖途逕信宿, 猶望見此物。→ 이 바위는 이미 매우 높은데다, 더욱이 강의 흐름이 꼬불꼬불 우회하여, 비록 이틀동안을 지나가도, 여전히 이것을 볼 수 있다.
　　【巖(yán)】: 바위, 암석. 【加以】: 게다가, 더욱이. 【江湍(tuān)】: 강의 급류. 여기서는 「강의 흐름」을 말한다. 【紆迴(yū huí)】: 꼬불꼬불 우회하다, 빙빙 돌다. 【途逕(tú jìng)】: 경과하다, 거치다, 경유하다. 【信宿】: 이틀 밤을 자다. 즉, 이틀밤낮. ※《詩經·豳風·九罭》에「公歸不復, 於女信宿。」이라 했고,《毛傳》에「再宿曰信。」이라 했다.

30) 故行者謠曰:「朝發黄牛, 暮宿黄牛; 三朝三暮, 黄牛如故。」→ 그래서 행인들의 노래가사에「아침에 황우를 출발하여, 저녁에 황우에서 잠을 자고, 삼 일 아침 저녁을 가도, 황우는 여전히 그대로 있네.」라고 했다.
　　【如故】: 전과 같다, 여전히 그대로다, 변함이 없다.

31) 言水路紆深, 迴望如一矣。→ (이 노래가사는) 물길이 심하게 돌아 흐르니, 뒤를 돌아보아도 여전히 그 자리에 머물고 있는 듯함을 말한 것이다.
　　【紆深】: 심하게 돌다. 【迴望】: 뒤돌아 보다. 【如一】: 그대로다, 여전하다, 똑같다.

32) 江水又東, 逕西陵峽。→ 강물은 다시 동쪽으로 흘러, 서릉협을 지나간다.
　　【西陵峽】: 湖北省 宜昌 북쪽 25리에 있는 협곡. 夷山이라고도 한다.

33) 《宜都記》→ 晋 袁山松이 지은 책이름.
　　※宜都는 삼국시대 蜀의 郡으로 지금의 湖北省 宜都 서북쪽.

34) 自黄牛灘東入西陵界, 至峽口百許里, 山水紆曲, 而兩岸高山重障, 非日中夜半, 不見日月。→ 황우탄에서 동쪽으로 서릉협 경계에 들어가자면, 협구까지 백여 리가 되는데, 산과 강이 서로 구비 돌고, 또한 양안의 높은 산이 겹겹으로 가로막아, 정오나 한밤중이 아니면, 해와 달을 보지 못한다.

見日月。³⁴⁾ 絕壁或千許丈, 其石彩色形容, 多所像類。³⁵⁾ 林木高茂,
略盡冬春。³⁶⁾ 猿鳴至清, 山谷傳響, 泠泠不絕。³⁷⁾」所謂三峽, 此其
一也。³⁸⁾ 山松言:「常聞峽中水疾, 書記及口傳, 悉以臨懼相戒, 曾
無稱有山水之美也。³⁹⁾ 及余來踐躋此境, 旣至欣然, 始信耳聞之不
如親見矣。⁴⁰⁾ 其疊嶺秀峰, 奇構異形, 固難以辭叙。⁴¹⁾ 林木蕭森,

【百許里】: 백여 리, 백 리 남짓. 【紆曲(yū qū)】: 구비 돌다. 【重障(chóng zhàng)】: 겹겹의 높
고 가파른 산. 【日中】: 정오. 【夜半】: 야밤, 한밤중.

35) 絕壁或千許丈, 其石彩色形容, 多所像類。→ 절벽이 어느 것은 천여 장이나 되는데, 그 암석의
색깔이나 모양이, 대부분 어떤 물건과 비슷하다.
【丈(zhàng)】: [길이] 1척의 10배, 약 3.33미터. 【彩色】: 색깔. 【形容】: 모양, 모습. 【多】: 대부
분, 거의. 【像】: 닮다, 비슷하다. 【類】: (모종의) 물건.

36) 林木高茂, 略盡冬春。→ 수목은 높이 자라 무성한데, 그대로 겨울과 봄을 지난다.
【略盡】: 歷盡. 두루 다 경험하다, 다 겪다. 즉「그대로 지난다」는 뜻.

37) 猿鳴至清, 山谷傳響, 泠泠不絕。→ 원숭이 우는 소리 매우 또렷하여, 산골짜기에서 메아리치며,
맑고 깨끗하게 끊이지 않는다.
【猿(yuán)】: 원숭이. 【至清】: 매우 또렷하다. 【傳響(chuán xiǎng)】: 메아리치다, 전해 울리다.
【泠(líng)泠】: 소리가 맑고 깨끗한 모양.

38) 所謂三峽, 此其一也。→ 이른바 삼협은, 서릉협이 그 중의 하나이다.
【此】: 이것, 즉 서릉협.

39) 常聞峽中水疾, 書記及口傳, 悉以臨懼相戒, 曾無稱有山水之美也。→ 협곡의 물살이 빠르다
는 말은 자주 들었지만, 서적의 기록이나 전하는 말은, 모두가 그곳에 가서 느끼는 두려움을 가지고
권계했을 뿐, 산수가 아름답다는 것을 찬양한 적이 없다.
【疾(jí)】: (물살이) 급하다, 빠르다. 【悉(xī)】: 모두, 다. 【以】: ……로써, ……을 가지고. 【臨懼
(lín jù)】: 가서 느끼는 두려움. 【戒】: 勸戒하다. 【曾無】: ……한 적이 없다. 【稱(chēng)】: 찬양
하다, 칭찬하다.

40) 及余來踐躋此境, 旣至欣然, 始信耳聞之不如親見矣。→ 내가 이곳에 직접 와 보고 나니, 매우
흡족하여, 비로소 귀로 듣는 것이 직접 보는 것만 못하다는 것을 믿게 되었다.
【及】: ……하기에 이르러, ……하고 나서. 【踐(jiàn)】: (발로) 밟다, 딛다. 【躋(jī)】: 登 오르다
【此境】: 이곳. 【至】: 매우. 【欣(xīn)然】: 유쾌한 모양, 흡족한 모양. 【始】: 비로소, 처음으로.
【耳聞】: 귀로 듣다. 【親見】: 직접 보다.

41) 其疊嶺秀峰, 奇構異形, 固難以辭叙。→ 그 겹겹의 절벽과 수려한 산봉우리의 기이한 구조와 특
이한 형상은, 실로 글로써 서술하기 어렵다.

離離蔚蔚, 乃在霞氣之表。⁴²⁾ 仰矚俯映, 彌習彌佳, 流連信宿, 不覺忘返。⁴³⁾ 目所履歷, 未嘗有也。⁴⁴⁾ 旣自欣得此奇觀, 山水有靈, 亦當驚知己於千古矣。⁴⁵⁾」(《水經注》卷34)

解題 및 本文 要旨說明 🌊

　본문은《水經注 · 江水》중에서 가장 人口에 膾炙되는 부분을 뽑은 것으로, 내용은 양자강이 흐르는 방향을 따라 삼협의 아름다운 경치를 묘사한 것이다.

　본문은 대략 5단락으로 나눌 수 있는데, 첫째 단락에서는 瞿塘峽에 대해 서술했고, 둘째 단락에서는 巫峽에 대해 서술했으며, 셋째 단락에서는 삼협 양안의 산세와 사계절의 경치를 서술

　【疊巘(dié è)】: 겹겹의 절벽.【固】: 실로, 근본적으로.【難以】: ……하기 어렵다, ……할 수가 없다.【辭叙(cí xù)】: 글로 서술하다, 문자로 묘사하다.

42) 林木蕭森, 離離蔚蔚, 乃在霞氣之表。➡ 숲과 나무는 빽빽이 들어서, 울창하고 무성한데, 바로 노을의 바깥쪽과 맞닿아 있다.
　【蕭森(xiāo sēn)】: 나무가 빽빽이 들어선 모양.【離(lí)離】: (초목이) 무성한 모양.【蔚(wèi)蔚】: (초목이) 울창하고 무성한 모양.【乃】: 바로.【霞(xiá)氣】: 노을.【表】: 바깥쪽.

43) 仰矚俯映, 彌習彌佳, 流連信宿, 不覺忘返。➡ 고개를 들어 (산의 경치를) 쳐다보고 고개를 숙여 강물에 비친 그림자를 보노라면, 익숙해질수록 더욱 아름다워, 떠나기 아쉬워 하루 이틀을 머물다보면, 저도 모르게 돌아갈 것을 잊어버린다.
　【仰(yǎng)】: 고개를 들다.【矚(zhǔ)】: 바라보다.【俯(fǔ)】: 고개를 숙이다.【映(yìng)】: 비추다. 여기서는「강물에 비친 그림자」를 가리킨다.【彌(mí)……彌……】: ……할수록 ……하다.【習】: 익숙하다, 친숙하다.【流連】: 아쉬워 차마 떠나지 못하다.【不覺(jué)】: 모르는 사이에, 저도 모르게.【返(fǎn)】: 돌아가다.

44) 目所履歷, 未嘗有也。➡ 직접 눈으로 본 것 중에, 아직 이처럼 아름다운 것이 없다.
　【履歷(lǚ lì)】: 밟아 지나오다, 경험하다, 거치다.【未嘗】: 아직 ……하지 못하다, 일찍이 ……한 적이 없다.

45) 旣自欣得此奇觀, 山水有靈, 亦當驚知己於千古矣。➡ 이미 나 스스로 이 절경을 즐겁게 구경했으니, (만일) 산수에 신령이 있다면, 또한 당연히 아주 오랫 만에 知己를 만난 것을 놀랍고 기쁘게 생각해야 할 것이다.
　【欣(xīn)】: 유쾌하다, 즐겁다, 기뻐하다.【奇觀】: 뛰어난 경관, 절경.【驚(jīng)】: 놀랍고 기쁘게 생각하다.【千古】: 천고, 아주 오랜 세월.

했고, 넷째 단락에서는 무협과 西陵峽 사이의 狼尾灘과 人灘 및 黃牛灘의 경치를 서술했으며, 다섯째 단락에서는 서릉협의 경치를 묘사했다.

역도원은 서술방법에 있어서, 먼저 장소와 범위를 하나하나 밝히고 이어서 연달아 이어진 높고 큰 산이 강을 사이에 두고 대치한 삼협의 면모를 묘사했는데, 이 부분에서는 주로 산에 중점을 두었고, 그런 다음에 다시 세 부분으로 나누어 여름·겨울·봄의 경치를 묘사했는데, 여기서는 물의 묘사에 중점을 두었다.

필치가 경물에 따라 달라지고, 감정이 경치에 따라 변화하며, 묘사가 매우 逼眞한 데다가 생동감이 넘쳐 흘러 遊記散文 중의 명문이라 할 수 있다. 후세 柳宗元 등의 山水遊記散文에 많은 영향을 주었다.

22

滕王閣序

[唐] 王勃

作者 ○

王勃(649-676)은 隋末의 大儒인 王通의 孫으로 자는 子安, 絳州 龍門(지금의 山西省 河津縣 서쪽) 사람이며, 楊炯·盧照隣·駱賓王과 더불어 初唐四傑 중의 한 사람이다. 어려서부터 총명하여 6세에 문장 쓰는 법을 터득한 그는 9세 때 顔師古의《漢書注》를 읽고《指瑕》十卷을 지었으며, 10세 때 이미 六經에 능통했고, 14세 때는 神童으로 이름이 나 조정에 천거되기도 했다. 高宗 麟德 원년(664) 對策 시험에 급제하여 朝散郞을 배수받고, 高宗 乾封 원년(666) 정월에 泰山에 봉해졌는데, 이때《宸遊東嶽頌》을 올린 것을 비롯하여 高宗 總章 원년(668) 12월에 高麗를 평정하고 祭를 지낸 다음 올린《拜南郊頌》등 공덕을 찬양하는 글을 여러 차례 조정에 올렸다. 그 후 修撰에 임명되어 편찬작업에 종사하면서《平臺秘略》十篇을 지었는데 왕의 마음에 들어 비단 50필을 받기도 했다. 그러나 그 후 왕족들간의 우열을 鬪鷄에 빗대어 쓴《檄英王鷄文》으로 인해 高宗의 노여움을 사서 쫓겨나 越州(지금의 浙江省 紹興)로 갔다가, 高宗 總章 2년(669) 蜀(지금의 四川省)으로 갔다. 이때 王勃의 부친 王福畤는 太常博士로 있었다. 왕발은 咸亨 4년(673) 나이 24세 때 虢州(지금의 河南省 靈寶縣 남쪽)에 약초가 많다는 말을 듣고 虢州參軍 자리를 얻어 그곳에 갔다가 때마침 官奴 曹達이 범죄를 저질러 왕발이 이를 숨겨주었는데, 일이 탈로 날 것을 두려워한 왕발이 조달을 죽여 입을 봉하려 하다가 발각되어 참살을 당하게 되었다. 후에 겨우 사면을 받았으나, 이로 인해 왕발은 제명되고 부친은 아들의 일로 연루되어 雍州(지금의 陝西省 長安) 司功

參軍의 자리에서 交趾令(交趾의 縣令. 交趾는 지금의 越南 북부 지방)으로 좌천되었다. 王勃은 高宗 上元 2년(675)에 부친을 따라 交趾로 가다가 9월에 洪州(지금의 江西省 南昌)를 거쳐 11월에 南海(廣東省 廣州)에 이르렀는데, 이때 바다를 건너다 물에 빠져 놀란 것이 병이 되어 치유하지 못하고 28세의 젊은 나이로 세상을 떠나고 말았다.

註釋 ◌

　　豫章故郡, 洪都新府。[1] 星分翼軫, 地接衡廬。[2] 襟三江而帶五湖, 控蠻荊而引甌越。[3] 物華天寶, 龍光射牛斗之墟; 人傑地靈, 徐

---

1) 豫章故郡, 洪都新府。→ 예장은 옛날의 郡이름이요, 홍도는 신설된 洪州 都督府이다.
【豫章】: [지명] 江西省 南昌의 옛 이름. 漢의 豫章郡을 隋나라때 郡을 폐지하고 洪州라 했고, 煬帝때 다시 豫章郡으로 고쳤다가 唐에 이르자 또 다시 이름을 洪州로 바꾸었다. ※《廣興記》에 「漢曰豫章, 晉曰江州, 隋唐曰洪州, 南唐曰南昌.」라 했다. 【故郡】: 옛 군. 【洪都】: [지명] 洪州 都督府의 소재지. 【新府】: 새로 설치한 도독부. 즉, 隋나라 때의 豫章이란 이름을 唐이 洪州로 바꾸고 새로 도독부를 두었다.

2) 星分翼軫, 地接衡廬。→ (이 곳의) 별자리는 翼星과 軫星을 나누고, 지세는 衡山 · 廬山과 인접해 있다.
※즉, 홍주는 익성과 진성 두 별자리가 갈리는 중간에 위치하고 있고, 지세로 보면 衡山 · 廬山과 인접한 요새라는 점을 강조한 말이다.
【衡廬(héng lú)】: [산이름] 衡山과 廬山. 衡山은 洪州의 서남쪽에 있고, 廬山은 洪州의 북쪽에 있다.

3) 襟三江而帶五湖, 控蠻荊而引甌越。→ 三江을 옷깃으로 달고 五湖를 허리띠로 매었으며, 荊楚의 南蠻을 억누르고 越族의 東甌를 끌어들이고 있다.
※洪州가 천연적인 요새로서 중요한 곳에 위치해 있다는 것을 형용한 말이다.
【襟(jīn)】: [동사] 옷깃으로 달다. ※즉 洪州가 三江의 위에 위치하고 있어 마치 옷깃을 단 듯하다는 말. 【三江】: 荊江, 松江, 浙江. 【帶】: [동사] 허리띠로 매다. ※洪州가 五湖의 중간에 위치하여 마치 五湖로써 허리띠를 두른 듯하나는 말. 【五湖】: 중국의 5대 호수. 太湖, 鄱陽湖, 靑草湖, 丹陽湖, 洞庭湖. 【控(kòng)】: 억누르다, 제압하다. 【蠻荊(mán jīng)】: 荊楚지역의 南蠻. ※「荊」은 楚나라의 도읍지, 「南蠻」은 남쪽의 오랑캐. ※《左傳 · 莊公四年》疏에 「荊卽楚之舊邑。」이라 했다. 【引】: 끌어들이다. 【甌越(ōu yuè)】: 越族의 東甌지역. (지금의 江蘇省과 浙江省 일대)

孺下陳蕃之榻。[4] 雄州霧列, 俊彩星馳。[5] 臺隍枕夷夏之交, 賓主盡東南之美。[6] 都督閻公之雅望, 棨戟遙臨; 宇文新州之懿範, 襜帷

---

4) 物華天寶, 龍光射牛斗之墟; 人傑地靈, 徐孺下陳蕃之榻。→ (이곳에서 出産되는) 물자의 질이 뛰어남은 하늘이 내린 보배이기 때문이라, 龍泉劍의 빛이 牽牛星과 南斗星의 구역까지 비치고, (이곳 출신의) 인물이 걸출함은 지세가 신령스런 때문이라, 徐孺가 陳蕃의 걸상을 내리게 했다.

※陳蕃은 豫章太守로 있으면서 줄곧 빈객을 맞아들이지 않았으나 특별히 徐穉를 위해 걸상을 만들어 벽에 걸어두었다가 徐穉가 찾아오면 그것을 내려 그를 접대했다.

【物華】: 물자의 뛰어난 질. 【龍光】: 龍泉劍의 빛. ※《晉書·張華傳》의 기록에 의하면, 晉 惠帝 때 張華가 斗星과 牛星 두 별 사이에 붉은 기운이 있는 것을 보고 천문을 잘 아는 雷煥을 불러 물어보니, 豊城의 보검에서 발하는 빛이 하늘에 비치기 때문이라 했다. 張華가 雷煥을 豊城令에 임명하고 보검을 찾도록 명하여 雷煥이 그곳에 도착해서 감옥을 파보았는데, 과연 두 자루의 보검이 나와 이름을 하나는 「龍泉」, 하나는 「太阿」라 했다. 【牛斗】: 牽牛星과 南斗星. 【墟(xū)】: 지역, 구역. 【徐孺(xú rú)】: [인명] 徐穉, 자는 孺子, 東漢 豫章사람으로 덕망이 있어 만인의 존경을 받았다. 【下】: [사동용법] 내리게 하다. 【陳蕃(chén fán)】: [인명] 豫章太守, 자는 仲舉. 【榻(tà)】: 걸상, 의자.

5) 雄州霧列, 俊彩星馳。→ (洪州의 주변에는) 큰 州郡들이 마치 안개처럼 널려있고, 걸출한 인물들은 마치 뭇 별들이 질주하듯 왕래가 빈번하다.

【雄州】: 큰 州郡. 【霧(wù)列】: 안개처럼 널려있다. 【俊彩(jùn cǎi)】: 걸출한 인물. 【星馳(chí)】: 별들이 질주하다. 즉 「왕래가 많다」.

6) 臺隍枕夷夏之交, 賓主盡東南之美。→ (등왕각의) 城池는 華夏와 南蠻의 경계지역을 베개삼고, (연회에 모인) 손님들과 주인은 모두가 동남일대의 명사들이다.

※즉, 등왕각이 있는 城池가 인근 지역을 압도하는 요충지에 위치하고 있으며, 연회에 모인 사람들은 주인이나 손님 할 것 없이 모두가 동남일대의 명사들이다.

【臺隍(tái huáng)】: 城池. 【枕(zhěn)】: [동사] 베개삼다. 【夷(yí)】: 荊楚의 南蠻. 【夏】: 漢族의 中原 華夏지역. 【交】: 경계, 접경. 【盡】: 모두, 다. 【東南】: 洪州가 위치한 지역. 【美】: 아름다움, 빼어난 자랑거리, 여기서는 「名士」를 가리킨다.

7) 都督閻公之雅望, 棨戟遙臨; 宇文新州之懿範, 襜帷暫駐。→ 명망 있는 도독 염공이, 계극을 앞세우고 먼 곳으로부터 왕림하고, 우아한 풍모의 우문균 신임 풍주목이, 수레를 잠시 멈추었다.

【都督】: [관직명] 州牧에 대한 존칭. 【閻(yán)公】: 당시 洪州의 州牧 閻伯嶼. 【雅(yǎ)望】: 좋은 명성, 명망. 【棨戟(qǐ jǐ)】: 계극, 비단으로 싼 의장용 창. ※옛날 높은 관리가 出行할 때 하급관리들이 먼저 이것을 들고 앞장서 나갔다. 【遙臨(yáo lín)】: 먼 곳으로부터 왕림하다. 【宇文】: 宇文均. 【新州】: 신임 州牧. 【懿範(yì fàn)】: 우아한 풍모. 【襜帷(chān wéi)】: 수레의 휘장. 앞에 친 것을 「襜」이라 하고 옆에 두른 것을 「帷」라 하나, 여기서는 「수레」를 가리킨다. 【暫駐(zàn

暫駐。7) 十旬休暇, 勝友如雲。8) 千里逢迎, 高朋滿座。9) 騰蛟起鳳,
孟學士之詞宗; 紫電靑霜, 王將軍之武庫。10) 家君作宰, 路出名
區。11) 童子何知, 躬逢勝餞。12)

---

zhù)】: 잠시 멈추다. ※신임 澧州牧으로 부임하는 宇文均이 임지에 가기 위해 이곳을 지나다가
연회에 참석하였다.

8) 十旬休暇, 勝友如雲。→ 旬暇를 맞아, 좋은 벗들이 구름처럼 모여들었다.
【十旬休暇(xiá)】: 旬暇, 10일마다 맞는 휴가. ※唐의 제도에서 관리들은 10일마다 하루를 쉬었
다. ※「十旬」: 旬, 10일. 【勝友】: 좋은 벗.

9) 千里逢迎, 高朋滿座。→ 천리 먼 곳에서 온 사람들이 서로 만나 맞이하니, 훌륭한 벗들이 자리에
가득하다.
【逢迎(féng yíng)】: 서로 만나 맞이하다. 【高朋】: 훌륭한 벗.

10) 騰蛟起鳳, 孟學士之詞宗; 紫電靑霜, 王將軍之武庫。→ (文才로 말하면) 용이 하늘로 오르고
봉황이 날아 오르듯, 그야말로 맹학사와 같은 문장의 대가들이요, (武略으로 말하면) 紫電·靑霜
과 같은 보검이 광채를 발하듯, 마치 王장군의 무기고와도 같다.
【騰(téng)】: 오르다. 【蛟(jiāo)】: 용. 【起】: 날아 오르다. 【鳳(fèng)】: 봉황. 【孟學士】: 東晉의
孟嘉. ※맹가는 어려서부터 文名이 있어 桓溫의 參軍이 되었는데 매우 예절이 밝았다. 重九날에
환온이 막료들에게 연회를 베푸는데 마침 바람이 불어 맹가의 모자가 땅에 떨어졌다. 환온이 다른
사람을 시켜 글을 지어 맹가를 비웃자, 맹가 역시 글로써 답했는데 그 글이 매우 뛰어났다. 【詞宗】:
문장의 종주, 대가. 【紫(zǐ)電】: 옛 寶劍이름. ※《古今注》에「吳有寶劍曰紫電。」이라 했다. 【靑
霜(shuāng)】: 옛 寶劍이름. ※《西京雜記》에「高帝斬白蛇劍, 十二年一加磨瑩, 刃上常若霜
雪。」이라 했다. 【王將軍】: 王僧辯. ※南北朝 梁나라 祁人으로 학문이 해박하고 武略에 정통하
여 江州刺史征東大將軍에 임명되었는데, 후에 陳霸先과 더불어 侯景의 난을 평정한 공으로 永
寧郡公에 봉해졌으며, 벼슬이 太尉를 거쳐 車騎大將軍에까지 올랐다.

11) 家君作宰, 路出名區。→ (저의) 부친이 (交趾의) 현령으로 계시는데, 뵈러 가는 길에 이곳 명소
를 지나게 되었다.
【家君】: 아버지, 부친. ※아들이 부친을 부르는 호칭. 【作】: (직책을) 맡다. 【宰(zǎi)】: 현령. ※
王勃의 부친 王福畤는 당시 交趾令을 지냈다. 【出】: 지나다, 경유하다. 【名區】: 명소, 즉 洪州를
가리킨다.

12) 童子何知, 躬逢勝餞。→ (나 왕발은) 어린아이로서 아는 것도 없는데, (뜻밖에) 친히 성대한 연
회에 참석하게 되었다.
【童子】: 어린아이. ※왕발은 당시 26세로 참석한 사람들 중에 나이가 가장 어려서 스스로 겸손하
게 한 말이다. 【何知】: 무엇을 알겠습니까? 즉, 「아는 것이 없다.」는 말. 【躬(gōng)】: 몸소, 친히.
【逢(féng)】: 만나다, 즉 참석하다. 【勝餞(shèng jiàn)】: 성대한 연회.

時維九月, 序屬三秋。¹³⁾ 潦水盡而寒潭清, 烟光凝而暮山紫。¹⁴⁾ 儼驂騑於上路, 訪風景於崇阿。¹⁵⁾ 臨帝子之長洲, 得仙人之舊館。¹⁶⁾ 層巒聳翠, 上出重霄;¹⁷⁾ 飛閣翔丹, 下臨無地。¹⁸⁾ 鶴汀鳧渚, 窮島

---

13) 時維九月, 序屬三秋。➔ 때는 구월이요, 계절의 순서로는 세 번째인 가을이다.
【維(wéi)】: ……이다. 【序】: 계절의 순서. 【屬】: ……이다, ……속하다. 【三秋】: 계절의 순서로 보아 세 번째인 가을. ※혹은, 가을이 음력으로 7월, 8월, 9월 석달임으로 그중 세 번째 달인 9월 즉 「늦가을」이라 해석한 경우도 있다.

14) 潦水盡而寒潭清, 烟光凝而暮山紫。➔ 길바닥에 고인 물이 말라 버리니 차가운 못물이 유난히 맑게 보이고, 연무와 노을 빛 자욱하니 저녁 산이 더욱 붉은 빛을 띤다.
【潦(lǎo)水】: 길바닥에 고인 물, 빗물. 【盡】: 다하다, 즉 말라버리다. 【潭(tán)】: 깊은 연못. 【烟(yān)光】: 연무와 노을 빛. 【凝(níng)】: 끼다, 자욱하다. 【暮(mù)山】: 저녁 산. 【紫(zǐ)】: 자주빛, 붉은 빛.

15) 儼驂騑於上路, 訪風景於崇阿。➔ 사람들은 비탈길에서 마차를 질서정연하게 몰아, 좋은 경치를 찾아 높은 산으로 향한다.
【儼(yǎn)】: 질서 정연하다. 【驂騑(cān fēi)】: 양옆에서 수레를 끄는 말. 여기서는 「마차, 수레」를 가리킨다. 【上路】: 비탈 길. 【訪】: 찾다, 방문하다. 【風景】: 풍경, 경치. 【崇阿(chóng ē)】: 높은 산.

16) 臨帝子之長洲, 得仙人之舊館。➔ 滕王의 長洲에 와서, 선인이 살았다는 옛 전각에 올랐다.
【臨】: 오다, 이르다. 【帝子】: 황제의 아들, 즉 滕王 李元嬰. ※원영은 唐 高祖의 22째 아들이다. 【長洲】: [지명] 滕王閣의 소재지로 洪州의 서쪽 贛江의 모래 섬에 있다. 【得】: 오르다. 【仙人】: 선인, 신선. 「등왕 이원영」을 가리킨다. ※판본에 따라서는 「仙人」을 「天人」이라 썼다. 【舊館】: 옛 전각, 여기서는 「등왕각」을 가리킨다.

17) 層巒聳翠, 上出重霄; ➔ 겹겹의 산봉우리는 우뚝 솟아 짙은 초록빛을 띠고, 위 부분은 구름 위로 뚫고 나와 있다.
【層】: 겹겹의, 첩첩의. 【巒(luán)】: 산봉우리. ※판본에 따라서는 「巒」을 「臺」로 썼다. 【聳(sǒng)】: 우뚝 솟다. 【翠(cuì)】: 짙은 초록빛(을 띠다). 【重霄(chóng xiāo)】: 구름 층.

18) 飛閣翔丹, 下臨無地。➔ 공중을 나는 듯한 붉은 빛의 殿閣은, 그 아래가 마치 바닥이 없이 (허공에) 세워져 있는 듯하다.
【飛閣】: 나는 듯한 누각. ※기둥을 받쳐 공중에 뜨게 지은 등왕각이 마치 나는 듯함을 형용한 말. 【翔(xiáng)丹】: 나는 듯한 붉은 빛의 전각. ※붉게 칠한 등왕각이 미치 공중에서 나는 듯함을 형용한 말. 판본에 따라서는 「翔丹」을 「流丹」으로 썼다. 【無地】: 딛고 설 땅이 없는 물 또는 허공. ※강 가에 지은 등왕각의 아래가 바로 강이기 때문에 전각에 올라 아래를 내려다 보면 땅이 보이지 않아 마치 바닥이 없이 물위에 세워져 있는 듯함을 형용한 말.

19) 鶴汀鳧渚, 窮島嶼之縈迴; ➔ 학이 모여드는 물가의 평지와 물오리가 노니는 모래톱은, 크고 작은 섬 주위에 가득 널려 있다.

嶼之縈迴;[19] 桂殿蘭宮, 卽岡巒之體勢。[20]

披繡闥, 俯雕甍。[21] 山原曠其盈視, 川澤紆其駭矚。[22] 閭閻撲地, 鐘鳴鼎食之家;[23] 舸艦迷津, 青雀黃龍之舳。[24] 虹銷雨霽, 彩徹雲衢。[25] 落霞與孤鶩齊飛, 秋水共長天一色。[26] 漁舟唱晚, 響窮

【鶴(hè)】: 학. 【汀(tīng)】: 물가의 평지. 【梟(fú)】: 물오리. 【渚(zhǔ)】: 모래톱. 【窮(qióng)】: 가득하다, 널려 있다. 【嶼(yǔ)】: 작은 섬. 【縈迴(yíng huí)】: 빙 두르다, 즉 「둘레, 주위」를 가리킨다.

20) 桂殿蘭宮, 卽岡巒之體勢。 → 계수나무 전각과 목란 궁궐의 모습은, 바로 높고 낮은 산봉우리의 형세와도 같다.
【桂殿(guì diàn)】: 계수나무로 꾸민 전각. 【蘭宮(lán gōng)】: 목란으로 장식한 궁전. 【卽(jí)】: 바로 ……이다. ※판본에 따라서는 「卽」을 「列」로 썼다. 【岡巒(gāng luán)】: 크고 작은 산봉우리. 【體勢】: 형세.

21) 披繡闥, 俯雕甍。 → 화려한 문을 여니, 조각한 용마루가 내려다 보인다.
【披(pī)】: 열다. 【繡闥(xiù tà)】: 화려한 대문. 【俯(fǔ)】: 내려다 보다. 【雕甍(diāo méng)】: 조각한 용마루.

22) 山原曠其盈視, 川澤紆其駭矚。 → 산과 들은 광활하여 시야에 가득 차고, 강과 호수의 굽은 모습은 보는 이의 눈을 놀라게 한다.
【山原】: 산과 들판. 【曠(kuàng)】: 광활하다, 넓다. 【盈視】: 시야에 가득 차다. 【紆(yū)】: 굽다, 구불구불하다. 【駭矚(hài zhǔ)】: 보는 눈을 놀라게 하다.

23) 閭閻撲地, 鐘鳴鼎食之家; → 마을은 곳곳이, 종을 울려 모여서 여러 개의 솥을 걸고 식사하는 부자 집들이다.
【閭閻(lú yán)】: 마을, 촌락. 【撲(pū)地】: 도처, 곳곳. 【鐘鳴鼎(dǐng)食】: 솥을 걸고 종을 울려 식사하다. ※옛날 부자들은 대가족이 솥을 걸고 식사 때마다 종을 울렸다. 「鼎」: 세 발이 달린 큰 솥. 《孔子家語 · 致思》에 「子路曰: 由也, 南游於楚, 列鼎而食。」이라 했고, 張衡 《西京賦》에 「擊鐘鼎食。」이라 했다.

24) 舸艦迷津, 青雀黃龍之舳。 → 큰 배들이 많아 나루터를 잃을 정도인데, 모두가 푸른 공작과 누런 용을 그린 (호화스런) 배들이다.
【舸(gě)】: 큰 배. 【艦(jiàn)】: 전함. 【迷】: 길을 잃다. 헤매다. ※판본에 따라서는 「迷」를 「彌(mí)」로 썼다. 【津(jīn)】: 나루터. 【舳(zhú)】: 船尾. 여기서는 「배」를 가리킨다.

25) 虹銷雨霽, 彩徹雲衢。 → 무지개가 걷히고 비가 그치자, 석양이 구름사이를 통해 비춘다.
【虹(hóng)】: 무지개. ※판본에 따라서는 「虹」을 「雲」으로 썼다. 【銷(xiāo)】: 걷히다. 【霽(jì)】: (비가) 그치다. 【彩(cǎi)】: 광채. 여기서는 「석양」을 가리킨다. 【徹(chè)】: 通, 통하다. 【雲衢(qú)】: 구름사이.

209

彭蠡之濱; 雁陣驚寒, 聲斷衡陽之浦。[27]

遙襟甫暢, 逸興遄飛。[28] 爽籟發而清風生, 纖歌凝而白雲遏。[29]

睢園綠竹, 氣凌彭澤之樽; 鄴水朱華, 光照臨川之筆。[30] 四美具,

---

26) 落霞與孤鶩齊飛, 秋水共長天一色. → 지는 노을은 외로운 물오리와 함께 날아가고, 가을의 푸른 물은 끝없는 푸른 하늘과 일색을 이룬다. 【落霞(luò xiá)】: 지는 노을. 【鶩(wù)】: 물오리. 【齊(qí)】: 함께. 【共】: ……와 함께. 【長天】: 끝없는 푸른 하늘.

27) 漁舟唱晚, 響窮彭蠡之濱; 雁陣驚寒, 聲斷衡陽之浦。→ 고깃배에서 부르는 晩歌는, 소리가 파양호까지 울려 퍼지고, 무리 지어 날던 기러기 떼는 추위에 놀라, 그 소리가 형양의 강가에서 끊어진다. 【漁舟】: 고깃배. 【晚(wǎn)】: 晚歌. 저녁에 일을 끝내고 부르는 노래. 【響窮】: 소리가 ……까지 이르다. 【彭蠡(péng lǐ)】: 鄱陽湖. ※洪州 동쪽에 있는 호수로 주위가 450리에 이른다. 【雁陣(yàn zhèn)】: 기러기 떼. 【驚(jīng)寒】: 추위에 놀라다. 【衡陽】: [지명] 지금의 호남성 衡陽縣. 湘水와 蒸水 두 강이 합류하는 지점으로 洪州의 서남쪽. ※일설에는 「衡陽」을 「衡山의 남쪽」이라 해석했다. 【浦(pǔ)】: 강어귀, 강가. ※여기서는 곧 「湘水의 강가」를 말하는데, 「衡陽之浦」라 한 것은 湘水가 衡山에 가까이 있기 때문이다.

28) 遙襟甫暢, 逸興遄飛。→ 아득했던 회포가 비로소 상쾌해지자, 흥겨움이 빠르게 고조된다. 【遙(yáo)】: 먼, 아득한. 【襟(jīn)】: 회포, 마음, 감회. 【甫(fǔ)】: 비로소, 이제 막. 【暢(chàng)】: 통쾌해지다, 후련해지다, 상쾌해지다. 【逸(yì)興】: 고상한 흥취. 【遄(chuán)】: 속히, 빠르게. 【飛】: 일다, 고조되다.

29) 爽籟發而清風生, 纖歌凝而白雲遏。→ 맑고 낭랑한 퉁소소리 흘러나오니 맑은 바람이 일고, 여인의 섬세한 노랫소리 응결되니 흰 구름이 멈춘다. 【爽籟(shuǎng lài)】: 맑고 낭랑한 퉁소소리. ※「爽」을 「參差」, 「爽籟」를 「길고 짧은 대나무관을 배열하여 만든 옛날 악기」라고 해석한 경우도 있다.【纖(xiān)歌】: 여인의 섬세한 노랫소리. 【凝(níng)】: 엉기다, 凝集하다. 【遏(è)】: 멈추다.

30) 睢園綠竹, 氣凌彭澤之樽; 鄴水朱華, 光照臨川之筆。→ 수원 푸른 대나무 숲의 연회는, 그 분위기가 도연명의 獨酌을 능가하고; 업수의 연꽃은, 謝靈運의 문장을 비춘다. ※등왕각의 연회 분위기를 漢 梁王의 竹園 「睢園綠竹」을 빌어다가 우회적으로 표현하고, 「鄴水에서 연꽃을 감상하며 읊은 시가 謝靈運의 문장과도 건줄 만하다.」는 말로, 이는 滕王閣의 연회에 참석한 문인들의 재능을 曹丕의 鄴水宴을 빌어 우회적으로 표현한 것이다. 【睢(suī)園】: 수원, 漢 梁王이 지은 대나무 숲의 정원. ※酈道元《水經注》卷二十四에 「睢水又東南流, 歷於竹圃, 水次綠竹蔭渚, 菁菁實望, 世人言梁王竹園也。(수강의 물이 다시 동남쪽으로 흘러 죽포를 지나면, 강가의 짙푸른 대나무 숲은 녹음이 주위를 온통 뒤덮어, 울창한 모습이 눈에 가득한데, 사람들은 이를 양왕의 죽원이라 했다.)」라고 했다. 【氣】: 분위기. 【凌(líng)】: 능가하다. 【彭澤之樽(zūn)】: 彭澤의 술항아리, 즉 「陶淵明의 술 마시는 즐거움」을 비유한 말. 【鄴

二難幷。³¹⁾ 窮睇眄於中天, 極娛遊於暇日。³²⁾ 天高地迥, 覺宇宙之
無窮; 興盡悲來, 識盈虛之有數。³³⁾ 望長安於日下, 指吳會於雲
間。³⁴⁾ 地勢極而南溟深, 天柱高而北辰遠。³⁵⁾ 關山難越, 誰悲失路

(yè)水】: 鄴宮안에 있는 연못. ※「鄴」은 曹操의 封地. 지금의 河南省 臨漳縣. 建安 말 曹丕가
五官中郎將이 되어 鄴宮의 西園에서 아우 曹植을 비롯하여 王粲, 劉楨 등의 명사들과 자주 어울
렸다.【朱華】: 芙蓉, 연꽃.【光照】: 비추다.【臨川】: 東晉의 문장대가인 謝靈運. ※謝靈運이
六朝 宋 文帝때 臨川內史를 지냈으므로 부른 호칭.【筆】: 붓, 여기서는「문장」을 가리킨다.

31) 四美具, 二難幷。➡ 아름다운 네 가지가 갖추어 지고, 얻기 어려운 두 가지가 함께 했다.
【四美】: 아름다운 네 가지, 즉, 좋은날(良辰), 아름다운 경치(美景), 감상하는 마음(賞心), 즐거
운 연회 행사(樂事). ※謝靈運《魏太子鄴中集序》에「天下良辰・美景・賞心・樂事, 四者
難幷, 今昆弟友朋, 二三諸彦, 共盡之矣。(천하에 좋은 날, 아름다운 경치, 감상하는 마음, 즐거
운 연회 행사 등 네 가지를 함께하기 어려우나, 오늘 형제와 친구, 몇몇 사람들이, 함께 그 즐거움을
만끽했다.)」【二難】: 얻기 어려운 두 가지, 즉 어진 주인과 훌륭한 손님.【幷】: 함께 하다, 겸하다.

32) 窮睇眄於中天, 極娛遊於暇日。➡ 하늘에서 관람할 것을 다 관람하고, 휴일에 노는 즐거움을 만
끽했다.
【窮】: ……을 다하다.【睇眄(dì miǎn)】: 관람하다, 보다.【中天】: 하늘, 공중.【極】: 다하다, 만
끽하다.【娛(yú)遊】: 즐기며 놀다.【暇(xiá)日】: 휴일, 휴가.

33) 天高地迥, 覺宇宙之無窮; 興盡悲來, 識盈虛之有數。➡ 하늘이 그처럼 높고 땅이 이처럼 먼 것
을 보니, 우주의 무궁함을 느끼고; 흥이 다하고 슬픔이 오니, 차고 기우는 것에 정해진 운명이 있음
을 알겠다.
【迥(jiǒng)】: 遠, 멀다.【盈虛(yíng xū)】: 차고 기울음, 흥성하고 쇠잔함.【數】: 정해진 운명.

34) 望長安於日下, 指吳會於雲間。➡ 장안을 바라보니 멀리 태양아래에 있고, 오회를 가리키니 멀리
구름 사이에 있다.
【長安】: [지명] 장안. 지금의 陝西省 西安. 여기서는「서울, 도읍지」의 뜻이다.【指】: 가리키다.
※판본에 따라서는「指」를「目」으로 썼다.【吳會(wú kuài)】: [지명] 오회. ※세 가지 설이 있다.
①지금의 江蘇省 吳縣. ②越州의 會稽山(지금의 浙江省 紹興)으로 회계산의 북쪽에는 越王의
古城이 있다. ③ 吳(浙江省 蘇州)와 會稽山(浙江省 紹興).

35) 地勢極而南溟深, 天柱高而北辰遠。➡ (동남의) 지세가 다하여 남해가 깊어지고, (서북의) 천
주기 높이 북극성이 멀이있다.
【南溟】: 南海. ※《莊子・逍遙遊》에「鵬之徙於南溟也, 水擊三千里。(붕이 남극바다로 옮겨갈
때는 물을 쳐서 삼천리나 뛰게 한다)」.【天柱】: 천주, 하늘을 바치는 기둥. ※《神異經》에「崑崙
之山, 有銅柱焉, 其高入天, 故曰天柱。(곤륜산에는, 동주가 있는데, 그 높이가 하늘로 솟아, 이
름을 천주라 했다)」.【北辰】: 북극성.

之人。³⁶⁾ 萍水相逢, 盡是他鄉之客。³⁷⁾ 懷帝閽而不見, 奉<u>宣室</u>以何年?³⁸⁾

嗟乎! 時運不齊, 命途多舛。³⁹⁾ <u>馮唐</u>易老, <u>李廣</u>難封。⁴⁰⁾ 屈<u>賈誼</u>於長沙, 非無聖主;⁴¹⁾ 竄<u>梁鴻</u>於海曲, 豈乏明時?⁴²⁾ 所賴君子安

---

36) 關山難越, 誰悲失路之人。 → 관산은 넘기 어려운데, 누가 실의에 빠진 사람을 불쌍히 여겨줄까?
【關山】: 關門과 산악. 【悲】: 불쌍히 여기다. 【失路之人】: 뜻을 이루지 못한 사람, 失意에 빠진 사람.

37) 萍水相逢, 盡是他鄉之客。 → 부평초처럼 떠돌다가 우연히 만나니, 모두가 타향 사람들이다.
【萍(píng)水相逢】: 떠돌아다니다가 우연히 서로 만나다. 【盡】: 모두.

38) 懷帝閽而不見, 奉宣室以何年? → 임금계신 궁궐을 그리워해도 보지 못하거늘, 어느 해에 宣室에서 임금의 명을 받들 수 있을까?
【懷(huái)】: 그리워하다. 【帝閽(hūn)】: 天門을 지키는 문지기. 여기서는 「궁궐」을 가리킨다. 【宣室】: 漢 未央宮 앞의 正殿. ※賈誼가 박학다식하여 文帝가 그를 박사로 삼아 그 해에 太中大夫에까지 올랐으나, 周勃 등의 질투를 받아 長沙王太傅로 좌천되었는데, 후에 文帝가 그를 생각하여 다시 宣室에 불러놓고 한밤중에 귀신에 관해 물었다. 宣室은 王勃이 賈誼의 고사를 인용한 것이다.

39) 嗟乎! 時運不齊, 命途多舛。 → 아! 시운이 고르지 않으니, 운명이 너무 순탄하지 못하다.
【命途】: 운명. 【舛(chuǎn)】: 순탄하지 못하다, 어그러지다, 사납다.

40) 馮唐易老, 李廣難封。 → (학문이 뛰어난) 풍당도 쉽게 늙어 뜻을 이루지 못했고, (용감하게 싸워 공을 세운) 이광도 끝내 제후에 봉해지지 못했다.
【馮(Féng)唐易老】: 풍당이 쉽게 늙다. ※《史記·馮唐列傳》에 의하면, 西漢사람 풍당은 학문이 뛰어났지만 文帝를 섬기면서 늙도록 郎이란 낮은 벼슬에 머물다가 겨우 車騎都尉가 되었고, 그 후 景帝 때 楚相을 지낸 후 물러났는데, 武帝가 등극하여 현량을 구하면서 풍당을 다시 기용하려 했으나, 그는 이때 이미 90여 세의 노인이 되어 결국 등용되지 못했다. 【李廣難封】: 이광이 봉해지지 못하다. ※《史記·李將軍列傳》에 의하면, 李廣은 漢 武帝때 右北平太守를 지냈는데 흉노가 그를 두려워하여 호를 飛虎將軍이라 했다. 여러 차례 흉노를 물리치고 공을 세웠으나 끝내 제후에 봉해지지 못했다.

41) 屈賈誼於長沙, 非無聖主; → 가의가 몸을 굽혀 長沙王太傅로 가게 된 것은, 聖君이 없어서가 아니다.
【屈(qū)】: 굽히다, 굴복하다. 【賈誼(jiǎ yì)】: [인명] 西漢 洛陽 사람으로 文帝가 그의 재능을 아껴 높은 벼슬을 주려 하였으나, 周勃·灌嬰 등의 시기를 받아 결국 長沙王太傅로 좌천되었다. 【聖主】: 聖君, 훌륭한 임금.

42) 竄梁鴻於海曲, 豈乏明時? → 양홍이 東吳의 해변구석으로 달아나 숨은 것이, 어찌 밝은 시대가 없었기 때문이겠는가?

貧, 達人知命。⁴³⁾ 老當益壯, 寧移白首之心? 窮且益堅, 不墜青雲
之志。⁴⁴⁾ 酌貪泉而覺爽, 處涸轍而猶懽。⁴⁵⁾ 北海雖賖, 扶搖可接; 東
隅已逝, 桑榆非晚。⁴⁶⁾ 孟嘗高潔, 空懷報國之情; 阮籍猖狂, 豈效

【竄(cuàn)】: 달아나 숨다. 【梁鴻(liáng hóng)】: [인명] 東漢사람으로 지조가 굳어 권력을 섬기
기를 원치 않아 처자를 데리고 東吳의 해변 구석으로 달아나 숨어 살았다. 【海曲】: 해변 구석.
【豈】: [의문사] 어찌 ……겠는가? 【乏(fá)】: 부족하다, 모자라다. ※여기서는 「없다」는 뜻.

43) 所賴君子安貧, 達人知命。 → (내가) 굳게 믿는 바는 군자는 安貧樂道하고, 達人은 천명을 안다
는 것이다.
【賴(lài)】: 굳게 믿다, 신뢰하다. 【安貧(pín)】: 가난해도 편안한 마음을 갖다. 【達人】: 달인, 널리
사물의 도리에 통한 사람. 【命】: 天命.

44) 老當益壯, 寧移白首之心? 窮且益堅, 不墜青雲之志。 → 노년이 되면 마땅히 더욱 굳세져야 할
진대, 어찌 백발이 되어 마음을 바꿀 것인가? 구차해도 또한 더욱 마음을 굳게 지켜, 청운의 뜻을 굽
히지 말아야 한다.
※《後漢書 · 馬援傳》에 馬援이 일찍이 빈객들에게「丈夫立志, 窮當益堅, 老當益壯。(대장부
가 뜻을 세우면, 곤궁에 처했을 때 마땅히 더욱 굳세지고, 늙으면 더욱 마음이 굳세져야 한다.)」이
라 했다.
【當】: 마땅히. 【益】: 더욱. 【壯(zhuàng)】: 굳세다, 건장하다. 【寧】: 어찌. 【白首】: 백발, 하얗
게 센 머리. 【且】: 또한, 더욱. 【堅(jiān)】: 견실하다, 굳다. 【墜(zhuì)】: 잃다, 꺾다, 버리다, 굽
히다. 【青雲】: 청운, 입신출세, 고결한 덕망과 영예.

45) 酌貪泉而覺爽, 處涸轍而猶懽。 → 탐천의 물을 마시고도 오히려 상쾌하게 느끼고, 곤란한 환경에
처해서도 여전히 즐거워 할 것이다.
【酌(zhuó)】: 마시다. 【貪泉(tān quán)】: 지금의 廣州市 서북쪽 南海縣에 있는 샘물. ※옛 말
에 이 물을 마시면 청렴한 사람이 탐욕스러워진다고 하여 붙여진 이름이다.《晉書 · 吳隱之傳》에
의하면, 晉의 吳隱之는 청렴한 사람으로 廣州刺史를 배수받고 임지에 가는 길에 廣州부근의 石
門이란 곳을 지나게 되었는데, 이곳에 貪泉이 있어 이 물을 마시면 청렴한 사람이 탐욕스러워진다
는 말을 들었다. 그는 샘물을 퍼마시고 나서, 그 후에도 廣州에서 계속 관직생활을 했는데 과거보다
도 더욱 청렴해졌다고 한다. 【爽】: 상쾌하다. 【涸轍(hé zhé)】: 물이 마른 수레바퀴 자국, 즉 「곤
궁한 처지」. ※《莊子 · 外物》에 「涸轍之鮒 (수레바퀴 자국 속의 붕어)」의 고사가 있다. 【猶】:
여전히, 아직, 그래도. 【懽(huān)】: 즐거워하다.

46) 北海雖賖, 扶搖可接; 東隅已逝, 桑榆非晚。 → 북해가 비록 멀지만, 한번 바람을 타면 닿을 수
있고; 아침은 이미 지나갔지만, 저녁은 아직 늦지 않았다.
※앞의 말은《莊子 · 逍遙遊》의 「鯤鵬」고사를 인용한 것으로, 즉 「목적하는 바에 도달할 수 있
다」는 뜻이다. 北溟의 鯤이라는 물고기는 크기가 수천 리나 되는데, 이 물고기가 새로 변하여 南溟
으로 날아갈 때는 물길이 3천리를 솟구쳐 오르고, 날개로 바람을 일으켜 9만리 높이에 올라 6개월

213

窮途之哭?47)

勃三尺微命，一介書生。48) 無路請纓，等終軍之弱冠；49) 有懷

동안 바람을 타고 날아가서야 쉰다. 그리고 뒤의 말은 「과거는 이미 지나갔으니 하는 수 없지만, 앞으로 보완하는 일은 아직 늦지 않다」는 뜻으로, ≪後漢書·馮異傳≫에 「失之東隅, 收之桑楡。(아침에 잃었다가, 저녁에 되찾는다.)」라고 한 말을 인용한 것이다. 【北海】: 북쪽 바다, 즉《莊子》에 나오는 「北溟」. 【賒(shē)】: 멀다. 【扶搖(fú yáo)】: 아래에서 위로 부는 폭풍. 【可接】: 닿을 수 있다. 【東隅(yú)】: 동쪽의 해뜨는 곳, 즉 「아침」을 비유한 말. 【逝(shì)】: 지나가다. 【桑楡(sāng yú)】: 뽕나무와 느릅나무, 즉 해가 질 때 빛이 아직 뽕나무와 느릅나무에 걸려있다는 뜻에서 「저녁나절, 해질 무렵」을 비유한 말. 【晩(wǎn)】: 늦다.

47) 孟嘗高潔, 空懷報國之情; 阮籍猖狂, 豈效窮途之哭? → 맹상은 성품이 고결하지만, 헛되이 나라의 은혜에 보답하려는 열정을 지녔고, 阮籍이 방탕했다지만, 어찌 막다른 길을 만나 울고 돌아오는 것까지 본뜨겠는가?
※이는 자신이 아직 뜻을 못 이룬 처지를 맹상과 완적에 빗대어 우회적으로 한 말이다.
【孟嘗】: [인명] 東漢 사람으로 자가 伯周이며 順帝 때에 合浦郡의 太守를 지냈다. 성품이 매우 고결하였으나 끝내 뜻을 이루지 못하고 헛되이 나라의 은혜에 보답한다는 마음을 지닌 채 70세의 나이로 세상을 떠났다. 【空懷】: 헛되이 지니다. 【阮籍(ruǎn jí)】: [인명] 三國시대 魏나라 사람으로 자는 嗣宗이며 보병교위를 지냈다. 《晉書·阮籍傳》에 의하면, 阮籍이 난세를 만나 방탕한 생활에 빠져 무슨 일을 하든지 자기 멋대로 하며, 자주 혼자서 수레를 몰고 아무데나 마구 다니다가 길이 막히면 통곡하며 돌아왔다고 한다. 【猖狂(chāng kuáng)】: 미쳐 날뛰다, 방탕하다. 【效】: 모방하다, 본뜨다. 【窮途】: 막다른 길, 길이 막히다.

48) 勃三尺微命, 一介書生。 → 나 왕발은 미천한 지위의, 일개 서생에 불과하다.
【三尺微(wēi)命】: 미천한 지위, 하급관리. ※《周禮·春官·典命》에 보면, 관리의 직급을 최하 일명으로부터 최고 구명까지 9등급으로 나누었고;《禮記·玉藻》에는 「紳長制, 士長三尺.」이라 하여, 지위가 가장 낮은 士의 衣帶 길이가 三尺이다. 왕발은 일찍이 虢州參軍이란 낮은 벼슬을 지냈기 때문에 스스로를 三尺一命에 비유했다. 【一介】: 一個, 하나의.

49) 無路請纓, 等終軍之弱冠; → (내가 비록) 갓끈을 청할 길은 없지만, (나이는) 종군과 같은 약관이다.
※즉 나이는 종군과 같은 약관이지만 갓끈을 청해 나라에 보답할 방법이 없다는 말이다.
【無路】: ……할 길이 없다, ……할 방법이 없다. 【請纓(yīng)】: 갓끈을 청하다, 즉 「나라에 보답코자 명을 청하다」. 【等】: 똑같다. 【終軍】: [인명] 漢 濟南 사람으로 자는 少雲. 웅변과 문장에 능했다. 【終軍】: [인명] 漢 濟南 사람으로 자는 少雲. 웅변과 문장에 능했다. 【弱冠】: 20세. ※《漢書·終軍傳》에 의하면, 終軍은 18세에 上京하여 武帝에게 상소를 올려 謁者給事中을 배수받고 후에 擢諫大夫가 되었다. 그때 마침 南越이 감히 漢과 화친을 청해옴으로, 종군이 武帝에게 자청하여 긴 갓끈을 내려주면 무례한 남월왕의 목을 묶어와 폐하께 바치겠다고 했다. 후에 종군은 실패하여 죽음을 당했는데, 그때 나이 불과 20여 세였고, 세간에서는 그를 「終童」이라 불렀다.

投筆，慕宗愨之長風。50) 舍簪笏於百齡，奉晨昏於萬里。51) 非謝家之寶樹，接孟氏之芳鄰。52) 他日趨庭，叨陪鯉對。53) 今晨捧袂，喜

---

50) 有懷投筆，慕宗愨之長風。→ (班超처럼) 붓을 내던질 생각도 하고, 종각의 장풍을 흠모하기도 한다.
【投筆】: 붓을 던지다. ※《後漢書 · 班超傳》에 의하면, 班超는 安陵人으로 집안이 가난하여 남의 밑에서 書記노릇을 했는데, 어느 날 붓을 던지며 탄식해 말하길 「大丈夫無他志略, 猶當效傅介子 · 張騫立功異域, 以取封侯, 安能久事筆硏間乎? (대장부가 다른 지략이 없으면, 마땅히 부개자와 장건이 이역에서 공을 세워, 제후에 봉해진 것을 모방해야지, 어찌 오래도록 붓과 벼루에만 매달릴 수 있겠는가?)」라 하더니, 과연 明帝때 西域에 출사하여 50여 나라를 정복하고 돌아와 定遠侯에 봉해졌다. 【慕(mù)】: 흠모하다, 그리다. 【宗愨(què)】: [인명] 南北朝 宋 南陽人으로 자는 元幹. 어려서 叔父가 그의 포부를 묻자 종각이 「願乘長風破萬里浪。(장풍을 타고 만리 큰 파도를 부수고 싶다.)」라고 답하더니, 그 후 과연 洮陽侯에 봉해졌다.

51) 舍簪笏於百齡, 奉晨昏於萬里。→ (나는 지금) 평생동안 관리생활을 포기하고, 머나먼 외지에 가서 부모를 모시며 살고자 한다.
【舍】: 捨, 버리다, 포기하다. 【簪笏(zān hù)】: 「簪」은 옛날 관리들이 冠帽에 꽂던 비녀이며, 「笏」은 手版이라 하여 신하가 황제를 알현할 때 들고 들어가 遺志를 적는 도구이다. 따라서 「簪笏」이란 관리들이 사용하는 물건으로, 곧 「관리생활」을 의미한다. 【百齡(bó líng)】: 100년, 즉 「평생」을 의미한다. 【奉晨昏】: 아침저녁으로 부모를 받들어 모시다. 【萬里】: 머나먼 外地.

52) 非謝家之寶樹, 接孟氏之芳鄰。→ (나 왕발은) 비록 사씨 집안의 寶樹와 같은 존재는 아니지만, (다행히도) 맹씨의 좋은 이웃과 만나게 되었다.
※왕발 자신은 비록 謝씨 집안의 寶樹라고 하는 謝玄처럼 훌륭한 자제는 못되지만, 다행히 이 연회에서 여러 어진 분들과 만나게 되었다는 말이다.
【謝家之寶樹】: 謝氏 집안의 훌륭한 子弟. ※《晉書 · 謝安傳》에 의하면, 東晉의 謝安은 어린 조카 謝玄을 「吾家之寶樹」라고 칭찬했는데, 寶樹란 「우수한 인재, 훌륭한 자제」를 비유한 말이다. 【接】: 접하다, 만나다. 【孟氏之芳鄰】: 孟子의 좋은 이웃, 즉 「연회에 참석한 여러 훌륭한 사람들」을 비유한 말. ※孟母「三遷之敎」를 인용한 말이다.

53) 他日趨庭, 叨陪鯉對。→ 훗날 부친의 가르침을 받을 때는, 孔鯉가 대하듯이 겸손하게 모시리라.
【趨(qū)庭】: 본래 「종종걸음으로 뜰 앞을 지나가다.」라는 말로 「부친의 가르침을 받는다.」는 의미의 典故. ※《論語 · 季氏》에 「陳亢問於伯魚曰: 子亦有異聞乎? 對曰: 未也。嘗獨立, 鯉趨而過庭。曰:『學詩乎?』對曰:『未也。』『不學詩, 無以言。』鯉退而學詩。(진항이 공자의 아들 백어 [이름은 鯉]에게 『그대는 선생님께 남다른 말씀을 들은 적이 있는가?』라고 묻자, 백어가 『그런적 없습니다. 일찍이 아버지께서 홀로 서 계시기에 내가 종종걸음으로 뜰을 지나가는데, 아버지께서『시를 배웠느냐?』하시기에『아직 배우지 않았습니다.』라고 말씀드렸더니,『시를 배우지 않으면, 남과 더불어 할 말이 없다.』하시기에, 나는 물러나와 시를 배웠습니다.)」라고 했는데, 「趨庭」은 곧 「趨而過庭」의 준말로 「공자의 아들 鯉가 종종걸음으로 뜰 앞을 지나다가 아버지의 가르침 받았다.」는 데서 나온 典故이다. 【叨陪(tāo péi)】: 매우 겸손하게 모시다. 【鯉(lǐ)】: [인명] 공자의 아들, 자는 伯魚. 【對】: 대하다.

托龍門。⁵⁴⁾ 楊意不逢, 撫凌雲而自惜;⁵⁵⁾ 鍾期旣遇, 奏流水以何慚?⁵⁶⁾

嗚呼! 勝地不常, 盛筵難再。⁵⁷⁾ 蘭亭已矣, 梓澤邱墟。⁵⁸⁾ 臨別

---

54) 今晨捧袂, 喜托龍門。 ➡ 오늘 아침 어른을 뵙게 되니, 그 기쁨이 마치 龍門에 의탁한 듯하다.
   【捧袂(pěng mèi)】: 배알하다, 찾아뵙다. 즉,「연회에 참석하여 閻伯嶼와 만난 것」을 가리킨다.
   ※「袂」는 본래「옷소매」즉「손」을 가리키며,「捧袂」는「손으로 어른의 손을 잡고 부축하다.」라는 말로「위 어른을 배알하다」라는 의미이다. 【托】: 의탁하다. 【龍門】: 용문. ※《三秦記》에「江海魚集龍門下, 登者化龍。(강과 바다의 물고기들이 용문 아래에 모여드는데, 그중 용문에 오르는 물고기는 용으로 변한다.)」이라 했다. 《後漢書・李膺傳》에 의하면, 李膺은 襄城人으로 漢桓帝 때 司隸校尉를 지냈는데, 성품이 고결하기로 이름이 높아 선비들이 그의 초대를 받으면 이를 이르러「登龍門」이라 했다. 따라서「登龍門」은 곧「무한한 영광」을 의미한다.

55) 楊意不逢, 撫凌雲而自惜; ➡ 楊得意를 만나지 못해,《凌雲賦》를 어루만지며 스스로 안타까워하고 있다.
   ※즉, 왕발 자신이 한 무제에게 司馬相如를 추천한 양득의와 같은 사람을 만나지 못해, 사마상여의《凌雲賦》를 읽으며 사마상여처럼 추천을 받지 못했음을 한탄한 말이다.
   【楊意】: 漢의 楊得意. ※《史記・司馬相如》에 의하면, 무제가 사마상여의《子虛賦》를 읽고 칭찬하며 상여과 시대를 함께 하지 못함을 탄식했다. 이에 양득의는 상여가 자기의 친구임을 알리고 추천하여 상여가 일약 이름을 떨치게 되었다. 【凌(líng)雲】: 司馬相如의《凌雲賦》.

56) 鍾期旣遇, 奏流水以何慚? ➡ 鍾子期를 이미 만났으니, 流水를 연주한들 무엇이 부끄럽겠는가?
   ※이 말은 王勃이 자신을 伯牙에 비유하고 閻伯嶼를 鍾子期에 비유하여「자기를 알아주는 閻伯嶼를 만났으니, 지금 이 서문을 올린들 무엇이 부끄럽겠는가?」라는 뜻이다. 《呂氏春秋・本味》에 의하면, 春秋시대 거문고를 잘 타는 伯牙와 거문고 소리를 잘 들을 줄 아는 鍾子期는 친한 친구 사이였는데, 伯牙가 거문고를 타면서 그 뜻이 太山에 있으면「좋구나 거문고 소리, 높고 웅장하기가 마치 太山과 같구나!」라 했고, 또 그 뜻이 流水에 있으면「좋구나 거문고 소리, 세차게 흐르는 강물과 같구나!」라고 했다.
   【鍾子期】: [인명] 춘추시대 사람. 【奏(zòu)】: 연주하다.

57) 嗚呼! 勝地不常, 盛筵難再。 ➡ 아! 명승지는 항상 그대로가 아니요, 오늘처럼 성대한 연회 또한 다시 하기 어렵다.
   【不常】: 항상 그대로가 아니다, 영원불변하는 것이 아니다.

58) 蘭亭已矣, 梓澤邱墟。 ➡ (王羲之의) 蘭亭은 이미 사라지고, (石崇의) 金谷園도 오래 전에 폐허로 변했다.
   【蘭亭】: 정자 이름. 지금의 浙江省 紹興縣 서남쪽. 晉 王羲之가 친구들과 이곳에서 修禊모임을 가졌다. 【已矣】: 끝나버리다, 없어지다, 사라지다. 【梓(zǐ)澤】: 河陽의 金谷(지금의 하남성 서북쪽)에 있는 晉 石崇의 별장 이름. 즉, 金谷園. ※《晉書・石崇傳》에 의하면, 이곳은 경치가 수려하여, 석숭이 자주 연회를 베풀었다고 한다. 【邱墟(qiū xū)】: 폐허, 황폐한 지역.

贈言，幸承恩於偉餞；登高作賦，是所望於羣公！ 59) 敢竭鄙誠，恭
疏短引，一言均賦，四韻俱成。60) 請灑潘江，各傾陸海云爾。61)

　　滕王高閣臨江渚，佩玉鳴鸞罷歌舞。62)

　　畫棟朝飛南浦雲，珠簾暮捲西山雨。63)

---

59) 臨別贈言, 幸承恩於偉餞; 登高作賦, 是所望於羣公! → 헤어짐에 즈음하여 이 글을 바치는 것
은, 다행히 (내가) 연회에서 은혜를 입었기 때문이요, 滕王閣 높은 곳에 올라 시를 짓는 것, 이는
(내가) 여러분에게 바라는 바이다.
【臨別】: 이별에 임하여, 헤어짐에 즈음하여. 【贈(zèng)言】: 글을 바치다, 즉 서문을 써서 바치다.
【幸】: 다행히, 요행히. 【承(chéng)恩】: 은혜를 입다. 【偉餞(wěi jiàn)】: 성대한 잔치. 【高】: 높
은 곳, 즉 「등왕각」. 【作賦】: 作詩, 시를 짓다. 【是】: [대명사] 이, 이것. 즉 「登高作賦」. 【望
於】: ……에게 바라다. 【羣公】: 여러분, 여러 어른.

60) 敢竭鄙誠, 恭疏短引; 一言均賦, 四韻俱成。 → (내가) 감히 미천한 성의를 다하여, 삼가 짧은 서
문을 쓰고, 아울러 한 글자를 韻으로 시를 지어, 4韻 8句를 모두 완성했다.
※이 구절을 「감히 미천한 성의를 다하여, 공손히 짧은 서문을 써 올리니, 한 글자를 韻으로 시를
지어, 4韻 8句를 모두 완성하기 바랍니다.」로 풀이한 경우도 있다.
【竭(jié)】: 다하다. 【鄙(bǐ)誠】: 미천한 성의. 【恭(gōng)】: 삼가, 공손히. 【疏(shū)】: 조목조목
써서 진술하다. 여기서는 「쓰다, 짓다」의 뜻. 【短引】: 짧은 서문. 【一言均賦】: 한 글자를 운으로
하여 시를 짓다. ※「一言」: 한 글자. 「均」: 同, 같다, 고르다. 「賦」: (시를) 짓다. 【四韻】: 시는 2
구를 1운으로 하기 때문에 四韻은 곧 「8句의 시」를 말한다. 【俱】: 모두, 다.

61) 請灑潘江, 各傾陸海云爾。 → 청컨대 潘岳의 강물과 같은 재능을 발휘하고, 각기 陸機의 바다와
같은 재능을 기울여 주시기 바란다.
※鐘嶸《詩品序》:「陸才如海, 潘才如江。」
【灑(sǎ)】: 뿌리다, 즉 「발휘하다」의 뜻. 【潘(pān)江】: 潘岳의 강물과 같은 재능. ※반악은 晉의
문인으로 자는 安仁. 【陸海】: 陸機의 바다와 같은 재능. ※陸機는 晉의 문인으로 자는 士衡. 【云
爾】: [어조사].

62) 滕王高閣臨江渚, 佩玉鳴鸞罷歌舞。 → 등왕의 高閣은 강 가 모래톱에 우뚝한데, 기녀들은 노래
와 춤을 멈추었네.
【江渚(zhǔ)】: 강 가의 모래톱. 【佩(pèi)玉鳴鸞(luán)】: 본래 「佩玉」은 여자들의 옷에 다는 장
식품이고, 「鳴鸞」은 마차에 다는 방울이나, 여기서는 「무희의 몸에 걸친 장식품」을 가리키며, 즉
「무희, 기녀」를 의미한다. 【罷(bà)】파하다, 끝나다.

63) 畫棟朝飛南浦雲, 珠簾暮捲西山雨。 → 화려한 용마루엔 아침마다 남포의 구름이 날고, 수렴을
저녁에 걷어보면 서산에 비가 내린다.
【畫棟】: 화려한 용마루. 【朝(zhāo)】: 아침. 【南浦】: [지명] 지금의 江西省 南昌 서남쪽 贛江
부근. 【暮(mù)】: 저녁. 【捲(juǎn)】: 걷다, 말다. 【西山】: [산 이름] 지금의 江西省 新建縣 서
쪽에 있으며, 등왕각의 뒤쪽과 마주하고 있다.

閒雲潭影日悠悠, 物換星移幾度秋。[64]

閣中帝子今何在? 檻外長江空自流![65]

解題 및 本文 要旨說明 🐚

　본문은 高宗 上元 2년(675) 왕발이 부친의 임지인 交趾로 가는 도중 홍주에 들러 마침 洪州刺史 閣伯嶼가 전각을 보수하고 음력 9월 9일 重九에 널리 빈객을 모아 베푼 연회에 참석하여 지은 글로, 본래의 제목은《文苑英華》에「秋日登洪府滕王閣餞別序」라 했고,「滕王閣序」라고 한 것은 약칭이다.

　滕王은 唐 高祖 李淵의 22째 아들인 李元嬰으로 唐 太宗 貞觀 13년(639)에 滕王에 봉해졌다. 高宗 顯慶 4년(659)에 洪州都督에 부임하여 南昌縣 章江 · 廣潤 두 門 밖에 전각을 지었는데 매우 수려하고 특이하여 당시 강남 제일의 명승으로 불리었고, 이름하여「등왕각」이라 했다.

　이날 閣伯嶼는 본래 사위 吳子章의 글 자랑을 할 생각으로 미리 서문을 한편 지어두도록 하고, 겉으로는 좌중을 돌며 빈객들에게 서문을 짓도록 청했다. 모두가 사양하고 있을 때 왕발이 글짓기를 사양하지 않자 閣伯嶼가 매우 화를 내고 자리를 떠나 다른 사람을 시켜 왕발이 짓는 글을 한 구절씩 알려주도록 했는데, 첫 구절인「豫章故郡, 洪都新府。」가 나왔을 때 閣伯嶼는「역시 상투적인 얘기」라 했고, 두 번째의「星分翼軫, 地接衡廬」가 나왔을 때는「故事」라 했으며, 세 번째의「襟三江而帶五湖, 控蠻荊而引甌越」이 나왔을 때는 망설이며 말을 하지 않았고, 가끔 수하들이 그 다음을 알려주어도 그저 고개를 끄덕일 뿐이었다. 그러다가「落霞

---

64) 閒雲潭影日悠悠, 物換星移幾度秋。 ➡ 한가로운 구름은 연못에 그림자를 드리우고 하늘엔 해가 유유히 떠있는데, 만물이 변하고 계절이 바뀌기를 몇 해이던가?
　【閒(xián)雲】: 한가로운 구름. 【潭(tán)影】: 연못에 그림자를 드리우다. 【悠(yōu)悠】: 유유하다, 한가하다. 【物換】: 만물이 변하다. 【星移】: 별자리가 이동하다, 즉 계절이 바뀌다. 【幾度秋】: 몇 번의 가을, 즉「얼마나 많은 세월, 몇 해」.

65) 閣中帝子今何在? 檻外長江空自流! ➡ 전각에 살던 왕자는 지금 어디에 있는가? 난간 넘어 긴 강물만 덧없이 홀로 흐르는구나!
　【閣中帝子】: 전각에 살던 왕자, 즉「등왕」. 【檻(jiàn)】: 난간. 【長江】: 긴 강. 여기서는「贛江」을 가리킨다. 【空(kōng)自流】: 덧없이 홀로 흐르다.

與孤鶩齊飛, 秋水共長天一色」에 이르자 정말 천재라고 감탄하고 기뻐하며 왕발이 떠날 때는 선물로 비단 500필을 주었다고 한다.

본문은 서사와 서정을 겸한 문장으로 크게 9단락으로 나눌 수 있다. 첫째 단락은 홍주의 지세와 인물에 대해 서술했고, 둘째 단락은 연회가 베풀어진 경위와 아울러 주인과 빈객에 대한 소개, 그리고 작자 자신이 연회에 참가하게 된 연유를 밝혔으며, 셋째 단락은 연회가 열린 계절 정경과 연회장까지 오는 도중에 관람한 절경에 대해 서술했고, 넷째 단락은 산과 물을 배경으로 한 등왕각의 장관을 묘사했으며, 다섯째 단락은 등왕각에 올라와 보는 등왕각 밖의 먼 경관을 그려냈고, 여섯째 단락은 등왕각 연회에서의 歌舞와 酒興과 吟誦 · 作詩 등 즐거움의 극치와 아울러 흥이 다했을 때 필연적으로 맞게 되는 서글픈 감정을 서술했으며, 일곱째 단락은 天命을 알고 安貧樂道하며 아무리 어려움이 닥쳐도 위축되지 말고 굳은 마음으로 희망을 가져야 한다는 말로 실의에 빠진 사람들을 위로했고, 여덟째 단락은 자신의 경력과 포부를 완곡하게 소개하고 은근히 閻公이 이끌어 주기를 바란다는 뜻을 감추고 있으며, 마지막 단락에서는 자신이 연회에 대한 감사의 마음으로 서문을 쓴 이유와 아울러 시 한 수를 지은 후, 연회에 참석한 모든 사람들이 함께 시를 지음으로써 연회를 마친다는 뜻을 밝히면서 전체에 대한 매듭을 짓고 있다.

23

師說

[唐] 韓愈

作者 ○

  韓愈(768-824)는 자가 退之이며, 鄧州 南陽(지금의 河南省 修武縣)사람이다. 후에 조상이 昌黎郡(지금의 河北省 徐水縣 서쪽)으로 이주해 살았으므로 그래서 스스로 韓昌黎라고도 불렀다. 그는 唐 代宗 大歷 3년(768)에 長安에서 태어나 穆宗 長慶 4년(824)에 57세의 나이로 세상을 떠났다. 한유는 어려서 집안이 가난했으므로 어렵게 독학하여 나이 25세에 비로소 진사에 급제했다. 29세에 宣武節度使의 하급관리로 벼슬살이를 시작하여 후에 國子監祭酒·吏部侍郎을 지내는 동안 여러 차례에 걸쳐 폄적을 당하기도 했다.

  한유는 일생동안 儒學을 숭상하고 불교와 도교를 배척하였다. 문학에 있어서는 柳宗元과 더불어 고문운동을 적극 제창하고,「文以載道」즉 문장이 先秦兩漢의 산문처럼 내용이 있고 孔孟之道를 밝혀야 한다고 주장하면서 단순히 형식만을 추구하고 내용이 없는 六朝이래의 騈文을 반대했다. 한유와 유종원은 자신들의 걸출한 산문으로 문단에 영향을 주는 한편, 후진들에게 문장 쓰는 법을 열정적으로 지도하고 격려했다. 이들의 적극적인 노력에 의해 당송시대의 실용적인 산문이 마침내 騈文의 그늘에서 벗어나 확고한 자리를 확립하게 되었고, 그래서 한유는 유종원과 더불어 후인들에 의해「唐宋八大家」의 반열에 올라 문단의 추앙을 받았다. 한유의 저서는 모두《昌黎先生文集》에 수록되어 있다.

註釋 ↻

古之學者必有師。¹⁾ 師者, 所以傳道 · 授業 · 解惑也。²⁾ 人非生而知之者, 孰能無惑?³⁾ 惑而不從師, 其爲惑也終不解矣。⁴⁾

生乎吾前, 其聞道也, 固先乎吾, 吾從而師之;⁵⁾ 生乎吾後, 其聞道也, 亦先乎吾, 吾從而師之。⁶⁾ 吾師道也, 夫庸知其年之先後生於吾乎?⁷⁾ 是故無貴 · 無賤 · 無長 · 無少, 道之所存, 師之所存

---

1) 古之學者必有師。→ 옛날의 배우고자 하는 사람은 반드시 스승이 있었다.
【學者】: 배우고자 하는 사람, 학생.

2) 師者, 所以傳道 · 授業 · 解惑也。→ 스승이란, 이를 이용하여 도리를 전수하고, 학업을 가르치고, 의혹을 풀어주는 것이다.
【者】: [어조사] 말을 잠시 멈추고자 할 때 사용. 【所以】: 以之, 이로써, 즉「그 사람을 이용해서」의 뜻. 【傳道】: 도를 전수하다. ※「道」는 修己治人의 도리, 즉 聖賢의 도리를 말한다.

3) 人非生而知之者, 孰能無惑? → 사람은 태어나면서부터 도리를 아는 것이 아닌데, 어느 누가 의혹이 없을 수 있겠는가?
【之】: [대명사] 그것, 즉 도리, 지식 등. 【孰(shú)】: 누구, 어떤 사람.

4) 惑而不從師, 其爲惑也終不解矣。→ 의혹이 있으면서 스승을 좇아 배우지 않으면, 그 의혹은 끝내 풀리지 않는다.
【從】: 좇다, 따르다. 【爲惑】: 의혹 됨, 즉 의혹. 【終】: 끝내, 영원히.

5) 生乎吾前, 其聞道也, 固先乎吾, 吾從而師之; → 나보다 먼저 태어났으면, 그 도리를 들어 아는 것도 당연히 나보다 먼저이니, 나는 그를 따르고 스승으로 삼을 것이다.
【乎】: 於, ……에(서), ……보다. ※시간 · 처소 또는 비교를 표시. 【聞】: 들어 알다. 【固】: 당연히, 물론, 본래. 【師之】: 以之爲師, 그를 스승으로 삼다. ※「之」는 그 사람, 즉「나보다 먼저 태어나 먼저 도리를 들은 사람」.

6) 生乎吾後, 其聞道也, 亦先乎吾, 吾從而師之。→ 나보다 늦게 태어났어도, 그 도리를 들어 아는 것이 역시 나보다 앞서면, 나는 그를 따르고 스승으로 삼을 것이다.

7) 吾師道也, 夫庸知其年之先後生於吾乎? → 나는 도리를 배우는 것이니, 어찌 나이가 나보다 많고 적음을 따지겠는가?
【師】: [동사] 배우다, 학습하다. 【夫(fú)】: [발어사]. 【庸(yōng)】: 豈, 어찌. 【知】: 따지다, 상관하다. 【年】: 나이, 연령. 【先後生於……】: 나보다 먼저 태어났는가 뒤에 태어났는가. ※「先生於……後生於……」의 두 마디를 한마디로 묶은 형식. 즉, 나이가 많고 적음을 말한다.

也。⁸⁾

　　嗟乎! ⁹⁾ 師道之不傳也久矣! ¹⁰⁾ 欲人之無惑也難矣! ¹¹⁾ 古之聖人, 其出人也遠矣, 猶且從師而問焉;¹²⁾ 今之眾人, 其下聖人之亦遠矣, 而恥學於師;¹³⁾ 是故聖益聖, 愚益愚。¹⁴⁾ 聖人之所以爲聖, 愚人之所以爲愚, 其皆出於此乎?¹⁵⁾

---

8) 是故無貴・無賤・無長・無少, 道之所存, 師之所存也。→ 그러므로 신분의 귀천이나 연령의 고하를 막론하고, 도리가 있는 곳이 바로 스승이 있는 곳이다.
【是故】: 그러므로, 그래서. 【無】: 막론하다. 【賤(jiàn)】: 천하다. 【長(zhǎng)】 : 나이가 많다. 【少(shào)】: 나이가 적다. 【存】: 在, 있다, 존재하다.

9) 嗟(jiē)乎! → [감탄사] 아!

10) 師道之不傳也久矣! → 사도가 전하지 않은 지 이미 오래 되었도다!
【師道】: 사도, 스승을 존중하고 도리를 중시하는 풍조.

11) 欲人之無惑也難矣! → 사람들이 의혹을 없애려 해도 매우 어렵도다!
【欲】: ……하고자 하다.

12) 古之聖人, 其出人也遠矣, 猶且從師而問焉; → 옛날의 성인들은, 보통사람보다 월등하게 뛰어나지만, 그래도 스승을 좇아 가르침을 청했다.
【出人】: 보통사람보다 뛰어나다. 【遠】: 월등하다. 【猶且】: 또한, 그래도. 【問】: 묻다, 가르침을 청하다.

13) 今之眾人, 其下聖人之亦遠矣, 而恥學於師; → 오늘날의 보통사람들은, 성인보다 역시 훨씬 뒤떨어지지만, 그러나 스승에게 배우기를 부끄러워한다.
【眾人】: 보통사람들. 【下】: 처지다, 뒤떨어지다. 【而】: 그러나. 【恥(chǐ)】: 부끄럽게 생각하다.

14) 是故聖益聖, 愚益愚。→ 그래서 성인은 더욱 성스러워지고, 어리석은 사람은 더욱 어리석어진다.
【聖益聖】: 성인은 더욱 성스러워지다. ※앞의 聖은「성인」이라는 명사, 뒤의 聖은「성스럽다」라는 형용사. 【益】: 더욱, 점점 더. 【愚益愚】: 어리석은 사람은 더욱 어리석어지다. ※앞의 愚는「어리석은 사람」이라는 명사, 뒤의 愚는「어리석다」라는 형용사.

15) 聖人之所以爲聖, 愚人之所以爲愚, 其皆出於此乎? → 성인이 성스러워지는 까닭과, 어리석은 사람이 어리석어지는 까닭은, 그 모두가 여기에서 나오는 것이 아니겠는가?
【所以】: 까닭, 이유. 【此】: 이, 이것, 즉「스승에게 배우는 것을 부끄럽게 여기는 것」. 【其】: [부사] 아마도, 어쩌면. 【乎】: [의문사] ……는가? ※여기서는「……아니겠는가?」라는 반문을 표시.

愛其子, 擇師而敎之, 於其身也則恥師焉, 惑矣! 16) 彼童子
之師, 授之書而習其句讀者也, 非吾所謂傳其道·解其惑者也。17)
句讀之不知, 惑之不解, 或師焉, 或不焉, 小學而大遺, 吾未見其
明也。18)

巫·醫·樂師·百工之人, 不恥相師;19) 士大夫之族, 曰師·
曰弟子云者, 則群聚而笑之。20) 問之, 則曰:「彼與彼年相若也, 道

---

16) 愛其子, 擇師而敎之, 於其身也則恥師焉, 惑矣! ➡ (사람들은) 자기의 자식을 사랑해서, 스승
을 가려 아이들을 가르치는데, 그 자신에 대해서는 스승에게 배우는 것을 부끄러워하니, 참으로 알
수 없는 일이로다!
【擇(zé)】: 가리다, 선택하다. 【之】: [대명사] 그, 즉「자식」. 【於】: ……에 대해. 【其身】: 그 자
신, 자기 자신. 【恥師】: 스승을 부끄러워하다, 즉 스승에게 배우는 것을 부끄럽게 여기다. 【惑】:
의혹되다, 알 수 없다.

17) 彼童子之師, 授之書而習其句讀者也, 非吾所謂傳其道·解其惑者也。 ➡ 그 아이들의 스승은,
아이들에게 책을 주고 구두점을 익히도록 하는 스승이지, 내가 말하는 바의 (성현의) 도리를 전하
고 의혹을 풀어주는 스승이 아니다.
【彼(bǐ)】: [지시대명사] 그, 저. 【授(shòu)】: 주다. 【之】: 그들, 즉 아이들. 【句讀(dòu)】: 구
두. ※문구상에서 語意가 완전히 끝나는 것을「句」라 하여 글자 옆에 圈號(。)로 표시하고, 語意
가 아직 끝나지 않고 잠시 멈추는 것을「讀」라 하여 點號(·)로 표시하는데, 이는 글을 읽을 때 어
디서 말을 끊고 멈추는가를 알기 위한 초보적인 독서방법이다.

18) 句讀之不知, 惑之不解, 或師焉, 或不焉, 小學而大遺, 吾未見其明也。 ➡ 구두를 모르고, 의혹
이 풀리지 않았는데, 구두는 스승을 좇아 배우고, 의혹 푸는 것은 배우지 않으면, 작은 것을 배우고
큰 것을 버리는 것이니, 나는 그 총명함을 볼 수가 없다.
【或師焉, 或不焉】: 어느 것은 스승을 좇아 배우고, 어느 것은 배우지 않다. 즉, 句讀도 모르고, 의
혹도 풀지 못했는데, 구두는 배우고 의혹 푸는 것은 배우지 않는다는 뜻. 【小學】: 작은 것을 배우
다. 【大遺(yí)】: 큰 것을 버리다. 【明】: 총명함.

19) 巫·醫·樂師·百工之人, 不恥相師; ➡ 무당·의사·악사·각종 장인과 같은 사람들은, 서로
가 스승을 삼아 배우는 것을 부끄럽게 여기지 않는다.
【巫(wū)】: 무당, 신을 섬기면서 복을 기원하고 재앙을 없애는 일을 주관하는 사람. 【樂(yuè)師】:
악사, 음악을 연주하고 가무를 가르치는 사람. 【百工】: 각종 장인. 【相師】: 서로 스승을 삼아 배우
다.

20) 士大夫之族, 曰師·曰弟子云者, 則群聚而笑之。 ➡ 사대부 족속들은, (그들이) 스승이니 제자
니 운운하는 것을 보면, 여럿이 모여 그들을 비웃는다.

相似也。」[21] 位卑則足羞, 官盛則近諛。[22] 嗚乎! [23] 師道之不復, 可知矣。[24] 巫・醫・樂師・百工之人, 君子不齒, 今其智乃反不能及, 其可怪也歟! [25]

　　聖人無常師。[26] 孔子師郯子・萇弘・師襄・老聃。[27] 郯子之

【族】: 족속, 부류. 【云(yún)】: [어조사]. 【群聚(qún jù)】: 모여들다. 【笑】: 비웃다. 【之】: [대명사] 그들, 즉 스승이니 제자니 하는 사람들.

21) 問之, 則曰:「彼與彼年相若也, 道相似也。」→ 그 이유를 물으면, 대답하길「그 사람과 그 사람은 나이도 서로 비슷하고, 학문도 서로 비슷하다.」라고 말한다.
　　【彼(bǐ)】: 그, 그 사람. 【相若(ruò)】: 서로 같다, 서로 비슷하다. 【道】: 학문. 【相似(sì)】: 비슷하다.

22) 位卑則足羞, 官盛則近諛。→ (상대방의) 지위가 낮으면 (스승이라 부르는 것을) 부끄럽게 여기고, 지위가 높으면 가까이서 아첨한다.
　　【位】: 지위. 【卑(bēi)】: 낮다, 비천하다. 【足羞(xiū)】: 부끄럽게 여기다. 【官盛(shèng)】: 지위가 높다. 【諛(yú)】: 아첨하다.

23) 嗚乎! → [감탄사] 아!

24) 師道之不復, 可知矣。→ 스승을 존중하는 도리가 회복되지 못하는 것을, 알 만하다.
　　【不復】: 회복하지 못하다. 【可】: ……할 만하다.

25) 巫・醫・樂師・百工之人, 君子不齒, 今其智乃反不能及, 其可怪也歟! → 무당・의사・악사・각종 장인들을, 군자들이 무시하여 같은 대열에 놓지도 않지만, 지금 군자의 지혜는 오히려 (그들의) 수준을 따를 수 없으니, 그것 참 실로 괴이하다!
　　【不齒(chǐ)】: 멸시하다, 무시하다. ※「齒」는「같은 반열에 놓다」, 즉「同類」를 말한다. 【乃反】: 오히려, 반대로. 【及】: 도달하다, 이르다. 【可怪】: 실로 괴이하다. 【也歟(yú)】: [어조사] 의문을 나타냄.

26) 聖人無常師。→ 성인은 고정된 스승이 없다.
　　【常師】: 고정된 스승.

27) 孔子師郯子・萇弘・師襄・老聃。→ 공자는 담자・장홍・사양・노담을 스승으로 섬겼다.
　　【師】: [동사] 스승으로 섬기다. 【郯(tán)子】: [인명] 춘추시대 郯나라(지금의 山東省 郯城縣)의 君主. ※《左傳・昭公》十七年에, 공자가 일찍이 담자에게 官職에 관해 가르침을 청했다는 기록이 있다. 【萇弘(cháng hóng)】: [인명] 周 敬王때의 大夫. ※《孔子家語・觀周》에 공자가 일찍이 周나라에 가서 장홍에게 音樂에 관해 가르침을 청했다는 기록이 있다. 【師襄(xiāng)】: [인명] 춘추시대 魯나라의 樂官. ※《史記・孔子世家》에 공자가 일찍이 그에게 거문고를 배웠다고 기록하고 있다. 【老聃(dān)】: [인명] 老子. ※《孔子家語・觀周》에「孔子至周, 問禮於聃, 訪樂於萇弘。」이라 했다.

224

徒，其賢不及孔子。[28] 孔子曰：「三人行，則必有我師。」[29] 是故弟子不必不如師，師不必賢於弟子；[30] 聞道有先後，術業有專攻，如是而已。[31] 李氏子蟠，年十七，好古文，六藝經傳，皆通習之；[32] 不拘於時，學於余。[33] 余嘉其能行古道，作《師說》以貽之。[34]

---

28) 郯子之徒，其賢不及孔子。➡ 담자와 같은 사람은, 그 현명함이 공자에 미치지 못한다.
【徒(tú)】：……와 같은 사람. 【賢】：현명함. 【不及】：미치지 못하다.

29) 孔子曰：「三人行，則必有我師。」➡ 공자가 말하길 「몇 사람이 함께 가다보면, 그 중에는 반드시 나의 스승 될 사람이 있다.」라고 했다.
※《論語·述而》에 「三人行必有我師焉，擇其善者而從之，其不善者而改之。」라고 했다.
【三人】：몇 사람. ※고대중국어에서 「三」이나 「九」는 흔히 개략적이고 불확실한 수를 가리켰다.

30) 是故弟子不必不如師，師不必賢於弟子；➡ 그러므로 제자라 하여 반드시 스승만 못한 것이 아니고, 스승이라 하여 반드시 제자보다 현명한 것이 아니다.
【不必】：반드시……한 것이 아니다. 【於】：……보다, ……에 비해.

31) 聞道有先後，術業有專攻，如是而已。➡ 도리를 들어 아는 데는 선후가 있고, 기술과 학업에는 전공이 있으니, 오직 이와 같을 뿐이다.
【術業】：기술과 학업. 【如是】：이와 같다. 【而已】：……일 뿐이다.

32) 李氏子蟠，年十七，好古文，六藝經傳，皆通習之；➡ 이씨 집의 蟠이라고 하는 아이는, 나이 열일곱에, 고문을 좋아하고, 육경에 모두 통달했다.
【李蟠(pán)】：이반. 唐 德宗 貞元 19년(803) 進士. 【子】：남자에 대한 美稱. 【好(hào)】：[동사] 좋아하다. 【古文】：고문. 여기서는 先秦兩漢의 문장을 가리킨다. 【六藝經傳】：六經, 즉《詩》·《書》·《禮》·《易》·《樂》·《春秋》. 【通習】：통달하다, 익숙하다.

33) 不拘於時，學於余。➡ 당시의 시대풍조에 구애되지 않고, 나에게 배웠다.
※당시에는 사대부들이 스승을 쫓아 배우기를 부끄러워하던 불량한 풍조가 있었다.

34) 余嘉其能行古道，作《師說》以貽之。➡ 나는 그가 능히 옛 사람의 도리에 따라 행하는 것을 가상히 여겨,《사설》을 지어 그에게 준다.
【嘉(jiā)】：가상히 여기다. 【古道】：옛 성현의 도리. 【作】：짓다, 쓰다. 【貽(yí)】：주다. 【之】：그, 즉 李蟠.

解題 및 本文 要旨說明 🍃

본문은 論說文의 일종이다. 본문의 요지는 스승의 작용과 아울러 스승을 좇아 배우는 중요성을 대략 7단락으로 나누어 논하고 있다.

제1단락에서는 배움에 있어서 스승의 필요성과 기능을 말했고,

제2단락에서는 스승을 선택함에 있어서 연령이나 귀천을 따지지 않고, 도리가 존재하는 곳이 바로 스승이 존재하는 곳이라는 것을 강조했고,

제3단락에서는 스승을 존경하고 옛 성현의 도리를 중시하는 풍조가 사라져 스승에게 배우는 것을 수치로 여겼기 때문에 어리석은 사람이 더욱 어리석어지는 상황을 서술했고,

제4단락에서는 일반 사람들이 자녀들을 위해서는 스승을 가려 가르치지만 자신은 오히려 스승에게 배우는 것을 수치스럽게 여기는 어리석은 태도를 지적했고,

제5단락에서는 무당·의사·악사·각종 장인은 스승을 좇아 배우기를 수치로 생각하지 않는데, 사대부들이 오히려 스승에게 배우는 것을 수치로 여기는 괴이함을 비난했고,

제6단락에서는 공자가 스승으로 삼았던 여러 사람을 예로 든 후, 「도리를 들어 아는 것에는 선후가 있고, 기술과 학업에는 전공이 있다」라는 말로서 스승이 되는 이치를 설명했고,

마지막 단락에서는 李蟠이 능히 스승을 좇아 옛 사람의 도리를 행하는 것을 가상히 여겨 《師說》을 지어 주고 그를 격려한 본문의 창작동기를 밝혔다.

논술과정에서 작자는 사대부의 어리석은 태도를 비판하는 한편 자신의 師弟에 대한 견해를 밝혔는데, 이 글은 먼저 논리를 내세우고 후에 반박하는 서술방법 외에도 문장의 매 부분마다 사실을 열거하고 이치를 설명함으로써 강한 설득력을 지니고 있다.

今文經과 古文經

儒家의 經典은 今文經과 古文經이 있다. 이는 본래 字體의 차이로 인해 구분한 것이다. 秦始皇이 서적을 불사른 후, 유가의 典籍은 대부분 없어졌다. 漢이 일어나 문화부흥을 위해 五經博士를 두고, 박사들로 하여금 경서를 편찬하도록 했는데, 박사들은 자기가 기억하고 있는 경서의 내용을 당시 통용하던 隸書로 기록하고 학생들을 가르쳤다. 이것이 今文經이다. 그러나 후에 秦나라의 焚書를 피해 벽속에 숨겨두었던 경서들이 속속 출현했는데, 이 책들은 모두 戰國時代의 古文字로 기록한 것이었다. 이것이 古文經이다.

今文經과 古文經은 字體가 서로 다를 뿐만 아니라 모든 서적, 篇章 및 경서에 대한 해설 등도 달랐다. 西漢 때 국가가 설립한 十四博士는 모두가 금문경학자들이다. 西漢 말기에 이르러, 劉歆이 古文經學을 제창하고, 조정에 奏請하여 古文經典인《左氏春秋》《毛詩》《逸禮》《古文尚書》등을 모두 學官에 存置하는 한편 박사를 두고, 今文經學家들을 비난함으로써 금문경학가들의 강렬한 반대에 부딪혔다. 이로부터 兩派간에 儒學의 정통성을 놓고 치열한 투쟁이 전개되었다. 그러나 실제로는 학술을 가장하여 국가정치에 대한 영향력을 행사하기 위한 주도권 싸움이었다. 이 투쟁은 기복을 연출하며 淸末까지 이어짐으로써, 중국사회의 학술정치사상에 대해 지대한 영향을 끼쳤다.

兩派간의 중요한 차이를 보면, 今文家는 六經을 孔子의 所作이라 여겨, 공자를 정치개혁가로 보고《春秋》와《公羊傳》을 가장 중시했으며, 古文家는 六經에 기록된 것이 모두 고대의 역사적 사실이며 이를 孔子가 정리 보존했다고 보고, 공자를 史學者로 간주하여《左傳》과《周禮》를 중시했다.

古文經學은 학술적인 면에서 비교적 질박하고 순진하며, 문자의 訓詁, 典章名物의 고증으로부터 착수하여 經書思想과 내용의 정확한 이해를 탐구하는데 치우쳐 있다. 淸代의 학자들이 고문경학가의 훈고방법을 계승 발전시켜, 고적정리와 언어문자의 연구에 응용하여 상당한 성과를 거두었다.

今文經學은 이른바 「微言大義(간단하지만 심오한 말로 대의를 말하다.)」를 이용하여 현실정치를 위해 복무하는데 치중하고, 경서의 해석에 대해 왕왕 牽强附會하거나 어떤 일을 구실삼아 자기의 생각을 관철하고자 했다. 董仲舒로 대표되는 今文經學은 西漢의 봉건제도를 공고히 하는데 작용을 했다. 淸代 중엽에는 서구열강의 침입과 봉건제도가 날로 부패해가는 상황에 직면하여 일부학자들이 今文經學說의 전통을 계승 정치에 간여했으며, 康有爲 등은 더 나아가 이를 改良主義變法을 추진하는 중요한 이론적 근거로 삼기도 했다. (張虎剛 等《文史分科詞典》, 石家莊, 河北人民出版社, 1994)

24

答李翊書

[唐] 韓愈

作者 ○

23. 師說 참조.

註釋 ○

六月二十六日,¹⁾ 愈白李生足下:²⁾ 生之書辭甚高, 而其問何下而恭也!³⁾ 能如是, 誰不欲告生以其道?⁴⁾ 道德之歸也有日矣,

---

1) 六月二十六日, ➡ 唐 德宗 貞元 17년(801) 6월 26일.
　※작자의 나이 34세.

2) 愈白李生足下: ➡ 한유가 이선생 귀하께 말씀드립니다.
　【愈】: 韓愈, 저(나). ※자신에 대한 謙稱으로 흔히 「我」대신 자신의 이름을 쓰는 경우가 많다.
　【白】: 말하다, 진술하다. 【生】: 先生의 약칭. 【足下】: 귀하. ※친구에 대한 敬稱.

3) 生之書辭甚高, 而其問何下而恭也! ➡ 선생이 보낸 편지의 문사는 매우 수준이 높은데, 그 묻는 태도는 어찌 그리 겸허하고 공손합니까!
　【書辭】: 서신의 文辭. 【甚高】: 수준이 매우 높다, 매우 고상하다. 【問】: 물음, 묻는 태도. 【何】: 어찌, 얼마나. 【下而恭】: 겸허하고 공손하다.

況其外之文乎! 5) 抑愈所謂望孔子之門牆而不入於其宮者, 焉足
以知是且非邪?6) 雖然, 不可不爲生言之。7)

　生所謂立言者, 是也; 生所爲者與所期者, 甚似而幾矣。8) 抑
不知生之志, 蘄勝於人而取於人邪? 將蘄至於古之立言者邪?9)

---

4) 能如是, 誰不欲告生以其道? ➡ 능히 이럴 수 있다면, 누군들 선생에게 자신의 학문경험을 알려
　　드리려 하지 않겠습니까?
　　【如是】: 이러하다, 즉「이처럼 겸손하다」의 뜻. 【道】: 학문경험.

5) 道德之歸也有日矣, 況其外之文乎! ➡ 도덕의 수양을 이룰 날이 멀지 않는데, 하물며 그 겉으
　　로 표현된 문장이야 오죽 뛰어나리오!
　　【歸】: 이루다, 성취하다. 【有日】: 멀지 않다. 【況】: 하물며. 【外之文】: 겉으로 표현된 문장.
　　【乎】: 의문 또는 감탄을 나타내는 조사.

6) 抑愈所謂望孔子之門牆而不入於其宮者, 焉足以知是且非邪? ➡ 그러나 나 한유는 이른바 공
　　자의 대문과 담장만 보았을 뿐 아직 그 집안에 들어가 보지도 못한 사람인데, 어찌 무엇이 옳고 그른
　　지를 알겠습니까?
　　※《論語・子張》에「叔孫武叔이 조정에서 대부에게『자공이 공자보다 더 현명하다』고 말했다.
　　子服景伯이 이 말을 자공에게 알리자, 자공이 말하길『궁궐의 담에 비유하여 말하자면, 내 담은 겨
　　우 어깨에 차서, 방과 집의 좋은 것을 모두 들여다 볼 수 있소. 그러나 공자님의 담은 몇 길이나 되
　　어, 그 문을 찾아 들어간 사람도 별로 없기 때문에, 그곳을 들어가 보지 못한 자가 그렇게 말하는 것
　　도 당연한 일이 아니겠는가!』라고 했다.(叔孫武叔語大夫於朝曰: 子貢賢於仲尼。子服景伯以
　　告子貢。子貢曰: 譬之宮牆, 賜之牆也及肩, 窺見室家之好, 夫子之牆數仞, 不得其門而入,
　　不見宗廟之美百官之富, 得其門者或寡矣, 夫子之云不亦宜乎!)라고 한 말이 있는데, 이는 곧
　　「성현의 도리가 숭고하여 자신이 아직 깊이 들어가지 못했음」을 비유한 말이다.
　　【抑(yì)】: 그러나. 【焉(yān)】: 어찌. 【足以】: 족히 ……하다. 【且】: 또는, ……하기도 하고……
　　하기도 하다. 【邪(yé)】: [어조사] 반문을 나타내는 의문조사로, 耶와 같다.

7) 雖然, 不可不爲生言之。 ➡ 비록 그렇기는 하지만, 선생을 위해 그것을 말하지 않을 수 없습니다.
　　【不可不】: ……하지 않을 수 없다. 【之】: [대명사] 그것, 즉「자신의 학문 경험」.

8) 生所謂立言者, 是也; 生所爲者與所期者, 甚似而幾矣。 ➡ 선생이 말한 바의 立言이란, 옳은
　　것이며, 선생이 쓴 것과 바라는 것은, 서로 매우 비슷하고도 가깝습니다.
　　【立言】: 글로 표현하여 세상에 전해 남기는 말. 【是】: 옳다, 맞다. 【所爲者】: 쓴 것, 즉 李翊이
　　「쓴 글」. 【所期者】: 바라는 것, 즉「立言」. 【似】: 비슷하다. 【幾】: 가깝다, 근접하다.

9) 抑不知生之志, 蘄勝於人而取於人邪? 將蘄至於古之立言者邪? ➡ 그러나 선생의 뜻이, 남보
　　다 뛰어나서 다른 사람(권력자)에게 발탁되기를 원하는 것인지, 아니면 옛 立言한 사람의 경지에
　　이르길 원하는 것인지 알지 못하겠습니다.
　　【蘄(qí)】: 祈, 바라다, 원하다. 【勝於人】: 남보다 뛰어나다. 【取於人】: 다른 사람(권력자)에게

蘄勝於人而取於人, 則固勝於人而可取於人矣;¹⁰⁾ 將蘄至於古之
立言者, 則無望其速成, 無誘於勢利。¹¹⁾ 養其根而竢其實, 加其膏
而希其光。¹²⁾ 根之茂者其實遂, 膏之沃者其光曄; 仁義之人, 其言
藹如也。¹³⁾

抑又有難者, <u>愈</u>之所爲, 不自知其至猶未也。¹⁴⁾ 雖然, 學之二
十餘年矣。¹⁵⁾ 始者, 非三代兩漢之書不敢觀, 非聖人之志不敢存。¹⁶⁾

발탁되다. ※「다른 사람에 의해 모방되다」라고 풀이한 경우도 있다.【將】: 아니면, 그렇지 않으면.
【至於】: ……에 이르다.

10) 蘄勝於人而取於人, 則固勝於人而可取於人矣; → 남보다 뛰어나서 다른 사람에게 발탁되기를
원한다면, 당연히 남보다 뛰어나서 발탁될 수가 있습니다.
【固】: 당연히, 물론.

11) 將蘄至於古之立言者, 則無望其速成, 無誘於勢利。 → 만일 옛 立言한 사람의 경지에 이르길
원한다면, 속히 이루어지기를 바라지 말아야 하고, 권세나 利祿에 유혹되지 말아야 합니다.
【將……則……】: 만일……한다면…….【無】: 勿, 毋, ……하지 말라.

12) 養其根而竢其實, 加其膏而希其光。 → 뿌리를 배양하고 나서 그 열매를 기다리고, 기름을 더하
고 나서 그 빛이 밝기를 바래야 합니다.
【竢(sì)】: 俟, 기다리다.【膏(gāo)】: 기름.

13) 根之茂者其實遂, 膏之沃者其光曄; 仁義之人, 其言藹如也。 → 뿌리가 무성한 것이 그 열매도
풍성하고, 기름이 충분한 것이 그 빛도 밝게 비치며, 인의도덕을 수양한 사람이, 그 말씨도 온화합
니다.
【遂(suì)】: 풍성하다.【沃(wò)】: 충분하다, 풍부하다.【曄(yè)】: 밝다, 밝게 비치다.【藹(ǎi)
如】: 온화하다.

14) 抑又有難者, 愈之所爲, 不自知其至猶未也. → 그러나 더욱 곤란한 것은, 내가 여태까지 해온
바가 원만한 경지에 도달했는지 아직 도달하지 못했는지를 자신도 모릅니다.
【所爲】: 해온 바, 종사한 바.【不自知】: 자신도 모르다, 스스로도 알지 못하다.【至猶未】: 도달했
는가 아직 도달하지 못했는가의 여부.

15) 雖然, 學之二十餘年矣。 → 비록 그렇기는 하지만, 내가 배워온 것이 20여 년이 되었습니다.
※ 한유《上邢君牙書》에「十三而能文」이라 했고 이 글을 34세에 쓴이므로, 20여 년에 해당한다.

16) 始者, 非三代兩漢之書不敢觀, 非聖人之志不敢存. → 처음 글을 배우기 시작할 때는, 삼대와
양한의 글이 아니면 감히 보지를 못하고, 성인의 뜻이 아니면 감히 마음에 두지 못하였습니다.
【始者】: 당초, 처음 글을 배우기 시작할 때.【三代】: 夏, 商, 周.【兩漢】: 東漢과 西漢.【存】: 마
음에 두다.

處若忘, 行若遺, 儼乎其若思, 茫乎其若迷。¹⁷⁾ 當其取於心而注於手也, 惟陳言之務去, 戛戛乎其難哉! ¹⁸⁾ 其觀於人, 不知其非笑之爲非笑也。¹⁹⁾ 如是者亦有年, 猶不改。²⁰⁾ 然後識古書之正僞, 與雖正而不至焉者, 昭昭然白黑分矣。²¹⁾ 而務去之, 乃徐有得也。²²⁾ 當

---

17) 處若忘, 行若遺, 儼乎其若思, 茫乎其若迷。➡ 집에 있을 때는 마치 모든 것을 잊은 듯하고, 외출하면 마치 무엇을 잃은 듯하였으며, 엄숙한 그 모습은 마치 무엇을 깊이 생각하는 듯하고, 망연한 그 모습은 마치 무엇에 홀린 듯하였습니다.
※독서에만 정신을 집중하여 다른 일에 전혀 관심이 없음을 가리켜 한 말이다.
【處(chǔ)】: 집에 머물다. 【若(ruò)】: 마치 ……듯하다. 【行】: 나가다, 외출하다. 【遺(yí)】: 잃다. 【儼(yǎn)乎】: 엄숙한 모습. 【茫(máng)乎】: 멍한 모습. 【迷(mí)】: 잃다, 홀리다, 미궁에 빠지다.

18) 當其取於心而注於手也, 惟陳言之務去, 戛戛乎其難哉! ➡ 마음에서 얻은 바를 손에서 써 나갈 때, 다만 진부한 말을 제거하고자 힘썼는데, 매우 힘들고 어려웠습니다.
【當(dāng)】: ……할 때. 【取於心】: 마음에서 얻다. 【惟(wéi)】: 다만, 오직. 【陳言】: 진부한 말. 즉, 이미 다른 사람이 한 말. 【務】: 힘쓰다, 노력하다. 【去】: 제거하다. 【戛(jiá)戛乎】: 매우 힘든 모양.

19) 其觀於人, 不知其非笑之爲非笑也。➡ 쓴 글을 다른 사람에게 보여주었을 때, 그가 비웃어도 비웃는다는 것을 알지 못하였습니다.
【觀於】: ……에게 보여주다. 【非笑】: 비웃다.

20) 如是者亦有年, 猶不改。➡ 이와 같이 하기를 또 몇 년이 지나도록, 여전히 초지를 바꾸지 않았습니다.
【有年】: 몇 년이 지나다. 【猶(yóu)】: 아직도, 여전히.

21) 然後識古書之正僞, 與雖正而不至焉者, 昭昭然白黑分矣。➡ 그런 후에야 古書의 내용이 바른 것과 잘못된 것, 그리고 비록 바르지만 수준에 도달하지 못한 것에 대한 식별이, 확연히 흑백처럼 구분되었습니다.
【識(shí)】: 분별하다. 【正僞(wěi)】: 바른 것과 잘못된 것. ※儒家의 道에 부합한 것을 正이라 하고, 反하는 것을 僞라 했다. 여기서 僞는 道家를 가리킨다. 【不至焉者】: 수준에 이르지 못한 것. ※이는 荀子와 揚雄을 가리킨다. 【昭(zhāo)昭然】: 분명하다, 확실하다.

22) 而務去之, 乃徐有得也。➡ 그리고 그 잘못된 것을 제거하기 위해 노력하니, 비로소 점차 마음에 얻는 바가 있게 되었습니다.
【之】: [대명사] 그것. 즉, 옛 서적 가운데 바르지 못한 것과 수준에 이르지 못한 것. 【乃】: 비로소. 【徐】: 점차, 서서히. 【得】: 心得하다, 마음에서 얻게 되다.

其取於心而注於手也，汩汩然來矣。[23] 其觀於人也，笑之則以爲喜，譽之則以爲憂，以其猶有人之說者存也。[24] 如是者亦有年，然後浩乎其沛然矣。[25] 吾又懼其雜也，迎而拒之，平心而察之，其皆醇也，然後肆焉。[26] 雖然，不可以不養也。[27] 行之乎仁義之途，游之乎《詩》·《書》之源，無迷其途，無絶其源，終吾身而已矣。[28]

---

23) 當其取於心而注於手也, 汩汩然來矣。 → 내가 마음에서 얻은 바를 손에서 글로 써 나갈 때, (글의 構想이) 물이 급히 흐르듯 떠올랐습니다.
【當(dāng)】: ……할 때. 【汩(gǔ)汩然】: 물이 급히 흐르는 모습.

24) 其觀於人也, 笑之則以爲喜, 譽之則以爲憂, 以其猶有人之說者存也。 → 다른 사람에게 보여주었을 때, 그 글을 비웃으면 기뻐하고, 그 글을 칭찬하면 걱정했는데, 왜냐하면 그 문장에 여전히 일반사람이 좋아하는 말이 존재하고 있기 때문입니다.
【觀於人】: 다른 사람에게 보여주다. 【笑】: 비웃다. 【之】: [대명사] 그것, 즉「자신이 쓴 글」. 【譽(yù)】: 칭찬하다. 【以】: 因, 왜냐하면……때문이다. 【猶】: 여전히, 아직도. 【說(yuè)】: 悅, 좋아하다, 즐거워하다.

25) 然後浩乎其沛然矣。 → 그런 다음에 (글을 써나가니) 마치 큰물이 도도히 흐르듯 하였습니다.
【浩(hào)乎】: 물이 광대한 모양. 【沛(pèi)然】: 콸콸 흐르는 모양.

26) 吾又懼其雜也, 迎而拒之, 平心而察之, 其皆醇也, 然後肆焉。 → 나는 또 글의 내용이 잡스러울까 두려워하여, 받아들일 것은 받아들이고 제거할 것은 제거하며, 마음을 차분히 하고 살펴서, 그것이 모두 순수하다고 여기면, 그런 다음에 마음대로 써나갔습니다.
【懼(jù)】: 두려워하다. 【雜】: 잡스럽다, 순수하지 못하다. 【迎而拒之】: 받아들일 것은 받아들이고 제거할 것은 제거하다. 즉, 좋은 말은 받아들이고, 道에 부합하지 않는 것은 배제하다. 【醇(chún)】: 순수하다, 잡스럽지 않다. 【肆(sì)】: 마음대로 하다. 즉, 대담하게 써나가다.

27) 雖然, 不可以不養也。 → 비록 그렇다 해도, (도덕 학식을) 함양하지 않을 수 없습니다.
【不可以不】: ……하지 않을 수 없다, ……하지 않으면 안되다. 【養】: (도덕 학식 등을) 함양하다.

28) 行之乎仁義之途, 游之乎《詩》·《書》之源, 無迷其途, 無絶其源, 終吾身而已矣。 → 인의의 길에서 걷고, 《詩》·《書》의 源泉에서 노닐며, 그 길을 잃지 않고, 그 원천과 단절하지 않으며, 나의 평생을 마칠 뿐입니다.
【乎】: 於, ……에서. 【無】: ……하지 않다. 【途】: 길. 【吾身】: 나의 몸, 즉 나의 평생. 【而已】: ……할(일) 뿐이다.

氣, 水也; 言, 浮物也。²⁹⁾ 水大而物之浮者大小畢浮。³⁰⁾ 氣之與言猶是也。³¹⁾ 氣盛則言之短長與聲之高下者皆宜。³²⁾ 雖如是, 其敢自謂幾於成乎?³³⁾ 雖幾於成, 其用於人也奚取焉?³⁴⁾

雖然, 待用於人者, 其肖於器邪?³⁵⁾ 用與舍屬諸人。³⁶⁾ 君子則不然: 處心有道, 行己有方; 用則施諸人, 舍則傳諸其徒, 垂諸文

---

29) 氣, 水也; 言, 浮物也。 ➜ (문장의) 기세는 물과 같은 것이요, 언어는 물 위에 뜬 물건과 같은 것입니다.
【氣】: (문장의) 기세.

30) 水大而物之浮者大小畢浮。 ➜ 물이 많으면 뜨는 물건은 크든 작든 간에 모두 뜨게 됩니다.
【畢(bì)】: 모두.

31) 氣之與言猶是也。 ➜ 기세와 언어의 관계는 이와 같은 것입니다.
【猶】: ……와 같다. 【是】: [대명사] 이, 이것. 즉, 물과 물 위에 뜨는 물건의 관계.

32) 氣盛則言之短長與聲之高下者皆宜。 ➜ 기세가 성하면 언어의 장단과 聲調의 고저가 모두 잘 어울립니다.
【宜(yí)】: 잘 어울리다, 들어맞다.

33) 雖如是, 其敢自謂幾於成乎? ➜ 비록 이와 같지만, 어찌 감히 스스로 성공에 가깝다고 말할 수 있겠습니까?
【如是】: 如此, 이와 같다. 【其】: 豈, 어찌. 【自謂】: 스스로 말하다. 【幾於】: ……에 가깝다, ……에 근접하다. 【乎】: [의문조사] ……겠는가?

34) 雖幾於成, 其用於人也奚取焉? ➜ 비록 성공에 가깝다 해도, 그것이 다른 사람에게 기용되는 데 있어서 무슨 소용이 있겠습니까?
※ 즉 「古道에 능한 것이 오늘날 발탁되는 일에 무슨 쓸모가 있겠는가?」의 뜻.
【用於】: ……에게 기용되다. 【奚(xī)取】: 무엇을 취하겠는가? 무슨 소용이 있는가? ※「奚」는 본래 의문대명사 「무엇」이란 뜻으로 동사 「取」의 목적어이나, 여기서는 동사 앞에 놓였다.

35) 雖然, 待用於人者, 其肖於器邪? ➜ 비록 그렇다 해도, 다른 사람에게 기용되기를 바란다는 것은, 바로 그릇과 같은 것이 아니겠습니까?
【待】: 기대하다, 바라다, 기다리다. 【肖(xiào)於】: ……을(를) 닮다, ……과 같다.

36) 用與舍屬諸人。 ➜ 쓰거나 버리는 것은 남에게 달려 있습니다.
【舍(shě)】: 捨, 버리다. 【屬(shǔ)】: 속하다, 달리다. 【諸】: 之於.

233

而爲後世法。[37] 如是者, 其亦足樂乎? 其無足樂也?[38]

有志乎古者希矣![39] 志乎古必遺乎今, 吾誠樂而悲之。[40] 亟稱其人, 所以勸之, 非敢褒其可褒, 而貶其可貶也。[41] 問於愈者多矣, 念生之言不志乎利, 聊相爲言之。[42] 愈白[43]。

---

37) 君子則不然: 處心有道, 行己有方; 用則施諸人, 舍則傳諸其徒, 垂諸文而爲後世法。➡ 군자는 그렇지 않습니다. 생각함에는 일정한 원칙이 있고, 자신의 행동에는 바른 규범이 있어서, 기용되면 자신의 학문을 사람들에게 베풀고, 기용되지 못하면 자기 제자들에게 전수하거나 또는 이를 글로 남겨 후세의 규범이 되게 합니다.
【處心】: 품은 생각, 마음. 【道】: 일정한 원칙. 즉,「유가의 도덕 수양」. 【行己】: 자신의 행위, 행동. 【方】: 바른 규범. 【施(shī)】: 베풀다. 【諸(zhū)】: 之於. ※「傳諸」나「垂諸」모두 같은 용법. 【舍(shě)】: 捨, 버리다. 【徒(tú)】: 문하, 제자. 【傳(chuán)】: 전수하다. 【垂(chuí)】: (후세에) 남기다, 전하다. 【爲(wèi)】: ⋯⋯ 에 대해, ⋯⋯ 에게. 【法】: [동사용법] 규범이 되게 하다.

38) 如是者, 其亦足樂乎? 其無足樂也? ➡ 이와 같이 하는 것이, 또한 즐거워하기에 족합니까? 즐거워하기에 족하지 못합니까?

39) 有志乎古者希矣! ➡ 옛 성현의 도리에 뜻을 둔 사람은 드뭅니다.
【乎】: 於. 【希】: 稀, 드물다.

40) 志乎古必遺乎今, 吾誠樂而悲之。➡ 옛 성현에 뜻을 두고자 하면 반드시 오늘날 사람에게 버림을 받을 것이니, 나는 실로 기쁘기도 하고 슬프기도 합니다.
※즉, 옛 것에 뜻을 두는 것은 기쁜 일이며, 오늘날 사람들에게 버림을 받는 것은 슬픈 일임을 가리켜 한 말.
【乎】: 於. 【誠】: 실로. 【遺(yí)】: [피동용법] 버림을 받다.

41) 亟稱其人, 所以勸之, 非敢褒其可褒, 而貶其可貶也。➡ (내가) 자주 그러한 사람을 칭찬하는 것은, 이로써 그를 격려하는 것이지, 감히 칭찬할 만한 것을 칭찬하고, 비난할 만한 것을 비난하는 것이 아닙니다.
【亟(qì)】: 자주, 누차. 【稱(chēng)】: 칭찬하다, 찬양하다. 【其人】: 그들, 즉「옛것에 뜻을 둔 사람」. 【所以】: 以之, 이로써. 【勸(quàn)】: 격려하다. 【褒(bāo)】: 칭찬하다, 좋게 평하다. 【貶(biǎn)】: 비난하다, 나쁘게 평하다.

42) 問於愈者多矣, 念生之言不志乎利, 聊相爲言之。➡ 나(한유)에게 묻는 사람이 많은데, 선생의 말씀이 명리에 뜻을 두지 않았다 생각되어, 잠시 이러한 문제에 대해 이야기를 한 것입니다.
【念】: 생각하다, 여기다. 【志乎】: 志於, ⋯⋯에 뜻을 두다. 【聊(liáo)】: 잠시, 얼마간.

43) 白。➡ 씀, 드림.

解題 및 本文 要旨說明 ☁

  본문은 한유가 唐 德宗 貞元 17년(801) 34세에 쓴 글이다. 본문에 나오는 李翊은 唐 德宗 때 사람으로 貞元 18년 진사에 급제한 사실 외에 그의 생애에 관한 자세한 내용은 알 수 없지만, 본문에서 한유가 그를 호칭한 것이나 어투로 보아 한유보다 후배임을 알 수 있다. 당시 한유는 문단의 거두로서 東漢 이후 내용 없이 형식만을 추구한 騈儷文을 반대하고「文以載道」를 주장하며 秦漢의 문장으로 돌아가자는 古文運動을 펴나갔다. 그 당시 많은 젊은이들이 한유에게 편지로써 고문을 짓는 방법과 요령을 물어왔는데, 본문은 한유가 李翊의 편지에 답한 것이다. 한유는 이 글에서 자신의 고문학습에 대한 경험을 소개하면서 고문창작의 3단계 과정을 다음과 같이 밝히고 있다.

  첫째, 고대 경전을 깊이 탐구하되 반드시 진부한 말을 제거하고, 당시 사람들의 의론이나 비웃음을 개의치 않았으며,

  둘째, 古書의 바른 것과 잘못된 것을 식별할 줄 알고, 아울러 비록 바르지만 수준에 도달하지 못한 것을 마치 흑백처럼 분명하게 구분하게 된 후에도 그 잘못된 것을 제거하고자 노력했으며,

  셋째, 온갖 노력을 거쳐 글이 성숙한 경지에 이른 후에도, 혹 내용이 잡스러울까 두려워하여, 받아들일 것과 제거할 것을 가려, 그것이 모두 순수하다고 생각할 때 비로소 대담하게 써나갔다.

  이 밖에도 한유가 문장의 기세를 논하면서 특히「氣盛言宜」를 강조한 일단은 매우 뛰어나서 후대의 문인들이 한유 문장에 대한 견해를 설명할 때 즐겨 인용하는 부분이기도 하다.

25 |

毛穎傳

[唐] 韓愈

作者 ○

23. 師說 참조.

註釋 ☞

　毛穎者, 中山人也。[1] 其先明眎, 佐禹治東方土, 養萬物有功, 因封於卯地, 死爲十二神。[2] 嘗曰:「吾子孫神明之後, 不可與物

---

1) 毛穎者, 中山人也。 ➡ 모영이란 자는, 중산 사람이다.
　【毛穎(yǐng)】: 붓, 모필. ※「毛」는 토끼의 털, 「穎」은 붓의 뾰족한 끝. 여기서는 모필을 의인화
　한 것이다. 【中山】: [국명] 지금의 하북성 定縣에 있던 戰國시대의 나라로 후에 趙나라에 합병되
　었다. 이곳의 토끼털로 만든 붓이 가장 뛰어났기 때문에 작자가 본문의 주인공 毛穎의 원적을 中山
　으로 정한 것이다.

2) 其先明眎, 佐禹治東方土, 養萬物有功, 因封於卯地, 死爲十二神。 ➡ 그 조상인 명시는, 우왕
　을 도와 동방의 땅을 다스렸는데, 만물을 기르는 데 공이 있어, 이로 인해 묘지에 봉해지고, 죽어서
　12신의 하나가 되었다.

同, 當吐而生。」[3] 已而果然。[4] 明眎八世孫䚉, 世傳當殷時居中山, 得神仙之術, 能匿光使物, 竊姮娥, 騎蟾蜍入月, 其後代遂隱不仕云。[5] 居東郭者曰䝅, 狡而善走, 與韓盧爭能, 盧不及。[6] 盧怒,

---

【明眎(shì)】: 토끼의 別名. ※《禮記·曲禮》에「兎曰明視」라 했다. ※「眎」는「視」의 옛 글자. 【佐(zuǒ)】: 돕다, 보필하다, 보좌하다. 【禹(yǔ)】: 夏의 禹王. 【東方】: 동쪽. ※고대에는 12支로서 방위를 나누었는데, 그 중「卯」는 동방에 위치하며, 사계절 중 봄의 위치 또한 동방이다. 【因】: 이로 인해. 【十二神】: 歲暮에 역귀를 쫓는 의식인 驅儺때 12支(子鼠·丑牛·寅虎·卯兎·辰龍·巳蛇·午馬·未羊·申猴·酉鷄·戌犬·亥豕。)를 나타내는 열두 짐승의 탈을 쓴 儺者.

3) 嘗曰:「吾子孫神明之後, 不可與物同, 當吐而生。」→ (명시가) 일찍이 말하길「나의 자손은 천지신명의 후예로, 다른 동물들과 같을 수가 없으니, 당연히 입으로 토해서 낳는다.」라고 했다.
※토끼가 입으로 새끼를 난다고 하는 설은《論衡·奇怪篇》에「암토끼가 수토끼의 털을 핥으면 새끼를 배고, 그 새끼가 태어날 때가 되면 입으로부터 나온다.(兎吮毫而懷子, 及其子生, 從口而出。)」라고 한 기록에서 보인다.
【神明】: 천지신명. 【物】: 다른 동물들. 【當】: 당연히. 【吐】: 토하다.

4) 已而果然。→ 그 뒤로 과연 그러했다.
【已而】: 그 뒤.

5) 明眎八世孫䚉, 世傳當殷時居中山, 得神仙之術, 能匿光使物, 竊姮娥, 騎蟾蜍入月, 其後代遂隱不仕云。→ 명시의 8대손인 䚉는, 세상에 전하는 바로는 殷나라 때 中山에 살면서, 신선술을 터득하여, 밝은 곳에서 몸을 숨겨 눈에 보이지 않게 하고 만물을 부릴 줄 알았는데, (후에) 항아를 훔쳐, 두꺼비를 타고 달나라로 도망가는 바람에, 그 후손들이 마침내 숨어살며 벼슬길에 나오지 않았다고 한다.
【䚉(nuò)】: 토끼. ※《集韻》에「江東呼兎子爲䚉。」라 했다. 【世傳】: 세상에 전해 내려오다. 【當……時】: ……때, ……시절. 【匿(nì)光】: 밝은 곳에서 몸을 숨겨 보이지 않다. 【使物】: 사물을 부리다. 【竊(qiè)】: 훔치다, 도둑질하다. 【姮娥(héng é)】: 전설에 나오는 夏의 제후 后羿의 처. ※《淮南子·覽冥》에「夏나라의 제후인 后羿가 西王母로부터 不死藥을 얻었는데, 后羿의 처 姮娥가 이를 훔쳐먹고 달나라로 달아났다.(羿請不死之藥於西王母, 姮娥竊之奔月宮。)」라고 했다. 후에 漢의 文帝이름이「恒」이기 때문에 漢人들이 恒자와 발음이 같은 姮娥의「姮」자를「嫦」으로 바꾸어「嫦娥」라고 했다. 【騎(qí)】: 타다. 【蟾蜍(chán chú)】: 두꺼비. 【遂】: 마침내, 그리하여. 【隱(yǐn)】: 은거하다, 숨어살다. 【不仕】: 벼슬하지 않다.

6) 居東郭者曰䝅, 狡而善走, 與韓盧爭能, 盧不及。→ (후예들 중에) 동곽에 사는 이름을「䝅」이라고 하는 자가, 건장하고 달리기를 잘하여, 한로와 재능을 겨루었는데, 한로가 따르지 못했다.
【東郭】: 동쪽의 성곽. 【䝅(jùn)】: 토끼 이름. ※《新序》의 기록에 의하면, 齊나라에「東郭䝅」이라고 하는 토끼가 있는데 하루에 능히 500리를 달릴 수 있다고 했다. 이밖에《戰國策·齊策》에도

237

與宋鵲謀而殺之, 醢其家。⁷⁾

秦始皇時, 蒙將軍恬南伐楚, 次中山, 將大獵以懼楚。⁸⁾ 召左右庶長與軍尉, 以《連山》筮之, 得天與人文之兆。⁹⁾ 筮者賀曰:「今日之獲, 不角不牙, 衣褐之徒, 缺口而長鬚, 八竅而趺居, 獨取其

東郭䴟과 韓盧가 재능을 겨루는 고사가 있다. 【狡(jiǎo)】: 건장하다. 【韓盧】: 고대 전설 속에 나오는 韓나라의 개 이름.「韓國盧」또는「韓子盧」라고도 한다. 【爭能】: 재능을 겨루다. 【不及】: 미치지 못하다, 따르지 못하다, 이기지 못하다.

7) 盧怒, 與宋鵲謀而殺之, 醢其家。→ (그러자) 한로가 노하여, 宋鵲과 음모하여 준을 죽이고, 준의 가족을 잘게 썰어 장조림을 만들었다.
【宋鵲(què)】: 전설에 나오는 宋나라의 개 이름. 【之】: [대명사] 그, 그것. 즉 䴟. 【醢(hǎi)】: [동사] 잘게 썰어 장조림을 만들다.

8) 秦始皇時, 蒙將軍恬南伐楚, 次中山, 將大獵以懼楚。→ 진시황 시절에, 몽염 장군이 남쪽으로 초의 정벌에 나서, 중산에 군대를 주둔하고, 장차 크게 사냥을 벌여 楚나라가 겁을 먹게 하려 했다.
【蒙(méng)將軍恬(tián)】: [인명] 몽염. 秦시황때의 장군으로 흉노를 정벌하고 만리장성을 쌓았으며, 최초로 붓을 만들었다고 전한다. 이 설이 확실하지는 않지만 中共정권 수립 후 戰國시대의 분묘에서 毛筆이 발견되었다. 【次】: (군대를) 주둔하다. 【獵(liè)】: 사냥하다. 【懼(jù)】: [사동용법] 겁을 먹게 하다, 위협하다.

9) 召左右庶長與軍尉, 以《連山》筮之, 得天與人文之兆。→ (몽염이) 左·右庶長과 軍尉를 불러,《周易》으로 점을 쳐서, 천문과 인문의 징조를 얻었다.
※《周易·賁》에「천문을 관찰하여 四時의 변화를 살피고, 인문을 관찰하여 천하를 化育한다.(觀乎天文以察時變, 觀乎人文以化成天下。)」라고 했다.
【左·右庶(shù)長】: [관직명] 秦의 작위 명칭으로 좌서장과 우서장. 좌서장은 第十級, 우서장은 第十一級. 【軍尉】: [관직명] 護軍都尉. 【連山】:《周易》※《周易》을 夏나라 때는《連山》, 殷나라 때는《歸藏》이라 했다. 【筮(shì)】: 점을 치다. 【天】: 天文, 즉 天體現象. 【人文】: 人情世態, 인간세상이 되어 가는 형편. 【兆(zhào)】: 징조.

10) 筮者賀曰:「今日之獲, 不角不牙, 衣褐之徒, 缺口而長鬚, 八竅而趺居, 獨取其髦, 簡牘是資。天下其同書, 秦其遂兼諸侯乎?」→ 卜官이 (몽염에게) 축하하여 말하길「오늘의 수확은, 뿔도 이빨도 나지 않고, 털옷을 입은 무리들로, 언청이에다 긴 수염을 달고, 여덟 구멍에 책상다리를 하고 앉아 있는데, 다만 그중 뛰어난 자를 포획하게 되면, 저술에 관한 일은 그에게 의존할 수 있습니다. (그러면) 천하는 장차 문자를 통일하고, 秦나라는 마침내 (六國의) 제후들을 합병하지 않겠습니까?」라고 했다.
【筮(shì)者】: [관직명] 卜官. ※周代에 점치는 일을 관장했다. 【獲(huò)】: 수확. 【衣(yì)】: [동사] 입다, 착용하다. 【褐(hè)】: 털옷. 【缺(quē)口】: 언청이. 【八竅(qiào)】: 여덟 구멍. ※

髦, 簡牘是資。天下其同書, 秦其遂兼諸侯乎?」¹⁰⁾ 遂獵, 圍毛氏之族, 拔其豪, 載穎而歸, 獻俘於章臺宮, 聚其族而加束縛焉。¹¹⁾ 秦皇帝使恬賜之湯沐, 而封諸管城, 號曰管城子, 日見親寵任事。¹²⁾

穎爲人强記而便敏, 自結繩之代以及秦事, 無不纂錄;¹³⁾ 陰

태생하는 동물은 耳目口鼻 七竅와 항문 및 음부를 합쳐 모두 九竅이나, 오직 토끼만이 입으로 토해 출생하기 때문에 음부를 제외하여 八竅이다. 【跌(fū)居】: 책상다리를 하고 앉다. 【獨】: 다만, 오직. 【髦(máo)】: 짐승의 목 부위에 난 길다란 털. 여기서는 「뛰어난 자, 걸출한 자」를 가리킨다. 【簡牘(jiǎn dú)】: 서책. 여기서는 「모든 저술에 관한 일」을 말한다. ※옛날 종이를 사용하기 이전에 대나무 또는 나무를 얇게 깎아 엮어서 글을 쓰도록 만들었는데, 대나무를 깎아 만든 것을 「簡」이라 하고, 나무를 깎아 만든 것을 「牘」이라 했다. 【是資】: 資是의 도치형태, 이에 의존하다. ※「資」: 의존하다, 기대다. 「是」: [지시대명사] 이, 이것, 이 사람. 【其】: 장차 ……할 것이다. 【同書】: 문자를 통일하다. 【遂】: 드디어, 마침내. 【兼】: 합병하다, 통일하다. 【乎】: [반문표시] ……하지 않겠는가?

11) 遂獵, 圍毛氏之族, 拔其豪, 載穎而歸, 獻俘於章臺宮, 聚其族而加束縛焉。 ➔ 그리하여 사냥을 벌여, 모씨의 족속들을 포위하고, 그중 가장 걸출한 자를 선발하여, 모영을 차에 태우고 돌아와, 포로를 장대궁의 秦王에게 바치고, 아울러 모영의 족속들을 모아 결박하였다.
【遂】: 이에, 그리하여. 【拔(bá)】: 발탁하다, 선발하다, 뽑다. 【豪(háo)】: 준재, 걸출한 자. 【載(zài)】: (차에) 태우다, 싣다. 【獻(xiàn)】: 바치다. 【俘(fú)】: 포로. 【章臺宮】: 秦의 宮이름. 【束縛(shù fù)】: 묶다, 결박하다. ※붓을 만들 때 털을 모아 묶는 것을 뜻한다. 【焉(yān)】: [어조사].

12) 秦皇帝使恬賜之湯沐, 而封諸管城, 號曰管城子, 日見親寵任事。 ➔ 秦나라 황제가 몽염을 파견하여 모영에게 봉지를 하사하는 한편, 관성에 봉한 후, 호를 관성자라 하고, 날마다 황제의 총애를 받아 중요한 일을 맡겼다.
【使】: 보내다, 파견하다. 【之】: [대명사] 그, 즉 모영. 【湯沐】: 湯沐邑, 封地. ※옛날 천자가 제후에게 하사한 토지. 【諸】: 之於. 【管城】: [지명] 西周 文王의 아들인 管叔의 봉지로, 지금의 河南省 鄭縣. ※여기서는 붓의 毛부분을 붓대인 대나무 관에 끼우기 때문에 毛穎을 管城에 봉한 것으로 비유했다. 【管城子】: 붓의 별칭. 【見親寵】: 황제의 총애를 얻다. ※「見+동사」의 피동형. 【任事】: 일을 맡기다.

13) 穎爲人强記而便敏, 自結繩之代以及秦事, 無不纂錄; ➔ 모영의 사람됨은 기억력이 뛰어나고 행동이 민첩하며, 結繩시대로부터 秦나라의 사적에 이르기까지, 편찬하여 기록하지 않은 것이 없다.
【强記】: 기억력이 뛰어나다. 【便敏】: 민첩하다. 【結繩(shéng)】: 결승, 매듭. ※옛날 문자가 생겨나기 전에 새끼로 매듭을 묶어 일을 기록했다. 【纂錄(zuǎn lù)】: 편찬하여 기록하다.

陽 · 卜筮 · 占相 · 醫方 · 族氏 · 山經 · 地志 · 字書 · 圖畫 · 九流
百家 · 天人之書, 及至浮圖 · 老子 · 外國之說, 皆所詳悉;[14] 又通
於當代之務, 官府簿書, 市井貨錢注記, 惟上所使。[15] 自秦皇帝及
太子扶蘇 · 胡亥 · 丞相斯 · 中車府令高, 下及國人, 無不愛重。[16]
又善隨人意, 正直邪曲巧拙, 一隨其人, 雖見廢棄, 終默不泄。[17]

---

14) 陰陽 · 卜筮 · 占相 · 醫方 · 族氏 · 山經 · 地志 · 字書 · 圖畫 · 九流百家 · 天人之書, 及至
浮圖 · 老子 · 外國之說, 皆所詳悉; → 음양 · 점복 · 관상술 · 의술 · 족보와 성씨 · 산해경 · 지
리 · 서예 · 그림 · 제자백가 · 자연과 인간에 관한 서적, 그리고 불교 · 노자 · 외국의 학설에 이르
기까지, 모두 상세히 알고 있다.
【占相】: 관상술. 【族氏】: 족보와 성씨. 【山經】: [서명] 《山海經》. 【字書】: 서예. 【九流百家】:
九家, 즉「諸子百家」. ※《漢書 · 藝文志 · 諸子略》에 儒家 · 道家 · 陰陽家 · 法家 · 名家 ·
墨家 · 縱橫家 · 雜家 · 農家 · 小說家 등 十家를 들고,「諸子十家, 其可觀者九家而已。」라 했
는데, 이는 소설을 천시한데서 비롯된 말일 뿐이며 본문의「九流百家」는 실제로「諸子百家」를 의
미한다. 【天人之書】: 자연과 인간사회에 관한 서적. 【浮圖(fú tú)】:「佛陀」라는 梵文의 음역. 여
기서는「불교」를 가리킨다. 【外國之說】: 외국의 학설. 【詳悉(xī)】: 상세히 알다.

15) 又通於當代之務, 官府簿書, 市井貨錢注記, 惟上所使。 → (모영은) 또한 당대의 제반 사무, 관
청의 장부와 문서, 시정의 상품금전기록 등에 정통한데, 오직 황제가 시키는 바에 따라 행했다.
【通於】: ……에 정통하다. 【簿(bù)書】: 관청의 (인구나 세금 · 부역 등에 관한) 장부와 문서.
【市井】: 시정, 평민이 사는 지역. 【貨錢注記】: 상품금전기록. 【惟】: 다만, 오직. 【上】: 황제.
【使】: 시키다, 부리다.

16) 自秦皇帝及太子扶蘇 · 胡亥 · 丞相斯 · 中車府令高, 下及國人, 無不愛重。 → (그리하여) 진
시황제와 태자 부소 · 왕자 호해 · 승상 이사 · 중차부령 조고로부터, 아래로 평민에 이르기까지,
(모영을) 아끼고 소중히 여기지 않는 사람이 없다.
【扶蘇(fú sū)】: [인명] 진시황의 맏아들. 【胡亥(hú hài)】: [인명] 진시황의 막내아들, 秦二世.
【斯(sī)】: [인명] 李斯. 【中車(jū)府令】: [관직명] 중거부령, 秦나라 때 車馬를 관장하던 관리.
【高】: [인명] 趙高. 【國人】: 평민, 백성. 【無不】: ……하지 않음이 없다.

17) 又善隨人意, 正直邪曲巧拙, 一隨其人, 雖見廢棄, 終默不泄。 → 또 사람의 뜻에 잘 따라, 바르
거나 곧거나 사악하거나 비뚤어지거나 공교하거나 졸렬하거나 간에, 완전히 주인의 뜻에 따르며,
설사 버림을 당한다해도, 끝까지 침묵하며 (비밀을) 누설하지 않는다.
【善隨】: 잘 따르다. 【邪曲(xié qū)】: 사악하고 비뚤어지다. 【巧拙(qiǎo zhuō)】: 공교하고 졸렬
하다. 【一】: 모두, 다, 완전히. 【見廢棄】: 폐기되다, 버림을 받다. ※「見＋동사」는 피동형. 【終】:
끝내, 끝까지. 【默(mò)】: 침묵하다, 묵묵하다. 【泄(xiè)】: 발설하다, 누설하다.

惟不喜武士, 然見請, 亦時往。[18]

累拜中書令, 與上益狎, 上嘗呼爲中書君。[19] 上親決事, 以衡石自程, 雖宮人不得立左右, 獨穎與執燭者常侍, 上休方罷。[20] 穎與絳人陳玄 · 弘農陶泓及會稽楮先生友善, 相推致, 其出處必偕。[21]

---

18) 惟不喜武士, 然見請, 亦時往。 ➡ 다만 무사를 좋아하지 않는데, 그러나 초대를 받으면, 그래도 가끔 간다.
【然】: 그러나. 【見請】: 초대받다. ※「請」의 피동형. 【時】: 가끔, 때때로.

19) 累拜中書令, 與上益狎, 上嘗呼爲中書君。 ➡ 여러 차례 승진을 거듭하여 중서령에 임명되면서, 황제와 더욱 가까워져, 황제는 일찍이 그를 中書君이라 불렀다.
【累(lěi)】: 여러 차례, 누차. ※여기서는 여러 차례 승진한 것을 가리킨다. 【拜(bài)】: 관직에 임명되다, 관직을 拜受하다. 【中書令】: 中書省의 장관. 주 업무는 국가기밀을 관리하고 황제의 조서를 기안하는 일. ※中書令은 본래 秦代의 제도에는 없으나, 여기서는 우언을 목적으로 하고 있기 때문에 사실여부를 불문에 부친다. 【狎(xiá)】: 사이가 가깝다, 친근하다. 【呼爲】: ……이라 부르다.

20) 上親決事, 以衡石自程, 雖宮人不得立左右, 獨穎與執燭者常侍, 上休方罷。 ➡ 진시황은 친히 모든 정사를 처리하는데, (하루에) 120근이나 되는 문서를 저울로 달아 스스로 한도로 정해 놓아, 비록 妃妾들이라 해도 (왕의) 옆에 서 있을 수가 없고, 오직 모영만이 燈燭을 든 사람과 더불어 항상 시중을 들며, 황제가 쉬어야만 비로소 물러난다.
※《史記 · 秦始皇本紀》에「天下之事, 無大小皆決於上, 上至以衡石量書, 日夜有呈, 不中呈不得休息。」라 했다.
【決】: 처리하다. 결정하다. 【衡(héng)】: 달다, 저울질하다. 【石(dàn)】: 120근. 【程(chéng)】: 정량으로 삼다, 한도로 정하다. 【宮人】: 궁에 거처하는 사람. ※여기서는 妃 · 妾를 가리킨다. 【不得】: ……할 수가 없다. 【獨】: 오직, 다만. 【執燭(zhú)者】: 등촉을 든 사람. 【侍】: 모시다, 시중들다. 【方】: 비로소. 【罷(bà)】: 그만두다, 물러나다.

21) 穎與絳人陳玄 · 弘農陶泓及會稽楮先生友善, 相推致, 其出處必偕。 ➡ 모영은 강주 사람 진현 · 홍농군의 도홍 및 회계의 저선생과 친하게 지내서, 서로 추천하고 끌어당겨, 자신들의 진퇴를 반드시 함께 했다.
【絳(jiàng)】: [지명] 唐代의 絳州(지금의 山西省 絳縣), 「먹」의 명산지. 【陳玄(chén xuán)】: 「오래된 먹」의 의인화. ※「陳」은 오래 묵은 것을 지칭하고, 「玄」은 검은 「먹」을 지칭한 것. 【弘農】: [지명] 唐代의 虢州(고대의 弘農郡, 지금의 河南省 靈寶縣), 「벼루」의 명산지. 【陶泓(táo hóng)】: 「내구」의 의인화. ※「陶」는 질그릇, 「泓」은 물을 지칭하여, 벼루에 물을 담기 때문에 비유한 말. 【會稽(kuài jī)】: 唐代의 會稽(지금의 浙江省 紹興縣), 종이의 명산지. 【楮(chǔ)先生】: 「종이」의 의인화. ※종이를 楮木 즉 닥나무의 섬유로 만들기 때문에 「楮(chǔ)」의 諧音으로 「楮」를 썼다. 【推致】: 서로 추천하고 끌어당기다. 【出處】: 出仕와 隱居, 진퇴. 【偕(xié)】: 함께 하다, 같이 하다.

上召穎, 三人者不待詔, 輒俱往, 上未嘗怪焉。[22]

  後因進見, 上將有任使, 拂拭之, 因免冠謝。[23] 上見其髮禿, 又所摹畫不能稱上意。[24] 上嘻笑曰：「中書君老而禿, 不任吾用。吾嘗謂君中書, 君今不中書邪?」[25] 對曰：「臣所謂盡心者。」[26] 因不復召, 歸封邑, 終於管城。[27] 其子孫甚多, 散處中國夷狄, 皆冒

---

22) 上召穎, 三人者不待詔, 輒俱往, 上未嘗怪焉。➡ 황제가 모영을 부르면, 세 사람이 황제의 명령을 기다리지 않고, 항상 함께 가도, 황제가 일찍이 꾸짖은 적이 없다.
【詔(zhào)】: 황제의 명령. 【輒(zhé)】: 항상. 【俱(jù)】: 모두, 다, 함께. 【未嘗】: 일찍이 ……한 적이 없다. 【怪】: 꾸짖다.

23) 後因進見, 上將有任使, 拂拭之, 因免冠謝。➡ 후에 (모영이) 배알했을 때, 황제가 장차 다른 임무를 맡기려고, 모영을 손으로 가볍게 쓰다듬자, 이에 (毛穎이) 즉시 冠帽를 벗고 감사의 뜻을 표했다.
【因】: (시간 · 기회 등을) 틈타다. 【進見】: 배알하다. 【任使】: 임무, 임무를 맡기다. 【拂拭(fú shì)】: 털고 닦다. 여기서는 가볍게 쓰다듬는 것을 말한다. 【之】: [대명사] 그, 즉 「毛穎」. 【因】: 이에, 그리하여. 【免冠(guān)】: 冠帽를 벗다. ※「붓 뚜껑이 벗겨지다 .」의 비유.

24) 上見其髮禿, 又所摹畫不能稱上意。➡ 황제는 모영의 머리가 벗겨진 것을 보고, 또 모영이 근자에 쓴 글씨도 황제의 마음에 들지 않았다.
【禿(tū)】: 벗어지다, 대머리가 되다. 【摹畫(mó huà)】: 본떠 그리다. 여기서는 「(글씨를) 쓰다」의 뜻. 【稱(chèn)意】: 마음에 들다, 만족하다, 뜻에 부합하다.

25) 上嘻笑曰：「中書君老而禿, 不任吾用。吾嘗謂君中書, 君今不中書邪?」➡ 황제가 히히 웃으며 말하길「중서군이 늙고 머리가 빠졌으니, 내가 기용하는 직무를 감당하지 못하겠군. 내가 일찍이 자네를 中書라고 불렀는데, 자네 지금은 中書가 못되는구면?」이라고 했다.
【嘻(xī)笑】: 히히거리며 웃다. 【中書】: [관직명] 궁중에서 문서를 관리하고 기초하는 일을 맡은 벼슬. ※여기서는 「中」: 적합하다, 「書」: 글을 쓰다, 즉 「글을 쓰기에 적합하다」라는 것을 비유한 말이다. 【不任】: 감당하지 못하다. 【邪(yé)】: [어조사] 耶. ※의문 · 반문 · 추측 · 감탄을 표시.

26) 對曰：「臣所謂盡心者。」➡ (모영이) 대답해 말하길「저는 이른바 마음을 끝까지 다 바친 사람입니다.」라고 했다.
【盡心】: 마음을 다하다, 정성을 다하다. ※여기서는 「盡」: 다하다, 「心」: 붓의 중심, 즉 「붓끝이 무디어졌다.」는 것을 비유한 말이다.

27) 因不復召, 歸封邑, 終於管城。➡ (황제가) 다시 부르지 않았기 때문에, (모영은) 봉지로 돌아가, 관성에서 생을 마쳤다.
【封邑】: 봉지, 봉해진 땅.

管城, 惟據中山者能繼父祖業。[28]

　　太史公曰[29]: 毛氏有兩族, 其一姬姓, 文王之子, 封於毛, 所謂魯·衛·毛·聃者也。[30] 戰國時有毛公, 毛遂。[31] 獨中山之族, 不知其本所出, 子孫最爲蕃昌。[32]《春秋》之成, 見絶於孔子, 而非其罪。[33] 及蒙將軍拔中山之豪, 始皇封諸管城, 世遂有名, 而姬姓

---

28) 其子孫甚多, 散處中國夷狄, 皆冒管城, 惟據中山者能繼父祖業。 → 모영은 자손이 매우 많아, 중원과 변방 오랑캐 지역에 흩어져 살고 있는데, 모두 관성을 (본으로) 사칭하고 있지만, 오직 중산에 살고 있는 자들만이 능히 조상의 사업을 계승할 수 있을 뿐이다.
【散處(sàn chǔ)】: 흩어져 살다. 【中國】: 中原 지역. 【夷狄(yí dí)】: 오랑캐. 여기서는 「변방의 오랑캐 지역」을 가리킨다. 【冒(mào)】: 사칭하다, 假託하다. 【據(jù)】: 근거지로 하여 살다. 【能繼父祖業】: 능히 조상의 사업을 계승할 수 있다. 즉, 그 토끼의 털이 좋아 계속 붓의 재료로 쓰인다는 말.

29) 太史公曰: → 태사공이 말했다.
※司馬遷은《史記》의 기술방법에 있어서 매 편마다 말미에 「太史公曰」을 붙여 史實을 보충하거나 평론을 첨가하였다. 본문은 작자 韓愈가《사기》의 체제를 그대로 따르고 「太史公曰」이라 의탁한 것이다.

30) 毛氏有兩族, 其一姬姓, 文王之子, 封於毛, 所謂魯·衛·毛·聃者也。 → 모씨는 두 씨족이 있는데, 그 중의 하나인 姬씨 성은 (西周) 문왕의 아들이 모지방에 봉해진 것으로, 이른바 魯·衛·毛·聃이라 하는 나라 중의 하나이다.
【文王】: 周의 文王. 【魯·衛·毛·聃(dān)】: 周 文王의 네 아들의 봉지. ※周公 旦은 魯(지금의 山東省 曲阜), 康叔封은 衛(지금의 河南省 淇縣), 毛伯鄭은 毛(지금의 河南省 宜陽縣), 聃季載는 聃(지금의 河南省 開封市)에 각각 봉해졌는데, 이들은 모두 姬씨 성이다.

31) 戰國時有毛公, 毛遂。 → 전국시대에는 (저명한 인물로) 모공과 모수가 있었다.
【毛公】: [인명] 戰國시대의 趙나라 사람. 민간에 파묻혀 살던 어진 선비. ※《史記·魏公子列傳》에 보인다. 【毛遂】: [인명] 戰國시대 趙나라 平原君의 식객. 일찍이 自薦하여 楚나라에 사절로 가서 楚로 하여금 秦을 공격하도록 설득하여 趙를 구했다. ※《史記·平原君虞卿列傳》에 보인다.

32) 獨中山之族, 不知其本所出, 子孫最爲蕃昌。 → 다만 중산의 씨족은, 그 本이 어디서 나왔는지 알지 못하니, 자손은 가장 번창했다.
【獨】: 다만, 오직. 【蕃(fán)昌】: 번성하다, 번창하다.

33)《春秋》之成, 見絶於孔子, 而非其罪。→《춘추》의 저술이, 공자에서 단절되었으나, 그것은 모영의 죄가 아니다.
※《春秋》는 魯나라의 역사를 편년체로 서술한 역사서이다. 隱公 원년(B.C.722)에서 哀公 14년

之毛無聞。[34] 穎始以俘見, 卒見任使, 秦之滅諸侯, 穎與有功, 賞不酬勞, 以老見疏, 秦眞少恩哉! [35]

解題 및 本文 要旨說明

　《毛穎傳》은 한유가 붓을 의인화하여 붓의 발명·응용 및 전파에 대해 傳記형식으로 쓴 글이다. 옛날의 붓은 토끼의 털로 만들고, 붓끝이 뾰족했기 때문에 「毛穎」이라고 불렀다.

　본문의 내용은 먼저 모영의 家系를 서술한 다음, 다시 모영이 포로가 되어 궁중에 들어와 봉사하면서 황제의 두터운 신임을 받아 中書令이란 직책에 올랐다가 늙어 쓸모 없게 되자 소원해지는 과정을 서술했다. 내용 전체가 인물에 관해 쓰면서도 사사건건 모두 붓과 관련을 짓고 있는데, 「君今不中書邪?」와 같이 모영이 늙어 소홀히 취급당하는 결말은 仕途의 浮沈에 대한 허망함과 더불어 관료들의 우매함을 풍자한 것으로, 깊은 우의를 표출하고 있으며 문장이 생동적이고 절묘하여 독자들의 마음을 이끌어내고 있다.

(B.C.481)까지 모두 12대 242년간으로 되어 있는데, 공자가 이를 권선징악의 교훈을 목적으로 윤리적 입장에서 비판 정리하였다고 한다. 《左傳·哀公》14년에 「서쪽 大野에서 사냥을 하다가 叔孫氏의 시종 子鉏商이 麒麟을 잡아, 이를 불길하다 여겨 虞人에게 주었는데, 공자가 이를 보더니 『기린이로다』라고 말하고 거두어 갔다.」라고 한 기록이 있는데, 이에 대해 晉代 杜預를 비롯한 여러 학자들의 견해는, 공자가 기린의 죽음을 보고 마음이 상해 자신의 道가 세상에 행해지지 않는 것을 한탄하며, 이때부터 《春秋》를 정리하는 일을 그만두었다고 한다.
【成】: 써서 이룸, 즉 저술을 말한다. 【見絶】: 단절되다, 끊어지다. 【其】: [지시대명사] 그, 그 사람. 여기서는 모영, 즉 붓을 가리킨다.

34) 及蒙將軍拔中山之豪, 始皇封諸管城, 世遂有名, 而姬姓之毛無聞。→ 몽염장군이 중산의 호걸을 선발하기에 이르러, 시황제가 이를 관성에 봉하자, 세상에서 마침내 이름이 알려졌으나, 희씨 성에서 나온 모씨는 듣지 못했다.
【及】: 至, ……에 이르다. 【諸】: 之於. 【姬姓之毛】: 姬씨 성에서 나온 모씨 일족.

35) 穎始以俘見, 卒見任使, 秦之滅諸侯, 穎與有功, 賞不酬勞, 以老見疏, 秦眞少恩哉! → 모영이 비로소 포로의 신분으로 (황제의) 부름을 받아, 마침내 기용되어, 진나라가 제후들을 멸할 때, 모영이 함께 참여하여 공을 세웠는데, 포상이 노고에 비해 미흡하고, 늙음으로 인해 소외당하니, 秦은 진정 은혜에 대해 인색하도다!
【始】: 비로소, 처음으로. 【俘(fú)】: 포로. 【見(xiàn)】: 부름을 받다. 알현하다. 【卒】: 마침내. 【見(jiàn)任使】: 기용되다. ※「任使」는 「임용하다, 기용하다」의 뜻이며, 「見+동사」는 피동형이다. 【與】: 함께 참여하다. 【酬(chóu)勞】: 노고에 보답하다, 노고를 갚다. 【以】: ……로 인하여. 【見疏(shū)】: 소외당하다, 소홀히 대접받다. ※「疏」의 피동형. 【少恩】: 은혜에 대해 인색하다.

붓(毛筆)의 유래

붓의 기원에 대해서는 고증이 어렵다. 商代의 점복용 뼈에 남아 있는 글씨의 필획에서 붓을 사용한 흔적이 보이고, 갑골문 중의 「聿」자가 한 손에 붓을 잡은 모양을 본뜬 것으로 보면 중국 역사상 이미 오래전에 붓을 사용했을 가능성을 짐작케 한다.

그러나 현재까지 발견된 붓은 戰國時代의 것이 가장 이르다. 전국시대의 붓은 湖南 長沙의 左家公山과 河南 信陽 長臺關의 戰國時代 楚나라 무덤에서 발견되었는데, 좌가공산의 붓은 붓대가 가는 대나무로 직경이 0.4cm, 길이가 18.5cm이며, 筆毛는 양질의 토끼털로 길이가 2.5cm이다. 제조방법은 붓대의 한 끝을 몇 가닥으로 가르고 필모를 장착한 다음 가는 실로 묶었으며, 대나무 붓두껍에 끼워 있었다.

秦代는 제조방법이 전에 비해 개선되었다. 筆毛를 둘러싼 붓대의 끝을 실로 묶지 않고, 붓대의 한 끝을 파내어 붓털을 장착하기 위한 홈을 만든 다음 붓털을 홈에 장착하는 방법이며, 붓두껍은 대나무 관의 측면 중앙부분 양쪽에 구멍을 내어 손으로 잡고 붓을 빼내기 편하도록 했다. 1975년 湖北 雲夢 睡虎地의 진시황 때 무덤에서 세 자루의 붓이 출토되었는데, 붓대의 윗부분은 약간 뾰족하고 아랫부분은 비교적 굵은 상태로, 모두 양쪽에 구멍을 낸 대나무 붓두껍에 들어 있었다.

後唐 馬縞의 《中華古今注》에는 「몽염이 처음으로 秦筆을 만들었다.(夢恬始作秦筆)」라는 말과 아울러 몽염이 붓의 재료와 제조방법을 개선, 사슴 털과 양털 두 가지의 强度가 다른 재료를 사용하여 강약이 서로 조화를 이루어 필사에 편리하도록 만들었다고 했다. 甘肅 武威 磨嘴子의 東漢 무덤에서 출토된 붓이 붓털의 중심과 중간층은 强毛를 사용하고 겉은 軟毛를 사용한 것을 보면, 이는 馬縞의 말과 부합한다. 그리고 이 붓은 붓대 끝을 약간 뾰족하게 다듬었는데 출토 당시 屍身의 머리 좌측에서 나온 것으로 미루어, 본래 죽은 사람의 머리에 꽂았던 것으로 짐작되며, 漢代의 「簪白筆」제도와 부합한다. 잠백필이란 관리들이 上奏하는데 편리하도록 먹을 묻히지 않은 붓을 비녀처럼 꽂고 다니다가 수시로 취해 쓸 수 있도록 한 휴대방법을 말한다. 따라서 앞에서 언급한 湖北 雲夢 秦筆의 윗부분이 뾰족한 것을 보면 秦代에도 이미 잠백필이 있었던 것으로 추측된다. 晉 이후에는 잠백필의 제도가 다시 성행하지 않아 붓대가 짧게 변했다. 이때는 아직 책상과 의자를 사용하지 않았기 때문에 자리에 꿇어앉아 흔히 懸腕直筆(팔을 바닥에 대지 않고 붓을 곧게 세워 운필하는 자세)로 글씨를 썼다. 唐 張鷟의 《朝野僉載》에 歐陽通이 사용하는 붓은 「필심을 이리의 털로 하고, 겉을 가을철의 토끼털로 둘러쌌다.(狸毛爲心, 覆以秋兎毫)」라고 했는데, 당시에는 安徽 宣城의 諸葛씨가 제조한 「宣筆」이 가장 유명했다. 北宋 중기 이후에는 책상과 의자의 보급이 보편화되어, 글씨 쓰는 자세나 필봉의 强度가 이전과 달라졌으며, 元代에 이르러서는 浙江 湖州(지금의 吳興)의 筆工이 嘉興 路山의 양털을 가지고 제작한 羊毫筆 혹은 兼毫筆(양털과 토끼털, 닭털, 이리털을 배합하여 만든 붓)이 점차 유행했다. 明 屠隆이 《考槃餘事》에서 「붓의 제조법은 끝이 예리하고, 가지런하고, 둥글고, 건실한 것을 4덕이라 한다.(製筆之法, 以尖・齊・圓・健爲四德)」라고 말한 것처럼, 唐代 이후의 宣筆보다 강하면서도 부드러운 「湖筆」을 선호했는데, 이후 湖州는 明淸시기 붓 제조업의 중심지가 되었다. (《중국문명사화》台北, 木鐸出版社, 1983 참조)

26

陋室銘

[唐] 劉禹錫

作者 ○

劉禹錫(772-842)은 자가 夢得, 彭城(지금의 江蘇省 徐州市)사람으로 唐 代宗 大歷
7년에 관료 집안에서 출생했다. 어려서부터 배우기를 좋아하여 문장에 능했으며,《詩》·《書》
를 비롯하여 百家를 두루 섭렵했다. 德宗 貞元 9년(793)에 진사에 급제하여 벼슬이 監察御
史·屯田員外郎에까지 올랐으나, 王叔文과의 불화로 인해 朗州司馬(朗州는 지금의 湖南
省 尙德)로 폄적되었다. 이때《竹枝詞》10여 편을 짓는 등 저술에 열중하다가, 憲宗 元和
10년(815)에 長安으로 불려왔으나《玄都觀詩》를 지어 통치자를 비난하는 바람에 다시 播
州刺史로 폄적되었다. 그후 禮部郎中·集賢殿學士·揚州刺史 등을 지내다가 武宗 會昌
2년에 71세로 세상을 떠났다.

그는 당시 유명한 시인으로 柳宗元과 우의가 깊어「劉柳」라 불릴 정도였으며, 또한 裵度·
白居易 등과 飮酒酬唱한 시가 매우 많아「詩豪」라 불리기도 했다. 그의 시풍은 통속적이고
청신하고 여유가 있으며, 比興의 수법을 빌어 배척당한 울분을 펴내고, 당시의 부패한 정치를
풍자함으로써 唐詩에서 새로운 형식을 창조했다. 또한 그의 산문은 심오한 내용을 알기 쉽게
표현하고, 간결하면서도 명쾌한 특징을 지니고 있다.

저서로《劉夢得文集》(일명《劉賓客集》이라고도 한다) 40권이 전하는데, 문장 200여 편
과 시 800여 수가 수록되어 있다.

註釋 ⟨

　　山不在高, 有仙則名。¹⁾ 水不在深, 有龍則靈。²⁾ 斯是陋室, 惟吾德馨。³⁾ 苔痕上階綠, 草色入簾青。⁴⁾ 談笑有鴻儒, 往來無白丁。⁵⁾ 可以調素琴, 閱金經。⁶⁾ 無絲竹之亂耳, 無案牘之勞形。⁷⁾ <u>南陽諸葛</u>

---

1) 山不在高, 有仙則名。➡ 산은 높지 않아도, 신선이 살고 있으면 이름이 난다.
　【不在】: ……에 달려 있지 않다. 【名】: [동사] 이름이 나다.

2) 水不在深, 有龍則靈。➡ 물은 깊지 않아도, 용이 살고 있으면 신령스러워진다.
　※ 옛 전설에 의하면 용은 물 속에서 구름을 일고 비를 내리게 할 수 있는 신령스런 동물이다.

3) 斯是陋室, 惟吾德馨。➡ 이곳은 비록 누추한 집이지만, 오직 나의 덕에서 뿜는 향기가 있어 누추하지 않다.
　【斯(sī)】: [대명사] 이곳, 즉「陋室」. 【陋(lòu)】: 남루하다, 누추하다. 【惟(wéi)】: 오직. 【德馨(dé xīn)】: 덕의 향기, 즉 고상한 도덕수양.

4) 苔痕上階綠, 草色入簾青。➡ 이끼 자국은 계단 위까지 올라와 초록빛을 띠고, 풀빛은 발 속으로 들어와 푸른 빛을 띤다.
　【苔(tái)】: 이끼. 【痕(hén)】: 흔적. 【上】: [동사] 기어오르다, ……까지 자라다. 【階(jiē)】: 계단, 층계. 【綠(lǜ)】: 초록빛을 띠다. 【簾(lián)】: 발, 커튼.

5) 談笑有鴻儒, 往來無白丁。➡ 함께 담소하는 사람들 중에는 훌륭한 선비들만 있고, 왕래하는 사람들 중에 백정은 없다.
　【鴻儒(hóng rú)】: 훌륭한 선비. 【白丁(bó dīng)】: 평민. ※《隋書 · 李敏傳》에「(隋文帝) 謂 (樂平)公主曰：『李敏何官?』對曰：『一白丁耳。』」이라 하여, 본래「공명을 이루지 못한 평민」을 뜻하지만, 여기서는「학문이 뛰어나지 않은 사람」을 가리킨다.

6) 可以調素琴, 閱金經。➡ 거문고를 타고 불경도 읽을 수 있다.
　【調(tiáo)】: (거문고 등을) 타다. 【素琴(sù qín)】: 장식을 달지 않고, 화려하지 않은 거문고. 【金經】: 佛經. ※일설에는《金剛經》이라고도 한다.

7) 無絲竹之亂耳, 無案牘之勞形。➡ 관현악기의 연주소리가 귀를 어지럽게 하는 일도 없고, 관청의 공문서가 몸을 피로하게 하는 일도 없다.
　【絲竹(sī zhú)】: 현악기와 관악기. ※《禮 · 樂記》에「金石絲竹, 樂之器。」라고 하여, 본래「현악기와 관악기」를 뜻하지만, 여기서는「음악을 연주하는 소리」를 가리킨다. 【案牘(àn dú)】: 관청의 공문서. 【勞形】: 몸을 피로하게 하다. ※「勞」: 피곤하게 하다. 「形」: 형체, 몸, 신체.

<u>廬</u>, <u>西蜀子雲亭</u>。[8] <u>孔子</u>云:「何陋之有?」[9]

解題 및 本文 要旨說明 🍂

「銘」이란 古文體의 하나로, 쓰거나 새겨서 자신의 교훈으로 삼는 글이다.《陋室銘》은《全唐文》卷608에 수록되어 있는데, 역대로 독자들의 愛好속에 傳誦되어오는 유명한 글로서, 내용은 자기의 남루한 거처에 대한 묘사와 찬미를 통해 스스로를 격려하고, 함축적으로 관료들의 비천한 작태를 비판함과 아울러 자신의 고결한 품격과 安貧樂道의 정취를 그려낸 것이다.

작자는 먼저 산과 물을 끌어들여 陋室과 대비시키고, 신선과 용을 끌어들여 도덕이 고상한 사람과 대비시킨 다음, 陋室의 그윽한 자연환경, 덕망 있는 선비들의 왕래, 거문고를 타고 독서하며 즐기는 분위기를 드러내어 陋室의 정취를 묘사하고 나서, 마지막에 孔子의 말을 인용하여 비록 陋室이라 해도 군자가 살고 있으면 누추하지 않다는 주제로 문장을 끝맺고 있다.

《陋室銘》은 비록 81자에 불과한 短文이지만 비유·배치·對句 등의 방법을 잘 운용하여 리듬이 아름답고, 音韻이 잘 조화를 이루고 있어, 보면 볼수록 읽은 맛을 더해 준다. 다만 내용중에 스스로 자신의 인격을 높이 평가하며 만족해하는 獨善과 평민을 경시하는 듯한 권위적인 성향이 나타나 있다.

---

8) 南陽諸葛廬, 西蜀子雲亭。➡ (이 陋室은) 남양 제갈량의 초가집에 비할 만하고, 서촉 양웅의 정자에 비할 만도 하다.
　【南陽】: [지명] 지금의 湖北省 襄陽縣 일대. 【諸葛(zhū gě)】: 諸葛亮. 자는 孔明이며, 삼국시대 蜀의 丞相. 【廬(lú)】: 초가집. 【西蜀(shǔ)】: [국명] 고대 국가. 지금의 四川省 일대. 【子雲】: 揚雄의 字. 양웅은 西漢시대의 문학가. 저서로《太玄經》·《揚子法言》·《揚子方言》등이 있다.

9) 孔子云:「何陋之有?」➡ 공자가 말하길 「어찌 누추함이 있겠는가?」라고 했다.
　※《論語·子罕》에 「子欲居九夷。或曰:『陋, 如之何?』子曰:『君子居之。何陋之有?』」라 했다.

吉祥의 상징 — 麒麟

　기린은 옛 사람들이 사슴을 바탕으로 상상을 가하여 창조해 낸 전설 속의 상서로운 동물이다. 이러한 기린은 보통 때는 보이지 않고 다만 태평성대가 도래하는 시기라야 비로소 출현한다고 인식되어 왔다. 「기린을 보면 크게 이롭고, 기린을 포획하면 천하가 편안하고 태평하다.(見麟大利, 獲麟則天下安泰。)」라고 하여 기린은 곧 전통적인 길상의 상징이 되었다.

　일반적으로 기린의 형상은 사슴의 몸에 외뿔이 있으며, 온 몸이 비늘로 감싸여 있고, 꼬리는 소의 모습을 닮은 꼴을 하고 있다.

　《毛詩正義》注疏에 「기린은 사슴의 몸에 말의 다리, 소의 꼬리를 하고, 누렁 색과 둥근 발굽, 그리고 외뿔에다 뿔끝에 살이 붙어 있고, 우는 소리는 音律에 잘 맞는다. (麟, 麕身, 馬足, 牛尾, 黃毛, 圓蹄, 一角, 角端有肉, 音中鍾呂。)」라 했고, 《禮記·禮運》에는 「기린, 봉황, 거북, 용(麟, 鳳, 龜, 龍)」을 「네 가지 영물(四靈)」이라 하고 그 중 기린을 「사령의 우두머리요, 백수의 으뜸(四靈之首, 百獸之先)」으로 삼았다. 기린은 성격이 양순하여 「살아있는 벌레를 밟지 않고, 살아 있는 풀을 꺾지 않으며(不履生蟲, 不折生草)」, 머리에 뿔이 있고 뿔 끝에 살이 붙어 있으며, 「무력을 겸비하고 있지만 사용하지 않는다(設武備而不用)」. 그래서 「仁獸」라 불리운다. 전설에 의하면 기린은 종자 없이 태어나고, 평상시에는 세상에 존재하지 않는데, 기린이 출현하면 聖王의 「吉兆」로 변한다. 史書의 기록에 의하면, 漢武帝는 기린을 포획하자 曆法을 개정하고 服色을 바꾸고 기린각을 건립하고 제후들에게 白金을 하사했으며, 宋 太宗이 기린을 포획했을 때에는 재상과 여러 신하들이 전각에 올라 축하했다고 전한다.

　기린은 본래 상상 속의 동물에서 출발했기 때문에 그 형상이 시대에 따라 변화한 모습을 보이기도 한다. 宋 李誠의 《營造法式》에 묘사된 기린은 몸이 예전의 사슴이나 말의 모습에서 사자, 호랑이의 모습으로 변모했고, 明淸 이후에는 간혹 머리와 꼬리가 용의 모습으로 변하는가 하면, 말발굽 모양이 간혹 발톱모양으로 변하기도 했다. 고대의 石雕物이나 土偶, 歲畵, 자수 등에는 모두 기린의 형상을 만들거나 그려 넣어 상서로운 상징으로 삼고 있다.

　晋 王嘉의 《拾遺記·周靈王》에는 孔子가 태어날 때 나타났던 길한 조짐을 그리면서 기린을 언급하고 있다. 즉, 「공자가 태어나기 전에 기린이 玉書를 공자의 출생지인 山東 曲阜 闕里의 民家에 토해 놓았는데, 그 글 중에 『수정의 자손이, 쇠망하는 주나라를 이어 소왕이 되었다.』고 했다.」 (夫子未生時, 有麟吐玉書於闕里人家, 文云: 『水精之子孫, 係衰周而素王。』)라는 문구가 있었다. 素王은 「帝王의 덕망을 지녔으나 그 자리에 있지 아니한 사람」을 뜻하는 말로, 후세의 유가들은 공자를 소왕으로 호칭했다. (《中國吉祥圖說》, 王慶豊 等, 沈陽, 遼寧大學出版社, 1990)

27

捕蛇者說

[唐] 柳宗元

作者 ○

柳宗元(773-819)은 唐代의 저명한 문학가인 동시에 철학자로 자가 子厚이며, 河東(지금의 山西省 永濟縣)사람이다. 세간에서는 그가 河東사람이라 하여 「柳河東」이라 불리웠다. 柳宗元은 德宗 貞元 9년(793) 21세 때 진사에 급제하고, 26세 때 博學宏詞科에 합격하여 集賢殿書院正字에 임명되었으며, 31세 때 監察御史로 승진했다. 順宗이 즉위한 후 劉禹錫 등과 더불어 혁신을 주장하는 王叔文 집단에 참여하여 禮部員外郎이 되었는데, 順宗이 즉위한 지 7개월 만에 퇴위하고 王叔文 또한 執政한 지 7개월여 만에 宦官과 구 관료들의 반격을 받아 물러나자 柳宗元도 이때 永州司馬로 좌천되었다. 그로부터 10년이 지난 憲宗 元和 10년(815) 柳州刺史로 옮겨왔으나 얼마 후인 元和 14년 47세의 젊은 나이로 세상을 떠나고 말았다.

柳宗元은 韓愈와 더불어 古文運動을 제창하여 世人들은 「韓柳」라 並稱했다. 그는 내용이 충실하고 형식이 생동적인 문장을 주장하고, 형식만을 추구하는 화려한 文風을 반대했다. 그는 唐宋八大家의 한 사람으로 저술이 매우 다양하고 풍부하다. 政論文으로《封建論》·《六逆論》등은 그의 진보적인 정치사상을 발휘하여 論證과 說理가 치밀하며, 寓言과 山水遊記는 창의성이 매우 돋보인다. 그는 先秦諸子의 寓言을 발전시켜 독립적인 寓言을 이루었으며, 사회를 소재로 한 내용을 풍부하게 담고 있다. 예를 들어《三戒》·《蝜蝂傳》등은 동물의 고사를 통해 겉으로는 강해 보이지만 속이 텅 비고 욕심이 많은 통치자들을 예리하게 공격·

비난하고 있고, 《永州八記》는 산수유기의 대표작으로 산수의 그윽한 자연미를 생동적으로 묘사했다. 문장이 청신하고 빼어나며 마치 詩・畵같은 정취를 담고 있는 가운데, 웅대한 포부가 아직 실현되지 못한 우울한 심경이 깊이 스며들어 있다. 이밖에 傳記散文도 매우 유명하여, 《段太尉逸事狀》・《童區寄傳》 등은 眞人眞事를 기술한 내용이 마치 살아있는 것처럼 생동적인 느낌을 주며, 《種樹郭橐駝傳》・《宋清傳》 등은 傳記文學과 寓言文學의 정신을 결합한 새로운 맛을 보여주고 있다. 전체적으로 볼 때, 유종원 산문의 풍격은 대체로 필치가 웅장하고 문구가 세련된 특징을 지니고 있다. 문집으로 《柳河東集》 四十五卷과 外集 二卷이 있다.

註釋 ☞

<u>永州之野産異蛇</u>:[1] 黑質而白章, 觸草木盡死, 以齧人, 無禦之者。[2] 然得而腊之以爲餌, 可以已大風・攣踠・瘻癘, 去死肌, 殺三蟲。[3] 其始太醫以王命聚之, 歲賦其二;[4] 募有能捕之者, 當其

---

1) 永州之野産異蛇: → 영주의 들판에는 기이한 뱀이 난다.
   【永州】: [지명] 옛 州. 지금의 湖南省 零陵縣. 산수가 매우 아름답기로 이름이 있다. 【異蛇(yì shé)】: 기이한 뱀.

2) 黑質而白章, 觸草木盡死, 以齧人, 無禦之者。 → 검은 바탕에 흰 무늬를 하고 있는데, 초목이 (뱀의 몸에) 닿으면 모두 죽어버리고, 사람을 물었다 하면 그것을 치료할 방법이 없다.
   【黑質(hè zhí)】: 흑색 바탕. ※「質」은 본 바탕 즉, 「몸체」를 말하며, 여기서는 「뱀의 몸뚱이」를 가리킨다. 【白章(bó zhāng)】: 흰색 무늬. 【觸(chù)】: 닿다, 접촉하다. 【盡(jìn)】: 모두, 다. 【以】: 已, ……했다하면. ※동작이 이미 시행되었거나 상황이 출현한 것을 표시한다. 【齧(niè)】: 물다. 【禦(yù)】: 막다, 방어하다, 감당하다. ※여기서는 「치료」를 의미한다. 【之】: [대명사] 그것, 즉「뱀의 독성」. 【者】: 것, 즉「방법」.

3) 然得而腊之以爲餌, 可以已大風・攣踠・瘻癘, 去死肌, 殺三蟲。 → 그러나 (이 뱀을) 잡아 그것을 바람에 말려 약재로 만들면, 이로써 문둥병・손과 발이 오그라드는 병・목이 붓는 병・악성 종기를 치료하고, 썩은 살을 제거하며, 몸 속의 여러 가지 기생충을 죽일 수 있다.
   【得】: 얻다, 즉「뱀을 잡다」의 뜻. 【腊(xí)】: [동사] 고기를 바람에 말리다. ※본래 「말린 고기」란 명사이나, 여기서는 동사용법으로 사용되었다. 【之】: [대명사] 그, 그것, 즉 뱀. 【以爲】: 이로써 ……을 만들다. 【餌(ěr)】: 약재. 【已】: 止. 멈추게 하다, 즉 「병을 치료하다」. 【大風】: 대풍창, 문둥병. 【攣踠(luán wǎn)】: 손과 발이 오그라드는 병. 【瘻(lòu)】: 목이 붓는 병. 【癘(lì)】: 악성 종기. 【去】: 없애다, 제거하다. 【死肌(sǐ jī)】: 썩은 살. 【三蟲(chóng)】: 사람 몸 속의 여러 가지 기생충.

4) 其始太醫以王命聚之, 歲賦其二; → 처음에는 어의가 왕명으로 이러한 뱀을 모아, 매년 두 번씩

251

租入。⁵⁾ 永之人爭奔走焉。⁶⁾

　　有<u>蔣</u>氏者, 專其利三世矣。⁷⁾ 問之, 則曰:「吾祖死於是, 吾父死於是, 今吾嗣爲之十二年, 幾死者數矣。」⁸⁾ 言之, 貌若甚慼者。⁹⁾

　　余悲之, 且曰:¹⁰⁾「若毒之乎? 余將告於涖事者, 更若役, 復若賦, 則何如?¹¹⁾」<u>蔣</u>氏大慼, 汪然出涕曰:¹²⁾「君將哀而生之乎?¹³⁾

징수했다.
【太醫】: 어의・전의. 【以】: …… 에 따라, ……에 의거하여. 【聚(jù)】: 모으다, 수집하다. 【之】: [대명사] 그것, 즉「뱀」. 【歲】: 해마다. 【賦(fù)】: 징수하다. 거두다.

5) 募有能捕之者, 當其租入。→ 뱀을 잘 잡는 사람을 모집하여, 그 사람에 대한 稅收로 간주했다.
【當(dāng)】: ……으로 삼다, 간주하다. 【租(zū)入】: 稅收.

6) 永之人爭奔走焉。→ 영주 사람들은 다투어 달려나가 뱀을 잡았다.
【永】: 永州. 【爭】: 다투다. 【奔(bēn)走】: 달려나가다. 즉「달려나가 뱀을 잡다」. 【焉(yān)】: [어조사].

7) 有蔣氏者, 專其利三世矣。→ 장씨라는 사람이 있었는데, 그 이익을 三代에 걸쳐 누리고 있다.
【專】: 누리다, 독차지하다. 【其利】: 그러한 이익, 즉「뱀을 잡아 세금을 면제받는 것」. 【三世】: 三代. 여기서는 장씨의 조부・부・본인 三代를 말한다.

8) 問之, 則曰:「吾祖死於是, 吾父死於是, 今吾嗣爲之十二年, 幾死者數矣。」→ 그 일에 대해 묻자, 장씨가 대답하여 말하길「나의 할아버지가 이 일에서 죽고, 나의 아버지도 이 일에서 죽었으며, 지금 내가 이 일을 계승하여 12년을 하는 동안, 거의 죽을 뻔 한 적이 여러 번입니다.」라고 했다.
【之】: [대명사] 그것, 즉「뱀 잡는 일」. 【是】: [대명사] 이, 이것, 즉「뱀 잡는 일」. 【嗣(sì)爲之】: 계승하여 이 일을 하다. 【幾(jī)】: 거의. 【數(shuò)】: 여러 번, 누차.

9) 言之, 貌若甚慼者。→ 말을 하면서, 모습이 마치 매우 슬퍼하는 듯했다.
【貌(mào)】: 모습, 표정. 【若(ruò)】: 마치 ……하는 듯하다. ※통상「若 …… 者」의 형태로 쓰임. 【慼(qī)】: 슬퍼하다.

10) 余悲之, 且曰: → 나는 그를 불쌍히 여겨, 또 말했다.
【悲】: 불쌍히 여기다. 【之】: [대명사] 그 사람, 즉「장씨」. 【且】: 또한, 그리고.

11) 若毒之乎? 余將告於涖事者, 更若役, 復若賦, 則何如? → 당신은 이 일을 원망하는가? 내가 곧 담당관에게 말해 당신의 노역을 바꾸어, 당신의 賦稅를 원래대로 회복시키면, 어떻겠는가?
【若】: 汝, 너, 당신. 【毒】: 원망하다. 【之】: [대명사] 그것, 즉「뱀 잡는 일」. 【乎】: [의문사] ……는가? 【將(jiāng)】: 곧, 조만간. 【涖(lì)事者】: 일을 맡아 처리하는 사람, 즉 담당관. 【更】: 바꾸다, 교체하다. 【若】: 너, 당신. 【役(yì)】: 관청에 차출되는 노역. 【復】: 회복하다, 원상복귀하다. 【賦(fù)】: 賦稅(각종 세금의 총칭).

則吾斯役之不幸，未若復吾賦不幸之甚也。[14] 嚮吾不爲斯役，則久
已病矣。[15] 自吾氏三世居是鄉，積於今六十歲矣，而鄉隣之生日
蹙。[16] 殫其地之出，竭其廬之入。[17] 號呼而轉徙，飢渴而頓踣。[18]
觸風雨，犯寒暑，呼噓毒癘，往往而死者相藉也。[19] 曩與吾祖居

---

12) 蔣氏大慼, 汪然出涕曰: ➡ 장씨가 매우 슬퍼서, 눈물을 줄줄 흘리며 말했다.
【汪(wāng)然】: 눈물을 줄줄 흘리는 모양. 【出涕(tì)】: 눈물을 흘리다.

13) 君將哀而生之乎? ➡ 선생께서 나를 불쌍히 여겨 살려 주려고 하는 것인가요?
【君】: 당신, 그대, 선생. 【將(jiāng)】: 장차……하려고 하다. 【哀】: 불쌍히 여기다. 【生】: 살려주다.

14) 則吾斯役之不幸, 未若復吾賦不幸之甚也。 ➡ 그렇다면 내가 이 일을 하는 불행은, 내가 부세를 원상회복하여 겪는 불행처럼 심하지는 않지요.
【則】: 그렇다면. 【未若】: 不如, ……같지 않다, ……보다 덜하다.

15) 嚮吾不爲斯役, 則久已病矣。 ➡ (만일) 애당초 내가 이 일을 하지 않았다면, 오래 전에 이미 고통을 견디지 못했을 것이요.
【嚮(xiàng)】: 전부터, 애당초. 【斯役(sī yì)】: 이 일, 즉 「뱀 잡는 일」. 【久已】: 이미 오래 전에. 【病】: 고통을 견디지 못하다.

16) 自吾氏三世居是鄉, 積於今六十歲矣, 而鄉隣之生日蹙。 ➡ 우리 집안 삼대가 이 고장에 살 때부터, 지금까지 계산해 보면 60년이 되었지만, 마을 이웃사람들의 생활은 날로 어려워졌어요.
【自】: ……로부터. 【是鄉】: 이 고장. ※「是」: [대명사] 此, 이, 이것. 【積(jī)於】: ……까지 합쳐 계산하다, 累計하다. 【歲】: 해, 년. 【鄉隣(xiāng lín)】: 이웃. 이웃사람. 【生】: 삶, 생활. 【蹙(cù)】: 궁핍해지다, 오그라들다, 어려워지다.

17) 殫其地之出, 竭其廬之入。 ➡ 그 땅에서 생산된 것은 다 바닥이 나고, 그 집안의 수입은 벌써 다 써버렸어요.
【殫(dān)】: 바닥나다, 다 떨어지다. 【出】: 출산, 생산. 【竭(jié)】: 다 써버리다. 【廬(lú)】: 집, 가정. 【入】: 수입.

18) 號呼而轉徙, 飢渴而頓踣。 ➡ 울부짖으며 이리저리 떠돌다가, 굶주린 끝에 길에 쓰러졌어요.
【號(háo)呼】: 울고불고 하다. 【轉徙(zhuǎn xǐ)】: 떠돌다, 이리저리 옮겨다니다. 【飢渴(jī kě)】: 굶주리다. 【頓踣(dùn bó)】: 쓰러지다.

19) 觸風雨, 犯寒暑, 呼噓毒癘, 往往而死者相藉也。 ➡ 비바람을 맞고, 추위와 더위를 무릅쓰며, 악성 전염병을 흡입하여, 왕왕 죽은 사람들이 서로 베개처럼 베고 깔리고 한 채 뒤엉켜 있어요.
【犯(fàn)】: 무릅쓰다. 【暑(shǔ)】: 더위. 【呼噓(hū xū)】: 본래 「호흡하다」라는 뜻이나, 여기서는 「들이마시다, 흡입하다」의 뜻으로 사용되었다. 【毒癘(lì)】: 악성 전염병. 【相藉(xiāng jí)】: 서로 엇갈려 베고 눕다.

者, 今其室十無一焉。[20] 與吾父居者, 今其室十無二三焉。與吾居
十二年者, 今其室十無四五焉。非死則徙爾, 而吾以捕蛇獨存。[21]
悍吏之來吾鄉, 叫囂乎東西, 隳突乎南北; 譁然而駭者, 雖雞狗不
得寧焉。[22] 吾恂恂而起, 視其缶, 而吾蛇尚存, 則弛然而臥。[23] 謹
食之, 時而獻焉。[24] 退而甘食其土之有, 以盡吾齒。[25] 蓋一歲之犯
死者二焉, 其餘則熙熙而樂, 豈若吾鄉隣之旦旦有是哉?[26] 今雖

---

20) 曩與吾祖居者, 今其室十無一焉。→ 이전에 나의 할아버지와 함께 살던 사람은, 지금 그 열 집 가
운데 한 집도 없어요.
　【曩(nǎng)】: 이전, 과거. 【與】: ……과 더불어, ……과 함께.

21) 非死則徙爾, 而吾以捕蛇獨存。→ (모두가) 죽지 않으면 이사했지만, 그러나 나는 뱀 잡는 일 때
문에 홀로 이곳에 남아 살고 있어요.
　【非……則……】: …… 아니면 …… 이다. 【徙(xǐ)】: 이사하다. 【爾(ěr)】: 耳. ……일 뿐이다.
　【以】: 因, ……로 인해, ……때문에.

22) 悍吏之來吾鄉, 叫囂乎東西, 隳突乎南北; 譁然而駭者, 雖雞狗不得寧焉。→ 흉악한 관리가
우리 마을에 와서, 여기저기서 마구 큰소리치고, 소란을 피우는데, 그처럼 떠들어대어 놀라게 하면,
비록 닭이나 개라도 편할 수가 없어요.
　【悍吏(hàn lì)】: 흉악한 관리. 【叫囂(jiào xiāo)】: 마구 큰소리치다. 【乎】: 於. ……에서. 【東西
南北】: 여기 저기. 【隳突(huī tū)】: (마구 부수며) 소란을 피우다. 【譁然(huá rán)】: 시끄럽게
떠드는 모양. 【駭(hài)】: 놀라게 하다. 【…… 者】: [어기사] …… 한다면, ……하면. ※앞 구의
마지막에 위치하여 가정을 제시하며, 때로는「若不得者, 則……」처럼 연사 若, 卽 등과 호응하여
쓴다. 【東西 ……南北】: 여기 저기. 【雖】: 비록……라 해도. 【不得】: 不能, ……할 수 없다.

23) 吾恂恂而起, 視其缶, 而吾蛇尚存, 則弛然而臥。→ 나는 조심스럽게 일어나, 그 항아리를 보고,
나의 뱀이 그대로 있으면, 안심하고 자리에 눕지요.
　【恂(xún)恂】: 조심하는 모양. 【缶(fǒu)】: 항아리, 질 그릇. 【弛(chí)然】: 안심하는 모양.

24) 謹食之, 時而獻焉。→ 조심스럽게 뱀을 길러 두었다가, 때가 되면 바치지요.
　【謹(jǐn)】: 삼가하다, 조심하다. 【食(sì)】: 飼. 사육하다, 기르다. 【之】: [대명사] 이것, 즉「뱀」.
　【時】: 때, 즉「뱀을 바치는 시기」.

25) 退而甘食其土之有, 以盡吾齒。→ (그래야만) 돌아와 그 땅에서 거둔 농작물을 맛있게 먹고, 그
렇게 함으로써 나의 수명을 다할 수가 있어요.
　【甘食】: 맛있게 먹다. 【有】: 생산되는 농작물. 【齒(chǐ)】: 나이, 수명.

26) 蓋一歲之犯死者二焉, 其餘則熙熙而樂, 豈若吾鄉隣之旦旦有是哉? → 대략 일년 중 죽음을

死於此，比吾鄕隣之死則已後矣，又安敢毒耶？」²⁷⁾

余聞而愈悲。²⁸⁾ <u>孔子曰：「苛政猛於虎也！」²⁹⁾</u> 吾嘗疑乎是，今以蔣氏觀之，尤信。³⁰⁾ 嗚呼！ 孰知賦斂之毒，有甚於是蛇者乎！³¹⁾

무릅쓰는 경우는 두 번 정도이고, 그 나머지는 유쾌하게 지내는데, 어찌 날마다 이런 일이 있는 이웃과 같겠습니까?

【蓋(gài)】: 대략. 【熙(xī)熙】: 즐거운 모양, 유쾌한 모양. 【若(ruò)】: ……과 같다. 【旦(dàn)旦】: 날마다. 【是】: [대명사] 이것. 즉「고통 당하는 일」.

27) 今雖死於此，比吾鄕隣之死則已後矣，又安敢毒耶？」➡ 지금 비록 여기에서 죽는다 해도, 우리마을 이웃 사람들의 죽음에 비하면 이미 나중의 일이니, 또 어찌 감히 원망을 하겠습니까?

【則已後矣】: 이미 나중의 일이다. 즉「이웃사람들보다 나중에 죽다」. 【安】: 어찌. 【毒】: 원망하다, 원한을 품다.

28) 余聞而愈悲。➡ 나는 그 말을 듣자 더욱 슬펐다.

【愈(yù)】: 더욱.

29) 孔子曰：「苛政猛於虎也！」➡ 공자가 말하길「혹독한 정치가 호랑이보다 더 사납도다!」라고 했다.

※《禮記·檀弓下》:「공자가 태산 옆을 지나는데, 한 부인이 묘에서 울며 슬퍼하는 것을 보고, 공자가 수레 앞의 가로막대에 의지하여 절하고 나서 子路를 시켜 그 부인에게 물었다.『당신이 우는 것을 보니, 매우 깊은 근심이 있는 듯하군요.』부인이 울고 나서 대답했다.『예, 전에 저의 할아버지가 호랑이에게 물려 죽었고, 저의 남편도 또 물려 죽었으며, 지금 저의 아들 역시 물려 죽었어요.』공자가 말했다.『어째서 이곳을 떠나지 않는가요?』부인이 대답했다.『가혹한 정치가 없으니까요.』공자가 (제자들에게) 말했다.『너희들은 알아두어라, 가혹한 정치가 호랑이보다 더욱 사납다는 것을.』(孔子過泰山側，有婦人哭於墓者而哀，夫子式而聽之。使子路問之曰：『子之哭也，壹似重有憂者。』而曰：『然，昔者吾舅死於虎，吾夫又死焉，今吾子又死焉。』夫子曰：『何爲不去也？』曰：『無苛政。』夫子曰：『小子識之，苛政猛於虎。』)

【苛(kē)政】: 가혹한 정치. 【猛(měng)於】: ……보다 사납다.

30) 吾嘗疑乎是，今以蔣氏觀之，尤信。➡ 나는 일찍이 이런 말에 대해 의심을 했지만, 지금 장씨의 경우를 보니, 더욱 믿음이 간다.

【嘗(cháng)】: 일찍이, 이전에. 【疑(yí)乎】: ……에 대해 의심하다.「乎」: 於. 【是】: [대명사] 이것, 즉「가혹한 정치가 호랑이보다 더욱 사나운 것」. 【以】: ……을 가지고, …… 을 근거로 하여. 【尤(yóu)】: 너욱.

31) 嗚呼！ 孰知賦斂之毒，有甚於是蛇者乎！➡ 아! 부세 징수의 해독이, 이 독사보다 더욱 심하다는 것을 누가 알았겠는가?

【嗚呼】: [감탄사] 아! ※슬픔을 나타내는 소리. 【孰(shú)】: 누구. 【賦斂(fù liǎn)】: 부세의 징수. 【甚於】: ……보다 심하다. 【是】: 此, 이.

故爲之說, 以俟夫觀人風者得焉。[32]

解題 및 本文 要旨說明 🠢

　《捕蛇者說》은 雜記類의 문장으로 捕蛇者(땅꾼) 蔣씨가 관료들에 의해 참혹하게 착취당하는 상황을 묘사한 것이다.

　永州지방의 蔣씨 祖 · 父 · 孫 三代는 毒蛇의 피해를 받는 매우 위험한 일을 생업으로 하고 있지만, 그 일이 오히려 다른 일에 종사하면서 혹독한 부세 부담을 견뎌야 하는 이웃의 처지에 비해 좀더 유리하다고 여겼기 때문에, 여전히 생명의 위험을 무릅쓰고 현재 하고 있는 일을 바꾸지 않으려 한다. 따라서 이 글은 작자가 捕蛇者 蔣씨의 형상을 빌어 唐代의 賦稅가 백성들에게 얼마나 가혹했는지를 보여주는 동시에, 또한 時政의 잔혹상을 우의적으로 폭로 · 비판 · 풍자한 것이다.

---

32) 故爲之說, 以俟夫觀人風者得焉。 ➡ 그래서 그래서 이 ≪說≫을 써서, 민정을 관찰하는 사람이 알게 되기를 기대한다.
　【爲(wéi)之說】：이 ≪說≫을 쓰다. 「爲」：쓰다. 「之」：此, 이. ≪說≫：≪捕蛇者說≫. 【俟(sì)】：기대하다, 바라다. 【夫】：그, 저. 【觀人風者】：民情을 살피는 사람. 「人風」：民情. ※원래 「民風」이라고 써야 하나 唐代에 李世民의 「民」자를 피해 「人」자를 사용했다.

山水遊記의 백미 - 「永州八記」

柳宗元은 唐 順宗때 王叔文이 주도하는 혁신운동에 참가했다가 순종이 퇴위하고 왕숙문이 물러나는 바람에 永貞 원년(805) 邵州刺史로 폄적당하였다가 그해 겨울에 다시 永州司馬로 폄적되어 영주에서 10년을 살았다. 그간 유종원은 산수명승을 찾아 마음을 달래며《始得西山宴遊記》, 《鈷鉧潭記》, 《鈷鉧潭西小丘記》, 《小石潭記》, 《袁家渴記》, 《石渠記》, 《石澗記》, 《小石城山記》 등 산수유기 8편을 썼는데, 이를 한데 묶어 「永州八記」라 한다. 8편의 유기는 각기 독립적인 작품이지만, 또한 각 작품이 서로 일맥상통하여 유기적인 관계를 형성하고 있다.

《始得西山宴遊記》: 「永州八記」 중 제1편으로 西山의 기이한 경관과 처음 유람할 때의 독특한 느낌을 묘사했다. 작자는 영주의 명산대천을 두루 돌아다니며 산수에서 즐거움을 체험했지만 그것은 일반적인 즐거움이었고, 진정한 유람의 즐거움은 「西山宴遊」로부터 라고 말하고 있다.

《鈷鉧潭記》: 고무담은 연못의 형상이 다리미 같다 하여 붙여진 이름이다. 본문은 짤막한 한 편의 유기로서 고무담의 풍경을 기술한 외에 고무담에 살고 있는 사람들의 말을 빌려 민간의 질고를 폭로하고 酷政을 신랄하게 질책하고 있다.

《鈷鉧潭西小丘記》: 겉으로는 고무담 서쪽 작은 언덕의 수려한 경관을 묘사했지만 실제로는 자신의 처지를 빗대어 쓴 것이다. 고무담은 본래 靈氣가 서린 곳인데 잡초와 가시덤불에 가려 사람들이 거들떠보지 않아 「唐씨의 버려진 땅」이 되어버렸다. 유종원은 주인 唐씨를 조정에 비유하고 버려진 땅을 폄적된 자신에 비유하여 나라를 위해 자신의 재능을 발휘하지 못하는 아쉬운 심정을 토로하였다.

《小石潭記》: 백여 자에 불과하지만 작은 연못의 정경을 새롭게 脫俗한 듯 그려내어 詩意를 듬뿍 담고 있다. 특히 형용사를 적절히 운용하여 묘사함으로써 더욱 운치를 자아내게 한다.

《袁家渴記》: 원가갈은 개울 이름이다. 먼저 고무담과 서산을 배경으로 원가갈을 더욱 돋보이게 하고 나서, 개울물과 山色, 수중의 모래톱, 바위 동굴, 수목, 화초를 간략하고 생동감 있게 묘사해 냈다.

《石渠記》: 작자는《袁家渴記》를 쓰고 난 다음, 이어서 袁家渴 부근의 石渠(암석으로 형성된 개울)와 石泓(암석으로 형성된 물웅덩이) 및 작은 연못의 그윽하고 아름다운 경치를 묘사하고, 아울러 작자가 石渠를 얻고 나서 보수한 과정을 서술했다.

《石澗記》: 석간은 두 산 사이의 돌 개울이다.《석간기》는 여러 가지 비유를 운용하여 석거 서북쪽 석간의 돌바닥 수면의 정황을 구체적으로 묘사하고, 작자가 그 경지에 다가가는 즐거움을 서술했다.

《小石城山記》: 「永州八記」의 마지막 편으로 먼저 소석성산의 위치와 형상 및 좋은 수목이 황량한 곳에서 튼튼히 자라는 경관 그렸다. 그러나 작자의 의도는 본래 경물의 묘사에 있지 않고, 조물주가 훌륭한 수목을 中原 땅이 아닌 황량한 곳에서 자라도록 한 것을 질책하면서 자신을 수목에 비유, 훌륭한 인재가 기용되지 못하고 황량한 지역에 폄적된 울분을 우회적으로 표현했다.

28

阿房宮賦

[唐] 杜牧

作者 ○

　杜牧(803-852)은 晚唐의 유명한 시인으로 자는 牧之이며 京兆 萬年(지금의 陝西省 西安市) 사람이다. 그는 재상을 지낸 杜佑의 孫으로 文宗 太和 원년(827)에 진사에 급제한 후 黃州·池州·陸州 등지의 刺史를 지냈으며 후에 中書舍人이 되었다. 그 후 두목은 항상 자신을 높이 평가하였으나, 주위에서 도와주는 사람이 없어 重用되지 못하고 우울한 나머지 시와 술로써 풍류를 즐기며 홀로 지냈다. 두목은 당시 李商隱·溫庭筠 등과 함께 이름을 날렸는데, 杜甫와 구별하기 위해「小杜」라고 불리웠다. 그의 咏史詩는 淸凉하고 재치가 있어 오늘날까지 독자들의 많은 사랑을 받고 있다.

　武宗 會昌 6년에 50세의 나이로 죽었으며, 저서로《樊川文集》20권이 있다.

六王畢, 四海一; 蜀山兀, 阿房出。¹⁾ 覆壓三百餘里, 隔離天日。²⁾ 驪山北構而西折, 直走咸陽。³⁾ 二川溶溶, 流入宮牆。⁴⁾ 五步一樓, 十步一閣;⁵⁾ 廊腰縵迴, 簷牙高啄;⁶⁾ 各抱地勢, 鉤心鬪角。⁷⁾

---

1) 六王畢, 四海一; 蜀山兀, 阿房出。 → 육국이 멸망하여, 천하가 통일되고, 촉산이 벌거숭이가 되어, 아방궁이 출현했다.
   【六王】: 전국시대 齊·楚·燕·韓·趙·魏 여섯 나라의 왕. 【畢(bì)】: 끝내다, 마치다. 즉, 「秦에 멸망한 것」을 가리킨다. 【四海】: 천하. 【一】: [동사] 하나로 통일되다. 【蜀】: [국명] 周代의 제후국. 지금의 四川省 成都 일대. 【兀(wù)】: 머리가 벗어지다, 민둥민둥해지다, 벌거숭이가 되다. ※蜀山은 본래 나무가 많기로 유명했으나 아방궁을 짓기 위해 나무를 잘랐기 때문에 산이 민둥민둥해진 것을 말한다. 【阿(ē)房】: 아방궁. 지금의 陝西省 長安縣 서북쪽에 위치. ※《史記》의 기록에 의하면, 진시황은 都城인 咸陽에 사람은 많고 궁실이 비좁은 것을 싫어하여 渭水의 남쪽에 새로 궁전을 지었는데 진시황 35년(B.C.212)에 착공하여 진이 망할 때까지 완공되지 못했기 때문에 정식명칭이 없고, 다만 궁전의 소재지를 당시 阿房이라 불렀기 때문에 阿房宮이라 했다.

2) 覆壓三百餘里, 隔離天日。 → (渭水 남쪽으로부터 咸陽까지) 300여 리의 땅을 덮어버리고, 하늘과 해를 가렸다.
   ※궁전이 넓고 높은 것을 형용한 것이다.
   【覆壓(fù yā)】: 覆蓋하다, 덮어버리다. ※《三輔黃圖》에「秦惠文王造阿房宮, 未成; 始皇廣其宮, 規恢(大也)三百餘里。」라 했다. 【隔離(gé lí)】: 격리시키다, 가로막다, 가리다.

3) 驪山北構而西折, 直走咸陽。 → 여산의 북쪽으로부터 축조해 나아가다 다시 서쪽으로 꺾어, 곧장 함양까지 이르렀다.
   【驪(lí)山】: [산 이름] 麗山이라고도 하며, 지금의 陝西省 臨潼縣 동남쪽에 있다. 【構(gòu)】: 축조하다. 【折(zhé)】: 꺾다, 구부리다. 【直走】: 곧장 나아가다, 곧장 ……에 이르다. 【咸陽】: [지명] 지금의 陝西省 長安縣 동쪽 20리. 秦 孝公이 처음 이곳에 도읍을 정했다.

4) 二川溶溶, 流入宮牆。 → (涇水와 渭水) 두 강이 유유히, 궁전의 담장으로 흘러 들어온다.
   【二川】: 두 강, 즉 涇水와 渭水. 모두 감숙성에서 발원한다. 【溶溶】: 물이 서서히 흐르는 모양.

5) 五步一樓, 十步一閣; → 다섯 걸음을 가면 樓臺가 하나 나오고, 열 걸음을 가면 殿閣이 하나 나온다.

6) 廊腰縵迴, 簷牙高啄; → 긴 낭하의 구부러진 허리는 마치 비단이 구비 감도는 듯하고, 이빨처럼 내민 처마 끝은 마치 새가 부리를 치켜들고 쪼아 먹는 듯하다.
   【廊腰(láng yāo)】: 낭하의 허리, 즉 낭하의 구부러진 곳. 【縵(màn)】: 무늬가 없는 비단. 【迴(huí)】: 回, 구불구불 감돌다. 【簷(yán)牙】: 처마 끝. ※처마의 끝이 이빨의 모양과 같다하여 이른 말. 【高啄(zhuó)】: (새가) 부리를 위로 향해 쪼다.

盤盤焉, 囷囷焉, 蜂房水渦, 矗不知其幾千萬落。[8] 長橋臥波, 未雲
何龍?[9] 複道行空, 不霽何虹?[10] 高低冥迷, 不知西東。[11] 歌臺暖
響, 春光融融;[12] 舞殿冷袖, 風雨凄凄。[13] 一日之內, 一宮之間, 而
氣候不齊。[14]

---

7) 各抱地勢, 鉤心鬪角。 ➡ 각기 지세를 끌어 앉고, 서로 엇갈려 뿔을 맞대고 싸우는 듯하다.
※높고 낮은 지세에 따라 지은 건축물의 구조가 서로 중심이 엇갈린 모습이 마치 뿔을 맞대고 싸우
는 듯함을 표현한 말이다.
【鉤(gōu)心】: 중심이 서로 엇갈리다. 【鬪(dòu)角】: 뿔을 맞대고 싸우다.

8) 盤盤焉, 囷囷焉, 蜂房水渦, 矗不知其幾千萬落。 ➡ 꼬불꼬불 굽은 모양, 빙글빙글 선회한 모양
이, 마치 벌집 같기도 하고 물의 소용돌이 같기도 한데, 우뚝 솟아 몇 천 몇 만 채가 되는지 알 수 없
다.
【盤(pán)盤】: 꼬불꼬불 굽은 모양. 【囷(qūn)囷】: 빙글빙글 선회한 모양. 【蜂(fēng)房】: 벌집.
【水渦(wō)】: 물의 소용돌이. 【矗(chù)】: 우뚝 솟다. 【幾千萬】: 몇 천 몇 만. 즉, 수가 많음을 과
장하여 한 말. 【落】: 居處.

9) 長橋臥波, 未雲何龍? ➡ 물위에 놓인 긴 다리는, 구름도 없이 어디서 나타난 용인가?
【長橋】: 긴 다리. ※아방궁에서 渭水를 건너 咸陽에 이르는 긴 다리. 【臥波】: 물위에 누워 있다,
즉 물위에 가로 놓여 있다.

10) 複道行空, 不霽何虹? ➡ 공중을 지나는 구름다리는, 비가 개인 뒤도 아닌데 어디서 나타난 무지
개인가?
※구름다리를 치장한 색깔이 마치 무지개와 같음을 표현한 말.
【複道】: 구름다리. ※누각과 누각 사이를 연결한 아치형의 구름다리. 【行空】: 공중을 지나가다.
【霽(jì)】: 비가 막 개인 뒤. 【虹(hóng)】: 무지개.

11) 高低冥迷, 不知西東。 ➡ 높고 낮은 혼미함 속에서, 동서를 알지 못한다.
※전각들이 높고 낮게 가득 들어서 혼미한 가운데 동서남북의 방향을 분간할 수 없음을 비유한 말.
【冥迷(míng mí)】: 혼미하다.

12) 歌臺暖響, 春光融融; ➡ 무대에서 들려오는 훈훈한 노래 소리는, 마치 포근한 봄볕과도 같다.
【暖響(nuǎn xiǎng)】: 훈훈한 노래 소리. 【融(róng)融】: 포근한 모양.

13) 舞殿冷袖, 風雨凄凄。 ➡ 궁전의 춤추는 무희들의 옷소매가 찬바람을 일으키니, 마치 비바람을 맞
은 듯 쌀쌀하다.
【舞殿】: 궁전의 춤추는 무희들. 【冷袖(xiù)】: 춤추는 소매가 찬바람을 일으키다. 【凄(qī)凄】: 차
갑다, 쌀쌀하다.

14) 一日之內, 一宮之間, 而氣候不齊。 ➡ 한 날, 한 궁궐 안이지만, 기후가 서로 다르다.
【不齊(qí)】: 다르다, 같지 않다.

妃嬪媵嬙, 王子皇孫, 辭樓下殿, 輦來於秦; 朝歌夜絃, 爲秦宮人。15) 明星熒熒, 開粧鏡也;16) 綠雲擾擾, 梳曉鬟也;17) 渭流漲膩, 棄脂水也;18) 煙斜霧橫, 焚椒蘭也;19) 雷霆乍驚, 宮車過也;20) 轆轆遠聽, 杳不知其所之也。21) 一肌一容, 盡態極妍;22) 縵立遠視,

---

15) 妃嬪媵嬙, 王子皇孫, 辭樓下殿, 輦來於秦; 朝歌夜絃, 爲秦宮人。→ (六國의) 비 · 빈 · 궁녀와, 왕자 황손은, 궁전 누각을 떠나, 수레에 실려 진나라에 와서, 아침부터 저녁까지 하루종일 노래하고 연주하며, 진나라의 궁인 노릇을 했다.
【妃嬪媵嬙(fēi pín yìng qiáng)】: 비 · 빈과 궁녀. ※옛날 제왕의 妻妾과 궁녀에 대한 통칭. 「妃」: 왕비. 王后 다음의 서열. 「嬪」: 궁중 부녀자의 관등. 「媵」: 시집갈 때 데리고 가던 몸종. 「嬙」: 궁중 부녀자의 관등. 【辭樓(cí lóu)】: 누각을 떠나다. 【下殿(diàn)】: 궁전을 내려오다. 【輦(niǎn)】: [피동법] 수레에 실리다. 【絃(xián)】: 악기의 줄. 여기서는「연주하다」의 뜻. 【爲】: ……가 되다, ……노릇을 하다.

16) 明星熒熒, 開粧鏡也; → 밝은 별처럼 반짝이는 것은, 궁녀들이 화장 거울을 열어놓은 것이다.
【熒(yíng)熒】: 반짝반짝 빛나는 모양. 【粧(zhuāng)鏡】: 화장 거울.

17) 綠雲擾擾, 梳曉鬟也; → 검은 구름이 어지럽게 움직이는 듯한 모양은, (궁중의 여인들이) 아침에 머리를 빗질하는 것이다.
【綠(lǜ)雲】: 黑雲, 검은 구름. 【擾(rǎo)擾】: 어지럽게 움직이는 모양. 【梳(shū)】: 빗질하다. 【曉(xiǎo)】: 아침. 【鬟(huán)】: 쪽진 머리.

18) 渭流漲膩, 棄脂水也; → 渭水에 물이 불어나고 미끈미끈한 기름기가 끼는 것은, (궁녀들이) 연지 씻은 세숫물을 버렸기 때문이다.
【渭流】: 渭水. 【漲(zhǎng)】: 물이 붇다, 팽창하다. 【膩(nì)】: 미끈미끈하다. 【脂(zhī)水】: 연지를 씻어낸 물.

19) 煙斜霧橫, 焚椒蘭也; → 연기가 피어오르고 안개가 널리 퍼져있는 것은, (궁중에서) 산초나무와 난초 향료를 태웠기 때문이다.
【斜】: 비스듬히 피어오르는 모습의 형용. 【橫】: 널리 퍼져있거나 깔려 있는 모습의 형용. 【焚(fén)】: 태우다. 【椒蘭(jiāo lán)】: 산초나무와 난초. ※옛날에 자주 사용하던 두 가지 향료. 산초나무는 가시가 달린 灌木으로 줄기 · 잎 · 씨 모두 향기가 있고, 난초는 난과에 딸린 香草이다.

20) 雷霆乍驚, 宮車過也; → 천둥소리처럼 갑자기 놀라게 하는 것은, 궁중의 수레가 지나가는 것이다.
【雷霆(léi tíng)】: 우레, 천둥. 【乍(zhà)】: 갑자기. 【驚(jīng)】: [사동용법] 놀라게 하다.

21) 轆轆遠聽, 杳不知其所之也。→ 덜커덩거리는 소리 멀리서 들리는데, 아득히 멀어서 어디까지 갔는지 알지 못한다.
【轆(lù)轆】: 덜커덩거리는 차의 소리. 【杳(yǎo)】: 아득히 멀다. 【之】: 往, 가다.

22) 一肌一容, 盡態極妍; → 여인들 한 사람 한 사람마다 피부와 용모는, 아름답기 이를 데 없다.
【盡態極妍(yán)】: (용모 · 자태 등이) 매우 아름답다.

261

而望幸焉, 有不得見者三十六年! ²³⁾

燕·趙之收藏, 韓·魏之經營, 齊·楚之精英, 幾世幾年, 剽掠其人, 倚疊如山;²⁴⁾ 一旦不能有, 輸來其間。²⁵⁾ 鼎鐺玉石, 金塊珠礫; 棄擲邐迤, 秦人視之, 亦不甚惜。²⁶⁾

嗟乎! 一人之心, 千萬人之心也。²⁷⁾ 秦愛紛奢, 人亦念其家。²⁸⁾

---

23) 縵立遠視, 而望幸焉, 有不得見者三十六年! ➡ (그녀들은) 오래도록 서서 멀리 바라보며, 왕의 총애를 기다리지만, 36년 동안 (황제를) 한번도 만나지 못한 사람이 있다.
   ※진시황이 36년을 재위하는 동안 한번도 만나지 못했음을 말한다.
   【縵(màn)立】: 오래도록 서있다. 【望】: 바라다, 희망하다, 기다리다. 【幸】: 왕의 총애.

24) 燕·趙之收藏, 韓·魏之經營, 齊·楚之精英, 幾世幾年, 剽掠其人, 倚疊如山; ➡ 연·조나라가 수장했던 것, 한·위나라가 관리하고 있던 것, 제·초나라의 진귀한 보화 등은, 몇 세대 몇 년 동안을, 그 백성들로부터 강탈했는지, 쌓아 보니 마치 산과 같다.
   【收藏(cáng)】: 수장한 물품. 【經營】: 관리하고 있는 물품. 【精英】: 진귀한 보화. 【幾世幾年】: 몇 世代 몇 년 동안. ※唐代에는 太宗 李世民의 이름에 있는 글자를 피해 세대를 가리키는 말로 「世」대신 「代」를 사용했다. 【剽掠(piāo lüè)】: 약탈하다, 강탈하다. 【其人】: 그 사람들, 즉「六國의 백성들」을 가리킨다. ※唐代에는 太宗 李世民의 이름에 있는 글자를 피해 백성을 가리키는 말로「民」대신「人」을 사용했다. 【倚疊(yǐ dié)】: 쌓다, 쌓이다.

25) 一旦不能有, 輸來其間。 ➡ 일단 소유할 수가 없게 되자, 모두 아방궁으로 운반해 왔다.
   【不能有】: 소유할 수 없다, 보유하지 못하다. 【其間】: 그곳, 이곳. 즉「아방궁」을 가리킨다.

26) 鼎鐺玉石, 金塊珠礫; 棄擲邐迤, 秦人視之, 亦不甚惜。 ➡ (궁중의 사람들은) 寶鼎을 보통의 쇠솥처럼 여기고 옥을 돌로 여기며, 황금을 흙덩이처럼 여기고 진주를 조약돌처럼 여겼으며, 끊임없이 아무데나 버려졌지만, 진나라 사람들이 그것을 보고도, 또한 별로 아깝게 생각하지 않았다.
   【鼎(dǐng)】: 세 다리에 두 귀가 있는 금속 주물. ※옛날에는 이로써 나라를 傳하는 귀중한 보물로 간주했다. 【鐺(chēng)】: [동사용법] 쇠솥처럼 여기다. 【石】: [동사용법] 돌처럼 여기다. 【金】: 황금. 【塊(kuài)】: [동사용법] 흙덩이처럼 여기다. ※郭璞《爾雅注》에「塊, 土塊也。」라 했다. 【珠(zhū)】: 진주. 【礫(lì)】: [동사용법] 조약돌(자갈)처럼 여기다. ※《說文》에「礫, 小石也。」라 했다. 【棄擲(qì zhì)】: 내버리다, 내던지다. 【邐迤(lǐ yǐ)】: 끊이지 않다, 계속 이어지다. 【惜(xī)】: 아깝게 여기다.

27) 嗟乎! 一人之心, 千萬人之心也。 ➡ 아! 한 사람의 마음이, 곧 천만인의 마음이라.
   ※한 사람의 마음으로부터 천만인의 마음을 알 수 있다는 뜻.
   【嗟(jiē)乎!】: [감탄사] 아!

奈何取之盡錙銖, 用之如泥沙! 29) 使負棟之柱, 多於南畝之農夫;30) 架梁之椽, 多於機上之工女;31) 釘頭磷磷, 多於在庾之粟粒;32) 瓦縫參差, 多於周身之帛縷;33) 直欄橫檻, 多於九土之城郭;34) 管絃嘔啞, 多於市人之言語。35) 使天下之人, 不敢言而敢怒。36)

---

28) 秦愛紛奢, 人亦念其家。 → 秦王이 사치를 좋아하니, 백성들도 역시 자기 가정이 그러하기를 염원했다.
【秦】: 진나라, 여기서는 진왕을 가리킨다. 【紛奢(fēn shē)】: 사치스럽다. 【念】: 염원하다, 생각하다.

29) 奈何取之盡錙銖, 用之如泥沙! → 어찌하여 착취해 갈 때는 극히 작은 것까지 남김없이 가져가며, 쓸 때는 흙이나 모래처럼 여기는가?
【奈何】: 어째서, 왜. 【盡(jìn)】: 끝까지 다하다. 【錙銖(zī zhū)】: [무게] 1錙는 6銖, 1銖는 오늘날 1량의 24분의 1. 여기서는 「극히 미세한 분량」을 가리킨다.

30) 使負棟之柱, 多於南畝之農夫; → 마룻대를 받치고 있는 기둥은, (그 수가) 밭의 농부보다도 많다.
【使】: ……하여금 ……하게 하다. 【負(fù)】: 받치다. 【棟(dòng)】: 마룻대. 【南畝(mǔ)】: 밭.
※남쪽의 양지바른 곳에 밭을 일구기 때문에 붙여진 이름.

31) 架梁之椽, 多於機上之工女; → 대들보 위에 걸친 서까래는, 베틀 위의 베 짜는 여공보다 많다.
【架(jià)】: 걸치다. 【梁(liáng)】: 대들보. 【椽(chuán)】: 서까래. 【機】: 베틀. 【工女】: 여공.

32) 釘頭磷磷, 多於在庾之粟粒; → 촘촘히 박아 놓은 못은, 곳집의 좁쌀 알보다 많다.
【釘(dīng)頭】: 못 대가리. 【磷(lìn)磷】: 촘촘한 모양. 【庾(yǔ)】: 곳집, 지붕이 없는 곡식 창고. 【粟粒(sù lì)】: 좁쌀 알.

33) 瓦縫參差, 多於周身之帛縷; → 들쑥날쑥한 기와의 이음매는, 온몸에 걸친 비단옷의 보푸라기보다도 많다.
【瓦縫(wǎ fèng)】: 기와의 이음매. 【參差(cēn cī)】: 들쑥날쑥하다, 가지런하지 못하다. 【周身】: 온몸, 전신. 【帛縷(bó lǚ)】: 비단의 보푸라기.

34) 直欄橫檻, 多於九土之城郭; → 바로서고 가로누인 난간들은, 천하의 성곽보다도 많다.
【欄(lán)】: 난간. 【檻(jiàn)】: 난간. 【九土】: 九州, 나라 전체, 천하. ※상고시대에는 전국토를 아홉 주로 나누었다.

35) 管絃嘔啞, 多於市人之言語。 → 관악기 현악기의 연주소리는, 시장 사람들의 말소리보다도 많다.
【管絃(guǎn xián)】: 관악기와 현악기. 【嘔啞(ōu yā)】: 악기에서 나는 소리. 【市人】: 시장 사람들.

36) 使天下之人, 不敢言而敢怒。 → 천하의 백성들로 하여금, 감히 말은 못하지만 분노하게 한다.

263

獨夫之心, 日益驕固。³⁷⁾ 戍卒叫, 函谷舉; 楚人一炬, 可憐焦土! ³⁸⁾

嗚呼! 滅六國者, 六國也, 非秦也; 族秦者, 秦也, 非天下也。³⁹⁾

嗟夫! 使六國各愛其人, 則足以拒秦; 秦復愛六國之人, 則遞三世, 可至萬世而爲君, 誰得而族滅也?⁴⁰⁾ 秦人不暇自哀, 而後人哀之; 後人哀之, 而不鑑之, 亦使後人而復哀後人也! ⁴¹⁾

---

37) 獨夫之心, 日益驕固。→ 폭군 진시황의 마음은, 날로 더욱 교만하고 완고해졌다.
【獨夫】: 독재자, 폭군, 즉 「진시황」을 가리킨다. 【益(yì)】: 더욱, 날로. 【驕(jiāo)】: 교만하다. 【固】: 완고하다, 고집스럽다.

38) 戍卒叫, 函谷舉; 楚人一炬, 可憐焦土! → 변방의 병사들이 봉기하자, 함곡관이 함락되고, 項羽의 불 한 줌에, 가련하게도 (아방궁이) 초토가 되었구나!
【戍(shù)卒】: 변방을 지키는 병사. ※여기서는 陳涉과 吳廣을 가리킨다. 그들은 秦末에 변방 漁陽으로 보내졌다. 【叫】: 외치다, 부르짖다. 즉 「봉기하다」. ※陳涉 등이 먼저 秦에 항거하고 일어난 것을 말한다. 【函谷】: 函谷關(지금의 河南省 靈寶縣 서남쪽). 【舉(jǔ)】: 공격을 받아 함락되다. ※이는 漢 高祖 劉邦이 函谷關을 공략하여 秦을 멸망시킨 것을 말한다. 【楚人】: 楚나라 사람. 여기서는 「項羽」를 가리킨다. 【一炬(jù)】: 한 줌의 불.

39) 嗚呼! 滅六國者, 六國也, 非秦也; 族秦者, 秦也, 非天下也。→ 아! 여섯 나라를 멸망시킨 자는 여섯 나라 자신이요 진나라가 아니며, 진나라를 멸망시킨 자는 진나라 자신이요 천하 사람들이 아니다.
【嗚呼!】: [감탄사] 아! 【族】: 멸족하다. 여기서는 「멸망시키다」의 뜻. ※「族」은 본래 고대 사회에서 한 사람이 범죄를 저지르면 부모형제와 처자까지 죽인 것을 말한다. 《正字通》에 「族, 滅國亦曰族。」라 했다.

40) 使六國各愛其人, 則足以拒秦; 秦復愛六國之人, 則遞三世可至萬世而爲君, 誰得而族滅也? → 만약 여섯 나라가 각기 자기 백성을 사랑했다면, 족히 진나라를 막을 수 있었고, 진이 다시 여섯 나라의 백성을 사랑했다면, 三世에게 전한 후 만세에 이르도록 왕이 되었을 것이니, 누가 능히 그를 멸망시킬 수 있겠는가?
【使】: 만약. 【拒(jù)】: 막다, 저항하다. 【復】: 다시. 【遞(dì)】: 전하다, 넘겨주다. 【三世】: 세 번째 임금. ※진시황이 二世에까지 왕위를 전하고 나라가 멸망했다. ※《資治通鑑·秦記》에 의하면, 진시황이 六國을 통일한 후 명을 내려 「朕爲始皇帝, 後世以計數, 二世·三世·至於萬世, 傳之無窮。」이라 했다. 【得而】: 능히 ……할 수 있다. 【族滅】: 멸망시키다.

41) 秦人不暇自哀, 而後人哀之; 後人哀之, 而不鑑之, 亦使後人而復哀後人也! → 진나라 사람이 자신을 불쌍히 여기기에는 이미 늦었고, 후세 사람이 진의 멸망을 불쌍히 여겼는데, 후인들이 그것을 불쌍히 여기면서도, 그것을 거울로 삼지 않는다면, 또한 더 후인들로 하여금 다시 이들을 불쌍히 여기게 하리라!
【不暇(xiá)】: …… 할 시간이 없다, 겨를이 없다, 이미 늦다. 【自哀】: 자신을 불쌍히 여기다. 【鑑(jiàn)】: 거울로 삼다. 【使】: ……로 하여금 ……하게 하다.

解題 및 本文 要旨說明 ▰

　賦는 시와 산문 중간에 해당하는 문체의 일종으로 典故의 사용이나 押韻 및 對偶 등을 까다롭게 따지고 사물의 묘사에 있어서 떠벌리고 과장하는 경향이 농후하다. 본문은 이러한 특징을 고루 갖춘 전형적인 작품이다.

　秦이 六國을 멸하고 천하를 통일한 후, 始皇은 포악한 정치에 지나치게 사치스런 생활을 하면서 백성을 동원하여 중국 역사상 가장 규모가 큰 阿房宮을 짓기에 이르렀다. 아방궁의 옛터는 지금의 陝西省 長安縣 서북쪽에 있다. 《史記·秦始皇本紀》에 의하면, 진시황 35년(B.C.212)에 이르러 도읍인 咸陽에 사람이 많아 궁전이 정사를 보기에 비좁게 되자, 渭水 남쪽의 上林苑에 秦朝를 상징하는 거대한 宮을 계획하고 먼저 前殿으로 아방궁을 짓도록 했다. 아방궁은 東西가 500步요 남북이 50丈으로, 위에 1만 명이 앉을 수 있고 아래에 5丈 높이의 旗를 세울 수 있을 만큼 높았는데, 北山의 돌과 蜀의 목재를 사용하여 函谷關 안에 3백 채를 짓고 밖에 4백 채를 짓도록 했다. 궁전의 구조는 곧장 남산으로 통할 수 있도록 복도를 만들고, 渭水를 건너 咸陽宮에 이를 수 있도록 架橋를 설치하였다. 그러나 宮이 완공되기 전에 秦始皇이 죽고, 二世 胡亥가 왕위를 이어받아 공사를 계속함으로써 백성의 생활이 도탄에 빠졌다. 이에 丞相 李斯가 중단할 것을 권했으나 듣지 않았고, 결국 백성의 반란이 일어나 咸陽이 項羽에게 함락되어 나라가 망하는 운명을 맞았다. 아방궁은 이때 항우가 지른 불에 3개월 동안을 타고도 불길이 꺼지지 않았다고 한다.

　杜牧은 아방궁의 웅장하고 화려함과 秦나라 사람들의 교만하고 사치스러움을 서술하고, 이를 빌어 포악한 군주는 반드시 무너지고, 또한 나라의 운명과도 관계된다는 것을 지적하면서, 당대 군주에 대한 풍자와 아울러 경각심을 고취하고 있다. 문장 전체의 묘사가 매우 생동적이고 의론이 간명할 뿐만 아니라, 愛民의 주제와도 잘 부합한다.

29 |

岳陽樓記

[宋] 范仲淹

作者 ○

　范仲淹(989-1052)은 北宋 중기의 걸출한 정치가요 문학가로 자가 希文이며 蘇州 吳縣 (지금의 江蘇省 蘇州市)사람이다. 그는 빈한한 가정의 출신으로 어려서부터 어렵게 공부하여 27세인 眞宗 大中 祥符 8년(1015)에 비로소 진사에 급제했고, 관리로 부임해서는 每事에 直言을 피하지 않았다. 그는 일찍이 兵士를 이끌고 변방을 지킨 일이 있는데, 西夏의 침입을 막고 국방을 공고히하는 데 공헌했다. 范仲淹은 宋 仁宗 慶曆 3년(1043)에 宰相인 參知政事로 발탁되자 정치의 폐단을 개혁하고 생산발전과 富國強民을 위한 이른바 「變法」을 추진해 나갔다. 그러나 그의 개혁정책은 관료들의 이해와 엇갈려 보수파의 강력한 반대와 저항에 부딪쳤다. 그 결과 慶曆 5년(1045)에 조정에서 물러나 鄧州의 地方官으로 좌천되었으며, 만년에 鄧州·杭州·靑州 등지로 옮겨다니다 徐州에서 64세의 나이로 병사했다. 范仲淹은 散文에 능했을 뿐만 아니라 詩詞에도 뛰어났으며, 비록 작품은 많지 않지만 질적으로 매우 우수하여 오래도록 傳誦되고 있다. 시호가 文正이며, 문집으로《范文正公集》이 있다.

註釋 ⊙

慶曆四年春, 滕子京謫守巴陵郡。¹⁾ 越明年, 政通人和, 百廢
俱興。²⁾ 乃重修岳陽樓, 增其舊制, 刻唐賢今人詩賦於其上。³⁾ 屬予
作文以記之。⁴⁾

予觀夫巴陵勝狀, 在洞庭一湖。⁵⁾ 銜遠山, 吞長江, 浩浩蕩蕩,

---

1) 慶曆四年春, 滕子京謫守巴陵郡。➡ 경력 4년 봄, 등자경이 폄적되어 파릉군의 태수로 부임했다.
   【慶曆四年】:「慶曆」은 宋 仁宗의 연호이며, 慶曆四年은 서기 1044년.【滕(téng)子京】: [인
   명] 성은 滕, 이름은 宗諒, 子京은 그의 자이며, 범중엄과 同年 進士이다.【謫(zhé)守】: 폄적되
   어 태수로 부임하다. ※「謫」: 폄적되다, 좌천되다.「守」: 본래「太守」라는 명사이나 본문에서는
   동사용법으로 사용되어「太守로 부임하다」라는 뜻.【巴陵郡】: [지명] 지금의 湖南省 岳陽縣.

2) 越明年, 政通人和, 百廢俱興。➡ 그 이듬해, 정사가 순탄하고 백성이 화합하자, 여러 황폐한 사
   업을 모두 다시 일으켰다.
   【越(yuè)明年】: 이듬해.【通(tōng)】: 순탄하다.【和(hé)】: 화합하다.【百廢(bó fèi)】: 여러 황
   폐한 사업.【俱(jù)】: 모두, 다.【興(xīng)】: 일으키다, 건설하다.

3) 乃重修岳陽樓, 增其舊制, 刻唐賢今人詩賦於其上。➡ 그리하여 악양루를 개수하여, 그 이전의
   규모를 확장하고, 唐代의 賢人과 오늘날 사람들의 시부를 그 위에 새겼다.
   【乃】: 그리하여.【重修(chóng xiū)】: 재건하다, 改修하다.【岳陽樓(yuè yáng lóu)】: 악양루,
   湖南省 岳陽市 西門에 세워진 3층 누각. ※洞庭湖와 君山이 내려다보이며 경치가 아름답기로
   유명하다. 본래 唐 張說이 岳州刺史를 지낼 때 지은 것을 宋代에 改修으며, 중국정부 수립이후
   복원하여 그 아래에 공원을 만들고 지금은 관광명승지로 널리 알려져 있다.【增(zēng)】: 확장하
   다, 확대하다.【制】: 모양. 여기서는 악양루의「구조·규모」를 가리킨다.【唐賢】: 唐代의 賢人.
   【其】: [대명사] 그, 그것. 즉「악양루」.

4) 屬予作文以記之。➡ 글을 지어 그 일을 기술하도록 나에게 부탁했다.
   【屬(zhǔ)】: 囑, 부탁하다.【之】: [대명사] 그것, 즉「악양루를 개수한 일」.

5) 予觀夫巴陵勝狀, 在洞庭一湖。➡ 내가 보건대 그 파릉군의 아름다운 경치는, 동정호에 집중되어
   있다.
   【夫(fú)】: 그.【勝狀(shèng zhuàng)】: 아름다운 경치.【洞庭湖】: 湖南省 북쪽의 長江(일명
   揚子江) 남안에 있는 호수. 호수의 남쪽과 서쪽은 湘江·資江·沅江·澧江의 물을 받고, 북쪽
   은 長江의 松滋·太平·藕池·調弦 입구에서 범람하는 홍수를 받아, 이 물이 岳陽에서 합류하
   여 長江으로 흘러 들어간다. 여름에 물이 불어날 때는 주위가 800리에 이른다.

6) 銜遠山, 吞長江, 浩浩蕩蕩, 橫無際涯; ➡ 먼 산을 입에 물고, 장강을 삼키고 있는데, 광대하고
   세차게 흐르는 물은, 넓이가 끝이 없다.

267

橫無際涯;⁶⁾ 朝暉夕陰, 氣象萬千。⁷⁾ 此則<u>岳陽樓</u>之大觀也, 前人之述備矣。⁸⁾ 然則北通<u>巫峽</u>, 南極<u>瀟</u>·<u>湘</u>, 遷客騷人, 多會於此, 覽物之情, 得無異乎?⁹⁾

若夫霪雨霏霏, 連月不開, 陰風怒號, 濁浪排空;¹⁰⁾ 日星隱耀, 山岳潛形;¹¹⁾ 商旅不行, 檣傾楫摧;¹²⁾ 薄暮冥冥, 虎嘯猿啼。¹³⁾ 登斯

【銜(xián)】: (입에) 물다. 【遠山】: 먼 산. ※동정호에 君山이 있는데, 마치 동정호가 입에 물고 있는 듯이 보인다. 【呑(tūn)】: 삼키다. ※長江의 물이 동정호로 흘러 들어가기 때문에 長江의 물을 삼킨다고 표현했다. 【浩浩】: 물이 광대한 모양. 【蕩(shāng)蕩】: 물이 세차게 흐르는 모양. 【橫(héng)】: 폭, 넓이. 【際涯(jì yá)】: 끝.

7) 朝暉夕陰, 氣象萬千。→ 아침에 맑았다가 저녁에 흐리며, 날씨의 변화가 무쌍하다.
【暉(huī)】: 날씨가 맑다. 【萬千】: 변화무쌍한 모양.

8) 此則岳陽樓之大觀也, 前人之述備矣。→ 이것이 바로 악양루의 볼만한 경관으로, 이전 사람들의 기록이 매우 상세하다.
【大觀(guān)】: 壯觀. 볼만한 경관. 【述(shù)】: 기록. 【備(bèi)】: 매우 상세하다.

9) 然則北通巫峽, 南極瀟·湘, 遷客騷人, 多會於此, 覽物之情, 得無異乎? → 그렇다면 북쪽은 무협까지 통하고, 남쪽은 곧장 瀟水와 湘水까지 이르러, 폄적된 관리와 실의에 빠진 시인들이, 대부분 이곳에서 만나는데, 어찌 경물을 보고 느끼는 감정이, 서로 다르지 않을 수 있겠는가?
【然則】: 그렇다면. 【巫峽(wū xiá)】: 長江 三峽중의 하나. 四川省 巫山縣에서 湖北省 巴東縣에 이르는 160리의 험준한 협곡. 【極】: [동사] 곧장 ……까지 이르다. 【瀟·湘(xiāo xiāng)】: 瀟水와 湘水. ※瀟水는 湖南省 寧遠縣 남쪽 九疑山에서 발원하여 零陵縣 서북쪽에 이르러 湘水로 들어가기 때문에 이름을 합쳐 瀟湘이라 했다. 그리고 湘水는 廣西省 興安縣 陽梅山에서 발원하여 長沙 북부를 거쳐 동정호로 들어간다. 【遷(qiān)客】: 폄적되어 가는 관리. 【騷(sāo)人】: 실의에 빠진 시인. 【覽(lǎn)物之情】: 경물을 보고 느끼는 감정. 【得無】: ……하지 않을 수 없다.

10) 若夫霪雨霏霏, 連月不開, 陰風怒號, 濁浪排空; → 장마비가 주룩주룩 내리는 그러한 때는, 몇 달 동안 개이지 않고, 싸늘한 바람이 성나서 울부짖으며, 혼탁한 파도가 하늘로 치솟는다.
【若夫】: ……같은 경우(상황)에 관해 말하자면. ※「若」: 如, 같다. 「夫」: [지시형용사] 그. ※文言文에서 문장 첫머리에 놓여 다음 말을 이끌기 위해 사용한다. 【霪(yín)雨】: 장마 비. 【霏(fēi)霏】: 비가 주룩주룩 내리는 모양. 【連月】: 몇 달 동안. 【陰(yīn)風】: 싸늘한 바람. 【怒號(nù háo)】: 성나서 울부짖다. 【排空(pái kōng)】: 하늘로 치솟다.

11) 日星隱耀, 山岳潛形; → 해와 별이 빛을 감추고, 산악이 형체를 감추어 버린다.
【隱耀(yǐn yào)】: 빛을 감추다. 【潛(qián)形】: 형체를 감추다.

12) 商旅不行, 檣傾楫摧; → 상인과 나그네가 다니지 못하고, 돛대가 기울며 노가 부러진다.
【商旅】: 상인과 나그네. 【檣(qiáng)】: 돛대. 【傾(qīng)】: 기울다. 【楫(jí)】: 노. 【摧(cuī)】: 부

樓也, 則有去國懷鄉, 憂讒畏譏, 滿目蕭然, 感極而悲者矣。[14]

至若春和景明, 波瀾不驚, 上下天光, 一碧萬頃;[15] 沙鷗翔集, 錦鱗游泳;[16] 岸芷汀蘭, 郁郁青青。[17] 而或長煙一空, 皓月千里, 浮光耀金, 靜影沈璧, 漁歌互答, 此樂何極! [18] 登斯樓也, 則有心

러지다, 꺾어지다.

13) 薄暮冥冥, 虎嘯猿啼。➡ 저녁 무렵 어둑어둑해지면, 호랑이가 소리지르고 원숭이가 슬피 운다.
【薄暮(bó mù)】: 저녁 무렵. ※「薄」: ……할 무렵, ……에 가까운. 【冥(míng)冥】: 어둑어둑한 모양. 【嘯(xiào)】: 소리지르다, 울부짖다. 【啼(tí)】: 슬피 울다.

14) 登斯樓也, 則有去國懷鄉, 憂讒畏譏, 滿目蕭然, 感極而悲者矣。➡ (이럴 때) 이 누각에 오르면, 조정에서 물러나 고향을 그리는 마음이 생기고, 참소를 당할까 근심하고 비난당할까 두려워지며, 보이는 것이 온통 외롭고 쓸쓸한 모습이라, 감정이 극에 달해 슬픔이 복받친다.
【斯(sī)】: 此, 이. 【去國】: 서울을 떠나다. ※주로 폄적되어 쫓겨가는 경우를 가리킨다. 「國」: 朝廷. 【讒(chán)】: 참소하다. 【畏(wèi)】: 두려워하다. 【譏(jī)】: 비난하다. 【滿目】: 눈에 가득 차다. 【蕭(xiāo)然】: 외롭고 쓸쓸한 모양. 【感極】: 감개가 극에 달하다.

15) 至若春和景明, 波瀾不驚, 上下天光, 一碧萬頃; ➡ 봄날 온화하고 날씨가 맑은 때로 말하면, 파도가 일지 않고, 하늘과 호수 위아래의 푸른색이 한데 어우러져, 온통 한가지 푸른빛으로 끝없이 펼쳐진다.
【至若】: 至於, ……같은 경우(상황)에 대해 말하자면. ※앞의 말을 하고 나서 화제를 바꿀 때 사용. 【和(hé)】: 온화하다. 【景明】: 일광이 선명하다. 즉「날씨가 맑다」는 뜻. 【波瀾(bō lán)】: 파도. 【驚(jīng)】: 일다. 동요하다. 【上下】: 위아래, 즉 하늘과 호수를 말한다. 【天光】: 푸른빛. 【萬頃(qǐng)】: 만경. ※「頃」은 면적의 단위로「100 畝」이며, 「萬頃」은 洞庭湖의 넓이가 매우 넓은 것을 형용한 말.

16) 沙鷗翔集, 錦鱗游泳; ➡ 모래톱 위의 갈매기들이 떼지어 날고, 비단 빛 물고기가 헤엄친다.
【鷗(ōu)】: 갈매기. 【翔(xiáng)】: 날다. 【集(jí)】: 무리를 이루다. 【錦鱗(jǐn lín)】: 비단 빛을 띤 물고기. ※「鱗」: 물고기의 총칭.

17) 岸芷汀蘭, 郁郁青青。➡ 물가 언덕의 향초는 짙은 향기를 내뿜고, 모래톱의 난초는 잎이 무성하다.
【岸(àn)】: 대안, 물가 언덕. 【芷(zhǐ)】: 香草. 【汀(tīng)】: 모래톱. 【郁(yù)郁】: 향기가 매우 짙다. 【青(jīng)青】: 菁菁, 무성하다.

18) 而或長煙一空, 皓月千里, 浮光耀金, 靜影沈璧, 漁歌互答, 此樂何極! ➡ 그리고 간혹 길다란 연기가 하늘에 한 줄의 띠를 이루고, 밝은 달이 천리를 비추는가 하면, 물위에 떠있는 달빛이 금빛을 발하고, 고요한 물속의 달 그림자가 마치 물속에 잠겨있는 푸른 옥과 같은데, 어부들이 서로 화답하며 노래하는 것을 듣노라면, 이러한 즐거움이 어찌 끝이 있으랴!

曠神怡, 寵辱偕忘, 把酒臨風, 其喜洋洋者矣。[19)]

　嗟夫! 予嘗求古仁人之心, 或異二者之爲, 何哉?[20)] 不以物喜, 不以己悲;[21)] 居廟堂之高則憂其民, 處江湖之遠則憂其君。[22)] 是進亦憂, 退亦憂, 然則何時而樂耶?[23)] 其必曰:「先天下之憂而憂, 後天下之樂而樂」乎。[24)] 噫! 微斯人, 吾誰與歸?[25)] 時六年九

【一空】: 하늘에 한 줄의 띠를 이루다. 【皓(hào)月】: 明月. 【浮(fú)光】: 물위에 떠있는 달빛. ※ 달빛이 출렁이는 물결 위에 비추어 마치 달빛이 물위에 떠있는 듯한 모습. 【耀(yào)】: 빛을 발하다, 빛나다. 【影(yǐng)】: 달 그림자. 【沈(chén)】: 沉, 가라앉다, 잠기다. 【極(jí)】: 끝, 다함.

19) 登斯樓也, 則有心曠神怡, 寵辱偕忘, 把酒臨風, 其喜洋洋者矣。→ (이럴 때) 이 누각에 오르면, 마음이 활짝 열리고 정신이 유쾌하여져서, 총애와 모욕을 다 잊게 되고, 술잔을 들어 淸風을 대하노라면, 그 기쁨이 이루 말할 수 없다.
【心曠(kuàng)】: 마음이 활짝 열리다. 【神怡(shén yí)】: 정신이 유쾌하다. 【偕(xié)】: 함께, 일괄해서. 【把】: 잡다, 들다. 【洋洋】: 충만하다, 넘치다.

20) 嗟夫! 予嘗求古仁人之心, 或異二者之爲, 何哉? → 아! 내가 일찍이 옛 어진 사람들의 마음을 살펴보니, 어떤 사람은 (앞에서 말한) 두 가지의 심정과 다른데, 어째서일까?
【嗟(jiē)夫!】: [감탄사] 아! 【求】: 탐구하다, 조사하다, 살펴보다. 【仁人】: 어진 사람, 덕망이 있는 사람. 【二者之爲】: 두 가지의 심정. 즉, 앞에서 말한 음산한 분위기와 청명한 분위기에서의 각기 다른 두 가지의 심리상태. 「爲」: 심정, 심리상태, 태도. 【何哉?】: 왜 그럴까?, 어째서일까?

21) 不以物喜, 不以己悲; → 환경이 좋음으로 인해 기뻐하지 아니하고, 자신의 처지가 곤궁함으로 인해 슬퍼하지 않는다.
※ 즉 「외재적 환경이나 자신의 처지로 인해 喜悲가 좌우되지 않는다」는 말.
【以】: 因, ……로 인해. 【物】: 외재적 환경. 【己】: 자신의 처지.

22) 居廟堂之高則憂其民, 處江湖之遠則憂其君。→ 조정에서 높은 벼슬을 지낼 때는 백성을 걱정하고, 물러나 초야에 묻혀 살면 임금을 걱정한다.
【居廟(miào)堂之高】: 묘당의 높은 곳에 거처하다. 즉, 조정에서 벼슬을 지내다. 「廟堂」: 朝廷.
【處(chǔ)江湖之遠】: 멀리 강호에 거처하다. 즉, 초야에 묻혀 살다. 「江湖」: 草野.

23) 是進亦憂, 退亦憂, 然則何時而樂耶? → 이처럼 나아가도 역시 걱정하고, 물러나도 역시 걱정하니, 그렇다면 언제 즐거울 수 있는가?
【是】: 이렇게, 이처럼. 【然則】: 그렇다면, 그러면.

24) 其必曰:「先天下之憂而憂, 後天下之樂而樂」乎。→ 그들은 반드시 「세상사람이 걱정하기에 앞서 걱정하고, 세상사람이 즐거워 한 뒤에 즐거워한다」고 말할 것이다.
【其】: [대명사] 그, 그들, 즉 「古仁人」. 【先】: ……에 앞서, ……보다 먼저. 【後】: ……한 뒤에.

月十五日。[26)]

解題 및 本文 要旨說明

《岳陽樓記》는 작자 범중엄이 재상에서 물러난 이듬해, 同年인 滕子京이 巴陵郡 知州로 폄적되어 와서 이 누각을 개수하고 범중엄에게 당시의 상황을 기술하도록 부탁하여 지은 글이다. 등자경은 범중엄과 같이 혁신을 주장했던 인물로, 원래 涇州(지금의 甘肅省 涇川縣)의 知州였으나 무고를 당해 宋 仁宗 慶曆 4년(1044) 岳州(巴陵郡, 즉 지금의 湖南省 岳陽縣)의 知州로 좌천되어 왔다. 등자경은 岳陽에 온 후, 정성을 다해 다스리며 각종 폐지되었던 제도를 복원하는데 힘써 많은 성과를 거두고 이듬해인 慶曆 5년에는 岳陽樓를 개축하기도 했다. 그럼에도 불구하고 그의 마음은 오히려 착잡할 뿐이었다. 그래서 범중엄은 이 遊記를 빌어 자기의 사상포부를 피력하는 한편 친구와 더불어 서로를 격려하였다.

《岳陽樓記》는 洞庭湖의 두 가지 다른 경관과 아울러 두 가지 경관을 대하는 나그네의 각기 다른 심정을 묘사했는데, 환경이 좋다는 것만으로 기뻐하지 아니하고, 자기가 득의하지 못함으로 인해 슬퍼하지 않으며, 세상사람이 걱정하기에 앞서 걱정하고, 세상사람이 즐거워한 뒤에 즐거워하는 옛 어진 사람들의 사상관념을 찬양하면서, 옛 어진 사람을 자신의 이상적인 化身으로 삼아 그들에 대한 숭모와 더불어 사대부로서 실의했을 때 자신에게 이처럼 요구하고 동료를 격려한다는 것이 실로 실행하기 어려운 고귀한 것임을 피력하고 있다. 이는 바로 「憂國憂民」이라는 본문의 주제를 표현한 것이다.

《岳陽樓記》는 작법상에 있어서도 남들이 생각하지 못한 작자의 독특한 점을 보여주고 있다. 첫째, 본문은 본래 작자가 친구인 등자경이 악양루를 개수한 것을 위해 쓴 글이므로 마땅히 악양루의 연혁이나 개수상황 등을 서술해야 하지만, 동정호의 경관과 나그네의 심정에 대한 묘사와 아울러 이를 빌어 자신의 포부를 펴냄으로써 서술·묘사·의론을 유기적으로 결합하는 독특한 면을 보여주고 있다. 둘째, 경물묘사와 서정묘사에 있어서 四字句를 이용한 대비수법을 많이 씀으로써 형식이 가지런하고 語勢를 강화하는 동시에 읽기에 리듬이 있는 등 문장의 표현 능력을 강화시키고 있다.

---

25) 噫! 微斯人, 吾誰與歸? ➡ 아! 이런 사람이 없다면, 나는 누구에게 의지할 것인가?
【噫(yī)】: [감탄사] 아! 【微(wēi)】: 無. 없다. 【斯人】: 이러한 사람. 즉「古仁人」.【吾誰與歸】: 吾與誰歸.「歸」: 의지하다, 좇다, 따르다.

26) 時六年九月十五日。➡ 慶曆 6년 9월 15일에.
【時】: 때, 즉 이 글을 쓴 때. 【六年】: 慶曆 6년(1046년).

30

醉翁亭記

[宋] 歐陽修

作者 ○

歐陽修(1007-1072)는 北宋시대의 文人이요 史學者로 자는 永叔, 호는 醉翁, 만년의 호를 六一居士라 했다. 吉水(지금의 江西省 吉安市)사람으로 빈한한 가정에서 태어나 4살 때 아버지를 잃은 후, 어려운 환경에서 홀어머니의 교육을 받고 자랐다. 각고의 노력 끝에 24세에 진사에 급제한 후, 궁중에서 도서를 정리하는 일에 종사하다가 여러 차례의 지방관리를 거쳐 노년에는 樞密副使·參知政事에까지 올랐다.

그는 학문에 뛰어났을 뿐만 아니라 높은 지위에 있었으므로 수많은 인재를 문하에 끌어들일 수 있었다. 그는 북송 詩文 혁신운동의 영도자로 문장의 明道·致用을 주장하며 唐代의 한유·유종원의 고문운동을 계승하여 송대의 고문운동을 성공적으로 이끌고, 북송의 문학발전에 지대한 영향을 주었는데, 이는 그가 소씨 삼부자·왕안석·증공 같은 당시의 인재들을 문하에 둘 수 있었기 때문이었다.

그는 唐宋八大家의 한 사람으로 문학에 가장 뛰어났지만, 역사에도 상당한 조예가 있었으며, 그밖에 고고학 분야에도 많은 관심을 지니고 있었다. 그래서 그의 저작을 보면, 시문집으로 《歐陽文忠集》·《六一詞》·《六一詩話》·《毛詩本義》 등이 있고, 역사서로 《新唐書》·《新五代史》가 있으며, 고고학서로 《集古錄》과 같은 거작을 남기기도 했다. 시호를 文忠이라 했다.

註釋 ⚙

　　環滁皆山也。[1] 其西南諸峯，林壑尤美。[2] 望之蔚然而深秀者，瑯琊也。[3] 山行六七里，漸聞水聲潺潺；[4] 而瀉出於兩峯之間者，釀泉也。[5] 峯回路轉，有亭翼然臨於泉上者，醉翁亭也。[6] 作亭者誰？[7] 山之僧智仙也。[8] 名之者誰？[9] 太守自謂也。[10] 太守與客來飲於此，

1）環滁皆山也。→ 저주를 둘러싸고 있는 것은 모두 산이다.
【環(huán)】: 빙 두르다, 둘러싸다. 【滁(chú)】: 滁州, 지금의 安徽省 滁縣.

2）其西南諸峯，林壑尤美。→ 그 서남쪽의 여러 봉우리는, 숲과 골짜기가 특히 아름답다.
【壑(hè)】: 산 골짜기. 【尤(yóu)】: 특히, 더욱.

3）望之蔚然而深秀者, 瑯琊也。→ 이곳을 보았을 때 초목이 무성하고 깊고 수려한 것이, 낭야산이다.
【蔚(wèi)然】: 초목이 무성한 모양. 【深秀(shēn xiù)】: 깊고 수려하다. 【瑯琊(láng yé)】: [산 이름] 滁縣 서남쪽의 10리 지점에 있는데, 東晋 元帝가 瑯琊王이 되어 이 산에 살았으므로 붙여진 이름이다.

4）山行六七里, 漸聞水聲潺潺;→ 산을 6-7리쯤 걸어 올라가면, 점차 졸졸 흐르는 물소리가 들린다.
【潺(chán)潺】: 물이 졸졸 흐르는 소리.

5）而瀉出於兩峰之間者, 釀泉也。→ 그리고 양쪽 봉우리 사이에서 빠르게 흘러나오는 것은, 양천이다.
【瀉(xiè)】: 빠르게 흐르다. 【釀(niàng)泉】: 샘물 이름. ※瑯琊山 골짜기 水源의 하나로「醴(lǐ)泉」이라고도 하며, 물이 맑아 술을 빚을 수 있어 붙여진 이름이다.

6）峯回路轉, 有亭翼然臨於泉上者, 醉翁亭也。→ 굽이 도는 봉우리를 따라 길을 돌아 가다보면, 샘물 가까이 새가 날개를 활짝 편 모양의 정자가 있는데, 그것이 바로 취옹정이다.
【翼(yì)然】: 새가 날개를 활짝 편 모양. ※취옹정의 처마지붕이 새가 날개를 펴고 나는 모습처럼 보이는 것을 형용한 말이다. 【臨(lín)於】: ……에 가까이, ……에 인접하여.

7）作亭者誰? → 정자를 세운 사람은 누구인가?
【作】: 建, 세우다, 짓다.

8）山之僧智仙也。→ 山僧 지선이다.
【智仙】: [인명] 瑯琊山 開化寺의 승려 이름. ※「智仙」의 仙자는 판본에 따라「僊」으로 쓰기도 한다.

9）名之者誰? → 이 이름을 지은 사람은 누구인가?
【名】: [동사] 이름을 짓다. 【之】: [대명사] 이것, 그것, 즉 정자.

飲少輒醉, 而年又最高, 故自號曰醉翁也。¹¹⁾ 醉翁之意不在酒, 在乎山水之間也。¹²⁾ 山水之樂, 得之心而寓之酒也。¹³⁾

若夫日出而林霏開, 雲歸而巖穴暝, 晦明變化者, 山間之朝暮也。¹⁴⁾ 野芳發而幽香, 佳木秀而繁陰, 風霜高潔, 水落而石出者, 山間之四時也。¹⁵⁾ 朝而往, 暮而歸, 四時之景不同, 而樂亦無窮

---

10) 太守自謂也。 → 태수 스스로 이름을 붙인 것이다.
   【太守】: 구양수가 살던 송대의 제도에는 郡의 태수가 州의 知州로 바뀌었으므로 太守라는 명칭은 구양수가 이전의 호칭을 답습한 것이며, 여기서는 구양수 자신을 가리킨다. 【自謂】: 스스로 이름을 붙이다. ※구양수는 자신의 別號를 가지고 정자의 이름을 지었다.

11) 太守與客來飮於此, 飮少輒醉, 而年又最高, 故自號曰醉翁也。 → 태수가 손님과 더불어 이곳에 와서, 술을 마시면 조금만 마셔도 곧 취하고, 나이 또한 가장 많아, 그래서 스스로 호를 취옹이라 했다.
   ※구양수의《贈沈遵》詩에「我時四十猶强力, 自號醉翁聊戲客。」이라 한 것을 보면, 구양수가 자신의 호를 醉翁이라 했을 때, 그의 나이는 40세에 불과했다.
   【此】: [대명사] 이곳, 즉 취옹정. 【輒(zhé)】: 곧, 걸핏하면. 【而】: 그리고. 【高】: 많다. 【故】: 그래서. 【自號曰】: 스스로 호를……라 하다.

12) 醉翁之意不在酒, 在乎山水之間也。 → 醉翁의 진정한 뜻은 술에 있지 않고, 산수에 있다.
   【意】: 진정한 뜻. ※「意」를 「흥취, 흥겨워하다」로 해석한 경우도 있다. 【在乎】: 在於, ……에 있다.

13) 山水之樂, 得之心而寓之酒也。 → 산수의 즐거움, 그것을 마음에서 얻어 술에 기탁한 것이다.
   【得之心】: 得之於心, 마음에서 얻다. 【寓(yù)之酒】: 寓之於酒, 술에 기탁하다. ※「寓(yù)」: 기탁하다.

14) 若夫日出而林霏開, 雲歸而巖穴暝, 晦明變化者, 山間之朝暮也。 → 해가 떠올라 숲 속의 안개가 활짝 걷히고, 구름이 모여들어 바위동굴 속이 컴컴해지며, 어두웠다 밝았다 변화하는 그러한 현상은, 산 속 아침저녁의 정경이다.
   【若夫】: ……과 같은 그러한, ……로 말할 것 같으면. ※文言文에서 흔히 문장 첫머리에 다음 말을 이끌기 위해 사용한다. 【霏(fēi)】: 연기·안개 등이 자욱한 모양. 【雲歸】: 구름이 모여들다. 【巖穴(yán xué)】: 바위동굴. 【暝(míng)】: 어둡다, 컴컴하다. 【晦(huì)】: 어둡다. 【朝(zhāo)】: 아침.

15) 野芳發而幽香, 佳木秀而繁陰, 風霜高潔, 水落而石出者, 山間之四時也。 → 들녘의 향초가 피어 그윽한 향기를 내뿜고, 좋은 나무가 무성하게 자라서 짙은 그늘을 이루고, 바람은 높이 불고 서리가 하얗게 내리며, 개울물이 줄어들어 돌멩이가 드러나는 것은, 산중의 사계절이다.

也。[16]

　　至於負者歌於塗, 行者休於樹, 前者呼, 後者應, 傴僂提携, 往來而不絶者, 滁人遊也。[17] 臨谿而漁, 谿深而魚肥;[18] 釀泉爲酒, 泉香而酒洌;[19] 山肴野蔌, 雜然而前陳者, 太守宴也。[20] 宴酣之樂, 非絲非竹。[21] 射者中, 奕者勝, 觥籌交錯, 起坐而諠譁者, 衆賓歡

【芳(fāng)】: 香草, 향기로운 꽃. 【發(fā)】: 피다, 피어나다. 【秀(xiù)】: 무성하게 자라다. 【繁陰 (fán yīn)】: 그늘이 짙게 들다. 【風霜(shuāng)高潔(jié)】: 風高霜潔. 바람은 높이 불고 서리는 새하얗다. 【落(luò)】: 줄어들다.

16) 朝而往, 暮而歸, 四時之景不同, 而樂亦無窮也。 ➡ 아침에 나아가고, 저녁에 돌아오고 하는데, 사계절의 경치가 각기 다르니, 즐거움 또한 끝이 없다.
　　【暮(mù)】: 저녁. 【景(jǐng)】: 경치, 경관.

17) 至於負者歌於塗, 行者休於樹, 前者呼, 後者應, 傴僂提携, 往來而不絶者, 滁人遊也。 ➡ 짐을 진 사람들이 길에서 노래하고, 행인들이 나무 밑에서 쉬고, 앞사람이 부르면, 뒷사람이 대답하고, 허리 굽은 노인과 어른 손을 잡은 아이들, 이처럼 왕래가 끊이지 않는 것으로 말하자면, 이는 저 주 사람들이 유람하는 것이다.
　　【至於】: ……으로 말하자면. ※주로 앞의 말을 하고 나서 화제를 바꿀 때 사용. 【負者】: 짐을 진 사람. 【塗(tú)】: 途, 길. 【休於】: ……에서 쉬다. 【傴僂(yǔ lóu)】: 허리가 굽고 등이 튀어나온 모양. 여기서는 「노인」을 가리킨다. 【提携(tí xī)】: 손을 잡다. 여기서는 「어른 손을 잡고 가는 아이」를 가리킨다.

18) 臨谿而漁, 谿深而魚肥; ➡ 개울에 나가 고기를 잡으니, 개울은 깊고 고기는 살쪄 있다.
　　【臨】: 이르다, 나아가다. 【谿(xī)】: 溪, 개울. 【漁(yú)】: 고기를 잡다. 【肥(féi)】: 살찌다, 통통하다.

19) 釀泉爲酒, 泉香而酒洌; ➡ 양천 물로 술을 빚으니, 샘물이 향기로워 술맛이 순수하다.
　　【爲酒】: 술을 빚다. 【洌(liè)】: 깨끗하다, 순수하다.

20) 山肴野蔌, 雜然而前陳者, 太守宴也。 ➡ 산에서 잡은 육식 요리와 들에서 나는 야채 요리가, 복잡하게 눈앞에 진열되어 있는 것은, 태수의 연회이다.
　　【山肴(yáo)】: 산에서 잡은 鳥獸로 만든 육식 요리. 「肴」: 餚, 생선이나 육류로 만든 요리. 【野蔌 (yě sù)】: 들에서 나는 채소로 만든 요리. 「蔌」: 채소요리. 【雜然】: 복잡하게 널려 있는 모양. 【陳 (chén)】: 차리다, 진열하다. 【宴(yàn)】: 연회, 회식, 파티.

21) 宴酣之樂, 非絲非竹。 ➡ 주연이 고조에 달하는 즐거움은, 음악에 있는 것이 아니다.
　　【宴酣(yàn hān)】: 주연이 고조에 달하다, 연회가 무르익다. 【非絲非竹】: 非絲竹, 음악에 있지 않다. ※「絲竹」은 본래 현악기(絲)와 관악기(竹)이나, 여기서는 곧 「음악」을 뜻한다.

也。²²⁾ 蒼顔白髮, 頹然乎其間者, 太守醉也。²³⁾

已而夕陽在山, 人影散亂, 太守歸而賓客從也。²⁴⁾ 樹林陰翳, 鳴聲上下, 遊人去而禽鳥樂也。²⁵⁾

然而禽鳥知山林之樂, 而不知人之樂;²⁶⁾ 人知從太守遊而樂, 而不知太守之樂其樂也。²⁷⁾ 醉能同其樂, 醒能述以文者, 太守也。²⁸⁾

---

22) 射者中, 奕者勝, 觥籌交錯, 起坐而諠譁者, 衆賓歡也。 ➡ 화살을 던지는 사람은 명중하고, 바둑두는 사람은 이기고, 술잔과 산가지가 어지럽게 뒤섞여 있고, 사람들이 일어섰다 앉았다 하며 왁자지껄한 것은, 여러 빈객들이 즐기는 모습이다.
【射(shè)】: 投壺. ※옛날 연회를 베풀 때 즐기던 일종의 유희로서, 병 속에 화살을 던져 넣기를 하여 이기는 사람이 지는 사람에게 벌주를 마시게 하는 놀이. 【中(zhòng)】: 맞히다, 명중하다, 즉 화살을 던져 넣다. 【奕(yì)】: 바둑을 두다. 【觥(gōng)】: 쇠뿔로 만든 술잔. 【籌(chóu)】: 산가지. ※수를 셀 때 사용하는 도구로, 여기서는 벌주 잔을 세는 것을 가리킨다. 【交錯(cuò)】: 어지럽게 뒤섞이다. 【諠譁(xuān huá)】: 떠들썩하다, 왁자지껄하다.

23) 蒼顔白髮, 頹然乎其間者, 太守醉也。 ➡ 창백한 안색과 흰 머리를 하고, 여러 사람들 가운데 쓰러져 있는 것은, 태수가 만취한 것이다.
【蒼顔(cāng yán)】: 창백한 안색. 【頹然(tuí rán)】: 술에 취해 쓰러져 있는 모양. 【乎】: 於, ……에. 【其間】: 그 곳, 즉「여러 사람들 속」.

24) 已而夕陽在山, 人影散亂, 太守歸而賓客從也。 ➡ 얼마 후 석양이 질 무렵, 사람 그림자가 어지럽게 흩어진 것은, 태수가 돌아가면서 빈객들이 그 뒤를 따르는 것이다.
【已而】: 얼마 후.

25) 樹林陰翳, 鳴聲上下, 遊人去而禽鳥樂也。 ➡ 숲 속이 어둑해지고, 나무 위아래에서 새 울음소리가 들리는 것은, 유람객이 돌아간 후 날짐승들이 즐기는 것이다.
【陰翳(yīn yì)】: 어둑하다. 【鳴(míng)聲】: 새 울음소리. 【禽(qín)鳥】: 조류, 날짐승.

26) 然而禽鳥知山林之樂, 而不知人之樂; ➡ 그러나 날짐승은 산림의 즐거움은 알지만, 사람의 즐거움을 모른다.
【然而】: 그러나.

27) 人知從太守遊而樂, 而不知太守之樂其樂也。 ➡ 사람들은 태수를 따라 노닐어 즐거운 것은 알지만, 태수가 그들의 즐거움을 즐긴다는 것은 알지 못한다.
【樂其樂】: 그들의 즐거움을 즐기다. ※앞의「樂」은 동사, 뒤의「樂」은 명사이다.

28) 醉能同其樂, 醒能述以文者, 太守也。 ➡ 취했을 때 능히 그 즐거움을 함께 할 수 있고, 깨었을 때 능히 그것을 글로써 기술할 수 있는 사람은, 바로 태수이다.
【同】: 함께 하다. 【醒(xǐng)】: (술·잠 등이) 깨다. 【述以文】: 글로써 기술하다.

太守謂誰? <u>廬陵歐陽修也</u>。[29]

解題 및 本文 要旨說明 🍵

《醉翁亭記》는 雜記類에 속하는 抒情散文으로《歐陽文忠集》에 수록되어 있다. 宋 仁宗 慶曆 5년(1045)에 구양수가 上疏를 올려 范仲淹등 개혁파를 변호하고 나서자 수구파가 그에게 죄를 씌워 滁州太守로 폄적되었는데, 평소 관대하고 온화한 정치를 펴나간 그가 慶曆 6년(1046) 滁州에서 풍작을 거두자《醉翁亭記》를 지어 자신의 감회를 서술했다.

《醉翁亭記》는 全文이 네 단락으로 나누어져 있는데, 제1단락은 취옹정의 주위환경과 命名의 유래를 썼고, 제2단락은 山間의 아침저녁과 四季節의 경치에 대해 썼으며, 제3단락은 滁州사람들의 나들이 · 태수 연회장의 배치 · 빈객들의 즐거운 분위기, 태수의 만취 모습 등 瑯琊山 놀이의 즐거움을 서술했고, 제4단락은 연회 후 사람들의 귀가 장면을 묘사했다.

《醉翁亭記》는 문장 전체를 통해 볼 때, 작자가 자기의 사상감정을 자연의 묘사와 사람들의 놀이활동 속에 잘 조화시킴으로써, 독자로 하여금 산수의 즐거움을 느끼게 함과 동시에 연회놀이의 즐거움을 맛보게 한다.

---

29) 太守謂誰? 廬陵歐陽修也。→ 태수는 누구를 이르는가? 여릉의 구양수이다.
【謂】: ……이르다, 말하다. 【廬陵(lú líng)】: [지명] 廬陵郡. 지금의 江西省 吉安市. ※구양수의 고향.

31

六國論

[宋] 蘇洵

作者 ○

蘇洵(1009-1066)은 자가 明允이며, 眉州 眉山(지금의 四川省 眉山縣) 사람으로 唐宋八大家의 한 사람이다. 그는 27세에 비로소 독서에 열중하기 시작하여 宋 仁宗 慶曆연간에 과거에 응시했으나 낙방하자 집에 돌아와 문을 걸어 잠그고 독서에만 전념하여 六經과 諸子百家에 통달했다. 嘉祐 초년 다시 京師에 있을 때, 당시 翰林學士로 있던 歐陽修가 그의 문장을 좋아하여 황제에게 보여주었는데, 많은 사대부들이 다투어 소순의 문장을 모방하고 傳誦했으며, 재상 韓琦도 그의 문장을 조정에 추천하여, 조정에서 소순을 秘書省의 校書郎에 임명하기도 했다. 그는 후에 禮書의 수정작업에 참가하고, 또《太常因革禮》100권을 지었으나, 책을 완성한 후 바로 세상을 떠났다. 소순은 그의 두 아들 蘇軾 · 蘇轍과 더불어 문장에 능하여 후인들은 이 세 사람을 일컬어 「三蘇」라 했다. 저서로《嘉祐集》이 있다.

註釋 ↻

六國破滅, 非兵不利, 戰不善, 弊在賂秦.[1] 賂秦而力虧, 破滅之道也.[2] 或曰: 「六國互喪, 率賂秦耶?」[3] 曰: 「不賂者以賂者喪, 蓋失強援, 不能獨完; 故曰, 弊在賂秦也.」[4]

秦以攻取之外, 小則獲邑, 大則得城.[5] 較秦之所得, 與戰勝而得者, 其實百倍;[6] 諸侯之所亡, 與戰敗而亡者, 其實亦百倍;[7]

---

1) 六國破滅, 非兵不利, 戰不善, 弊在賂秦. → 육국이 멸망한 것은, 무기가 예리하지 못하거나, 전쟁에 미숙해서가 아니며, 문제는 진나라에 땅을 뇌물로 바친 데 있다.
   【六國】: 전국시대의 여섯 나라, 齊·楚·燕·韓·趙·魏. 【破滅】: 멸망하다. 【兵】: 병기, 무기. 【利】: 예리하다, 날카롭다. 【弊(bì)】: 병폐, 폐단, 문제, 결함. 【賂(lù)】: 뇌물을 바치다.

2) 賂秦而力虧, 破滅之道也. → 진나라에게 (땅을 베어) 뇌물을 바치면 자신의 힘이 약화되고, 그것은 바로 (여섯 나라가) 멸망하는 길이다.
   【虧(kuī)】: 줄어들다, 즉「약화되다」.

3) 或曰: 「六國互喪, 率賂秦耶?」 → 어떤 사람이 물었다. 「여섯 나라가 서로 멸망한 것은, 모두가 진나라에게 땅을 뇌물로 바쳤기 때문인가?」
   【互喪(hù sàng)】: 서로 멸망하다. 【率(shuài)】: 모두. 【耶(yé)】: [의문사] ……인가?

4) 曰: 「不賂者以賂者喪, 蓋失強援, 不能獨完; 故曰, 弊在賂秦也.」 → 대답해 말하길「진나라에 뇌물을 바치지 않은 나라가 뇌물을 바친 나라들로 인해 망하는 것은, 대체로 강력한 도움을 잃어, 독자적으로 보전할 수 없기 때문이다. 그래서 문제가 바로 진나라에 뇌물을 바치는 데 있다고 한 것이다.」라고 했다.
   【以】: 因, ……로 인해. 【蓋(gài)】: 대체로. 【強援(qiáng yuán)】: 강력한 도움. 【完】: 보전하다.

5) 秦以攻取之外, 小則獲邑, 大則得城. → 진나라는 전쟁으로써 땅을 빼앗는 것 외에도, (제후들로부터 뇌물을 받아) 작게는 邑鎭을 얻고, 크게는 城市를 얻었다.
   【攻(gōng)】: 공격, 전쟁.

6) 較秦之所得, 與戰勝而得者, 其實百倍; → 진나라가 뇌물로 얻은 소득을, 전쟁에 승리하여 얻은 것과 비교하면, 실제로 백 배는 될 것이다.
   【較(jiào)】: 비교하다. 【與】: ……과. 【其實】: 실제로.

7) 諸侯之所亡, 與戰敗而亡者, 其實亦百倍; → (육국의) 제후들이 뇌물로 잃은 땅을, 전쟁에 패하여 잃은 땅과 비교하면, 역시 실제로 백 배는 될 것이다.
   【所】: [대명사] ……한 바. 즉「땅」을 가리킨다. 【亡】: 잃다, 상실하다. 【者】: [대명사] ……한 것. 즉「땅」을 가리킨다.

則秦之所大欲, 諸侯之所大患, 固不在戰矣。[8] 思厥先祖父, 暴霜露, 斬荊棘, 以有尺寸之地。[9] 子孫視之不甚惜, 擧以予人, 如棄草芥。[10] 今日割五城, 明日割十城, 然後得一夕安寢。[11] 起視四境, 而秦兵又至矣。[12] 然則諸侯之地有限, 暴秦之欲無厭, 奉之彌繁, 侵之愈急,[13] 故不戰而强弱勝負已判矣。[14] 至於顚覆, 理固宜然。[15]

---

8) 則秦之所大欲, 諸侯之所大患, 固不在戰矣。 ➡ 그렇다면 진나라의 가장 큰 욕심과, 제후들의 가장 큰 걱정은, 본래 전쟁에 있는 것이 아니다.
【則】: 그러면, 그렇다면. 【患(huàn)】: 우환, 걱정. 【固】: 본래부터, 근본적으로.

9) 思厥先祖父, 暴霜露, 斬荊棘, 以有尺寸之地。 ➡ 육국의 선조들을 생각해 보면, 갖은 풍상을 무릅쓰고, 가시밭길을 헤쳐가며, 이 작은 땅을 얻은 것이다.
【厥(jué)】: [대명사] 그, 그들, 즉 여섯 나라의 제후들. 【先祖父】: 선조. 【暴(pù)】: 曝, 쪼이다. 여기서는「무릅쓰다」의 뜻. 【霜露(shuāng lù)】: 풍상, 온갖 고난. 【斬荊棘(zhǎn jīng jí)】: 披荊斬棘, 가시넝쿨을 헤쳐 나가다. 즉, 어려운 난관을 극복해 나가다. ※「斬」: 베다, 자르다. 「荊棘」: 가시나무. 【以】: [연사] 而. 【尺寸之地】: 작은 땅.

10) 子孫視之不甚惜, 擧以予人, 如棄草芥。 ➡ 자손들은 그것을 별로 아깝게 보지 않고, 모두 남에게 주며, 마치 초개를 버리듯 한다.
【之】: [대명사] 그것, 즉「고난을 거쳐 얻은 땅」. 【甚】: 매우. 【惜(xī)】: 아까워하다. 【擧(jǔ)】: 온통, 모두. 【予(yǔ)】: 주다. 【棄(qì)】: 버리다. 【草芥(jiè)】: 지푸라기, 즉「하찮은 것」을 비유.

11) 今日割五城, 明日割十城, 然後得一夕安寢。 ➡ 오늘 5개 성을 쪼개어 주고, 내일 10개 성을 쪼개어 주고, 그런 다음에 하루 저녁을 편히 잔다.
【割(gē)】: 나누다, 쪼개다. 【安寢(qǐn)】: 편히 자다. 편안한 잠.

12) 起視四境, 而秦兵又至矣。 ➡ (그러나 다음날) 일어나 사방을 둘러보면, 진나라 군사가 또 진격해 들어온다.
【四境】: 사방, 이곳 저곳.

13) 然則諸侯之地有限, 暴秦之欲無厭, 奉之彌繁, 侵之愈急, ➡ 그렇다면 제후들의 땅은 한계가 있고, 포악한 진나라의 욕심은 만족이 없으니, 바치는 것이 많을수록, 침략은 더욱 심해진다.
【然則】: 그렇다면. 【厭(yàn)】: 饜, 만족하다. 【奉之】: 그들에게 바치다. ※「之」: [대명사] 그들, 즉 진나라. 【彌(mí)】: 더욱. 【繁(fán)】: 많다. 【侵之】: 그들을 침략하다. ※「之」: [대명사] 그들, 즉 六國. 【愈(yù)】: 더욱. 【急(jí)】: 심하다.

14) 故不戰而强弱勝負已判矣。 ➡ 그래서 전쟁도 하지 않고 강약과 승패가 이미 분명해진다.
【判(pàn)】: 분명해지다, 판가름나다.

15) 至於顚覆, 理固宜然。 ➡ 결국 멸망에 이르게 되는데, 이치적으로 볼 때 본래 당연히 그러한 것이다.

古人云:「以地事秦, 猶抱薪救火, 薪不盡, 火不滅。[16]」此言得之。[17]

齊人未嘗賂秦, 終繼五國遷滅, 何哉?[18] 與嬴而不助五國也。[19] 五國旣喪, 齊亦不免矣。[20] 燕·趙之君, 始有遠略, 能守其土, 義不賂秦。[21] 是故燕雖小國而後亡, 斯用兵之效也。[22] 至丹以荊卿爲計, 始速禍焉。[23] 趙嘗五戰於秦, 二敗而三勝。[24] 後秦擊趙者再,

---

【至於】: ……에 이르다. 【顚覆(diān fù)】: 뒤집히다, 멸망하다. 【宜然】: 당연히 그러하다.

16) 以地事秦, 猶抱薪救火, 薪不盡, 火不滅。 ➡ 땅을 가지고 진나라를 섬기는 것은, 마치 장작을 끌어안고 불을 끄는 것과 같아, 장작이 다 없어지지 않으면, 불이 꺼지지 않는다.
   ※이 말은《史記·魏世家》에 보인다.
   【猶(yóu)】: 마치 ……과 같다. 【抱薪救火(bào xīn jiù huǒ)】: [성어] 장작을 끌어안고 불을 끄다. 즉「재난을 없애려다 오히려 더 큰 화를 당한다」는 의미.

17) 此言得之。 ➡ 이 말은 육국이 멸망한 이치를 파악한 것이다.
   【得】: 파악하다, 이해하다. 【之】: [대명사] 그것, 즉「육국이 멸망한 이치」.

18) 齊人未嘗賂秦, 終繼五國遷滅, 何哉 ➡ 제나라 사람들은 진나라에 뇌물을 바친 적이 없는데도, 끝내 다섯 나라에 이어 멸망하고 말았는데, 어째서인가?
   【未嘗】: ……한 적이 없다. 【遷滅(qiān miè)】: 멸망하다.

19) 與嬴而不助五國也。 ➡ 진나라와 사귀며 다섯 나라를 돕지 않았기 때문이다.
   【與(yǔ)】: 사귀다, 더불다. 【嬴(yíng)】: 秦王의 성씨.

20) 五國旣喪, 齊亦不免矣。 ➡ 다섯 나라가 망해 버리니, 제나라 역시 (멸망을) 면치 못했다.
   【旣(jì)】: 이미……하다, ……한 이상.

21) 燕·趙之君, 始有遠略, 能守其土, 義不賂秦。 ➡ 연나라와 조나라의 임금은, 처음에는 원대한 책략을 가지고 있었기 때문에, 능히 그 국토를 지킬 수 있었고, 大義를 견지하며 진나라에 뇌물을 바치지 않았다.
   【遠略】: 원대한 책략.

22) 是故燕雖小國而後亡, 斯用兵之效也。 ➡ 그래서 연은 비록 작은 나라지만 뒤에 망했으니, 이는 용병의 효과였다.
   【是故】: 그래서, 그러므로. 【斯(sī)】: [대명사] 이, 이것. 【效】: 효과.

23) 至丹以荊卿爲計, 始速禍焉。 ➡ (연나라는) 태자 단에 이르러 형가를 계략으로 삼아, 비로소 화를 초래하게 되었다.
   ※《史記·刺客列傳》에 의하면, 연나라의 태자 단은 형가를 자객으로 보내 진왕을 살해하고자 계략을 썼으나 실패하여 형가는 죽임을 당하고, 연나라는 진나라의 공격을 받아 결국 멸망하고 말았다.

李牧連却之。²⁵⁾ 洎牧以讒誅, 邯鄲爲郡。²⁶⁾ 惜其用武而不終也。²⁷⁾

　　且燕·趙處秦革滅殆盡之際, 可謂智力孤危, 戰敗而亡, 誠
不得已。²⁸⁾ 向使三國各愛其地, 齊人勿附於秦, 刺客不行, 良將猶

【丹】: 燕王 喜의 태자. 【荊卿】: 荊軻. 「卿」은 존칭. ※형가는 본래 衛나라 사람으로 여러 나라를
떠돌던 중, 진에 볼모로 잡혀 있다가 탈출해 온 燕 태자 丹의 자객으로 기용되었다. 【計】: 계략, 계
책. 【速】: 초래하다, 야기하다.

24) 趙嘗五戰於秦, 二敗而三勝。→ 조나라는 일찍이 진나라를 상대로 다섯 번 전쟁을 치러, 두 번을
지고 세 번을 이겼다.
【嘗(cháng)】: 일찍이. 【於】: ……에 대해.

25) 後秦擊趙者再, 李牧連却之。→ 후에 진나라가 조나라를 공격한 것이 두 번 있었으나, 이목이 연
달아 진나라를 물리쳤다.
【再】: 두 번. 【李牧】: [인명] 조나라의 장군. 【却(què)】: 물리치다, 퇴각시키다. 【之】: [대명
사] 그, 그것. 즉 「진나라」.

26) 洎牧以讒誅, 邯鄲爲郡。→ 이목이 참소로 인해 죽임을 당하자, 한단은 (진나라의) 일개 군이 되
어 버렸다.
※B.C.229년 진나라의 장수 王翦이 조나라를 공격해 들어오자, 조나라의 장수 이목이 이에 대항
하여 싸웠다. 이때 조나라 왕이 총신 郭開의 참언을 듣고 이목을 다른 장수로 교체했다. 왕명을 거
부한 이목은 죽임을 당하고, 이듬해 왕전이 다시 조나라를 공격하여 멸함으로써 감단은 진의 일개
군으로 편입되었다.
【洎(jì)】: 及, ……에 이르러. 【以】: ……로 인해. 【讒(chán)】: 참소하다. 【誅(zhū)】: 베다, 죽
이다. 【邯鄲(hán dān)】: [지명] 趙나라의 도읍. 지금의 河北省 邯鄲縣.

27) 惜其用武而不終也。→ 애석하게도 조나라는 무력을 끝까지 다 사용하지 못했다.
【惜(xī)】: 아깝다, 애석하다. 【不終】: 다하지 못하다.

28) 且燕·趙處秦革滅殆盡之際, 可謂智力孤危, 戰敗而亡, 誠不得已。→ 또한 연·조 두 나라는
진이 다른 나라들을 거의 다 멸망시킨 시기에 처해 있었으니, 지력이 미약한 상황에서, 진과 싸워 패
망한 것은, 실로 부득이한 일이었다고 할 수 있다.
【且】: 또한, 하물며. 【處】: 놓이다, 처하다. 【革滅】: 소멸하다, 멸망시키다. 【殆(dài)】: 거의.
【際】: 때, 시기, 즈음. 【可謂】: ……라 말할 수 있다. 【智力】: 지모와 역량. 【孤危(gū wēi)】: 미
약하다. 【誠】: 실로, 확실히.

29) 向使三國各愛其地, 齊人勿附於秦, 刺客不行, 良將猶在, → 만약 (韓·魏·楚) 세 나라가 각
기 자신의 국토를 사랑하고, 제나라 사람들이 진나라에 의존하지 않고, (형가와 같은) 자객도 가지
않고, (이목과 같은) 훌륭한 장수가 아직 살아 있었다면,
【向使】: 만약. 【三國】: 韓·魏·楚 세 나라. 【勿(wù)】: 不, ……하지 않다. 【附(fù)】: 의존하

在,²⁹⁾ 則勝負之數, 存亡之理, 當與秦相較, 或未易量。³⁰⁾

嗚呼! 以賂秦之地, 封天下之謀臣, 以事秦之心, 禮天下之奇才, 幷力西嚮, 則吾恐秦人食之不得下咽也。³¹⁾ 悲夫! 有如此之勢, 而爲秦人積威之所劫, 日削月割, 以趨於亡。³²⁾ 爲國者, 無使爲積威之所劫哉! ³³⁾

夫六國與秦皆諸侯, 其勢弱於秦, 而猶有可以不賂而勝之之

다, 가까이 지내다. 【刺(cì)客】: 자객. 여기서는 「荊軻」를 가리킨다. 【良將】: 훌륭한 장수. 여기서는 「李牧」을 가리킨다. 【猶(yóu)】: 아직.

30) 則勝負之數, 存亡之理, 當與秦相較, 或未易量。 ➡ 그러면 승패의 운명이나, 존망의 이치는, 만약 진나라와 겨룬다 해도, 아마 헤아리기가 쉽지 않을 것이다.
【數(shù)】: 운명. 【當(dāng)】: 만약. 【相較】: 서로 견주다, 겨루다. 【或】: 어쩌면, 아마도. 【未易】: 쉽지 않다. 【量(liáng)】: 헤아리다, 판단하다.

31) 嗚呼! 以賂秦之地, 封天下之謀臣, 以事秦之心, 禮天下之奇才, 幷力西嚮, 則吾恐秦人食之不得下咽也。 ➡ 아! 진나라에 뇌물로 바친 땅을 가지고, 천하의 지모가 뛰어난 신하를 봉하고, 진나라를 섬기는 마음으로, 천하의 뛰어난 인재들을 예우하며, 힘을 합쳐 서쪽을 향해 진에 대항했더라면, 나는 진나라 사람들이 무엇을 먹어도 목구멍으로 넘기지 못할까 두려워했을 것이다.
【謀臣】: 책사, 지모가 뛰어난 신하. 【事】: 섬기다. 【禮】: 예우하다. 【幷力】: 힘을 합치다. 【西嚮(xiàng)】: 西向, 서쪽을 향하다. 【則】: 그러면. 【恐(kǒng)】: 두려워하다. 【食(shí)】: 먹다. 【不得】: ······하지 못하다. 【下咽(yān)】: 목구멍으로 넘기다.

32) 悲夫! 有如此之勢, 而爲秦人積威之所劫, 日削月割, 以趨於亡。 ➡ 슬프도다! 이러한 형세를, 오히려 진나라의 오랜 위세에 눌려, 날마다 자신의 힘을 줄이고 달마다 땅을 떼어줌으로써, 멸망의 길을 향해 걸었다.
【爲······所······】: [피동형태] ······에 의해 ······되다. 【積威(jī wēi)】: 오래도록 형성된 위세. 【劫(jié)】: 누르다, 위협하다. 【削(xuē)】: 깎다, 삭감하다. 【趨(qū)】: 향해 가다.

33) 爲國者, 無使爲積威之所劫哉! ➡ 나라를 다스리는 사람은, 자신을 (다른 사람의) 오랜 위세에 위협당하게 해서는 아니 되리라!
【無】: 勿, ······하지 않도록 하다. 【使】: 使(之), ······로 하여금 ······하게 하다.

34) 夫六國與秦皆諸侯, 其勢弱於秦, 而猶有可以不賂而勝之之勢; ➡ 무릇 육국은 진과 더불어 모두 제후의 나라로서, 그 세력이 진나라 보다 약하지만, 그러나 여전히 뇌물을 바치지 않고도 진나라를 이길 수 있는 힘을 가지고 있었다.
【勝之】: 진나라를 이기다. ※「之」: [대명사] 그, 그것, 즉 「진나라」. 【猶】: 여전히.

勢;[34] 苟以天下之大, 而從六國破亡之故事, 是又在六國下矣。[35]

解題 및 本文 要旨說明 🍢

　北宋은 건국 초기부터 줄곧 文弱한 상황에 처하여 대외적으로 「斥地與敵, 守內虛外」의 정책을 펴 나갔다. 소순이 살았던 당시에도 宋은 매년 遼에 은 20만 량과 비단 30만 필을 바치고, 西夏에 은 7만 량과 비단 15만 필 및 차 3만 근을 바쳤다. 당시 지식인들은 조정의 이러한 상황이 개혁되지 않는다면 나라의 평온한 국면이 오래가지 않을 것이라 우려했다. 그래서 소순은 이 글을 통해 적에게 땅을 바쳐 평온을 구하려 한다면 그것은 다만 적의 힘을 증강시킬 뿐 국가의 장래에 이로울 게 없다는 점을 지적했다.

　본문은 모두 5단락으로 나누어져 있다. 첫째 단락에서는 먼저 본문의 중심 논점인 六國의 멸망이 秦에 대한 뇌물공여에서 기인했다고 보아, 秦에 뇌물을 바치지 않은 나라 역시 뇌물을 바친 나라로 인해 함께 망한다는 논지를 제기했고, 둘째 단락에서는 秦과 六國의 입장에서 양자를 대비하면서, 제후들이 秦에 토지를 바치면 필연적으로 자멸을 초래하게 된다는 이치를 설명했으며, 셋째 단락에서는 六國의 관계로부터 秦에 뇌물을 바치지 않은 나라까지 함께 멸망하게 되는 이치를 설명했고, 넷째 단락에서는 六國이 秦에 저항할 수 있는 매우 양호한 조건을 지니고 있었음에도, 끝내 秦의 위압에 눌려 쓰러진 것이 하나의 중대한 교훈임을 지적하였으며, 다섯째 단락에서는 北宋이 적에게 공물을 바쳐 평온을 얻고자 한다면 이는 六國이 멸망한 전철을 다시 밟는 것과 같다는 것을 경고하였다.

---

35) 苟以天下之大, 而從六國破亡之故事, 是又在六國下矣。 ➜ 만약 천하의 대국으로서, 육국이 패망한 전례를 따른다면, 이는 다시 육국의 아래에 처하게 되는 것이다.
【苟(gǒu)】: 만약. 【從】: 따르다, 밟다. 【故事】: 전례, 옛 일. 【是】: 이, 이것.

秦始皇 일대기

秦始皇(B.C.259~B.C.210)의 성은 嬴, 이름은 政이며 秦 莊襄王의 아들로 37년간 재위했다. 그는 즉위할 때 이미 몇 대에 걸쳐 내려온 위세를 업고 있었기 때문에 튼튼한 기반을 가지고 있었다.

진시황은 즉위 후 李斯를 재상으로 기용하고, 이사는 진시황에게 遠交近攻의 계책을 채택하도록 했다. 당시 韓, 魏, 趙, 燕은 秦과 이웃하거나 비교적 가깝고, 齊, 楚는 멀리 떨어져 있었으며 국세도 강성했다. 그래서 진은 齊에 사신을 파견하여 兄弟之國의 관계를 맺고 秦를 西帝, 齊를 東帝라 칭하는 한편, 또 楚와도 兄弟之國의 동맹을 맺어 우호관계를 다졌다. 그 후 秦은 출병하여 먼저 韓을 멸하고 다시 趙와 魏를 멸했다. 이때 韓, 魏, 趙가 멸망한 것을 본 燕은 크게 두려워하여 자객 荊軻를 보내 진왕을 살해하려고 했으나 형가의 실패로 결국 秦에게 멸망하고 말았다. 이렇게 네 나라를 병합한 秦은 그 여세를 몰아 楚를 멸하더니, 이어 마지막으로 齊를 멸함으로써 마침내 六國統一의 대업을 완수했다.

진시황은 전국을 통일하자 본래 왕이 죽은 후 신하들이 붙여주는 「皇帝」의 시호를 폐지, 자신을 「始皇帝」라 칭하고, 자신의 대를 이어 二世, 三世……의 칭호를 사용하도록 했다. 당시 周나라에서 시행했던 봉건제도는 진시황은 周왕조가 각 지방의 정권을 봉건 제후들이 장악토록 하여 천자의 위엄이 손상되고, 제후의 자손들이 세습하며 천자보다도 강해지는 폐단을 낳고 있었다. 이에 진시황은 봉건제도를 폐지, 전국을 36郡으로 나누고 郡 밑에 縣을 두는 이른바 郡縣제도를 실시하여 중앙집권을 강화함으로써 중국정치사상 일대 개혁을 단행했다.

진시황은 또 각지에서 보내오는 공문서가 文字의 차이로 인해 불편함을 느끼자 이사에게 명하여 小篆體를 만들어 문자를 통일하기도 했다.

이밖에도 진시황은 왕업을 보전하기 위해 화근을 방지할 수 있는 몇 가지 조치를 단행했다. 병란의 근원이 되는 병기를 모두 거두어 12개의 金人을 주조한 후 장식품으로 궁중에 두고 백성들이 병기를 소지하지 못하도록 법으로 엄히 다스렸으며, 반란의 근원을 지식이라 여겨 모든 서적을 모아 불태우는 동시에 옛 일을 들어 정치를 비판하는 유학자들을 대역죄로 간주하여 생매장하는 이른바 「焚書坑儒」를 자행하는가 하면, 나라밖 북방의 匈奴族이 항상 마음에 걸려 萬里長城을 쌓고 蒙恬장군에게 병력 30만을 주어 장성을 지키도록 했다.

내우외환의 걱정이 사라진 진시황은 존귀한 천자로서 오래도록 영화를 누리고 싶은 생각에 사방 300여 리에 달하는 阿房宮을 지어 육국에서 얻은 무희들과 진귀한 보석들을 궁내에 두고 즐겼다. 진시황은 이제 기껏해야 100세에 불과한 짧은 인생이 안타까웠다. 이러한 상황에서 자연스럽게 方士들이 출현했다. 徐市라는 도사는 진시황에게 長生不老의 방법을 구해 오겠다는 구실로 童男童女 수천 명과 풍부한 양식을 얻어 바다로 나가 섬 하나를 찾아 마음껏 향락을 즐기며 살았고, 盧生이란 도사는 깊은 산에 들어가 不死藥을 구해 오겠다고 했으나 종래 돌아오지 않았다. 진시황은 이처럼 몇 번을 속고나서도 끝내 미련을 버리지 못하고, 어느 날 몸소 신선을 찾아 나섰다가 沙丘라는 곳에 이르러 길에서 죽었다. 이때 진시황의 나이 불과 오십 세였다.

32

愛蓮說

[宋] 周敦頤

作者 ○

周敦頤(1017-1073)는 宋代 理學의 창시자이자 저명한 철학자로 자는 茂叔이며, 北宋 道州 營道(지금의 湖南省 道縣) 사람이다. 宋 眞宗 天禧 元年에 태어나 神宗 熙寧 6년에 57세의 나이로 죽었다. 그가 대대로 道縣 濂溪에 살아왔고, 만년에 또 廬山 蓬花峰 아래에 濂溪書堂을 지어 글을 가르쳤기 때문에 세간에서는 그를 「濂溪先生」이라 불렀다. 宋의 유명한 理學者인 「二程」(程顥·程頤 형제)은 모두 그의 제자이다. 저서로《太極圖說》·《通書》가 있는데, 후에 그의 후손이 두 책을 다른 遺稿와 합쳐《周元公集》을 간행하였다.

註釋 ○

水陸草木之花, 可愛者甚蕃。¹⁾ 晉陶淵明獨愛菊。²⁾ 自李唐來,

---

1) 水陸草木之花, 可愛者甚蕃。→ 물위나 땅에서 자라는 초목의 꽃 중에는 사랑스러운 것이 매우 많다.
   【可愛】: 사랑스럽다, 귀엽다. 【甚】: 퍽, 매우. 【蕃(fán)】: 많다.
2) 晉陶淵明獨愛菊。→ 晉의 도연명은 유독 국화를 좋아했다.
   【陶淵明(táo yuān míng)】: 陶潛. 東晉의 저명한 전원시인. 淵明은 그의 자이다. ※陶淵明은

世人甚愛牡丹。³⁾ 予獨愛蓮之出淤泥而不染, 濯清漣而不妖。⁴⁾ 中通外直, 不蔓不枝;⁵⁾ 香遠益清, 亭亭淨植, 可遠觀而不可褻翫焉。⁶⁾

　　予謂: 菊, 花之隱逸者也; 牡丹, 花之富貴者也; 蓮, 花之君子者也。⁷⁾ 噫! 菊之愛, 陶後鮮有聞。⁸⁾ 蓮之愛, 同予者何人?⁹⁾ 牡

국화를 매우 좋아하여 그의 시에 국화가 많이 보인다. 그의《飮酒詩》에 나오는 「采菊東籬下, 悠然見南山。」은 독자들이 매우 좋아하는 詩句이다. 【獨】: 유독, 오직.

3) 自李唐來, 世人甚愛牡丹。➡ 唐代 이래로 사람들은 목단을 매우 좋아했다.
【自……來】: ……이래로, ……로부터. 【李唐】: 唐代. ※高祖 李淵이 唐을 세웠기 때문에 「李唐」이라 칭한다. 【牡丹(mù dān)】: 목단, 모란.

4) 予獨愛蓮之出淤泥而不染, 濯清漣而不妖。➡ 나는 유독 연꽃이 더러운 진흙에서 자라 나와도 때 묻지 않고, 맑은 물결에 씻겨도 요염하지 않은 것을 좋아한다.
【獨】: 유독, 오직. 【淤泥(yū ní)】: 물밑의 더러운 진흙. 【染(rǎn)】: 때가 묻다. 【濯(zhuó)】: [피동용법] 씻기다, 세척되다. 【清漣(lián)】: 맑은 물결. 【妖(yāo)】: 요염하다.

5) 中通外直, 不蔓不枝; ➡ 줄기 속은 통하고 외형은 곧으며, 덩굴을 뻗지도 않고 가지를 치지도 않는다.
【中(zhōng)】: 속. 【蔓(màn)】: 덩굴을 뻗다. 【枝(zhī)】: 가지를 치다.

6) 香遠益清, 亭亭淨植, 可遠觀而不可褻翫焉。➡ 향기는 멀수록 더욱 청아하고, (물 가운데) 우뚝 하니 깨끗한 모습으로 곧게 서 있어, 멀리서 볼 수는 있어도 가까이서 함부로 다룰 수는 없다.
【益】: ……할수록 더, 더욱. 【清】: 맑다, 청아하다. 【亭亭】: 우뚝 솟은 모양. ※【淨植(jìng zhí)】: 깨끗한 모습으로 곧게 서다. 【植(zhí)】: 곧게 서다. 【褻翫(xiè wán)】: 가까이에서 함부로 다루다. 【焉(yān)】: [어조사].

7) 予謂:「菊, 花之隱逸者也; 牡丹, 花之富貴者也; 蓮, 花之君子者也。」➡ 나는 「국화는 꽃 중의 은사요, 모란은 꽃 중의 부귀한 자요, 연꽃은 꽃 중의 군자이다.」라고 말한다.
【隱逸者(yǐn yì zhě)】: 隱士, 隱居하는 사람. ※봉건사회에는 혼탁한 정치를 피해 산이나 전원에 은거하면서 자신의 고결함을 지키는 사람이 많았다. 국화가 많은 꽃들이 시든 계절에 홀로 그윽한 향기를 내뿜고 있어, 흔히 「꽃 중의 은사」라 부른다.

8) 噫! 菊之愛, 陶後鮮有聞。➡ 아! 국화에 대한 사랑은, 도연명 이후 별로 듣지 못했다.
【噫(yī)】: [감탄사] 아!, 오! 【鮮(xiǎn)】: 드물다.

9) 蓮之愛, 同予者何人? ➡ 연꽃에 대한 사랑은, 나와 같은 사람이 누가 있겠는가?
【同予者】: 나와 같은 사람.

丹之愛, 宜乎衆矣。[10]

解題 및 本文 要旨說明 🔊

　《愛蓮說》은 宋 仁宗 연간 작자가 南康郡(지금의 江西省 星子縣)에서 벼슬살이를 할 때, 연못을 파서 蓮花를 심고 이름하여「愛蓮池」라 했는데, 연꽃이 활짝 핀 계절에 연못에 나와 감상하고, 아울러 당시 사대부들이 名利만 추구하여 부귀와 주색에 빠져 있는 것을 보고 느낀 바가 많았던 작자가 그러한 느낌을 연꽃과 관련지어 지은 글이다.

　《愛蓮說》은 짤막한 문장으로 蓮花의 청아하고 고결한 품격을 생생하게 그려내고 있는데, 문장 전체를 보면 겉으로는 한 마디 한 마디가 모두 연꽃에 대해 쓴 듯 하지만, 실제로는 곳곳이 연꽃의 모습을 통해 사람을 비유한 것이다. 예를 들어, 연꽃이 진흙 속에서 자라나지만 때묻지 아니하고 맑은 물결에 씻겨도 요염하지 않은 것은 군자의 세속에 묻혀 살면서도 때묻지 않은 모습을 비유한 것이고, 줄기 속이 텅 비어 통하고 곧으며 넝쿨과 가지를 뻗지 않은 것은 군자의 사리에 통달하고 지조가 곧고 품행이 방정한 모습을 비유한 것이며, 향기가 멀수록 청아한 것은 군자의 덕망이 널리 퍼지는 것을 비유한 것이고, 물 가운데 우뚝 서서 멀리 볼 수는 있어도 가까이서 함부로 다룰 수 없는 것은 감히 경멸할 수 없는 군자의 위엄을 비유한 것이다.

　《愛蓮說》은 사물을 빌어 사람을 비유하는 문장기법의 하나로 對照·擬人·比喻의 방법을 잘 구사하고 있는데, 우리는 이 글을 통해 蓮花의 형상·품격을 찬양하면서, 名利만을 추구하는 당시의 타락한 사회풍조를 멸시하고 세속에 물들지 않은 작자의 생활태도와 높은 인격을 엿볼 수 있다.

---

10) 牡丹之愛, 宜乎衆矣。→ 목단을 사랑하는 사람은, 당연히 많을 것이다.
　　【宜】: 마땅히, 당연히.

중국의 名茶

중국의 차 생산 역사는 매우 오래 되었다. 주요 산지로는 福建省, 浙江省, 安徽省, 台灣 등 여러 지방이 있다.

凍頂茶: 동정차는 凍頂烏龍茶라고도 한다. 凍頂은 대만 南投縣 鹿谷鄕에 있는 凍頂山을 가리키며, 烏龍은 靑心烏龍이란 차나무의 잎으로 제조한 차를 말한다. 그러나 사실 녹곡향에서는 동정산 말고도 여러 곳에서 동정차를 재배한다. 전하는 바에 의하면, 동정차의 種苗는 元代에서 비롯되는데, 釋牟利라고 불리는 승려가 武夷山에서 가져온 것이라 한다.

龍井茶: 龍井은 중국 浙江省 杭州의 西湖 근처에 있는 작은 마을이다. 이곳에서 생산하는 차를 「용정차」라 하며, 녹차의 일종이다. 서호는 일 년 내내 습기가 많고 토지가 비옥하여 이곳에서 자라는 차나무는 품질이 매우 양호하다.

속담에 「虎跑水、龍井茶」라는 말이 있다. 이는 虎跑泉의 물로 용정차를 타 마시면, 맛이 향기롭고 순수하다는 뜻이다. 호포천은 浙江省 杭州 大慈山 虎跑寺라는 절에 있는 샘물이다. 일설에 의하면, 옛적에 어느 승려가 이곳에 살았는데 마실 물이 없어 애를 태우던 중, 갑자기 호랑이 두 마리가 절 앞으로 달려가기에 그곳에 가보니 샘물이 솟아났다고 한다. 그리하여 이 절을 호포사라 부르고, 샘물을 호포천이라 했다.

普洱茶: 중국 雲南省 寧洱縣은 옛 이름이 普洱이다. 이곳에서 나는 차를 普洱茶라고 하는데, 생산량도 많고 품질도 좋다. 과거에 보이차를 廣州로 수출할 때는 수로를 이용했다. 이 과정에서 찻잎이 습기를 먹어 눅눅해지는 바람에 찻잎의 성분이 산화작용을 일으켜 케케묵은 차의 맛을 띠었다. 어떤 사람은 그것을 「곰팡이차」라 했는데 이것이 바로 보이차의 제조 원리이다.

祁門紅茶: 중국 안휘성의 기문에서 생산되는 차로 세계 3대 명차중의 하나이다. 수확기는 6-8월로 비교적 짧으며 8월에 생산된 것이 품질이 가장 뛰어나다. 수색은 밝은 오렌지색으로 사과향이 난다.

黃山毛峰茶: 중국의 유명한 명승지인 안휘성의 황산에서 생산되는 차로 중국의 5대 명산중의 하나이다. 황산모봉차는 작고 흰 은빛털이 온몸을 감고 있으며, 찻잎의 빛깔은 황록색이고 우려낸 탕의 색깔은 맑고 투명하다. 찻잎을 넣고 물을 부으면 찻잎이 둥둥 뜨다가 천천히 가라앉는데, 높은 향기와 부드러운 맛이 일품이다.

33

墨池記

[宋] 曾鞏

作者 ○

　曾鞏(1019~1083)은 唐宋八大家의 한사람으로 자는 子固이며, 建昌 南豊(지금의 江西省 南豊縣) 사람이었으므로, 그래서 사람들은 그를 「南豊先生」이라 불렀다. 그는 어려서부터 남달리 총명하여 한 번 보면 그대로 암송할 정도였다. 20세에 太學에 들어가 歐陽修의 인정을 받아 이름이 널리 알려졌다. 그러나 후에 가정형편이 어려워 오랫동안 집안일에 매달리며 열 식구의 생계를 책임지다가, 仁宗 嘉祐 2년(1057)에 비로소 39세의 나이로 과거에 급제했다. 嘉祐 5년 集賢校理를 맡아《戰國策》·《說苑》·《新序》·《陳書》·《唐令》·《李太白集》등의 고적을 정리했고, 그 후 거의 말년에 이르기까지 越州(浙江省 紹興)의 通判과 여러 지방의 知州를 지내는 등 지방에서 벼슬을 지내면서 나름대로 정치적인 명성을 얻었다. 그러다가 62세의 나이로 겨우 서울에 소환되어 황제의 조칙을 기초하는 中書舍人이 되었으나, 이로부터 불과 몇 년만에 65세의 나이로 세상을 떠났다.

　그는 문장을 짓는 데 있어서 다분히 객관적으로 사물의 진실을 전달하고자 노력한 사람이었다. 그래서 그는 상식 밖의 특이한 이론의 전개나 원래의 이론을 뒤집는 일이 없었고 오로지 있는 그대로를 儒家의 전통사상에 따라 착실히 펴나갔다. 그는 대체로 序跋文에 능하여 남긴 작품 중에서도《戰國策目錄序》·《南齊書目錄序》·《梁書目錄序》·《陳書目錄序》외에《列女傳》·《說苑》등에 붙인 序文이 비교적 유명하다. 그의 저서로 篆刻을 모은《金石錄》과 詩文集으로《元豊類稿》가 있다.

臨川之城東, 有地隱然而高, 以臨於溪, 曰新城。¹⁾ 新城之上, 有池洼然而方以長, 曰王羲之之墨池者, 荀伯子《臨川記》云也。²⁾ 羲之嘗慕張芝, 臨池學書, 池水盡黑, 此爲其故迹, 豈信然邪?³⁾ 方羲之之不可强以仕, 而嘗極東方, 出滄海, 以娛其意於山水之間, 豈有徜徉肆恣, 而又嘗自休於此邪?⁴⁾

---

1) 臨川之城東, 有地隱然而高, 以臨於溪, 曰新城。 ➜ 임천의 성 동쪽에는, 우뚝하게 높은 땅이 있는데, 개울에 가까운 곳을, 신성이라 부른다.
   【臨川】: [지명] 지금의 江西省 撫州市. 【隱(yǐn)然】: 우뚝한 모양.

2) 新城之上, 有池洼然而方以長, 曰王羲之之墨池者, 荀伯子《臨川記》云也。 ➜ 신성의 위에는, 움푹 파인 장방형의 못이 있어, 왕희지의 묵지라고 하는데, (이는) 순백자의《臨川記》에서 한 말이다.
   【洼(wā)然】: 움푹 파인 모양. 【方以長】: 모나고 긴, 장방형. 「以」: …… 하고도 또……. 【王羲之】: [인명] ※「18. 蘭亭集序」의 [作者] 참조. 【荀伯子】: [인명] 南朝 宋 潁陰(지금의 河南省 許昌) 사람으로 臨川內史를 지냈다.

3) 羲之嘗慕張芝, 臨池學書, 池水盡黑, 此爲其故迹, 豈信然邪? ➜ 왕희지는 일찍이 장지를 흠모하여, 연못가에서 서예를 학습했는데, 연못의 물이 모두 검게 변했다고 하며, 이곳이 그 옛 유적인데, 어찌 믿을 수 있겠는가?
   ※《晉書 · 王羲之傳》에 왕희지가 친구에게 보낸 편지에서 「張芝臨池學書, 池水盡黑, 使人耽之若是, 未必後之也。」라고 한 것을 보면, 왕희지가 장지를 그대로 따라했음을 알 수 있다.
   【張芝】: [인명] 敦煌 酒泉(지금의 甘肅省 酒泉) 사람으로 東漢의 유명한 서예가. 草書에 능하여 세칭「草聖」이라 했다. 【臨池】: 연못 가까이 가다, 연못에 나아가다. 【信然】: 사실이다, 그렇다, 믿을 수 있다.

4) 方羲之之不可强以仕, 而嘗極東方, 出滄海, 以娛其意於山水之間, 豈有徜徉肆恣, 而又嘗自休於此邪? ➜ 왕희지가 벼슬생활을 억지로 할 수 없는 처지에 이르렀을 때, 일찍이 동쪽의 여러 지방을 두루 돌아다니고, 넓은 바다로 나가 구경도 하며, 자기의 심정을 산수에서 즐겼으니, 어찌 마음껏 돌아다니면서, 또한 일찍이 스스로 이곳에서 쉬어 간 적이 없었겠는가?
   ※《晉書 · 王羲之傳》의 기록에 의하면, 왕희지는 驃騎將軍 王述을 무시하여 두 사람 사이가 좋지 않았는데, 왕희지가 會稽內史를 지낼 때, 왕술이 상급기관인 揚州刺史로 부임하여, 회계군의 刑政을 감찰하게 되자 왕희지가 병을 핑계로 벼슬을 그만두고 부모의 묘소 앞에 나가 다시는 벼슬생활을 않겠다고 맹세하고, 이후 會稽 山陰(지금의 浙江省 紹興縣)에 은거하며 명산에 오르고 바다를 구경하는 등 마음껏 즐겼다.

義之之書, 晚乃善; 則其所能, 蓋亦以精力自致者, 非天成也。⁵⁾ 然後世未有能及者, 豈其學不如彼邪?⁶⁾ 則學固豈可以少哉!⁷⁾ 況欲深造道德者邪?⁸⁾

墨池之上, 今爲州學舍。⁹⁾ 敎授王君盛恐其不章也, 書「晋王右軍墨池」之六字於楹間以揭之。¹⁰⁾ 又告於鞏曰:「願有記。」¹¹⁾ 惟

【方】: ……할 때. 【強以仕(shì)】: 억지로 벼슬생활을 하다. ※「仕」: 벼슬하다, 관직에 나가다. 【極】: 두루 돌아다니다. 【東方】: 동쪽지방. 여기서는 浙江 동쪽의 여러 郡을 가리킨다. 【滄海】: 넓은 바다. 여기서는 (중국의) 東海를 가리킨다. 【娛(yú)】: 즐기다. 【豈有】: 莫非, 어찌 ……하지 않겠는가? 【徜徉(cháng yáng)】: 마음 내키는 대로, 마음껏. 【肆恣(sì zì)】: 방종하다. ※여기서는 「마구 돌아다니다」의 뜻.

5) 義之之書, 晚乃善; 則其所能, 蓋亦以精力自致者, 非天成也。→ 왕희지의 서예는 만년에 비로소 좋아졌다. 그렇다면 그가 지닌 재능은, 대체로 역시 노력하여 스스로 이룬 것이지, 선천적으로 타고난 것이 아니다.
【乃】: 비로소. 【善】: 좋아지다, 정교해지다. 【則】: 그러면, 그렇다면. 【能】: 능력, 재능. 【蓋】: 대체로. 【精力】: 정력, 노력. 【自致】: 스스로 이루다. 【天成】: 타고난 것. 선천적인 것.

6) 然後世未有能及者, 豈其學不如彼邪? → 그러나 후세에도 아직까지 (왕희지를) 따를 사람이 없다는 것은, 어찌 배우고자 함이 그만 못하기 때문이 아니겠는가?
【能及者】: 따를 수 있는 사람. 【豈】: 豈(不), 「어찌……이 아니겠는가?」라는 이중부정의 뜻. 【其】: [대명사] 그들, 즉 「후세 사람들」. 【彼(bǐ)】: [대명사] 그, 즉 왕희지.

7) 則學固豈可以少哉! → 그렇다면 배움이란 당연히 이런 것인데 어찌 경시할 수 있겠는가!
【固】: 본래, 마땅히, 당연히. 【少】: 경시하다, 소홀히 하다.

8) 況欲深造道德者邪? → (서예를 학습함에 있어서도 이러하거늘) 하물며 도덕 수양을 깊은 경지에 이르도록 하려면 어떻겠는가?
【深造】: 깊은 경지에 이르다, 조예가 깊다.

9) 墨池之上, 今爲州學舍。→ 묵지의 위쪽은, 지금은 撫州 州學의 校舍이다.
【爲】: ……이다. 【學舍】: 校舍.

10) 敎授王君盛恐其不章也, 書「晋王右軍墨池」之六字於楹間以揭之。→ 교수 왕성이 묵지의 내력이 드러나지 않을 것을 우려하여, 「晋王右軍墨池」라는 여섯 글자를 써서 교사의 기둥 사이에다 걸어 게시했다.
【敎授】: [관직명] ※州郡에서 학당을 세우고 교수를 두어 학생을 가르치고 시험을 관장하게 했다.

王君之心, 豈愛人之善, 雖一能不以廢, 而因以及乎其迹邪?[12) 其亦欲推其事以勉其學者邪?[13) 夫人之有一能, 而使後人尚之如此, 況仁人莊士之遺風余思, 被於來世者如何哉![14)

　　慶曆八年九月十二日曾鞏記。[15)

【王君盛】: [인명] 왕성. ※「君」자는「선생, 씨」등처럼 이름에 붙이는 말로, 중국에서는 흔히 姓과 이름 사이에 붙인다. 【恐】: 우려하다, 염려하다. 【其】: [대명사] 그것, 즉「墨池」. 【章(zhāng)】: 彰, 드러나다. 【王右軍】: 왕희지가 右軍將軍을 지냈기 때문에 불리운 호칭. 【楹(yíng)】: 기둥. 【揭(jiē)】: 걸어서 게시하다.

11) 又告於鞏曰:「願有記。」→ 또 나에게 일러 말하길「記文 한 편이 있었으면 합니다.」라고 했다.
　　【告於鞏曰】: 나에게 일러 말하길. ※「鞏」은 작자 자신이「나」라는 대명사 대신 직접 자신의 이름을 쓴 것.

12) 惟王君之心, 豈愛人之善, 雖一能不以廢, 而因以及乎其迹邪? → 왕선생의 마음을 생각해 보건대, 어찌 (그가) 다른 사람의 장점을 아낀 나머지, 비록 하나의 재능이라도 없애지 않도록 하기 위해, 그래서 그 유적에까지 (생각이) 미친 것이 아니겠는가?
　　【惟】: 생각해보다. ※판본에 따라서는「惟」를「推」로 썼다. 【善】: 장점. 【一能】: 하나의 재능. 【不以廢】: 不以(之)廢, 그것을 없애지 않도록 하다. ※以의 목적어가 생략된 형태.「以」: ……을, ……으로 하여금. 【因以】: 이로 인해. 【及乎】: 及於, ……까지 미치다.

13) 其亦欲推其事以勉其學者邪? → 어찌 또한 왕희지가 서예를 학습한 일을 천거하여 이로써 州學의 학생들을 격려하고자 한 것이 아니겠는가?
　　【其】: 豈, 어찌. 【其事】: 그 일, 즉 왕희지가 서예학습을 위해 노력한 일. 【推】: 천거하다, 추천하다. 【勉(miǎn)】: 독려하다, 격려하다. 【學者】: 학생, 즉 州學의 학생.

14) 夫人之有一能, 而使後人尚之如此, 況仁人莊士之遺風餘思, 被於來世者如何哉! → 대저 사람이 특기 하나만을 지니고도, 후인들로 하여금 그를 이처럼 숭상하도록 만드는데, 하물며 고상한 덕망을 지닌 사람과 행위가 단정한 사람들이 남긴 훌륭한 풍조와 사상은, 후세에 미친 영향이 어떠하겠는가!
　　【夫】: [빌이시] 대저, 무릇. 【尙】: 숭상하다, 받들다. 【仁人】: 고상한 덕망을 지닌 사람. 【莊士】: 행위가 단정한 사람. 【遺風餘思】: 남긴 풍조와 사상. 【被於】: ……에 영향을 미치다. 【來世】: 후세.

15) 慶曆八年九月十二日曾鞏記。→ 宋 仁宗 경력 8년(1048) 9월 12일 증공 씀.
　　【慶曆】: 宋 仁宗의 연호. 【記】: 씀, 쓰다, 기록하다.

解題 및 本文 要旨說明 🐟

본문은 증공이 撫州 州學의 교수 王盛의 청을 받아 쓴 글이다. 내용은 크게 세 단락으로 나눌 수 있다.

첫째 단락에서는 먼저 墨池의 위치와 형상 및 명명의 유래를 소개했다. 아름다운 전설이기 때문에, 가볍게 믿지도 않지만 굳이 진의를 밝힐 생각도 없어, 그래서 의도적으로 荀伯子의 말로 대신하고 있다. 그리고 이어서 바로 당시 왕희지의 처지와 심정 및 유람한 발자취에 대해 말하고, 정면으로 墨池의 내력에 대한 자기의 관점을 제시했다. 확실한 증거가 없기 때문에 의론·추측하는 어조를 취했으며, 지론이 온당하고 태도가 겸손하다.

둘째 단락에서는 왕희지가 서예에서 탁월한 경지에 이르게 된 것은 바로 자신의 노력에 의한 것이지, 결코 천부적인 재능이 아니라는 것을 강조하는 한편, 후세 사람들의 서예솜씨가 왕희지보다 못한 것이 노력의 부족 때문이라는 것을 지적한 후, 도덕수양에 남다른 조예가 있으려면 각고의 노력이 따라야 한다는 것을 역설했다.

셋째 단락에서는 먼저 《墨池記》를 쓰게된 연유가 王盛의 부탁에 응한 것임을 밝히고 나서, 아울러 학생들이 부지런히 학업에 정진하여 도덕수양을 깊이 하면, 옛 어진 사람들처럼 사회에 유용하고 후세에 이름을 남기는 사람이 될 것이라 독려하고 있다.

문장이 짧고 의미가 간단하지만, 표현이 완곡하고 說理가 자연스러워 사람들이 이해하고 받아들이기에 용이한 특징을 지니고 있다.

왕희지의 필력

　왕희지는 사람됨이 솔직담백하고 예절에 구애받지 않았다. 그가 아내를 만나게 된 경위에 관해서는 유명한 에피소드가 있다. 《晋書・王羲之傳》의 기록에 의하면, 태위 郗鑒이 王導(왕희지의 백부) 가문의 자제들 중에서 사윗감을 구하기 위해 문객을 왕도에게 보냈다. 왕도는 문객에게 자제들이 동쪽 행랑채에 있으니 가서 보라고 했다. 문객이 돌아와서 치감에게 보고했다. 「王家의 자제들은 모두 훌륭한데, 사윗감을 보러 왔다는 말을 듣고 다들 진지한 내색을 하고 있었으나, 오직 한 사람만 東床에서 배를 들어내 놓고 음식을 먹으며 아예 모르는 척 했습니다.」 치감은 「그 사람이 바로 내가 원하는 사윗감이다!」라 하고 자기의 딸을 그에게 시집보내기로 결정한 후, 알아보니 그가 바로 왕희지였다.

　왕희지는 어려서부터 글씨 쓰기를 좋아하여, 유명한 서예가인 衛부인에게서 서법을 배웠다. 후에 그는 다시 張芝에게서 초서를 배우고 鍾繇에게서 楷書를 배워, 魏晋 諸家의 서법을 익힌 다음 자신의 독특한 풍격을 창조했다. 그의 해서는 隸書의 형체를 벗어나 새로운 경지를 개척했고, 行書와 초서 또한 뛰어나서 사람들은 그의 글씨를 「용이 천문에 뛰어 오르고, 범이 봉황각에 누워있다.(龍跳天門, 虎臥鳳閣。)」라고 칭찬했다.

　왕희지의 서예에 대해서는 膾炙人口되는 이야기가 많다. 그의 筆力은 입신의 경지에 이르러 紙背를 뚫는 功力을 지니고 있다. 한번은 그가 친구를 만나러 갔다가 마침 친구가 집에 없자 茶卓 위에 몇 글자를 써 놓고 나왔다. 얼마 후 그 친구가 집에 돌아와 차탁에 쓰여 있는 글씨를 보고 나서 물로 닦았으나, 의외로 글씨가 지워지지 않았다. 그리하여 친구는 차라리 그 글씨를 雕刻해 두려고 목공을 불러 새겨보니 탁자 깊숙이 먹물이 배어 있었다. 그래서 사람들은 「入木三分」이라는 말로 그의 필력이 강함을 비유했다.

　일설에 의하면 그가 오래도록 살던 紹興 蘭亭 부근에 연못이 하나 있는데, 그가 평생 열심히 서예를 연마했기 때문에 푸르던 물이 먹물로 인해 검게 변했다고 한다.

　왕희지는 자식을 가르치는데 매우 엄격하여 조금도 빈틈이 없었다. 왕희지가 일찍이 아들을 가르치면서 「네가 정원에 있는 열여덟 개의 물독을 글씨연습에 다 써야만 비로소 체격을 갖춘 글씨를 연마해 낼 수 있다.」라고 했는데, 후에 그의 아들 王獻之도 유명한 서예가가 되어 「小聖」이라 불리웠으며, 〈中秋帖〉, 〈洛神賦十三行〉, 〈地黃湯帖〉 등 수많은 작품을 남겼다.

　왕희지의 서예는 여러 체에 모두 능하다. 특히 楷書의 〈樂毅論〉, 行書의 〈蘭亭集序〉와 〈喪亂帖〉, 草書의 〈十七帖〉 등은 세상에 널리 알려져 있는 작품들이다. (《中國傳奇人物100》, 黃晨淳 著, 台灣 台中, 好讀出版社, 2001 참조)

34

訓儉示康

[宋] 司馬光

作者 ○

　司馬光(1019-1086)은 北宋의 정치가요, 사학자로 자는 君實, 陝州 夏縣(지금의 山西省에 속함) 涑水鄕 사람이며, 세칭 「涑水先生」이라 불렀다. 宋 仁宗 寶元 연간에 진사에 급제한 후, 인종 말년에 天章閣待制兼侍講知諫院에 임명되었다. 그 후 神宗이 熙寧2년(1069) 王安石을 등용하여 新法政治를 시행할 때, 그는 적극 반대하여 황제의 면전에서 왕안석과 논쟁을 벌이기도 했다. 그러나 신종이 사마광의 의견을 받아들이지 않고 오히려 사마광을 樞密副使로 임명하자 그만 고사하고 落陽으로 퇴거하여 《資治通鑑》편찬에 전념하다가 神宗 元豊7년(1084) 마침내 완성하였다. 神宗 元豊8년(1085) 哲宗이 즉위한 후 皇太后가 섭정하면서 사마광을 불러 尙書左仆射 겸 門下侍郎(宰相職)에 임명하자 사마광은 바로 新法을 폐지하였다. 그러나 사마광은 재상이 된지 불과 8개월만에 병사하고 말았다. 溫國公에 봉해지고, 諡號를 文正이라 했다. 저서로 《資治通鑑》·《司馬文正公集》·《稽古錄》·《切韻指掌圖》 등이 있다.

註釋 ↺

吾本寒家, 世以淸白相承。¹⁾ 吾性不喜華靡, 自爲乳兒, 長者加以金銀華美之服, 輒羞赧棄去之。²⁾ 二十忝科名, 聞喜宴獨不戴花。³⁾ 同年曰:「君賜不可違也。」乃簪一花。⁴⁾ 平生衣取蔽寒, 食取充腹; 亦不敢服垢敝以矯俗干名, 但順吾性而已。⁵⁾ 衆人皆以奢靡

---

1) 吾本寒家, 世以淸白相承。→ 나는 본래 가난한 집안 출신으로, 대대로 청백한 가풍을 이어받았다.
   【寒家】: 빈한한 가정, 가난한 집안. ※ 司馬光의 부친 司馬池는 일찍이 州縣과 天章閣侍制를 지냈으나 사람됨이 청렴하여 집안에 재산이 없었다. 【世】: 대대로. 【淸白】: 청렴결백하다, 순박하다. 【相承】: 계승하다, 이어받다.

2) 吾性不喜華靡, 自爲乳兒, 長者加以金銀華美之服, 輒羞赧棄去之. → 나는 타고난 성품이 화려하고 사치한 것을 좋아하지 않아, 젖먹이 시절부터, 어른들이 금은장식이 달린 화려한 옷을 입혀주면, 항상 부끄러워 얼굴을 붉히며 그것을 내던졌다.
   【華靡(mǐ)】: 화려하고 사치스럽다, 호화롭다. 【長者】: 어른, 즉 집안의 어른들. 【加】: (몸에) 보태다, 즉 입혀주고 달아주다. 【輒(zhé)】: 늘, 언제나, 항상. 【羞赧(xiū nǎn)】: 부끄러워 얼굴을 붉히다. 【棄去】: 내던져 버리다.

3) 二十忝科名, 聞喜宴獨不戴花。→ 스무 살에 과거에 급제했는데, 문희연에서 홀로 꽃을 달지 않았다.
   【忝(tiǎn)科名】: 과거의 이름을 욕되게 하다. 즉「과거에 급제하다」의 뜻. ※「忝」: 훼손시키다, 욕되게 하다. 「科名」: 과거 이름. 【聞喜宴】: 문희연. ※宋代에 진사에 합격한 사람에게 베풀어 준 연회로 汴京(지금의 河南省 開封市)의 瓊林苑에서 베풀어졌다. 【戴(dài)花】: 꽃을 달다. ※연회에 참석하는 사람들은 모두 임금이 하사한 꽃을 모자에 달았다.

4) 同年曰:「君賜不可違也。」乃簪一花。→ 동년이「임금이 하사하신 것은 거역할 수 없는 거요.」라고 말하여, 비로소 꽃 하나를 꽂았다.
   【同年】: 같은 해에 함께 과거에 급제한 사람, 과거급제 동기생. 【乃】: 이에, 비로소, 그리하여. 【簪(zān)】: 달다, 꽂다.

5) 平生衣取蔽寒, 食取充腹; 亦不敢服垢敝以矯俗干名, 但順吾性而已。→ 지금까지 살아오는 동안 옷은 추위를 막기 위해 입고, 밥은 배를 채우기 위해 먹었으며, 또한 감히 일부러 더럽고 헤진 옷을 입고 습속을 어겨가며 좋은 명성을 넘으려 아시 않고, 나란 나의 끈성에 따를 뿐이있다.
   【蔽(bì)寒】: 추위를 막다. 【充腹(fù)】: 배를 채우다. 【服】: [동사] 입다. 【垢(gòu)】: 더럽다. 【敝(bì)】: 弊, 떨어지다, 헤지다. 【矯(jiǎo)】: 거스르다, 위배하다. 【干名】: 명예를 추구하다. ※《爾雅·釋言》에「干, 求也。」라 했다. 【但】: 다만. 【而已】: ……일(할) 뿐이다.

爲榮，吾心獨以儉素爲美。⁶⁾ 人皆嗤吾固陋，吾不以爲病。⁷⁾ 應之曰：「孔子稱：『與其不孫也，寧固。』；⁸⁾ 又曰：『以約失之者，鮮矣⁹⁾』；又曰：『士志於道而恥惡衣惡食者，未足與議也。¹⁰⁾』古人以儉爲美德，今人乃以儉相詬病，嘻，異哉！¹¹⁾」

　　近歲風俗，尤爲侈靡，走卒類士服，農夫躡絲履。¹²⁾ 吾記天聖

---

6) 衆人皆以奢靡爲榮，吾心獨以儉素爲美。➡ 많은 사람들이 사치와 낭비를 영예로 삼고 있지만, 나의 마음은 오직 홀로 검소하고 소박함을 아름다움으로 삼고 있다.
【奢靡(shē mǐ)】: 사치와 낭비. 【榮】: 영예, 영광. 【獨】: 오직, 다만.

7) 人皆嗤吾固陋，吾不以爲病。➡ 사람들이 모두 나를 고루하다고 비웃지만, 나는 이를 결점으로 생각하지 않는다.
【嗤(chī)】: 비웃다, 조소하다. 【固陋(lòu)】: 고루하다, 고집스럽고 인색하다. 【以爲】: 以(之)爲, ……을……으로 여기다. 【病】: 결점, 단점, 결함.

8) 孔子稱：『與其不孫也，寧固。』； ➡ 공자가 말하길『불손한 것보다는, 차라리 고루한 것이 낫다.』라고 했다.
※이 말은《論語·述而》에 보인다.
【與其……寧……】: ……보다는 차라리 ……하는 게 낫다. 【孫(xùn)】: 遜, 공손하다. 【固】: 고루하다, 인색하다.

9) 以約失之者，鮮矣。➡ 삼가면서 실패하는 일은, 드물다.
※이 말은《論語·里仁》에 보인다.
【約】: 근신하다, 삼가다. 【之】: [어조사]. 【鮮(xiǎn)】: 드물다.

10) 士志於道而恥惡衣惡食者，未足與議也。➡ 선비가 도에 뜻을 두고서도 나쁜 옷이나 거친 음식을 부끄럽게 여기는 자는, 더불어 의논할 가치가 없다.
※이 말은《論語·里仁》에 보인다.
【志】: [동사] 뜻을 두다. 【惡(è)】: 좋지 않은, 거친. 【未足】: …… 할 가치가 없다. 【與】: 함께, 더불어. 【議】: 의논하다, 담론하다.

11) 古人以儉爲美德，今人乃以儉相詬病，嘻，異哉！➡ 옛날 사람들은 검소한 것을 미덕으로 삼았는데, 오늘날의 사람들은 오히려 검소한 것을 서로 결점이라고 비웃으니, 아, 참 괴이하다!
【乃】: 오히려. 【詬(gòu)】: 욕하다, 비웃다. 【嘻(xī)】: [감탄사] 아! 【異哉】: 괴이하다!

12) 近歲風俗，尤爲侈靡，走卒類士服，農夫躡絲履。➡ 요즈음 몇 년 동안의 풍속은, 더욱 사치해져서, 하인이 선비처럼 복장을 하고, 농부가 비단 신발을 신고 다닌다.
【近歲】: 近年, 요즈음 몇 년 동안. 즉, 宋 神宗 元豊 연간(1078-1085). 【侈靡(chǐ mǐ)】: 사치하다. 【走卒】: 하인. 【類】: 유사하다, 비슷하다. 【躡(niè)】: 밟다. 여기서는 「발에 신다.」의 뜻. 【履(lǚ)】: 신발.

中, 先公爲群牧判官, 客至未嘗不置酒, 或三行五行, 多不過七行。[13] 酒酤於市, 果止於梨栗柿之類, 肴止於脯醢菜羹, 器用瓷漆。[14] 當時士大夫家皆然, 人不相非也。[15] 會數而禮勤, 物薄而情厚。[16] 近日士大夫家, 酒非內法, 果肴非遠方珍異, 食非多品, 器皿非滿案, 不敢會賓友。[17] 常數月營聚, 然後敢發書。[18] 苟或不然,

---

13) 吾記天聖中, 先公爲群牧判官, 客至未嘗不置酒, 或三行五行, 多不過七行。➡ 나의 기억으로 천성연간에, 선친이 군목판관을 지낼 때, 손님이 찾아오면 술상을 차리지 않은 적이 없으나, 혹은 3 잔 아니면 5잔을 권하고, 많아야 7잔을 넘지 않았다.
【記】: 기억하다. 【天聖】: 宋 仁宗의 연호. 【先公】: 선친, 돌아가신 부친. 【群牧判官】: 群牧司의 판관. ※宋나라때 群牧司를 설치하여 직책으로 使 1인과 副使 1인, 都監 2인, 判官 2인을 두고, 국가 공용의 馬匹을 관리토록 했다. 【置酒】: 술상을 차리다. 【行(xíng)】: 연회 또는 술자리에서 주인이 손님에게 술 한잔을 권하는 것을「一行」이라 한다.

14) 酒酤於市, 果止於梨栗棗柿之類, 肴止於脯醢菜羹, 器用瓷漆。➡ 술은 시장에서 사오고, 과일은 배·밤·대추·감과 같은 종류에 그쳤고, 술안주로는 말린 고기·절인 고기·채소 국에 그쳤으며, 그릇은 자기와 칠기를 사용했다.
【酤(gū)】: (술을) 사다. 【棗(zǎo)】: 대추. 【柿(shì)】: 감. 【肴(yáo)】: 술안주. 【脯醢(fǔ hǎi)】: 말린 고기와 짜게 절인 고기 【羹(gēng)】: 국, 탕. 【瓷漆(cí qī)】: 瓷器와 漆器.

15) 當時士大夫家皆然, 人不相非也。➡ 당시 사대부의 집은 모두 그러했으나, 사람들은 서로 비난하지 않았다.
【非】: 비난하다.

16) 會數而禮勤, 物薄而情厚。➡ 모임도 자주 있고 예의도 정성스러웠으며, 차린 음식은 보잘것없어도 인정은 두터웠다.
【會(huì)】: 모임. 【數(shuò)】: 누차, 여러 차례. 【勤(qín)】: 정성스럽다. 【物】: 물건, 즉「차린 음식」. 【薄(bó)】: 엷다, 적다, 보잘것없다.

17) 近日士大夫家, 酒非內法, 果肴非遠方珍異, 食非多品, 器皿非滿案, 不敢會賓友。➡ 근래 사대부의 집은, 만일 술이 官酒가 아니고, 과일과 안주가 먼 지방에서 가져온 진귀한 것이 아니고, 음식이 여러 종류가 아니고, 그릇이 식탁에 가득 차지 않으면, 감히 손님을 초대하지 못한다.
【內法】: 官酒, 官에서 빚은 술. ※宋나라 때의 술은 官에서 빚은 술과 민간에서 빚은 술이 있는데, 官酒는 질이 좋고 民酒는 질이 떨어졌다. 【珍異】: 진귀한 물건. 【多品】: 여러 종류. 【器皿】: 그릇. 【案】: 식탁, 상. 【會】: 초청하다, 초대하다.

18) 常數月營聚, 然後敢發書。➡ (그래서) 왕왕 몇 달 동안 모임을 위해 준비를 하고, 그런 다음에 감히 초대장을 보낸다.

人爭非之, 以爲鄙吝。[19] 故不隨俗靡者蓋鮮矣。[20] 嗟乎! 風俗頹敝如是, 居位者雖不能禁, 忍助之乎?[21]

又聞昔李文靖公爲相, 治居第於封丘門內, 廳事前僅容旋馬。[22] 或言其太隘, 公笑曰:「居第當傳子孫, 此爲宰相廳事, 誠隘; 爲太祝奉禮廳事, 已寬矣。」[23] 參政魯公爲諫官, 眞宗遣使急召之, 得

【常】: 항상, 흔히. 【營聚(yíng jù)】: 모임을 위해 준비하다. ※판본에 따라서는 「聚」를 「集」으로 썼다. 【發】: 보내다, 발송하다. 【書】: 초청장, 초대장.

19) 苟或不然, 人爭非之, 以爲鄙吝。 → 만약 어떤 사람이 그렇게 하지 않으면, 사람들이 다투어 그를 비난하고, 매우 인색하다고 여긴다.
   【苟(gǒu)】: 만일, 만약. 【或】: 어느 누구, 어떤 사람. 【以爲】: ……라고 여기다. 【鄙吝(bǐ lìn)】: 매우 인색하다.

20) 故不隨俗靡者蓋鮮矣。 → 그래서 세속의 사치풍조를 따르지 않는 사람은 대체로 드물다.
   【隨】: 좇다, 따르다. 【俗靡(mí)】: 세속의 사치풍조. ※「靡(mí)」를 「靡(mǐ): 경도되다, 쏠리다.」의 뜻으로 풀이한 경우도 있다. 【蓋(gài)】: 대체로.

21) 嗟乎! 風俗頹敝如是, 居位者雖不能禁, 忍助之乎? → 아! 풍속이 이와 같이 퇴폐하였으니, 높은 관직에 있는 사람들이 비록 금지는 할 수 없다 해도, 차마 그것을 조장할 수가 있겠는가?
   【嗟乎】: [감탄사] 아! 【頹敝(tuí bì)】: 퇴폐하다. 【居位者】: 높은 관직에 있는 사람. 【忍】: 차마. 【助】: 조장하다. 【之】: [대명사] 그것, 즉 사치풍조. 【乎】: [의문조사].

22) 又聞昔李文靖公爲相, 治居第於封丘門內, 廳事前僅容旋馬。 → 또 옛날 이문정공이 재상을 지낼 때, 저택을 봉구문 안에 지었는데, 대청 앞이 겨우 말 한 마리가 몸을 돌릴 수 있는 정도로 좁았다는 말을 들었다.
   【李文靖公】: 李沆. 宋 眞宗때의 재상으로 자는 太初, 시호는 文靖. 【治】: 짓다, 건축하다. 【居第】: 집, 저택. 【封丘門】: 宋 汴京의 城門 이름. 【廳事】: 廳事, 관공서의 大廳. ※본래 관청의 집무실을 가리켰으나 후에는 개인주택의 응접실도 이렇게 불렀다. 【僅】: 겨우, 다만. 【容】: 용납하다, 허용하다, 용인하다. 【旋(xuán)馬】: 말이 몸을 돌리다.

23) 或言其太隘, 公笑曰:「居第當傳子孫, 此爲宰相廳事, 誠隘; 爲太祝奉禮廳事, 已寬矣。」 → 어떤 사람이 그 곳이 너무 좁다고 말하니, 공이 웃으며 말하길 「저택은 마땅히 자손에게 물려주는 것인데, 이 곳이 재상의 집무실이라면 실로 협소하지만, 태축이 예를 올리는 대청으로 쓴다면, 이미 족히 넓은 것이다.」라고 했다.
   【隘(ài)】: 좁다, 협소하다. 【誠】: 실로, 정말로. 【爲】: 쓰다, 사용하다, 삼다. 【太祝】: 종묘제사를 관장하는 관리. 【奉禮】: 예를 올리다.

24) 參政魯公爲諫官, 眞宗遣使急召之, 得於酒家。 → 참지정사 노종도가 간관을 지낼 때, 진종이 사

300

於酒家。²⁴⁾ 旣入, 問其所來, 以實對。²⁵⁾ 上曰:「卿爲淸望官, 奈何
飲於酒肆?」²⁶⁾ 對曰:「臣家貧, 客至, 無器皿肴果, 故就酒家觴
之。」²⁷⁾ 上以無隱, 益重之。²⁸⁾ <u>張文節</u>爲相, 自奉養如爲<u>河陽</u>掌書
記時, 所親或規之曰:²⁹⁾「公今受俸不少, 而自奉若此。³⁰⁾ 公雖自信

람을 보내 급히 그를 소환했는데, 술집에서 찾아냈다.
【參政】: [관직명] 參知政事(副宰相). 【魯公】: 魯宗道. 자는 貫之, 仁宗 때 參知政事를 지냈
다. 【諫(jiàn)官】: 간관, 즉 直諫하는 일을 맡은 관리. 【遣使】: 파견하다, 보내다. 【召(zhào)】:
소환하다, 부르다. 【之】: [대명사] 그, 즉 노종도.

25) 旣入, 問其所來, 以實對。 ➡ (노종도가) 입궁한 후, 그가 어디서 왔는가를 묻자, 사실대로 대답
했다.
【旣入】: 入宮한 후, 入宮하고 나서. 【所來】: 온 곳.

26) 上曰:「卿爲淸望官, 奈何飲於酒肆?」 ➡ 임금이 물어 말했다.「경은 청렴하고 신망을 받는 관리
인데, 어찌 술집에서 술을 마시는가?」.
【淸望官】: 청렴하고 신망 받는 관리, 즉「諫官」을 가리킨다. 【奈何】: 어찌, 어떻게. 【酒肆(sì)】:
술집. ※「肆」: 점포.

27) 對曰:「臣家貧, 客至, 無器皿肴果, 故就酒家觴之。」 ➡ (노종도가)「저는 집이 가난하여, 손님
이 찾아오면, 그릇·요리안주·과일이 없기 때문에, 그래서 술집에 가서 그들에게 술을 대접합니
다.」라고 대답했다.
【就】: 가다, 이르다. 【觴(shāng)】: [동사용법] 술을 권하다, 술을 대접하다.

28) 上以無隱, 益重之。 ➡ 임금은 (그가) 숨김이 없으므로 인해, 더욱 그를 존중했다.
【以】: 因, ……로 인해서, ……말미암아. 【益】: 더욱, 보다.

29) 張文節爲相, 自奉養如爲河陽掌書記時, 所親或規之曰: ➡ 장지백은 (높은 지위의) 재상을 지
내면서도, 자신이 누리는 생활은 마치 하양에서 (낮은 지위의) 서기직책을 지낼 때와 똑같아, 가까
운 사람 중 어떤 이가 그에게 권고하여 말했다.
【張文節】: [인명] 張知白. 자는 用晦,「文節」은 그의 諡號이다. 宋 眞宗때 河陽(지금의 河南
省 孟縣) 節度判官을 지낸 후, 仁宗 초기에 재상이 되었다. 【奉養】: 봉양하다. 여기서는「누리
는 생활」을 말한다. 【如】: 마치 ……같다. 【掌書記】: 문서에 관한 일을 관장하는 서기직책, 즉
「節度判官」. ※당시 節度判官이 문서를 관장했으므로「書記」라는 명칭을 썼다. 【所親】: 가까
운, 친한. 【或】: 어떤 사람. 【規(guī)】: 권고하다.

30) 公今受俸不少, 而自奉若此。 ➡ 공은 오늘날 받는 봉록이 적지 않은데, 오히려 스스로 누리는 생
활은 이와 같습니다.
※생활의 매우 검소함을 가리킨 말이다.
【而】: 오히려, 그러나. 【自奉】: 스스로 누리는 생활. 【若】: 如, ……과 같다.

清約, 外人頗有『公孫布被』之譏; 公宜少從衆。[31]」公歎曰:「吾今日之俸, 雖擧家錦衣玉食, 何患不能?[32] 顧人之常情, 由儉入奢易, 由奢入儉難。[33] 吾今日之俸, 豈能常有? 身豈能常存?[34] 一旦異於今日, 家人習奢已久, 不能頓儉, 必致失所。[35] 豈若吾居位去位, 身存身亡, 常如一日乎?[36]」嗚呼! 大賢之深謀遠慮, 豈庸人

31) 公雖自信清約, 外人頗有『公孫布被』之譏; 公宜少從衆。 ➡ 공이 비록 스스로 청렴하고 검소하다고 믿고 있지만, 바깥 사람들로부터는 『公孫弘의 광목이불』이라는 비난이 매우 많으니, 공은 마땅히 어느 정도 대중을 따라야 할 것입니다.
【自信】: 자신하다, 스스로 믿다. 【淸約】: 청렴하고 검소하다. 【頗】: 매우, 자못, 퍽. 【公孫布被】: 공손의 광목이불. ※公孫弘은 漢 武帝때 御史大夫·丞相을 지내고 平津侯에 봉해졌는데, 광목이불을 덮고 잤다고 한다. 이에 대해《史記》와《漢書》의 本傳에는「공손홍은 삼공(丞相, 太尉, 御史大夫)의 벼슬을 지내, 봉록이 매우 많았는데, 광목이불을 덮고 잤다고 하는 것은, 거짓이다.(弘位在三公, 俸祿甚多; 然爲布被, 此詐也。)」라고 했다. 【譏(jī)】: 비난하다. 【少】: 어느 정도, 약간. 【從】: 쫓다, 따르다. 【衆】: 보통사람.

32) 吾今日之俸, 雖擧家錦衣玉食, 何患不能? ➡ 나의 오늘날 봉록은, 설사 온 가족이 비단옷을 입고 진귀한 음식을 먹는다 해도, 어찌 불가능을 걱정하겠는가?
【擧家】: 온 가족, 식구 모두. 【錦衣玉食】: 비단옷을 입고 진귀한 음식을 먹다, 즉「호화스런 생활을 하다」. 【患(huàn)】: 걱정하다, 근심하다.

33) 顧人之常情, 由儉入奢易, 由奢入儉難。 ➡ 그러나 검약으로부터 사치로 들어가기는 쉬워도, 사치로부터 검약으로 들어가기는 어려운 것이 인지상정이다.
【顧(gù)】: 그러나, 다만. ※《禮記》祭通注에「顧, 但也。」라 했다.

34) 吾今日之俸, 豈能常有? 身豈能常存? ➡ 나의 오늘날 봉록은, 어찌 항상 그대로 있을 수 있으며, 몸은 어찌 항상 그대로 존재할 수 있겠는가?

35) 一旦異於今日, 家人習奢已久, 不能頓儉, 必致失所。 ➡ 일단 (상황이) 오늘과 다르게 변하면, 가족들은 사치습관이 이미 오래되어, 즉시 검소해질 수 없으므로, 반드시 의지할 곳을 잃는 지경에 이를 것이다.
【異於今日】: (상황이) 오늘과 다르다. 즉, 벼슬을 그만두거나 죽거나하여 봉록이 없어지는 경우를 말한다. 【習奢】: 사치가 습관이 되다, 사치스런 생활에 익숙해지다. 【頓(dùn)】: 즉시, 바로. 【致】: 초래하다. 【失所】: 의지할 곳을 잃다.

36) 豈若吾居位去位, 身存身亡, 常如一日乎? ➡ 어찌 내가 자리에 있을 때와 자리를 떠났을 때, 살았을 때와 죽었을 때가, 항상 어느 하루와 같을 수가 있겠는가?
【豈若……乎?】: 어찌……와 같을 수가 있겠는가? 【常如一日】: 항상 어느 하루와 같다. 즉, 「항상 어느 하루처럼 생활이 안정되어 있다」.

所及哉!³⁷⁾

御孫曰:「儉, 德之共也; 侈, 惡之大也。」共, 同也; 言有德者皆由儉來也。³⁸⁾ 夫儉則寡欲, 君子寡欲, 則不役於物, 可以直道而行; 小人寡欲, 則能謹身節用, 遠罪豐家。³⁹⁾ 故曰:「儉, 德之共也。」⁴⁰⁾ 侈則多欲: 君子多欲, 則貪慕富貴, 枉道速禍; 小人多欲, 則多求妄用, 敗家喪身;⁴¹⁾ 是以居官必賄, 居鄉必盜。⁴²⁾ 故曰:「侈,

---

37) 嗚呼! 大賢之深謀遠慮, 豈庸人所及哉! → 아! 현인들의 깊은 지모와 멀리 내다보는 생각을, 어찌 범인이 쫓아가리오!
【深謀遠慮】: 깊은 智謀와 멀리 내다보는 생각. 【庸(yōng)人】: 범인, 평범한 사람. 【所及】: 따라가다, 미치다, 쫓아가다.

38) 御孫曰:「儉, 德之共也; 侈, 惡之大也。」共, 同也; 言有德者皆由儉來也。 → 어손이「儉, 德之共也; 侈, 惡之大也.」라고 말했는데, (이 말에서) 共은 바로 同이란 뜻으로, 덕을 지닌 사람은 모두 節儉에서 양성되었다는 것을 말한 것이다.
※이 말은《左傳·莊公》二十四年에 보인다.
【御孫】: [인명] 춘추시대 魯나라의 대부, 이름은 慶. 【儉】: 절검, 검약. 【共】: ※본문의 작자 사마광은「共」을「同」이라 하여「共有, 共通」의 뜻으로 보고 일부 학자들이 이에 따르고 있으나, 또 일설에는「共」을「洪(hóng)」으로 보아「크다」의 뜻으로 풀이했다. 【侈(chǐ)】: 사치.

39) 夫儉則寡欲, 君子寡欲, 則不役於物, 可以直道而行; 小人寡欲, 則能謹身節用, 遠罪豐家。 → 대저 검소하면 욕심이 적어지는데, 군자가 과욕하면, 외부의 사물에 의해 부림을 받지 않고, 정직한 도리에 따라 행할 수 있으며, 소인이 과욕하면, 능히 자신을 단속하고 씀씀이를 절약하며, 범죄를 멀리하고 집안을 풍요롭게 할 수 있다.
【寡(guǎ)欲】: 욕심이 적다. 【役(yì)於】: [피동형] ……에 의해 부려지다. 【物】: 외부의 사물. 【直道】: 정직한 도리. 【小人】: 지위가 없는 사람, 평민에 대한 낮춤말. 【謹身】: 자신을 단속하다, 스스로를 삼가하다. 【節用】: 씀씀이를 절약하다. 【遠】: 멀리하다. 【豐】: 풍요롭게 하다.

40) 故曰:「儉, 德之共也。」 → 그래서「절검은 모든 덕행의 공통된 특징이다.」라고 한 것이다.

41) 侈則多欲: 君子多欲, 則貪慕富貴, 枉道速禍; 小人多欲, 則多求妄用, 敗家喪身; → 사치하게 되면 욕심이 많아지니, 군자가 욕심이 많으면, 부귀를 탐하고 흠모하여, 정도를 벗어나 화를 부르게 되고, 소인이 욕심이 많으면, 많이 추구하고 함부로 낭비하여, 패가망신하게 된다.
【貪慕(tān mù)】: 탐하고 흠모하다. 【枉(wǎng)道】: 정도를 벗어나다, 바른 길을 걷지 않다. ※「枉」: 굽나, 왜곡뇌나. 【速禍(sù huò)】: 화글 부르다. ※「速」: 부르디, 효래터디. 【妄(wàng)用】: 많이 추구하고 함부로 낭비하다. 【敗家喪身】: 패가망신하다.

42) 是以居官必賄, 居鄉必盜。 → 그래서 (사치하는 사람들이) 관리의 자리에 있으면 반드시 뇌물을 받게 되고, (평민으로) 마을에 거처하면 반드시 도둑질을 하게 된다.

惡之大也。」⁴³⁾ 昔正考父饘粥以餬口；孟僖子知其後必有達人。⁴⁴⁾ 季文子相三君，妾不衣帛，馬不食粟，君子以爲忠。⁴⁵⁾ 管仲鏤簋朱紘，山節藻梲，孔子鄙其小器。⁴⁶⁾ 公叔文子享衛靈公，史鰌知其及

【是以】: 그래서, 그러므로. 【居官】: 관리의 자리에 있다. 【賄(huì)】: 뇌물을 받다. 【居鄕】: 마을에 거처하다, 즉「평민」을 가리킨다.

43) 故曰:「侈, 惡之大也。」→ 그래서 말하길「사치는, 악행 중의 가장 큰 것이다.」라고 한 것이다.

44) 昔正考父饘粥以餬口；孟僖子知其後必有達人。→ 옛날 정고보는 죽을 먹고 가난하게 살았는데, 맹희자는 그 후손 중에 반드시 크게 성공할 사람이 있을 것을 미루어 알았다.
【正考父】: [인명] 정고보. ※《左傳·昭公七年》의 기록에 의하면, 정고보는 춘추시대 宋의 宗族인 弗父何(불보하)의 曾孫으로 上卿이란 귀족이었으며, 지위가 높아질수록 더욱 겸손했다. 孔父嘉(공보가)를 낳은 후 별도로 종파를 만들고 字를 孔氏라 했는데, 孔子는 바로 그의 후예이다. 【饘粥(zhān zhōu)】: 죽. 【餬(hú) 口】: 입에 풀칠하다. 즉, 겨우 먹고 살다. 【孟僖(xī) 子】: [인명] 춘추시대 魯나라의 大夫. 【達人】: 높은 관직에 오른 사람, 크게 성공한 사람.

45) 季文子相三君, 妾不衣帛, 馬不食粟, 君子以爲忠。→ 계문자는 세 임금을 보필했으나, 첩에게는 비단옷을 입히지 않고, 말에게는 조를 먹이지 않아, 군자들이 (그를) 충신이라고 여겼다.
※ 이 내용은《左傳·襄公五年》에 보인다.
【季文子】: 魯나라의 대부. 성은 季孫, 이름은 行父. 【相(xiàng)】: 보좌하다, 보필하다. 【三君】: 魯나라의 세 임금. 宣公·成公·襄公. 【衣(yì)】: [동사] 입히다. 【帛(bó)】: 비단. 【食(sì)】: 먹이다. 【以爲】: ……라고 여기다.

46) 管仲鏤簋朱紘, 山節藻梲, 孔子鄙其小器。→ 관중이 꽃무늬를 새긴 祭器를 사용하고 모자에 붉은 색의 갓끈을 달았으며, 저택의 대들보 받침목에 산의 모양을 새기고 대들보 위의 짧은 기둥에 水草 무늬를 새긴 것에 대해, 공자는 그를 그릇이 작다고 멸시했다.
※관중에 관한 이 고사는《禮記·雜記》下에 보인다.
【管仲】: [인명] 춘추시대 齊 桓公의 재상. 이름은 夷吾, 자는 仲. 탁월한 재능으로 환공을 春秋五覇의 하나가 되게 했다. 【鏤簋(lòu guǐ)】: 꽃무늬를 새긴 祭器. ※「鏤」: 새기다.「簋」: 옛날 제사 때 기장을 담던 그릇. 【朱紘(hóng)】: 모자에 달린 붉은색의 갓끈. 【山節】: 산 모양을 새긴 대들보의 받침목. ※「節」: 대들보의 받침목. 【藻梲(zǎo zhuō)】: 수초 무늬를 새긴 대들보 위의 짧은 기둥. ※「藻」: 水草.「梲」: 대들보 위의 짧은 기둥. 【鄙(bǐ)】: 멸시하다, 경멸하다. 【小器】: 그릇이 작다, 도량이 좁다.

47) 公叔文子享衛靈公, 史鰌知其及禍; 及戌, 果以富得罪出亡。→ 공숙문자가 위령공에게 향연을 베풀기로 하자, 사추는 그에게 재앙이 닥칠 것을 알았는데, 아들 수에 이르자, 과연 부귀로 인해 죄를 얻어 (魯나라로) 도망쳤다.
※이 고사는《左傳·定公十三年》과《左傳·定公十四年》에 보인다.
【公叔文子】: [인명] ①춘추시대 衛나라의 大夫 公孫拔 또는 公孫枝라는 설. ②衛나라의 대부

禍; 及成, 果以富得罪出亡。⁴⁷⁾ 何曾日食萬錢, 至孫以驕溢傾家。⁴⁸⁾ 石崇以奢靡誇人, 卒以此死東市。⁴⁹⁾ 近世寇萊公豪侈冠一時, 然以功業大, 人莫之非, 子孫習其家風, 今多窮困。⁵⁰⁾

其餘以儉立名, 以侈自敗者多矣, 不可徧數, 聊擧數人以訓汝。⁵¹⁾ 汝非徒身當服行, 當以訓汝子孫, 使知前輩之風俗云。⁵²⁾

公叔發이라는 설. 【享】: 향연을 베풀다. 【衛靈公】: 춘추시대 衛나라의 군주. 이름은 元, 재위 42년. 【史鰌(qiū)】: [인명] 衛의 大夫, 자는 子魚. 【及禍】: 화를 만나다, 재앙이 닥치다. 【戍(shù)】: 公叔文子의 아들. 【出亡】: 도망치다.

48) 何曾日食萬錢, 至孫以驕溢傾家。 → 하증은 먹고 마시는 데 하루에 만금을 썼는데, 손자에 이르러 오만함이 지나쳐서 가세가 기울고 말았다.
   【何曾】: [인명] 자는 潁考, 晉 武帝 때 太傳를 지냈다. ※《晉書·何曾傳》에 자세한 기록이 있다. 【以】: ……로 인해. 【驕溢(jiāo yì)】: 오만함이 지나치다. ※「溢」: 지나치다, 넘치다. 【傾(qīng)家】: 가세가 기울다.

49) 石崇以奢靡誇人, 卒以此死東市。 → 석숭은 사치와 낭비로써 남에게 뽐내다가, 마침내 이로 인해 형장에서 죽었다.
   【石崇(chóng)】: [인명] 晉나라 사람으로 자는 季倫. ※《晉書·石崇傳》에 자세한 기록이 있다. 【誇(kuā)】: 뽐내다, 자랑하다, 과시하다. 【卒】: 마침내. 【東市】: 晉의 도읍인 洛陽 동쪽에 있는 형장. ※옛날에는 반드시 형을 저자에서 집행했는데, 그 자리가 낙양의 동쪽에 있었으므로 「東市」라 불렀다.

50) 近世寇萊公豪侈冠一時, 然以功業大, 人莫之非, 子孫習其家風, 今多窮困。 → 근자에 구래공은 사치가 당시에 으뜸이었지만, 공이 컸기 때문에 남들이 그를 비난하지 않았으나, 자손들은 그 가풍에 습관이 되어, 지금 대다수가 곤궁해졌다.
   【寇萊公】: 성은 寇, 이름은 准, 자는 平仲이며, 宋 眞宗 초기에 재상을 지냈다. ※《宋史·寇准傳》에 자세한 기록이 있다. 【豪侈】: 사치하다. 【冠(guàn)】: 우뚝하다, 으뜸이다. 【一時】: 한때, 당시. 【人莫之非】: [人莫非之의 도치형태] 사람들이 그를 비난하지 않다. 【多】: 대다수, 거의.

51) 其餘以儉立名, 以侈自敗者多矣, 不可徧數, 聊擧數人以訓汝。 → 기타 절검으로 이름을 세웠다가, 사치로 인해 스스로 망친 사람이 많은데, 일일이 다 열거할 수 없어, 잠시 몇 사람을 들어 너를 훈계하였다.
   【自敗】: 스스로를 망치다. 【徧(biàn)】: 모두, 두루, 일일이. 【數(shǔ)】: 세다, 열거하다. 【聊(liáo)】: 잠시, 잠깐, 우선.

52) 汝非徒身當服行, 當以訓汝子孫, 使知前輩之風俗云。 → 너는 오직 자신만 실행할 것이 아니라, 마땅히 너의 자손에게 가르쳐서, 그들로 하여금 이전 사람들의 풍속습관을 알게 하여야 한다.
   【徒(tú)】: 다만, 오직. 【身】: 자신, 자기. 【當】: 마땅히. 【服行】: 실행하다. 【云】: [어조사].

解題 및 本文 要旨說明 🐘

　본문은 司馬光이 아들 司馬康에게 근검절약을 숭상하도록 훈계하는 서신이다. 司馬康은 자가 公休이며, 校書郎과 著作佐郎兼侍講을 지냈다. 사람됨이 청렴하고 결백하여 재물을 입에 올리지 않았는데,《宋史·司馬康傳》에「途之人見其容止, 雖不識, 皆知爲司馬氏子也。」라고 한 것을 보면 사마광의 아들에 대한 영향이 컸음을 알 수 있다.

　본문은 4단락으로 구성되어 있다. 첫째 단락에서는 작자 자신의 천성이 검소하다는 것과 근검절약이 곧 미덕이라는 것을 믿는다는 논지를 밝혔고, 둘째 단락에서는 당시의 풍조가 날로 사치로 치달아 마땅히 시정되어야 한다는 것을 역설했으며, 셋째 단락에서는 입신출세한 사람들의 근검절약 사례와 名言을 예로 들어 밝혔고, 넷째 단락에서는 근검과 사치의 家門成敗에 대한 관계를 논하고, 아울러 자손들이 근검절약을 실행하도록 독려하였다.

　사마광의 가식 없는 검소한 생활태도와 자식에 대해 근엄하면서도 자상하게 이끌어 주는 교육방법이 오늘에 이르기까지 좋은 본보기가 되고 있다.

編年史의 집대성 − 資治通鑑

《자치통감》은 북송 사마광이 편찬책임을 맡아 완성한 중국의 유명한 역사책으로, 전체의 구성은 본문 294권과 목록 및 考異 각 30권이며, 戰國時代로부터 五代에 이르기까지 1362년 동안의 史實을 기록하고 있다. 이 책을 편찬한 목적은 書名에서 알 수 있듯이 「통치계층에게 나라를 다스리는 경험과 교훈을 제공하는 거울」이라는 의미이다. 이러한 목적에 따라, 이 책은 역대의 治亂과 흥망성쇠에 관한 중대한 사실들을 매우 상세하게 서술했다.

이 책의 편찬에 참가한 사람은 司馬光 외에 劉攽, 劉恕, 范祖禹 등 이다. 유반은 兩漢부분을 맡고, 유서는 魏晉南北朝 부분을, 범조우는 唐, 五代 부분을 맡았으며, 사마광이 책의 완성을 총괄하였다. 그리고 사마광의 아들 司馬康이 문자의 교정 작업을 맡았다. 英宗 治平3년(1066)에 시작하여 神宗 元豊7년(1084)에 완성하여, 장장 19년이 걸렸다.

범조우의 말에 의하면, 사마광은 《자치통감》의 편찬과정 내내 매일 아침 일찍 일어나 작업을 시작하여 한밤중에 되서야 겨우 잠자리에 들었다고 한다. 그가 매일 사용한 원고지는 길이가 1丈을 넘었고, 흘려 쓴 글자가 한 자도 없었다. 《자치통감》이 완성된 후, 洛陽에 보존했던 사용하지 않은 잔여원고가 두 방에 가득 쌓여 있었다. 사마광은 進書表(책을 진상하는 글)에서 「평생의 정력을 이 책에 다 써버렸다.」라 했는데, 허황된 말이 아닌 듯하다.

《자치통감》의 편찬은 두 시기로 나누어 진행되었다. 제1시기는 1066−1070 동안으로 開封에서 작업을 했는데, 5년 동안 周, 秦, 漢, 魏의 역사 78권을 완성하고, 제2시기는 1071−1084 동안으로 洛陽에서 작업을 했는데, 14년 동안 晉에서 後周까지의 역사 216권을 완성했다.

《자치통감》은 宋代 이후 역사학자들의 추앙을 받았고, 또한 많은 사람들이 이를 모방하여 같은 체제의 역사책을 펴냈는데, 예를 들면 宋 李燾의 《續資治通鑑長編》, 淸 畢沅의 《續資治通鑑》 등이 있다.

사마광 등은 《자치통감》을 편찬할 때, 正史 외에도 雜史 320여 종을 자료로 삼았고, 眞僞異同을 고증하기 위해 한 가지 사건에 왕왕 3−4종의 책을 참고하여 진실을 구하고자 했다.

《자치통감》의 편찬 방법은 연대 순서에 따라 사실을 안배하는 편년체로서, 서사가 간명하고 문장이 세련되어, 비단 역사서뿐만 아니라 고전문학작품으로 읽어도 충분한 가치가 있다. (譚全, 《中國歷代重要典籍淺說》, 台北, 源流出版社, 1982 참조)

35

傷仲永

[宋] 王安石

作者 ○

王安石(1021-1086)은 北宋의 정치가요 사상가인 동시에 저명한 문인으로 자는 介甫, 호는 半山이며, 撫州 臨川(지금의 江西省 撫州市) 사람이다. 宋 眞宗 天禧 5년에 출생하여 哲宗 元年에 향년 66세로 세상을 떠났다. 仁宗 慶曆 2년(1042)에 진사에 급제하여 淮南判官·鄞縣知縣·舒州通判·常州知州·江南東路提点刑獄 등을 역임했다. 이처럼 江西·浙江일대에서 오래 지방관리를 지내는 동안 일련의 개혁조치를 추진하며 뛰어난 정치적 재능을 보여주었다. 仁宗 嘉祐3년(1058) 京城으로 돌아와 三司度支判官을 지내면서, 얼마 후 이른바 「萬言書」라고 하는 《上仁宗皇帝言事書》를 올려 變法을 제기, 「積貧積弱」의 개선을 요구하며 富國强兵의 정책을 추진해 나갔는데, 이러한 정책이 인정을 받아 神宗 熙寧 2년(1069) 參知政事(副宰相)를 거쳐 이듬해에는 마침내 同中書門下平章事라는 宰相의 직책에 올랐다. 재상에 오른 후, 그는 神宗을 배경으로 新法을 추진하고, 관료지주와 豪商의 특권을 억제하면서 자신의 정치주장과 포부를 기대했으나, 절대다수인 보수파의 격렬한 반대에 부딪쳐 좌절을 맛보고, 결국 熙寧 7년(1074) 재상의 자리에서 물러나고 말았다. 그 이듬해 다시 재상으로 복귀했으나 이 때는 神宗이 계속되는 개혁에 흥미를 잃고, 變法派 내부에서도 모순이 발생한 데다, 아들마저 病死하는 집안의 우환으로 인해 심한 정신적 타격을 받고, 복귀한지 1년 만에 재상의 자리에서 물러나게 된다. 그 후 왕안석은 江寧(지금의 江蘇省 南京)에 살다가, 元豊 8년(1085) 神宗이 병사하고 舊黨派인 司馬光이 재상이 되어 신법을 전면 폐지하자, 王安石은 분개한 나머지 병이 들어 이듬해 66세의 나이로 세상을 떠났다.

　王安石은 문학의 사회적 기능을 중시하여 문장이란 「반드시 세상에 보탬이 되도록 써야 한다.(務爲有補於世。)」고 주장했는데, 그의 詩文에는 時弊를 폭로하고 사회모순을 반영하는 작품이 매우 많다. 산문은 웅장하고 힘이 있어 唐宋八大家의 하나로 꼽히고 있고, 시는 청신하고 힘이 있기로 유명하다. 저서로《臨川集》130권을 비롯하여《臨川集拾遺》·《三經新義》중의《周官新義》殘卷·《老子注》·《唐百家詩選》등이 있다. 그리고 그의 저서에 대한 後人들의 註釋書로 宋 李璧의《王荊公詩箋注》와 淸 沈欽韓의《王荊公文集注》가 있다.

註釋 ✑

　　金溪民方仲永, 世隸耕。¹⁾ 仲永生五年, 未嘗識書具, 忽啼求之。²⁾ 父異焉, 借旁近與之, 卽書詩四句, 幷自爲其名。³⁾ 其詩以養父母·收族爲意, 傳一鄕秀才觀之。⁴⁾ 自是, 指物作詩立就, 其文

---

1) 金溪民方仲永, 世隸耕。➡ 금계의 백성 방중영은, 대대로 농사를 생업으로 하고 있다.
　【金溪(xī)】: [지명] 지금의 江西省 金溪縣. 【世】: 대대로, 대를 이어. 【隸耕(lì gēng)】: 농사를 생업으로 하다. ※「隸」: 예속하다, ……속하다.

2) 仲永生五年, 未嘗識書具, 忽啼求之。➡ 중영은 다섯 살이 되기까지, 아직 필기도구를 알지 못했는데, 어느 날 갑자기 울면서 그것을 요구했다.
　【生五年】: 생후 5년, 5살. 【未嘗】: ……한 적이 없다, 아직 ……하지 못하다. 【書具】: 書寫도구, 필기도구(붓·먹·종이·벼루 등). 【忽(hū)】: 갑자기. 【啼(tí)】: 울다. 【之】: [대명사] 그것, 즉 필기도구.

3) 父異焉, 借旁近與之, 卽書詩四句, 幷自爲其名。➡ 아버지가 이에 대해 기이하게 생각하여, 이웃집에서 빌려다가 그에게 주자, 즉시 시 4句를 쓰고, 동시에 스스로 자기의 이름을 써넣었다.
　【異焉(yì yān)】: 이에 대해 기이하게 생각하다. ※「焉」은 「於之」의 합친 말. 따라서 「異焉」은 즉 「異於之」이다. 陳壽《三國志·蜀書·諸葛亮傳》에「容貌甚偉, 時人異焉。」라는 표현이 있다. 【旁近】: 이웃, 혹 근처. 【與(yǔ)】: 주다. 【卽】: 마도, 곧. 【書】: 쓰다. 【幷】: 아울러, 동시에. 【自爲其名】: 스스로 자기 이름을 써넣다. ※「爲」: [동사] 적다, 쓰다.

4) 其詩以養父母·收族爲意, 傳一鄕秀才觀之。➡ 그 시는 부모의 공양·동족의 단결을 취지로 하고 있어, 온 마을 수재들에게 전해 그것을 보도록 했다.
　【收族】: 동족을 단결시키다. 【意】: 내용, 취지. 【一鄕】: 마을 전체, 온 마을.

理皆有可觀者。⁵⁾ 邑人奇之, 稍稍賓客其父, 或以錢幣乞之。⁶⁾ 父利其然也, 日扳仲永環謁於邑人, 不使學。⁷⁾

余聞之也久。⁸⁾ 明道中, 從先人還家, 於舅家見之, 十二三矣;⁹⁾ 令作詩, 不能稱前時之聞。¹⁰⁾ 又七年, 還自揚州, 復到舅家問焉。¹¹⁾ 曰:「泯然衆人矣!」¹²⁾

---

5) 自是, 指物作詩立就, 其文理皆有可觀者。➡ 이 때부터, 물건을 지적하여 시를 짓도록 하면 즉시 완성했고, 그 문장과 내용 모두가 매우 볼 만한 것이 있었다.
   【自是】: 이 때부터, 이로부터. 【指】: 지적하다, 가리키다. 【立就】: 즉시 완성하다, 즉시 지어내다.
   ※「立」: 즉시. 「就」: 완성하다. 【文理】: 문사와 내용. 【可觀者】: 볼만한 것.

6) 邑人奇之, 稍稍賓客其父, 或以錢幣乞之。➡ 마을 사람들은 그를 기이하게 생각하여, 점차 그의 부친을 빈객으로 청하기도 하고, 혹은 돈을 가지고 (仲永의 시를) 간곡히 요구하기도 했다.
   【奇之】: 以之爲奇. 그를 기이하게 여기다. ※「奇」는 「기이하다」는 뜻의 형용사를 「기이하게 여기다」라는 동사로 활용한 형태. 【稍(shāo)稍】: 점차, 차츰. 【賓客】: 賓客으로 청해가다. ※명사를 동사로 활용한 형식. 【錢幣(qián bì)】: 돈, 금전. 【乞(qǐ)】: 간곡히 요구하다.

7) 父利其然也, 日扳仲永環謁於邑人, 不使學。➡ 중영의 부친이 그러한 상황을 잇속으로 생각하여, 날마다 중영을 잡아끌고 이곳저곳 마을 사람들을 찾아다니며, (중영으로 하여금) 공부를 할 수 없도록 만들었다.
   【利】: 잇속으로 생각하다. 【其然】: 그러한 상황. 즉「마을 사람들이 仲永으로부터 시를 얻기 위해 돈을 준 일」을 가리킨다. 【扳(bān)】: 잡아끌다. 【環謁(huán yè)】: 두루 찾아보다. 【不使學】: 공부를 할 수 없도록 만들다.

8) 余聞之也久。➡ 내가 이 일을 들은 지도 오래 되었다.

9) 明道中, 從先人還家, 於舅家見之, 十二三矣;➡ 명도 연간에, 선친을 따라 고향집에 돌아와, 외삼촌댁에서 방중영을 보았을 때, 그는 이미 열두세 살이 되어 있었다.
   【明道】: 宋 仁宗의 연호. 【從】: 따르다, 뒤쫓다. 【先人】: 조상, 선친. ※본문에서는 王安石의 작고한 부친을 가리킨다. 【舅(jiù)】: 외삼촌. 【之】: [대명사] 그, 즉 방중영.

10) 令作詩, 不能稱前時之聞。➡ 그에게 시를 짓도록 해보니, 이전에 듣던 바와 전혀 달랐다.
    【令(lìng)】: ……하게 하다, 시키다. 【稱(chèn)】: ……과(와) 부합하다, ……과(와) 어울리다.
    【前時之聞】: 이전에 듣던 바.

11) 又七年, 還自揚州, 復到舅家問焉。➡ 또 7년 만에, 양주로부터 돌아와, 다시 외삼촌댁에 가서 그에 대해 물었다.

王子[13]曰：「仲永之通悟，受之天也。[14] 其受之天也，賢於材人遠矣。[15] 卒之爲衆人，則其受於人者不至也。[16] 彼其受之天也，如此其賢也，不受之人，且爲衆人；[17] 今夫不受之天，固衆人，又不受之人，得爲衆人而已耶？[18]」

【還(huán)自】：……로부터 돌아오다. 【揚州】：[지명] 지금의 江蘇省 揚州市. 【問焉(yān)】：問於之, 그에 대해 묻다. ※「焉」：於之, 그에 대해, 즉 왕중영에 대해.

12) 曰：「泯然衆人矣!」 ➡ 대답해 말하길 「(재능이) 이미 없어져 보통사람이 되어 버렸어!」라고 했다.
　　【泯(mǐn)然】：소멸된 모양. 여기서는 「아무런 재능이 없어지다」라는 뜻. 【衆人】：보통사람, 평범한 사람.

13) 王子 ➡ 작자 자신에 대한 호칭, 즉 王安石.

14) 仲永之通悟, 受之天也。 ➡ 중영의 통달하고 총명함은, 하늘로부터 받은 것이다.
　　【通悟(tōng wù)】：통달하고 총명함. 【受之天】：受之(於)天, 하늘로부터 받다, 천부적이다.

15) 其受之天也, 賢於材人遠矣。 ➡ 그의 천부적인 지혜는, 교육을 받은 인재보다 월등히 뛰어났다.
　　【其】：[대명사] 그 사람, 즉 방중영. 【賢(xián)】：현명하다, 뛰어나다, 훌륭하다. 【於】：……보다. 【材人】：재능 있는 사람, 교육을 받은 人才. 【遠】：월등하다.

16) 卒之爲衆人, 則其受於人者不至也。 ➡ 끝내 보통사람이 된 것은, 바로 그가 사람에게서 받은 교육이 부족하기 때문이다.
　　【卒之】：끝내, 마침내, 결국. 【爲】：……이 되다. 【衆人】：보통 사람. 【則】：바로, 곧. 【受於人者】：사람에게서 받은 것. 즉, 사람에게서 받은 교육. ※이는 앞의 「受之天」과 대칭으로 사용하여, 하늘에서 받은 것은 천부적이요, 사람에게서 받은 것은 후천적 교육을 말한다. 【不至】：부족하다.

17) 彼其受之天也, 如此其賢也, 不受之人, 且爲衆人; ➡ 그 천부적인 재질이, 이와 같이 뛰어났다 해도, 사람에게서 교육을 받지 않으면, 또한 보통사람이 되고 만다.
　　【彼其】：[복합대명사] 그(들), 그것(들). 【且】：역시, 또한.

18) 今夫不受之天, 固衆人, 又不受之人, 得爲衆人而已耶? ➡ 오늘날 무릇 천부적 재질을 타고나지 못한 사람은, 본래가 보통사람인데, 다시 사람에게서 교육을 받지 않으면, 보통사람만이라도 될 수 있겠는가?
　　【夫】：[발어사] 무릇, 대저. 【固(gù)】：본래. 【得爲】：될 수 있다. 【而已】：……뿐, ……만. 【耶(yé)】：[어조사] 의문 · 반문을 나타냄.

解題 및 本文 要旨說明

《傷仲永》은 왕안석이 젊었을 때 쓴 글이다. 내용은 神童인 方仲永이란 농촌의 꼬마아이가 어려서 총명하기 이를 데 없었지만 후에 교육을 받지 못하고 점차 퇴보하여 결국 평범한 아이로 돌아가는 과정을 기술한 것이다. 비록 천부적인 소질을 타고났다 해도 후천적으로 학습에 주의를 기울이지 않으면 무용지물이 된다는 것을 교훈적으로 설명하고 있다.

《傷仲永》은 독자들의 많은 흥미를 이끌어 내고 있는데, 이는 문장의 작성에서 효과적이고 탁월한 창작기교를 발휘했기 때문이다.

첫째는, 「억제를 목적으로 먼저 칭찬」하는 창작기교이다. 작자는 먼저 方仲永이 총명하고 출중한 천부적 재능을 가진 神童이라는 것을 의도적으로 부각시키고 있다. 그러나 그 부친이 仲永의 그러한 자질을 이용하여 이익을 꾀할 목적으로 마을 사람을 찾아다니는 상황을 서술한 것은, 독자로 하여금 神童의 장래가 어떻게 변화한다는 것을 예상케 하는 암시이며, 작자가 그러한 부친의 행위를 의도적으로 억제하는 교훈적 시사라고 할 수 있다. 이러한 창작기교는 곡절과 변화 속에서 주제를 돌출시키고 표현효과를 증진시키는 작용을 하게 된다.

둘째는, 선명한 對比의 서술기법이다. 작자는 「未嘗識書具」와 「忽啼求之」의 대비를 시작으로, 다섯 살 때의 「卽書詩四句」·「指物作詩立就」와 열두세 살 때의 「不能稱前時之聞」 및 7년 후의 「泯然衆人」 등 일련의 대비법을 사용하여, 부단히 배우고 교육을 받아야 진보한다는 이치를 실감나게 서술하고 있다.

古文 학습의 텍스트 — 古文觀止

先秦시기로부터 淸末에 이르는 3천여 년 동안의 문장은 諸子百家와 역사서 그리고 각종 문집 및 단편 잡저 등을 합치면 그 수가 헤아릴 수 없이 많다. 때문에 고전을 읽으려면 부득이 골라 읽는 수밖에 없다. 그래서 선인학자들이 나름대로 名文들을 모아 각종 古文選集을 만들어 후학들에게 읽을거리를 제공하였다. 그러나 선진시기로부터 청말에 이르기까지의 각종 문장을 정선하여 독자들의 구미에 맞게 편찬된 책은 극히 드물다. 예를 들어 《昭明文選》은 문선의 범위가 詩文에 불과하고 시기도 南齊에서 그치며, 南宋 呂祖謙의 《古文關鍵》이나 明 茅坤의 《唐宋八大家文鈔》는 唐, 宋 2대에 국한되었고, 이밖에 姚鼐의 《古文辭類纂》은 經, 子, 史傳을 제외했는가 하면, 曾國藩의 《經史百家雜鈔》는 분량이 방대하면서도 南北朝의 騈文이 빠져있다. 따라서 고문학습을 위해서는 적당한 텍스트가 필요했다.

《고문관지》는 淸 康熙34년(1695)에 吳楚材와 吳調侯가 초학자들을 위해 편집한 고문 학습서로 先秦에서 明代까지의 문장 222편을 정선하고 여기에 評注를 달았다. 비록 편자들이 이름난 학자는 아니라 해도 요지가 간명하고 분량이 적당하며 어느 파벌에 치우침이 없이 역대의 여러 문체를 고루 채택하였다.

그러나 엄격히 말하면 《고문관지》 역시 우리가 바라는 조건에 미흡한 여러 가지 결점을 지니고 있는 것도 사실이다.

(1) 先秦文에서 諸子散文이 빠지고, 《左傳》의 문장이 너무 많다.

(2) 秦文에서 《卜居》, 《對楚王問》을 수록하고도 漢賦를 제외했으며, 《史記》의 문장이 특히 많은 반면 《漢書》의 문장이 한 편도 없다.

(3) 三國에서 魏晉南北朝까지는 중국문학사상 순문학이 발달한 시기이지만 겨우 8편에 불과하여 시대를 대표하기에 부족하다.

(4) 唐代의 문장은 주로 韓愈와 柳宗元에 지나치게 치중하여 편파적이다.

(5) 元代와 淸代의 문장이 완전히 배제되었다.

(6) 전체적으로 보아 「載道」 위주의 문장이 많고, 서사나 서정문이 매우 부족하다.

어쨌거나 《고문관지》는 세상에 선을 보인 후, 200여 년 동안 시종 독자들의 사랑을 받으며 마치 《唐詩三百首》처럼 난해한 고전문학 작품을 통속적인 독서물로 만들어 고문학습에 기여했다는 점에서 상당한 평가를 받을 만하다.

36

石鐘山記

[宋] 蘇軾

作者 ○

蘇軾(1037-1101)은 北宋의 저명한 사상가요 문학가로 자가 子瞻, 호는 東坡居士이며 眉州 眉山(지금의 四川省 眉山縣) 사람이다. 그는 부친 蘇洵, 동생 蘇轍과 더불어 唐宋八大家의 한 사람이며, 그의 아들 蘇過도 文才로써 이름을 날렸다.

소식은 仁宗 嘉祐 2년(1057) 21세의 나이로 진사에 급제하여 主簿 · 判官 · 中丞 등을 지냈다. 神宗 熙寧 4년(1071) 新黨 王安石의 변법을 반대했다가 杭州通判으로 폄적되었고, 후에 密州(지금의 山東省 諸城縣) · 徐州(지금의 江蘇省 徐州市) · 湖州(지금의 浙江省 吳興縣) 등의 知州를 지냈다. 그리고 神宗 元豊 2년(1079)에는 또 「烏台詩案」 즉, 新法을 풍자하는 시를 썼다 하여 諫官인 李定 · 徐亶 · 何正臣 등으로부터 탄핵을 받아 옥살이를 한 후, 풀려나서 黃州(지금의 湖北省 黃岡縣)의 團練副使로 폄적되는 수모를 당하기도 했다. 그 후 哲宗 元祐 원년(1086) 司馬光을 우두머리로 하는 구당파가 득세하자 이를 계기로 다시 부름을 받아 中書舍人 · 翰林學士兼侍讀을 지내면서, 왕안석의 신법에 대해 전면적인 부정은 옳지 못하며 부분적인 장점은 채택해야 한다는 주장을 폈다가 구당파의 배척을 받아 杭州 · 穎州(지금의 安徽省 阜陽縣) · 揚州 · 定州(지금의 河北省 定縣) 등지의 知州로 좌천되었다. 그 후 哲宗 紹聖 원년(1094) 신당파가 다시 득세하였으나 소식은 오히려 구당파에 의존했다는 이유로 폄적을 거듭하며 惠州(지금의 廣東省 惠陽縣)에서 瓊州(지금의 海南島)로 옮겨갔다. 줄곧 이러한 생활이 계속되다가 徽宗이 즉위하여 建中 靖國 원년

(1101) 대사면을 시행하자 京師로 돌아올 기회를 맞았으나, 이때 이미 나이 60을 넘긴 소식은 귀환 도중 江蘇 常州에서 세상을 떠나고 말았다. 시호를 文忠이라 했으며, 문집으로《東坡全集》115권이 전한다.

그는 여러 차례 관리사회의 부침을 겪으면서 서민과의 접촉이 많았던 관계로 당시의 사회현실에 대해 깊이 이해하고 있었으며, 이로 인해 그의 詩·文에는 강렬한 시민의식이 담겨 있다. 그의 詩·詞·文은 모두 前人들을 능가하는 성취를 거두고 있을 뿐 아니라 文理가 자연스럽고 기세가 호방하며 청신하고 유창하여 후세 문인들에 대해 지대한 영향을 주었다.

註釋 ☞

　　《水經》云:「彭蠡之口, 有石鐘山焉。」[1] 酈元以爲「下臨深潭, 微風鼓浪, 水石相搏, 聲如洪鐘」;[2] 是說也, 人常疑之。[3] 今以鐘磬

---

1) 《水經》云:「彭蠡之口, 有石鐘山焉。」➡《水經》에 말하길「파양호의 입구에는 석종산이 있다.」라고 했다.
　　【水經】: [서명] 전국 하천의 흐름을 체계적으로 기록한 고대 중국의 지리서.《新唐書·藝文志》에는 작자를 (漢) 桑欽 또는 (西晉) 郭璞이라 했으나, 淸代 학자의 고증에 의하면 三國시대 사람이 지은 것이라 한다. 【彭蠡(péng lǐ)】: 鄱陽湖. 지금의 江西省 북부에 있으며, 長江과 통한다. 【石鐘山】: [산 이름] 江西省 湖口縣 鄱陽湖의 東岸에 있다. 산은 두 곳이 있는데, 현의 남쪽에 있는 산을 上鐘山, 현의 북쪽에 있는 산을 下鐘山이라 한다. 두 산은 각각 높이가 5-6백 尺, 둘레가 10여 리(1리는 0.5km)이며, 서로 마주 보고 있어 현지 주민들은 이를 「雙鐘」이라 부른다.

2) 酈元以爲「下臨深潭, 微風鼓浪, 水石相搏, 聲如洪鐘」; ➡ 역도원은「(석종산) 아래쪽은 깊은 못과 맞닿아 있는데, 미풍이 파랑을 일으키면 파도가 바위를 쳐서, 그 소리가 마치 큰 종이 울리는 것과 같다」고 여겼다.
　　【酈(lì)元】: [인명] 酈道元. ※중국 고대의 지리학자. 北魏 范陽 涿鹿(지금의 河北省 涿鹿縣 남쪽)사람으로, 자는 善長이며 저서로《水經注》40권이 있다. 【以爲】: ……라고 여기다, ……라고 생각하다. 【臨(lín)】: 면하다, 맞닿다. 【潭(tan)】: 빈못. 【鼓(yǔ)】: 출렁이다, 일으키다. 【搏(bó)】: 부딪치다. ※호수의 파도가 산의 바위를 치는 것을 가리킨다. 【洪鐘】: 큰 종. 여기서는 「큰 종소리」를 뜻한다.

3) 是說也, 人常疑之。 ➡ 이 말을, 사람들은 항상 의심해 왔다.
　　【是說】: 이 말. 【常】: 항상, 줄곧.

置水中, 雖大風浪不能鳴也, 而況石乎! 4) 至唐, 李渤始訪其遺蹤, 得雙石於潭上;5) 扣而聆之, 南聲函胡, 北音淸越, 枹止響騰, 餘韻徐歇;6) 自以爲得之矣。7) 然是說也, 余尤疑之。8) 石之鏗然有聲者, 所在皆是也, 而此獨以鐘名, 何哉?9)

元豐七年六月丁丑, 余自齊安舟行適臨汝, 而長子邁將赴饒

---

4) 今以鐘磬置水中, 雖大風浪不能鳴也, 而況石乎! → 지금 경쇠를 물 속에 놓아 보니, 비록 큰 풍랑이 일어도 소리가 나지 않는데, 하물며 돌에 있어서랴!
【鐘磬(qìng)】: 경쇠. ※옛날 악기의 일종으로 옥이나 돌로 만든 굽은 모양의 평면체. 매달아 놓고 쳐서 소리를 낸다. 【鳴(míng)】: 울리다, 소리를 내다. 【況(kuàng)】: 하물며.

5) 至唐, 李渤始訪其遺蹤, 得雙石於潭上; → 唐代에 이르러, 이발이 비로소 그 유적을 탐방하여, 물가에서 한 쌍의 돌을 찾아냈다.
【李渤(bó)】: [인명] 唐代 洛陽人으로 자는 濬之. 憲宗 元和 연간에 江州刺史를 지냈으며, 實地踏査를 거쳐《辨石鐘山記》를 썼다.《新唐書》와《舊唐書》에 그의 傳이 있다. 【始】: 비로소, 처음으로. 【訪】: 탐방하다. 【遺蹤(yí zōng)】: 유적지.

6) 扣而聆之, 南聲函胡, 北音淸越, 枹止響騰, 餘韻徐歇; → 두드리고 들어보니, 남쪽면의 소리는 둔탁한데, 북쪽면의 소리는 맑고 쟁쟁 울리며, 채질을 멈추어도 소리가 여전히 퍼지면서, 여음이 서서히 멈추었다.
【扣(kòu)】: 치다, 두드리다. 【聆(líng)】: 기울여 듣다. 【函胡(hán hú)】: 含糊. 둔탁하다. 【淸越(qīng yuè)】: 맑고 우렁차다. 【枹(fú)】: 桴. 북채. 여기서는 동사용법으로「채질하다, 두드리다.」의 뜻. 【響(xiǎng)】: 울림, 음향. 【騰(téng)】: 널리 퍼지다, 전파되다. 【餘韻(yú yùn)】: 여음. 【徐歇(xiē)】: 서서히 없어지다.

7) 自以爲得之矣。 → (이발은) 스스로 석종산이 유명해진 원인을 찾아냈다고 생각했다.
【以爲】: …… 라고 생각하다. 【之】: [대명사] 그것, 즉 석종산이 유명해진 원인, 소리가 나서 석종산이라 부르게 된 원인.

8) 然是說也, 余尤疑之。 → 그러나 이 말을, 나는 더욱 의심했다.
【是說】: 이 말, 즉 이발이 한 말. 【尤(yóu)】: 더욱.

9) 石之鏗然有聲者, 所在皆是也, 而此獨以鐘名, 何哉? → 돌이 땡그렁 하고 나는 소리는, 어디서나 다 그러한데, 이 곳의 돌을 유독 석종으로 명명한 것은, 무슨 까닭인가?
【鏗(kēng)然】: [금속이나 돌이 부딪쳐 나는 소리] 땡그렁. 【所在】: 곳곳, 모든 곳. 【皆是】: 다 그러하다. 【名】: 命名하다, 이름짓다.

10) 元豐七年六月丁丑, 余自齊安舟行適臨汝, 而長子邁將赴饒之德興尉。 → 원풍 7년 6월 정축

316

之德興尉。¹⁰⁾ 送之至湖口，因得觀所謂石鐘者。¹¹⁾ 寺僧使小童持斧，於亂石間擇其一二，扣之，硿硿焉。¹²⁾ 余固笑而不信也。¹³⁾ 至莫夜，月明，獨與邁乘小舟至絕壁下。¹⁴⁾ 大石側立千尺，如猛獸奇鬼，森然欲搏人；¹⁵⁾ 而山上棲鶻聞人聲亦驚起，磔磔雲霄間；¹⁶⁾ 又

일에, 나는 제안으로부터 배를 타고 임여에 도착했는데, 맏아들 소매가 조만간 요주 덕흥의 현위로 부임하려는 참이었다.

【元豐七年六月丁丑】: 宋 神宗 元豐 7년(1084) 6월 9일. ※「元豐」: 宋 神宗의 두번째 연호. 「丁丑」: 정축일, 당시 9일. 【齊安】: [지명] 지금의 湖北省 黃岡市. 【舟行】: 배를 타고 가다. 【適(shì)】: 이르다, 도달하다. 【臨汝】: [지명] 지금의 河南省 臨汝縣. 【邁(mài)】: 소식의 맏아들 蘇邁, 자는 伯達. 【赴(fù)】: 부임하다. 【饒(ráo)之德興】: [지명] 饒州 德興縣. ※「饒州」: 지금의 江西省 鄱陽縣. 【尉(wèi)】: 縣尉.

11) 送之至湖口，因得觀所謂石鐘者。→ 그를 호구까지 전송하면서, 이로 인해 이른바 석종이라는 것을 보게 되었다.
   【送】: 전송하다. 【之】: [대명사] 그, 즉 소식의 아들 소매. 【湖口】: [지명] 지금의 江西省 湖口縣. 【因】: 이로 인하여, 그리하여. 【得觀】: 보게 되다, 볼 기회를 얻다.

12) 寺僧使小童持斧，於亂石間擇其一二，扣之，硿硿焉。→ 절의 승려가 동자로 하여금 도끼를 가지고, 어지럽게 널린 돌 중에서 한두 개를 골라, 그것을 두들기게 하니, 콩콩 소리가 났다.
   【持(chí)】: 잡다, 지니다. 【斧(fǔ)】: 도끼. 【亂石】: 어지럽게 널린 돌. 【硿(kōng)硿】: [의성어] 콩콩. ※돌을 두들겨서 나는 소리.

13) 余固笑而不信也。→ 나는 물론 웃으면서 믿지 않았다.
   【固】: 물론, 당연히.

14) 至莫夜，月明，獨與邁乘小舟至絕壁下。→ (그 날) 저녁이 되어, 달이 밝자, 나 혼자 소매와 더불어 작은 배를 타고 절벽아래에 이르렀다.
   【莫(mù)夜】: 저녁. ※「莫」: 暮의 本字. 【獨】: 홀로, 혼자. 【與】: ……와 더불어. 【乘(chéng)】: 타다.

15) 大石側立千尺，如猛獸奇鬼，森然欲搏人；→ 큰 바위가 비스듬히 서 있는데 높이가 천 척이나 되고, 마치 사나운 맹수나 괴이한 도깨비가, 섬뜩하게 사람을 잡아가려고 하는 듯했다.
   【側(cè)立】: 비스듬히 서 있다. 【千尺】: [상황어] (높이가) 千尺이 되다. 【森(sēn)然】: 으스스한 모양, 섬뜩한 모양. 【欲】: ……하려고 하다. 【搏(hó)】: 잡다.

16) 而山上棲鶻聞人聲亦驚起，磔磔雲霄間；→ 그리고 산에 서식하는 매가 사람의 소리를 듣자 또한 놀라 날아 오르더니, 하늘에서 찍찍거리고 있다.
   【棲(xī)】: 살다, 서식하다. 【鶻(gú)】: 매. 【驚(jīng)起】: 놀라서 날아 오르다. 【磔(zhé)磔】: [의성어] 찍찍거리다. 【雲霄(yún xiāo)】: 높은 하늘.

有若老人欬且笑於山谷中者, 或曰:「此鸛鶴也。」¹⁷⁾ 余方心動欲還,
而大聲發於水上, 噌吰如鐘鼓不絕。¹⁸⁾ 舟人大恐。¹⁹⁾ 徐而察之, 則
山下皆石穴罅, 不知其淺深, 微波入焉, 涵澹澎湃而爲此也。²⁰⁾ 舟
廻至兩山間, 將入港口, 有大石當中流, 可坐百人,²¹⁾ 空中而多竅,
與風水相吞吐, 有窾坎鐺鞳之聲, 與向之噌吰者相應, 如樂作焉。²²⁾

---

17) 又有若老人欬且笑於山谷中者, 或曰:「此鸛鶴也。」 ➡ 또 마치 노인이 산 속에서 기침하며 웃는
듯한 소리가 들리는데, 어떤 사람이「이것은 황새다」라고 했다.
【若】: ……과 같은. 【欬(kài)】: 기침하다. 【鸛鶴(guàn hè)】: 황새. 【且】: ……하면서 ……하
다.

18) 余方心動欲還, 而大聲發於水上, 噌吰如鐘鼓不絕。 ➡ 나는 막 마음이 불안하여 돌아가려고 하
는데, 수면에서 큰 소리가 나더니, 종이나 북소리처럼 둥둥 울리며 그치지 않았다.
【方】: 막……하다. 【心動】: 마음이 떨리다, 겁나다, 불안을 느끼다. 【還(huán)】: 돌아가다.
【而】: 그런데. 【發】: (소리가) 나다. 【噌吰(chēng hóng)】: [의성어] 땡땡, 둥둥. ※종이나 북
을 치는 소리.

19) 舟人大恐。 ➡ 뱃사공이 크게 놀랐다.
【舟(zhōu)人】: 뱃사공, 선부. 【恐(kǒng)】: 놀라다, 두려워하다.

20) 徐而察之, 則山下皆石穴罅, 不知其淺深, 微波入焉, 涵澹澎湃而爲此也。 ➡ 천천히 그것을
살펴보니, 바로 산 아래가 온통 석굴과 틈새로 형성되어 있는데, 그 깊이를 알 수 없고, 작은 파도가
그곳에 들어가, 출렁이며 부딪쳐서 이러한 소리를 냈다.
【徐而察(chá)】: 천천히 살피다. 【之】: [대명사] 그것, 즉 그 소리. 【石穴】: 석굴. 【罅(xià)】:
(바위의) 틈새, 틈바구니. 【淺深(qiǎn shēn)】: 깊이. 【微波(wēi bō)】: 작은 파도. 【涵澹(hán
dàn)】: 물결이 출렁이다. 【澎湃(péng pài)】: 물결이 부딪쳐 솟구치다. 【爲此】: 이를 만들다. 즉,
「이러한 소리를 내다」.

21) 舟廻至兩山間, 將入港口, 有大石當中流, 可坐百人, ➡ 배가 두 산의 중간쯤 돌아와, 곧 항구로
진입하려고 할 때, 큰 돌 하나가 물 가운데에서 막고 서 있는데, (돌 위는) 족히 백 사람이 앉을 수
있을 만큼 넓었다.
【廻(huí)至】: 돌아오다. 【兩山】: 두 산, 즉 上鐘山과 下鐘山. 【當】: 擋. 막다. 【中流】: 강 가운
데, 물 가운데.

22) 空中而多竅, 與風水相吞吐, 有窾坎鐺鞳之聲, 與向之噌吰者相應, 如樂作焉。 ➡ (돌의) 중
간은 텅 비었고 또한 많은 구멍이 뚫려 있는데, 바람과 물이 서로 들락거려, 쿵쿵 탕탕 소리를 내며,
방금 전의 둥둥하는 소리와 서로 어우러져, 마치 음악을 연주하는 듯했다.
【空(kōng)中】: 中空. 가운데가 비어 있는 상태. 【竅(qiào)】: 굴, 구멍. 【吞吐(tūn tǔ)】: 삼키고

因笑謂邁曰:[23]「汝識之乎?[24] 噌吰者, 周景王之無射也;[25] 窾坎鏜
鞳者, 魏莊子之歌鐘也;[26] 古之人不余欺也。[27]」

　　事不目見耳聞而臆斷其有無, 可乎?[28] 酈元之所見聞, 殆與
余同, 而言之不詳。[29] 士大夫終不肯以小舟夜泊絶壁之下, 故莫能

뱉고 하다, 즉「들락거리다」.【窾坎(kuān kǎn)】: [의성어] 쿵쿵, 쾅쾅. ※물건을 쳐서 나는 소리.
【鏜鞳(tāng tà)】: [의성어] 퉁퉁 탕탕. 즉, 종이나 북을 쳐서 나는 소리.【向之】: 방금의, 이전의.
【相應】: 서로 어우러지다, 서로 호응하다.【樂(yuè)作】: 음악 연주. 음악을 연주하다.

23) 因笑謂邁曰: → 그리하여 웃으며 매에게 말했다.
　　【因】: 이로 인하여, 그리하여.

24) 汝識之乎? → 너는 (석종산) 명명의 유래를 아느냐?
　　【識(shí)】: 알다, 이해하다.【之】: [대명사] 그것, 즉「석종산 명명의 유래」.

25) 噌吰者, 周景王之無射也; → 땡땡 둥둥하는 소리는, 주나라 경왕의 무역종 소리와도 같다.
　　【周景王】: 東周의 제12대 임금. 성은 姬, 이름은 貴이다.【無射(yì)】: 무역종. ※본래 고대 音律
　　에서 六律 중의 여섯번째 명칭인데, 종을 주조한 후 음률의 명칭을 가지고 鐘名을 삼았다.《國
　　語·周語下》에「二十三年, 王將鑄無射而爲之大林。」이라 했다.

26) 窾坎鏜鞳者, 魏莊子之歌鐘也; → 쿵쿵 탕탕하는 소리는, 춘추시대 위장자의 編鐘 소리와도 같
　　다.
　　【魏莊子】: 춘추시대 晋나라 悼公의 大夫인 魏絳의 시호.【歌鐘】: 編鐘. ※한 개가 한 음씩 내는
　　종을 음계의 고저에 따라 여러 개를 엮어 음악을 연주할 수 있도록 만든 것으로,《左傳·襄公十一
　　年》의 기록에 의하면, B.C.561년 鄭나라가 晋 悼公에게 한 조 16매의 歌鐘 2조와 女樂 16인 및
　　기타 악기를 선물했는데, 晋 悼公이 절반을 나누어 위강에게 주었다고 한다.

27) 古之人不余欺也。→ 옛 사람들은 우리를 속이지 않는다.
　　【不余欺】: 不欺余. ※목적어의 도치 형태.

28) 事不目見耳聞而臆斷其有無, 可乎? → 모든 일을 직접 눈으로 보거나 귀로 듣지 않고 有無를 멋
　　대로 단정하는 것이, 될 말인가?
　　【臆斷(yì duàn)】: 멋대로 단정하다.

29) 酈元之所見聞, 殆與余同, 而言之不詳。→ 역도원이 보고 들은 바는 거의 나와 같지만, 그러나
　　(그가) 한 말은 상세하지 못하다.
　　【殆(dài)】: 거의, 대체로.

30) 士大夫終不肯以小舟夜泊絶壁之下, 故莫能知; → 사대부들은 끝내 작은 배를 타고 밤중에 절벽
　　의 아래에서 정박하기를 꺼려했기 때문에, 그래서 (이 오묘함을) 알 수가 없다.

知；³⁰⁾ 而漁工水師, 雖知而不能言；³¹⁾ 此世所以不傳也。³²⁾ 而陋者
乃以斧斤考擊而求之, 自以爲得其實。³³⁾ 余是以記之, 蓋歎酈元之
簡, 而笑李渤之陋也。³⁴⁾

解題 및 本文 要旨說明 ⛰

  石鐘山은 上鐘山과 下鐘山이 있다. 하종산의 절벽은 長江에 임해 있는데 형세가 매우 험
준하다. 산의 암석에는 동굴이 많아, 바람과 물이 들락거리고 파도가 서로 부딪치면서, 항상 큰
종과 같은 소리를 낸다. 이러한 현상을 옛사람들이 일찍부터 알고는 있었지만, 宋代 蘇軾 이
전까지는 줄곧 그 원인을 분명하게 탐구해 내지 못했다. 비록 酈道元이 말한 바가 있지만 너무
간략하고, 唐 李渤이 그 유적을 탐방하여 석종산이 유명해진 원인을 찾았다고 했지만, 그는 식
견이 너무 천박하다. 그리하여 소식은 宋 神宗 元豊 7년(1084) 6월에 친히 석종산을 탐방

  【終】: 시종, 끝내. 【不肯】: ……하려들지 않다. 【夜泊(bó)】: 밤에 배를 정박하다. 【莫能】: ……
할 수가 없다.

31) 而漁工水師, 雖知而不能言；→ 또한 어부와 뱃사공은, 비록 알기는 하지만 글로 표현해내지 못한
다.
  【漁工】: 어부. 【水師】: 뱃사공, 船夫. 【不能言】: 말해내지 못하다. 즉, 「기록해서 전하지 못하
다」.

32) 此世所以不傳也。→ 이것이 세상에 전해지지 않은 원인이다.
  【所以】: 원인, 이유, 까닭.

33) 而陋者乃以斧斤考擊而求之, 自以爲得其實。→ 그런데 식견이 없는 사람들이 오히려 도끼로
(돌을) 두들겨 보는 방법을 가지고 (석종산이라 命名한) 근거를 찾고, 스스로 사실의 진상을 찾았
다고 여겼다.
  【陋(lòu)者】: 식견이 없는 사람. 【乃】: 오히려. 【斧斤(fǔ jīn)】: 도끼. 【考擊(kǎo jī)】: 두들기다,
치다. ※「考」: 拷. 【以爲】: ……라고 여기다, ……라고 생각하다. 【實】: 진상, 사실.

34) 余是以記之, 蓋歎酈元之簡, 而笑李渤之陋也。→ 나는 그래서 이를 기록하여, 역도원의 기록이
간략함을 한탄하며, 아울러 이발의 식견이 천박함을 비웃는다. 【是以】: 그러므로, 그래서. 【蓋】: [어조사] ※앞의 말을 받아, 그 이유나 원인을 나타낸다. 【歎
(tàn)】: 한탄하다, 탄식하다. 【簡(jiǎn)】: (설명이) 간략함. 【笑】: 비웃다, 조소하다. 【陋(lòu)】:
천박함, 미천함.

320

할 기회가 있어 직접 그 진상을 자세히 살피고 그 전말을 遊記로 써서 석종산이라 명명한 유래를 세상에 알리고자 했다.

본문은 크게 3단락으로 나누어져 있다.

첫째 단락에서는, 먼저 석종산의 명명에 대한 옛 사람들의 탐구 상황을 서술한 후, 작자 자신이 이러한 설을 불신하는 근거를 설명했다.

둘째 단락에서는 본문의 중심이라 할 수 있는 작자 자신이 탐구한 석종산의 명명에 대한 경위를 서술했는데, 이 단락은 다시 두 부분으로 나누어, (1)먼저 물과 돌이 서로 부딪치는 현상을 발견하기 전에, 석종산 달밤의 으스스한 분위기가 공포감을 느끼게 하여 일반 사람들이 감히 발을 들여놓지 못한 상황을 설명한 후, 사람들이 이러한 난관을 겪지 않았기 때문에 석종산의 신비를 몇백 년 동안 밝혀내지 못했다는 것을 우의적으로 표현했고, (2)그 다음에는 돌과 물이 서로 부딪쳐 소리가 나는 현상을 발견한 사실을 통해, 천고의 수수께끼가 풀리는 감격스런 심정을 술회하였다.

셋째 단락에서는 자신이 석종산의 신비를 알아낸 뒤의 깨우침에 대해 썼다. 작자는 어떠한 일을 막론하고 직접 보고 듣고, 실제로 고찰해야 비로소 결론을 내릴 수 있으며, 멋대로 단정해서는 안 된다는 것을 강조하고 있다.

문장 전체로 볼 때 議論·서술·묘사·서정 등이 자연스럽게 결합하면서도 의론이 서술·묘사·서정을 이끌어 조화를 이루는 說理文의 진수를 보여주고 있다.

37

前赤壁賦

[宋] 蘇軾

作者 ○

36. 石鐘山記【作者】참조.

註釋 ○

壬戌之秋, 七月旣望,¹⁾ <u>蘇子</u>與客泛舟遊於赤壁之下。²⁾ 清風

---

1) 壬戌之秋, 七月旣望, → 임술년 가을, 칠월 16일에.
   【壬戌(rén xū)】: 宋 神宗 元豊 5년(1082). ※작자의 나이 47세 되던 해. 【旣望(jì wàng)】: 음
   력 16일. ※「旣」: 已. 「望」: 음력으로 매월 15일을 「望月」이라 하고 약칭으로 「望」이라 한다.

2) 蘇子與客泛舟遊於赤壁之下。→ 나와 객이 적벽의 아래에서 배를 저으며 유람했다.
   【蘇子】: 蘇軾의 自稱. 【泛(fàn)舟】: 배를 젓다. 【赤壁(chì bì)】: 산의 절벽 이름. ※湖北省에
   「赤壁」이라 부르는 곳이 네 곳이 있다. ①蒲圻縣 서북쪽, 長江 南岸의 절벽으로 周瑜가 曹操를
   물리친 곳. ②武昌縣 동남쪽에 있으며 「赤磯」라고도 한다. ③漢陽縣 沌口 臨漳山의 烏林峯을
   일명 「赤壁」이라 한다. ④黃岡縣 성밖에 있으며 「赤鼻磯」라고도 한다. 소식은 이곳을 유람하면
   서 주유가 조조를 물리친 곳으로 비유했다.

徐來, 水波不興。³⁾ 擧酒屬客, 誦明月之詩, 歌窈窕之章。⁴⁾ 少焉,
月出於東山之上, 徘徊於斗・牛之間。⁵⁾ 白露橫江, 水光接天。⁶⁾ 縱
一葦之所如, 凌萬頃之茫然。⁷⁾ 浩浩乎如馮虛御風, 而不知其所
止;⁸⁾ 飄飄乎如遺世獨立, 羽化而登仙。⁹⁾

---

3) 淸風徐來, 水波不興。→ 맑은 바람이 서서히 불어오고, 파도는 일지 않았다.
【徐來】: 서서히 불어오다. 【水波】: 물결, 파도. 【興】: 일다.

4) 擧酒屬客, 誦明月之詩, 歌窈窕之章。→ 술잔을 들어 손님에게 권하며, 「明月」시를 낭송하고,
「窈窕」章을 노래했다.
【擧(jǔ)】: 들다. 【屬(zhǔ)】: 囑, 권하다. 【明月之詩】:《詩經・陳風》중의「月出」詩. ※일설에
는, 曹操《短歌行》에「明明如月, 何時可掇? (賢士는 하늘의 밝은 달과 같은데, 어느 때나 얻
을 수 있을까?)」「月明星稀, 烏鵲南飛。(달이 밝아 별이 드문데, 까막 까치가 남쪽으로 날아가
네.)」라는 구절이 있는데, 「月明之詩」는 바로 이 구절의 시로, 다음에 나오는 조조에 대한 회상과
호응시킨 것이라 했다. 【窈窕(yǎo tiǎo)之章】:「月出」詩 3章 중의 제1장. 여기에 나오는 詩句
(月出皎兮, 佼人僚兮。舒窈糾兮, 勞心悄兮。) 가운데「窈糾」를「窈窕」라고 해석한 것이다. ※
일설에는, 「窈窕之章」은《詩經・周南・關雎》의「窈窕」章으로, 다음에 나오는 미인을 생각하
는 마음과 호응시킨 것이라 했다.

5) 少焉, 月出於東山之上, 徘徊於斗・牛之間。→ 잠시 후, 달이 동산 위에서 떠올라, 북두성과 견
우성 사이에서 배회했다.
【少焉(shǎo yān)】: 잠시 후. 【徘徊(pái huái)】: 배회하다. 【斗・牛】: 북두성과 견우성.

6) 白露橫江, 水光接天。→ 흰 이슬은 강 위에 가득하고, 강의 푸른빛은 하늘과 맞닿아 있다.
【橫(héng)江】: 강 위에 만연하다, 강 위에 가득하다. 【水光】: 강물의 푸른빛. 【接(jiē)】: 맞닿다,
접하다.

7) 縱一葦之所如, 凌萬頃之茫然。→ 작은 배가 가는 대로 내맡긴 채, 한없이 넓은 강 위를 떠돌아다
녔다.
【縱(zòng)】: 내맡기다, 마음대로 하게 놓아두다. 【一葦(wěi)】: 일엽편주, 작은 배. 【如】: 往, 가
다. 【凌(líng)】: 떠돌다. 【萬頃(qǐng)】: 만경의 넓이. 여기서는「한없이 넓은 모습」을 형용한 말
이다. 「頃」: [면적단위] 1頃은 100 畝. 사방 6척을「步」라하고 100步를「畝」라 한다. 【茫
(máng)然】: 매우 넓어 끝이 없는 모양.

8) 浩浩乎如馮虛御風, 而不知其所止; → 강물이 한없이 넓어 마치 허공에 의지하여 바람을 탄 듯,
배가 어디 가서 멈출 지 알 수가 없다.
【浩浩】: 끝없이 넓은 모양. 【乎】: [조사] 형용사나 부사의 뒤에 붙어 뜻이 없이 語氣를 나타낸다.
【如】: 마치……같다. 【馮(píng)】: 憑, 기대다, 의지하다. 【虛(xū)】: 허공, 하늘. 【御(yù)風】:
바람을 타다. ※《莊子・逍遙》에「夫列子御風而行。」이라 했다. 【其】: [대명사] 그것, 즉「배」.

9) 飄飄乎如遺世獨立, 羽化而登仙。→ 가뿐하기가 마치 속세를 버리고 독립하여, 날개를 달고 신선

323

於是飲酒樂甚，扣舷而歌之。[10] 歌曰:「桂棹兮蘭槳，擊空明兮泝流光。[11] 渺渺兮予懷，望美人兮天一方。[12]」客有吹洞簫者，倚歌而和之，其聲嗚嗚然: 如怨如慕，如泣如訴;[13] 餘音嫋嫋，不絕如縷;[14] 舞幽壑之潛蛟，泣孤舟之嫠婦。[15] <u>蘇子</u>愀然，正襟危坐，

이 되어 하늘로 올라가는 듯했다.

【飄(piāo)飄】: 가뿐한 모양. 【遺(yí)世】: 속세를 버리다. 【羽(yǔ)化】: 날개를 달다. ※道家에서 신선이 되면 날아다닐 수 있기 때문에 마치 날개를 단 듯하다고 표현한 말. 【登仙】: 신선이 되어 하늘로 올라가다.

10) 於是飲酒樂甚, 扣舷而歌之。 ➜ 그리하여 술을 마시며 매우 즐거워서, 뱃전을 두드리며 노래를 불렀다.

【於是】: 이에, 그리하여. 【樂甚】: 매우 즐겁다. 【扣(kòu)】: 두드리다. 【舷(xián)】: 배의 가장자리, 뱃전.

11) 桂棹兮蘭槳, 擊空明兮泝流光。 ➜ 계수나무 긴 노와 목란나무 짧은 노로, 물 속에 잠긴 달을 치며 물 위에 흐르는 달빛을 거슬러 간다.

【桂(guì)】: 계수나무. 【棹(zhào)】: 船尾에서 배를 저을 때 쓰는 길다란 노. 【兮(xī)】: [어조사]. ※辭賦에서 자주 사용. 【蘭(lán)】: 목란나무. 【槳(jiǎng)】: 배의 가장자리에서 저을 때 사용하는 짧은 노. 【空明】: 물 속에 비쳐 잠겨있는 달. 【泝(sù)】: 거슬러 가다. 【流光】: 물 위에 흐르는 달빛. 즉, 물 위에 비쳐 물결을 따라 움직이는 달빛.

12) 渺渺兮予懷, 望美人兮天一方。 ➜ 아득하다 내 마음, 님을 보고자 하나 하늘 저 끝에 있다.

【渺(miǎo)渺】: 아득히 먼 모양. 【懷(huái)】: 마음, 심정. 【望】: 보고싶어 하다, 그리워하다. 【美人】: 님, 자기를 알아 줄 사람, 혹은 임금. 【天一方】: 하늘의 저쪽 끝, 즉「머나먼 곳」.

13) 客有吹洞簫者, 倚歌而和之, 其聲嗚嗚然: 如怨如慕, 如泣如訴; ➜ 손님 중에 통소를 부는 사람이 있어, 노래에 맞추어 합주하니, 그 소리가 우~우~하고 구슬프게 울려, 마치 원망하는 듯도 하고 사모하는 듯도 하며, 흐느끼는 듯도 하고 하소연하는 듯도 했다.

【洞簫(dòng xiāo)】: [관악기] 통소. 【倚(yǐ)】: ……에 따라, ……에 맞추어. 【和(hè)】: 합주하다, 호응하다. 【嗚(wū)嗚然】: [의성어] 우~우~하고 가라앉은 구슬픈 소리. 【怨(yuàn)】: 원망하다. 【慕(mù)】: 사모하다. 【泣(qì)】: 흐느껴 울다. 【訴(sù)】: 하소연하다.

14) 餘音嫋嫋, 不絕如縷; ➜ 여음이 길게 이어지며, 실처럼 끊어지지 않았다.

【餘音】: 여운, 여음, 끝에 남는 소리. 【嫋(niǎo)嫋】: 끊이지 않고 가늘게 이어지는 모양. 【縷(lǚ)】: 가느다란 실.

15) 舞幽壑之潛蛟, 泣孤舟之嫠婦。 ➜ 깊은 골짜기의 잠룡을 춤추게 하고, 외로운 배에 타고 있는 과부를 울게 하는 듯 했다.

324

而問客曰:「何爲其然也?」16) 客曰:「『月明星稀, 烏鵲南飛』17), 此
非曹孟德之詩乎?18) 西望夏口, 東望武昌, 山川相繆, 鬱乎蒼蒼;19)
此非孟德之困於周郞者乎?20) 方其破荊州, 下江陵, 順流而東也,

【舞(wǔ)】: [사동용법] 춤추게 하다. 【幽壑(yōu hè)】: 깊은 골짜기. 【潛蛟(qián jiāo)】: 잠룡.
【泣(qì)】: [사동용법] 울게 하다. 【嫠婦(lí fù)】: 과부.

16) 蘇子愀然, 正襟危坐, 而問客曰:「何爲其然也?」→ 소자가 정색을 하며, 옷깃을 바로 하고 바로
앉아, 객에게 「어째서 통소 소리가 그처럼 처량한가?」라고 물었다.
【愀(qiǎo)然】: 정색을 하다. 【正】: 바로 하다, 여미다. 【襟(jīn)】: 옷깃. 【危(wēi)坐】: 똑바로
앉다, 정좌하다. ※「危」: 直, 똑바로. 【何爲其然也?】: 어째서 통소소리가 그러한가? ※ 즉,「어
째서 통소 소리가 그처럼 처량한가?」라는 뜻.「其」: [대명사] 그것, 즉「통소 소리」.「然」: 그러하
다, 즉「그렇게 처량하다, 그처럼 구슬프다」의 뜻.「也」: [의문, 감탄조사].

17) 『月明星稀, 烏鵲南飛』→ 달은 밝고 별은 희귀한데, 까막까치가 남쪽으로 날아가네.
※ 이 시는 曹操《短歌行》의 한 구절이다.
【稀(xī)】: 드물다, 희귀하다. 【烏鵲(wū què)】: 까마귀와 까치.

18) 此非曹孟德之詩乎? → 이는 조맹덕의 시가 아닌가?
【非……乎?】: ……이 아닌가? 【曹孟德】: [인명] 曹操. 자는 孟德, 동한 말 沛나라 譙(지금의
安徽省 亳縣) 지방 사람으로 군사를 일으켜 黃巾賊을 진압하고 董卓을 토벌한 후 丞相이 되어 獻
帝를 끼고 천하를 호령하였다. 무예와 지략이 뛰어난 영웅이며 詩文에도 능했다. 魏王에 봉해졌다
가 아들 曹丕가 稱帝한 후 武帝로 追尊되었다.

19) 西望夏口, 東望武昌, 山川相繆, 鬱乎蒼蒼; → 서쪽으로 하구를 바라보고, 동쪽으로 무창을 바라
보며, 산과 강이 서로 휘감고, 수목이 울창하며 짙푸르다.
【望】: 바라보다. 【夏口】: [지명] 지금의 湖北省 漢口. 【武昌】: [지명] 지금의 湖北省 武昌.
【繆(móu 혹은 liáo)】: 휘감다, 얽다. 【鬱(yù)】: (수목이) 울창하다. 【蒼(cāng)蒼】: 짙푸르다.

20) 此非孟德之困於周郞者乎? → 이 곳은 맹덕이 주유에게 곤욕을 당하던 곳이 아닌가?
【困於】: ……에게 곤욕을 당하다. 【周郞】: 周瑜. ※ 廬江 舒지방사람으로 자는 公瑾.「郞」은 소
년에 대한 애칭으로 주유가 일찍이 소년으로 군사를 거느렸으므로 吳나라에서 그를 周郞이라 불렀
으며, 建安 13년(208) 조조가 荊州로부터 강을 따라 동쪽으로 내려올 때 孫權이 주유로 하여금
劉備와 협력하여 대항토록 했는데, 그 해 11월 赤壁에서 일진을 빌어 주유가 火攻으로 조조를 크
게 물리쳤다.

21) 方其破荊州, 下江陵, 順流而東也, 舳艫千里, 旌旗蔽空; → 그가 형주를 격파하고, 강릉으로
내려가 강물의 흐름을 따라 동쪽으로 나아갈 때, 전함이 천리나 이어지고, 군대의 깃발이 하늘을 뒤
덮었다.

舳艫千里, 旌旗蔽空;²¹⁾ 釃酒臨江, 橫槊賦詩;²²⁾ 固一世之雄也, 而今安在哉?²³⁾ 況吾與子漁樵於江渚之上, 侶魚蝦而友麋鹿;²⁴⁾ 駕一葉之扁舟, 擧匏樽以相屬;²⁵⁾ 寄蜉蝣於天地, 渺滄海之一粟。²⁶⁾ 哀吾生之須臾, 羨長江之無窮;²⁷⁾ 挾飛仙以遨遊, 抱明月而長終;²⁸⁾

【方】: ……할 때, ……할 당시. 【荆(jīng) 州】: [지명] 지금의 湖北省 襄陽縣. 【江陵】: [지명] 지금의 湖北省 江陵縣. 【順流】: 강물의 흐름을 따라. 【東】: [동사용법] 東進하다, 동쪽으로 나아가다. 【舳艫(zhú lú)】: 선미와 선두. ※여기서는 「전함, 군함」을 가리킨다. 【旌旗(jīng qí)】: 깃발. ※대나무 장대에 털소의 꼬리와 五色의 깃털로 장식한 깃발. 【蔽(bì)】: 가리다, 덮다.

22) 釃酒臨江, 橫槊賦詩; ➡ 강물을 대하고 술을 마시며, 긴 창을 눕혀 놓은 채 시를 읊었다.
【釃(shī)酒】: 본래 「술을 거르다」라는 말이나, 여기서는 「술을 마시다」의 뜻. 【臨江】: 강물을 대하다. 【橫(héng)】: 가로로 눕혀 놓다, 바닥에 눕혀 놓다. ※元稹《杜甫墓地銘》:「曹氏父子, 鞍馬間爲文, 往往橫槊賦詩。」. 【槊(shuò)】: 긴 창. 【賦(fù)】: 짓다, 읊다.

23) 固一世之雄也, 而今安在哉? ➡ 실로 일세의 영웅이거늘, 그러나 지금은 어디에 있는가?
【固】: 실로. 【而】: 그러나, 그런데. 【安在】: 何在, 어디에 있는가? 【哉】: [의문조사].

24) 況吾與子漁樵於江渚之上, 侶魚蝦而友麋鹿; ➡ 하물며 나와 그대는 강의 모래톱에서 고기잡고 나무하며, 물고기·새우를 반려자로 삼고 사슴·고라니를 벗삼아 지낸다.
【況(kuàng)】: 허물며. 【子】: 그대, 당신. 【漁(yú)】: 고기잡다. 【樵(qiáo)】: 나무하다. 【江渚(zhǔ)】: 강의 모래톱. 【侶(lǚ)】: [동사] 반려자로 삼다. 【蝦(xiā)】: 새우. 【友】: [동사] 벗을 삼다. 【麋鹿(mí lù)】: 고라니와 사슴.

25) 駕一葉之扁舟, 擧匏樽以相屬; ➡ 일엽편주를 몰며, 조롱박 술잔을 들어 서로 권한다.
【駕(jià)】: (자동차, 배, 비행기 등을) 몰다, 조종하다. 【一葉之扁舟】: 일엽편주, 작은 배. 【匏樽(páo zūn)】: 조롱박으로 만든 술잔. 【屬(zhǔ)】: 囑, 권하다.

26) 寄蜉蝣於天地, 渺滄海之一粟. ➡ 이는 마치 하루살이가 천지에 붙어사는 것과도 같고, 또한 마치 망망대해 속의 좁쌀 한 알과도 같이 작은 존재이다.
※인생이 짧고, 존재가 미미함을 비유한 말.
【寄(jì)】: 寄居하다, 붙어살다. 【蜉蝣(fú yóu)】: 하루살이. 【渺(miǎo)】: 매우 작다. 【滄(cāng)海】: 푸른 바다, 大海. 【一粟(sù)】: 한 알의 좁쌀.

27) 哀吾生之須臾, 羨長江之無窮; ➡ 내 인생의 짧음을 슬퍼하고, 장강의 무궁함을 부러워한다.
【須臾(xū yú)】: 짧은 시간. 【羨(xiàn)】: 부러워하다. 【長(cháng)江】: 장강, 양자강.

28) 挾飛仙以遨遊, 抱明月而長終; ➡ 신선을 옆에 끼고 멀리 놀러도 가고 싶고, 밝은 달을 끌어안고 오래도록 함께 살고도 싶다.
【挾(xié)】: 끼다. 【飛仙】: 신선. ※전설 속의 신선은 날개가 달려 마음대로 날 수 있다고 하여 부른 명칭. 【遨遊(áo yóu)】: 멀리 놀러 가다. 【抱(bào)】: 끌어안다. 【長終】: 오래 살다.

知不可乎驟得, 託遺響於悲風。²⁹⁾」

　　蘇子曰:「客亦知夫水與月乎?³⁰⁾ 逝者如斯, 而未嘗往也;³¹⁾ 盈虛者如彼, 而卒莫消長也。³²⁾ 蓋將自其變者而觀之, 則天地曾不能以一瞬;³³⁾ 自其不變者而觀之, 則物與我皆無盡也。³⁴⁾ 而又何羨乎?³⁵⁾ 且夫天地之間, 物各有主。³⁶⁾ 苟非吾之所有, 雖一毫而莫取。³⁷⁾

---

29) 知不可乎驟得, 託遺響於悲風。➡ (그러나) 쉽사리 얻을 수 없다는 것을 알기 때문에, (그래서) 여음을 처량한 가을바람에 기탁하는 것이다.
【乎】: [어조사]. 【驟(zhòu)得】: 쉽사리 얻다. 【託(tuō)】: 기탁하다. 【遺響(yí xiǎng)】: 餘音.
【悲風】: 가을바람. ※가을바람이 서글픔을 나타내기 때문에 붙여진 이름.

30) 客亦知夫水與月乎? ➡ 그대 또한 강물과 달을 아는가?
【夫】: [어조사].

31) 逝者如斯, 而未嘗往也; ➡ 흘러가는 것이 마치 강물 같지만, 그러나 강물은 가버린 적이 없다.
【逝(shì)】: 가다. ※물이 계속 흘러가는 것을 말한다. 【斯(sī)】: [대명사] 이것, 즉「강물」. ※물이 가까이 있기 때문에「이것」이라 했다. 【而】: 그러나. 【未嘗】: ……한 적이 없다.

32) 盈虛者如彼, 而卒莫消長也。➡ 차고 기우는 것이 마치 달 같지만, 그러나 결국 줄어들거나 늘어난 적이 없다.
【盈虛(yíng xū)】: 차고 기울다. 【彼(bǐ)】: [대명사] 저것. 즉「달」을 가리킨다. ※달이 멀리 있기 때문에「저것」이라 했다. 【卒(zú)】: 결국, 끝내. 【莫(mò)】: [부정사] ……하지 않다. 【消長 (xiāo zhǎng)】: 줄어들고 늘어남, 증감.

33) 蓋將自其變者而觀之, 則天地曾不能以一瞬; ➡ 대체로 만약 변화한다는 측면에서 본다면, 천지는 일찍이 일순간도 그대로 있을 수 없다.
【蓋(gài)】: 대개, 대체로. 【將……則……】: 만약 ……한다면 ……. 【自】: ……에서, ……로부터. 【變者】: 변화의 측면. 【一瞬(shùn)】: 일순간, 잠시.

34) 自其不變者而觀之, 物與我皆無盡也。➡ 변하지 않는다는 측면에서 본다면, 만물과 나는 모두 다함이 없다.
【物】: 만물. 【無盡】: 다함이 없다, 무궁무진하다.

35) 而又何羨乎? ➡ 그런데 또 무엇을 부러워하는가?

36) 且夫天地之間, 物各有主。➡ 또한 세상천지에서, 모든 물건은 각기 주인이 있다.
【且夫】: 또한, 한편.

37) 苟非吾之所有, 雖一毫而莫取。➡ 만약 나의 소유가 아니면, 비록 한 올의 터럭이라도 취하지 않는다.
【苟(gǒu)】: 만약. 【一毫(háo)】: 한 올의 터럭, 즉「극히 작은 물건」.

惟江上之淸風, 與山間之明月, 耳得之而爲聲, 目遇之而成色。[38) 取之無禁, 用之不竭。[39) 是造物者之無盡藏也, 而吾與子之所共適。[40)」

客喜而笑, 洗盞更酌。[41) 肴核旣盡, 杯盤狼藉。[42) 相與枕藉乎舟中, 不知東方之旣白。[43)

---

38) 惟江上之淸風, 與山間之明月, 耳得之而爲聲, 目遇之而成色。 → 다만 강 위의 맑은 바람과, 산 위에 떠 있는 밝은 달은, 귀로 들으면 아름다운 음악이 되고, 눈으로 보면 아름다운 경치가 된다. 【惟(wéi)】: 다만. 【耳得之】: 귀로 그것을 듣다. ※「之」: [대명사] 그것, 즉「맑은 바람이 내는 소리」. 【爲】: ……이 되다. 【目遇之】: 눈으로 그것을 보다. ※「之」: [대명사]「산 위에 떠있는 달」. 【成】: ……이 되다, ……을 이루다. 【色】: 경치.

39) 取之無禁, 用之不竭。 → 그것을 아무리 취해도 아무도 금하지 않고, 그것을 아무리 써도 소진되지 않는다. 【之】: [대명사] 그것, 즉 앞의 之는「淸風」, 뒤의 之는「明月」을 가리킨다. 【竭(jié)】: 다하다, 소진되다.

40) 是造物者之無盡藏也, 而吾與子之所共適。 → 이는 조물주가 내린 무한한 寶庫요, 또한 나와 그대가 함께 누릴 수 있는 것이다. 【是】: [대명사] 이것, 즉「淸風이나 明月 등의 자연물」. 【造物者】: 조물주. 【無盡藏(wú jìn zàng)】: 무한한 寶庫.「藏」: [명사] 창고. 【共適】: 함께 누리다, 함께 즐기다.

41) 客喜而笑, 洗盞更酌。 → 객이 기뻐 미소지으며, 술잔을 씻어 다시 술을 마셨다. 【盞(zhǎn)】: 술잔. 【酌(zhuó)】: 술을 마시다.

42) 肴核旣盡, 杯盤狼藉。 → 안주가 이미 다 떨어지고, 잔과 접시가 마구 어지럽게 흩어졌다. 【肴核(yáo hé)】: 술안주. ※「肴」: 육류로 만든 요리.「核」: 과일류. 【杯(bēi)】: 술잔. 【盤(pán)】: 접시, 쟁반. 【狼藉(láng jí)】: 마구 어지럽게 흩어지다.

43) 相與枕藉乎舟中, 不知東方之旣白。 → 배 안에서 서로 더불어 베고 깔리고 뒤엉켜 자면서, 동쪽 하늘이 이미 밝아진 것도 몰랐다. 【枕藉(zhěn jiè)】: 베고 깔리고 하다. ※「枕」: 베다.「藉」: 깔다. 【乎】: 於, ……에서. 【旣白】: 이미 밝아지다.

解題 및 本文 要旨說明 ☁

《前赤壁賦》는 辭賦類 중 산문형식으로 쓴 전형적인 散賦의 문장으로 소식이 黃州(지금의 湖北省 黃岡縣)에 폄적되어 지내던 시절 어느 날 밤에 城밖의 적벽을 유람하고 나서 쓴 글이다. 이곳은 조조가 주유에게 참패했던 실제의 적벽은 아니지만 소식은 적벽이란 같은 이름을 이용하여 역사고사를 실제의 정경처럼 묘사했다.

본문의 구조는 대략 네 단락으로 나눌 수 있다.

첫째 단락에서는 소식이 객과 더불어 적벽의 아래에서 배를 타고 유람하며 江山 風月의 아름다운 경치를 감상하니 마치 신선이 된 듯한 기분을 묘사했다.

둘째 단락에서는 흥겨운 분위기에 도취되어 노래를 부르며 즐기던 중, 객이 퉁소를 구슬프게 불어 소식이 그 이유를 묻고, 일세의 영웅 조조의 일을 들어 짧은 인생을 안타까워하고 강산 명월의 무궁함을 부러워하는 객의 모습을 서술했다.

셋째 단락에서는 소식이 인간의 생명을 일시적인 것으로 보고 안타까워하는 객의 소극적 태도에 대해, 강물과 명월을 예로 들어 인생과 우주만물의 존재가치가 「變」과 「不變」의 관점에 따라 크게 달라질 수 있다는 논리로 객을 이해시키는 상황을 서술했다.

마지막 단락에서는 객이 소식의 이치를 깨닫고 기뻐하며, 다시 술을 마시다가 동쪽 하늘이 밝은 줄도 모르고 깊은 잠에 빠져 있는 낭만적 분위기를 서술했다.

이 글의 중점은 소식이 객에게 말한 부분이다. 소식의 이러한 견해는 실제로 儒·佛·道의 영향을 받은 그가 벼슬살이에서 실의한 후 어쩔 수 없는 상황에서 표현한 일종의 超越정신을 반영한 것이다. 하지만 그의 이러한 超越정신은 그로 하여금 폄적된 후에도 위축되지 않고 여러 차례의 지방관을 지내면서 백성들에게 봉사할 수 있는 의지를 심어 주었다.

38

爲兄軾下獄上書

[宋] 蘇轍

作者 ○

    蘇轍(1039~1112)은 부친 蘇洵 및 형 蘇軾과 더불어 唐宋八大家의 한사람으로, 자는 子由이며, 蘇軾보다 세 살 아래다. 19세의 약관으로 형과 함께 진사에 급제한 후 또 인재를 뽑는 특별시험에도 응시했는데, 답안을 작성할 때 당시의 정치득실을 너무 꼬집고 神宗 임금 개인의 덕행까지 말하여 낙방하게 된 것을 시험관의 한 사람인 司馬光의 도움으로 겨우 위험을 모면하였다. 그러나 이즈음 와병 중이던 아버지를 돌볼 사람이 없어 부득이 관직을 버리고 아버지 곁으로 갔다가, 아버지가 세상을 떠난 후 다시 복직하여 정책개혁을 맡아보는 관청에서 일했다. 그러나 그때 신파로 득세한 王安石과 의견이 맞지 않아 河南府(지금의 河南省 洛陽)의 推官으로 좌천되었다. 그 후, 神宗 元豊 2년(1076) 형 蘇軾이 「烏臺詩案」으로 투옥되어, 소철이 자기의 관직을 담보로 형을 속죄해 달라는 상소를 올렸는데, 이것이 받아들여져 다시 筠州(지금의 江西省 高安縣)의 監鹽酒稅로 폄적되었다. 그러다가 神宗이 죽고 哲宗이 즉위하면서 나이 어린 철종을 대신하여 高太后가 섭정하게 되자 이번에는 구파인 司馬光이 다시 대권을 장악하여 소철도 재상에 버금가는 左丞의 지위에 올랐다. 그러나 얼마 후 哲宗이 친정에 나서면서 신파가 또 득세하여 廣東으로 좌천되었는데 이때 형 소식도 瓊州(지금의 海南島)에 쫓겨왔던 터라 두 사람은 오랜만에 서로 만날 수 있었다. 이렇게 얼마를 지내다가 徽宗이 즉위하여 모두 사면을 받아 京師로 돌아올 기회를 맞았으나 귀환 도중 형이 먼저 죽고, 소철은 許州(지금의 河南省 許昌市)에 은거하며 빈객을 물리친 채 저술에만 종사하다가

徽宗 政和 2년(1112)에 마침내 생을 마쳤다.

소철의 문장은 孟子와 司馬遷의 영향을 받았다. 그러나 오히려 敍事보다는 議論에 능하여 《商論》·《周論》·《六國論》등 명문을 남겼다. 저서로 《詩經》을 논평한 《詩傳》, 《春秋》에 대한 종래의 해석을 정리한 《春秋集傳》, 《老子》를 해석한 《老子解》와 文集이 전하는데, 이 글들은 현재 모두가 《蘇轍集》에 수록되어 있다.

註釋 ☞

臣聞困急而呼天, 疾痛而呼父母者, 人之至情也。¹⁾ 臣雖草芥 之微, 而有危迫之懇, 惟天地父母哀而憐之! ²⁾

臣早失怙恃, 惟兄軾一人相須爲命。³⁾ 今者竊聞其得罪, 逮捕 赴獄, 擧家驚號, 憂在不測。⁴⁾

---

1) 臣聞困急而呼天, 疾痛而呼父母者, 人之至情也。 ➡ 저는 곤궁하고 다급할 때 하늘을 부르고, 병이 나서 아플 때 부모를 부르는 것은, 인간의 지극히 참된 마음이라 들었습니다. 【臣】: 신하, 저. ※임금에 대해 자기를 낮추는 말.【困急】: 곤궁하고 다급하다.【呼】: 부르다.【至情】: 지극히 참된 마음.

2) 臣雖草芥之微, 而有危迫之懇, 惟天地父母哀而憐之! ➡ 저는 비록 초개와 같이 미미한 존재이나, 급박한 간청이 있어, 오직 천지 부모가 이를 불쌍히 여겨 달라고 빌고 있습니다. 【草芥】: 초개, 지푸라기. 즉「하찮은 것, 별로 가치가 없는 것」에 대한 비유.【懇(kěn)】: 간청, 간절한 사정.【惟】: 오직, 다만.【哀而憐】: 哀憐, 불쌍히 여기다.【之】: [대명사] 그것, 즉「급박한 사정」.

3) 臣早失怙恃, 惟兄軾一人相須爲命。 ➡ 저는 일찍 부모를 여의고, 오직 형인 소식 한 사람과 서로 의지하며 살아가고 있습니다. 【怙恃(hù shì)】: 부모. ※ 《詩經·小雅》:「無父何怙, 無母何恃.」라 했는데, 후에「부모」를 가리키는 말로 사용했다.【相須爲命】: 서로 의지하며 살아가다. ※「須」: 필요로 하다, 즉「의지하다」.

4) 今者竊聞其得罪, 逮捕赴獄, 擧家驚號, 憂在不測。 ➡ 지금 그가 죄를 짓고 체포되어 감옥에 간다는 밀을 잇듣고, 온 가속이 놀라 통곡하며, 예상 밖의 벌을 받지나 않을까 걱정하고 있습니다. 【竊(qiè)聞】: 훔쳐 듣다, 몰래 듣다, 엿듣다. ※「竊」은 윗사람에 대해 자신을 낮추어 하는 말.【其】: [대명사] 그, 즉「소식」.【赴獄(fù yù)】: 감옥에 들어가다. 투옥되다.【擧家】: 온 가족.【驚號(jīng háo)】: 놀라 통곡하다.【不測】: 예측하지 못한, 뜻밖의. 여기서는「예상치 못한 처벌」을 말한다.

臣竊思念, 軾居家在官, 無大過惡。⁵⁾ 惟是賦性愚直, 好談古今得失, 前後上章論事, 其言不一。⁶⁾ 陛下聖德廣大, 不加譴責。⁷⁾ 軾狂狷寡慮, 竊恃天地包含之恩, 不自抑畏。⁸⁾ 頃年, 通判杭州及知密州, 日每遇物, 托興作爲歌詩, 語或輕發。⁹⁾ 向者曾經臣寮繳進, 陛下置而不問。¹⁰⁾ 軾感荷恩貸, 自此深自悔咎, 不敢復有所爲,

---

5) 臣竊思念, 軾居家在官, 無大過惡。→ 제가 생각해 보건대, 소식은 집에서나 관직생활에서, 큰 잘못을 저지른 적이 없었습니다.
  【思念】: 생각하다. 【居家】: 집안에서의 일상생활. 【在官】: 관직생활. 【過惡】: 과오, 잘못.

6) 惟是賦性愚直, 好談古今得失, 前後上章論事, 其言不一。→ 다만 천성이 우직하여, 고금의 득실에 관해 담론하기를 좋아하며, 전후 (몇 차례) 상소를 올려 국사를 논한 적이 있는데, 그의 말은 (전에 한 말과 후에 한 말이) 일치하지 않습니다.
  【惟是】: 다만, 오직. 【賦性】: 천성, 본성. 【好(hào)談】: 담론을 좋아하다, 이야기하기를 즐겨하다. 【上章】: 上疏를 올리다. ※「章」: 奏章, 임금에게 올리는 상소문의 일종. 【論事】: 국사를 논하다. 【不一】: 일치하지 않다.

7) 陛下聖德廣大, 不加譴責。→ 폐하께서는 성덕이 넓어, 견책하지 않으셨습니다.

8) 軾狂狷寡慮, 竊恃天地包含之恩, 不自抑畏。→ 소식은 함부로 성급하게 깊은 생각 없이, 제멋대로 천지처럼 포용하는 (폐하의) 은덕을 믿고, 스스로 삼가거나 두려워하지 않았습니다.
  【狂(kuáng)】: 멋대로 하다, 함부로 하다. 【狷(juàn)】: 성급하다, 조급하다. 【寡慮(guǎ lǜ)】: 깊이 생각하지 않다. 【恃(shì)】: 의존하다, 믿다. 【包含】: 포용하다. 【抑(yì)】: 억제하다, 삼가다, 조심하다. 【畏(wèi)】: 두려워하다.

9) 頃年, 通判杭州及知密州, 日每遇物, 托興作爲歌詩, 語或輕發。→ 요즈음 몇 년, 항주의 통판과 밀주의 知州를 지내면서, 평소에 자연을 접할 때마다, 흥이 나서 시를 지었는데, 말이 간혹 경솔했던 적이 있습니다.
  【頃年】: 요즈음 몇 년. 【通判】: [동사용법] 통판을 지내다. ※通判은 본래 관직명. 소식은 熙寧 4년(1071)에 杭州(지금의 浙江省 杭州市)의 통판을 지냈다. 【知】: [동사용법] 知州를 지내다. ※소식은 熙寧 7년(1074)에 密州(지금의 山東省 諸城縣)의 지주를 지냈다. 【遇物】: 자연을 접하다. 【托興】: 흥이 나다. 【輕發】: 경솔하다.

10) 向者曾經臣寮繳進, 陛下置而不問。→ (이 작품들은) 이전에 일찍이 신료들을 거쳐 조정에 올려졌는데, 폐하께서 불문에 부쳤습니다.
  【向者】: 이전, 종전. 【臣寮(liáo)】: 臣僚. 【繳(jiǎo)進】: (윗사람에게) 건네다, 올리다, 넘기다.

但其舊詩, 已自傳播。¹¹⁾ 臣誠哀軾愚於自信, 不知文字輕易, 迹涉
不遜, 雖改過自新, 而已陷於刑辟, 不可救止。¹²⁾

軾之將就逮也, 使謂臣曰:¹³⁾「軾早衰多病, 必死於牢獄。¹⁴⁾ 死
固分也, 然所恨者, 少抱有爲之志, 而遇不世出之主, 雖齟齬於當
年, 終欲效尺寸於晚節。¹⁵⁾ 今遇此禍, 雖欲改過自新, 洗心以事明

---

11) 軾感荷恩貸, 自此深自悔咎, 不敢復有所爲, 但其舊詩, 已自傳播。➡ 소식은 용서받은 은혜를
   감사히 여겨, 이로부터 깊이 스스로 잘못을 뉘우치고, 감히 다시 경거망동하지 않았으나, 다만 그가
   오래 전에 썼던 시가, 이미 저절로 전파되었던 것입니다.
   【感荷(hè)】: 감사히 여기다. 【恩貸】: 은혜, 恩典. 【悔(huǐ)】: 뉘우치다. 【咎(jiù)】: 허물, 잘못,
   죄. 【所爲】: 행위. 여기서는「경거망동」을 의미한다.

12) 臣誠哀軾愚於自信, 不知文字輕易, 迹涉不遜, 雖改過自新, 而已陷於刑辟, 不可救止。➡ 저
   는 소식이 어리석게 스스로를 믿다보니, 문장의 경중을 모르고, 행적이 불손한 정도를 넘었는데, 비
   록 잘못을 고쳐 스스로 새 사람이 되었다 해도, 이미 법망에 빠져 구제할 수 없게 된 것을, 실로 불쌍
   하게 생각하고 있습니다.
   【誠】: 실로. 【哀(āi)】: 불쌍하게 생각하다. 【愚於】: ……에 어리석다. 【文字】: 문장, 글. 【輕
   易】: 가볍고 용이함. 여기서는「輕重」을 뜻한다. 【迹(jì)】: 행적, 남긴 흔적. 【涉(shè)】: 건너다,
   넘다. 【陷(xiàn)】: 빠지다. 【刑辟(xíng pì)】: 법률, 법망. 【救止】: 구하다, 구제하다.

13) 軾之將就逮也, 使謂臣曰: ➡ 소식이 곧 체포되려고 할 때, (그는) 사람을 보내 저에게 말했습니
   다.
   【將】: 곧 ……하려 하다. 【就逮(jiù dài)】: 체포되다, 잡히다. 【使】: 보내다, 파견하다.

14) 軾早衰多病, 必死於牢獄. ➡ 나는 일찍부터 쇠약하고 병이 많아, 반드시 감옥에서 죽을 것이다.
   【衰(shuāi)】: 쇠약하다. 【牢獄(láo yù)】: 감옥.

15) 死固分也, 然所恨者, 少抱有爲之志, 而遇不世出之主, 雖齟齬於當年, 終欲效尺寸於晚節。
   ➡ 죽음은 본래 필연적인 일이지만, 그러나 유감스러운 것은, 어려서부터 큰일 할 뜻을 품었고, 또
   한 불세출의 군주를 만났기 때문에, 비록 당시의 위정자와 서로 의견이 맞지 않았지만, 그러나 시종
   만년에 작은 힘을 다 바치고자 했다.
   【固】: 본래. 【分】: 필연적인 일. 【恨(hèn)】: 유감스럽다, 원망스럽다. 【抱(bào)】: 안다, 품다.
   【有爲】: 큰일을 하다. 【主】: 임금, 군주. 【齟齬(jǔ yǔ)】: 어긋나다. 즉「서로 의견이 맞지 않다」.
   【當年】: 당시. 여기서는 당시의 위정자를 가리킨다. 【終】: 시종일관. 【欲】: ……하고자 하다,
   ……하려고 하다. 【效(xiào)】: 바치다, 공헌하다. 【尺寸】: 한자와 한치. 즉「매우 작은 것」을 비
   유한 말. 여기서는「미력, 작은 힘」을 말한다. 【晚節】: 만년.

333

主, 其道無由;¹⁶⁾ 況立朝最孤, 左右親近必無爲言者, 惟兄弟之親,
試求哀於陛下而已。¹⁷⁾」臣竊哀其志, 不勝手足之情, 故爲冒死一
言:¹⁸⁾

　　昔漢淳于公得罪, 其女子緹縈請沒爲官婢, 以贖其父。¹⁹⁾ 漢文
因之, 遂罷肉刑。²⁰⁾ 今臣螻蟻之誠, 雖萬萬不及緹縈, 而陛下聰明

---

16) 今遇此禍, 雖欲改過自新, 洗心以事明主, 其道無由; ➡ 지금 이 화를 당하니, 비록 잘못을 고쳐
스스로 새 사람이 되어, 마음을 씻고 영명한 군주를 섬기고자 하나, 어찌 할 방법이 없다.
【洗心】: 마음을 씻다. 【事】: 섬기다. 【無由】: …… 할 방법이 없다, ……할 실마리를 찾지 못하
다.

17) 況立朝最孤, 左右親近必無爲言者, 惟兄弟之親, 試求哀於陛下而已。 ➡ 하물며 (나는) 조정
에서 가장 외로운 사람이라, 황제 주변에는 필경 나를 위해 말해 줄 사람이 없을 것이고, 오직 형제
의 육친만이, 시험삼아 폐하께 불쌍히 여겨 달라고 간청할 수 있을 뿐이다.
【立朝】: 조정에 서다. 【左右】: 주변. 【爲言】: 爲(我)言, 나를 위해 말해 주다. 【試】: 시험하다,
시도하다. 【求哀】: 불쌍히 여겨달라고 간청하다. 【而已】: ……할 뿐이다.

18) 臣竊哀其志, 不勝手足之情, 故爲冒死一言: ➡ 저는 그의 뜻을 불쌍히 여기고, 형제의 정을 견딜
수 없어, 그래서 그를 위해 죽음을 무릅쓰고 한 말씀 올립니다.
【竊(qiè)】: [겸어] 제멋대로, 자신의 생각대로. 【不勝】: 견디지 못하다, 이겨내지 못하다. 【手
足】: 형제. 【冒死】: 죽음을 무릅쓰다.

19) 昔漢淳于公得罪, 其女子緹縈請沒爲官婢, 以贖其父。 ➡ 옛날 한나라의 순우공이 죄를 짓자,
그 딸 제영은 자신이 관비가 되고, 이로써 그 아비를 속죄해 줄 것을 청했습니다.
【淳于公】: [인명] 淳于意. ※臨菑(지금의 山東省 淄博市) 사람으로 西漢의 유명한 醫學者.
얼굴색을 보고 능히 병을 진단하여 사람의 생사를 알았다. 齊나라의 太倉令을 지냈으므로 倉公이
라고도 부른다. 후에 죄를 지어 형벌을 받게 되자, 그의 딸 緹縈이 漢文帝에게 상소를 올려 자신이
관비가 되는 대신 아버지의 죄를 면해달라고 청하여 文帝가 그 뜻을 불쌍히 여겨 형벌을 면했다.
【沒爲】: 몰입하여……가 되다. 【贖(shú)】: 제물을 바치고 죄를 면제받다.

20) 漢文因之, 遂罷肉刑。 ➡ 한문제는 이로 인해, 마침내 體刑을 면해 주었습니다.
【漢文】: 漢文帝. ※西漢의 제3대 임금, 이름은 劉恒. 【罷(bà)】: 그만두다, 방면하다, 면제하다.
【肉刑】: 體刑, 몸에 가하는 형벌. ※당시의 체형으로는 墨刑(이마에 문신하는 형벌), 劓刑(코를
자르는 형벌), 剕刑(발을 자르는 형벌), 宮刑(거세하는 형벌) 등이 있다.

仁聖, 過於漢文遠甚。²¹⁾ 臣欲乞納在身官, 以贖兄軾。²²⁾ 非敢望末減其罪, 但得免下獄死爲幸。²³⁾ 兄軾所犯, 若顯有文字, 必不敢拒抗不承, 以重得罪。²⁴⁾

若蒙陛下哀憐, 赦其萬死, 使得出於牢獄, 則死而復生, 宜何以報?²⁵⁾ 臣願與軾洗心改過, 粉骨報效。²⁶⁾ 惟陛下所使, 死而後

---

21) 今臣螻蟻之誠, 雖萬萬不及緹縈, 而陛下聰明仁聖, 過於漢文遠甚。→ 지금 저의 이 하찮은 성의는, 비록 제영에게 훨씬 못 미치지만, 그러나 폐하의 총명하고 어질고 성스러움은, 한문제를 훨씬 능가하고 있습니다.
【螻蟻(lóu yǐ)】: 땅강아지와 개미, 즉「매우 하찮은 존재」를 비유한 말. 【萬萬不及】: ……에 훨씬 못 미치다. 【過於】: ……을 능가하다, ……을 초월하다. 【遠甚】: 훨씬, 월등히.

22) 臣欲乞納在身官, 以贖兄軾。→ 저는 저의 벼슬을 반납하고, 이로써 형 소식의 죄를 사면해 주기를 간청하고자 합니다.
【乞(qǐ)】: 애걸하다, 간청하다. 【納(nà)】: 바치다, 헌납하다. 【在身官】: 몸에 있는 관직, 즉 현재의 관직.

23) 非敢望末減其罪, 但得免下獄死爲幸。→ 감히 그 죄를 가볍게 해 주기를 바라지는 못하지만, 그러나 감옥에서 죽는 것을 면할 수만 있다면 천만다행으로 생각하고 있습니다.
【非敢】: 감히 ……하지 못하다. 【望】: 바라다, 희망하다. 【末減】: 죄를 경감하다. 【得免】: 면제받다.

24) 兄軾所犯, 若顯有文字, 必不敢拒抗不承, 以重得罪。→ 형 소식이 지은 죄가, 만약 분명하게 문자의 근거가 있다면, 절대로 감히 저항하거나 불복하여, 지은 죄를 더 무겁게 하지는 않을 것입니다.
【犯(fàn)】: 범하다, 위반하다, 죄를 짓다. 【若】: 만약. 【顯】: 분명히, 현저하게. 【文字】: 문자. 여기서는「문자의 근거」를 뜻한다. 【不敢】: 감히 ……하지 못하다. 【拒抗】: 항거하다, 저항하다. 【不承】: 승복하지 않다. 【重】: 무겁게 하다.

25) 若蒙陛下哀憐, 赦其萬死, 使得出於牢獄, 則死而復生, 宜何以報?→ 만약 폐하께서 (그를) 불쌍히 여기시고, 그의 만 번 죽을 죄를 사면하여, 감옥에서 나오게 해 주신다면, (그것은) 바로 죽었다가 다시 살아나는 것이니, 마땅히 어떻게 보답해야 하겠습니까?
【蒙(méng)】: 입다, 받다. 【哀憐】: 불쌍히 여기다. 【赦(shè)】: 용서하다, 사면하다. 【宜】: 마땅히. 【何以】: 어떻게, 어찌. 【報】: 보답하다, 갚다.

26) 臣願與軾洗心改過, 粉骨報效。→ 저는 소식과 더불어 마음을 씻고 허물을 고쳐, 분골쇄신하여 (폐하께) 보답하기를 원합니다.
【洗心】: 마음을 씻다. 【粉(fěn)骨】: 뼈가 부서지다, 뼈가 가루가 되다. 【報效】: 보답하다.

已。[27)]

　　臣不勝孤危迫切，無所告訴，歸誠陛下，惟寬其狂妄，特許所乞。[28)] 臣無任祈天請命，激切隕越之至！ [29)]

解題 및 本文 要旨說明 🏔

　　元豊 2년(1079), 諫官 何正臣・舒亶・李定 등은 蘇軾의 詩文에서 新法을 공격하고 조정을 비방했다고 하는 문구를 들어 소식을 탄핵하였다. 그리하여 그 해 7월 소식이 御史臺에 의해, 知州로 있던 湖州(지금의 浙江省 吳興縣)에서 체포되어 어사대의 감옥에 갇혔다가 12월에 사건이 종결되어 출옥했는데, 이른바 「烏臺詩案」이다. 소식은 석방된 후 黃州(지금의 湖北省 黃岡縣)의 團練副使로 폄적되어 갔다. 이와 연루되어 소철도 應天府(지금의 河南省 商丘縣) 判官에서 筠州(지금의 江西省 高安縣)의 監鹽酒稅로 폄적되었다.

　　소식이 투옥됐을 때, 소철이 자기의 관직을 면직하여 형 소식의 속죄대가로 해줄 것을 청원하는 상소를 宋 神宗에게 올렸는데, 본문이 바로 그 상소문이다.

---

27)　惟陛下所使, 死而後已。 ➡ 오직 폐하께서 시키시는 대로 하며, 죽은 뒤에야 그만둘 것입니다.
　　【所使】: 부리는 대로 하다, 시키는 대로 하다.

28) 臣不勝孤危迫切, 無所告訴, 歸誠陛下, 惟寬其狂妄, 特許所乞。 ➡ 저는 외롭고 절박함을 견딜 수 없고, 하소연할 곳도 없어, 충성을 폐하께 바치고, 오직 저의 방자함을 용서하시어, 특별히 저의 간청을 허락하여 주시기를 바랄 뿐입니다.
　　【孤危】: 고독하다, 외롭다. 【迫切】: 절박하다, 다급하다. 【告訴】: 하소연하다. 【歸誠】: 충성을 바치다. 【寬】: 관대하다, 너그럽게 용서하다. 【狂妄】: 방자하고 오만하다, 함부로 하다. 【特許】: 특별히 허락하다.

29) 臣無任祈天請命, 激切隕越之至！ ➡ 저는 목숨을 살려 달라고 하늘에 빌며, 너무 흥분되어 혼절할 것 같은 심정을 견딜 수가 없습니다.
　　【無任】: 견디지 못하다, 감당하지 못하다. 【祈(qí)天】: 하늘에 빌다. ※여기서 「天」은 곧 神宗황제를 가리킨다. 【請命】: 목숨을 살려 달라고 청하다. 【激切(jī qiè)】: 몹시 흥분하다. 【隕越(yǔn yuè)】: 혼절하다.

내용은 대략 세 단락으로 나눌 수 있다. 첫째 단락에서는 소식이 확실히 경거망동하고 時政을 가볍게 거론했음을 인정하지만, 그러나 소식이 이에 대해 이미 뉘우치고 깨달았으며, 諫官이 뽑아낸 詩句는 소식이 뉘우치기 이전에 지은 것이므로, 지난 일을 다시 제기하여 처벌하는 것은 부당하다는 뜻을 은연중 내포하고 있다. 둘째 단락에서는 소철이 소식의 말을 전해 진술하는 형식을 취해, 소식이 확실히 잘못을 고쳐 새사람이 되었을 뿐만 아니라, 황실에 보답하려는 충성심을 가지고 있다는 것을 밝히고 있다. 셋째 단락에서는 緹縈이 아비를 구한 것을 예로 들어, 소철이 자기의 관직을 형 소식의 속죄를 위한 담보로 삼겠다는 뜻을 제기하고, 神宗이 소식의 우직한 천성을 고려하여 죽음만은 면하게 해달라고 간곡히 바라고 있다.

문장이 논리적인 동시에 형에 대한 지극한 우애의 정이 독자들에게 많은 감동을 주고 있다. 정면으로 諫官을 언급하지 않고, 황제의 존엄을 함부로 범하지 않으면서도 사리를 분명히 밝히고 청원을 제기한다는 것은 결코 쉬운 일이 아니다. 당송팔대가의 한 사람으로서 소철의 說理에 능한 일면을 보여주고 있다.

39

白鹿洞書院學規

[宋] 朱熹

作者 ○

朱熹(1130-1200)는 宋代의 대학자요 사상가이자 교육자로 자는 元晦, 호는 晦庵이며 徽州 婺源(지금의 安徽省 婺源)사람이다. 그는 南宋 高宗 建炎 4년 9월 15일에 南劍州 尤溪(지금의 福建省 尤溪縣)에서 출생했는데, 아버지 松은 과거에 급제한 진사출신이다.

주희는 어려서부터 영특하여 다섯 살에 《孝經》을 배웠으나, 14살 때 부친이 세상을 떠나 부친의 친구인 劉子羽에 의탁했다. 19세 때 진사에 오른 후 泉州 同安지방의 主簿를 시작으로 20여 차례에 걸쳐 각종 관직을 역임했다. 주희는 「格物致知, 誠意正心」을 주장하며 理學 (性理學 또는 道學)으로써 황제를 보필하고자 했고, 金나라가 침입하여 조정에서 主戰과 主和의 두 파로 나누어 졌을 때, 주희는 抗金을 주장했으나, 시운이 따르지 않아 정치적으로 뜻을 펴지 못했다. 따라서 주희는 비록 관직생활을 했다고 하지만 전후 합쳐 겨우 9년에 불과하고 나머지 40여년은 주로 교육과 문화 사업에 종사했다.

주희의 학문계통은 24세 때 程顥・程頤의 再傳弟子인 李侗에게 사사하면서 「伊洛之學」 (宋代 程顥・程頤의 학설)의 정통을 이어 받아, 理學을 집대성하여 그 체계를 확립했는데, 후인들은 二程과 더불어 程朱學派라 했다.

주희는 孝宗 淳熙 5년(1178) 49세 때 南康軍(星子・建昌・都昌 세 지역을 통합한 행정구역)의 知州에 임명되자, 이때 周敦頤의 사당을 세워 程顥・程頤를 이곳에 배향하였으며, 폐허로 변한 白鹿洞書院을 보수하고 名儒들을 그곳에 초빙하여 강학을 실시하기도 했다.

그 후 寧宗 慶元 2년(1196) 관직을 그만두고 제자들을 가르치며 저술에 열중하다가 4년 뒤 영종 경원 6년 3월 9일에 71세의 나이로 세상을 떠났다. 시호를 「文」이라 하고, 淳祐 원년(1241)에 이르러 孔子의 사당에 모셔졌다.

그의 저술은 대단히 많아 무려 81종이 있는데, 그 중《四書章句集注》,《周易本義》,《詩集傳》,《楚辭集注》,《輯略》등이 유명하다. 「四書」라는 이름은 주희로부터 비롯되었다.

註釋

父子有親, 君臣有義, 夫婦有別, 長幼有序, 朋友有信。[1]
右五敎之目; 堯·舜使契爲司徒, 敬敷五敎, 卽此是也。[2]
學者學此而已; 而其所以學之之序, 亦有五焉, 其別如左: [3]
博學之, 審問之, 愼思之, 明辨之, 篤行之。[4]

---

1) 父子有親, 君臣有義, 夫婦有別, 長幼有序, 朋友有信。➡ 부모와 자식 사이에는 친애하는 감정이 있어야 하고, 임금과 신하 사이에는 서로 존경하는 예의가 있어야 하고, 부부 사이에는 內外 직분의 구별이 있어야 하고, 어른과 아이 사이에는 위아래의 순서가 있어야 하고, 친구 사이에는 신의가 있어야 한다.
   ※이는《孟子·滕文公(上)》에서 한 말로, 이른바 유교에서 말하는 다섯 가지의 인륜 즉, 「五倫」 또는 「五常」을 가리킨다.

2) 右五敎之目; 堯舜使契爲司徒, 敬敷五敎, 卽此是也。➡ 우측에 열거한 것은 다섯 가지 인륜교육의 항목이다. 요·순은 계에게 명하여 사도를 맡도록 하고, 삼가 신중히 다섯 가지 교육을 펴나갔는데, 바로 이러한 것들이다.
   ※《白鹿洞書院學規》는 본래 縱書(세로쓰기)이며 右에서 左로 써나갔다. 따라서 본문의 註釋에서 「우측에 열거한 것」, 「좌측에 열거한 것」 등으로 풀이한 것은 원래의 형식을 그대로 따랐기 때문임을 밝혀둔다.
   【使】: 명하다. 【契(xiè)】: [인명] 순임금의 신하. 성은 子氏. 【司徒】: 옛날 교육을 관장하던 관리. 【敬】: 삼가고 신중한 태도. 【敷(fū)】: 펴나가다, 시행하다.

3) 學者學此而已; 而其所以學之之序, 亦有五焉, 其別如左: ➡ 배우는 사람들은 이것들을 배울 뿐이다. 그리고 어떻게 이것들을 배우는가의 순서는, 역시 다섯 가지인데, 그 구별은 좌측에 열거한 바와 같다.
   【此】: 이것들, 즉 「五倫」. 【而已】: ……뿐이다. 【而】: 그리고, 또한. 【所以】: 어떻게, 어찌. 【之】: 앞의 「之」는 대명사로 「五倫」을 가리키며, 뒤의 「之」는 개사.

4) 博學之, 審問之, 愼思之, 明辨之, 篤行之。➡ 널리 배우고, 자세하게 묻고, 신중히 생각하고, 분

339

右爲學之序。學·問·思·辨四者, 所以窮理也。⁵⁾

若夫篤行之事, 則自修身以至處事·接物, 亦各有要, 其別如左: ⁶⁾

言忠信, 行篤敬;⁷⁾ 懲忿窒慾;⁸⁾ 遷善改過。⁹⁾

右修身之要。¹⁰⁾

正其誼不謀其利, 明其道不計其功。¹¹⁾

명히 변별하고, 독실하게 행한다.
※이 말은《中庸》에 보인다.
【篤(dǔ)】: 성실하다, 독실하다.

5) 右爲學之序。學·問·思·辨四者, 所以窮理也。→ 우측에 열거한 것은 배우는 순서이다. 배우고 묻고 생각하고 변별하는 이 네 가지는, 이로써 사물의 이치를 탐구하는 것이다.
【所以】: 以之, 이로써, 이것을 가지고. 【窮理】: (사물의) 이치를 깊이 탐구하다.

6) 若夫篤行之事, 則自修身以至處事·接物, 亦各有要, 其別如左: → 독실히 행하는 일로 말하자면, 스스로 修身하는 것으로부터 사무를 처리하고 사람과 교제하는 것에 이르기까지, 역시 각기 요령이 있는데, 그 구별은 좌측에 열거한 바와 같다.
【若夫】: 至於, ……로 말하자면. 【修身】: 행실을 바르게 하도록 몸과 마음을 닦는 일. 【以至】: ……에 이르기까지. 【處事】: 일을 처리하다. 【接物】: 사람과 접촉하다, 교제하다. 【要】: 요령.

7) 言忠信, 行篤敬; → 말은 성실하고 믿음이 있어야 하며, 행동은 두텁고 공손해야 한다.
※이 말은《論語·衛靈公》에 보인다.
【忠】: 성실하다. 【篤】: 厚, 두텁다. 【敬】: 공손하다.

8) 懲忿窒慾; → (자신의) 분노를 경계하고 욕망을 억제한다.
※이 말은《周易·損卦象辭》에 보인다.
【懲(chéng)】: 경계하다. 【忿(fèn)】: 분노, 분한 마음. 【窒(zhì)】: 막다, 억제하다. 【慾(yù)】: 욕심, 욕망.

9) 遷善改過。→ 선행을 보면 따르고 허물을 보면 고친다.
※《周易·益卦象辭》에「君子以見善則遷, 有過則改。」라 했다.
【遷(qiān)】: 移, 옮기다, 즉 따르다.

10) 右修身之要。→ 우측에 열거한 바는 수신의 요령이다.

11) 正其誼不謀其利, 明其道不計其功。→ 義를 바로 할 뿐 利를 꾀하지 않으며, 진리를 밝힐 뿐 功을 따지지 않는다.
※이 말은《漢書·董仲舒傳》에 보인다. 武帝가 동중서를 江都의 丞相에 임명하고 武帝의 형인 易王을 섬기도록 했는데, 동중서가 역왕에게 한 말이다.
【誼(yì)】: 義. 【謀】: 도모하다, 꾀하다. 【道】: 진리. 【計】: 따지다, 문제삼다.

右處事之要。¹²⁾

己所不欲, 勿施於人;¹³⁾ 行有不得, 反求諸己。¹⁴⁾

熹竊觀古昔聖賢所以敎人爲學之意, 莫非使之講明義理, 以修其身, 然後推以及人; 非徒欲其務記覽爲詞章, 以釣聲名取利祿而已也。¹⁵⁾ 今人之爲學者, 則旣反是矣。¹⁶⁾ 然聖賢所以敎人之法, 具存於經, 有志之士, 固當熟讀, 深思而問辨之。¹⁷⁾ 苟知其理之當然, 而責其身以必然, 則夫規矩禁防之具, 豈待他人設之, 而後有

---

12) 右處事之要。→ 우측에 열거한 바는 사무를 처리하는 요령이다.

13) 己所不欲, 勿施於人; → 자기가 원하지 않는 것을, 남에게 베풀지 말아야 한다.
   ※이 말은《論語·衛靈公》에 보인다.
   【勿】: ……하지 말다. 【施(shī)】: 베풀다.

14) 行有不得, 反求諸己。→ 행한 바가 예상한 효과를 얻지 못하면, 반성하고 그것을 자기에게서 찾는다.
   ※이 말은《孟子·離婁(上)》에 보인다.
   【不得】: 예상한 효과를 얻지 못하다. 【反】: 반성하다. 【諸】: 之於.

15) 熹竊觀古昔聖賢所以敎人爲學之意, 莫非使之講明義理, 以修其身, 然後推以及人; 非徒欲其務記覽爲詞章, 以釣聲名取利祿而已也。→ 내가 옛 성현들이 이로써 사람들에게 배우도록 가르친 뜻을 살펴보니, 학생들로 하여금 의리를 연구하여 분명히 알고, 이로써 자신의 몸을 닦고, 그런 다음에 다른 사람에게까지 미치게 하려는 것이지, 단지 그들에게 암송하고 읽고 시문을 짓는데 전념토록 하여, 명성이나 낚고 이록이나 취하게 하려는 것뿐이 아니다.
   【熹(xī)】: 주희 자신이「나」라는 호칭 대신 이름을 사용한 경우이다. 【竊(qiè)觀】: [謙語] 몰래 살펴보다. 【所以】: 이로써, 이를 가지고. 【莫非】: ……아님이 없다, ……이다. 【講明】: 연구하여 분명히 알다. 【徒(tú)】: 오직, 다만. 【務】: 전념하다, 힘쓰다. 【記】: 암송하다. 【覽(lǎn)】: 읽다. 【爲】: 짓다, 쓰다. 【詞章】: 詩文. 【釣(diào)】: 낚다. 【而已】: ……할 뿐이다.

16) 今人之爲學者, 則旣反是矣。→ 오늘날의 학문하는 사람들은, 그러나 이미 이러한 뜻을 위반하고 있다.
   【爲學者】: 학문하는 사람. 【則】: 그러나. 【反】: 위배하다, 위반하다.

17) 然聖賢所以敎人之法, 具存於經, 有志之士, 固當熟讀, 深思而問辨之。→ 그러나 성현들이 사람들을 가르치는데 사용하는 방법은, 모두 경전에 들어있어, 뜻이 있는 사람들은, 본래 당연히 숙독함은 물론, 그것을 깊이 생각하고 상세히 살펴서 변별해야 한다.
   【所以】: ……을 위해 쓰다, ……에 사용하다. 【具存】: 갖추어져 있다, 모두 들어 있다. 【經】: 경전, 경서. 【固當】: 본래, 마땅히. 【問辨】: 상세히 살펴 변별하다. 【之】: [대명사] 그것, 즉 경전.

所持循哉?[18]

　　近世於學有規, 其待學者爲已淺矣;[19] 而其爲法, 又未必古人之意也;[20] 故今不復以施於此堂, 而特取凡聖賢所以敎人爲學之大端, 條列如右, 而揭之楣間。[21] 諸君, 其相與講明遵守, 而責之於身焉。[22] 則夫思慮云爲之際, 其所以戒謹而恐懼者, 必有嚴於彼

---

18) 苟知其理之當然, 而責其身以必然, 則夫規矩禁防之具, 豈待他人設之, 而後有所持循哉? → 만약 그 이치가 당연히 그렇다는 것을 알고, 자신이 반드시 그렇게 하도록 스스로를 독려한다면, 그러한 규칙이나 금지의 조치는, 어찌 다른 사람이 그것을 만들기를 기다렸다가, 그런 다음에 지키고 따르려 하겠는가?
【苟(gǒu)】: 만약. 【責(zé)】: 독려하다. 【夫(fú)】: 저, 그, 그러한. 【規矩】: 그림쇠와 곱자. 여기서는 「규칙, 법칙」을 말한다. 【禁防】: 금지, 방지. 【具】: 도구. 여기서는 「조치」를 말한다. 【而後】: 그 뒤, 그 후. 【持循(chíxún)】: 지키고 따르다, 준수하다.

19) 近世於學有規, 其待學者爲已淺矣; → 근자에는 학교에서도 규칙이 있는데, 그 학생들을 대하는 방법이 지나치게 천박하다.
※ 당시 學規가 유행했는데, 이는 대부분이 書院 생활을 단속하는 것이어서 학생들의 자존심을 훼손시킬 수 있었다.
【近世】: 근자, 요즈음. 【學者】: 배우는 사람, 학생. 【其】: [지시대명사] 그. 【已淺】: 지나치게 얕다, 너무 천박하다. ※「已」: 甚, 매우, 너무.

20) 而其爲法, 又未必古人之意也; → 그리고 그 규칙은, 또 반드시 옛 사람들의 뜻은 아니다.
【其】: [지시대명사] 그. 【爲法】: 법으로 만듦, 즉 「규칙」. 【未必】: 반드시 ……은 아니다.

21) 故今不復以施於此堂, 而特取凡聖賢所以敎人爲學之大端, 條列如右, 而揭之楣間。 → 그래서 지금 (우리는) 다시는 이러한 규칙을 이 서당에서 시행하지 않고, 특별히 여러 성현들이 써서 사람들이 배우도록 가르치던 大綱領을 채택하여, 조목별로 우측과 같이 열거하고, 높이 門楣에 게시한다.
【不復】: 다시 …… 하지 않다. 【施(shī)】: 시행하다, 베풀다. 【凡】: 여럿, 모든. 【大端】: 大綱領. 【條列】: 조목별로 열거하다. 【揭(jiē)】: 게시하다. 【楣(méi)】: 門楣. 문 위의 가로막대.

22) 諸君, 其相與講明遵守, 而責之於身焉。 → 제군은, 마땅히 서로 더불어 연구하여 분명히 알고 준수하며, 그것이 자신에게 실행되도록 독려해야 한다.
【其】: [부사] 마땅히. 【相與】: 서로 더불어, 공동으로. 【焉】: [어조사].

23) 則夫思慮云爲之際, 其所以戒謹而恐懼者, 必有嚴於彼者矣。 → 그러면 그러한 생각이나 언행을 할 때, 이로써 경계하고 삼가며 두려움을 갖게 함이, 반드시 근자의 학규보다 더욱 엄격할 것이다.
【則】: 그러면. 【夫(fú)】: 그, 저, 그러한. 【思慮(lǜ)】: 깊이 생각하다. 【云爲】: 언행. 【其】: [시

者矣。²³⁾ 其有不然, 而或出於此言之所棄, 則彼所謂規者, 必將取
之, 固不得而略也。²⁴⁾ 諸君, 其亦念之哉! ²⁵⁾

解題 및 本文 要旨說明 🍃

　書院은 옛날 학생들이 공부하던 곳으로 일명 書堂이라고도 하며, 唐 玄宗이 「麗正書院」
을 설립한 것에서 비롯된다. 송대에는 특히 지방교육이 발달하여 서원이 매우 많이 설립되었다.
　白鹿洞은 江西省 星子縣 북쪽, 盧山 五老峯 남쪽의 後屏山에 있다. 唐 李渤이 이곳에
살 때 일찍이 흰 사슴을 기르며 스스로 즐겨 붙인 이름이다. 五代十國시대의 南唐 昇元연간
에는 여기에 학교를 세우고 이름을 「盧山國學」이라 했으나, 宋初에는 처음으로 書院을 두고,
太宗이 九經을 하사한 후 「白鹿國學」이라 했다. 그 후 폐허가 된 것을 宋 孝宗 淳熙 5년
(1178)에 朱熹가 南康軍을 다스리면서 그 이듬해 白鹿洞 유적을 방문해보니 산수가 수려하
고 市井의 소음이 없이 고요하며, 맑은 샘물과 암석의 아름다운 절경이 실로 강학과 저술에 가
장 적합한 곳이었다. 이에 주희가 상서를 올려 복원할 것을 간청하여, 孝宗 淳熙 7년(1180)
3월 완공과 아울러 널리 經書와 史書 및 지방문헌을 수집하여 비치하고, 또 학생들을 모집하
여 강학하며, 옛 사람의 교훈을 참고하여 學規를 제정했는데, 학문과 처세의 방법 및 일을 처리
하고 사물을 접하는 이치에 있어서 문장의 조리가 분명하다. 이후 白鹿洞은 嵩陽·嶽麓·睢
陽과 더불어 송대 四大書院으로 불리고 있다.

　간부사] 장차 ……할 것이다. 【戒謹(jiè jǐn)】: 경계하고 삼가다. 【恐懼(kǒng jù)】: 두려워하다.
【彼者】: 그것들, 즉 「근자의 學規」.

24) 其有不然, 而或出於此言之所棄, 則彼所謂規者, 必將取之, 固不得而略也。 ➡ 만일 그렇게
하지 못하여, 혹 행동이 성현의 도리를 위반한다면, 그 이른바 학규라는 것이, 필히 채택될 것이니,
실로 소홀히해서는 안 된다.
【其】: 만일, 만약. 【出於此言之所棄】: (행동이) 이 말을 포기한 데서 나오다. 즉 성현의 도리를
위반하다. ※「此言」: 이 말, 즉 「門楣에 게시한 말」, 「棄」: 버리다, 포기하다. 【彼】: 그, 【必將】:
빈드시 ……힐 깃이나. 【固】: 실로, 당연히. 【不得】: ……해서는 안된다, ……하지 못하다.
【略】: 소홀히하다.

25) 諸君, 其亦念之哉! ➡ 제군들은, 마땅히 이를 유의해야 할 것이니라!
【其】: [부사] 마땅히. 【念】: 생각하다, 유의하다. 【之】: [대명사] 그것, 즉 「도리를 지키지 않으
면 근자의 학규를 채택하게 된다는 것」.

40

《指南錄·後序》

[宋] 文天祥

作者 ○

  文天祥(1236-1283)은 자가 履善 또는 宋瑞, 호는 文山이며, 盧陵(지금의 江西省 吉安縣) 사람으로 南宋의 저명한 정치가요 시인인 동시에 중국역사상 걸출한 민족영웅으로 불리고 있다. 宋 理宗 寶祐 4년(1256)에 장원으로 급제하여 宋 恭帝 德祐 元年(1275) 贛州知府(지금의 江西省 贛州市 所在)에 임명되었다. 당시 元나라 병사가 대거 강남지역으로 침공해 들어와 그는 江西에서 명을 받들어 의병 일만 명을 모집하여 北으로 올라가 항거했다. 그 이듬해 元나라 병사가 南宋의 도읍지인 臨安(지금의 浙江省 杭州市)을 포위하자 그는 右丞相 겸 樞密使의 신분으로 元軍의 진영에 파견되어 강경한 어조로 자신의 의견을 말하며 결코 굽히지 않았다. 그런데 南宋이 다시 右丞相 賈余慶을 파견하여 祈請使의 신분으로 元軍의 진영에 들어가 항복을 청했다. 文天祥은 元軍에 억류된 채 北上하였다. 그는 鎭江을 건널 때 기회를 엿보아 탈출하여 온갖 고생 끝에 福州(지금의 福建省)에 돌아와 端宗 趙昰를 옹립하고 장병을 모집한 후 재차 抗戰에 나서 江西지방으로 진격하여 여러 지방을 수복했다. 衛王 祥興 元年(1278)에 廣東 海豊에서 元軍에 패해 포로로 잡혀 大都(지금의 北京)로 끌려갔다. 감옥에 갇혀 있는 동안 元의 통치자들이 백방으로 괴롭히며 설득해 보려고 애를 썼으나 끝내 文天祥의 애국심을 흔들 수 없었다. 그는 완강히 투쟁하며 민족의 기개를 보이다가 최후를 마쳤는데, 그때 나이 47세였다. 文天祥이 일생동안 남긴 詩文은《文山先生全集》20卷에 수록되어 있다.

註釋 ⌖

　德祐二年二月十九日，予除右丞相兼樞密使，都督諸路軍馬，[1] 時北兵已迫修門外，戰·守·遷皆不及施。[2] 縉紳·大夫·士萃於左丞相府，莫知計所出。[3] 會使轍交馳，北邀當國者相見。[4] 衆謂予一行爲可以紓禍。[5] 國事至此，予不得愛身，意北亦尚可以

---

1) 德祐二年二月十九日，予除右丞相兼樞密使，都督諸路軍馬，→ 덕우 2년 2월 19일, 나는 우승상 겸 추밀사를 제수 받고, 여러 지역의 군마를 통솔했다.
　【德祐】: 宋 恭帝(1275-1276)의 연호. 【除】: 관직을 除授받다. 【右丞相】: [관직명] 백관을 감찰하는 막강한 권력을 가진 직책. 본래 東漢때에 左右丞相을 두었으나, 南宋 孝宗(1163-1189)때도 左右丞相 제도를 두어 宋末까지 존속했다. 右丞相의 직위는 左丞相의 아래이다. 【樞(shū)密使】: [관직명] 樞密院의 장관으로 兵權을 장악했다. 【都督(dū dū)】: [동사] 통솔하다. 【路】: 지방의 一級 행정단위. 唐代에「道」라 한 것을 北宋이 그대로 답습하다가 얼마 후「路」라 고쳤는데, 송은 전국을 15개 路로 나누었다. 【軍馬】: 병마, 즉 군대.

2) 時北兵已迫修門外，戰·守·遷皆不及施。→ 그때 원나라 군사가 이미 임안의 성문 밖에 바싹 다가와, 출전·방어·천도 모두 미처 시행할 겨를이 없었다.
　【北兵】: 元兵. ※문천상은 元나라를 인정하지 않았기 때문에 元을「北」으로 대신했다. 【迫(pò)】: 바싹 다가오다. 【修門】: 臨安의 성문. ※본래 옛 楚나라 도읍지 郢(지금의 湖北省 江陵 서북쪽)의 성문이나, 여기서는 南宋의 도읍지 臨安의 성문을 가리킨다. 【戰】: 出戰. 【守】: 방어. 【遷】: 遷都. 【不及施】: 미처 시행할 겨를이 없다. 【施(shī)】: 시행하다, 실행에 옮기다.

3) 縉紳·大夫·士萃於左丞相府，莫知計所出。→ 관리·대부·군사가 좌승상부에 모였으나, 아무도 내놓을 계책을 알지 못했다.
　【縉紳(jìn shēn)】: 관리의 총칭.「縉」: 揖, 꽂다.「紳」: 허리에 묶는 큰 띠. ※縉紳은 본래 벼슬하는 사람들이 허리띠를 매고 여기에 笏(옛날 신하가 임금을 알현할 때 지니고 가던 手板으로 중요한 일이 있을 때 여기에 적어 잊지 않도록 했다.)을 꽂는 장신구를 가리켰는데, 후에 관리들을 가리키는 보통명사로 사용되었다.「縉紳」또는「搢紳」이라 했다. 【萃(cuì)】: 모이다. 【莫知】: 아무도 알지 못하다. 【計】: 계책, 방법.

4) 會使轍交馳，北邀當國者相見。→ 때마침 사절이 탄 수레의 왕래가 빈번해지자, 元軍의 진영은 우리의 권력자를 초청하여 대면하고자 했다.
　【會】: 마침, 때마침. 【使】: 사절, 사신. 【轍(zhé)】: 바퀴 자국, 여기서는「수레」를 가리킨다. 【交馳(chí)】: 왕래가 빈번하다. 【北】: 元나라. 【邀(yāo)】: 초청하다. 【當國者】: 권력을 가진 자. 【相見】: 대면하다, 상면하다.

5) 衆謂予一行爲可以紓禍。→ 여러 사람이 내가 한 번 가면 화를 면할 수 있다고 말했다.
　【一行】: 한 번 가다. 【紓(shū)】: 제거하다, 없애다, 면하다.

345

口舌動也。⁶⁾ 初, 奉使往來, 無留北者, 予更欲一覘北, 歸而求救國之策。⁷⁾ 於是辭相印不拜, 翌日, 以資政殿學士行。⁸⁾

初至北營, 抗辭慷慨, 上下頗驚動, 北亦未敢遽輕吾國。⁹⁾ 不幸呂師孟構惡於前, 賈餘慶獻諂於後, 予羈縻不得還, 國事遂不可收拾。¹⁰⁾ 予自度不得脫, 則直前詬虜帥失信, 數呂師孟叔侄爲逆。¹¹⁾

---

6) 國事至此, 予不得愛身, 意北亦尚可以口舌動也。 → 나라의 일이 이 지경에 이르자, 나는 몸을 아낄 수가 없었고, 元軍 역시 아직은 나의 말로써 설득할 수 있다고 생각했다.
【不得】: 不能, ……할 수가 없다. 【意】: 예상하다, 생각하다, 추측하다. 【尙】: 그래도, 아직은. 【以口舌動】: 언변으로써 마음을 움직이다, 말로써 說得하다.

7) 初, 奉使往來, 無留北者, 予更欲一覘北, 歸而求救國之策。 → 초기에, 명을 받들어 사절로 왕래할 때는, 元의 진영에 억류당하는 사람이 없었고, 그래서 나는 더욱 元의 진영을 한번 살펴보고, 돌아와서 구국지책을 강구해 보고자 생각했다.
【奉使】: 명을 받들어 사신으로 나가는 사람. 【更欲】: 더욱 ……하고자 생각하다. 【覘(chān)】: 살펴보다.

8) 於是辭相印不拜, 翌日, 以資政殿學士行。 → 그리하여 재상의 관인을 사양하여 부임하지 않고, 다음날, 자정전학사의 신분으로 출발했다.
【辭】: 사양하다. 【相印】: 재상의 官印. 【拜】: 본래 「관직을 주다」라는 뜻이나, 여기서는 「부임하다」의 의미이다. 【資政殿學士】: [관직명] 황제의 고위직 고문. 宋代에 宰相을 그만두면 대개 이 관직을 주었다.

9) 初至北營, 抗辭慷慨, 上下頗驚動, 北亦未敢遽輕吾國。 → 막 원의 진영에 이르러, 격앙된 어조로 의견을 말하니, (元 진영의) 위·아래가 매우 놀랐고, 元나라 또한 감히 곧바로 우리나라를 경시하지 못했다.
【抗辭(kàng cí)】: 항변하다, 直言 하다. 【慷慨(kāng kǎi)】: 격앙되다. 【遽(jù)】: 곧바로, 즉시. 【輕(qīng)】: 깔보다, 경시하다.

10) 不幸呂師孟構惡於前, 賈餘慶獻諂於後, 予羈縻不得還, 國事遂不可收拾。 → 불행하게도 여사맹이 (내가) 出使하기 이전에 이미 나에 대해 나쁜 말을 했고, 賈余慶이 (내가) 출사한 이후에 적에게 아첨하는 바람에, 나는 억류되어 돌아 올 수 없었고, 나라 일은 마침내 수습할 수 없게 되었다.
【呂師孟】: [인명] 宋의 將帥였다가 후에 元에 투항한 呂文煥의 조카로 宋의 兵部侍郎을 배수받고 德祐 원년(1275) 12월에 元軍진영에 出使했다가 元에 투항했다. 【構惡】: 나쁜 말을 하다. 【賈(jiǎ)餘慶】: [인명] 同簽書樞密院事와 臨安知府를 지내다가, 문천상이 재상을 사양한 후 우승상이 되었다. 덕우 2년(1276) 元軍이 臨安으로 들어오자 항복문서를 바치고, 나아가 元 승상 伯顔에게 계책까지 헌납하여 문천상을 북방의 사막에 구금하도록 했다. 【獻諂(xiàn chǎn)】: 아첨하다, 알랑거리다. 【羈縻(jī mí)】: 억류되다.

但欲求死, 不復顧利害。¹²⁾ 北雖貌敬, 實則憤怒。¹³⁾ 二貴酋名曰館伴, 夜則以兵圍所寓舍, 而予不得歸矣。¹⁴⁾ 未幾, 賈餘慶等以祈請使詣北。¹⁵⁾

北驅予幷往, 而不在使者之目。¹⁶⁾ 予分當引決, 然而隱忍以

---

11) 予自度不得脫, 則直前詬虜帥失信, 數呂師孟叔侄爲逆。 → 나는 스스로 탈출할 수 없다고 예상하고, 곧장 앞으로 나아가 (元軍의) 統帥에게 신용을 안 지킨다고 마구 욕을 퍼붓고, 여사맹 숙질이 반역한 죄상을 열거했다.
【度(duó)】: 예상하다, 헤아리다. 【不得】: 不能, ……할 수 없다. 【直前】: 곧장 앞으로 나아가다. 【詬(gòu)】: 마구 욕하다. 【虜帥(lǔ shuài)】: 元軍의 統帥. 즉 伯顏을 가리킨다. ※「虜」는 敵을 멸시하는 호칭. 【失信】: 신용을 지키지 않다. 【數(shǔ)】: 나열하다, 열거하다. 【爲逆】: 반역하다.

12) 但欲求死, 不復顧利害。 → 오직 죽기를 바랄 뿐, 다시 개인의 이해를 염두에 두지 않았다.
【但】: 다만, 오직. 【顧(gù)】: 돌아보다, 염두에 두다. 【利害】: 이해관계. 여기서는 「개인이 처한 위험」을 가리킨다.

13) 北雖貌敬, 實則憤怒。 → 元軍 진영은 비록 겉으로는 (나를) 존경하는 척했으나, 실제로는 분노하고 있었다.
【貌敬】: 겉으로 존경하는 척하다.

14) 二貴酋名曰館伴, 夜則以兵圍所寓舍, 而予不得歸矣。 → 지위가 높은 두 사람의 두목은 명목은 접대요원이었지만, 밤이 되면 군사를 풀어 숙소를 포위했기 때문에, 나는 돌아올 수가 없었다.
【二貴酋(qiú)】: 두 사람의 지위 높은 두목. 여기서는 元軍의 장수 忙古歹과 唆都를 가리킨다. ※「貴」: 지위가 높은. 「酋」: 두목, 우두머리. 【館伴】: 접대요원. 여기서는 사신을 접대하는 사람. 【則】: 오히려, 도리어. 【寓舍】: 숙소.

15) 未幾, 賈餘慶等以祈請使詣北。 → 얼마 후, 가여경 등이 기청사의 신분으로 元의 도읍지에 갔다.
【未幾】: 얼마 후. 【祈(qí)請使】: 投降을 청하기 위해 가는 사절. 【詣(yì)】: ……에 가다, ……를 방문하다.

16) 北驅予幷往, 而不在使者之目。 → 元軍 진영은 나를 협박하여 (가여경 등과) 함께 가도록 했으나, 사신의 명단에는 들어있지 않았다.
【驅(qū)】: 몰다, 협박하다. 【幷往】: 함께 가다 【目】: 명단, 숫자, 반열.

17) 予分當引決, 然而隱忍以行。 → 나는 이치대로라면 마땅히 자결해야 하지만, 그러나 애써 참고 함께 갔다.
【分(fèn)當】: 이치대로라면 마땅히. 【引(yǐn)決】: 자결하다, 자살하다. 【隱忍(yǐn rěn)】: 애써 참다. 【以】: 而, …… 면서, …… (하)고.

行。¹⁷⁾ 昔人云:「將以有爲也。」¹⁸⁾ 至京口，得間奔眞州，卽具以北
虛實告東西二閫，約以連兵大擧。¹⁹⁾ 中興機會，庶幾在此。²⁰⁾ 留二
日，維揚帥下逐客之令。²¹⁾ 不得已，變姓名，詭踪迹，草行露宿，日

---

18) 昔人云:「將以有爲也。」→ 옛 사람이 말하길「장차 어떤 역할이 있을 것이다.」라고 했다.
   ※韓愈《張中丞傳後叙》에「張巡이 남제운에게 말했다. 『남팔(형제중 여덟째에 대한 호칭)이여,
   남아대장부가 죽을 뿐이지, 불의에 굴복할 수는 없지 않은가!』남재운이 웃으며 말했다. 『장차 어
   떤 역할을 하고 싶었다오. 당신이 이렇게 말하니, 내가 어찌 감히 죽지 않겠는가!』(巡呼雲(南霽
   雲)曰:『南八, 男兒死耳, 不可爲不義屈!』雲笑曰:『欲將以有爲也。公有言, 雲敢不死!』」)
   라는 부분이 있다. 이는「安史의 난」때, 唐의 장수 張巡과 그의 部將 南霽雲이 적에게 포로가 되
   어, 장순은 적의 투항요구를 거부하고, 남재운이 주저하는 눈치를 보이자, 장순의 권고에 남재운이
   대답한 말인데, 남제운이「欲將以有爲也」라고 말한 뜻은「일단 거짓으로 투항했다가 기회를 보아
   다시 바로잡는다」는 것을 의미한다.

19) 至京口, 得間奔眞州, 卽具以北虛實告東西二閫, 約以連兵大擧。→ 경구에 이르러, 기회를 얻
   어 진주로 달아나, 즉시 元軍의 허실을 동·서 두 변방의 統帥에게 알려, 군대를 연합하여 크게 항
   전하기로 약속했다.
   【京口】: [지명] 지금의 江蘇省 鎭江市.【間(jiàn)】: 틈, 기회.【奔】: 달아나다.【眞州】: [지명]
   지금의 江蘇省 儀征縣.【具】: 완벽하게 갖추다.【東西二閫(kǔn)】: 淮南東路와 淮南西路의 두
   制置使(변방지역의 군사령관). 淮東은 李庭芝가 맡아 揚州(지금의 江蘇省 江都縣)에 주둔했
   고, 淮西는 夏貴가 맡아 廬州(지금의 安徽省 合肥市)에 주둔했다. ※「閫」은 본래 문턱을 뜻하
   나, 여기서는 나라의 변방을 지키는 것을 문지기에 비유하여「변방 군대의 통수」를 가리킨다.【連
   兵】: 군대를 연합하다.【大擧】: 크게 항전하다.

20) 中興機會, 庶幾在此。→ 나라가 중흥할 수 있는 기회는, 거의 이에 달려 있었다.
   【庶幾(shù jǐ)】: 거의, 대체로.

21) 留二日, 維揚帥下逐客之令。→ 이틀을 머물자, 양주의 통수는 축객령을 내렸다.
   ※文天祥이 眞州에 도착했을 때 揚州에는 親元派의 한 丞相이 元에 투항할 것을 권하기 위해 眞
   州에 왔다는 소문이 전해졌다. 李庭芝는 文天祥이 바로 親元派인 줄로 오해하고 眞州의 守將 苗
   再成에게 文天祥을 살해하도록 명령을 내렸다. 苗再成은 차마 그렇게 하지 못하고 文天祥을 성
   문 밖으로 추방한 후 李庭芝의 명령에 따른 것처럼 했다. 후에 文天祥이 투항할 것을 권하러 온 것
   이 아님을 알고 사람을 보내 文天祥을 揚州로 데려 오도록 했다. 揚州 성문 밖에 도착한 文天祥은
   李庭芝가 자신을 체포하여 감금하라고 명령했다는 말을 듣고 그만 이름을 바꾸었는데 文天祥은 이
   때부터 갖은 고초를 겪었다.
   【維揚帥】: 揚州 統帥, 즉 李庭芝. ※「維揚」: [지명] 揚州.【下】: (명을) 내리다, 하달하다.
   【逐(zhú)客之令】: 逐客令, 손님을 쫓아내라는 명령.

22) 不得已, 變姓名, 詭踪迹, 草行露宿, 日與北騎相出沒於長淮間。→ 부득이, 성명을 바꾸고, 종

348

與北騎相出沒於長淮間。²²⁾ 窮餓無聊，追購又急，天高地迥，號呼靡及。²³⁾ 已而得舟，避渚洲，出北海，然後渡揚子江，入蘇州洋，展轉四明・天臺，以至於永嘉。²⁴⁾

嗚呼！予之及於死者不知其幾矣。²⁵⁾ 詆大酋當死；²⁶⁾ 罵逆賊當死；²⁷⁾ 與貴酋處二十日，爭曲直，屢當死；²⁸⁾ 去京口，挾匕首以備

적을 감추어, 황량한 들판을 걷고 露天에서 잠을 자며, 날마다 元나라의 기병과 장강과 회하 일대에서 서로 나타나고 숨기를 거듭했다.
【詭(guǐ)】: 속이다, 여기서는 「감추다」의 뜻. 【草行】: 황량한 들판을 걷다. 【日】: 날마다. 【北騎(jì)】: 元의 騎兵. 【長淮(cháng huái)】: 長江과 淮河. 【間】: 지역, 일대.

23) 窮餓無聊，追購又急，天高地迥，號呼靡及。→ 고생스럽고 굶주리고 의지할 곳이 없는 데다, 현상 체포는 또 다급한데, 하늘 높고 땅이 멀어, 큰 소리로 외쳐 보아도 소리가 미치지 못했다.
【窮餓(qióng è)】: 고생하며 굶주리다. 【無聊(liáo)】: 의지할 곳이 없다. 【追購】: 상금을 걸고 체포하다. 【迥(jiǒng)】: 멀다. 【號(háo)呼】: 크게 외치다. 【靡(mǐ)及】: 不及, 미치지 못하다, 이르지 못하다.

24) 已而得舟，避渚洲，出北海，然後渡揚子江，入蘇州洋，展轉四明・天臺，以至於永嘉。→ 후에 작은 배를 하나 얻어, 모래섬을 피해, 북해로 나왔다. 그런 다음에 양자강을 건너, 소주양으로 들어가, 사명・천대를 전전하다가, 영가에 도착했다.
※모래섬에는 적이 주둔하고 있기 때문에 반드시 돌아서 가야한다.
【已而】: 후에. 【避(bì)】: 피하다. 【渚洲(zhǔ zhōu)】: 강 가운데의 모래섬. 【北海】: 長江 입구의 북쪽 바다. 【渡(dù)】: 건너다. 【揚子江】: 揚州 아래의 長江은 揚子江이라고도 부른다. 【蘇州洋】: 지금 上海 부근의 海面. 【四明】: [지명] 지금의 浙江省 寧波. 【天臺】: [지명] 지금의 절강성 天臺. 【永嘉】: [지명] 지금의 절강성 溫州.

25) 予之及於死者不知其幾矣。→ 내가 죽을 고비에 이른 것이 몇 번이나 되는 지 알 수가 없다.
【及於】: ……에 이르다. 【幾】: 몇 번, 몇 회.

26) 詆大酋當死；→ 적의 두목에게 욕설을 퍼부었을 때 마땅히 죽어야 했다.
【詆(dǐ)】: 욕하다, 비방하다, 꾸짖다. 【酋(qiú)】: 두목, 우두머리. 여기서는 伯顔에게 말한 「詆虜帥失信」의 일을 가리킨다. 【當】: 당연히 ……해야 하다.

27) 罵逆賊當死；→ 반역자를 욕했을 때 마땅히 죽었어야 했다.
【逆賊】: 반역자, 역적. ※여기서는 呂文煥과 呂師孟 叔姪을 가리킨다.

28) 與貴酋處二十日，爭曲直，屢當死；→ 元軍의 두목과 20일 동안 함께 있으면서, 시비곡직을 다 투었을 때, 여러 번 마땅히 죽었어야 했다.
【貴酋】: 지위가 높은 두목. 즉 元軍의 두목 忙古歹과 唆都. 【處】: 거처하다, 지내다. 【爭】: 따지다, 논쟁을 벌리다, 다투다. 【曲直】: 시비곡직. 【屢(lǚ)】: 여러 차례, 여러 번.

不測, 幾自剄死;²⁹⁾ 經北艦十餘里, 爲巡船所物色, 幾從魚腹死;³⁰⁾ 眞州逐之城門外, 幾傍徨死;³¹⁾ 如揚州, 過瓜洲揚子橋, 竟使遇哨, 無不死;³²⁾ 揚州城下, 進退不由, 殆例送死;³³⁾ 坐桂公塘土圍中, 騎數千過其門, 幾落賊手死;³⁴⁾ 賈家莊幾爲巡徼所陵迫死;³⁵⁾ 夜趨高

---

29) 去京口, 挾匕首以備不測, 幾自剄死; → 경구를 도망쳐 나오면서, 몸에 비수를 지니고 의외의 상황에 대비하다가, 하마터면 자살해 죽을 뻔했다.
【去】: 도망쳐 나오다. 【挾(xié)】: 지니다, 휴대하다. 【備】: 대비하다. 【不測】: 의외의 상황. 【幾(jǐ)】: 거의, 하마터면. 【自剄(jǐng)】: 스스로 목을 베다, 자살하다.

30) 經北艦十餘里, 爲巡船所物色, 幾從魚腹死; → 元나라 함대 부근 십여 리를 지날 때는, 순시선의 수색을 받아, 하마터면 (투신하여) 물고기 뱃속에 들어가 죽을 뻔했다.
【經】: 지나다. 【里】: 약 500미터. 【爲……所……】: [피동형] ……에 의해 ……되다, ……을 당하다. 【物色】: 물색하다, 찾다, 수색하다. 【從魚腹】: 물고기 뱃속에 들어가다. 즉, 물에 투신자살하다.

31) 眞州逐之城門外, 幾傍徨死; → 진주에서 (양주 통수 李庭芝에게) 성문 밖으로 쫓겨나서는, 하마터면 (어디로 갈지 몰라) 떠돌다가 죽을 뻔했다.
【逐】: 내쫓다. 【傍徨(páng huáng)】: 방황하다, 떠돌다.

32) 如揚州, 過瓜洲揚子橋, 竟使遇哨, 無不死; → 양주로 가자면, 과주 양자교를 지나는데, 만일 초병을 만났다면, 죽지 않을 수 없었다.
【如】: ……로 가다. 【瓜洲】: 양주 남쪽 양자강 북안의 모래섬. 【揚子橋】: 양주 남쪽 15리 지점에 있는 다리. 【竟使】: 만일, 만약. 【遇(yù)】: 만나다. 【哨(shào)】: 초소, 보초. 여기서는 「초병」을 가리킨다.

33) 揚州城下, 進退不由, 殆例送死; → 양주성 아래에서는, 진퇴를 마음대로 할 수 없어, 거의 목숨을 잃은 것이나 다름없었다.
【不由】: 자기 마음대로 못하다. 【殆(dài)】: 거의. 【例】: 유사하다, 비슷하다, 다름없다. 【送死】: 목숨을 잃다.

34) 坐桂公塘土圍中, 騎數千過其門, 幾落賊手死; → 계공당의 흙담장 안에 앉아 있을 때, (적의) 기병 수천 명이 문 앞을 지나갔는데, 하마터면 적의 손에 떨어져 죽을 뻔했다.
【桂公塘(táng)】: 揚州城 서쪽에 있는 작은 언덕. 【土圍】: 흙담장. ※본래 민가였으나 元軍에 의해 훼손되어 지붕이 없어지고 벽만 남아 있어 일컫은 말이다. 【騎(jì)】: 기병. 【過】: 지나가다.

35) 賈家莊幾爲巡徼所陵迫死; → 가가장에서는 하마터면 (적의) 순찰병에게 능멸과 핍박을 당해 죽을 뻔했다.
【賈(jiǎ)家莊】: 양주의 북쪽. 【巡徼(xún jiào)】: 순찰하다. 여기서는 「순찰병」을 말한다. 【陵迫(líng pò)】: 능멸하고 핍박하다.

郵, 迷失道, 幾陷死;³⁶⁾ 質明, 避哨竹林中, 邏者數十騎, 幾無所逃死;³⁷⁾ 至高郵, 制府檄下, 幾以捕繫死;³⁸⁾ 行城子河, 出入亂尸中, 舟與哨相後先, 幾邂逅死;³⁹⁾ 至海陵, 如高沙, 常恐無辜死;⁴⁰⁾ 道海安 · 如皋, 凡三百里, 北與寇往來其間, 無日而非可死;⁴¹⁾ 至通州,

---

36) 夜趨高郵, 迷失道, 幾陷死; → 밤중에 고우로 달아나다가, 길을 잃어, 하마터면 (적의) 함정에 빠져들어 죽을 뻔했다.
【趨(qū)】: 달려가다. 달아나다. 【高郵】: [지명] 지금의 江蘇省 高郵市. 【陷(xiàn)】: 함정에 빠지다.

37) 質明, 避哨竹林中, 邏者數十騎, 幾無所逃死; → 막 날이 밝을 무렵, 초병을 피해 대나무 숲 속에 들어가 있었는데, 순라병 수십 명을 만나, 하마터면 죽음의 위험에서 벗어날 수 없을 뻔했다.
【質(zhì)明】: 막 날이 밝아질 무렵. 【邏(luó)者】: 순라병. 【逃(táo)死】: 죽음의 위험에서 벗어나다.

38) 至高郵, 制府檄下, 幾以捕繫死; → 고우에 도착해서는, 制府에서 公文이 내려와, 하마터면 체포되어 죽을 뻔했다.
【制府】: 制置司衙門(軍務를 관장하는 부서). 【檄(xí)】: 공문, 문서. 【下】: 내리다, 하달하다. 【捕繫(bǔ xì)】: 체포되다, 붙잡히다.

39) 行城子河, 出入亂尸中, 舟與哨相後先, 幾邂逅死; → 성자하를 건너갈 때는, 어지럽게 떠있는 시체 속을 통과하는데, (나의) 배와 (적의) 초병이 서로 앞서거니 뒤서거니 하여, 하마터면 마주쳐서 죽을 뻔했다.
【行】: 航行하다. 【城子河】: [강이름] 高郵縣 동남쪽. 【出入】: 헤치고 나가다, 뚫고 지나가다. 【亂尸】: 어지럽게 떠있는 시체. 【相後先】: 서로 앞서거니 뒤서거니 하다. 【邂逅(xiè hòu)】: 해후하다, 뜻하지 않게 마주치다.

40) 至海陵, 如高沙, 常恐無辜死; → 해릉에 도착하여, 고사로 가는데, 항상 헛되이 죽을까 두려웠다.
【海陵】: [지명] 지금의 江蘇省 泰州市. 【如】: 往, 가다. 【高沙】: [지명] 高郵 서쪽. 【恐(kǒng)】: 두려워하다, 걱정하다. 【無辜(gū)】: 無罪, 죄가 없다, 허물이 없다. 여기서는「헛되다」의 뜻.

41) 道海安 · 如皋, 凡三百里, 北與寇往來其間, 無日而非可死; → 해안 · 여고를 거쳐가자면, 무릇 삼백리 길이 되는데, 元軍과 도적들이 그 일대에서 왕래하여, 죽지 않을 수 있는 날이 하루도 없었다.
【道】: 길을 경유하다, 통과하다, 거치다. 【海安】: [지명] 지금의 江蘇省 海安縣. 【如皋(gāo)】: [지명] 지금의 江蘇省 如皋縣. 【寇(kòu)】: 도적. 【非可死】: 죽을 가능성이 없다, 죽지 않을 수 있다.

幾以不納死;[42) 以小舟涉鯨波, 出無可奈何, 而死固付之度外矣。[43)
嗚呼! 死生, 晝夜事也, 死而死矣, 而境界危惡, 層見錯出, 非人
世所堪。[44) 痛定思痛, 痛何如哉! [45) 予在患難中, 間以詩記所遭,
今存其本不忍廢。[46) 道中手自抄錄。[47) 使北營, 留北關外, 爲一

---

42) 至通州, 幾以不納死; ➡ 통주에 도착해서는, 하마터면 받아주지 않아 죽을 뻔했다.
【通州】: [지명] 지금의 江蘇省 南通市。【以】: 因. ……로 인해, …… 때문에. 【納】: 받아주다.
※ 文天祥이 通州에 도착했을 때 성문은 잠겨 있고 적이 바짝 뒤쫓아 와서 황급히 달아난 일이 있
다.

43) 以小舟涉鯨波, 出無可奈何, 而死固付之度外矣。 ➡ 작은 배에 의지하여 거대한 파도를 건넌 것
은, 어찌할 방법이 없는 상황에서 나왔지만, 죽음은 이미 마음에 두지도 않았다.
【涉(shè)】: 건너가다. 【鯨(jīng)波】: 激浪, 거대한 파도. ※ 고래가 바다에서 가장 큰 동물이기
때문에 붙인 이름이다. 【出】: ……에서 나오다. 【無可奈何】: 어찌할 방법이 없다, 어찌할 수 없
다. 【固】: 본래, 벌써부터, 이미. 【付之度外】: 마음에 두지 않다, 도외시하다. ※「付」: 넘기다,
부치다. 「之」: [대명사] 이것, 즉「죽음」. 「度外」: 마음 밖.

44) 死生, 晝夜事也, 死而死矣, 而境界危惡, 層見錯出, 非人世所堪。➡ 죽고 사는 것은, 잠깐 사
이의 일로서, 죽게 되면 죽는 것이지만, 그러나 위급하고 험악한 상황이, 연이어 나타나고 교차하여
출현하는데, 실로 보통사람이 견딜 수 있는 바가 아니었다.
【晝夜】: 본래「밤과 낮」을 뜻하나, 여기서는「조만간, 잠깐 사이」의 뜻이다. 【而】: 그러나. 【境
界】: 처지, 경우, 상황. 【層見】: 연이어 나타나다, 자주 보이다. 【錯出】: 들쑥날쑥 일어나다, 교차
하여 나타나다. 즉「변화가 매우 심하다」는 뜻이다. 【非……所……】: ……이……할 바가 아니다.
【人世】: 보통 사람, 일반 사람. 【堪(kān)】: 견디다, 참아내다, 이겨내다.

45) 痛定思痛, 痛何如哉! ➡ 비통한 과거의 일이 지나간 후 당시의 고통을 되새기니, 비통한 심정이
어떠하겠는가!
【定】: 가라앉다, 안정되다. 여기서는「지나가다」의 뜻. 【思】: 되새기다, 돌이켜 생각하다. 【何如
哉】: 어떠하겠는가!

46) 予在患難中, 間以詩記所遭, 今存其本不忍廢。 ➡ 나는 환난 중에, 틈틈이 시로써 겪었던 일을
기록하여, 지금 그 원본을 보존하고 있는데 차마 없애버릴 수가 없다.
【間】: 여가, 짬, 틈. 【所遭】: 겪었던 바, 경험한 바. 【存】: 보존하다. 【本】: 원본, 底本. 【不忍】:
차마 ……하지 못하다. 【廢(fèi)】: 폐기하다, 없애버리다.

47) 道中手自抄錄。➡ (피난하는) 길에서 몸소 손으로 베껴 썼다.
【道中】: 途中, 도중에. 【手自】: 내손으로 직접. 【抄錄(chāo lù)】: 베껴 쓰다.

48) 使北營, 留北關外, 爲一卷; ➡ 元軍 진영에 출사하여, 북관 밖에 억류되었을 때까지 지은 것을
한 권으로 만들었다.

卷;⁴⁸⁾ 發北關外, 歷吳門·毘陵, 渡瓜洲, 復還京口, 爲一卷;⁴⁹⁾ 脫京口, 趨眞州·揚州·高郵·泰州·通州, 爲一卷;⁵⁰⁾ 自海道至永嘉, 來三山, 爲一卷。⁵¹⁾ 將藏之於家, 使來者讀之, 悲予志焉。⁵²⁾ 嗚呼! 予之生也幸, 而幸生也何所爲?⁵³⁾ 求乎爲臣, 主辱, 臣死有餘僇; 所求乎爲子, 以父母之遺體行殆, 而死有餘責。⁵⁴⁾ 將請罪於君,

---

【使】: 出使하다, 사절로 나가다. 【北營】: 元軍 진영. 【留】: 억류되다, 연금되다. 【北關】: 남송의 도읍인 臨安의 북문. ※당시 元나라 군사는 임안성 북쪽의 高亭山에 주둔하고 있었다.

49) 發北關外, 歷吳門·毘陵, 渡瓜洲, 復還京口, 爲一卷; ➡ 북관 밖을 출발하여, 오문·비릉을 지나, 과주를 건너, 다시 경구로 돌아올 때까지 지은 것을, 한 권으로 만들었다.
【發】: 출발하다. 【歷】: 거치다, 지나다, 경유하다. 【吳門】: 江蘇省 蘇州의 별칭. 【毘(pí)陵】: [지명] 지금의 江蘇省 常州. 【渡(dù)】: 건너다. 【復還】: 다시 돌아오다.

50) 脫京口, 趨眞州·揚州·高郵·泰州·通州, 爲一卷; ➡ 경구를 탈출하여, 진주·양주·고우·태주·통주로 갔을 때까지 지은 것을, 한 권으로 만들었다.
【脫】: 탈출하다, 도망쳐 나오다. 【趨(qū)】: 가다, 향하다.

51) 自海道至永嘉, 來三山, 爲一卷。 ➡ 해로로부터 영가에 왔다가, 삼산에 왔을 때까지 지은 것을, 한 권으로 만들었다.
【海道】: 海路. 【三山】: [지명] 지금의 福建省 福州市. ※경내에 閩山·越王山·九仙山 등 세 산이 있기 때문에 붙여진 이름.

52) 將藏之於家, 使來者讀之, 悲予志焉。 ➡ 장차 그것을 집에 두고, 후세 사람들로 하여금 그것을 읽고, (국가에 보답하는) 나의 뜻에 동정하도록 하고자 했다.
【將】: 장차 ……하려고 하다. 【來者】: 후세 사람. 【悲】: 생각하다, 동정하다. 【予志】: 나의 뜻, 즉 내가 국가에 보답하려는 뜻.

53) 予之生也幸, 而幸生也何所爲? ➡ 내가 (죽음으로부터) 살아난 것은 행운이지만, 그러나 요행히 살아난 것이 무엇을 하기 위해서인가?
【幸】: 앞의 「幸」은 「행운이다, 운이 좋다」는 술어이고, 뒤의 「幸」은 「요행히」라는 부사 용법이다. 【也】: [어조사]. 【何所爲】: 무엇을 하기 위해서인가? ※의문대명사 「何」는 목적어로 사용될 경우 앞에 위치한다.

54) 求乎爲臣, 主辱, 臣死有餘僇; 所求乎爲子, 以父母之遺體行殆, 而死有餘責。 ➡ (충성스런) 신하가 되기를 원해서라면, 임금이 모욕을 당했을 경우, 신하가 죽었다 해도 남은 죄가 있고, (효성스런) 자식이 되기를 원해서라면, 부모가 남겨준 몸을 가지고 모험했을 경우, 죽었다 해도 남은 책임이 있다.

君不許; 請罪於母, 母不許, 請罪於先人之墓。[55]

生無以救國難, 死猶爲厲鬼以擊賊, 義也。[56] 賴天之靈·宗廟之福, 修我戈矛, 從王於師, 以爲前驅, 雪九廟之耻, 復高祖之業。[57] 所謂「誓不與賊俱生」, 所謂「鞠躬盡力, 死而後已」, 亦義也。[58] 嗟

【求乎】: ……을 원하다, ……을 바라다. 【主】: 임금, 군주. 【辱(rǔ)】: [피동용법] 모욕을 당하다, 굴욕을 당하다. 【僇(lù)】: 죄. 【父母之遺體】: 부모가 남겨준 몸, 즉 자신, 자기. 【行殆(dài)】: 모험하다, 위험한 행동을 하다. ※《孝經·開宗明義》에 「身體髮膚, 受之父母, 不敢毀傷, 孝之始也。」라 했다.

55) 將請罪於君, 君不許; 請罪於母, 母不許, 請罪於先人之墓。 → 임금에게 죄를 청하려 하나, 임금이 허락하지 않고, 어머니에게 죄를 청하여도, 어머니가 허락하지 않아, 조상의 묘소에서 죄를 청했다.
【將(jiāng)】: …… 하려하다. 【請罪】: 죄를 청하다. 【先人】: 조상.

56) 生無以救國難, 死猶爲厲鬼以擊賊, 義也。 → 살아서 국난을 구제하지 못하면, 오히려 죽어서 악귀가 되어 적을 토벌하는 것이, 義이다.
【無以】: ……할 수가 없다, ……할 도리가 없다. 【猶(yóu)】: ……조차, ……까지도. 【厲(lì)鬼】: 악귀. 【擊(jī)】: 공격하다, 토벌하다, 물리치다.

57) 賴天之靈·宗廟之福, 修我戈矛, 從王於師, 以爲前驅, 雪九廟之耻, 復高祖之業。 → 하늘의 영험과 조상신령의 복록에 힘입어, 우리의 무기를 정비하고, 임금을 좇아 전쟁에 나아가, 선봉이 되어, 종묘사직의 치욕을 씻고, 태조의 대업을 회복해야 한다.
【賴(lài)】: 의지하다, 힘입다. 【靈(líng)】: 영험. 【宗廟】: 종묘, 조상의 제사를 지내던 곳. 여기서는 「祖宗 神靈」을 가리킨다. 【修】: 수리하다, 정비하다. 【戈矛】: 무기. 【於師】: 전쟁에 나아가다, 출정하다. 【前驅(qū)】: 선봉, 선두. 【雪】: 씻다, 없애다. 【九廟】: 옛날에 황제가 사당을 세우고 조상에게 제사했는데, 원래는 태조묘와 三昭廟와 三穆廟 등 七廟가 있다가, 王莽에 이르자 五祖廟와 四親廟의 九廟로 제도를 고쳤다. 여기서는 「宗廟社稷」을 가리킨다. ※《漢書·王莽傳》:「起九廟: 一曰黃帝太初祖廟; 二曰虞帝始祖昭廟; 三曰陳胡王統祖穆廟; 四曰齊敬王世祖昭廟; 五曰濟北愍王王祖穆廟; 六曰濟南伯王尊禰昭廟; 七曰元城孺王尊禰穆廟; 八曰陽平頃王戚禰昭廟; 九曰新都顯王戚禰穆廟。」 【高祖】: 여기서는 宋의 개국황제인 太祖 趙匡胤을 가리킨다. 【耻(chǐ)】: 恥의 속자, 치욕.

58) 所謂「誓不與賊俱生」, 所謂「鞠躬盡力, 死而後已」, 亦義也。 → 이른바 「맹세코 적과 함께 살아남지 않고」, 이른바 「나라를 위해 부지런하고 신중히 온 힘을 다하며, 죽기 전에는 멈추지 않는다。」라고 하는 것도, 또한 義이다.
【誓(shì)】: 맹세하다. 【俱】: 함께, 같이. 【鞠躬(jū gōng)】: 부지런하고 신중한 모양. 【已】: 멈추다, 정지하다.

夫! 若予者, 將無往而不得死所矣。⁵⁹⁾ 向也, 使予委骨於草莽, 予雖浩然無所愧怍, 然微以自文於君親, 君親其謂予何?⁶⁰⁾ 誠不自意返吾衣冠, 重見日月, 使旦夕得正丘首, 復何憾哉! 復何憾哉!⁶¹⁾

是年夏五, 改元景炎, 廬陵文天祥自序其詩, 名曰《指南錄》。⁶²⁾

---

59) 嗟夫! 若予者, 將無往而不得死所矣。 ➡ 아! 나 같은 사람은, 장차 어딜 가도 죽을 곳을 찾지 못하는 일은 없을 것이다.
※어느 때 어느 곳에서나 편안하게 죽을 수 있다는 뜻.
【嗟(jiē)夫】: [감탄사] 아! 【若】: ……과 같은. 【死所】: 죽을 장소.

60) 向也, 使予委骨於草莽, 予雖浩然無所愧怍, 然微以自文於君親, 君親其謂予何? ➡ 지난날, 만약 내가 황야에 뼈를 버렸다면, 내가 비록 광명정대하여 부끄러움이 없다 해도, 그러나 임금과 부모에게 자신의 잘못을 감출 수 없으니, 임금과 부모가 나를 어떻게 말하겠는가?
【向】: 과거, 지난날. 【使】: 만일, 만약. 【委骨】: 뼈를 버리다, 즉 「죽다」. 【草莽(mǎng)】: 황야, 거친 들판. 【雖】: 비록 ……라 해도. 【浩然】: 광명정대하다. 【愧怍(kuì zuò)】: 부끄럽다. 【微以】: 無以, ……할 수가 없다, ……할 도리가 없다. 【自文】: 자신의 잘못을 감추다. ※「文」: 덮다, 숨기다, 감추다. 【其謂予何】: 그들이 나에 대해 어찌 말하겠는가?

61) 誠不自意返吾衣冠, 重見日月, 使旦夕得正丘首, 復何憾哉! 復何憾哉! ➡ 실로 뜻밖에 나의 고향으로 돌아와, 밝은 세상을 다시 보니, 설사 당장 고향에서 죽는다 해도, 또 무슨 여한이 있겠는가? 또 무슨 여한이 있겠는가?
【誠】: 실로, 과연. 【不自意】: 뜻밖에, 의외로. 【返吾衣冠】: 나의 조국으로 돌아오다. ※「衣冠」: 본래 「服飾」을 가리키나, 여기서는 「祖國」을 비유했다. 【使】: 설사 ……라 해도. 【旦夕】: 당장, 즉시, 바로. ※「매우 짧은 시간」을 비유한 말. 【日月】: 해와 달. 여기서는 「밝은 세상」을 가리킨다. 【正丘首】: 고향(고국)에서 죽다. ※《禮記·檀弓上》에 「狐死正丘首。」라 했는데, 여우가 죽으면 반드시 머리를 똑바로 자기가 태어난 언덕을 향하게 하여 고향에 대한 그리움을 표명했다고 하여, 고향에서 죽는 것을 비유했다.

62) 是年夏五, 改元景炎, 廬陵文天祥自序其詩, 名曰《指南錄》。 ➡ 이해 여름 5월에, 연호를 경염으로 바꾸었는데, 여릉 사람 문천상이 친히 그 시집에 서문을 쓰고, 이름하여 《指南錄》이라 했다.
【是年】: 이 해, 금년, 즉 德祐2年(1276). 【改元】: 연호를 고치다. 【景炎】: 宋 端宗의 연호. 【廬陵】: [지명] 지금의 江西省 吉安市. 【自序】: 친히 서문을 쓰다.

解題 및 本文 要旨說明 🔺

《指南錄·後序》는 작자 문천상이 자신의 詩集인《指南錄》에 쓴 서문이다.

宋 恭帝 德祐 2년(1276) 문천상은 우승상을 막 배수 받고 아직 부임하기도 전에 元군의 위협을 받는 상황하에서 여러 신료들의 요청에 따라 강화를 위한 사절로 갔다가 뜻밖에 억류되고 말았다. 다음날 일부 매국노들이 원군에 투항하겠다는 뜻을 전했다. 문천상은 끌려가던 도중 구사일생으로 탈출에 성공하여 福州로 돌아와 瑞宗으로부터 右丞相 겸 樞密使를 배수받고 다시 항원투쟁을 전개했는데, 이 서문은 바로 이 때 쓴 것이다.

내용은 작자가 元軍의 진영에 出使했다가 억류되어 끌려가던 도중 탈출하여 구사일생으로 돌아온 경과와 아울러, 시를 쓰게 된 배경, 시집 편집의 체제와 목적, 그리고 서문을 쓴 시간과 시집의 命名에 대해 서술했는데, 대략 여섯 단락으로 나눌 수 있다.

첫째 단락에서는 元軍이 성문 밖까지 바짝 다가와 급박한 나머지 작자가 국가 민족을 위해 자신의 안위를 돌보지 않고 원군 진영에 출사하여 적의 허실을 염탐하고자 했던 상황을 서술했고,

둘째 단락에서는 작자가 원군 진영에 들어간 후 강한 어조로 항의하다가 원군 진영에 억류되어 돌아올 수 없게 된 상황을 서술했고,

셋째 단락에서는 작자가 원군에 의해 강제로 북쪽으로 끌려가다가 鎭江에 이르러 탈출에 성공하여 揚州의 宋軍 통수와 접촉을 시도했으나 오히려 親元派로 오해를 받아 성명을 바꾸고 고생 끝에 겨우 永嘉로 피신해 온 과정을 서술했고,

넷째 단락에서는 작자가 원군 진영에 억류되었다가 탈출하여 돌아오는 동안 무수히 죽을 고비를 만났지만 자신의 생사를 도외시하며 오직 나라에 보답하려는 작자의 일념을 서술했고,

다섯째 단락에서는 詩集의 편찬 목적이 후세 사람들로 하여금 작자의 마음을 이해하고 나라를 사랑하는 마음을 갖도록 하는데 있음을 서술했고,

여섯째 단락에서는 조국의 광복과 민족의 중흥을 위해 죽을 때까지 온 힘을 다 바쳐 적과 계속 투쟁한다는 작자의 각오와 강렬한 애국정신을 서술했다.

나라를 위한 백절불굴의 강인한 의지와 생사를 초월하는 한결같은 애국사상이 생동적으로 잘 나타나 있다.

舜의 성품

舜임금의 성은 姚, 이름은 重華이다. 重華는 堯임금 시절 歷山이란 지방에서 밭갈이와 고기 잡이, 질그릇을 구워 파는 일을 하며 어렵게 살았다. 후에 堯帝를 이어 국호를 虞라 하고, 죽은 후 시호를 舜이라 했다. 순의 어린 시절, 그의 아버지는 전혀 시시비비를 구별할 줄 몰라 주위 사람들은 아버지를 瞽瞍라 불렀다.

순은 어머니가 일찍 죽고 아버지 고수가 후처를 얻어 아들 象을 낳았는데, 부부는 상을 편애하 고 순을 매우 학대했다. 상이 성장한 후에는 아버지와 합세하여 그 정도가 더욱 심했다. 그럼에도 불구하고 순은 부모에게 극진히 효도하며 사람을 대하는 태도가 성실하여 명성이 날로 높아갔다.

이때 요임금이 연로하여 덕망 있는 후계자를 찾던 중, 순의 명성을 듣고 우선 자기의 두 딸 娥 皇과 女英을 순에게 시집보내는 동시에, 아홉 명의 아들을 순과 함께 거주시켜 순의 일거일동을 살피도록 했다. 아황과 여영은 순의 감화를 받아 천자의 딸인데도 교만하지 않았고, 아홉 명의 아 들 역시 순에게 동화되어 이전보다 더욱 성실해졌다. 그리하여 요임금은 순에게 거문고와 의복, 소, 양 등 많은 물건을 하사하였고 순의 생활이 비로소 윤택해졌다.

고수 부부와 상은 이러한 순에게 질투와 분노를 느끼고 순을 해치고자 음모를 꾀했다. 하루는 고수가 순에게 창고에 쥐가 들락거리니 수리하라고 시켰다. 그날 저녁 순이 아황과 여영에게 이 를 이야기하자, 총명한 그녀들은 고수가 불을 질러 순을 해칠 것이라는 음모를 미리 알고, 순에게 우산을 준비하도록 했다. 다음날 순이 지붕에 올라가니 과연 그러했다. 순은 고수가 불을 지르자 재빨리 우산을 펴고 새처럼 사뿐히 뛰어내렸다.

음모가 수포로 돌아가자 상이 고수에게 다른 방법을 제시했다. 창고 위는 사방이 뚫려 퇴로가 많기 때문에 실패했다 하여, 이번에는 퇴로가 없는 우물 속 청소를 시키도록 했다. 효성이 지극한 순은 아버지의 불순한 뜻을 알지만 거역할 수 없어 다시 아황, 여영과 상의하여 미리 우물과 통하 는 다른 통로를 파서 대비했다. 순이 우물 속으로 들어가자 고수와 상은 재빨리 진흙을 퍼 우물 을 덮어 버렸다. 순이 틀림없이 죽었으리라 믿은 상은 순의 재산과 아내들을 차지할 목적으로 순 의 집에 갔다. 뜻밖에도 순이 태연하게 침대에 앉아 거문고를 타고 있는 모습을 보고, 상은 더듬 거리며 형이 보고싶어 왔다고 거짓말을 했다. 순은 조금도 어색한 내색을 하지 않고, 마침 일이 많아 아우가 와서 도와주기를 기다렸다고 친절하게 대했다.

이때부터 요임금은 순의 충효를 확실히 알고 순에게 백성을 교화하는 직책을 맡겼는데, 백성 들이 순에게 감화되어 자식의 도리를 다하고 천하는 태평시대를 맞았다. 요임금이 죽고 순이 제 위를 계승하자 세상에서는 이를 「堯舜之世」라 했고, 순이 천자가 되고 나서 아버지 고수와 아우 상에게 극진하니 후세 사람들은 순을 「大孝」라 칭찬했다.

《中國歷史故事集》, 陳小仲 著, 台北, 安平出版社, 民國61 참조)

41

項脊軒志

[明] 歸有光

作者 ○

歸有光(1506-1571)은 명대 후기의 저명한 古文家로 자가 熙甫 또는 開甫, 호는 震川
이라 하며, 昆山(지금의 江蘇省 昆山) 사람이다. 어려서부터 재능이 뛰어나 9세에 능히 글을
지을 줄 알았고, 20세에 五經三史에 능통했으나, 世宗 嘉靖 19년(1540) 鄕試에 합격한
후 8차에 걸쳐 會試에 낙방하고, 嘉定(지금의 上海市)의 安亭江으로 거처를 옮겨 20여 년
동안 독서와 講學으로 지냈는데 따르는 사람이 항상 수백 명에 달했으며 학자들이 그를 「震川
先生」이라 불렀다. 嘉靖 44년(1565)에 60세의 고령으로 진사에 급제하여 湖州 長興縣
(지금의 浙江省 境內)의 현령을 지냈다. 귀유광은 성품이 강직하여 상급관리나 토호열신과
영합하지 않아 3년 후 順德府의 通判으로 좌천되어 馬政을 관리하는 등 진사의 신분으로 吏
卒생활을 하는 어려움을 겪었다. 隆慶 4년(1570) 大學士 高拱의 추천으로 南京太僕寺丞
이 되어《世宗實錄》의 편찬에 참여했으며, 관직생활을 하다가 세상을 떠났다.

귀유광의 문장은 韓愈와 歐陽修의 법도를 따랐으며, 특히 太史公書를 좋아하여 그 이치를
터득하고자 노력했다. 당시 王世貞·李攀龍 등이 秦漢의 문장으로 돌아갈 것을 주장하여,
천하가 그들을 문장의 종주로 추앙했으나, 귀유광만이 홀로《史記》와 唐宋文人들의 문집을
끌어안고 제자들과 더불어 安亭江의 구옥에서 강학하며 의연히 그들과 맞서 왕세정을 용렬한
사람이라고 비난했다. 귀유광은 당시 사회에 별로 이름이 오르지 않다가 明末에 이르러 비로소
錢謙益과 같이 일부나마 그를 중시하는 사람이 생겨났다. 淸 姚鼐의《古文辭類纂》에 元明

양대 학자들 가운데 오직 귀유광만을 唐宋八大家 바로 다음의 반열에 놓고 그 외에 아무도 없는 것을 보면 姚鼐가 그를 얼마나 추앙했는지 알만하다.

그가 남긴 저술로는 《震川文集》·《易經淵旨》·《三吳水利錄》·《文章指南》·《評點史記》 등이 있다.

註釋 ↩

<u>項脊軒</u>, 舊南閤子也。¹⁾ 室僅方丈, 可容一人居。²⁾ 百年老屋, 塵泥滲漉, 雨澤下注, 每移案顧視, 無可置者。³⁾ 又北向, 不能得日, 日過午已昏。⁴⁾ 余稍爲修葺, 使不上漏。⁵⁾ 前闢四窗, 垣牆周庭,

---

1) 項脊軒, 舊南閤子也。 ➜ 항척헌은, 이전의 남쪽 별실이다.
   【項脊軒(xiàng jǐ xuān)】: 귀유광이 昆山에 거처할 때의 서재 이름. ※宋나라 때 귀유광의 조상인 歸道隆이란 사람이 太倉(지금의 江蘇省 太倉縣)의 項脊涇에 살았기 때문에 이를 추넘하기 위해 지은 이름이다. 【閤(gé)子】: 본채에 딸려 지은 작은 방, 별실. ※「閤」: 閣과 통한다.

2) 室僅方丈, 可容一人居。 ➜ 실내는 겨우 사방 1장의 넓이로, 한 사람이 거주할 수 있을 뿐이다.
   【方丈】: 사방 1장의 면적. 「丈」: 10척, 약 3.3미터.

3) 百年老屋, 塵泥滲漉, 雨澤下注, 每移案顧視, 無可置者。 ➜ 백년이 된 구옥이라, (지붕의) 먼지와 진흙이 틈새로 스며들고, (비가 오면) 빗물이 흘러내려, 매번 책상을 옮겨가며 살펴보아도, 옮겨 놓을 만한 곳이 없다.
   【塵泥(chén ní)】: 먼지와 진흙. 【滲漉(shèn lù)】: 틈새로 스며들다. ※《廣雅》:「漉, 滲也。」. 【雨澤(zé)】: 빗물. 【下注】: 흘러내리다. 【移(yí)】: 옮기다. 【顧(gù)視】: 살펴보다, 둘러보다. 【置(zhì)】: 놓다, 두다.

4) 又北向, 不能得日, 日過午已昏。 ➜ 또 북향이라, 해가 들지 않아, 해가 정오를 지나면 이미 (실내가) 어두워진다.
   【得日】: 해가 들다, 햇볕을 받다. 【過午】: 오후가 되다, 정오가 지나다. 【昏(hūn)】: 이둡나.

5) 余稍爲修葺, 使不上漏。 ➜ 내가 조금 보수하여, 위에서 비가 새지 않도록 했다.
   【稍(shāo)】: 약간, 조금. 【修葺(xiū qì)】: 수리하다, 보수하다. ※「葺」은 본래 「풀이나 짚으로 지붕을 덮다」이나, 여기서는 「지붕이 새지 않게 보수하다.」의 뜻. 【使】: ……하게 하다. 【上漏(lòu)】: 위에서 새다.

以當南日, 日影反照, 室始洞然。⁶⁾ 又雜植蘭桂竹木於庭, 舊時欄
楯, 亦遂增勝。⁷⁾ 借書滿架, 偃仰嘯歌, 冥然兀坐, 萬籟有聲。⁸⁾ 而
庭階寂寂, 小鳥時來啄食, 人至不去。⁹⁾ 三五之夜, 明月半牆, 桂影
斑駁, 風移影動, 珊珊可愛。¹⁰⁾

　　然予居於此, 多可喜, 亦多可悲。¹¹⁾ 先是, 庭中通南北爲一,

---

6) 前闢四窗, 垣牆周庭, 以當南日, 日影反照, 室始洞然。➡ (방의) 앞쪽에 네 개의 창문을 새로
내고, 담장을 쌓아 정원을 둘러싸서, 이로써 남쪽의 햇볕을 가로막아, 햇볕이 반사되도록 만들자,
실내가 비로소 밝아졌다.
【闢(pì)】: 개척하다. 즉, 「새로 내다」【垣牆(yuán qiáng)】: [동사용법] 담장을 쌓다. 【周
(zhōu)】: [동사] 둘러싸다, 빙 두르다. 【當】: 가로막다. 【日影】: 일광, 햇볕. 【反照】: 햇볕이 반
사되다. 【始】: 비로소. 【洞然】: 밝고 환한 모양.

7) 又雜植蘭桂竹木於庭, 舊時欄楯, 亦遂增勝。➡ 또 정원에 난초와 계수나무와 대나무 등을 섞어
심으니, 이전의 헌 난간도, 역시 마침내 경관이 나아졌다.
【雜植】: 섞어 심다. 【欄楯(lán shǔn)】: 난간. ※王逸《楚辭章句》에 「從曰欄, 橫曰楯。」라 했
다. 【增勝】: 아름다움을 더하다, 경관이 나아지다.

8) 借書滿架, 偃仰嘯歌, 冥然兀坐, 萬籟有聲。➡ 책을 빌려다가 서가를 가득 채우고, 편안히 쉬면
서 소리내어 노래도 하고, (간혹) 조용히 단정하게 앉아 있노라면, 자연의 온갖 음향이 귀에 들리는
듯하다.
【滿】: 가득 채우다. 【架(jià)】: 서가. 【偃仰(yǎn yǎng)】: 누웠다 일어났다 하다. 【嘯(xiào)歌】:
소리내어 읊다, 노래하다. 【冥然】: 조용히, 아무 말 없이. 【兀(wù)坐】: 正坐하다, 단정히 앉다.
【萬籟(lài)】: 자연의 온갖 음향.

9) 而庭階寂寂, 小鳥時來啄食, 人至不去。➡ 그러나 뜰과 계단은 오히려 고요하고, 작은 새는 때때
로 날아와 모이를 쪼아먹으며, 사람이 가까이 가도 날아가지 않는다.
【而】: 그러나. 【庭階(tíng jiē)】: 뜰과 계단. 【寂(jì)寂】: 고요하다, 적막하다. 【時】: 때때로. 【啄
(zhuó)食】: 모이를 쪼아먹다.

10) 三五之夜, 明月半牆, 桂影斑駁, 風移影動, 珊珊可愛。➡ 보름날 밤, 밝은 달이 담장을 반쯤 비
출 때면, 계수나무 그림자가 서로 뒤엉켜, 바람이 부는 대로 그림자 따라 움직이는데, 밝고 깨끗
한 모습이 귀엽기만 하다.
【三五之夜】: 음력 보름날 밤. 【半牆(qiáng)】: 담장의 절반. 【斑駁(bān bó)】: 뒤엉키다, 뒤섞이
다. 【風移】: 바람이 불다. 【珊(shān)珊】: 밝고 깨끗한 모양.

11) 然予居於此, 多可喜, 亦多可悲。➡ 그러나 나는 여기에 살면서, 기쁜 일도 많고, 또한 슬픈 일도
많다.

迨諸父異爨, 內外多置小門牆, 往往而是。[12] 東犬西吠, 客踰庖而宴, 雞棲於廳。[13] 庭中始爲籬, 已爲牆, 凡再變矣。[14] 家有老嫗, 嘗居於此。[15] 嫗, 先大母婢也, 乳二世, 先妣撫之甚厚。[16] 室西連於中閨, 先妣嘗一至。[17] 嫗每謂予曰:「某所, 而母立於茲。」[18] 嫗又

---

12) 先是, 庭中通南北爲一, 迨諸父異爨, 內外多置小門牆, 往往而是。→ 과거에, 정원은 남북이 하나로 통해 있었으나, 아버지 형제들이 분가하기에 이르자, 안팎으로 여러 개의 작은 문과 담을 설치했는데, 곳곳이 모두 이러했다.
【先是】: 先(於)是. 이전, 과거. 【迨(dài)】: ……에 이르다. 【諸父】: 아버지의 형제들. 【異爨(cuàn)】: 서로 달리 끓여먹다. 즉「分家하다」. ※「爨」: 취사하다. 【置】: 설치하다. 【往往】: 곳곳, 도처. 【是】: 이렇다.

13) 東犬西吠, 客踰庖而宴, 雞棲於廳。→ 동쪽 집의 개가 서쪽 집을 향해 짖고, (우리 집의) 손님이 (저 집의) 부엌을 건너서 음식을 먹으러 오며, 닭을 대청에서 길렀다.
【吠(fèi)】: 짖다. 【踰(yú)】: 逾, 건너다, 넘다. 【庖(páo)】: 부엌. 【宴(yàn)】: 잔치, 연회. ※여기서는「음식을 먹다」의 뜻. 【雞棲於廳】: 닭이 대청에서 棲息하다, 즉「닭을 대청에서 기르다」.

14) 庭中始爲籬, 已爲牆, 凡再變矣。→ 정원은 처음에는 울타리를 쳤다가, 그 후에 담장을 만들어, 무릇 두 번이나 변했다.
【始】: 처음, 당초. 【已】: 그 뒤, 그 후. 【再變】: 두 번 변경되다.

15) 家有老嫗, 嘗居於此。→ 집에 노파 한 사람이 있었는데, 일찍이 이곳에 거처한 적이 있다.
【老嫗(yù)】: 노파, 늙은 여인. 【此】: 이곳, 여기. 즉 항척헌.

16) 嫗, 先大母婢也, 乳二世, 先妣撫之甚厚。→ 이 노파는, 돌아가신 할머니의 하인으로, (우리 집에서) 2대에 걸쳐 젖을 먹였으므로, 돌아가신 어머니는 그녀를 매우 후하게 대해 주었다.
【先大母】: 돌아가신 할머니. ※「先」은 죽은 사람에게 붙이는 말. 「大母」: 조모, 할머니. 【乳(rǔ)】: [동사] 젖먹이다, 유모 노릇을 하다. 【二世】: 2대, 兩代. 【先妣(bǐ)】: 돌아가신 어머니. ※귀유광의 어머니 周孺人(周桂)은 崑山 吳家橋 사람으로 明 孝宗 弘治 원년(1488)에 출생하여 武帝 正德 8년(1513)에 26세의 나이로 죽었다. 귀유광의《先妣事略》에 자세히 보인다. 【撫(fǔ)】: 대하다. 【之】: [대명사] 그녀, 즉 노파.

17) 室西連於中閨, 先妣嘗一至。→ 항척헌의 서쪽이 내실과 연결되어 있었으므로, 어머니가 일찍이 (항척헌에) 한 번 온 적이 있다.
【室】: 방, 즉 항척헌. 【中閨(guī)】: 內室. 【一至】: 한 번 오다.

18) 嫗每謂予曰:「某所, 而母立於茲。」→ 노파는 매번 나에게 말하길「바로 그곳, (너의) 어머니가 여기에 서 계셨어.」라고 했다.
【每】: 매번, 항상. 【某所】: 그곳. 【而母】: 너의 어머니. ※「而」: 爾, 너, 너의. 【茲(zī)】: 이곳.

曰：「汝姊在吾懷，呱呱而泣；娘以指扣門扉曰：『兒寒乎？欲食乎？』吾從板外相爲應答。」[19] 語未畢，余泣，嫗亦泣。[20] 余自束髮讀書軒中，一日，大母過余曰：「吾兒，久不見若影，何竟日默默在此，大類女郎也？」[21] 比去，以手闔門，自語曰：「吾家讀書久不效，兒之成，則可待乎！」[22] 頃之，持一象笏至，曰：「此吾祖太常公宣德間執此以朝，他日汝當用之。」[23] 瞻顧遺跡，如在昨日，令人長

---

19) 嫗又曰：「汝姊在吾懷，呱呱而泣；娘以指扣門扉曰：『兒寒乎？欲食乎？』吾從板外相爲應答。」→ 노파는 또 말하길「너의 누나가 내 품에서, 앵앵하고 울면, 어머니가 손가락으로 문짝을 톡톡 두드리며『아이가 추운가? 젖 먹고 싶어하는가?』라고 말했는데, 나는 판자벽 밖에서 대답했지.」라고 했다.
【呱(gū)呱】: [의성어] 앙앙, 앵앵. ※아기의 울음소리. 【娘(niáng)】: 어머니. 【指(zhǐ)】: 손가락. 【扣(kòu)】: 두드리다. 【門扉(fēi)】: 문짝. 【從】: ……로부터, ……에서. 【板外】: 판자로 된 벽의 밖. 【相爲應答】: 대답하다.

20) 語未畢，余泣，嫗亦泣。→ 말이 아직 끝나기도 전에, 내가 울자, 노파도 역시 울었다.
【畢(bì)】: 마치다, 끝내다.

21) 余自束髮讀書軒中，一日，大母過余曰：「吾兒，久不見若影，何竟日默默在此，大類女郎也？」→ 나는 15세 이후부터 항척헌에서 공부했는데, 하루는, 할머니가 나를 찾아와 말씀하셨다. 「내 자식아, 오랫동안 너의 모습을 보지 못했구나. 어째서 하루 종일 묵묵히 여기에만 있느냐? 마치 여자아이처럼.」
【束髮】: 머리를 묶다. ※예전에 남자아이의 경우, 어려서는 머리를 내려뜨리다가, 15세의 成童이 되면 머리를 묶었다. 따라서「束髮」은 곧 成童에 대한 호칭이다. 《大戴禮》에「束髮而就大學。」라 했다. 【過】: 찾아보다, 탐방하다. 【若影】: 너의 그림자. 즉, 너의 모습. ※「若」: [대명사] 爾, 너, 너의. 【竟日】: 온종일, 하루 종일. 【大類】: 마치……와 같다. 【女郎】: 소녀, 처녀, 젊은 여자.

22) 比去，以手闔門，自語曰：「吾家讀書久不效，兒之成，則可待乎！」→ 떠날 때가 되어, 손으로 문을 닫으며, 혼잣말로 말씀하셨다. 「우리 집안은 공부를 해도 오래도록 성취하지 못했는데, 이 아이의 성공은, 기대할 만하겠지!」
【比】: 가깝다, 근접하다, ……때가 되다. 【去】: 떠나다. 【闔(hé)門】: 문을 닫다. 【自語】: 혼잣말. 【不效】: 효과를 보지 못하다. 즉, 성공하지 못하다, 공명을 얻지 못하다. 【可待】: 기대할 만하다.

23) 頃之，持一象笏至，曰：「此吾祖太常公宣德間執此以朝，他日汝當用之。」→ 잠시 후, 상아로 만든 홀 하나를 들고 와서, 말씀하셨다. 「이것은 나의 조부 太常公이 宣德 연간에 들고 임금을 알현했던 것인데, 이 다음에 네가 당연히 그것을 쓰게 될 것이다.」
【頃之】: 잠시 후, 조금 있다가. 【象笏(hù)】: 상아로 만든 홀. ※「홀」은 옛날에 신하가 임금을 알

號不自禁。²⁴⁾

軒東, 故嘗爲廚, 人往, 從軒前過。²⁵⁾ 余扃牖而居, 久之, 能以足音辨人。²⁶⁾ 軒凡四遭火, 得不焚, 殆有神護者。²⁷⁾

項脊生²⁸⁾曰:「蜀淸守丹穴, 利甲天下, 其後秦皇帝築女懷淸臺。²⁹⁾ 劉玄德與曹操爭天下, 諸葛孔明起隴中。³⁰⁾ 方二人之昧昧於

현할 때 손에 들고 가던 手板. 중요한 일이 있으면 여기에 써서 잊지 않도록 했다. 【太常公】: 귀유광의 조모 夏氏의 조부인 夏昶에 대한 호칭. ※하창은 자가 仲昭이며 崑山사람으로, 明 成祖 永樂 연간에 진사에 급제하여 太常寺卿을 지냈다. 【宣德】: 明 宣宗의 연호. 【執(zhí)】: 지참하다, 들다, 가지다. 【朝(cháo)】: 임금을 알현하다.

24) 瞻顧遺跡, 如在昨日, 令人長號不自禁。➡ 지난 일들을 돌이켜 보면, 마치 어제 있었던 일과 같아, 사람으로 하여금 통곡을 금치 못하게 한다.
【瞻顧(zhān gù)】: 돌이켜 보다. 【遺跡(yí jī)】: 지난 일. 【如】: 마치 ……같다. 【令】: ……로 하여금 ……하게 하다. 【長號(cháng háo)】: 길게 통곡하다. 【不自禁(jīn)】: 자제하지 못하다, 금치 못하다.

25) 軒東, 故嘗爲廚, 人往, 從軒前過。➡ 항척헌의 동편은, 과거에는 부엌이었는데, 사람이 (그 부엌으로) 가려면, 항척헌 앞으로 지나가야 했다.
【廚(chú)】: 부엌, 주방. 【從】: ……로부터, ……에서.

26) 余扃牖而居, 久之, 能以足音辨人。➡ 나는 창문을 닫고 살았는데, 오래되다 보니, 발걸음소리만 가지고도 사람을 분별할 수 있었다.
【扃(jiōng)】: 빗장을 걸다, 닫다. 【牖(yǒu)】: 창, 창문. 【以】: ……로써, ……를 가지고. 【足音】: 발걸음 소리. 【辨(biàn)】: 분별하다.

27) 軒凡四遭火, 得不焚, 殆有神護者。➡ 항척헌은 무릇 네 차례나 화재를 당하고도, 타지 않았으니, 아마도 신의 보호가 있었던 듯하다.
【殆(dài)】: 대체로, 거의, 아마도.

28) 項脊生 ➡ 귀유광의 자칭.

29) 蜀淸守丹穴, 利甲天下, 其後秦皇帝築女懷淸臺。➡ 四川지방의 과부 淸은 丹砂鑛을 잘 지켜서, 소득이 천하에서 으뜸이었는데, 그 후 진황제가 (그녀를 위해) 여회청대를 지었다.
※《史記·貨殖列傳》의 기록에 의하면, 巴蜀지방에 이름을 淸이라고 하는 과부는, 丹砂鑛을 경영하여 몇 대에 걸쳐 致富한 할아버지의 가업을 이어받아, 재물로써 강자들의 침범을 막고 자신을 지켜, 秦나라 황제는 그녀를 열녀로 예우하고, 「여회청대」를 지어 그녀를 기렸다.
【蜀(shǔ)】: 巴蜀, 즉 지금의 四川省 일대. 【丹穴(dān xué)】: 丹砂鑛. 【甲】: 으뜸, 제일. 【女懷淸臺】: [누대 이름] 「여자가 淸을 그리워하는 누대」라는 뜻.

30) 劉玄德與曹操爭天下, 諸葛孔明起隴中。➡ 유현덕과 조조가 천하를 다투고 있을 때, 제갈공명

一隅也, 世何足以知之?³¹⁾ 余區區處敗屋中, 方揚眉瞬目, 謂有奇景; 人知之者, 其謂與埳井之蛙何異?」³²⁾

余旣爲此志, 後五年, 吾妻來歸, 時至軒中, 從余問古事, 或憑几學書。³³⁾ 吾妻歸寧, 述諸小妹語曰:「聞姊家有閤子, 且何謂閤子也?」³⁴⁾ 其後六年, 吾妻死, 室壞不修。³⁵⁾ 其後二年, 余久臥病

이 밭두렁에서 일어났다.

【隴(lǒng)中】: 밭두렁. ※일설에는 「隆中」이라고도 한다. 「隆中」은 지금의 湖北省 襄陽縣 서쪽에 있는 산 이름으로 諸葛亮이 은거하던 곳이다.

31) 方二人之昧昧於一隅也, 世何足以知之? ➡ 두 사람이 한쪽 모퉁이에 어둡게 가려져 있을 때는, 세상이 어찌 그들을 알 수 있었겠는가?

【方】: ……할 즈음에, ……할 때에. 【二人】: 두 사람, 즉 淸과 제갈량. 【昧(mèi)昧】: 어둡다, 밝지 않다. 【隅(yú)】: 모퉁이. 【足以】: 족히 ……할 수 있다.

32) 余區區處敗屋中, 方揚眉瞬目, 謂有奇景; 人知之者, 其謂與埳井之蛙何異? ➡ 나처럼 작디작은 존재가 남루한 집에 살면서, 한창 의기양양하여 진기한 세계가 (여기에) 있다고 말하는데, 다른 사람이 이를 알면, 어찌 우물 안 개구리와 무엇이 다르냐고 말하지 않겠는가?

【區(qū)區】: 작은 모양. 【敗屋】: 황폐한 집, 남루한 집. 【方】: 막, 한창. 【揚眉瞬(shùn)目】: 눈썹을 곧추세우고 눈을 깜박이다. 즉, 의기양양해 하다. 【其】: 豈, 어찌. 【奇景】: 뛰어난 경관, 진기한 세계. 【埳(kǎn)井之蛙(wā)】: 우물 안 개구리. 【何異】: 무엇이 다른가?

33) 余旣爲此志, 後五年, 吾妻來歸, 時至軒中, 從余問古事, 或憑几學書。 ➡ 내가 《항척헌지》를 쓰고 나서, 5년 후에, 나의 아내가 시집을 왔는데, 때때로 항척헌에 와서, 나에게 옛일을 묻거나, 혹은 책상에 기대고 글씨를 배웠다.

【志】: 《項脊軒志》. 【吾妻】: 나의 아내. ※성이 魏氏이며, 浙江 蘇州사람이다. 【來歸】: 시집오다. 【從】: ……에게. 【憑(píng)】: 기대다. 【几(jī)】: 책상. 【學書】: 글씨를 배우다.

34) 吾妻歸寧, 述諸小妹語曰:「聞姊家有閤子, 且何謂閤子也?」 ➡ 나의 아내는 친정에 문안을 다녀와서, (친정의) 여러 여동생들이 「언니 집에는 별실이 있다고 들었어, 그런데 별실이 뭐야?」라고 말했다고 설명했다.

【歸寧】: 출가한 여자가 친정부모를 찾아 문안하다. 【述】: 진술하다, 말하다, 설명하다. 【且】: [연사] 그러면, 그런데. 【何謂】: 무엇을 ……라고 하는가? ……이 무엇인가?

35) 其後六年, 吾妻死, 室壞不修。 ➡ 그 후 6년이 지나, 나의 아내가 죽고 나서, 항척헌은 파괴되고 수리를 하지 않았다.

【室】: 집, 즉 항척헌. 【壞(huài)】: 부서지다, 파괴되다.

36) 其後二年, 余久臥病無聊, 乃使人復葺南閤子, 其制稍異於前。 ➡ 그 후 2년이 지나, 나는 오랫

無聊, 乃使人復葺南閤子, 其制稍異於前。[36] 然自後余多在外, 不常居。[37]

庭有枇杷樹, 吾妻死之年所手植也; 今已亭亭如蓋矣。[38]

解題 및 本文 要旨說明

　본문은《震川先生集》卷十七에 실린 글 중의 일부분으로, 두 번에 걸쳐 쓴 글이다. 본문의 거의 대부분은 작자의 아내가 시집오기 5년 전에 이미 썼고, 다만 마지막 부분인「余既爲此志」이후는 작자가 훗날 아내에 관한 추억들을 추가로 써서 보완한 것이다.

　《項脊軒志》는 귀유광이 청년시절 자신의 서재인 항척헌에 대한 기술을 통해 항척헌과 관련된 人事의 변천과정을 서술하고, 아울러 일부 자질구레한 집안일을 빌어 조모와 모친과 아내를 그리워하는 애절한 감정을 표현했는데, 문장이 질박하고 감정이 진지하며 서사가 완곡하여 독자의 마음을 감동시킨다. 대체로 다음의 여섯 단락으로 나누어져 있다.

　첫째 단락에서는 항척헌의 내력과 크기 및 보수 이후의 조용하고 아름다운 모습을 그렸고, 둘째 단락에서는 집안 정원의 변모한 과정과 돌아가신 어머니 · 할머니의 자취를 서술했으며, 셋째 단락에서는 집에 네 차례나 화재를 당하고도 황척헌이 타지 않았던 상황을 그렸다. 넷째 단락에서는 蜀淸과 諸葛亮의 일을 빌어 자기의 포부를 술회했고, 다섯째 단락에서는 처음이 글을 쓰고 나서 5년 뒤에 아내가 시집오고, 그 후 아내가 죽은 뒤의 허전함에 대해 술회했고, 마지막 여섯째 단락에서는 아내가 죽기 전 뜰 앞에 심은 비파나무가 지금 우뚝하게 자란 모습을 보고 일어나는 아내에 대한 그리움을 묘사했다.

　동안 병석에 누워 무료하던 차, 비로소 사람을 시켜 다시 남쪽 별실을 보수했는데, 그 모습이 전에 비해 약간 달라졌다.
　【乃】: 비로소. 【使】: 부리다, 시키다. 【葺】: 보수하다. 【制】: 모습, 형식, 규모. 【稍】: 약간, 조금. 【異於】: ……과 다르다.

37) 然自後余多在外, 不常居。→ 그러나 이후부터 나는 거의 밖에서 지내느라, 자주 머물지 못했다.
　【自後】: 이후부터.

38) 庭有枇杷樹, 吾妻死之年所手植也; 今已亭亭如蓋矣。→ 정원에는 비파나무가 있는데, 나의 아내가 죽은 그 해에 친히 심은 것으로, 지금은 이미 높이 자라 마치 우산과 같은 모습이다.
　【所手植】: 친히 자기 손으로 심다. 【亭亭】: 높이 자라 우뚝한 모양. 【蓋(gài)】: 우산.

滿井遊記

[明] 袁宏道

作者 ○

　　袁宏道(1568-1610)는 명대의 저명한 문학가로 자는 中朗 또는 無學, 호는 石公이며, 公安(지금의 湖北省)사람이다. 公安派의 창시자이며, 형 宗道, 아우 中道와 함께 三袁이라 불린다. 어려서부터 책을 많이 읽고, 15~6세가 되어서는 능히 詩文을 지어 마을에서 이름이 났다. 萬曆 20년(1592)에 진사에 급제하여 만력 22년 吳縣의 현령이 되었다. 2년이 지난 후 벼슬을 그만두고 江南의 명승지를 두루 유람하다가 揚州에서 정착해 살았다. 만력 26년 다시 入京하여 順天敎授를 지내다가 후에 禮部儀制司主事가 되었다. 京師에서는 문인들과 더불어 葡桃社라는 모임을 조직하기도 했다. 만력 28년 8월 고향에 돌아와 城南 저지대의 습지를 마련하여 제방을 쌓고 버드나무를 심어 그곳에서 살며 柳浪湖라 이름 했다. 이 기간 동안 원굉도는 盧山과 桃源을 유람한 것 말고는 계속 이곳에 살면서 비교적 한가하게 參禪과 吟詩를 즐기며 생활했다. 만력 34년 다시 入京하여 儀曹主事를 지냈는데, 업무가 비교적 한가하여 이 때《公安縣志》를 쓰기도 했다. 얼마 후 다시 사직하고 고향으로 돌아갔다가 만력 36년 또 다시 入京하여 吏部主事를 지내다가 얼마 후 考功員外郎으로 자리를 옮겼다. 만력 37년 稽勳郎中이 되어 秦中에서 시험을 주관했는데, 이 기회를 이용하여 華山과 嵩山을 유람했다. 만력 38년 일을 끝내고 휴가를 청하여 아우 中道와 함께 고향에 왔는데, 얼마 후 沙市로 거처를 옮겨 살다가 9월에 병으로 죽었다.

　　그의 문학주장은 문학이란 시대에 따라 발전하는 것이기 때문에 重古賤今은 옳지 않다고 보고, 창작에 있어서도「獨抒性靈, 不拘格套」를 주장하며 문학의 복고 풍조를 반대했다.

그의 시문 창작은 다분히 개성과 특색을 지니고 있는데, 소재가 다양하고 생활의 정취가 풍부하다. 품고 있는 생각을 직접 토로하는 서간문이나, 인정·풍속을 기술한 작품, 인물을 그려낸 전기, 그리고 산수유기 등 매우 다양하다.

그의 저술로는《閉篋集》을 비롯하여,《錦帆集》,《解脫集》,《廣陵集》,《瓶花齋雜錄》,《瀟碧堂集》,《破硏齋集》,《華嵩游草》등이 있는데, 후에 이 모두를 합쳐《袁中郞全集》으로 만들었다.

註釋 ○

燕地寒, 花朝節後, 餘寒猶厲。¹⁾ 凍風時作, 作則飛沙走礫。²⁾ 局促一室之內, 欲出不得。³⁾ 每冒風馳行, 未百步輒返。⁴⁾

二十二日天稍和, 偕數友出東直, 到滿井。⁵⁾ 高柳夾堤, 土膏

---

1) 燕地寒, 花朝節後, 餘寒猶厲。→ 북경지방은 추운 곳으로, 화조절이 지나서도, 남은 한파가 여전히 매섭다.
   【燕(yān)】: 北京지방. ※「燕」은 본래 지금의 北京을 중심으로 河北省 북부와 遼寧省 남부에 걸쳐 있던 周代의 제후국이며,「燕京」은 五代의 晋·遼·元의 도읍으로 지금의 북경이다. 따라서 본문에서 말한「燕」은 곧 북경지방을 가리킨다.【花朝(zhāo)節】: 화조절. ※옛 풍속에 음력 2월 15일을「百花의 날」로 정했다.【餘寒】: 남은 한파.【猶(yóu)】: 여전히, 아직.【厲(lì)】: 매섭다, 지독하다.

2) 凍風時作, 作則飛沙走礫。→ 찬바람이 때때로 부는데, 불었다 하면 모래가 날리고 잔 돌멩이가 나뒹군다.
   【凍(dòng)風】: 찬바람.【時】: 때때로.【作】: 일다, 불다.【礫(lì)】: 잔 돌멩이.

3) 局促一室之內, 欲出不得。→ 방안에 갇혀, 나오고 싶어도 나올 수가 없다.
   【局促(jú cù)】: 갇히다, 구금되다.【不得】: 不能, ……할 수 없다.

4) 每冒風馳行, 未百步輒返。→ 매번 바람을 무릅쓰고 질주해도, 백 보를 가지 못하고 이내 되돌아오고 만다.
   【冒風】: 바람을 무릅쓰나.【馳(chí)行】: 빨리 달리나, 질주하나.【輒(zhé)】: 이내, 바로.【返(fǎn)】: 되돌아오다.

5) 二十二日天稍和, 偕數友出東直, 到滿井。→ 22일 날씨가 좀 따뜻하여, 몇몇 친구들과 함께 동직문을 나와, 만정에 도착했다.
   【稍(shāo)】: 좀, 약간.【和(hé)】: 따스하다, 포근하다.【偕(xié)】: ……와 함께, ……와 더불

微潤, 一望空闊, 若脫籠之鵠。[6] 於時冰皮始解, 波色乍明, 鱗浪層層, 清澈見底, 晶晶然如鏡之新開而冷光之乍出於匣也。[7] 山巒爲晴雪所洗, 娟然如拭, 鮮妍明媚, 如倩女之靧面而髻鬟之始掠也。[8] 柳條將舒未舒, 柔梢披風, 麥田淺鬣寸許。[9] 游人雖未盛, 泉而茗者, 罍而歌者, 紅裝而蹇者亦時時有。[10] 風力雖尚勁, 然徒步則汗

어.【東直】: 北京의「東直門」. ※동직문 북쪽 3~4리 지점에 滿井이 있다.

6) 高柳夾堤, 土膏微潤, 一望空闊, 若脫籠之鵠。 ➡ (이곳에는) 높이 자란 버드나무가 제방을 사이에 끼고 양쪽에 늘어서 있고, 기름진 토양은 약간 촉촉하게 젖어 있는데, 광활하게 펼쳐진 정경을 한눈에 바라보면, 마치 우리를 빠져 나온 고니와도 같은 기분이다.
【土膏(gāo)】: 기름진 토양. ※「膏」: 비옥한, 기름진. 【微(wēi)】: 약간, 조금. 【潤(rùn)】: 촉촉하다, 습기가 차다. 【一望】: 한눈에 바라보다. 【空闊(kōng kuò)】: 광활하다. 【若(ruò)】: 마치 ……같다. 【脫(tuō)】: 빠져 나오다, 벗어나다. 【籠(lóng)】: 장, 바구니. ※여기서는 「우리」를 가리킨다. 【鵠(hú)】: 백조, 고니.

7) 於時冰皮始解, 波色乍明, 鱗浪層層, 清澈見底, 晶晶然如鏡之新開而冷光之乍出於匣也。 ➡ 이때 수면 위의 얼음이 녹기 시작하여, 파도의 색깔이 막 빛을 발하고, 물고기 비늘 같은 파문이 층층이 일고, 물이 맑아 바닥이 보이는데, 반짝이는 모양이 마치 거울을 열자마자 싸늘한 빛이 갑자기 화장도구 상자에서 반사되어 나오는 듯하다.
【於時】: 이때, 그때. 【冰皮】: 수면 위의 얼음. 【乍(zhà)】: 막, 방금. 【鱗浪(lín làng)】: 물고기 비늘 모양의 파도. ※「鱗」: 물고기. 【淸澈(chè)】: 맑다. 【底(dǐ)】: 밑바닥. 【晶(jīng)晶然】: 맑게 반짝이는 모양. 【匣(xiá)】: 상자, 즉 「화장도구 상자」.

8) 山巒爲晴雪所洗, 娟然如拭, 鮮妍明媚, 如倩女之靧面而髻鬟之始掠也。 ➡ 산들이 깨끗한 눈에 씻겨, 아름다운 모습이 마치 닦아낸 듯하고, 선명하고 아름다운 모습이, 마치 예쁜 여자가 세수하고 나서 막 머리를 빗은 듯하다.
【巒(luǎn)】: 산봉우리. 【晴(qíng)雪】: 깨끗한 눈. 【娟(juān)然】: 자태가 아름다운 모양. 【拭(shì)】: 닦다. 【鮮妍(xiān yán)】: 산뜻하고 아름답다. 【明媚(mèi)】: (경치가) 아름답다. 【倩(qiàn)女】: 예쁜 여자. 【靧(huì)面】: 세수하다. 【髻鬟(jì huán)】: 여자의 양쪽 귀 위에 쪽진 머리. 【始】: 방금, 막. 【掠(lüè)】: (머리를) 빗다.

9) 柳條將舒未舒, 柔梢披風, 麥田淺鬣寸許。 ➡ 버들가지는 싹이 피어날 듯 피어나지 못하고, 유연한 가지 끝이 바람에 나부끼는데, 보리밭의 보리싹은 한 치 남짓 자라 있다.
【柳條(liǔ tiáo)】: 버들가지. 【將(jiāng)】: 곧 ……하려 하다. 【舒(shū)】: 피어 나오다. 【柔(róu)】: 부드럽다, 유연하다. 【梢(shāo)】: (나무 가지의) 끝 부분. ※여기서는 「버들가지 끝」을 가리킨다. 【披(pī)風】: 바람에 나부끼다. 【淺鬣(qiǎn liè)】: 짧은 말갈기. 여기서는 「보리싹」을 비유한 말. ※「淺」은 짐승의 짧은 터럭을 형용한 말. 「鬣」: 말갈기. 【寸許】: 한 치 남짓.

出浹背。[11] 凡曝沙之鳥, 呷浪之鱗, 悠然自得, 毛羽鱗鬣之間皆有喜氣。[12] 始知郊田之外未始無春, 而城居者未之知也。[13] 夫能不以遊墮事, 而瀟然於山石草木之間者, 惟此官也。[14] 而此地適與余近, 余之遊將自此始, 惡能無紀?[15] 己亥之二月也。[16]

---

10) 游人雖未盛, 泉而茗者, 罍而歌者, 紅裝而蹇者亦時時有。➡ 유람객들이 비록 많지는 않았지만, 샘물로 차를 끓여 마시는 사람, 술잔을 들고 노래하는 사람, 화려한 옷차림에 당나귀를 타고 다니는 사람들 또한 때때로 보였다.
【盛(shèng)】: 많다. 【泉】: 샘물. ※여기서는 동사용법으로「샘물로, 샘물을 가지고.」의 뜻. 【茗(míng)】: 茶, 차. ※여기서는 동사용법으로「차를 끓여 마시다」의 뜻. 【罍(léi)】: 술잔. ※여기서는 동사용법으로「술잔을 들다, 술잔을 잡다」의 뜻. 【紅裝(hóng zhuāng)】: 화려한 옷차림. 【蹇(jiǎn)】: 당나귀. ※여기서는 동사용법으로「당나귀를 타다」의 뜻. 【時時】: 때때로, 자주.

11) 風力雖尚勁, 然徒步則汗出浹背。➡ 바람의 위력은 비록 아직도 세찼지만, 그러나 걸음을 걸으니 땀이 나서 등을 흠뻑 적셨다.
【勁(jìn, jìng)】: 세차다, 맹렬하다. 【徒(tú)步】: 걷다. 【浹(jiā)】: 흠뻑 적시다. 【背(bèi)】: 등.

12) 凡曝沙之鳥, 呷浪之鱗, 悠然自得, 毛羽鱗鬣之間皆有喜氣。➡ 무릇 모래톱 위에서 햇볕을 쪼이는 새들과, 수면 위에 떠올라 파랑을 마시는 물고기들이, 유유히 스스로 즐기는데, 새나 물고기들 사이에는 모두 즐거운 기운이 넘치고 있다.
【曝沙(pù shā)】: 모래톱 위에서 햇볕을 쪼이다. 【呷(xiā)】: 마시다. 【浪(làng)】: 물결. 【悠然自得】: 유유한 가운데 스스로 즐거움을 얻다. 【毛羽】: 새의 깃털. ※여기서는「새, 조류」를 가리킨다. 【鱗鬣(liè)】: 물고기의 비늘과 지느러미. ※여기서는「물고기」를 가리킨다. 【喜氣】: 즐거운 기운.

13) 始知郊田之外未始無春, 而城居者未之知也。➡ (나는 이곳에 와서) 교외 들녘 밖에도 봄이 없는 적이 없었는데, 성안에 사는 사람들이 그것을 모르고 있다는 것을 처음으로 알았다.
【始】: 비로소, 처음으로. 【郊田】: 교외 들녘. 【未始】: ……한적이 없다. 【城居者】: 성안에 사는 사람. 【之】: [대명사] 그, 즉 앞에서 말한「田之外未始無春」.

14) 夫能不以遊墮事, 而瀟然於山石草木之間者, 惟此官也。➡ 무릇 유람으로 인해 정사를 게을리하지 않고, 아무런 구속 없이 산과 초목에 묻힐 수 있는 사람은, 오직 나의 이 관직뿐이다.
【夫】: [발어사] 대저, 무릇. 【以】: 因, ……으로 인해. 【墮(duò)事】: 일에 태만하다, 공무를 게을리 하다. ※「墮」: 惰. 【瀟(xiāo)然】: 아무 구속이 없는 모양. 【惟(wéi)】: 오직, 다만.

15) 而此地適與余近, 余之遊將自此始, 惡能無紀? ➡ 그리고 이곳은 마침 나의 거처와 가까이 있어, 나의 유람이 장차 여기부터 시작할진대, 어찌 이에 대한 기술이 없을 수 있겠는가?
【此地】: 이곳, 즉 滿井. 【適(shì)】: 마침. 【惡(wū)】: 어찌. 【紀(jì)】: 記, 기록하다, 기술하다.

16) 己亥之二月也。➡ 기해년 이월에.
【己亥】: 明 神宗 萬曆 27년(1599).

解題 및 本文 要旨說明 🔖

《滿井遊記》는「滿井」일대 초봄의 자연경관을 묘사한 遊記散文이다. 滿井은 明淸시대 北京 동쪽에 있던 풍경지구로, 그곳에는 항상 넘쳐흐르는 옛 우물이 있다. 작자는 城안에 거주하는 사람들이 겨우내 집안에서 살다가 대자연에 나와 마치 새장에서 풀려 나온 백조처럼 즐거워하는 심경을 적절하게 표현해 내고 있다.

내용은 세 단락으로 나누어지는데, 첫째 단락에서는 花朝節이 지나도록 한랭한 북경일대의 기후특징을 설명하고, 이로 인해 유람을 하고 싶어도 하지 못하는 안타까운 심정을 묘사했다. 이러한 묘사기법은 다음에 이어질 북경 외곽의 봄기운이 넘쳐흐르는 정경과 감정을 펴내는 데 있어서 반사적인 효과를 가져다 준다.

둘째 단락에서는 滿井의 유람에 나서는 과정과 滿井의 초봄 경치에 대한 집중적인 묘사와 아울러 자신의 생활영역에 대한 새로운 인식을 밝히고 있다. 작자는 먼저 유람 일자·날씨·동행자·출발지점 등을 소개한 다음, 滿井의 전반적인 윤곽을 서술하고, 이어서 버들가지·보리싹·샘물·차……등 景物 하나 하나를 구체적으로 나누어 묘사하면서, 이 글의 요지라고 할 수 있는「교외 들녘 밖에도 봄이 없는 적이 없었는데, 성안에 사는 사람들이 모르고 있다는 것을 처음으로 알았다」는 말로 새로운 자각을 통해 즐거워하는 작자의 심정을 표출하고 있다.

셋째 단락에서는 자신의 직책이 능히 유람할 수 있는 여건을 갖추고 있다는 점과, 장차 자신의 유람생활은 滿井으로부터 시작할 것이라는 점을 강조면서「遊」자에 초점을 맞추어 이 글을 마무리하고 있다.

定婚店과 月下老人

　唐 貞觀 2년(628) 杜陵 사람 韋固는 여러 곳을 돌아다니다가 宋城에 머물게 되었다. 위고는 사대부 가문에서 태어났으나 어려서 부모를 잃고, 홀로 벼슬자리를 찾아 떠돌며 혼처도 알아보고 있는 중이었다. 송성에서 위고에게 淸河 司馬 潘昉의 여식을 중매하겠다는 사람이 있어, 위고는 중매쟁이와 새벽에 南店 서쪽 龍興寺의 문 앞에서 만나기로 약속하고 아직 달이 비스듬히 걸려 있는 새벽에 약속한 장소에 나갔다. 그러나 약속한 사람은 보이지 않고, 다만 어느 한 노인이 돌계단에 앉아 달빛을 마주하여 책을 보고 있었다. 이른바 월하노인이다. 위고가 가까이 가보니 책에 이상한 문자가 쓰여 있었다. 위고가 물어보자, 그것은 인간의 문자가 아니며, 자신도 이 세상 사람이 아니라고 했다. 위고가 또 무슨 책인가 물으니, 인간의 혼사가 모두 기록되어 있는 「婚姻簿」라 했다. 위고가 자기의 혼사문제를 물어보니, 노인은 이미 위고의 배필을 정해 놓았다면서, 주머니에서 붉은 실을 꺼내 보였다. 그리고 말하길 이 실을 남녀의 발목에 묶어 놓으면 두 사람은 장차 부부가 된다고 했다.

　위고는 자기의 처와 혼기를 물었다. 노인이 알려준 위고의 아내는 지금 나이가 겨우 세 살이며 14년 후에 혼인할 것이라 했다. 위고는 이 말을 듣고 격한 마음에 그녀가 누구냐고 다그쳐 물었다. 노인은 지금 南店의 북쪽에서 채소장사 아주머니가 데리고 있는 아이라며, 날이 밝으면 가서 만나볼 수 있다고 했다. 날이 밝기까지, 위고와 약속한 중매쟁이는 나타나지 않았다. 노인이 책을 거두고 일어나며 위고에게 따라오면 장래의 아내를 만날 수 있다고 했다. 위고가 노인을 따라 채소시장에 들어서니 애꾸눈 여인이 여자 아이를 안고 있는데 초라하기 이를 데 없었다. 노인이 그 아이를 가리키자 위고는 화를 내며, 노인의 말이 진실이라면 이 아이를 죽여 버리겠다고 했다. 그러나 노인은 정해진 운명이라 죽이지 못한다고 했다. 순간 노인은 온데간데 없이 사라졌다.

　위고는 홧김에 집에 돌아와 칼을 갈아 돈 일만 금과 함께 하인에게 주며 아이를 죽이라고 했다. 충직한 하인은 시장으로 달려가 여자 아이를 찾았다. 찌르는 순간 시장 사람들이 난리가 났다. 하인은 황급히 도망쳐 집으로 돌아왔다. 위고가 결과를 묻자 아이의 가슴을 향해 찔렀으나 잘못하여 미간을 다쳤을 뿐이라고 했다. 위고는 이 일이 있고 나서 혼처를 물색하거나 시험을 보거나 번번이 실패했다. 다행히 부친의 음덕으로 나이 서른에 벼슬자리를 얻어 相州參軍에 부임했다. 相州刺史 王泰는 위고의 능력을 인정하여 자기의 사위로 삼았다.

　위고가 첫날밤에 아내를 보니 십육 칠세에 매우 아름다웠는데, 미간에 자그마한 꽃모양이 붙어 있었다. 그 꽃모양은 잠을 잘 때나 목욕할 때나 항상 붙어 있었다. 위고가 그 연유를 묻자, 아내는 흉터를 감추기 위한 방법이라 했다. 그리고 자신이 어려서 자해 당한 이야기를 했다. 자신은 상주자사 왕태의 조카딸로, 태어나자마자 부모가 죽어, 송성 남점 부근의 별장에서 유모가 길렀는데, 세살 때 시장에서 어떤 사람에게 자해를 당해, 숙부가 데려와 지금에 이른 것이라 했다.

　이 이야기를 듣고 위고 역시 자신의 과거 행실을 솔직히 아내에게 고백했다. 이후 이들 부부는 서로 더욱 아끼고 사랑하며 집안이 날로 번창했다. 장자 韋鯤이 雁門郡의 太守가 되어 큰 공을 세워 위고의 아내는 太原郡太夫人에 봉해졌다. 당시 宋城縣 현령은 이 소식을 듣고 南店을 定婚店이라 고쳐 부르게 했다. 그리고 월하노인에 대한 이야기는 전국에 널리 퍼져 월하노인을 모시는 사당이 많이 생겨났는데, 오늘날 浙江省 杭州의 月下老人祠가 비교적 유명하다.(宋, 李昉,《太平廣記》卷159,〈定婚店〉참조)

43

芙蕖

[淸] 李漁

作者 ○

李漁(1611~1679?)는 자가 笠鴻 또는 謫凡, 호는 笠翁, 별호는 笠道人·隨庵主人·
覺世道人 등이며, 曲譜에 정통하여 세상에서는 李十郎이라고도 불렀다. 原籍은 浙江 蘭谿
縣이며, 明 神宗 萬曆 39년에 江蘇 如皐縣에서 태어났다. 명의 마지막 황제 思宗 崇禎
8~9년(1635~1636) 간에 浙江에 머물면서 여러 차례 鄕試에 응시했으나 낙방하자 그만
과거의 뜻을 포기했다. 崇禎 17년(1644) 李漁가 34세 때, 甲申·乙酉의 난이 일어나 務
州로 돌아와 務州司馬인 許檄彩의 막료로 들어가 2년 간 피난생활을 했으며, 明이 망하자 머
리를 깎고 杭州로 이사와 약 10년 간 살면서 소설과 희곡을 쓰는 데 전념했다. 그 후 淸 世祖
順治 14년(1657) 金陵으로 이사하여 「芥子園」이란 서점을 경영했는데, 芥子園에서 발간
한 서적은 세상에 널리 보급되었고, 여기서 만들어낸 畵譜·희곡·소설 등은 모두 圖象이 정
교하지 않은 것이 없다. 그의 저서인《閑情偶寄》는 聖祖 康熙 10년(1671) 翼聖堂에서 처
음 인쇄하여 書名을《笠翁秘書第一種》이라 했다가 후에 李漁가 자신의 詩文을 모아《一家
言》을 편찬하면서《閑情偶寄》를《笠翁偶集》이라 바꾸고《一家言》에 수록하였다. 그 후 그
의 나이 67세가 되던 해인 康熙 16년(1677) 에 다시 杭州로 이사하여 西湖의 산록에 거처
하다가 몇 년 후인 康熙 18년 겨울 또는 19년 경에 세상을 떠났다. 笠翁의 저술로는《一家言
全集》·《十種曲》·《無聲戲》·《十二樓》·《回文傳》 등이 있다.

註釋 ◐

　芙蕖與草木諸花似覺稍異, 然有根無樹, 一年一生, 其性同
也。[1] 譜云:「産於水者曰草芙蓉, 産於陸者曰旱蓮。」則謂非草本
不得矣。[2] 予夏季倚此爲命者, 非故效顰於茂叔而襲成說於前人
也, 以芙蕖之可人, 其事不一而足;[3] 請備述之。[4]

　群葩當令時, 只在花開之數日, 前此後此皆屬過而不問之秋

---

1) 芙蕖與草木諸花似覺稍異, 然有根無樹, 一年一生, 其性同也。➡ 연은 여러 초본식물의 꽃들
과 마치 약간 다른 듯이 느껴지지만, 그러나 뿌리가 있고 木質의 줄기가 없으며, 일년생이라는 점에
서는, 그 성질이 (다른 초본식물과) 같다.
【芙蕖(fú qú)】: 蓮, 연꽃. 【草木】: 草本식물, 즉 지상부가 연하여 木質을 이루지 못하는 식물.
【似覺】: 마치 ……처럼 느끼다. 【稍(shāo)】: 약간. 【樹】: 木質의 줄기. 【一年一生】: 일 년에
한 번 생장하다, 즉「一年生」을 말한다.

2) 譜云:「産於水者曰草芙蓉, 産於陸者曰旱蓮。」則謂非草本不得矣。➡《羣芳譜》에「물에서
자라는 것을 초부용이라 하고, 땅에서 자라는 것을 한련이라 한다.」라고 한 말은, 즉 초본식물이 아
니면 연이라 할 수 없음을 이른 말이다.
【譜(pǔ)】: 花譜. ※여기서는《羣芳譜》를 가리킨다.《羣芳譜》는 明 王象晉이 지은 책으로 茶·
竹·花·木 등의 형태와 심는 방법에 대해 자세히 설명했다. 【産】: 나다, 자라다, 生長하다. 【非
草本不得】: 초본식물이 아니면 연이라 할 수 없다.

3) 予夏季倚此爲命者, 非故效顰於茂叔而襲成說於前人也, 以芙蕖之可人, 其事不一而足; ➡
내가 여름철에 연에 의지하여 살아가는 것은, 결코 일부러 周敦頤를 흉내내며 전인의 기존 설을 답
습하려는 것이 아니라, 연꽃이 사람의 마음을 끄는데, 그 일이 한 가지가 아니기 때문이다.
【倚(yǐ)】: 의지하다, 기대다. 【此】: [대명사] 이것, 즉 연. 【爲命】: 생명을 부지하다, 살아가다,
생활하다. 【故】: 고의로. 【效顰(xiào pín)】: 東施效顰, 무턱대고 흉내내다. ※《莊子·天運篇》
에「미녀 西施가 병이 있어 눈썹을 찡그리며 아픔을 참는데 그 모습까지도 예뻤다. 같은 마을의 추
녀가 이를 보고 아름답다고 여겨 자기도 따라 하니 오히려 더욱 추해 보였다. 그 후 사람들이 그녀를
東施라 불렀다.」라고 한 고사에서 나온 말로, 모방한 효과가 오히려 더욱 추한 꼴이 된 것을 비유한
말이다. 【茂叔(mào shū)】: 理學의 창시인인 北宋 周敦頤의 字. 【襲(xí)】: 그대로 따르다, 답
습하다. 【成說】: 기존의 설. 【以】: 因, ……때문이다, ……으로 말미암다. 【可人】: 사람의 마음
에 들다, 사람의 마음을 끌다. 【其事】: 그 일, 즉 연이 사람의 마음을 끄는 일. 【不一而足】: 하나로
만족하지 않다, 즉「한 가지가 아니다」.

4) 請備述之。➡ (나로 하여금) 이에 대해 상세히 설명하게 해 주십시오.
【備述】: 상세히 기술하다, 빠짐없이 설명하다.

矣。⁵⁾ 芙蕖則不然: 自荷錢出水之日, 便爲點綴綠波;⁶⁾ 及其莖葉旣生, 則又日高日上, 日上日妍。⁷⁾ 有風卽作飄颻之態, 無風亦呈裊娜之姿, 是我於花之未開, 先享無窮逸致矣。⁸⁾ 迨至菡萏成花, 嬌姿欲滴, 後先相繼, 自夏徂秋。⁹⁾ 此則在花爲分內之事, 在人爲應得之資者也。¹⁰⁾ 及花之旣謝, 亦可告無罪於主人矣;¹¹⁾ 乃復蒂下生

---

5) 群葩當令時, 只在花開之數日, 前此後此皆屬過而不問之秋矣. ➡ 여러 꽃들이 가장 보기 좋은 시기는, 오직 꽃이 피는 며칠 동안에 있을 뿐, 꽃이 피기 전과 후는 모두 지나치며 묻지도 않는 시기이다.
【葩(pā)】: 꽃. 【當令】: 본래 「권력을 잡다」라는 뜻이나, 여기서는 「가장 보기 좋은 때」, 「자신의 한철」, 「제 시절」을 말한다. 【前此後此】: 꽃이 피기 전후. 즉, 꽃이 만발한 때를 기준으로 전후 며칠. 【屬(shǔ)】: ……이다, ……에 속하다. 【過而不問】: 지나치며 묻지 않다, 즉 「별로 관심이 없다」는 뜻. 【秋】: 때, 시기.

6) 自荷錢出水之日, 便爲點綴綠波; ➡ 작은 연잎은 막 물 위로 돋아나오는 날부터, 곧 푸른 수면 위를 장식한다.
【荷錢】: 작은 연잎. ※연잎이 갓 돋아나기 시작할 때의 모양이 동전과 같다하여 「錢」자를 붙였다. 【出水】: 물 위로 나오다. 【便】: 바로, 곧. 【點綴(zhuì)】: 장식하다. 【綠波(lǜ bō)】: 푸른 수면.

7) 及其莖葉旣生, 則又日高日上, 日上日妍。 ➡ 줄기와 잎이 돋아난 후에는, 날로 키가 쑥쑥 자라고, 하루하루 자랄수록 더욱 아름다워진다.
【及】: 이르다, 도달하다, 시기가 되다. 【日高日上】: 하루하루 자라다, 날마다 성장하다. ※「日……日……」: 날마다 ……하다. 【妍(yán)】: 아름답다.

8) 有風卽作飄颻之態, 無風亦呈裊娜之姿, 是我於花之未開, 先享無窮逸致矣。 ➡ 바람이 불면 하늘거리는 자태를 짓고, 바람이 불지 않아도 역시 부드럽고 아리따운 자태를 보여주니, 이것은 내가 꽃이 피기 전에, 먼저 그 한없이 우아한 정취를 누리는 것이다.
【作】: 짓다, 만들다. 【飄颻(piāo yáo)】: 하늘거리다. 【裊娜(niǎo nuó)】: 부드럽고 아리따운 모양. 【是】: [대명사] 이, 이것. 【逸致(yì zhì)】: 우아한 정취.

9) 迨至菡萏成花, 嬌姿欲滴, 後先相繼, 自夏徂秋。 ➡ 봉오리가 꽃으로 변하면, 요염한 자태가 마치 물방울이 떨어지려는 듯하고, (한 송이 한 송이) 계속 이어지며, 여름부터 가을까지 간다.
【迨(dài)至】: ……에 이르다, 도달하다. ※「迨」와 「至」는 모두 「이르다」의 뜻. 【菡萏(hàn dàn)】: 연꽃 봉오리. 【嬌姿(jiāo zī)】: 요염한 자태. 【欲滴】: 마치 물방울이 떨어지려는 듯한 요염한 모습. 【後先相繼】: 계속 이어지다. 【徂(cú)】: ……까지 가다, ……에 이르다.

10) 此則在花爲分內之事, 在人爲應得之資者也。 ➡ 이것은 꽃에 있어서는 본분에 속하는 일이지만, 사람에게 있어서는 당연히 누려야 하는 즐거움이다.
【在花】: 꽃에 있어서는, 꽃의 입장에서 말하자면. 【分內之事】: 본분에 속하는 일. 【應得之資】: 마땅히 누려야 하는 즐거움.

蓬，蓬中結實，亭亭獨立，猶似未開之花，與翠葉幷擎，不至白露爲霜而能事不已。¹²⁾ 此皆言其可目者也。¹³⁾

可鼻，則有荷葉之清香，荷花之異馥；¹⁴⁾ 避暑而暑爲之退，納凉而凉逐之生。¹⁵⁾

至其可人之口者，則蓮實與藕，皆幷列盤餐而互芬齒頰者也。¹⁶⁾

---

11) 及花之旣謝, 亦可告無罪於主人矣; → 꽃이 시든 후에 이르러도, 역시 (책임을 다했기 때문에) 죄가 없다는 것을 주인에게 말할 수 있을 것이다.
【及】: ……에 이르다.

12) 乃復蒂下生蓬, 蓬中結實, 亭亭獨立, 猶似未開之花, 與翠葉幷擎, 不至白露爲霜而能事不已。→ 그러나 또 꽃꼭지 아래에 연봉이 자라, 연봉 속에 열매를 맺으면, 우뚝하니 홀로 서서, 마치 아직 피어나지 않은 꽃처럼, 푸른 연잎과 함께 떠받들려, 흰 이슬이 서리가 되기 전에는 자신의 본령을 멈추지 않는다.
【乃】: 그러나. 【蒂(dì)】: 花蒂, 꽃꼭지. 【蓬(péng)】: 연봉, 즉 연밥이 들어 있는 송이. 【結實】: 열매를 맺다, 연밥을 맺다. 【亭亭】: 우뚝 솟은 모양. 【翠(cuì)葉】: 푸른 (연)잎. 【擎(qíng)】: 擧, 들다, 떠받들다. 【能事】: 본령, (자신이 지니고 있는) 재간, 특기, 능력. 【不已】: 멈추지 않다, 계속하다.

13) 此皆言其可目者也。→ 이는 모두 연의 볼 만한 점들을 말한 것이다.
【其】: [대명사] 그것, 즉「연」. 【可目】: 볼 만하다, 눈요기 할 만하다.

14) 可鼻, 則有荷葉之淸香, 荷花之異馥; → 냄새가 좋기로는, 연잎의 맑은 향기와, 연꽃의 특이한 향기가 있다.
【可鼻(bí)】: 냄새가 좋다. 【淸香】: 맑은 향기, 상쾌한 향기. 【異馥(fù)】: 특이한 향기, 기이한 향기. ※「馥」: 향기.

15) 避暑而暑爲之退, 納凉而凉逐之生。→ 더위를 피하고자 하면 더위가 이로 인해 물러가고, 서늘한 바람을 쐬고자 하면 서늘함이 이를 따라 생겨난다.
【爲(wèi)】: 因, ……로 인해서, ……로 말미암아. 【之】: [대명사] 이, 이것. 즉 연잎과 연꽃의 향기. 【納凉】: 서늘한 바람을 쐬다. 【逐(zhú)】: 쫓다. 따르다, 추종하다.

16) 至其可人之口者, 則蓮實與藕, 皆幷列盤餐而互芬齒頰者也。→ 그 중 사람의 입맛에 맞는 것으로 말하자면, 연밥끼 언뺄리기 있는데, 모두가 나란히 요리도 신널뵈어 서로 이와 입 언저리를 향기롭게 하는 것들이다.
【至】: 至於, ……으로 말하자면, ……에 관해 말하자면. 【可人之口】: 사람의 입맛에 맞다. 【蓮實】: 연밥. 【藕(ǒu)】: 연뿌리. 【盤餐(pán cān)】: 접시에 올리는 요리. 【芬(fēn)】: 향기롭게 하다. 【頰(jiá)】: 뺨, 입 언저리.

只有霜中敗葉, 零落難堪, 似成棄物矣;[17] 乃摘而藏之, 又備
經年裹物之用。[18]

　　是芙蕖也者, 無一時一刻不適耳目之觀, 無一物一絲不備家
常之用者也。[19] 有五穀之實而不有其名, 兼百花之長而各去其短,
種植之利有大於此者乎?[20]

　　予四命之中, 此命爲最。[21] 無如酷好一生, 竟不得半畝方塘爲

---

17) 只有霜中敗葉, 零落難堪, 似成棄物矣; → 다만 서리를 맞아 쇠잔한 잎은, 몹시 시들어서, 마치
폐기물로 변한 듯하다.
【只】: 다만, 단지. 【敗】: 쇠잔하다. 【零落(líng luò)】: 시들다, 말라버리다. 【難堪(nán kān)】:
참기 어렵다. ※여기서는 상태가 몹시 심한 정도를 나타낸다. 【似】: 마치 ……같다. 【棄物】: 폐기물.

18) 乃摘而藏之, 又備經年裹物之用。 → 그러나 그것을 따다가 저장해 두면, 또 한 해 동안 물건을 포
장하는 용도로 비축할 수 있다.
【乃】: 그러나. 【摘(zhāi)】: 따다, 꺾다. 【備】: 비축하다, 구비하다. 【經年】: 한 해 동안, 일 년 내
내. 【裹(guǒ)】: 싸매다, 포장하다.

19) 是芙蕖也者, 無一時一刻不適耳目之觀, 無一物一絲不備家常之用者也。 → 이렇게 볼 때 연
은, 어느 한 순간도 눈으로 보고 감상하기에 적합하지 않은 때가 없고, 어느 한 가지도 가정 상비용
으로 비축되지 않는 것이 없다.
【是】: 이렇게 볼 때, 이와 같이, 이처럼. 【一時一刻】: 잠깐 동안, 한순간. 【適(shì)】: 적합하다,
적당하다. 【耳目之觀】: 눈으로 보고 감상함. ※「耳目」는 偏義複合詞로 중심이 「目」에 있다.
【一物一絲】: 물건 하나하나. 【家常之用】: 가정 상비용.

20) 有五穀之實而不有其名, 兼百花之長而各去其短, 種植之利有大於此者乎? → (연은) 오곡의
실질적 가치는 있으나 오곡의 명칭은 없고, 수많은 꽃들의 장점은 모두 지니고 있으나 단점이 없으
니, 심어서 얻는 이익이 이보다 더 큰 것이 있겠는가?
【實】: 실질적 가치. 【而】: 그러나, 오히려. 【其名】: 그 이름, 즉「五穀」의 이름. 【長】: 장점. 【各
去】: 모두 제거하다, 없다. 【於】: [비교] ……보다. 【短】: 단점. 【種植之利】: 심어서 얻는 이득,
작물로서의 이점.

21) 予四命之中, 此命爲最。 → 나의 네 가지 생명 가운데, 이 생명이 으뜸이다.
【四命】: 네 가지 生命. 작자 李漁는《閑情偶寄》에서「予有四命, 各司一時: 春以水仙·蘭花
爲命, 夏以蓮爲命, 秋以海棠爲命, 冬以臘梅爲命。無此四花, 是無命也。」라고 했는데, 여기
서는 지극히 좋아하는 몇 가지 꽃을 말한다. 【此】: [대명사] 이것, 즉 연꽃. 【爲最】: 으뜸이다, 가
장 중요하다.

22) 無如酷好一生, 竟不得半畝方塘爲安身立命之地。 → (나는) 달리 어찌할 방법이 없이 연꽃의 일
생을 몹시 좋아하면서도, 끝내 편안한 생활의 터전으로 삼을 만한 보다 큰 연못하나 마련하지 못했다.

376

安身立命之地。[22] 僅鑿斗大一池, 植數莖以塞責,[23] 又時病其漏, 望天乞水以救之,[24] 殆所謂不善養生而草菅其命哉。[25]

解題 및 本文 要旨說明

본문은《閑情偶寄 · 種植部 · 草木第三》중의 일부분이다. 본문의 내용은 연꽃을 중심으로 다른 꽃들과 대비하면서 연꽃의 여러 가지 장점을 서술한 것이다. 작자는 연꽃을 묘사함에 있어서「可目 (감상)」을 의도적으로 강조했다. 그 이유는 연꽃이 다른 꽃들과 비교할 때「可口 (맛)」나「可用 (실용)」면에서는 뛰어난 점이 분명하여 이 부분에 대해서는 대충 밝혀도 별 문제가 없고, 또「可鼻 (냄새)」에 있어서는 일반 꽃들과 마찬가지로 평범하다고 여기기 때문이다. 그러나「可目」에 있어서는 평범한 듯도 하고 특이한 듯도 하여 상세하게 쓰지 않을 수 없다. 그래서 작자는「可目」을 특별히 중점으로 내세워 연꽃의「可目」시간이 길다는 점과 아울러, 百花의 장점을 많이 지니고 단점이 없는 연꽃의 특징을 부각시키고 있다.

【無如】: 無可奈何, 달리 어찌할 방법이 없이. 【酷(kù)好】: 몹시 좋아하다. 【一生】: 蓮의 일생. 【竟】: 끝내, 결국. 【半畝(mǔ)】: 반 무. ※「畝」는 면적의 단위로 100步 (一步는 사방 6尺)를 가리키나, 여기서「半畝」는 실제의 면적을 가리키는 것이 아니고, 바로 다음 구절의「斗大一池」와 상대적으로「보다 큰, 좀더 큰」정도의 의미이다. 【方塘(táng)】: 모난 연못. 【爲】: ……로 삼다. 【安身立命之地】: 편안히 생활해 나갈 터전, 장소.

23) 僅鑿斗大一池, 植數莖以塞責, → 다만 됫박만한 연못을 하나 파서, 겨우 몇 그루를 심어 놓고 그럭저럭 책임을 회피하고 있다.
【鑿(záo)】: 파다, 뚫다. 【斗大】: 됫박만한, 작은. 【數莖(jīng)】: 몇 그루, 몇 주. 【塞(sè)責】: 책임을 회피하다.

24) 又時病其漏, 望天乞水以救之, → 또 항상 그 연못의 물이 새나가는 것을 걱정하며, 하늘이 비를 내려 연꽃을 살려주길 바란다.
【時】: 항상. 【病】: 걱정하다, 근심하다. 【漏(lòu)】: 새다, 스며들어가다. ※여기서는「물이 땅 속으로 스며들어 마르는 것」을 뜻한다. 【望】: 바라다, 희망하다. 【乞水】: 물을 애걸하다. ※여기서는「비를 내려주도록 애걸하는 것」을 말한다. 【之】: [대명사] 그것, 즉 연꽃.

25) 殆所謂不善養生而草菅其命哉。→ (나는) 아마도 이른바 잘 기르지도 못하고 그 생명을 잡초처럼 여기는 사람인가 보다.
【殆(dài)】: 아마도. 【養生】: 몸을 보양하다. 여기서는「(연을) 잘 재배하다」라는 뜻. 【草菅(jiān)】: 잡초처럼 여기다, 경멸하다.

44

左忠毅公逸事

[淸] 方苞

作者 ⚙

方苞(1668-1749)는 자가 靈皐, 호는 望溪이며, 安徽 桐城 사람으로 청대의 유명한 散文家이다. 선비집안에서 태어나 어려서부터 총명하고 배우기를 좋아하여 5세에 이미 詩書를 통독하고 7세에《史記》를 읽었으나, 聖祖 康熙 45년(1706)에 38세의 늦은 나이로 진사에 급제하였다. 강희 50년(1711)에 그의 고향사람 戴名世가 쓴《南山集》에 서문을 써주고 木版을 收藏하고 있다가,《南山集》에 淸朝를 비난하는 글귀가 들어있다 하여 戴名世가 멸족을 당하고, 방포는 이에 연루되어 투옥되는 사건이 일어났다. 2년이 지나 석방과 동시에 滿洲人의 노예로 편입되어 서적을 편찬하는 일에 종사하다가, 世宗 擁正 연간에 노예에서 풀려나 內閣學士에 임명되고, 高宗 乾隆 초기에 이르러 禮部侍郎에 올랐다.

方苞는 古文 창작에 전력하며 제자 劉大櫆 및 再傳弟子 姚鼐와 함께「桐城派」를 창립하였는데 桐城派란 이름은 이들 모두가 桐城사람이었기 때문에 붙여진 것이다. 방포는 동성파의 창시자로서 歸有光의 唐宋派를 계승하여 고문의「義法」說을 제기하였다. 이른바「義」란 문장의 중심사상으로「言之有物」, 즉 글에는 반드시 儒家사상을 담고 있어야 한다는 것이고,「法」이란 문장의 작성기교로서「言之有序」, 즉 글에는 구조와 아울러 재료의 운용이나 언어 등에 조리가 있어야 한다는 것이다.

방포의 산문은 대개가 經書에 관한 論說, 序文, 碑傳 등이 주류를 이루고 있는데, 立意가 명확하고 구조가 잘 짜여져 있을 뿐만 아니라 언어가 간결하여 창작기교에 있어 본받을 만한 점이 많다. 내용은 封建禮敎와 程朱理學을 고취하는 등 진부한 맛이 있긴 하지만,《獄中雜記》·《左忠毅公軼事》와 같은 사회현실을 반영한 단편들은 간결하면서도 생동감이 있다. 방포의 문장은 모두《方望溪文集》에 수록되어 있다.

註釋 ✍

先君子嘗言:[1] 鄕先輩左忠毅公視學京畿, 一日, 風雪嚴寒, 從數騎出, 微行入古寺。[2] 廡下一生伏案臥, 文方成草。[3] 公閱畢, 卽解貂覆生, 爲掩戶, 叩之寺僧, 則史公可法也。[4] 及試, 吏呼名,

---

1) 先君子嘗言: → 선친께서 일찍이 말씀하셨다.
   【先君子】: 先親, 돌아가신 부친.

2) 鄕先輩左忠毅公視學京畿, 一日, 風雪嚴寒, 從數騎出, 微行入古寺。→ 고향의 선배인 좌충의공이 경성지방의 학정을 맡았을 때, 하루는, 바람이 불고 눈이 오는 몹시 추운 상황에서, 몇 명의 말탄 수행원을 데리고 나아가, 신분을 감추고 슬그머니 古寺에 들어갔다.
   【鄕】: 同鄕, 같은 고향. 【左忠毅(yì)公】: 左光斗. 자는 遺直, 호는 浮左 또는 滄嶼이며 桐城사람으로 明 神宗 萬曆 3년(1575)에 태어났다. 萬曆 35년(1607)에 진사에 급제하여 中書舍人, 監察御使, 左僉都御史를 지냈다. 환관의 집정을 싫어하여 楊漣과 함께 환관 魏忠賢을 탄핵하려다 발각되어 혹심한 형벌을 받고 熹宗 天啓 5년(1625)에 옥중에서 죽었다. 明 福王 때 시호를 忠毅公이라 追敍했는데,《明史》에 傳이 있지만 본편의 내용은 들어있지 않다. 때문에 본편의 제목을「軼事」라 했다. 【視學】: 學政을 맡다, 교육을 지휘 감독하다. 【嚴寒】: 몹시 추운 날씨. 【從(zòng)】: 이끌다, 인솔하다. 【數騎(jì)】: 몇 명의 말을 탄 수행원. 【微(wēi)行】: 신분을 감추고 슬그머니, 남몰래 평범한 차림으로.

3) 廡下一生伏案臥, 文方成草。→ 별채에서 한 서생이 책상에 엎드려 잠을 자고 있는데, 문장은 방금 초고를 완성한 상태였다.
   【廡(wǔ)下】: 별채, 행랑. 【伏(fú)】: 엎드리다. 【案】: 책상. 【臥(wò)】: 엎드려 잠자다. 【方】: 막, 방금. 【草】: 초고.

4) 公閱畢, 卽解貂覆生, 爲掩戶, 叩之寺僧, 則史公可法也。→ 좌공이 다 읽고 나서, 즉시 담비털 외투를 벗어 서생에게 덮어주고, 그를 위해 문을 닫아준 후, 그 서생이 누구인가 절의 중에게 물어보니, 바로 사가법이었다.
   【公】: 左忠毅公. 【解】: 벗다. 【貂(diāo)】: 담비. ※여기서는 左公이 입고 있던 담비털 외투를 말한다. 【覆(fù)】: 덮다. 【掩(yǎn)】: 닫다. 【叩(kòu)】: 묻다, 물어보다. 【之】: [대명사] 그, 그 사람. 【史公可法】: [인명] 史可法. 자는 憲之 또는 道鄰이며, 河南 祥符사람이다. 明 思宗 崇禎

至史公, 公瞿然注視。⁵⁾ 呈卷, 卽面署第一;⁶⁾ 召入, 使拜夫人, 曰:
「吾諸兒碌碌, 他日繼吾志事, 惟此生耳。」⁷⁾

　　及左公下廠獄, 史朝夕窺獄門外。⁸⁾ 逆閹防伺甚嚴, 雖家僕不
得近。⁹⁾ 久之, 聞左公被炮烙, 旦夕且死, 持五十金, 涕泣謀於禁
卒, 卒感焉。¹⁰⁾ 一日, 使史公更敝衣草屨, 背筐, 手長鑱, 爲除不潔

<hr>

원년(1628)에 진사에 급제하여, 右僉都御史를 지냈다. 皖·豫 등지를 巡撫하며 流寇들을 소탕
할 때, 여러 차례 공을 세워 南京兵部尙書에 올랐다. 福王이 즉위한 후, 揚州(지금의 江蘇省 江
都縣)府를 맡았으나 淸兵이 유구를 물리치고 그 여세를 몰아 揚州를 격파하자 피살되었다. 淸 高
宗 乾隆 때 「忠正」이란 시호를 추서했다. 저서로 《史忠正集》이 있다.

5) 及試, 吏呼名, 至史公, 公瞿然注視。→ 시험 보는 날, 관리가 호명하는데, 사가법에 이르자, 좌
공이 놀라 (그를) 자세히 바라보았다.
【及試】: 시험 보는 날이 되다. 【吏】: 관리. 【瞿(jù)然】: 놀라는 모양.

6) 呈卷, 卽面署第一; → (사가법이) 시험답안지를 올리자, (좌공이) 즉시 면전에서 수석이라 썼다.
【呈卷】: 시험답안지를 올리다, 제출하다. 【面署】: 면전에서 쓰다.

7) 召入, 使拜夫人, 曰:「吾諸兒碌碌, 他日繼吾志事, 惟此生耳。」→ (左公이 史可法을) 집으
로 불러들여, 부인에게 인사하도록 시키고, 말하길 「나의 모든 자식들은 평범하여 큰 일을 하지 못
하고, 훗날 나의 뜻과 사업을 계승할 사람은, 오직 이 서생뿐이오.」라고 했다.
【召入】: 불러들이다. 【使】: ……하도록 시키다. 【拜(bài)】: 인사하다, 절하다. 【碌(lù)碌】: 평
범하여 큰 일을 하지 못하다. 【志事】: 뜻과 사업. 【惟】: 오직, 단지. 【耳】: ……뿐이다.

8) 及左公下廠獄, 史朝夕窺獄門外。→ 좌공이 감옥에 갇히자, 사가법은 아침저녁으로 옥문 밖에서
엿보았다.
【下廠獄(chǎng yù)】: 감옥에 갇히다, 하옥되다. ※「廠獄」: 감옥. 明나라 때 東廠과 西廠이 있
어 逆謀한 사람들을 가두고 宦官으로 하여금 관장하도록 했는데, 熹宗때에 이르러 東廠만 남아 魏
忠賢이 관장했다. 【史】: 史可法. 【窺(kuī)】: 엿보다.

9) 逆閹防伺甚嚴, 雖家僕不得近。→ 역적 환관들의 감시가 매우 엄해서, 비록 집안의 하인들조차
접근할 수가 없었다.
【逆(nì)】: 역적, 반역자. ※여기서는 左光斗를 탄핵하여 투옥시킨 환관 魏忠賢 일당을 가리킨다.
【閹(yān)】: 내시, 환관. 【防伺】: 방비와 감시. 【家僕】: (左公) 집안의 하인. 【不得】: 不能,
……할 수 없다, ……하지 못하다.

10) 久之, 聞左公被炮烙, 旦夕且死, 持五十金, 涕泣謀於禁卒, 卒感焉。→ 오랜 시일이 지난 뒤,
좌공이 포락형을 받아 조만간 죽을 것이라는 말을 듣고, 은 50냥을 가지고, 울면서 옥졸에게 사정하
여, 마침내 (옥졸을) 감동시켰다.

者, 引入。¹¹⁾ 微指左公處, 則席地倚牆而坐, 面額焦爛不可辨, 左膝以下, 筋骨盡脫矣。¹²⁾ 史前跪, 抱公膝而嗚咽。¹³⁾ 公辨其聲, 而目不可開, 乃奮臂以指撥眥, 目光如炬。¹⁴⁾ 怒曰:「庸奴! ¹⁵⁾ 此何地也, 而汝前來! ¹⁶⁾ 國家之事, 糜爛至此。¹⁷⁾ 老夫已矣, 汝復輕身

【久之】: 오랜 시일이 지난 뒤. 【炮烙(páo luò)】: 불에 달군 인두로 살을 지지는 형벌. 【旦夕】: 조만간, 언제든지. 【且】: 將, 곧 ……하려 하다. 【謀(móu)】: 꾀하다, 사정하다. 【禁卒】: 옥졸. 【卒】: 마침내, 끝내.

11) 一日, 使史公更敝衣草屨, 背筐, 手長鑱, 爲除不潔者, 引入。➡ 하루는, (옥졸이) 사가법으로 하여금 낡은 옷으로 갈아입고 짚신을 신고, 등에 광주리를 메고, 손에 길다란 쇠꼬챙이를 들게 하여, 청소부로 변장시키고, 안으로 데리고 들어갔다.
【更】: 갈다, 바꾸다. 【敝(bì)】: 낡은, 오래된. 【草屨(jù)】: 짚신. 【背】: 등에 지다, 짊어지다. 【筐(kuāng)】: 광주리. 【手】: [동사] 손에 들다, 잡다. 【鑱(chán)】: 쇠꼬챙이. 【爲】: 僞, 위장하다, 거짓으로 꾸미다. 【除不潔者】: 불결한 것을 치우는 사람, 즉 청소부. 【引入】: 데리고 들어가다, 이끌고 들어가다.

12) 微指左公處, 則席地倚牆而坐, 面額焦爛不可辨, 左膝以下, 筋骨盡脫矣。➡ 몰래 좌공이 있는 곳을 가리키는데, (좌공은) 땅바닥을 자리 삼아 벽에 기댄 채 앉아있었고, 얼굴과 이마는 타서 문드러져 (그가 좌공임을) 알아볼 수가 없었으며, 왼쪽 무릎아래는, 근육과 뼈가 모두 드러나 있었다.
【微(wēi)指】: 몰래 가리키다. 【席地】: 땅바닥을 자리로 삼다. 【牆(qiáng)】: 벽. 【面額(é)】: 얼굴과 이마. 【焦爛(jiāo làn)】: 타서 문드러지다, 헤지다. 【辨(biàn)】: 알아보다, 변별하다. 【膝(xī)】: 무릎. 【盡(jìn)】: 모두, 다. 【脫(tuō)】: 드러나다.

13) 史前跪, 抱公膝而嗚咽。➡ 사가법은 앞에 꿇어앉아, 좌공의 무릎을 끌어안고 오열했다.
【跪(guì)】: 꿇어앉다. 【抱(bào)】: 끌어안다. 【嗚咽(wū yè)】: 목이 메어 울다, 오열하다.

14) 公辨其聲, 而目不可開, 乃奮臂以指撥眥, 目光如炬。➡ 좌공이 그 소리를 알아듣고도, 눈을 뜰 수가 없자, 이에 팔을 들어 손가락으로 눈꺼풀을 벌리니, 눈빛이 마치 횃불과도 같았다.
【乃】: 이에, 그리하여. 【奮臂(fèn bì)】: 힘을 다해 팔을 들다. 【指】: 손가락. 【撥(bō)】: 벌리다. 【眥(zì)】: 눈꺼풀, 눈두덩. 【炬(jù)】: 횃불.

15) 庸奴(yōng nú)! ➡ 바보 같은 놈!

16) 此何地也, 而汝前來! ➡ 여기가 어디인데, 네가 감히 온단 말이냐!
【前來】: 오다.

17) 國家之事, 糜爛至此. ➡ 나라의 일이, 이 지경까지 망가졌다.
【糜爛(mí làn)】: 썩어 문드러지다, 극도로 부패하다.

而昧大義, 天下事誰可支柱者! ¹⁸⁾ 不速去, 無俟姦人構陷, 吾今卽
撲殺汝。¹⁹⁾」因摸地上刑械, 作投擊勢。²⁰⁾ 史噤不敢發聲, 趨而出。²¹⁾
後常流涕述其事以語人曰:「吾師肺肝, 皆鐵石所鑄造也!」²²⁾

崇禎末, 流賊張獻忠出沒蘄·黃·潛·桐間, 史公以鳳廬道

---

18) 老夫已矣, 汝復輕身而昧大義, 天下事誰可支柱者! → 나는 이미 끝이 났지만, 네가 또 생명을
가볍게 여기고 대의에 어둡다면, 천하의 일은 누가 지탱해 나가겠느냐!
【老夫】: 나. 나이 많은 사람이 자신을 부르는 말. 【已矣】: 이미 끝나다. 【復】: 또, 다시. 【輕身】:
생명을 가볍게 여기다, 자신을 소중히 여기지 않다. 【昧(mèi)】: 어둡다, 밝지 못하다. 【大義】: 나
라를 위해 봉사해야 하는 바른 도리. 【支柱】: 유지하다, 지탱하다.

19) 不速去, 無俟姦人構陷, 吾今卽撲殺汝。→ 빨리 가지 않으면, 나쁜 놈들이 음모를 꾸미기 전에,
내가 지금 당장 너를 박살내고 말겠다.
【無俟(sì)】: 기다리지 않고, ……하기 전에. 【姦(jiān)人】: 나쁜 놈, 즉 환관 일당. 【構陷(gòu
xiàn)】: 모함하다, 음모를 꾸미다. 【今卽】: 지금 당장. 【撲(pū)殺】: 박살내다, 때려 죽이다.

20) 因摸地上刑械, 作投擊勢。→ 그리하여 바닥에 있는 형틀을 더듬어 잡더니, 던질 자세를 취했다.
【因】: 그리하여. 【摸(mō)】: 더듬어 잡다. 【刑械(xíng xiè)】: 형틀. 【投擊】: 던져서 치다.

21) 史噤不敢發聲, 趨而出。→ 사가법은 입을 다문 채 감히 소리를 내지 못하고, 재빨리 뛰쳐 나왔다.
【噤(jìn)】: 입을 다물다. 【趨(qū)】: 질주하다, 빨리 걷다.

22) 後常流涕述其事以語人曰:「吾師肺肝, 皆鐵石所鑄造也!」→ 그 후 (사가법은) 자주 눈물을
흘리며 그 일을 이야기하고 사람들에게 일러 말하길「내 스승의 폐와 간은, 모두 쇠와 돌로 만들어
졌어!」라고 했다.
【常】: 자주, 항상. 【流涕(tì)】: 눈물을 흘리다. 【語人】: 사람들에게 말하다. 【肺肝(fèi gān)】: 폐
와 간.

23) 崇禎末, 流賊張獻忠出沒蘄·黃·潛·桐間, 史公以鳳廬道奉檄守禦。→ 숭정 말년에, 도적
배 장헌충이 蘄春·黃岡·潛山·桐城에 출몰하자, 사가법이 鳳廬道의 신분으로 명을 받아 방어
에 나섰다.
※숭정 8년 盧象昇에게 명하여 도적배를 토벌할 때, 사가법을 副將으로 삼았다.
【崇禎(chóng zhēn)】: 明 思宗(1628-1643)의 연호. 【流賊(zéi)】: 流寇, 떠돌이 도적. 【張獻
忠】: [인명] 明 延安衛(지금의 陝西省 延安縣) 사람으로 숭정 연간에 난을 일으켜, 李自成과
호응하며 도처에서 대량학살을 자행하다가 武昌·成都를 함락한 후 자신을 大西國王이라 칭했
다. 후에 清兵에게 패하여 죽었다. 【蘄(qí)】: [지명] 지금의 湖北省 蘄春縣. 【黃】: [지명] 지금
의 湖北省 黃岡縣. 【潛(qián)】: [지명] 지금의 安徽省 潛山縣. 【桐】: [지명] 지금의 安徽省
桐城縣. 【鳳廬道】: [관직명] 鳳陽(지금의 安徽省 鳳陽縣 일대)·廬江(지금의 安徽省 合肥
市 일대) 二府의 兵備道. ※明나라 때 州府의 民情을 순찰하는 分巡道와 軍備를 관장하는 兵備

奉檄守禦。²³⁾ 每有警輒數月不就寢, 使將士更休, 而自坐幄幕外。²⁴⁾ 擇健卒十人, 令二人蹲踞, 而背倚之, 漏鼓移, 則番代。²⁵⁾ 每寒夜起立, 振衣裳, 甲上冰霜迸落, 鏗然有聲。²⁶⁾ 或勸以少休, 公曰: 「吾上恐負朝廷, 下恐愧吾師也。」²⁷⁾

　　史公治兵, 往來桐城, 必躬造左公第, 候太公 · 太母起居, 拜夫人於堂上。²⁸⁾

道라는 관직을 두었다. 【檄(xí)】: 관청에서 알리거나 소집할 때 사용하던 공문의 일종이나, 여기서는 일반적인「명령」을 뜻한다.

24) 每有警輒數月不就寢, 使將士更休, 而自坐幄幕外。➡ 매번 위급한 경보가 있을 때면 항상 몇 달씩 침상에 들지 않고, 병사들로 하여금 교대로 쉬게 하면서, 자신은 장막 밖에 앉아 있었다.
【警】: 警報, 위급한 소식. 【輒(zhé)】: 항상, 늘. 【不就寢(qǐn)】: 寢牀에 들지 않다. 【更休】: 교대로 쉬다. 【幄幕(wò mù)】: 장막.

25) 擇健卒十人, 令二人蹲踞, 而背倚之, 漏鼓移, 則番代。➡ 건장한 병사 열 명을 골라, 두 사람을 쪼그리고 앉게 한 다음, 등을 그들에게 기대고, 시간이 지나면, 교대하게 했다.
【擇】: 고르다, 선발하다. 【令】: ……하도록 시키다. 【蹲踞(dūn jù)】: 쪼그려 앉다. 【背倚】: 등을 ……에 기대다. 【漏鼓(lòu gǔ)】: 更鼓, 시간을 알리는 북소리. ※밤을 初更 二更 三更 四更 五更으로 나누고 每更마다 북을 쳐서 시간을 알렸다. 【移】: 過, 지나다. 【番代】: 교대하다.

26) 每寒夜起立, 振衣裳, 甲上冰霜迸落, 鏗然有聲。➡ 매번 추운 밤중에 일어나, 옷을 털 때면, 갑옷에서 얼음조각이 떨어지며, 땡그랑거리는 쇠붙이 소리를 냈다.
【寒夜】: 추운 밤. 【振(zhèn)】: 털다, 흔들다. 【甲】: 갑옷. 【冰霜】: 얼음과 서리. 여기서는「얼음조각」을 가리킨다. 【迸落(bèng luò)】: 떨어지다. 【鏗(kēng)然】: [의성어] 땡그랑, 땡그렁 등 쇠가 부딪혀 나는 소리.

27) 或勸以少休, 公曰:「吾上恐負朝廷, 下恐愧吾師也。」➡ 어떤 사람이 잠시 쉬도록 권하면, 사가법은「나는 위로는 조정을 배반할까 두렵고, 아래로는 나의 스승에게 부끄러울까 두렵다.」라고 했다.
【或】: 어떤 사람. 【少休】: 잠시 쉬다. 【負】: 배반하다, 거역하다, 저버리다. 【愧(kuì)】: 부끄럽다.

28) 史公治兵, 往來桐城, 必躬造左公第, 候太公 · 太母起居, 拜夫人於堂上。➡ 사가법은 군대를 통솔하면서, 동성지방을 왕래할 때면, 반드시 친히 좌공의 집을 찾아가, (좌공의) 부친과 모친의 기거를 문안드리고, (좌공) 부인의 거처로 찾아가 인사드렸다.
【治兵】: 군대를 통솔하다, 군의 업무를 처리하다. 【躬造】: 친히 방문하다. 몸소 찾아뵙다, 인사드리다. 【第】: 집, 저택. 【候】: 문안하다, 안부를 여쭙다. 【太公 · 太母】: 祖父와 祖母. 여기서는

余宗老塗山, 左公甥也, 與先君子善, 謂獄中語乃親得之於
史公云。[29]

解題 및 本文 要旨說明 🍂

이른바 「逸事」란 없어져 전하지 않는 일을 문자로 기록한 것을 말한다. 따라서 이러한 문장
은 인물의 일생사적을 적나라하게 쓰지 않고 그 가운데 극히 일부분을 뽑아 서술하기 때문에, 작
은 일을 가지고 인물의 사상이나 도덕 품격을 펼쳐나가는 이른바 針小棒大의 수법을 사용한다.

본문은 記敍文 형식으로 크게 5단락으로 나누어져 있다. 첫째 단락은 左公의 사람을 알아
보는 안목과 선비를 아끼는 애틋한 마음을 묘사했고, 둘째 단락은 史可法이 죽음을 무릅쓰고
감옥으로 左公을 찾아간 일과 左公이 史可法에게 보여준 애국충정을 그렸으며, 셋째 단락은
몸을 돌보지 않고 직무에 충실하는 史可法의 報國精神이 左公의 영향이라는 것을 통해 左公
을 더욱 돋보이게 묘사했고, 넷째 단락은 史可法이 죽은 스승을 생각하여 左公의 부모와 부인
을 찾아보는 師弟之情의 돈독함을 그렸으며, 다섯째 단락은 이 이야기를 작자 집안 어른이 사
가법에게 친히 들었다고 말함으로써 내용이 모두 사실에 근거했음을 밝히고 있다.

본문은 비록 짧은 문장이지만 인물묘사에 있어서 요점을 잘 포착하여 인물의 언어, 행동을
생동적으로 그려내고 있으며, 문장의 구조형식이 약간 산만한 듯 하지만 내용에 있어서는 문장
전체가 시종일관 애국충정이란 주제를 벗어나지 않고 있다.

左忠毅公의 부친과 모친을 가리킨다. 【拜】: 찾아뵙다. 【夫人】: 부인. 여기서는 「左公의 부인」을
가리킨다. 【堂上】: 댁, 거처.

29) 余宗老塗山, 左公甥也, 與先君子善, 謂獄中語乃親得之於史公云。 ➡ 나의 집안 어른인 도산
씨는, 좌공의 생질로, (나의) 선친과 친한 사이였는데, 옥중의 말은 바로 직접 사가법에게 들은 것
이라고 했다.
【宗老】: 同族중의 가장 웃어른. 【塗山】: [인명]. 【甥(shēng)】: 생질(외조카). 【善】: 친하다,
사이가 좋다. 【乃】: 바로 ……이다. 【親得】: 직접 듣다, 친히 듣다. 【云】: [어조사].

역대 저술의 총집 - 四庫全書

四庫全書라는 명칭은 高宗 乾隆 37년(1772) 2월 21일 어명으로 四庫全書館을 개설하고 당시 흩어져 있는 고금의 서적을 찾아 모아 편찬토록 한데서 비롯된다.

이 사업은 건륭 38년(1773) 軍機大臣 劉統勳, 于敏中 등이 총괄하고, 紀昀, 陸錫熊 등이 편찬 책임을 맡아 착수했는데, 관내는 물론 민간의 장서에 이르기까지 흩어져 있는 역사, 천문, 지리, 문물제도, 정치, 경제, 사회, 기예, 제자백가 등 모든 분야의 고금서적을 낱낱이 수집하여 經, 史, 子, 集 4부로 나누고, 이름하여 四庫全書라 했다. 그 후 이를 필사하기 시작하여 한 권 한 권 완성되는 대로 四庫에 두고, 건륭 47년(1782) 7월에 이르러 10년 만에 일차 필사작업을 끝냈다. 이후 다시 동일한 필사작업을 반복하여 모두 7부를 완성한 후, 北京 紫禁城 宮內의 文淵閣, 圓明園의 文源閣, 奉天 故宮의 文溯閣, 熱河 承德避暑山莊의 文津閣, 楊州 大觀堂의 文滙閣, 鎭江 金山寺의 文宗閣, 杭州 聖因寺 行宮의 文瀾閣 등 7곳의 장서각을 지어 각각 1부씩 나누어 두었다.

《四庫全書》1부의 규모는 文淵閣을 예로 보면 經ㆍ史ㆍ子ㆍ集 3,459種, 79,070권, 36,078책이다. 문연각 이외의 6閣도 대체로 비슷하지만 제본한 책 수는 서로 약간의 차이가 있다.

淸朝는 이 사업을 위해 10년 동안 총 4,300여 명의 인력을 동원했는데, 16명의 總裁와 14명의 副總裁가 바뀌고, 筆寫요원 1,000여 명이 투입되었다 하니, 이는 가히 문화유산 보전을 위한 만청의 위대한 업적이라 할 수 있다.

그러나 불행히도 내우외환으로 인해 상당한 손실을 가져왔다. 현재 7곳의 장서각 가운데 「太平天國의 亂」으로 문종각, 문회각이 불타 없어졌고, 문란각 장서는 절반가량이 분실되었으며, 문원각은 咸豊10년 英ㆍ佛연합군이 북경을 점령했을 때 원명원을 불태우면서 소실되었고, 문진각 장서는 民國 初에 북경으로 옮겨와 京師圖書館에 편입되어 일반 민중에게 개방되었고, 문소각 장서는 민국 20년 918사변이 일어나 일본인 손으로 넘어간 후 지금까지 행방을 알 수 없다.

문연각 장서는 당시 자주 건륭황제의 어람용으로 제공되었는데, 필사나 교감이 가장 정교하다. 청조가 망하고, 국민당과 공산당의 내분을 겪는 동안 문연각 장서는 국민당 정부에 의해 고궁박물원에서 南京으로 옮겨왔다가 국민당 정부가 대만으로 천도하면서 운송해와 지금은 타이베이의 고궁박물원에 보존되어 있다. 《書的故事》, 台北, 陽明書局, 民國72 참조)

45

祭妹文

[清] 袁枚

作者 ○

袁枚(1716-1798)는 清代의 걸출한 문인으로 자는 子才, 호는 簡齋 또는 隨園老人이며 浙江 錢塘(지금의 浙江省 杭州市) 사람이다. 乾隆 4년(1739)에 進士에 급제하여 翰林院庶吉士가 되었으며, 그 후 江寧(지금의 南京市) 등지의 知縣을 지냈다. 33세 때 부친이 세상을 떠나자 관직을 버리고 집으로 돌아와 江寧 小倉山 기슭에 隨園을 짓고 문사들과 더불어 詩文으로 즐겁게 생활하며 82세를 살았다.

袁枚는 「시라는 것은 성정으로, 성정을 제외한 시는 존재할 수 없다.(詩者, 性情也. 性情之外無詩。)」라고 할 정도로 시의 性靈을 중시하여 清代 시단에서 「性靈説」의 창도자로 일가를 이루었으며, 문장 또한 재기가 넘치는 데다 청신하고 진지하며 騈體에까지 능했다. 당시 趙翼, 蔣士銓과 더불어 「乾隆三大家」로 불리웠고, 또 紀昀과 나란히 「南袁北紀」라는 영예도 얻었다. 저작으로 《小倉山房詩文集》 외에 《隨園詩話》·《隨園隨筆》 등 30여 종이 있다.

註釋 ᕙ

乾隆丁亥冬,¹⁾ 葬三妹素文於上元之羊山, 而奠以文曰:²⁾

嗚呼! 汝生於浙而葬於斯, 離吾鄕七百里矣。³⁾ 當時雖觭夢幻想, 寧知此爲歸骨所耶?⁴⁾ 汝以一念之貞, 遇人仳離, 致孤危托落。⁵⁾ 雖命之所存, 天實爲之, 然而累汝至此者, 未嘗非予之過也。⁶⁾

---

1) 乾隆丁亥冬, → 건륭 정해년 겨울.
   【乾隆(qián lóng)】: 淸 高宗의 연호. 【丁亥(hài)】: 淸 高宗 32년(1767).

2) 葬三妹素文於上元之羊山, 而奠以文曰: → 셋째 누이동생 소문을 상원의 양산에 묻고, 글로써 제사지낸다.
   【葬(zàng)】: 장사지내다. 【素文】: [인명] 袁枚의 셋째 누이동생으로 이름은 機, 자는 素文, 호는 靑琳居士. 【上元】: [지명] 江蘇省의 옛 縣 이름. 民國이후 江寧縣(지금의 南京市)에 편입되었다. 【羊山】: 棲霞山 동쪽에 있는 구릉. 【奠(diàn)】: 제사지내다.

3) 嗚呼! 汝生於浙而葬於斯, 離吾鄕七百里矣。 → 아 슬프다! 너는 절강에서 태어나 여기에 묻히니, 우리 고향으로부터 700리 떨어졌다.
   【浙(zhè)】: 浙江省. 【斯(sī)】: 이곳, 즉 上元 羊山. 【離(lí)】: 떨어지다.

4) 當時雖觭夢幻想, 寧知此爲歸骨所耶? → 이전에는 설사 기이한 꿈이나 환상인들, 어찌 여기가 (너의) 무덤이 되리라는 것을 알았겠느냐?
   【當時】: 당시, 즉 「이전, 생전」을 가리킨다. 【雖】: 비록 ……라 해도. 【觭夢(jī mèng)】: 기이한 꿈. ※「觭」: 奇. 【幻(huàn)想】: 환상, 망상, 헛된 생각. 【寧(níng)……耶?】: 어찌……하겠는가? 【歸骨所】: 무덤.

5) 汝以一念之貞, 遇人仳離, 致孤危托落。 → 너는 정절을 지키려는 일념 때문에 사람을 만났다가 헤어져, 고독하고 불우한 지경에 이르렀다.
   【以】: 因, ……로 말미암아, …… 때문에. 【一念之貞(zhēn)】: 貞節을 지키려는 한 마음. 【遇(yù)人】: 사람을 만나다. ※여기서는 소문이 남자에게 시집간 것을 뜻한다. 【仳離(pǐ lí)】: 헤어지다, 이별하다, 이혼하다. 【孤危(gū wēi)】: 고독하다. 【托落(tuō luò)】: 실의에 빠지다.

6) 雖命之所存, 天實爲之, 然而累汝至此者, 未嘗非予之過也。 → 비록 타고난 운명으로, 하늘의 뜻이라고 하지만, 그러나 네가 이 지경에 이르기까지 힘들게 만든 것은, 나의 잘못이 아니라고 할 수 없다.
   【命之所存】: 운명으로 정해진 바, 즉, 「타고난 운명」. 【天實爲之】: 하늘이 실제로 그것을 정하다, 즉 「하늘의 뜻이다」. 【然而】: 그러나. 【累(lèi)】: 누를 끼치다, 힘들게 하다. 【至此】: 이 지경에 이르다. 【未嘗非】: ……이 아니라고 할 수 없다.

予幼從先生授經, 汝差肩而坐, 愛聽古人節義事, 一旦長成, 遽躬蹈之。⁷⁾ 嗚呼! 使汝不識詩書, 或未必艱貞若是。⁸⁾

余捉蟋蟀, 汝奮臂出其間;⁹⁾ 歲寒蟲僵, 同臨其穴。¹⁰⁾ 今予殮汝‧葬汝, 而當日之情形, 憬然赴目。¹¹⁾ 予九歲, 憩書齋, 汝梳雙髻, 披單縑來, 溫《緇衣》一章;¹²⁾ 適先生多户入, 聞兩童子音琅琅

---

7) 予幼從先生授經, 汝差肩而坐, 愛聽古人節義事, 一旦長成, 遽躬蹈之。➡ 내가 어려서 스승을 좇아 經書를 배울 때, 너는 (나와) 어깨를 나란히 하고 앉아, 옛 사람의 정절과 충의에 관한 이야기를 즐겨 듣더니, 일단 장성해서는, 마침내 몸소 그것을 실천했다.
【從】: ……을 좇다, ……을 따르다. 【授經(shòu jīng)】: 경서를 배우다. ※본래 스승이 학생에게 「경서를 가르치는 것」을 「授經」이라 하나, 옛날에는 「授」와 「受」를 같은 의미로 사용했기 때문에 학생이 「경서를 배우는 것」 역시 「授經」 또는 「受經」이라 했다. 【差肩(cī jiān)】: 어깨를 나란히 하다. ※「差」는 두 아이가 함께 앉았을 때 어깨의 높이에 차이가 있기 때문에 사용한 글자이나 의미상으로는 「나란히 앉아 있는 모습」을 말한다. 【節義事】: 貞節과 忠義에 관한 이야기. 【遽(jù)】: 곧, 즉시, 바로. 【躬(gōng)】: 몸소, 친히. 【蹈(dǎo)】: 실행하다, 실천하다. 【之】: [대명사] 이것, 즉 「정절과 충의에 관한 일」.

8) 使汝不識詩書, 或未必艱貞若是。➡ 만약 네가 학문을 배우지 않았다면, 아마도 꼭 이처럼 고생스럽게 정절을 지키지는 않았을 것이다.
※즉, 배우지 않아 아는 것이 없었다면, 구차스럽게 정절 따위를 지키지 않을 수도 있었다는 말.
【使(shǐ)】: 만약. 【識(shì)】: 배워 알다, 이해하다. 【詩書】: ①《시경》과 《서경》. ②경서. ③학문. ※여기서는 「학문」을 가리킨다. 【未必】: 반드시 ……한 것은 아니다. 【艱(jiān) 貞】: 고생스럽게 정절을 지키다. 【若是】: 如此, 이처럼, 이와 같이.

9) 余捉蟋蟀, 汝奮臂出其間; ➡ 내가 귀뚜라미를 잡고 있을 때, 너는 두 팔을 번쩍 들고 그 곳에 달려 나왔다.
【捉(zhuō)】: 잡다. 【蟋蟀(xī shuài)】: 귀뚜라미. 【奮臂(fèn bì)】: 팔을 치켜들다, 손을 뻗다. 【出】: 나오다, 나타나다. 【其間】: 그 곳.

10) 歲寒蟲僵, 同臨其穴。➡ 날씨가 추워 귀뚜라미가 죽자, 함께 가서 그것을 구덩이에 묻어 주었다.
【歲寒(suì hán)】: 날씨가 춥다. 【蟲(chóng)】: 벌레, 즉 「귀뚜라미」를 가리킨다. 【僵(jiāng)】: 굳어버리다, 죽다. 【臨(lín)】: (어떤 장소에) 다가가다, 임하다. 【穴(xué)】: 구덩이.

11) 今予殮汝‧葬汝, 而當日之情形, 憬然赴目。➡ 지금 내가 너를 염하고 너를 매장하니, 그 날의 정경이, 매우 선명하게 눈앞에 나타난다.
【殮(liàn)】: 염하다. 【憬(jǐng) 然】: 매우 선명한 모습. 【赴(fù) 目】: 눈앞에 떠오르다, 눈에 와 닿다.

12) 予九歲, 憩書齋, 汝梳雙髻, 披單縑來, 溫《緇衣》一章; ➡ 내가 아홉 살 때, 서재에서 쉬고 있는

然, 不覺莞爾, 連呼「則則」。¹³⁾ 此七月望日事也。¹⁴⁾ 汝在九原, 當
分明記之。¹⁵⁾ 予弱冠粵行, 汝掎裳悲慟。¹⁶⁾ 逾三年, 予披宮錦還家,
汝從東廂扶案出, 一家瞠視而笑;¹⁷⁾ 不記語從何起, 大概說<u>長安登</u>

데, 너는 양쪽 귀 위에 쪽진 머리를 하고, 얇은 비단 옷을 입고 와서, 함께《緇衣》편을 복습했다.
【憩(qì)】: 쉬다, 휴식하다. 【梳(shū)】: 빗질하다. 【髻(jì)】: 귀 위의 쪽진 머리. 【披(pī)】: (옷
을) 입다. 【單縑(jiān)】: 얇은 비단 옷. 【溫(wēn)】: 복습하다. 【緇(zī)衣】:《詩經·鄭風》의
篇名.

13) 適先生夌戶入, 聞兩童子音琅琅然, 不覺莞爾, 連呼「則則」。→ 마침 선생님이 문을 열고 들어
와, 두 아이가 낭랑한 목소리로 책 읽는 소리를 들으시고, 자신도 모르게 미소지으며, 연거푸「쯧
쯧」하고 혀를 찼다.
【適(shì)】: 마침. 【夌(zhà)】: 열다. 【戶】: 문. 【琅(láng)琅然】: 낭랑하게 책 읽는 소리. 【不
覺】: 자신도 모르게. 【莞爾(wǎn ěr)】: 미소짓는 모습. 【連呼(lián hū)】: 연거푸 소리내다. 【則
(zé)則】: [의성어] 쯧쯧. ※혀를 차며 감탄하는 소리.

14) 此七月望日事也。→ 이것은 칠월 보름날의 일이다.
【望日】: 보름날, 음력 매월 15일.

15) 汝在九原, 當分明記之。→ 네가 지하에 묻혀 있지만, 당연히 그것을 분명히 기억하고 있을 것이
다.
【九原】: 무덤, 묘지, 지하, 九泉, 黃泉. ※《禮記·檀弓》에「조문자와 숙예가 晋 卿·大夫의 묘
지를 순시했다.(趙文子與叔譽觀乎九原。)」라 하여 본래 晋나라 卿·大夫의 묘지를 가리켰으나,
이후 널리「묘지」를 칭하는 말로 사용되었다.

16) 予弱冠粵行, 汝掎裳悲慟。→ 내가 약관시절 廣西에 갈 때, 너는 나의 옷깃을 잡아당기며 매우 슬
퍼했다.
※乾隆 원년 袁枚가 나이 21세 때 廣西 巡撫 金鉷의 幕府에서 벼슬살이를 하던 숙부 袁鴻을 찾
아갔는데, 金鉷이 袁枚를 北京에 가서 博學鴻詞科 (唐의 과거제도로 본래 博學宏詞科라 하여
宋代까지 이어졌으나, 淸에 이르러 博學鴻詞科라 했다.)에 응시하도록 추천해 주었다.
【弱冠(ruò guàn)】: 갓 성인이 되는 나이, 20세. ※《禮記·曲禮》에「二十曰弱冠。」라 했다. 【粵
(yuè)】: 지금의 廣東·廣西. 두 성의 다른 이름, 또는 광동성의 다른 이름. 【掎(jǐ)】: 잡아당기다.
【悲慟(tòng)】: 매우 슬퍼하다.

17) 逾三年, 予披宮錦還家, 汝從東廂扶案出, 一家瞠視而笑; → 삼 년이 지나, 내가 궁금포를 입고
집에 돌아오자, 너는 동쪽 행랑에서 책상을 받쳐들고 나왔고, 온 가속은 눈이 휘둥그레져서 바라보
며 미소지었다.
【逾(yú)】: 지나다, 넘기다. 【宮錦(gōng jǐn)】: 宮錦袍. ※唐의 과거제도에서 진사에 급제하면
「宮錦袍」를 입었는데, 후세에 진사에 급제하는 것을「披宮錦」이라 했다. 【從】: ……에서, ……
로부터. 【廂(xiāng)】: 곁채. ※안채 건물의 양쪽에 있는 곁채로 동쪽에 있는 것을「東廂」, 서쪽에

科，函使報信遲早云爾。¹⁸⁾ 凡此瑣瑣，雖爲陳迹，然我一日不死，則一日不能忘。¹⁹⁾ 舊事塡膺，思之凄梗。²⁰⁾ 如影歷歷，逼取便逝。²¹⁾ 悔當時不將嬰婗情狀，羅縷紀存。²²⁾ 然而汝已不在人間，則雖年光倒流，兒時可再，而亦無與爲證印者矣！²³⁾

있는 것을「西廂」이라 했다.【扶(fú)】: 받쳐들다.【案】: 차상.【瞠視(chēng shì)】: 눈을 크게 뜨고 바라보다.

18) 不記語從何起, 大概說長安登科, 函使報信遲早云爾. ➡ 말을 어디서부터 시작했는지 기억이 안 나지만, 아마도 장안 과거급제에 관해, 배달부의 소식전달이 늦느니 어쩌니 그런 말을 했을 거야.【記】: 기억하다.【起】: 시작하다.【長安】: 본래「西安」의 옛 이름이나, 漢 · 唐 등 중국 역사에서 가장 오랜 도읍지였으므로, 후에「도읍」의 범칭으로 사용되었다. 여기서는 淸代의 도읍지인「北京」을 가리킨다.【函使(hán shǐ)】: 편지 배달부. ※과거시험의 합격자가 발표되면, 일정한 보수를 받고 소식을 전달해 주는 사람이 있었다.【報信】: 소식을 알리다.【云爾(yún ěr)】: [어조사].

19) 凡此瑣瑣, 雖爲陳迹, 然我一日不死, 則一日不能忘. ➡ 무릇 이 자질구레한 일들이, 비록 과거의 흔적이 되었지만, 그러나 내가 죽기 전에는, 잊을 수가 없다.【瑣(suǒ)瑣】: 자질구레한 일.【陳迹(chén jì)】: 지나간 일, 과거의 흔적.【一日不死, 則一日不能忘】: 하루 동안 죽지 않으면, 하루 동안 잊을 수 없다. 즉「죽기 전에는 잊지 못한다, 죽는 날까지 잊지 못한다」는 말.

20) 舊事塡膺, 思之凄梗. ➡ 지난 일들이 가슴을 메워, 이를 생각하면 슬퍼서 목이 멘다.【塡(tián)】: 메우다.【膺(yīng)】: 가슴.【凄梗(qī gěng)】: 슬퍼서 목이 메다. ※「梗」: 메다, 막다, 막히다.

21) 如影歷歷, 逼取便逝. ➡ 마치 그림자처럼 역력하여, 다가가서 잡으려 하면 바로 없어진다.【歷(lì)歷】: 역력하다, 선명하다, 또렷하다.【逼(bī)】: 접근하다, 가까이 다가가다.【便】: 이내, 금방, 바로.【逝(shì)】: 없어지다, 사라지다.

22) 悔當時不將嬰婗情狀, 羅縷紀存. ➡ 당시 어린 시절의 상황을 상세하게 기록해 두지 못한 것을 후회한다.【悔(huǐ)】: 후회하다.【將(jiāng)】: ……을(를).【嬰婗(yī ní)】: 어린 아이, 즉「어린 시절」.【羅縷(luó lǚ)】: 상세히.【紀存】: 기록하여 보존하다.

23) 然而汝已不在人間, 則雖年光倒流, 兒時可再, 而亦無與爲證印者矣！ ➡ 그러나 네가 이미 인간세상에 없으니, 비록 세월이 거꾸로 흘러, 어린 시절이 다시 올 수 있다 해도, 역시 더불어 증명해 줄 사람이 없구나！【年光】: 시간, 세월.【倒(dào)流】: 거꾸로 흐르다.【可再】: 다시 오다.【與爲】: 더불어 ……하다.【證印(zhèng yìn)】: 증명하다, 인증하다.

汝之義絶高氏而歸也, 堂上阿嬭仗汝扶侍, 家中文墨眎汝辦
治。²⁴⁾ 嘗謂女流中最少明經義·諳雅故者;²⁵⁾ 汝嫂非不婉嫕, 而於
此微缺然。²⁶⁾ 故自汝歸後, 雖爲汝悲, 實爲予喜。²⁷⁾ 予又長汝四歲,
或人間長者先亡, 可將身後托汝, 而不謂汝之先予以去也!²⁸⁾

前年予病, 汝終宵刺探, 減一分則喜, 增一分則憂。²⁹⁾ 後雖小

---

24) 汝之義絶高氏而歸也, 堂上阿嬭仗汝扶侍, 家中文墨眎汝辦治。→ 네가 남편 고씨와 인연을 끊
고 돌아온 후, 어머님께서는 너의 섬김에 의지하고, 집안의 각종 문서는 너를 시켜 처리했다.
【義絶(yì jué)】: 의절하다, 인연을 끊다. 【堂上】: 부모가 거처하고 계신 집. 【阿嬭(ā nǎi)】: 어머
니. ※「阿」는 친근함을 나타내는 발어사이고, 「嬭」는 옛 楚지방 사람들의 어머니에 대한 호칭. 袁
枚의 고향인 杭州는 楚지방에 속한다. 【仗(zhàng)】: 의지하다, 의존하다. 【扶侍(fú shì)】: 섬기
다, 모시다. 【文墨】: (편지 등의) 문서. 【眎(shùn)】: 눈짓으로 의사를 표시하다, 즉「시키다, 부
리다」의 뜻. 【辦(bàn)治】: 처리하다, 정리하다.

25) 嘗謂女流中最少明經義·諳雅故者; → (나는) 일찍이 女人중에 經義에 밝고 典故를 잘 아는
사람이 극히 적다고 말한 적이 있다.
【嘗謂】: 일찍이 ……라고 말한 적이 있다. 【最少】: 극히 적다. 【經義】: 經書의 뜻, 經書의 도리.
【諳(ān)】: 잘 알다, 익숙하다. 【雅故】: 典故.

26) 汝嫂非不婉嫕, 而於此微缺然。→ 너의 올케가 유순하지 않은 것은 아니지만, 그러나 이러한 일
에 대해서는 좀 부족하다.
【嫂(sǎo)】: 올케, 형수. 【婉嫕(wǎn yì)】: 유순하다, 순종하다. 【而】: 그러나, 다만. 【微缺(wēi
quē)然】: 약간 부족한 모양. 좀 서툰 모양.

27) 故自汝歸後, 雖爲汝悲, 實爲予喜。→ 그래서 네가 집에 돌아온 후, 비록 너에게는 슬픈 일이지
만, 실로 나에게는 기쁜 일이었다.
【爲(wèi)】: [개사] ……에게, ……를 위하여.

28) 予又長汝四歲, 或人間長者先亡, 可將身後托汝, 而不謂汝之先予以去也! → 나는 또 너보다
네 살이 많고, 아마도 인간은 나이 많은 사람이 먼저 죽을 터이니, (나의) 死後를 너에게 부탁할 수
있었는데, 그러나 전혀 뜻밖에도 네가 나보다 먼저 떠났구나!
【長(zhǎng)】: 나이가 많다. 【或】: 아마도. 【先亡】: 먼저 죽다. 【將】: ……을. 【不謂】: 생각지도
않게, 전혀 뜻밖에. 【先予以去】: 나보다 먼저 가다, 즉 먼저 죽다.

29) 前年予病, 汝終宵刺探, 減一分則喜, 增一分則憂。→ 지난 해 내가 병이 났을 때, 너는 밤새도
록 탐문하며, 조금만 나아지면 기뻐하고, 조금만 나빠지면 걱정했다.
【終宵(zhōng xiāo)】: 밤새도록. 【刺探(cì tàn)】: (상황을) 탐문하다, 알아보다. 【減(jiǎn)】:
(병세가) 나아지다, 호전되다. 【一分】: 좀, 약간. 【增(zēng)】: (병세가) 나빠지다, 악화되다.

差, 猶尙殗殜, 無所娛遣。³⁰⁾ 汝來牀前, 爲說稗官野史可喜可愕之事, 聊資一懽。³¹⁾ 嗚呼! 今而後吾將再病, 敎從何處呼汝耶?³²⁾

　汝之疾也, 予信醫言無害, 遠弔揚州。³³⁾ 汝又慮戚吾心, 阻人走報。³⁴⁾ 及至綿惙已極, 阿嬭問:「望兄歸否?」强應曰:「諾!」³⁵⁾

---

30) 後雖小差, 猶尙殗殜, 無所娛遣。 ➡ 후에 비록 약간 차도가 있었지만, 아직 시원치 않은 상황에서, 즐겁게 시간을 보낼 방법이 없었다.
【小差(chà)】: 좀 나아지다, 약간 차도가 있다. 【猶尙(yóu shàng)】: 아직. 【殗殜(yè yè)】: (좋아졌지만) 아직 시원치 않다. 【娛遣(yú qiǎn)】: 즐겁게 시간을 보내다.

31) 汝來牀前, 爲說稗官野史可喜可愕之事, 聊資一懽。 ➡ (그때) 너는 침대 앞에 와서, 나에게 패관야사 중 즐겁고 놀라운 일들을 이야기해 주어, 잠시나마 즐겁게 해주었다.
【爲說】: 爲(我)說, 나에게 이야기해 주다. ※「爲」: ……에게, ……을 위해. 【稗(bài)官野史】: 소설. ※옛날에 왕이 민정을 살피기 위해 「稗官」이란 하급관리를 두어 길거리에 떠도는 이야기를 수집토록 했는데, 이들이 수집하여 꾸민 이야기 즉 「패관야사」가 후세 소설의 모체가 되었으므로 후에 소설을 가리키는 말이 되었다. 【可喜可愕】: 즐겁고도 놀라운. 【聊(liáo)】: 잠시, 그럭저럭. 【資(zī)】: 주다, 제공하다. 【懽(huān)】: 歡, 즐거워하다.

32) 今而後吾將再病, 敎從何處呼汝耶? ➡ 오늘 이후에 내가 다시 병이 나면, 나로 하여금 어디에서 너를 찾도록 하겠느냐?
【敎從】: 「敎我從」에서 「我」가 생략된 형태. ※「敎」: 使, ……로 하여금 ……하게 하다. 「從」: ……로부터. 【呼】: 부르다. ※여기서는 「찾는다」의 뜻. 【汝(rǔ)】: 너, 당신. 【耶(yé)】: [의문사] ……겠는가?

33) 汝之疾也, 予信醫言無害, 遠弔揚州。 ➡ 네가 병이 났을 때, 나는 별 문제가 없다는 의원의 말을 믿고, 멀리 양주에 문상을 갔다.
【無害】: 무해하다, 문제가 없다, 별일 없다. 【弔(diào)】: 문상을 가다. 【揚州】: [지명] 지금의 江蘇省 江都縣. ※揚州에는 작자의 넷째 사촌 누이동생의 시집인 汪씨 집이 있다.

34) 汝又慮戚吾心, 阻人走報。 ➡ 너는 또 나의 심정을 염려하여, 사람을 보내 알리는 것조차 막았다.
【慮戚(lǜ qī)】: 걱정하다, 염려하다. 【吾心】: 나의 심정, 즉 「내가 동생의 위독한 상황을 알고 걱정하는 마음」. 【阻(zǔ)】: 막다, 저지하다. 【走報】: 달려가 알려주다.

35) 及至綿惙已極, 阿嬭問:「望兄歸否?」强應曰:「諾!」 ➡ 병이 이미 매우 위급하기에 이르러, 어머니께서 「오라비가 돌아오기를 바라느냐?」고 묻자, 마지못해 「예」라고 대답했다.
【及至】: ……하기에 이르다. 【綿惙(mián chuò)】: (병이) 위급하다. 【望兄歸否?】: 오라비가 돌아오기를 바라느냐, 바라지 않느냐? 즉 「오라비가 돌아오기를 바라느냐?」의 뜻. ※「望」: 원하다, 바라다. 「望兄歸＋否」(긍정＋부정) 형식의 의문용법. 【强應】: 억지로 대답하다, 마지못해 응하다. 【諾(nuò)】: 예, 그러세요.

已予先一日夢汝來訣, 心知不祥, 飛舟渡江。³⁶⁾ 果予以未時還家,
而汝以辰時氣絕。³⁷⁾ 四支猶溫, 一目未瞑, 蓋猶忍死待予也。³⁸⁾ 嗚
呼痛哉! ³⁹⁾ 早知訣汝, 則予豈肯遠遊; 卽遊, 亦尚有幾許心中言,
要汝知聞, 共汝籌畫也。⁴⁰⁾ 而今已矣! ⁴¹⁾ 除吾死外, 當無見期。⁴²⁾
吾又不知何日死, 可以見汝; 而死後之有知無知, 與得見不得見,

---

36) 已予先一日夢汝來訣, 心知不祥, 飛舟渡江。 ➡ 이미 나는 하루 전에 네가 찾아와 영결하는 꿈을
꾸어, 마음속으로 불길하다는 것을 알고, 급히 배를 타고 강을 건너왔다.
【先一日】: 하루 전에. 【夢(mèng)】: 꿈꾸다. 【訣(jué)】: 영결하다, 영원히 이별하다. 【祥
(xiáng)】: 상서롭다, 길하다. 【飛舟(fēi zhōu)】: 서둘러 배를 타다. 【渡(dù)】: 건너다.

37) 果予以未時還家, 而汝以辰時氣絕。 ➡ 과연 내가 미시에 집에 돌아와 보니, 너는 진시에 (이미)
숨을 거두었다.
※ 옛날에는 하루 24시간을 12지를 사용하여「子時(23-1), 丑時(1-3), 寅時(3-5), 卯時
(5-7), 辰時(7-9), 巳時(9-11), 午時(11-13), 未時(13-15), 申時(15-17), 酉時
(17-19), 戌時(19-21), 亥時(21-23)」등으로 나누었다.
【果】: 과연. 【以】: [시간을 나타내는 개사] 於. ……에. 【氣絕】: 숨이 끊어지다, 죽다.

38) 四支猶溫, 一目未瞑, 蓋猶忍死待予也。 ➡ 몸에 아직 온기가 남아있고, 한 눈을 감지 않고 있던
것은, 아마도 죽지 않으려고 애를 쓰며 나를 기다린 듯했다.
【四支】: 四肢, 몸. 【猶溫】: 아직 온기가 있다. 【瞑(míng)】: (눈을) 감다. 【蓋猶(gài yóu)】: 아
마도 ……인 듯하다.

39) 嗚呼痛哉! ➡ 아 - 비통하다!

40) 早知訣汝, 則予豈肯遠遊; 卽遊, 亦尚有幾許心中言, 要汝知聞, 共汝籌畫。 ➡ 너와 영결한
다는 것을 좀더 일찍 알았다면, 내가 어찌 멀리 떠나려고 했겠으며, 설사 떠난다 해도, 또한 아직 여
러 가지 심중의 말이 있어, 너에게 들려주고, 너와 함께 상의하려고 했었다.
【豈(qǐ)】: 어찌. 【肯(kěn)】: ……하려 들다, ……하려 하다. 【遠遊】: 멀리 떠나다. 【卽】: 설사
……라 해도. 【幾許】: 여러 가지의, 많은. 【要】: ……하려하다. 【知聞】: 알려주다, 들려주다.
【共】: 더불어, 함께. 【籌畫(chóu huà)】: 상의하다, 계획하다.

41) 而今已矣! ➡ 지금은 모든 것이 다 끝났구나!
【而今】: 지금. 【已】: 完, 끝나다.

42) 除吾死外, 當無見期。 ➡ 내가 죽는 것 말고는, 마땅히 만날 기약이 없다.
【當(dāng)】: 마땅히, 당연히. 【見期】: 만날 기약, 만날 날.

又卒難明也。⁴³⁾ 然則抱此無涯之憾, 天乎, 人乎! ⁴⁴⁾ 而竟已乎! ⁴⁵⁾

　汝之詩, 吾已付梓; 汝之女, 吾已代嫁; 汝之生平, 吾已作傳; 惟汝之窆窆未謀耳。⁴⁶⁾ 先塋在杭, 江廣河深, 勢難歸葬, 故請母命而寧汝於斯, 便祭掃也。⁴⁷⁾ 其旁葬汝女阿印, 其下兩塚: 一爲阿爺侍者朱氏, 一爲阿兄侍者陶氏。⁴⁸⁾ 羊山曠渺, 南望原隰, 西望棲霞,

---

43) 吾又不知何日死, 可以見汝; 而死後之有知無知, 與得見不得見, 又卒難明也。 ➡ 나 또한 언제 죽어 너를 만날 수 있을지 알 수 없고, 그리고 죽은 후에 지각이 있는지 없는지, 더불어 만날 수 있는지 없는지, 또한 도무지 알 수가 없다.
　【有知無知】: 知覺이 있는지 없는지.「知」: 지각, 의식.【得見】: 만나다, 상면하다.【卒】: 도무지, 끝내.

44) 然則抱此無涯之憾, 天乎, 人乎! ➡ 그렇다면 이 끝없는 여한을 끌어안고, 하늘을 원망하랴, 사람을 원망하랴!
　【然則】: 그렇다면.【抱(bào)】: 끌어안다.【無涯(yá)之憾(hàn)】: 끝없는 여한.

45) 而竟已乎! ➡ 결국 이렇게 끝나고 마는가!
　【竟(jìng)】: 결국, 끝내.

46) 汝之詩, 吾已付梓; 汝之女, 吾已代嫁; 汝之生平, 吾已作傳; 惟汝之窆窆未謀耳。 ➡ 너의 시는, 내가 이미 인쇄에 부쳤고, 너의 딸은, 내가 이미 너를 대신하여 시집보냈으며, 너의 생애는, 내가 이미 전기를 썼으나, 다만 너의 무덤을 아직 도모하지 못했을 뿐이다.
　【付梓(fù zǐ)】: 인쇄에 부치다.【代嫁(jià)】: 대신 시집보내다.【作傳】: 傳記를 쓰다. ※원매는 《女弟素文傳》을 지었다.【惟(wéi)】: 다만.【窆窆(zhūn xī)】: 묘소, 무덤.【謀(móu)】: 도모하다, 꾀하다.【耳】: ……일 뿐이다, ……일 따름이다.

47) 先塋在杭, 江廣河深, 勢難歸葬, 故請母命而寧汝於斯, 便祭掃也。 ➡ 선영이 항주에 있으나, 강이 넓고 물이 깊어, 상황이 고향에 돌아가 장례를 치르기가 어려웠으므로, 그래서 어머니의 명을 청해 너를 이곳에 안장하고, 제사와 성묘에 편리하도록 했다.
　【先塋(yíng)】: 선영, 조상의 묘.【勢難歸葬】: 사정이 고향으로 돌아가 安葬하기 어렵다. ※上元(南京)으로부터 杭州까지 배를 타고 揚子江을 지나 다시 운하로 가야만 하는 어려운 상황을 가리킨 말이다.【寧(níng)】: 안장하다, 묻다.【斯(sī)】: 이곳, 즉 上元 羊山.【便】: 便於, ……에 편리하게 하다.【祭掃(jì sǎo)】: 제사와 성묘.

48) 其旁葬汝女阿印, 其下兩塚: 一爲阿爺侍者朱氏, 一爲阿兄侍者陶氏。 ➡ 그 옆에는 너의 딸 아인을 묻었고, 그 밑에 두 개의 무덤이 있는데, 하나는 부친의 소실 주씨이고, 하나는 이 오라비의 소실 도씨이다.
　【阿(ā)印】: [인명] 素文의 딸. ※素文은 두 딸을 낳았는데 그중 阿印이 일찍 죽었다.【塚(zhǒng)】: 무덤.【阿爺(yé)】: 부친, 아버지.【侍者】: 소실, 첩.【阿兄】: 오라비, 즉 袁枚 자신.

風雨晨昏, 羈魂有伴, 當不孤寂。⁴⁹⁾

　　所憐者, 吾自戊寅年讀汝哭姪詩後, 至今無男;⁵⁰⁾ 兩女牙牙, 生汝死後, 纔周晬耳。⁵¹⁾ 予雖親在未敢言老, 而齒危髮禿, 暗裏自知, 知在人間, 尚復幾日! ⁵²⁾ 阿品遠官河南, 亦無子女, 九族無可繼者。⁵³⁾ 汝死我葬, 我死誰埋?⁵⁴⁾ 汝倘有靈, 可能告我?⁵⁵⁾

---

49) 羊山曠渺, 南望原隰, 西望棲霞, 風雨晨昏, 羈魂有伴, 當不孤寂。→ 양산은 광활하여, 남쪽으로 평원과 습지를 바라보고, 서쪽으로 서하산이 보이는데, 바람이 불거나 비가 오거나 아침이나 저녁이나, 객지에서 머무는 영혼이 짝이 있으니, 당연히 외롭지 않을 것이다.
【曠渺(kuàng miǎo)】: 넓다, 광활하다. 【望】: 바라보다. 【原隰(xí)】: 평원과 습지. 【棲霞(qī xiá)】: 棲霞山 ※지금의 江蘇省 南京市 동북쪽에 위치. 【羈魂(jī hún)】: 객지에 머물고 있는 영혼.

50) 所憐者, 吾自戊寅年讀汝哭姪詩後, 至今無男; → 가련한 것은, 내가 무인년에 너의 곡질시를 읽은 뒤부터, 지금에 이르기까지 아들이 없다는 것이다.
【戊寅年】: 乾隆 23년(1758). 【哭姪詩】: 조카의 죽음을 애도하는 시. ※袁枚가 43세 때인 무인년에 아들 하나를 얻었으나 곧 죽었다. 이때 素文이 《阿兄得子不擧》라는 시를 지었는데, 이것이 바로 조카의 죽음을 애도하는 哭姪詩이다.

51) 兩女牙牙, 生汝死後, 纔周晬耳。→ 「야 야」하며 말 배우기 시작하는 두 딸이, 네가 죽은 후에 태어나서, 이제 겨우 첫돌이 되었을 뿐이다.
【牙牙】: [의성어] 야 야. ※어린아이가 말을 배우는 소리. 【纔(cái)】: 겨우, 비로소. 【周晬(zhōu zuì)】: 첫 돌, 만 한 살. 【耳】: ……일 뿐이다.

52) 予雖親在未敢言老, 而齒危髮禿, 暗裏自知, 知在人間, 尚復幾日! → 내가 비록 어머니가 계셔서 감히 늙었다고 말은 못하지만, 그러나 이가 흔들리고 머리가 빠지는걸 보면, 은연중 스스로 알고 있다. 인간 세상에 사는 것이, 아직 또 몇 날이 남았는가를!
【親】: 부모님. 여기서는 어머니를 가리킨다. 【危(wēi)】: 위태롭다, 흔들리다. 【禿(tū)】: 빠지다. 【暗裏(àn lǐ)】: 은연중, 마음속으로. 【尚】: 아직. 【復】: 또, 다시.

53) 阿品遠官河南, 亦無子女, 九族無可繼者。→ (동생) 아품이는 멀리 하남에서 벼슬살이를 하고 있는데, 역시 자녀가 없으니, 가족 전체에서 대를 이어줄 사람이 없다.
【阿品】: 袁枚의 사촌 동생 袁樹의 兒名. 자는 豆村, 호는 薌亭으로 乾隆 연간에 진사에 급제하여 河南 正陽縣 知縣을 지냈고, 저서로 《紅豆村人詩稿》가 있다. 【九族】: 九代, 즉 자기를 중심으로 위 4대(부, 조부, 증조부, 고조부)와 아래 4대(자, 손, 증손, 현손). ※여기서는 「가족 전체」를 가리킨다. 【可繼者】: 대를 이어줄 사람.

54) 汝死我葬, 我死誰埋? → 네가 죽어 내가 묻어주었지만, 내가 죽으면 누가 묻어주겠니?
【埋(mái)】: 묻다, 매장하다.

55) 汝倘有靈, 可能告我? → 네가 만약 혼령이 있다면, 나에게 알려줄 수 있겠니?

嗚呼! 生前旣不可想, 身後又不可知;56) 哭汝旣不聞汝言, 奠汝又不見汝食。57) 紙灰飛揚, 朔風野大。58) 阿兄歸矣, 猶屢屢回頭望汝也。59) 嗚呼哀哉! 嗚呼哀哉!

解題 및 本文 要旨說明 ☁

《祭妹文》은 袁枚가 셋째 누이동생의 죽음을 애도하여 지은 글로서 袁枚 산문의 대표작이라 할 수 있다. 袁枚는 素文이 죽은 후《哭三妹五十韻》·《女弟素文傳》을 펴냈는데,《祭妹文》은 乾隆 32년(1767) 즉, 素文이 죽고 나서 8년 뒤에 쓴 글이다.

《祭妹文》은 哀祭文답게 작자의 누이동생에 대한 애절한 마음이 깊이 스며들어 있다. 袁枚의《小倉山房文集》卷七《女弟素文傳》에 의하면, 본문의 비극적 주인공인 袁枚의 셋째 누이동생 素文은 한 살이 되기 전에 아버지에 의해 高氏 집안의 胎內아이와 미리 定婚한 사이였다. 그러나 후에 高氏 자제의 행동이 갈수록 비열하고 난폭하여 高氏 집안에서 도리가 아니라는 생각에 서둘러 혼사를 취소하려 했으나, 굳게 貞節을 지키고자 하는 素文의 뜻에 따라 하는 수 없이 출가시키고 말았다. 그러나 심한 학대는 물론 심지어 아내를 팔아 도박 빚을 갚으려는 남편 高氏의 지나친 행위에 격분한 素文의 아버지가 결국 이를 관청에 고발하고 딸을 집으로 데려왔는데, 그 후 素文은 우울한 나날을 보내다가 乾隆 24년(1759) 40세의 나이로 세상을 떠났다.

【倘(tǎng)】: 만약. 【可能】: ……할 수 있다. 【告】: 알리다, 고하다.

56) 生前旣不可想, 身後又不可知; → 생전의 일은 이미 돌이켜 생각할 수 없고, 죽은 후의 일은 또 미리 알 수가 없다.
【身後】: 죽은 뒤.

57) 哭汝旣不聞汝言, 奠汝又不見汝食。 → 너에게 곡을 해도 이미 너의 말을 들을 수 없고, 너에게 제사를 지내도 또한 네가 먹는 것을 보지 못한다.
【哭】: (죽은 사람에게) 곡을 하다. 【食(shí)】: [동사] 먹다.

58) 紙灰飛揚, 朔風野大。 → 지전을 태운 재가 휘날리고, 북풍이 매우 세차게 불고 있다.
【紙灰(zhǐ huī)】: 제사지낼 때 태우는 紙錢의 재. 【朔(shuò)風】: 북풍. 【野大】: 세차게 불다, 강하게 불다.

59) 阿兄歸矣, 猶屢屢回頭望汝也。 → 오라비 이만 돌아간다, 또 자주 찾아와 너를 보마.
【阿兄】: 오라비, 즉 袁枚 자신. 【猶(yóu)】: 또. 【屢(lǚ)屢】: 자주, 항상. 【回頭】: 고개를 돌리다, 되돌아오다. 즉「다시 찾아오다」.

袁枚는 어려서 누이동생과 함께 귀뚜라미 잡고 놀던 일, 스승에게 글 배우던 일, 자신이 과거에 급제하여 돌아왔을 때 온 가족이 기뻐하던 일, 자신이 병이 났을 때 素文이 침상 곁에서 밤새도록 이야기하며 오라비의 무료함을 달래주던 일 등 오누이간의 정다웠던 나날을 생각할 때, 남편과 이혼하고 우울한 나날을 보내다 죽은 누이동생의 기구한 운명이 너무나 가엾어서, 골육의 깊은 정과 함께 비통한 마음을 감동적으로 표현해 냈다. 따라서 후세 사람들은 袁枚의 《祭妹文》을 韓愈의 《祭十二郞文》, 歐陽修의 《瀧岡阡表》와 더불어 「哀祭文의 三絶」이라 했다.

46

登泰山記

[淸] 姚鼐

作者 ○

姚鼐(1731-1815)는 安徽省 桐城縣 사람으로 자는 姬傳 또는 夢谷이며, 집에서 부르는 이름이 惜抱軒이기 때문에 「惜抱先生」이라고도 불리웠다. 淸 乾隆 28년(1763)에 진사에 급제한 후 刑部郞中과 記名御史를 지냈으며,《四庫全書》編修官을 지내다가 中年에 벼슬을 사임했다. 요내는 桐城派의 창시자 方苞의 제자인 劉大櫆의 문하생으로 經學은 물론 철학 · 역사와 아울러 詩文에도 능했다. 方苞 · 劉大櫆의 이론을 계승 발전시켰는데, 文道合一을 주장하고 義理 · 考證 · 詞章을 모두 중시했다. 방포 · 유대괴 · 요내 세 사람 모두 安徽 桐城人이었으므로 사람들은 그들을 桐城派라고 불렀다.(그러나 그 후의 동성파 작가들이 모두 桐城 사람은 아니다.) 요내가 편찬한《古文辭類纂》은 당시 영향이 매우 커서 청대에 일반 사람들이 고문을 배우는 모범 텍스트가 되었다. 저서로《惜抱軒全集》이 있다.

泰山之陽, 汶水西流, 其陰, 濟水東流。¹⁾ 陽谷皆入汶, 陰谷皆入濟。²⁾ 當其南北分者, 古長城也。³⁾ 最高日觀峰, 在長城南十五里。⁴⁾

余以乾隆三十九年十二月,⁵⁾ 自京師乘風雪, 歷齊河·長清, 穿泰山西北谷, 越長城之限, 至於泰安。⁶⁾ 是月丁未, 與知府朱孝

---

1) 泰山之陽, 汶水西流, 其陰, 濟水東流。➡ 태산의 남쪽은, 문수가 서쪽으로 흐르고, 그 북쪽은, 제수가 동쪽으로 흐른다.
   【泰山】: [산 이름] 중국 五岳의 하나. 山東省 泰安縣 북쪽에 위치. 五岳은 東岳인 泰山, 西岳인 陝西省의 華山, 南岳인 湖南省의 衡山, 北岳인 山西省의 恒山, 中岳인 河南省의 嵩山을 말한다. 【陽】: 양지쪽, 남쪽 면. 【汶(wèn)水】: [강 이름] 大汶河 또는 汶河라고도 한다. 山東省 萊蕪縣 동북쪽의 原山에서 발원하여 서남쪽으로 흐르며 도중에 泰安을 지난다. 【其】: [대명사] 그, 즉「태산」. 【陰】: 음지쪽, 북쪽 면. 【濟(jǐ)水】: [강 이름] 河南省 濟源縣 서쪽의 王屋山에서 발원하여 동쪽으로 흐르다가 山東省에 이르러 바다로 들어간다.

2) 陽谷皆入汶, 陰谷皆入濟。➡ 남쪽 계곡의 물은 모두 문수로 흘러 들어가고, 북쪽 계곡의 물은 모두 제수로 흘러들어 간다.
   【陽谷】: 남쪽 계곡. ※여기서는「남쪽 계곡의 물」을 말한다. 【陰谷】: 북쪽 계곡. ※여기서는「북쪽 계곡의 물」을 말한다.

3) 當其南北分者, 古長城也。➡ 그 남과 북의 분계로 삼을 수 있는 것이, 옛 장성이다.
   【當】: ……로 삼다, ……에 해당하다. 【古長城】: 옛 長城. 戰國시대 齊나라가 축조한 長城. ※이는 지금의 萬里長城이 아니다.

4) 最高日觀峰, 在長城南十五里。➡ 가장 높은 일관봉은, 장성 남쪽 15리 지점에 있다.
   【日觀峰】: 일관봉. ※태산 정상 동남쪽의 가장 높은 봉우리. 이곳에 오르면 日出을 볼 수 있다.

5) 以乾隆三十九年十二月, ➡ 건륭 39년(1775) 12월에.
   【以】: [시간·장소를 나타내는 개사] 於, ……에. 【乾隆(qián lóng)】: 淸 高宗의 연호.

6) 自京師乘風雪, 歷齊河·長清, 穿泰山西北谷, 越長城之限, 至於泰安。➡ 京師로부터 풍설을 무릅쓰고, 제하·장청을 지나, 태산 서북쪽 계곡을 뚫고, 장성의 성벽을 넘어, 태안에 도착했다.
   【京師】: 경성, 도읍. 【乘(chéng)】: 무릅쓰다. 【齊河·長清】: [지명] 縣 이름. 모두 山東省에 있다. 【歷(lì)】: 지나다, 거치다. 【穿(chuān)】: 통과하다, 관통하다, 뚫고 지나가다. 【限(xiàn)】: 한계, 경계. ※여기서는「城壁」을 가리킨다. 【至於】: ……에 도착하다, ……에 이르다. 【泰安】: [지명] 지금의 山東省 泰安縣.

純子潁由南麓登。⁷⁾ 四十五里, 道皆砌石爲磴, 其級七千有餘。⁸⁾ 泰山正南面有三谷, 中谷繞泰安城下, 酈道元所謂環水也。⁹⁾ 余始循以入, 道少半, 越中嶺, 復循西谷, 遂至其巓。¹⁰⁾ 古時登山, 循東谷入, 道有天門。¹¹⁾ 東谷者, 古謂之天門谿水, 余所不至也。¹²⁾ 今所經中嶺, 及山巓崖限當道者, 世皆謂之天門云。¹³⁾ 道中迷霧, 冰滑,

---

7) 是月丁未, 與知府朱孝純子潁由南麓登。➡ 이 달 정미일에, 지부 주효순 자영과 함께 남쪽 기슭으로부터 올라갔다.
【是月丁未】: 이달 정미일. ※옛날에는 干支로 때를 정했는데, 정미일은 당시 29일이다. 【知府】: [관직명]. 【朱孝純】: [인명] 山東省 歷城 사람으로, 호는 海愚. 乾隆 연간에 진사에 급제했고 姚鼐와 친한 친구사이였으며 당시 泰安府의 知府로 부임하고 있었다. 【子潁(yǐng)】: 朱孝純의 字. 【麓(lù)】: 산자락, 산기슭.

8) 四十五里, 道皆砌石爲磴, 其級七千有餘。➡ 45리의 산길은 모두 돌을 쌓아 계단을 만들었는데, 그 계단 수가 7천여 개나 된다.
【砌(qì)】: 쌓다. 【磴(dèng)】: 돌계단. 【級(jí)】: 계단, 층.

9) 泰山正南面有三谷, 中谷繞泰安城下, 酈道元所謂環水也。➡ 태산의 정남쪽에 세 계곡이 있고, 가운데 계곡에서 흐르는 물이 태안의 성 아래를 돌아 흐르는데, (그것이) 바로 역도원이 말한 환수이다.
【三谷】: 세 계곡, 즉 東谷·中谷·西谷. 【繞(rào)】: 돌다, 감다, 두르다. 【酈(lì)道元】: [인명] 北魏 范陽(지금의 河北省 涿縣)사람으로 자가 善長이며 御史中尉를 지냈다. 저서로《水經注》40卷이 있다. 【所謂】: 말한 바의. 【環(huán)水】: [강이름]. ※《水經注》에「環水出泰山南谿, 東流注於汶。」이라 했다.

10) 余始循以入, 道少半, 越中嶺, 復循西谷, 遂至其巓。➡ 나는 처음 (이 길을) 따라 들어가다가, 길을 반도 못 가서, 중령을 넘고, 다시 서쪽계곡을 따라 올라가, 마침내 그 정상에 도달했다.
【始】: 처음에. 【循(xún)】: ……을 따라가다. 【少半】: 절반이 못 되다, 즉 「절반을 못 가다」의 뜻. 【復(fù)】: 다시. 【遂(suì)】: 드디어, 마침내. 【巓(diān)】: 산정, 산꼭대기.

11) 古時登山, 循東谷入, 道有天門。➡ 옛날 등산할 때, 동쪽계곡을 따라 들어가면, 도중에 천문이라는 곳이 있었다.
【天門】: 천문. ※하늘로 통하는 문이란 뜻으로, 태산에 동·서·남의 세 천문이 있다.

12) 東谷者, 古謂之天門谿水, 余所不至也。➡ 동쪽계곡은, 옛날에 천문계수라 불렸는데, 나는 가보지 못했다.
【谿(xī)水】: 계곡물.

13) 今所經中嶺, 及山巓崖限當道者, 世皆謂之天門云。➡ 지금 거쳐 온 중령, 그리고 산 정상의 길을 막고 있는 벼랑 끝을, 세간에서는 모두 천문이라 불렀다.

磴幾不可登。¹⁴⁾ 及旣上, 蒼山負雪, 明燭天南。¹⁵⁾ 望晚日照城郭,
汶水·徂徠如畫, 而半山居霧若帶然。¹⁶⁾

　　戊申晦, 五鼓, 與子潁坐日觀亭待日出。¹⁷⁾ 大風揚積雪擊面,
亭東自足下皆雲漫。¹⁸⁾ 稍見雲中白若樗蒲數十立者, 山也。¹⁹⁾ 極天

【經】: 지나다, 경유하다. 【及】: 및, 그리고, ……과(와). 【崖限(yá xiàn)】: 절벽, 벼랑 끝. 【當(dāng)道】: 擋道, 길을 막다. 【云】: [어조사].

14) 道中迷霧, 冰滑, 磴幾不可登。➡ 길에는 안개가 자욱하고, 얼음이 미끄러워, 돌계단은 거의 오를 수가 없었다.
【迷霧(mí wù)】: 안개가 자욱하다. 【滑(huá)】: 미끄럽다, 반들반들하다. 【幾(jǐ)】: 거의.

15) 及旣上, 蒼山負雪, 明燭天南。➡ 산의 정상에 올라와서 보니, 푸른 산은 하얀 눈이 덮여 있고, (그 눈에서 발하는 빛이) 남쪽 하늘을 밝게 비추고 있다.
【及】: ……하기에 이르다. 【旣(jì)】: 이미. 【上】: 정상에 오르다. 【蒼山】: 푸른 산. 【負(fù)】: 짊어지다, 메다. ※여기서는 「덮여 있다」의 뜻. 【燭(zhú)】: 照, 비추다.

16) 望晚日照城郭, 汶水·徂徠如畫, 而半山居霧若帶然。➡ 멀리 석양이 성곽을 비추는 것을 바라보니, 문수와 저래산은 마치 그림과도 같고, 산허리에 머물러 있는 안개는 마치 띠를 두른 듯하다.
【望】: 멀리 바라보다. 【晚日】: 저녁 해, 석양. 【徂徠(cú lái)】: [산 이름] 지금의 泰安縣 성밖 동남쪽 22km 지점에 위치. 【半山】: 산허리, 산중턱. 【居】: 머물다. 【帶然】: 띠를 두른 모양. ※「帶」: 띠, 띠를 두르다.

17) 戊申晦, 五鼓, 與子潁坐日觀亭待日出。➡ 무신 그믐날, 오경쯤에, 자영과 더불어 일관정에 앉아 일출을 기다렸다.
【戊申(wù shēn)】: (건륭 39년) 음력 12월 29일. 【晦(huì)】: 그믐. 음력 매월 마지막 날. ※큰 달은 30일, 작은 달은 29일이나 그 해 12월이 작은 달이었으므로 29일이 그믐이다. 【五鼓(gǔ)】: 五更, 새벽 4시. ※옛날에 밤이 어두워질 때부터 새벽까지의 時刻을 5등분하여 五更이라 하고, 更이 바뀔 때마다 북을 쳐서 시간을 알렸는데, 이를 五鼓라고도 했다. 五更은 날이 밝기 바로 전을 가리킨다. 【日觀亭】: 日觀峰에 있는 정자 이름.

18) 大風揚積雪擊面, 亭東自足下皆雲漫。➡ 세찬 바람이 쌓인 눈을 날려 얼굴을 때리고, 정자 동쪽은 발 밑으로부터 온통 구름이 가득했다.
【揚(yáng)】: 흩날리다. 【擊(jǐ)】: 치다, 때리다. 【漫(màn)】: 가득하다.

19) 稍見雲中白若樗蒲數十立者, 山也。➡ 구름 속에 수십 개의 하얀 저포처럼 서있는 것들이 어렴풋이 보이는데, 그것은 산들이다.
【稍(shāo)見】: 희미하게 보이다, 어렴풋이 보이다. 【樗蒲(shū pú)】: 저포. ※옛날에 도박에 사용하던 도구. 盤上에 360개의 눈을 그려 놓고 다섯 개의 나무막대를 던져 그 색깔을 보고 승부를 정하던 놀이. 우리나라의 윷놀이와 비슷하다.

雲一線異色, 須臾成五采。²⁰⁾ 日上, 正赤如丹, 下有紅光動搖承之,
或曰:「此東海也。」²¹⁾ 回視日觀以西峰, 或得日, 或否, 絳皓駁色,
而皆若僂。²²⁾

亭西有岱祠, 又有碧霞元君祠。²³⁾ 皇帝行宮在碧霞元君祠東。²⁴⁾
是日觀道中石刻, 自唐顯慶以來, 其遠古刻盡漫失。²⁵⁾ 僻不當道
者, 皆不及往。²⁶⁾

---

20) 極天雲一線異色, 須臾成五采。 ➡ 하늘과 구름 저 끝에 한 줄기 특이한 색깔이 보이더니, 순식간
에 오색찬란하게 변한다.
【極(jí)】: 끝, 가. 【須臾(xū yú)】: 잠깐 사이, 순식간. 【采(cǎi)】: 색채.

21) 日上, 正赤如丹, 下有紅光動搖承之, 或曰:「此東海也。」 ➡ 해가 떠오르니, 진홍빛 붉기가 마
치 단사와 같고, 그 아래에 붉은 광채가 출렁이며 그것을 떠받치고 있는데, 어떤 사람이 「이것이 동
해다」라고 말했다.
【正赤】: 진홍빛. 【丹(dān)】: 朱砂, 丹砂. 새빨간 빛이 나는 광물. 정제하여 물감이나 한방약으로
사용. 【承(chéng)】: 받들다, 떠받다. 【之】: 그것, 즉 「위쪽의 단사처럼 붉은 빛」. 【或】: 어떤 사
람.

22) 回視日觀以西峰, 或得日, 或否, 絳皓駁色, 而皆若僂。 ➡ 일관봉 서쪽의 봉우리를 돌아보니,
어느 것은 햇볕을 받고, 어느 것은 받지 못해, 붉은빛과 흰빛이 잇섞여 있는데, 모두가 마치 등을 구
부리고 있는 듯한 모습이다.
【回視】: 돌아보다. 【得日】: 햇볕을 받다. 【絳(jiàng)】: 붉은색. 【皓(hào)】: 흰색. 【駁(bó) 色】:
색깔이 엇섞이다. 【僂(lóu)】: 등이 굽다, 곱사등.

23) 亭西有岱祠, 又有碧霞元君祠。 ➡ 정자의 서편에는 대사가 있고, 또 벽하원군사가 있다.
【岱祠(dài cí)】: 옛날 泰山의 神인 東岳大帝를 모시던 사당. ※「岱」는 泰山을 가리킨다. 【碧霞
元君祠(bì xiá yuán jūn cí)】: 동악대제의 딸 벽하원군을 모시던 사당. ※宋 眞宗이 「天仙玉女碧
霞元君」에 봉하고, 아울러 昭應祠를 지어 그 神을 모셨다.

24) 皇帝行宮在碧霞元君祠東。 ➡ 황제의 행궁은 벽하원군사 동쪽에 있다.
【行宮】: 황제가 지방을 순시할 때 머무르는 별궁.

25) 是日觀道中石刻, 自唐顯慶以來, 其遠古刻盡漫失。 ➡ 이 날 길가의 석각을 보니, 당 현경 이후
의 것이고, 그 아주 오래된 석각은 모두 훼손되어 없어졌다.
【是日】: 이날. 【顯慶(xiǎn qìng)】: 唐 高宗 李治의 연호. 【盡】: 모두, 다. 【漫失(màn shī)】:
훼손되어 없어지다.

26) 僻不當道者, 皆不及往。 ➡ 외져서 길가에 있지 않은 것은, 모두 미처 가보지 못했다.
【僻(pì)】: 외지다, 편벽되다. 【當(dāng) 道】: 길 가운데. 여기서는 「길섶, 길가」를 뜻한다. 【不

山多石，少土，石蒼黑色，多平方，少圜。[27] 少雜樹，多松；生石罅，皆平頂。[28] 冰雪，無瀑水，無鳥獸音迹。[29] 至<u>日觀</u>，數里內無樹，而雪與人膝齊。[30] <u>桐城姚鼐</u>記。[31]

解題 및 本文 要旨說明

《登泰山記》는 乾隆 39년(1774) 음력 12월에 요내가 벼슬을 그만두고 귀향하면서 泰安을 지나다가 공교롭게도 쾌청한 날씨를 만나 친한 친구인 朱子穎과 함께 泰山을 유람하고 쓴 遊記散文이다.

본문은 태산의 자연경관을 모두 5단락으로 나누어 묘사하고 있다. 첫째 단락에서는 태산과 최고봉인 일관봉의 위치를 소개했고, 둘째 단락에서는 태산에 오르는 과정을 소개했으며, 셋째 단락에서는 日出의 배경을 묘사했고, 넷째 단락에서는 산 위에 있는 축조물과 古迹에 대해 설명했으며, 다섯째 단락에서는 태산의 겨울철 경관의 특징을 소개했다.

《登泰山記》는 표현기법에 있어서도 서술이 간략하고 세련되었으며 언어가 구체적인 특징을 보여주고 있다. 예를 들어 서울을 떠나 泰山에 이르는 여정의 서술에서「自京師乘風雪，歷齊河·長清，穿泰山西北谷，越長城之限，至於泰安。」의 몇 마디로 상황을 극명하게 표현하고 있을 뿐만 아니라, 또한「乘，歷，穿，越」등의 각기 다른 동사를 사용함으로써 독자로 하여금 언어의 새로운 묘미를 느끼게 한다.

及】: 미처 ……하지 못하다.

27) 石蒼黑色, 多平方, 少圜。 → 돌은 검푸른 색을 띠고 있는데, 평평하고 모난 것이 많고, 둥근 것은 적다.
【蒼(cāng)黑】: 검푸르다. 【平方】: 평탄하고 모가 나다. 【圜(yuán)】: 圓, 둥글다.

28) 生石罅, 皆平頂。 → (나무들은) 돌 틈바구니에서 자라는데, 모두가 사람의 키높이 정도이다.
【罅(xià)】: 틈새, 틈바구니. 【平頂】: 사람의 키높이.

29) 冰雪, 無瀑水, 無鳥獸音迹。 → 빙설만 있고, 폭포는 없으며, 조수의 소리나 종적 또한 없다.
【瀑(pù)水】: 폭포. 【迹(jì)】: 종적.

30) 至日觀, 數里內無樹, 而雪與人膝齊。 → 일관봉에 이르기까지, 몇 리 안에 나무는 없고, 눈이 사람의 무릎높이까지 찼다.
【膝(xī)】: 무릎. 【齊(qí)】: 나란하다, 높이가 같다.

31) 桐城姚鼐記。 → 동성사람 요내가 쓰다.
【記】: 씀, 쓰다.

47

病梅館記

[淸] 龔自珍

作者 ○

　龔自珍(1792－1841)은 淸 仁宗때의 저명한 사상가요 문인으로 자는 璱人, 호는 定庵이며 仁和(지금의 浙江省 杭州) 사람이다. 증조부·조부·부친·숙부 등이 모두 진사 출신일 정도로 관료지주이자 학문하는 집안에서 태어났다. 청대 문자학의 대가인 段玉裁의 외손이기도한 그는 12살 때 단옥재로부터 《說文》을 배우고 經學의 기초를 닦았다. 그는 나이 38세 때인 道光 9년(1829)에 비로소 진사에 급제한 후 國史館校對·內閣中書·禮部主事·宗人府主事 등을 지내다가, 48세에 관직을 그만두고 江蘇 昆山에 돌아와 杭州의 紫陽書院과 江蘇 丹陽의 雲陽書院에서 講學에 힘썼다.

　龔自珍은 당시의 통치계층에서는 비교적 개명한 지식인의 한 사람이었으며 또한 자산계층에서 개량주의를 주장한 선구자의 한 사람이었다. 그가 태어난 시기는 乾隆·嘉慶의 전성시대가 끝날 무렵, 즉 淸 王朝의 종말을 예감할 수 있는 시기였다. 그는 서구열강의 중국침략을 반대하고 林則徐의 아편금연운동을 적극 지지하였으며, 淸朝의 잔혹한 통제와 부패한 정치에 대해 강한 불만을 품고, 강력히 개혁을 주장하면서 과거제도를 폐지하고 진정한 人才를 등용하여 위기국면을 타개하자고 역설하였다. 그는 林則徐·魏源 등과 더불어 「宣南詩社」를 조직하여 經世致用의 학문을 가르치며 개량주의 사상을 전파했다. 이로 인해 그는 보수세력으로부터 배척과 질타를 받았다. 설사 그의 관직생활이 별로 보잘것없고 그나마도 압력에 의해 관직을 버리고 귀향한 처지였지만, 그래도 그의 개혁사상은 당시 사회에 지대한 영향을 주었으며,

아울러 후세 유신파의 정치개혁운동에도 상당한 추진작용을 했다.

龔自珍은 평생동안 많은 창작을 했다. 그중 산문이 3백여 편이고 詩詞가 8백여 편에 이른다. 그의 산문은 대부분이 그의 정치주장과 사회사상을 표현했는데, 재능은 뛰어나고 의욕은 강했으나 현실을 개혁할 수 있는 사회의 역량이 발휘되지 못하자 문장내용에 있어서도 소극적인 退隱사상이 엿보인다. 그의 詩詞는 암담한 현실에 대한 불만과 개혁에 대한 강렬한 욕구로 인해 기세가 넘치지만 문장 그 자체는 매우 아름답다. 그가 남긴 저서는《定庵文集》8권 ·《詩集》3권 ·《詞選》2권 ·《文集補》4권 등이 있는데, 현재 모두《龔定庵全集》에 수록되어 있다.

註釋 ✑

江寧之龍蟠, 蘇州之鄧尉, 杭州之西溪, 皆産梅。[1] 或曰:「梅以曲爲美, 直則無姿; 以欹爲美, 正則無景; 以疏爲美, 密則無態。」固也。[2] 此文人畫士心知其意, 未可明詔大號以繩天下之梅也;[3] 又不可以使天下之民斫直, 刪密, 鋤正, 以夭梅病梅爲業以

---

1) 江寧之龍蟠, 蘇州之鄧尉, 杭州之西溪, 皆産梅。➡ 강녕의 용반리, 소주의 등위산, 항주의 서계는, 모두 매화가 난다.
【江寧】: [지명] 淸代의 府 소재지. 지금의 南京市. 【龍蟠(pán)】: [지명] 龍蟠里. 지금의 南京의 淸凉山 아래. 【鄧尉(dèng wèi)】: [산 이름] 江蘇省 蘇州市 서남쪽에 있으며, 漢代 鄧尉가 이곳에 은거했다 하여 붙여진 이름이다. 산에 매화나무가 매우 많아 꽃이 피는 시절에는 마치 눈이 날리는 듯하여 「香雪梅」라 부른다. 【西溪】: [지명] 지금의 浙江省 杭州市 靈隱山 서북쪽.

2) 或曰:「梅以曲爲美, 直則無姿; 以欹爲美, 正則無景; 以疏爲美, 密則無態。」固也。➡ 어떤 사람이 말하길 「매화는 (나무 가지가) 굽은 것을 아름다움으로 삼기 때문에, 곧으면 자태가 보기싫고, 비스듬히 기운 것을 아름다움으로 삼기 때문에, 바로 서면 경관이 좋지 않으며, 성긴 것을 아름다움으로 삼기 때문에, 빼곡하면 모양이 없다.」라고 했는데, 사실 그렇다.
【曲(qū)】: 굽다, 구불구불하다. 【姿(zī)】: 자태. 【欹(qī)】: 비스듬하다, 기울다. 【正】: 바로 서다. 【景】: 景觀, 경치 【疏】: 드문드문하다, 성기다. 【態】: (아름다운) 사태, 모양. 【固也】: 본래 그렇다, 사실 그렇다.

3) 此文人畫士心知其意, 未可明詔大號以繩天下之梅也;➡ 이에 대해 문인화가들은 마음속으로 그러한 의미를 알고 있다해도, 공공연히 선포하고 큰소리로 외쳐대어 천하의 매화를 저울질해서는 안 된다.

求錢也。⁴⁾ 梅之欹 · 之疏 · 之曲, 又非蠢蠢求錢之民能以其智力爲
也。⁵⁾ 有以文人畫士孤癖之癮明告鬻梅者, 斫其正, 養其旁條; 刪
其密, 夭其稚枝; 鋤其直, 遏其生氣, 以求重價, 而<u>江</u> · <u>浙</u>之梅皆
病。⁶⁾ 文人畫士之禍之烈至此哉! ⁷⁾

　　予購三百盆, 皆病者, 無一完者。⁸⁾ 旣泣之三日, 乃誓療之:⁹⁾

　【文人畫士】: 문인화가. 【其意】: 그러한 뜻, 즉「매화에 대한 인식」. 【未可】: 不可, ……할 수 없
다, ……해서는 안 된다. 【明詔(zhào)】: 공공연히 선포하다. 【繩(shéng)】: 가늠하다, 저울질하
다.

4) 又不可以使天下之民斫直, 刪密, 鋤正, 以夭梅病梅爲業以求錢也。→ 또 이로 인해 천하의 사
람들로 하여금 곧은 것을 자르고, 빼곡한 것을 솎아내고, 바로 선 것을 뽑아, 매화를 일찍 죽고 병들
게 하는 것을 직업으로 삼아 돈을 벌게 해서도 안 된다.
　【以】: 이로 인하여, 이 때문에. 【斫(zhuó)】: 베어내다, 잘라 버리다. 【刪(shān)】: 솎아내다, 없
애 버리다. 【鋤(chú)】: 제거하다, 뽑아 버리다. 【夭(yāo)】: [사동용법] 요절하게 하다, 일찍 죽
게 만들다. 【病】: [사동용법] 병들게 하다. 【求錢】: 돈을 벌다.

5) 梅之欹 · 之疏 · 之曲, 又非蠢蠢求錢之民能以其智力爲也。→ 매화의 가지가 비스듬하고 성기
고 굽은 모양은, 또 바삐 돈만 벌려는 사람들이 자신의 지혜로 만들어낼 수 있는 것이 아니다.
　【蠢(chǔn)蠢】: 꿈틀대다, 여기서는「바쁘게 움직이다」의 뜻. 【爲】: 만들다, 해내다.

6) 有以文人畫士孤癖之癮明告鬻梅者, 斫其正, 養其旁條; 刪其密, 夭其稚枝; 鋤其直, 遏其生
氣, 以求重價, 而江 · 浙之梅皆病。→ 어떤 사람이 문인화가의 괴벽한 취미를 매화상에게 분명히
알려주어, 그 바로 선 것을 잘라, 옆가지를 배양하고, 그 빼곡한 것을 솎아내어, 어린 가지를 죽이
고, 그 곧은 것을 없애, 생기를 억제하여, 이로써 비싼 값을 받게 하자, 강소 · 절강 지방의 매화는
모두 병이 들었다.
　【孤癖(pǐ)之癮(yǐn)】: 괴벽증, 이상한 취미. 【明告】: 분명히 알려주다. 【鬻(yù)梅者】: 매화를
파는 사람, 매화상인. ※「鬻」: 賣, 팔다. 【旁條】: 비스듬한 가지, 옆가지. 【稚枝(zhì zhī)】: 어린
가지. 【遏(è)】: 저지하다, 가로막다, 억제하다. 【生氣】: 생기, 활기. 【重價】: 높은 댓가, 비싼 값.
　【江 · 浙】: 江蘇와 浙江.

7) 文人畫士之禍之烈至此哉! → 문인화가들이 만든 피해의 심각한 정도가 이 지경에 이르렀도다!
　【烈】: 심각함, 지독함.

8) 予購三百盆, 皆病者, 無一完者。→ 나는 삼백 개의 분재를 구입했는데, 모두가 병든 것이고, 하
나도 완전한 것이 없다.

9) 旣泣之三日, 乃誓療之: → 나는 매화로 인해 삼 일을 울고 나서, 마침내 매화를 치료할 것을 맹세
했다.
　【之】: [대명사] 그것, 즉 매화. 【乃】: 마침내. 【誓(shì)】: 맹세하다. 【療(liáo)】: 치료하다.

縱之順之, 毀其盆, 悉埋於地, 解其棕縛; 以五年爲期, 必復之全之。[10] 予本非文人畫士, 甘受詬厲, 辟病梅之館以貯之。[11]

嗚呼! 安得使予多暇日, 又多閑田, 以廣貯江寧·杭州·蘇州之病梅, 窮予生之光陰以療梅也哉! [12]

解題 및 本文 要旨說明 ☁

《病梅館記》는 공자진의 대표작인 동시에 晚淸 산문 중의 명작으로, 작자가 매화를 가꾸는 생활 속의 작은 일을 빌어, 專制主義를 반대하고 인격의 자유와 정신해방을 갈망하는 작자의 사상을 반영한 글이다.

본문의 두드러진 특징은 사물에 기탁하여 뜻을 펴나가는 창작방법이다. 근대 중국에서 개혁주의자의 한 사람인 작자가 표현하고자 하는 것은 정치개혁의 중대한 문제로 인민을 억압하는 淸朝 통치자의 사상과 인재를 파멸시키는 죄악을 비판·폭로하는 것이다. 그러나 당시의 엄격한 통제 하에서, 이는 정면으로 직접 의론을 펴나가는 것보다 더욱 어려웠다. 그래서 작자는 교묘하게 매화를 사람에 비유하고, 매화에 의탁하여 정치를 논했다. 표면적으로는 구구절절이 매화를 언급한 듯하지만 실제로는 곳곳이 人才해방과 個性해방에 대한 자신의 정치주장을 표출하고 있는데, 비유가 적절하며 寓意가 깊고 명확하다.

---

10) 縱之順之, 毀其盆, 悉埋於地, 解其棕縛; 以五年爲期, 必復之全之。➡ 매화를 속박에서 풀어 주고 본성에 따라 자라도록, 그 화분을 깨부수고, 모두 땅에 묻은 다음, 그 가지를 묶은 종려나무 끈을 풀어주었다. 5년을 기한으로 하여, 반드시 완전하게 회복시킬 것이다. 【縱(zòng)】: 속박에서 풀어주다. 【順】: 본성에 따라 자라도록 놓아주다. 【毀(huǐ)】: 부수다. 【悉(xī)】: 모두. 【棕縛(zōng fù)】: 종려나무 섬유로 만든 줄.

11) 予本非文人畫士, 甘受詬厲, 辟病梅之館以貯之。➡ 나는 본래 문인화가가 아니므로, (그들의) 욕설을 감수하고, 病梅館을 개설하여 병든 매화를 거두어들일 것이다. 【詬厲(gòu lì)】: 모욕, 욕설. 【辟(pì)】: 설치하다, 개설하다. 【以】: ……해서, ……해 가지고. 【貯(zhù)】: 안치하다, 두다. 【之】: [대명사] 그것, 즉 매화.

12) 安得使予多暇日, 又多閑田, 以廣貯江寧·杭州·蘇州之病梅, 窮予生之光陰以療梅也哉! ➡ 어찌해야 나로 히여금 한가한 시간을 많이 갖고, 또 한가한 땅을 많이 확보하여, 상녕·항수·소주의 병든 매화를 거두어, 내 인생의 짧은 시간을 다 써서 매화를 치료하게 할 수 있을까! 【安得】: 어찌해야 ……할 수 있을까. 【使】: ……로 하여금……하게 하다. 【多暇(xiá) 日】: 한가한 시간을 많이 갖다. 【多閑(xián) 田】: 한가한 땅을 많이 갖다. 【廣貯(zhù)】: 대량으로 안치하다. 【窮(qióng)】: 다 쓰다, 모두 소비하다. 【也哉】: [어조사] ※어조사의 連用이며, 反問을 표시한다.

48

原才

[清] 曾國藩

作者 ○

曾國藩(1811-1872)은 湖南 湘鄉사람으로 자는 伯涵, 호는 滌生이며, 宣宗 道光 연간에 28세의 나이로 진사에 급제했다. 翰林院庶吉士·侍講·文淵閣校理 등을 거쳐 39세 때는 禮部右侍郞·兵部左侍郞·刑部右侍郞을 지냈다. 文宗 咸豊 3년(1852)「太平天國의 亂」이 일어나 太平軍이 金陵을 함락시키자 그는 吏部侍郞의 신분으로 湖南에서 民團을 조직하고, 이를 湘軍으로 확대 개편하여 병사를 거느리고 11년 동안 太平軍과 전투를 벌여, 穆宗 同治 3년(1864) 金陵을 수복하고 太平軍을 진압했다. 이로 인해 毅勇侯에 봉해졌고, 그 후 同治 7년(1868)에는 直隷總督을 거쳐 兩江總督에 올랐으나, 在任中에 향년 61세로 세상을 떠났다. 시호를 文正이라 했다.

증국번은 군을 통솔하거나 관직에 있거나 항상 儒家의 풍도를 지켜 사대부들과의 학문적인 교류가 빈번했다. 학문에 있어서는 道와 文의 合一을 중시하여, 義理·考據·詞章 세 가지 중 하나라도 빠져서는 안 된다고 여겼으며, 문장에 있어서는 姚鼐를 숭배하여, 京師에서 스승 梅曾亮 등 桐城派 인물을 추종했는데, 그가 지은 고문은 깊이가 있고 뛰어나다. 저서로《曾文正公詩文集》이 있다.

註釋 ✑

　　風俗之厚薄奚自乎?[1] 自乎一二人之心之所嚮而已。[2] 民之生, 庸弱者戢戢皆是也;[3] 有一二賢者, 則衆人君之而受命焉;[4] 尤智者, 所君尤衆焉。[5] 此一二人者之心向義, 則衆人與之赴義; 一二人者之心向利, 則衆人與之赴利。[6] 衆之所趨, 勢之所歸, 雖有大力, 莫之敢逆。[7] 故曰:「撓萬物者莫疾乎風。」[8] 風俗之於人心,

---

1) 風俗之厚薄奚自乎? → 풍속이 후하고 박한 것은 어디에서 왔는가?
【厚薄(bó)】: (인심 등이) 후하고 박함. 【奚自乎】: 어디에서 왔는가? ※「奚」: [의문대명사] 어디.《論語‧憲問》에「子路宿於石門。晨門曰: 奚自?」라 했다.

2) 自乎一二人之心之所嚮而已。 → 한두 사람 마음의 취향에서 비롯되었을 뿐이다.
【自乎】: 自於, ……로부터, ……에서. 【嚮(xiàng)】: 向, 취향. 【而已】: ……뿐이다.

3) 民之生, 庸弱者戢戢皆是也; → 사람이 살아가는 세상에는, 평범하고 힘없는 사람이 매우 많다.
【庸弱(yōng ruò)】: 평범하고 힘이 없다. 【戢(jí)戢】: 수가 많은 모양. 【皆是】: 모두 그러하다, 모두가 ……이다.

4) 有一二賢者, 則衆人君之而受命焉; → 현명한 사람 한둘이 있다면, 모두가 그를 우두머리로 삼고 그의 명령을 받아들일 것이다.
【君之】: 그를 추대하여 우두머리로 삼다. ※「君」: [동사용법] 추대하여 우두머리로 삼다. 「之」: [대명사] 그, 즉「현명한 사람」.

5) 尤智者, 所君尤衆焉。 → 더욱이 지혜로운 사람일 경우, 그를 우두머리로 추대하는 사람은 더욱 많다.
【尤(yóu)】: 특히, 더욱이. 【衆】: 많다.

6) 此一二人者之心向義, 則衆人與之赴義; 一二人者之心向利, 則衆人與之赴利。 → 이 한두 사람의 마음이 의를 좇는다면, 모든 사람이 그와 더불어 의를 추구할 것이며, 한두 사람이 이익을 좇는다면, 모든 사람이 그와 더불어 이익을 추구할 것이다.
【與之】: 그와 더불어, 그와 함께. ※「之」: [대명사] 그, 즉「한두 사람」. 【赴(fù)】: ……로 나아가다, 즉「……을 추구하다」.

7) 衆之所趨, 勢之所歸, 雖有大力, 莫之敢逆。 → 많은 사람이 좇게되면, 대세가 형성되어, 비록 큰 힘을 가졌다 해도, 감히 그것을 거스르지 못하다
【趨(qū)】: 좇다, 향해 달리다. 【歸】: 귀속되다, 즉「……가 형성되다」. 【莫之敢逆】:「莫敢逆之」의 도치형태. ※「莫」: ……하지 못하다. 「之」: [대명사] 그것, 즉 大勢. 「逆(nì)」: 거스르다, 저항하다.

8) 故曰:「撓萬物者莫疾乎風。」 → 그래서 말하길「만물을 흩어지게 하는 것은 바람보다 빠른 것이

始乎微而終乎不可禦者也。[9]

　　先王之治天下, 使賢者皆當路在勢;[10] 其風民也皆以義, 故道一而俗同。[11] 世教旣衰, 所謂一二人者不盡在位, 彼其心之所嚮, 勢不能不騰爲口說而播爲聲氣;[12] 而衆人者勢不能不聽命而蒸爲習尚;[13] 於是乎徒黨蔚起, 而一時之人才出焉。[14] 有以仁義倡者,

───────────────────

없다.」라고 했다.
　※《周易・說卦傳》:「動萬物者莫疾乎雷; 撓萬物者莫疾乎風。」
　【撓(náo)】: 흩어지게 하다, 교란하다. ※「撓」는 판본에 따라「橈」라고도 쓴다.【疾乎】: 疾於, ……보다 빠르다.

9) 風俗之於人心, 始乎微而終乎不可禦者也。 → 풍속의 사람 마음에 대한 영향은, 처음에는 미약하지만 그러나 나중에는 막을 수가 없는 것이다.
　【微(wēi)】: 경미하다, 미약하다.【而】: 그러나, 오히려.【禦(yù)】: 막다, 방어하다.

10) 先王之治天下, 使賢者皆當路在勢; → 고대의 聖王이 천하를 다스릴 때는, 현명한 사람들로 하여금 모두 요직에 머물러 권력을 장악하게 했다.
　【先王】: 고대의 聖王.【使】: ……로 하여금 ……하게 하다.【當路】: 요직에 머물다.【在勢】: 권력을 장악하다.

11) 其風民也皆以義, 故道一而俗同。 → 그들은 백성을 교화하는 데 있어서 모두 인의도덕으로 하기 때문에, 그래서 사회규범이 하나로 통일되고 습속도 서로 같았다.
　【其】: 그, 그들, 즉「賢者」.【風民】: 백성을 교화하다.【義】: 道義, 여기서는「仁義道德」을 가리킨다.【道】: 도리, 즉 사회규범.【而】: [연사] 또한.【俗】: 풍속, 습속.

12) 世教旣衰, 所謂一二人者不盡在位, 彼其心之所嚮, 勢不能不騰爲口說而播爲聲氣; → 후에 세상의 교화가 쇠퇴하여, 앞에서 말한 바의 한 두 사람이 모두 요직에 있지는 않았지만, 그러나 그들이 內心 志向한 바는, 그 형세가 고조되어 여론이 되고 또한 전파되어 풍조가 조성되지 않을 수 없었다.
　【世教】: 세상의 교화.【所謂】: 이른 바, 여기서는「앞에서 말한 바」를 가리킨다.【不盡】: 모두 ……은 아니다.【在位】: 요직, 중요한 자리.【彼】: [지시대명사] 그들, 즉「현명한 한두 사람」. 【勢】: 형세, 대세, 상황.【騰(téng)】: 비등하다, 고조되다.【口說】: 여론.【播(bō)】: 전파되다. 【聲氣】: 聲勢, 풍기, 풍조.

13) 而衆人者勢不能不聽命而蒸爲習尚; → 그리고 모든 사람들도 대세가 (그들의) 명을 따르고 또한 감화를 받아 (좋은) 풍습을 이루지 않을 수 없었다.
　【勢】: 대세, 형세.【聽命】: 명을 따르다, 복종하다.【而】: 또한.【蒸(zhēng)】: (열을 가하여) 찌다. ※여기서는「감화되다」의 뜻.【習尚】: 풍습.

14) 於是乎徒黨蔚起, 而一時之人才出焉。 → 그리하여 그들을 쫓는 무리들이 분분히 일어나고, 또한 일시적으로 인재가 나올 수 있었다.

其徒黨亦死仁義而不顧;¹⁵⁾ 有以功利倡者, 其徒黨亦死功利而不返。¹⁶⁾ 水流濕, 火就燥, 無感不讎, 所從來久矣。¹⁷⁾

今之君子之在勢者, 輒曰天下無才。¹⁸⁾ 彼自尸於高明之地, 不克以己之所嚮, 轉移習俗, 而陶鑄一世之人, 而翻謝曰無才;¹⁹⁾ 謂之不誣, 可乎否也?²⁰⁾ 十室之邑, 有好義之士, 其智足以移十人

【於是乎】: 이에, 그리하여. 【徒黨(tú dǎng)】: 쫓는 무리들, 추종자, 제자. 【蔚(wèi)起】: 많이 모여들다, 분분히 일어나다.

15) 有以仁義倡者, 其徒黨亦死仁義而不顧; → 인의를 가지고 제창하는 사람이 있으면, 그 추종자들 역시 인의를 위해 죽어도 거리끼지 않았다.
【以】: ……를 가지고, ……로써. 【倡(chàng)】: 제창하다, 주창하다. 【不顧(gù)】: 거리끼지 않다, 불사하다.

16) 有以功利倡者, 其徒黨亦死功利而不返。 → 공명과 이익을 가지고 제창하는 사람이 있으면, 그 추종자들 역시 공명과 이익을 위해 죽어도 돌이키지 않았다.
【功利】: 공명과 이익. 【返(fǎn)】: 돌아오다, 돌이키다.

17) 水流濕, 火就燥, 無感不讎, 所從來久矣。 → 물은 저습한 곳으로 흐르고, 불은 건조한 물건에 잘 붙듯이, 감화가 없으면 호응도 얻지 못하는데, (이러한 상황은) 그 유래가 지금까지 오래되었다.
※「水流濕, 火就燥」라고 한 말은 《周易·文言傳·乾卦》에 보인다.
【濕(shī)】: 저습한 곳. 【就】: 접근하다, 가까이 다가가다. 【燥(zào)】: 건조한, 마른. 【感】: 자극, 감화. 【讎(chóu)】: 호응, 반응, 대답, 보상. 【從來】: 유래.

18) 今之君子之在勢者, 輒曰天下無才。 → 오늘날의 군자들 가운데 권력을 가진 자들은, 걸핏하면 천하에 인재가 없다고 말한다.
【輒(zhé)】: 걸핏하면, 자주. 【才】: 인재.

19) 彼自尸於高明之地, 不克以己之所嚮, 轉移習俗, 而陶鑄一世之人, 而翻謝曰無才; → 그들은 자신이 높은 지위에 눌러앉아, 자기의 취향을 가지고 습속을 개선하거나, 당대의 인재를 길러내지 못하면서, 오히려 사람들에게 인재가 없다고 핑계를 댄다.
【彼】: 그들. 【尸(shī)】: (일은 하지 않고) 자리를 점하다, 차지하다, 눌러앉다. 【高明之地】: 높고 존귀한 지위. 【克(kè)】: 能, ……할 수 있다. 【轉移】: 바꾸다, 개선하다. 【陶鑄(táo zhù)】: (인재를) 길러내다, 양성하다. 【一世之人】: 한 시대의 인물, 當代의 인재. 【而翻(fān)】: 反, 오히려. 【謝】: 핑계 대다, 둘러대다.

20) 謂之不誣, 可乎否也? → 이를 거짓이 아니라고 말하는데, 그래도 되겠는가?
【之】: [대명사] 그것, 즉「자신의 능력으로 해내지 못하고, 오히려 인재가 없다고 핑계 대는 것」. 【誣(wū)】: 사실을 날조하여 사람을 속이다, 거짓말하다. 【可乎否也?】: 되겠는가? ※「되겠는가, 안되겠는가?」의 [긍정+부정] 형태의 의문문.

411

者, 必能拔十人中之尤者而材之;²¹⁾ 其智足以移百人者, 必能拔百人中之尤者而材之。²²⁾ 然則轉移習俗而陶鑄一世之人, 非特處高明之地者然也, 凡一命以上皆與有責焉者也。²³⁾ 有國家者得吾說而存之, 則將愼擇與共天位之人。²⁴⁾ 士大夫得吾說而存之, 則將惴惴乎謹其心之所嚮, 恐一不當, 以壞風俗而賊人才。²⁵⁾ 循是爲之,

---

21) 十室之邑, 有好義之士, 其智足以移十人者, 必能拔十人中之尤者而材之; ➡ 열 집이 사는 마을에, 인의를 좋아하는 사람이 있어, 그의 지혜가 족히 열 사람을 개선할 수 있는 자라면, 반드시 열 사람 중에서 뛰어난 자를 뽑아 그를 인재로 양성할 수 있다.
【好】: [동사] 좋아하다. 【足以】: 족히 ……하다. 【移】: 바꾸다, 개선하다. 【拔(bá)】: 뽑다, 선발하다, 발탁하다. 【尤者】: 우수한 사람, 특출한 사람. 【材之】: 그를 인재로 만들다. ※「材」: [동사] 인재로 만들다. 「之」: [대명사] 그, 즉「뛰어난 사람」.

22) 其智足以移百人者, 必能拔百人中之尤者而材之。 ➡ 그의 지혜가 족히 백 사람을 개선할 수 있는 자라면, 반드시 백 사람 중에서 특출한 자를 뽑아 그를 인재로 양성할 수 있다.
【拔(bá)】: 뽑다, 선발하다, 발탁하다.

23) 然則轉移習俗而陶鑄一世之人, 非特處高明之地者然也, 凡一命以上皆與有責焉者也。 ➡ 그렇다면 습속을 개선하고 당대의 인재를 길러내는 것은, 다만 높은 지위에 있는 사람들만 그렇게 하는 것이 아니고, 무릇 관록을 먹는 사람이면 다 함께 책임이 있는 것들이다.
【然則】: 그렇다면. 【非特】: 非但, 다만 ……뿐만 아니라. 【然】: 그러하다, 그러한 일을 하다, 즉 「인재를 양성하는 일」을 말한다. 【一命】: 周代의 관직 중 가장 낮은 등급. ※周代에는 관직의 등급을 一命으로부터 九命까지로 나누었다. 후대에는 一命을 가장 낮은 관직의 대명사로 사용했다. 【與(yǔ)】: 함께, 더불어. 【焉】: [어조사].

24) 有國家者得吾說而存之, 則將愼擇與共天位之人。 ➡ 나라를 통치하는 사람이 나의 주장을 채택하고 그것을 견지해 나간다면, 장차 자기와 더불어 함께 천자의 지위를 보호할 사람을 신중히 선택하게 될 것이다.
【有國家者】: 나라를 통치하는 사람, 제왕. 【得】: 취하다, 채택하다. 【說】: 학설, 주장, 견해. 【存】: 보존하다, 즉「견지해 나가다」. 【將】: 장차 ……할 것이다. 【愼擇(shèn zé)】: 신중히 선택하다. 【共天位】: 함께 천자의 지위를 보호하다. ※《孟子‧萬章》:「弗與共天位也。」.

25) 士大夫得吾說而存之, 則將惴惴乎謹其心之所嚮, 恐一不當, 以壞風俗而賊人才。 ➡ 사대부가 나의 주장을 채택하고 그것을 견지해 나간다면, 장차 자신이 내심 지향하는 바를 우려하고 조심하며, 어쩌다 부당한 일이 있음으로써 풍속을 파괴하고 인재를 해치지 않을까 두려워할 것이다.
【惴(zhuì)惴乎】: 우려하고 두려워하는 모양. 【謹(jǐn)】: 삼가다, 조심하다. 【恐(kǒng)】: 두려워하다. 【一】:「약간, 어쩌다, 간혹」등 빈번하지 않은 작은 수를 나타내는 말. 【壞(huài)】: 파괴하다. 【而】: [연사] 또한. 【賊(zé)】: 해치다.

數十年之後, 萬有一收其效者乎? 非所逆睹已。[26]

解題 및 本文 要旨說明 🍂

　본문은《求闕齋文集》의 일부분이다.「原才」의「原」자는 本源을 추구한다는 뜻이며, 따라서 「原才」는 바로「인재의 본원을 추구한다」라는 말이다.

　내용은 인재와 정치의 관계를 논했는데, 먼저 인재양성의 중요성을 제기하면서 그것이 직접 社會 民風에 관련된다는 것을 역설했고; 이어서 인재양성의 방법을 논증하면서 특히 통치자들은 인재들이 집권세력의 높은 지위에 있도록 안배해야하며, 사대부들마다 인재를 양성하고 발탁하는 책임을 짊어져야 한다고 주장했다.

　문장의 구조에 있어서는 唐의 韓愈를 모방하여 對句法을 비교적 많이 쓰고 있다.

---

26) 循是爲之, 數十年之後, 萬有一收其效者乎? 非所逆睹已。 ➡ 이러한 방법에 따라 행하면, 몇십 년 후에는, 만에 하나는 그 효과를 거두지 않겠는가! 이것은 결코 내가 예견한 것만은 아니다. 【循(xún)】: 쫓다, 따르다, 준수하다. 【是】: [대명사] 이, 이것, 즉「앞에서 말한 방법」. 【爲】: 행하다, 실천하다. 【逆睹(nì dǔ)】: 예견하다, 미리 내다보다. 【已】: [어조사] ※결정이나 단정을 표시.

49

《黃花岡烈士事略·序》

[民國] 孫文

作者 ○

　孫文(1866-1925)은 중국 민주혁명의 선구자요 혁명지도자로, 자는 逸仙, 호는 中山이며, 廣東省 香山(지금의 廣東省 中山縣) 翠亨村 사람이다. 淸 穆宗 同治 5년에 출생하여 民國 14년에 세상을 떠났다. 본직은 의사였으나 1892닌 興中會에 참가했고, 1899년 興漢會를 결성하여 혁명생활을 시작했다. 그 후 유럽에 유학, 혁명원리인「三民主義」를 이론화하고, 1905년 8월 20일 일본 도쿄에서「中國革命同盟會」가 결성되어 총리로 추대되면서 淸朝의 타도를 위한 투쟁을 계속하였다. 1911년 辛亥年에 武昌新軍起義를 발단으로 남방 16개 省이 淸朝로부터 독립을 선포하는 시민혁명이 일어나자 영국에서 귀국, 1912년 1월 南京에서 中華民國 臨時大總統에 취임했다. 1912년 2월 宣統帝가 퇴위함으로써 淸朝는 멸망했으나 혁명의 결과로 정권은 군벌과 관료의 수중에 떨어지고, 이러한 상황에서 힘이 모자란 孫文의 혁명정부는 군벌 袁世凱와 타협하는 조건으로 임시대총통의 자리를 袁世凱에 넘겨주었다. 그러나 결국 袁世凱와의 충돌로 인해 일본에 망명했고, 그곳에서「中華革命黨」을 조직했다. 1919년 혁명당을「中國國民黨」으로 개칭한 후, 1921년 5월 5일 廣東政府를 수립하고 非常大總統에 취임했다. 1924년 國共合作에 성공하여 黨의 조직을 개편하고 三民主義를 제창하며 북벌을 단행하는 등 전국통일을 기도했으나 끝내 성공하지 못하고 향년 60세의 나이로 北京에서 객사했다. 그는 중국 근대사에서 立志傳的인 인물로 현재 중국 좌우 양 진영에서 모두 추앙을 받고 있다. 그의 묘소인 중산릉은 南京 紫金山에 있다.

註釋 ⌐

滿淸末造, 革命黨人, 歷盡艱難險巇, 以堅毅不撓之精神, 與民賊相搏,¹⁾ 躓踣者屢, 死事之慘, 以辛亥三月二十九日圍攻兩廣督署之役爲最。²⁾ 吾黨菁華, 付之一炬, 其損失可謂大矣!³⁾ 然是役也, 碧血橫飛, 浩氣四塞, 草木爲之含悲, 風雲因而變色, 全國久蟄之人心, 乃大興奮。⁴⁾ 怨憤所積, 如怒濤排壑, 不可遏抑, 不半

---

1) 滿淸末造, 革命黨人, 歷盡艱難險巇, 以堅毅不撓之精神, 與民賊相搏, ➡ 청나라 말기에, 혁명당원들은, 곤란과 위험을 두루 겪으면서도, 굳센 불굴의 정신으로, 인민의 적과 싸웠다.
   【滿淸】: 만주족이 세운 청나라. 【末造】: 말기, 즉「붕괴하기 직전의 시기」. ※「造」: 시기, 시대. 【歷盡(lì jìn)】: 두루 겪다. 【艱難(jiān nán)】: 어렵다, 곤란하다. 【險巇(xiǎn xī)】: 험난하다. 험준하다. 【堅毅(jiān yì)】: 굳다, 굳세다. 【撓(náo)】: 굴복하다, 굽히다. 【民賊(zéi)】: 인민의 적. ※당시의 중국의 혁명당원들이 淸朝의 통치자를 부르던 호칭. 【相搏(bó)】: 싸우다, 전투를 벌이다.

2) 躓踣者屢, 死事之慘, 以辛亥三月二十九日圍攻兩廣督署之役爲最。 ➡ 좌절을 당한 경우가 여러 차례 있었으나, 희생이 참담하기로는, 신해년 3월 29일에 광동 · 광서 두 성의 총독부를 포위 공격한 전투가 으뜸이다.
   【躓踣(zhì bó)】: 넘어지다. ※여기서는「실패하다, 좌절을 당하다」의 뜻. 【者】: ……한 경우. 【屢】: 여러 차례. 【以……爲最】: ……을 으뜸으로 치다. 【圍攻】: 포위 공격하다. 【兩廣】: 廣東省과 廣西省. 【督署(dū shǔ)】: 총독부. ※淸은 廣州에 총독부를 두고, 광동성과 광서성의 軍民에 관한 중요한 업무를 처리했다. 【役】: 전쟁, 전투.

3) 吾黨菁華, 付之一炬, 其損失可謂大矣! ➡ 우리 당의 우수한 인재들이, 모두 희생되어, 그 손실이 말할 수 없이 컸다.
   【菁(jīng)華】: 精髓, 즉「가장 우수한 인재」. 【付之一炬(jù)】: 횃불 하나로 다 타다. 즉「다 잃어버리다, 모두 희생되다」의 뜻.

4) 然是役也, 碧血橫飛, 浩氣四塞, 草木爲之含悲, 風雲因而變色, 全國久蟄之人心, 乃大興奮。 ➡ 그러나 이 전투는, 선혈이 낭자하고, 호연지기가 천지에 충만했으며, 초목은 이로 인해 슬픔을 머금고, 바람과 구름은 이로 인해 색깔이 변했으며, 오래도록 잠복해 있던 전국의 민심이, 마침내 크게 분노했다.
   【是】: [대명사] 이, 이번 【碧(bì)血】: 선혈 ※《莊子 · 外物》에「萇弘死於蜀, 藏其血, 三年而化爲碧」라 했는데, 후세에「충신열사가 흘린 피」를 가리키는 말로 사용되었다. 【橫飛(héng fēi)】: 낭자하다, 사방에 뿌려지다. 【浩氣】: 浩然之氣. 매우 크고 굳센 正氣. ※《孟子 · 公孫丑》:「我善養吾浩然之氣。」 【四塞(sè)】: 천지 사방에 충만하다. 【爲之】: 因此, 이로 인해. 【因而】: 이로 인해. 【久蟄(zhé)】: 오래도록 잠복하다. ※「蟄」은 본래 벌레들의「冬眠」을 가리키나, 여기서는「잠복하다」의 뜻. 【乃】: 마침내.

載<u>武昌</u>之革命以成！⁵⁾ 則斯役之價値, 直可驚天地, 泣鬼神, 與<u>武昌</u>革命之役並壽。⁶⁾

　　顧自<u>民國</u>肇造, 變亂紛乘, <u>黃花岡</u>上一抔土, 獨湮沒於荒煙蔓草間。⁷⁾ 延至七年, 始有墓碣之建修; 十年, 始有事略之編纂。⁸⁾

---

5) 怨憤所積, 如怒濤排壑, 不可遏抑, 不半載武昌之革命以成! → 쌓인 원한과 분노가, 마치 성난 파도가 계곡에 밀려오듯, 막을 수가 없었고, 반년이 채 못 가서 무창의 혁명은 이로 인해 성공을 거두었다.

【怨憤(yuàn fèn)】: (淸朝에 대한) 원한과 분노. 【如】: 마치 ……과 같다. 【怒濤(nù tāo)】: 성난 파도. 【排】: 밀어붙이다. 【壑(hè)】: 계곡. 【遏抑(è yì)】: 막다, 저지하다. 【不半載(zǎi)】: 반년이 안 가서. 【武昌之革命】: 1911년 10월 10일(음력 신해년 8월 19일) 무창에서 일어난 혁명. 黃興을 원수로 삼고 각 省에서 호응하여 성공한 후 民國을 수립하고 이 날을 국경일로 삼았는데, 3월 29일의 黃花岡 사변으로부터 불과 반년이 지났을 뿐이다. 【以】: 因此, 이로 인해.

6) 則斯役之價値, 直可驚天地, 泣鬼神, 與武昌革命之役並壽。 → 그렇다면 이번 전투의 가치는, 실로 천지를 놀라게 하고, 귀신을 울릴 수 있었으니, 무창혁명의 전투와 함께 길이 남을 것이다.

【斯(sī)】: 이, 이번. 【直】: 실로, 진정. 【驚(jīng)】: [사동용법] 놀라게 하다. 【泣】: [사동용법] 울게 하다. 【並壽(shòu)】: 함께 오래가다, 영원히 불멸하다, 길이 남다. ※즉, 黃花岡의 투쟁은 武昌봉기와 마찬가지로 영원히 불멸할 것이라는 말.

7) 顧自民國肇造, 變亂紛乘, 黃花岡上一抔土, 獨湮沒於荒煙蔓草間。 → 그러나 민국이 수립된 날로부터, 가지에서 변란이 어지럽게 일어나, 황화강 열사의 무덤은, 외롭게 황량한 곳에 묻혀 있었다.

【顧(gù)】: 그러나. 【肇造(zhào zào)】: 건립 초기. ※「肇」: 시작하다. 「造」: 건립하다, 수립하다, 【變亂】: 변란. ※袁世凱의 稱帝와 더불어 원세개가 죽은 후 張勳이 벌인 復辟運動(淸朝의 부활운동) 및 北洋軍閥(원세개 휘하의 군벌)의 할거 등을 가리킨다. 【紛乘(fēn chéng)】: 어지럽게 일어나다. 【一抔(póu)土】: 한 줌의 흙, 즉 열사들의「무덤」.「抔」: [양사] 움큼, 줌. 【獨】: 홀로, 외롭게. 【湮沒(yīn mò)】: 묻히다. 【荒煙蔓草(huáng yān màn cǎo)】: 황량하다. ※「煙」은 판본에 따라서는「烟」으로도 쓴다. 【間(jiān)】: 곳, 장소.

8) 延至七年, 始有墓碣之建修; 十年, 始有事略之編纂。 → 民國 7년에 이르러, 비로소 墓碑를 세우고, 민국 10년에, 비로소 사략을 편찬했다.

※이 일은 비밀을 유지하기 위해 참여한 사람들의 소속을 밝히지 않아 조난을 당한 인원수를 조사하기 어려웠다. 청의 관리들이 몇 차례 암살을 당하자 열사들을 적대시하여, 4월 3일에야 비로소 각 자선단체에 시신을 거두어 매장하도록 통지하고, 시신들을 黃花岡에 매장한 후 이 사실을《國事報》에 간략히 게재했다. 民國 원년(1912) 廣東을 수복한 후, 胡漢民이 黃花岡 묘지의 보수를 제의하였으나 실행되기 전에 제2차 혁명의 실패로 廣東이 함락되어, 民國 7년(1918)에 이르러 비로소 기금을 모아 묘지를 단장하고 대충 규모를 갖추게 되었다.

【延至】: 곧장 ……에 이르다, ……까지 끌다. 【七年】: 民國 7년(1918). 【始】: 비로소. 【墓碣(mù jié)】: 묘갈, 묘비. ※본래 비석의 일종으로 윗부분이 둥근 것을「墓碣」, 윗부분이 네모난 것을

416

而七十二烈士者, 又或有紀載而語焉不詳, 或僅存姓名而無事蹟, 甚者且姓名不可考,9) 如史載田橫事, 雖以史遷之善傳游俠, 亦不能爲五百人立傳, 滋可痛已。10)

鄒君海濱, 以所輯黃花岡烈士事略, 丐序於予。11) 時予方以討賊督師桂林, 環顧國內, 賊氛方熾, 杌隉之象, 視淸季有加;12) 而予三十年前所主唱之三民主義 · 五權憲法, 爲諸先烈所不惜犧牲

「墓碑」라고 하나 여기서는 일반적인 묘비나 비석을 가리키는 말이다. 【建修】: 세우다, 건립하다.

9) 而七十二烈士者, 又或有紀載而語焉不詳, 或僅存姓名而無事蹟, 甚者且姓名不可考, ➡ 그러나 72열사 중, 또 어떤 사람은 기록은 있으나 서술이 상세하지 못하고, 어떤 사람은 성명만 있고 사적이 없으며, 심한 경우는 또한 성명조차도 고증할 수가 없다.
【而】: 그러나. 【語焉不詳】: 서술이 상세하지 못하다. ※「焉」: [어조사]. 【僅存】: 다만 ……만 있다. 【甚者】: 심한 경우. 【且】: 또한, 더구나. 【考】: 조사하여 밝혀내다, 고증하다.

10) 如史載田橫事, 雖以史遷之善傳游俠, 亦不能爲五百人立傳, 滋可痛已。 ➡ (이는) 마치 역사에 전횡의 일을 기록하면서, 비록 유협에 대해 列傳을 잘 쓴 사마천이라 해도, 역시 500인을 대신해 立傳할 수 없었던 것과 같아, 비통함을 더하게 할뿐이다.
【史載】: 역사에 기록하다. 【田橫】: [인명] 전횡. ※원래 戰國 齊王의 一族이었는데, 제후들이 秦에 반기를 들고 일어나자 전횡도 자립하여 齊王이라 칭했다. 漢의 장군 韓信에게 패하여 그의 부하 500여 명과 海島로 도망했다. 漢 高祖 劉邦이 使者를 보내 투항을 강요하며 전횡과 그 부하 2명을 洛陽으로 끌고 가던 중 전횡이 부끄럽고 분을 참지 못해 자살하자 부하 2명도 따라 자살했는데 海島에 있던 500인이 이 소식을 듣고 모두 자살했다. 【以】: ……로써, ……를 가지고. 【史遷(qiān)】: [인명] 漢 司馬遷. 【善傳(zhuàn)】: 傳을 잘 짓다. 【游俠】: 협객, 협사. ※사마천《史記》에「游俠列傳」이 있다. 【滋(zī)】: [사동용법] 증가시키다. 【可痛】: 비통하다. 【已】: [어조사].

11) 鄒君海濱, 以所輯黃花岡烈士事略, 丐序於予。 ➡ 추해빈 군이, 자신이 수집한 황화강 열사의 사략을 가지고, 나에게 序文을 써달라고 요청했다.
【鄒海濱(zōu hǎi bīn)】: 鄒魯. 海濱은 그의 字. ※廣東 大埔사람으로 廣州法政學堂을 졸업하고 혁명에 참가했다. 中山大學 총장과 國府委員 등을 지냈으며, 저서로《三月二十九革命史》·《中國國民黨史稿》·《環遊二十九國記》등이 있다. 【丐(gài)】: 요청하다. 【予】: 나, 즉 孫文.

12) 時予方以討賊督師桂林, 環顧國內, 賊氛方熾, 杌隉之象, 視淸季有加; ➡ 그때 나는 마침 북양군벌 토벌노 인해 세림에서 군대를 통솔하고 있었는데, 국내의 정세를 두루 살펴보니, 군벌들의 기세가 한창 왕성하여, 불안한 모습이, 청나라 말기보다 더욱 심했다.
【時】: 그 당시, 그때. 【方】: 마침. 【以】: ……로 인해, ……로 말미암아. 【賊(zéi)】: 도적. ※여기서는「北洋軍閥」을 가리킨다. 【督師】: 군대를 통솔하다. 【桂林】: [지명] 廣西省의 省都. 【環顧】: 두루 살펴보다. 【氛(fēn)】: 기세. 【方熾(chì)】: 한창 왕성하다. ※당시 曹錕, 吳佩孚 등 각

生命以爭者, 其不獲實行也如故;¹³⁾ 則予此行所負之責任, 尤倍重
於三十年前。¹⁴⁾ 倘國人皆以諸先烈之犧牲精神, 爲國奮鬪, 助予完
成此重大之責任, 實現吾人理想之眞正中華民國, 則此一部開國
血史, 可傳世而不朽。¹⁵⁾ 否則不能繼述先烈遺志且光大之, 而徒感
慨於其遺事, 斯誠後死者之羞也! ¹⁶⁾

余爲斯序者, 旣痛逝者, 並以爲國人之讀玆編者勖。¹⁷⁾

지의 군벌들이 남침을 계획하고 있었다. 【杌隉(wù niè)之象】: 불안한 모습, 즉「나라의 위태로운
모습」. 【視】: 비교해보다. 【季】: 말기. 【加】: 더욱 심하다, 더하다.

13) 而予三十年前所主唱之三民主義·五權憲法, 爲諸先烈所不惜犧牲生命以爭者, 其不獲實
行也如故; → 그리고 내가 30년 전에 주창한 삼민주의·오권헌법은, 여러 선열들이 생명의 희생을
불사하고 쟁취한 것인데, 여전히 시행되지 못하고 있다.
【三民主義】: 民族主義, 民權主義, 民生主義. 【五權憲法】: 정부의 통치권력을 行政, 立法, 司
法, 考試, 監察 등 다섯으로 나누고, 이들이 각자 독립성과 아울러 상호 견제기능을 갖는다는 원칙에
의거하여 제정한 헌법. 【爲】: ……이다. 【不獲實行】: 실행되지 못하다. 【如故】: 전처럼, 여전히.

14) 則予此行所負之責任, 尤倍重於三十年前。 → 그래서 내가 이번의 북벌에서 짊어진 책임은, 30
년 전보다 더욱 중대하다.
【此行】: 이번의 路程, 즉「북벌」. 【負】: 짊어지다. 【尤倍重】: 더욱 중대하다. 【於】: [비교]……
보다, ……에 비해.

15) 倘國人皆以諸先烈之犧牲精神, 爲國奮鬪, 助予完成此重大之責任, 實現吾人理想之眞正中
華民國, 則此一部開國血史, 可傳世而不朽。 → 만약 전 국민이 모두 여러 선열들의 희생정신을
가지고, 나라를 위해 분투하고, 나를 도와 이 중대한 책임을 완성하여, 우리의 이상인 진정한 중화
민국을 실현한다면, 이 한 편의 피로 얼룩진 개국의 역사는, 후세에 전하여 길이 남을 것이다.
【倘(tǎng)】: 만약. 【國人】: 국민. 【吾人】: 우리, 우리들. 【部】: [양사] 부, 편. 【血史】: 피로 얼
룩진 역사. 【傳世】: 후세에 전하다. 【不朽(xiǔ)】: 영원하다, 길이 남다. ※「朽」: 썩다, 쇠하다.

16) 否則不能繼述先烈遺志且光大之, 而徒感慨於其遺事, 斯誠後死者之羞也! → 그렇지 않으면
선열들의 유지를 계승하여 그것을 크게 빛내도록 할 수 없고, 또한 다만 그들이 남긴 사적에 대해 감
개할 뿐이니, 이는 실로 뒤에 죽는 사람들의 수치리라!
【否則】: 그렇지 않으면. 【繼述(jì shù)】: 계승하다, 이어받다. 【光大】: 크게 빛내다. 【之】: [대명
사] 이, 이것. 즉「선열들의 유지」. 【徒(tú)】: 다만. 【誠】: 실로. 【羞(xiū)】: 부끄러움.

17) 余爲斯序者, 旣痛逝者, 並以爲國人之讀玆編者勖。 → 내가 이 서문을 쓰는 것은, 죽은 사람을
애도하고, 아울러 이로써 이 책을 읽는 국민들을 고무 격려하기 위한 것이다.
【爲】: 쓰다, 짓다. 【旣……並……】: ……하고 또한……하다. 【逝(shì)者】: 죽은 사람. 【以】:
以之, 이로써. 【玆】: 此, 이. 【編(biān)】: 책, 즉《황화강열사사략》. 【勖(xù)】: 고무하다, 격려
하다.

解題 및 本文 要旨說明 🔊

본문은 손문이 鄒魯의 《黃花岡烈士事略》에 쓴 서문으로, 추로의 《廣州三月二十九革命史》에 수록되어 있다. 추로는 廣東省 大埔 사람으로 자는 海濱이며, 일찍이 손문의 혁명대열에 몸담았던 사람이다. 후에 中山大學 총장·國府委員 등을 지냈다.

이른바 「黃花岡烈士」란 신해혁명이 일어나기 약 반 년 전인 淸 宣統 3년 辛亥(1911) 3월 29일 혁명당원들이 廣州에서 淸朝에 대해 무장봉기하여 兩廣總督衙門을 공격해 들어가 淸兵과 전투를 벌이다가 중과부적으로 인해 목숨을 빼앗긴 100여 명의 희생자를 말한다. 후에 廣州 시민들이 이들의 유해 72구를 거두어 廣州 서북 근교 白雲山 기슭의 黃花岡에 葬事지냈는데, 역사의 기록에는 이들을 「黃花岡七十二烈士」라 불렀다. 이들 희생자 대부분은 재능과 지식을 겸비하고 자질이 뛰어난 각 省에서 소집된 인재들과 일본 유학생들이었다. 이들의 용감한 희생정신은 국민을 고무하여 淸朝의 붕괴를 알리는 데 큰 역할을 했다.

그리하여 鄒魯는 각 열사들의 관련자료를 수집하여 민국 10년(1921)에 책으로 펴내 《黃花岡烈士事略》이라 하고, 손문에게 서문을 요청했다. 손문은 민국 10년(1921년) 5월 5일 非常大總統에 취임한 후, 이해 12월 桂林에서 大本營을 결성하고 북벌을 준비하느라 여념이 없었으나 黃花岡烈士를 기린다는 뜻에서 鄒魯의 간곡한 청을 받아들여 이 서문을 썼다.

본문은 일반 서적에 쓰는 서문과는 성격이 사뭇 다르다. 일반 서적의 서문은 대개 작자 자신이 그 책의 저작동기, 집필과정을 밝히거나, 아니면 타인의 저술에 대해 소개 내지는 서평을 하는 경우가 보통인데, 본문은 저작 그 자체에 대한 소개 평론보다는 오히려 역사와 세상사를 논하고, 선열의 위대한 정신을 빌어 사기를 고무하거나 민심을 격려하는 등 다분히 전투격문의 성격을 띠고 있다.

본문은 3단락으로 나누어져 있다. 첫째 단락은 온갖 험난한 역정을 겪어가면서도 완강히 투쟁하는 혁명당원의 분투정신을 찬양하고, 희생당한 열사들에 대한 자신의 진지한 감정을 펴냈다. 둘째 단락은 당시 시국의 불안으로 인해 열사들의 사적이 전해질 수 없었던 비통함을 서술하면서, 특히 역사상의 田橫과 司馬遷을 인용하여 열사들의 희생정신을 찬양하고, 이와 아울러 열사들이 푸대접을 받는 데 대해 비통해 하는 작자의 정서를 반영했다. 마지막 단락은 본문의 중점으로 서문을 쓴 목적을 밝혔다. 먼저 鄒魯의 서문 요청 사실을 간략히 언급한 후, 당시 상황에서 자신이 짊어진 중대한 책임을 피력하는 한편, 북벌을 위해 다시 한번 사기를 고무하고 민심을 격려하면서, 모두 함께 열사들이 희생정신으로 격앙된 울분을 힘으로 전환시켜 행동으로 옮겨 줄 것을 호소하였다. 그리고 나서 최후로 「旣痛逝者, 並以爲國人之讀玆編者勸。」이라는 말로 서문을 쓰게 된 목적을 밝히면서 문장을 끝맺고 있다.

50

少年中國說

[民國] 梁啓超

作者 ○

梁啓超(1873-1929)는 淸末民初의 유신운동을 영도한 사상가인 동시에 저명한 학자이며 산문가로, 자는 卓如, 호는 任公, 별호는 飮氷室主人이다. 廣東省 新會縣 熊子鄕 사람으로 穆宗 同治 12년 정월 26일에 출생하여 民國 18년 정월 19일에 향년 56세로 세상을 떠났다.

그는 어려서부터 총명한데다 양호한 가정교육을 받았다. 12세 때 秀才에 합격했고, 13세 때 廣州 學海堂에 가서 經學과 문자학을 공부했다. 17세에 擧人에 급제하고, 19세 때 廣東省 長興里의 萬木草堂에서 康有爲의 「中國學術源流」와 역사 및 정치에 대한 강의를 들었으며, 20세 때 北京으로 건너와 夏曾佑 · 譚嗣同과 가까이 지냈다. 中日 전쟁이 일어나자 時局에 주의를 기울이며, 번역 서적을 읽고 算學과 역사 · 지리를 연구하는 데 열중했다. 그 이듬해 중국과 일본의 和議가 이루어지자 廣東출신 擧人 190명과 연합, 時局에 관한 글을 올려 康有爲의 變法 주장을 지원했으며, 24세 때는 上海로 건너와 《時務報》를 발간했다. 그 이듬해 10월 그는 湖南省의 「時務學堂」에서 강사를 역임했고, 26세 때인 무술년 강유위의 變法維新運動에 참여했다.

양계초는 북경에서 光緖皇帝(德宗)에게 불려가 大學堂 譯書局의 업무를 맡도록 명을 받았으나, 8월 戊戌政變이 일어나 구파가 권력을 장악하고 광서황제가 구금되자 일본으로 도망하여 10월 요코하마(橫濱)에서 《淸議報》를 창간하고 君主立憲을 제창했다. 이후 하와이 ·

싱가포르 · 호주 등지를 여행하고 29세 되던 해 4월에 다시 일본으로 건너와 《新民叢報》 · 《新小說》 등을 창간했는데, 淸末 정치 · 문화 혁신에 지대한 영향을 끼쳤다.

民國이 수립되자 귀국하여 《庸言雜誌》를 창간하고, 進步黨 조직에 참여했다. 민국 2년 (1913) 熊希齡 내각의 司法總長을 역임하고, 민국 4년 袁世凱의 稱帝를 반대하며 護國戰役에 참여했다. 민국 6년에 宣統帝의 복위를 반대함으로 인해 對獨宣戰을 주장했으며, 段祺瑞 내각의 財政總長을 지냈다. 민국 7년 유럽을 여행하고 2년 뒤에 귀국한 후부터는 오직 저술과 講學에 종사하며, 北京高等師範大學 · 淸華大學 · 天津 南開大學 및 南京 東南大學 등에서 강의하다가, 민국 18년 북경에서 세상을 떠났다. 그의 학술연구 분야는 매우 넓어 정치 · 법률 · 재정 · 역사 · 문학 등 여러 분야를 두루 섭렵하고 있으며, 특히 史學 분야에 조예가 깊다.

그의 문장은 문학혁명의 선구로서 가장 먼저 古文에서 해방되어 「新民叢報體」를 이룩했으며, 그의 저술은 매우 풍부하여 《飮氷室全集》 · 《飮氷室叢著》를 비롯한 각종 전문서적이 많으나, 가장 완벽한 것은 그가 죽은 후 賃志鈞이 편집한 《飮氷室合集》이다.

註釋 ☞

日本人稱我中國也, 一則曰老大帝國, 再則曰老大帝國。[1] 是語也, 蓋襲譯歐西人之言也。[2] 嗚呼! 我中國其果老大矣乎?[3] 梁啓超曰: 惡, 是何言, 是何言![4] 吾心目中有一少年中國在。[5]

---

1) 日本人稱我中國也, 一則曰老大帝國, 再則曰老大帝國。→ 일본사람의 우리 중국에 대한 호칭은, 첫째도 늙은 제국이요, 둘째도 늙은 제국이다.
【一則……再則……】: 첫째도 ……둘째도……. 【老大帝國】: 늙은 帝國.

2) 是語也, 蓋襲譯歐西人之言也。→ 이 말은, 대체로 서양인들의 말을 그대로 번역한 것이다.
【是】: [대명사] 이, 이것. 【襲譯(xí yì)】: 그대로 번역하다.

3) 嗚呼! 我中國其果老大矣乎? → 아! 우리 중국이 설마 진실로 늙었다는 것인가?
【嗚呼(wū hū)】: [감탄사] 아! ※주로 슬픔을 표시. 【其】: [부사] 反語法으로 「설마」의 뜻.
【果】: 과연, 진실로. 【乎】: [의문조사] ……인가?

4) 惡, 是何言, 是何言! → 아니, 이게 무슨 말인가, 이게 무슨 말인가?
【惡(wū)】: [감탄사] 어! 아니! 【是】: [대명사] 이것.

5) 吾心目中有一少年中國在。→ 나의 마음속에는 오직 하나의 젊은 중국이 존재하고 있을 뿐이다.
【心目】: 마음. 【在】: 존재하다.

欲言國之老少，請先言人之老少。⁶⁾ 老年人常思旣往，少年人常思將來。⁷⁾ 惟思旣往也故生留戀心，惟思將來也故生希望心；⁸⁾ 惟留戀也故保守，惟希望也故進取；⁹⁾ 惟保守也故永舊，惟進取也故日新。¹⁰⁾ 惟思旣往也，事事皆其所已經者，故惟知照例；¹¹⁾ 惟思將來也，事事皆其所未經者，故常敢破格。¹²⁾ 老年人常多憂慮，少年人常好行樂。¹³⁾ 惟多憂也故灰心，惟行樂也故盛氣；¹⁴⁾ 惟灰心也

---

6) 欲言國之老少, 請先言人之老少。 ➡ 국가의 늙고 젊음을 말하고자 한다면, 청컨대 먼저 사람의 늙고 젊음을 말하십시오.
【欲(yù)】: ……하고자 하다.

7) 老年人常思旣往, 少年人常思將來。 ➡ 늙은이는 항상 과거를 생각하고, 젊은이는 항상 장래를 생각한다.
【旣往】: 과거, 이미 지나간 것. 【少年人】: 젊은이.

8) 惟思旣往也故生留戀心, 惟思將來也故生希望心; ➡ 과거를 생각하기 때문에 그래서 연연하는 마음이 생기고, 장래를 생각하기 때문에 그래서 바라는 마음이 생긴다.
【惟】: ……로 말미암아, ……때문에. 【也】: [어조사] ※잠시 말을 쉬고자 할 때 사용. 【留戀(liú liàn)】: 연연하나, 떠나기 아쉬워하다.

9) 惟留戀也故保守, 惟希望也故進取; ➡ 연연하기 때문에 그래서 보수적이고, 바라기 때문에 그래서 진취적이다.

10) 惟保守也故永舊, 惟進取也故日新。 ➡ 보수적이기 때문에 그래서 영원히 낡고, 진취적이기 때문에 그래서 날로 새로워진다.
【永舊】: 영원히 낡다. 【日新】: 날로 새로워지다.

11) 惟思旣往也, 事事皆其所已經者, 故惟知照例; ➡ 과거를 생각하니, 모든 일이 다 자신이 이미 경험한 것이기 때문에, 그래서 오직 낡은 틀에 얽매인다.
【其】: [대명사] 그, 즉「자신」. 【所已經者】: 이미 경험한 것. ※「所……者」의 구조는 名詞句.
【惟】: 다만, 오직. 【照例(zhào lì)】: 관례에 따르다, 낡은 틀에 얽매이다.

12) 惟思將來也, 事事皆其所未經者, 故常敢破格。 ➡ 장래를 생각할 때, 모든 일이 다 자신이 경험하지 못한 것이기 때문에, 그래서 항상 파격적인 행동을 감행한다.
【敢】: 감행하다.

13) 老年人常多憂慮, 少年人常好行樂。 ➡ 노인들은 항상 걱정을 많이 하고, 젊은이들은 항상 즐기기를 좋아한다.
【憂慮(yōu lǜ)】: 걱정하다, 근심하다, 우려하다. 【好(hào)】: [동사] 좋아하다.

故怯懦, 惟盛氣也故豪壯;¹⁵⁾ 惟怯懦也故苟且, 惟豪壯也故冒險;¹⁶⁾
惟苟且也故能滅世界, 惟冒險也故能造世界。¹⁷⁾ 老年人常厭事, 少
年人常喜事。¹⁸⁾ 惟厭事也, 故常覺一切事無可爲者;¹⁹⁾ 惟好事也,
故常覺一切事無不可爲者。²⁰⁾ 老年人如夕照, 少年人如朝陽;²¹⁾ 老
年人如瘠牛, 少年人如乳虎。²²⁾ 此老年與少年性格不同之大略也。²³⁾

---

14) 惟多憂也故灰心, 惟行樂也故盛氣; ➔ 걱정이 많기 때문에 그래서 의기소침하고, 즐기기 때문에
그래서 기세가 왕성하다.
【灰(huī)心】: 의기소침하다, 실망하다. 【盛氣】: 기세가 왕성하다.

15) 惟灰心也故怯懦, 惟盛氣也故豪壯; ➔ 의기소침하기 때문에 그래서 겁이 많고 나약하며, 기세가
왕성하기 때문에 그래서 호탕하고 씩씩하다.
【怯懦(qiè nuò)】: 겁이 많고 나약하다. 【豪壯(háo zhuàng)】: 호탕하고 씩씩하다.

16) 惟怯懦也故苟且, 惟豪壯也故冒險; ➔ 겁이 많고 나약하기 때문에 그래서 구차스럽고, 호탕하고
씩씩하기 때문에 그래서 위험을 무릅쓴다.
【苟且(gǒu qiě)】: 구차하다.

17) 惟苟且也故能滅世界, 惟冒險也故能造世界。 ➔ 구차스럽기 때문에 그래서 능히 세계를 멸망시
킬 수 있고, 위험을 무릅쓰기 때문에 그래서 능히 세계를 창조할 수 있다.
【滅(miè)】: [사동용법] ……를 멸망하게 하다.

18) 老年人常厭事, 少年人常喜事。 ➔ 노인은 항상 일하기를 싫어하고, 젊은이는 항상 일하기를 좋아
한다.
【厭(yàn)】: 싫어하다.

19) 惟厭事也, 故常覺一切事無可爲者; ➔ 일하기를 싫어하기 때문에, 그래서 항상 모든 일이 할 만
한 것이 없다고 생각한다.
【覺(jué)】: 느끼다, 생각하다. 【可爲(wéi)】: 할 만하다.

20) 惟好事也, 故常覺一切事無不可爲者。 ➔ 일하기를 좋아하기 때문에, 그래서 항상 모든 일이란
해서 안 될 것이 없다고 생각한다.

21) 老年人如夕照, 少年人如朝陽; ➔ 늙은이는 저녁 해가 비추는 것과 같고, 젊은이는 아침에 떠오
르는 태양과 같다.
【如】: ……와 같다. 【夕照】: 저녁 해가 비추다 【朝(zhāo)陽】: 아침에 떠오르는 태양.

22) 老年人如瘠牛, 少年人如乳虎。 ➔ 늙은이는 야윈 소와 같고, 젊은이는 새끼 호랑이와 같다.
【瘠(jí)】: 야위다, 수척하다.

23) 此老年與少年性格不同之大略也。 ➔ 이러한 것들이 늙은이와 젊은이의 개략적인 성격의 차이이다.
【大略】: 대략, 개략.

梁啓超曰: 人固有之, 國亦宜然。[24]

　　造成今日之老大中國者, 則中國老朽之冤業也;[25] 制出將來之少年中國者, 則中國少年之責任也。[26] 彼老朽者何足道?[27] 彼與此世界作別之日不遠矣, 而我少年乃新來而與世界爲緣。[28] 使擧國之少年而果爲少年也, 則吾中國爲未來之國, 其進步未可量也;[29] 使擧國之少年而亦爲老大也, 則吾中國爲過去之國, 其漸亡可翹足而待也。[30] 故今日之責任, 不在他人, 而全在我少年。[31] 少

---

24) 人固有之, 國亦宜然。➡ 사람은 본래 여러 가지 서로 다른 차이가 있으며, 국가도 마땅히 그렇다. 【固】: 본래. 【之】: [대명사] 그것, 즉 앞에서 말한 「여러 가지 서로 다른 차이점」. 【宜然】: 마땅히 그러하다.

25) 造成今日之老大中國者, 則中國老朽之冤業也; ➡ 오늘날의 노쇠한 중국이 조성된 것은, 바로 노후한 중국관료들의 죄업이다.
【者】: 것. 【則】: 바로 ……이다. 【老朽(xiǔ)】: 늙은이. ※여기서는 「늙은 관료들」을 가리킨다. 【冤業(yuān yè)】: 죄업, 죄과.

26) 制出將來之少年中國者, 則中國少年之責任也。➡ 미래의 젊은 중국을 이룩해 내는 것은, 바로 중국 젊은이들의 책임이다.
【制出】: 만들어 내다, 이룩해 내다, 건설해 내다.

27) 彼老朽者何足道? ➡ 그 늙은 관료들은 무슨 칭찬할 가치가 있겠는가?
【彼(bǐ)】: [대명사] 그들. 【足道】: 말할 가치가 있다, 칭찬할 만하다.

28) 彼與此世界作別之日不遠矣, 而我少年乃新來而與世界爲緣。➡ 그들은 이 세계와 작별할 날이 멀지 않지만, 그러나 우리 젊은이들은 오히려 새로 와서 세계와 인연을 맺는다.
【乃】: 오히려. 【爲緣(wéi yuán)】: 인연을 맺다.

29) 使擧國之少年而果爲少年也, 則吾中國爲未來之國, 其進步未可量也; ➡ 만일 전국의 젊은이들이 과거 (진정한) 젊은이들이라면, 우리 중국은 미래 지향적인 국가로서, 그 발전이 헤아릴 수 없이 양양하다.
【使】: 만일. 【擧國】: 전국, 나라 전체. 【果爲】: 과연……이다, 진정……이다. 【則】: 그러면. 【未可量】: 헤아릴 수 없다.

30) 使擧國之少年而亦爲老大也, 則吾中國爲過去之國, 其漸亡可翹足而待也。➡ 만일 전국의 젊은이들 역시 노쇠한 모습이라면, 우리 중국은 과거 지향적인 국가로서, 그 멸망이 곧 닥칠 것이다.
【亦爲】: 역시 ……이다. 【漸(sī)亡】: 멸망하다. 【翹(qiáo)足而待】: 발꿈치를 들고 기다리다. 즉 「절박하다」, 「곧 닥치다」의 뜻.

年智則國智，少年富則國富，少年强則國强，少年獨立則國獨立，少年自由則國自由，少年進步則國進步。³²⁾ 少年勝于歐洲，則國勝于歐洲；³³⁾ 少年雄于地球，則國雄于地球。³⁴⁾ 紅日初升，其道大光；³⁵⁾ 河出伏流，一瀉汪洋。³⁶⁾ 潛龍騰淵，鱗爪飛揚；³⁷⁾ 乳虎嘯谷，百獸震惶；³⁸⁾ 鷹隼試翼，風塵吸張。³⁹⁾ 奇花初胎，矞矞皇皇；⁴⁰⁾ 干將

---

31) 故今日之責任, 不在他人, 而全在我少年。 ➡ 그러므로 오늘의 책임은, 다른 사람에게 있지 않고, 모두가 우리 소년들에게 있다.

32) 少年智則國智, 少年富則國富, 少年强則國强, 少年獨立則國獨立, 少年自由則國自由, 少年進步則國進步。 ➡ 소년이 지혜로우면 나라가 지혜롭게 되고, 소년이 부유하면 나라가 부유해지고, 소년이 강하면 나라가 강해지고, 소년이 홀로 서면 나라가 홀로 서게 되고, 소년이 자유로우면 나라가 자유롭게 되며, 소년이 발전하면 나라가 발전한다.

33) 少年勝于歐洲, 則國勝于歐洲; ➡ 젊은이가 유럽 사람보다 우월하면, 나라가 유럽보다 우월하게 된다.
【勝于】: ……보다 낫다, ……보다 우월하다.

34) 少年雄于地球, 則國雄于地球。 ➡ 젊은이들이 세계에서 영웅으로 불리면, 나라가 세계에서 영웅으로 불린다.
【雄(xióng)于】: ……에서 영웅으로 불리다. ※「雄」은 「영웅」이란 명사를 동사로 활용한 것.

35) 紅日初升, 其道大光; ➡ 붉은 해가 처음 떠오르면, 그 앞길이 매우 밝다.
【紅日】: 붉은 해, 아침 해. 【道】: 前途, 앞길.

36) 河出伏流, 一瀉汪洋。 ➡ 황하의 물은 지하에서 흘러나오면, 단숨에 큰 바다를 이룬다.
【河】: 강물. ※여기서는 「黃河」를 가리킨다. 【伏(fú)流】: 지하에서 흐르는 물. 【一瀉(xiè)】: 물이 매우 빠르게 흐르는 모양. 【汪(wāng)洋】: 물이 넓고 큰 모양.

37) 潛龍騰淵, 鱗爪飛揚; ➡ 잠룡이 연못에서 힘차게 오르면, 水族들이 사방으로 흩어진다.
【騰淵(téng yuān)】: 騰(於)淵, 연못에서 힘차게 오르다. ※「騰」: 오르다. 【鱗爪(lín zhuǎ)】: 水族, 물 속의 각종 동물. ※「鱗」은 비늘로서 魚類를 지칭하고, 「爪」는 고기 발톱으로 자라와 같은 종류를 가리키나, 여기서는 모든 水中動物을 가리킨다. 【飛揚】: 사방으로 흩어지다.

38) 乳虎嘯谷, 百獸震惶; ➡ 새끼 호랑이가 골짜기에서 울부짖으면, 백수가 놀라 두려워한다.
【嘯谷(xiào gǔ)】: 嘯(於)谷, 골짜기에서 울부짖다. 【震惶(zhèn huáng)】: 놀라 두려워하다.

39) 鷹隼試翼, 風塵吸張. ➡ 매가 날기를 시도하면, 광풍이 일고 흙 모래가 마구 흩날린다.
【鷹隼(yīng sǔn)】: 매. 【試翼(shì yì)】: 날기를 시도하다, 날아오르려 하다. 【風塵吸張】: 광풍이 일고 흙모래가 날리다.

發硎, 有作其芒。⁴¹⁾ 天戴其蒼, 地履其黃;⁴²⁾ 縱有千古, 橫有八荒;⁴³⁾ 前途似海, 來日方長。⁴⁴⁾ 美哉我少年中國, 與天不老;⁴⁵⁾ 壯哉我少年中國, 與國無疆。⁴⁶⁾

解題 및 本文 要旨說明 ☁

《少年中國說》은 1900년에 쓴 글이다. 全文이 10단으로 구성되었으며, 본문은 그 중 첫머리와 마지막 부분에서 일부를 뽑은 것이다.

이 글을 쓸 당시 서구열강들은 중국을 분할하고자 기도했다. 그럼에도 불구하고 滿淸政府의 통치자들이 어리석고 쇠잔하여 국권을 확립하지 못하고 나라가 치욕을 당하는 등 국가의 앞날

---

40) 奇花初胎, 矞矞皇皇; → 기이한 꽃들이 갓 꽃망울을 맺으면, 아름답고 생기가 발랄하다.
【胎(tāi)】: 꽃망울을 맺다. 【矞(yù)矞皇皇】: 아름답고 생기발랄한 모습.

41) 干將發硎, 有作其芒: → 보검은 숫돌에 갈면, 그 (눈부신) 빛을 발한다.
【干將】: 寶劍. ※「干將」은 본래《列異傳》에 나오는 칼을 잘 만드는 사람의 이름이다. 그는 楚王의 명을 받아 雌·雄 두 자루의 보검을 만들어 「干將」과 「莫邪(mò yé)」라는 이름을 붙였는데, 후에 「干將」은 寶劍을 가리키는 보통명사로 사용되었다. 【發硎(xíng)】: 發(於)硎, 숫돌에 갈다. ※「硎」: 숫돌. 【作】: 發, 발하다. 【芒(máng)】: 빛.

42) 天戴其蒼, 地履其黃; → (우리 젊은이들은) 머리로는 푸른 하늘을 이고, 발로는 누런 대지를 밟고 있다.
【戴(dài)】: 머리에 이다. 【蒼(cāng)】: 짙푸르다. 【履(lǚ)】: 발로 밟다.

43) 縱有千古, 橫有八荒; → 시간적으로는 오랜 역사를 가지고 있고, 공간적으로는 팔방의 광활한 땅을 가지고 있다.
【縱(zòng)】: 종적, 시간적. 【千古】: 오랜 역사. 【橫(héng)】: 횡적, 공간적. 【八荒(huāng)】: 八方(동·서·남·북·동남·동북·서남·서북)의 광활한 땅.

44) 前途似海, 來日方長。 → 앞길은 바다같이 넓고, 미래의 세월은 한창 길다.
【似(sì)】: ……와 같다. 【方】: 한창, 바야흐로.

45) 美哉我少年中國, 與天不老; → 아름다워라 우리들의 젊은 중국이여, 하늘과 더불어 늙지 않으리!
【哉(zāi)】: [어조사] ※감탄을 표시. 【與】: ……와 더불어.

46) 壯哉我少年中國, 與國無疆。 → 장엄하도다 우리들의 젊은 중국이여, 국토와 더불어 무궁하리라!
【國】: 국토. 【無疆(wú jiāng)】: 무궁하다, 끝이 없다, 무한하다.

이 암담해지자 양계초는 이러한 상황을 견디다 못해 민족정신을 고취하고자 이 글을 썼다.

　작자는 서두에서 바로 서구열강이 중국민족을 멸시하는 편견을 폭로했는데, 비판의 논조가 간결하고 힘이 있으며, 마음에 품고 있던 생각을 직접 분명하게 서술하고 있다. 사람이 늙고 젊음을 국가의 쇠잔·흥성과 비유함에 있어서도 치밀하고 철저한 논리를 펴나갔고, 동시에 민족정신을 진작시키고 애국투지를 고무하고자 하는 창작목적이 잘 드러나 있으며, 「미래의 젊은 중국은 중국젊은이의 책임」이라는 선명한 결론을 제시하고 있다.

　문장의 진행이 분방하고 기세가 웅장하며 처음부터 끝까지 애국열정으로 가득차 있어 강렬한 호소력을 지니고 있다.

>> 중국의 역대 散文

　오늘날 문학의 형식에서 산문이라 하면 넓은 의미로 詩에 대해 小說·戲曲 등을 망라한 것이기도 하지만, 보다 좁은 의미에서 본다면 抒情文·小品文 혹은 白話散文이라 하여 시·소설·희곡 등과 같이 하나의 완전한 독립적인 문체를 가리키는 것이다. 따라서 이는 어디까지나 순문학이 최고로 발달한 현대문학의 관념 하에서의 세분화된 한 부류로서 붙여진 명칭이다. 그러나 오늘날과 같은 순문학이 발달하기 이전으로 거슬러 올라가면 산문의 의미는 사뭇 달라진다.

　先秦시대로 올라가 孔子가 六經을 정리할 때 문학의 형식은 다만 詩와 文의 구별이 있어서 詩는《詩經》, 文은 일체의 학술을 지칭하는 것이었다. 따라서 산문이란 구체적인 문학형식이 있을 수 없었고 다만 시를 제외한 모든 문장을 文이라 할 뿐이었다. 文에 대한 이러한 관념은 秦을 거쳐 漢에 이르러서도 역시 별다른 진보가 없었다.

　그러다가 漢代에 辭賦라는 새로운 문학이 생겨났는데 그 내용이나 근원을 보면 마땅히 詩歌에 속하는 것이면서도 또 그 형태나 篇幅은 文에 속하는 것이었다. 그래서 辭賦는 한 마디로 詩와 文의 혼혈아라고 할 수 있다. 이러한 문체가 점차 더욱 형식을 중시하여 문장에 對句를 많이 쓰고 또 음악적인 美를 추구하더니 魏晉南北朝에 이르러서는 극도로 발전하여 문장을 쓸 때 한 句를 4자 혹은 6자로 만들고 對句는 물론 심지어는 시에서처럼 平仄을 따지는 등 내용보다는 외형적인 아름다움만을 추구하는 극도의 唯美主義 사상에 젖어들었다.

　그래서 이러한 문체는 점차 문인들의 저항을 불러 일으켰는데, 唐代에 와서는 특히 이러한 문체를 騈文 혹은 四六文이라 이름하고 韓愈·柳宗元의 주도하에 이와 같이 내용 없이 문구의 수식에만 치중하는 유미풍조를 반대하고 秦漢 이전의 道가 실린 문장으로 돌아가자는 대대적인「古文運動」이 일어났다. 이렇게 볼 때 淸 李兆洛이《騈體文鈔序》라는 글에서

> 六經의 글이 분명히 함께 존재했고 秦나라 때부터 隋나라 때까지 그 체가 변하기는 했지만 문장에 따른 이름이 있는 것은 아니었다. 그 후 唐에 이르러 비로소 古文이란 이름이 생기고 六朝시대의 문장을 騈儷體라 했다.
> (六經之文, 班班具存, 自秦迄隋, 其體遞變, 而文無異名。自唐以來, 始有古文之目, 而目六朝之文爲騈儷。)

라고 말했듯이 唐代에 비로소「古文」이란 말이 생겨났고 또 이는 전적으로 六朝의 변려문에 대한 말로 붙여진 이름이었다. 고문운동은 그 후 宋 歐陽修에 이르러 완전한 성공을 거두었는데 후세 사람들은 이 고문을 흔히 散文이라 불렀다. 따라서 이러한 문체는 변려문에 대한 형식

으로 말하면 「산문」이요, 변려문에 대한 정신으로 말하면 바로 「고문」으로서 결국은 같은 것이라 하겠다. 그러므로 이때에 비로소 韻文과 騈文 및 散文의 체제가 확실히 구별된 것이다. 이상과 같은 논리에 따라 후세 사람들의 중국 산문에 대한 관념의 변천과정을 시대별로 나누어 살펴보기로 한다.

>> 1. 先秦 · 兩漢의 산문

先秦시대의 문장을 논하는데 중국 최초의 典籍을 말한다면 우선 六經 즉《詩經》·《書經》·《易經》·《春秋》·《禮經》 및《樂經》을 들 수 있다. 그 중《시경》이 전통문학인 시가문학의 시조라고 하는 것은 누구나 잘 아는 일이며,《악경》은 악보만 있고 글이 없어 예외라 하겠고,《역경》은 淸 阮元이란 사람의 말에 의하면 변려문의 시조라 하며, 여러 학자들도 이에 따르고 있다. 따라서 나머지 三經인《서경》·《예경》·《춘추》가 곧 산문체이며 이중《서경》이 중국 산문의 시조라 불리고 있다.

《서경》은《尙書》라고도 하며 중국 最古의 역사책으로 堯 · 舜시대로부터 夏 · 殷 · 周 三代에 걸쳐 어떤 일에 대한 임금이나 제후들의 공식 발언을 후의 史官들이 기록한 것이다.《서경》의 문장은 대개가 어떤 사건에 대해 한 말을 있는 그대로 기록함으로써 사실을 더욱 돋보이게 한 산문체의 문장이다.

《춘추》는 孔子가 周 隱公 元年 49년(B.C.722)부터 哀公 14년(B.C.481)까지 242년간의 역사를 編年體로 꾸며낸 역사책이다. 공자가《춘추》를 짓게 된 동기에 대해 孟子는

> 태평성세와 仁義之道가 점차 쇠락하면서 邪說과 폭행이 난무했다. 신하가 임금을 죽이는 일이 일어나고, 자식이 부모를 죽이는 일이 일어났다. 공자가 이를 두려워하여《춘추》를 지었다.
> (世衰道微, 邪說暴行有作。臣弑其君者有之; 子弑其父者有之。孔子懼, 作《春秋》。)
>
> 《孟子 · 滕文公》

라고 했다. 어쨌든《춘추》는 사실을 기록한 記事體의《서경》과 함께 중국 역사서의 선봉으로 존재하고 있다.

《예경》은《周禮》·《儀禮》·《禮記》의 三體를 말한다.《주례》는 周나라의 정치와 문물제도를 기록한 것이고,《의례》는 고대사회에서 사대부들의 冠婚喪祭 등 예식을 기록한 것으로 周公이 지은 것을 공자가 정리했다고 전한다. 그리고《예기》는 본래 오래 전부터 전해왔으나 漢代에 이르러 편수가 너무 문란하여 당시 유학자들이 정리한 후 이를 후세에 전했는데 戴德이란 사람이 전한 것을《大戴禮記》라 했고 그의 조카인 戴聖이 전한 것을《小戴禮記》라 했다.《대대예기》는 이미 없어졌고《소대예기》는 오늘날《예기》라 불리어 전하고 있다. 현재 중

국 古典의 얼굴이라 할 수 있는 《論語》·《孟子》·《大學》·《中庸》의 이른바 四書 가운데 《대학》과 《중용》은 곧 《예기》 중의 篇名이다.

《춘추》가 있자 공자의 後學들은 다시 《춘추》를 근거로 「傳」을 지었는데 魯나라 사람 左丘明은 《左傳》, 齊나라 사람 公羊高는 《公羊傳》, 또 魯나라 사람 穀梁赤은 《穀梁傳》을 지었다. 《좌전》은 특히 三傳 가운데 가장 중요한 역사책으로 춘추시대 여러 나라들의 정치·군사·사회의 풍속습관을 編年體로 기록했을 뿐 아니라 사건이나 인물에 대한 기록이 매우 생동적이어서 문학의 운용방법으로서도 古文의 좋은 본보기가 되고 있다.

이상의 三經과 三傳 외에도 戰國시대에 와서는 諸子百家들이 일제히 일어나 학술의 황금시대를 이룩한 동시에 또한 문장에 있어서도 찬란한 업적을 이룩하였다. 중국 儒學의 最高 經典이라고 할 수 있는 《論語》를 위시하여 오묘한 哲理를 담은 《莊子》나 辯論의 名著라 할 수 있는 《孟子》, 兼愛사상의 《墨子》, 性惡說의 《荀子》 및 法家說의 《韓非子》 등은 실로 先秦散文의 眞髓라고 아니할 수 없다. 그리고 이밖에 《國語》와 《戰國策》도 빼놓을 수 없다. 《국어》는 《좌전》을 지은 左丘明의 작품으로 周나라 穆王으로부터 魯나라 悼公에 이르기까지 戰國시대 여러 나라들의 역사를 기록한 책이다. 현재 중국의 각 중고등학교 교과서에 《국어》의 문장이 많이 실려 있는 것은 그만큼 散文으로서의 높은 가치를 지니고 있기 때문이다. 《전국책》은 春秋시대로부터 秦漢이 흥하기까지 전국시대 240년 간 여러 나라에서 일어난 큰 사건을 기록한 책인데 漢나라 劉向이 모아 정리했다고 한다. 말의 꾸밈이 뛰어나고 辯論이 특이하여 후세 사람들로부터 대단한 인기를 끌고 있다. 예를 들어 漢의 대문호인 賈誼나 唐宋八大家 중의 한 사람인 蘇洵 등은 《전국책》의 문장을 많이 모방한 사람들이다.

秦에 이르러 학술은 일약 침체상태에 빠져들었다. 그 이유는 秦始皇이 전국을 통일한 후 학술을 자신의 통치에 대한 장애물로 생각하여 전국의 서적을 모아 불사르고 儒生을 잡아 산채로 매장하는 이른바 焚書坑儒를 자행했기 때문이었다. 따라서 秦나라 40년간은 한 마디로 학술의 공백기라 하겠으며 文章 또한 자연 漢代를 기다려야만 했다.

漢代의 산문은 史傳文學이 주를 이루고 있다. 그 중 사전문학의 대표작이라 할 수 있는 《史記》는 司馬遷이 그의 생애에서 가장 심혈을 기울여 완성한 黃帝 이하 漢武帝까지의 역사를 기록한 책인데 역사학에서 記傳體의 창시임은 물론 문학에서도 傳記文學의 시조라 할 수 있다.

사마천의 문장능력은 마치 長江大河처럼 무한한 경지에 이르고 있다. 그래서 班固는 《漢書·司馬遷傳》에서

유향으로부터 양웅에 이르기까지 이들은 모두 群書를 널리 읽은 사람들로서, 모두가 사마천을 훌륭한 史官의 재능이 있다고 칭찬하며, 사마천이 사물의 이치를 서술하는데 능하고, 분명히 가리되 화려하지 않고, 질박하고 속되지 않은 것을 탄복했는데, 사마천의 문장은 정확할 뿐만

아니라, 일의 핵심을 밝히고, 근거 없이 찬양하는 일이 없으며, 또한 추악한 일이라 하여 감추지 않았으므로, 그래서 이를 일러 실록이라 했다.

(自劉向·揚雄博極群書, 皆稱遷有良史之材, 服其善叙事理, 辨而不華, 質而不俚, 其文直, 其事核, 不虛美, 不隱惡, 故謂之實錄。)

라고 말했다. 이렇듯이 우리가 만일 先秦의 문장을 하천에 비유한다면 사마천의 문장은 모두 하천이 합류한 큰 바다라고 말할 수 있다.

漢代의 史傳文學으로는 《사기》 외에도 반고의 《漢書》가 있다. 이 책은 漢 高祖로부터 平帝까지의 역사를 기록한 것인데 《사기》와 더불어 史學의 명저로 불리고 있으나 다만 말의 꾸밈이 화려하여 《사기》의 간결하고도 소박한 것과 비교할 때 사뭇 뒤떨어진 느낌을 갖게 한다.

漢代의 산문은 史傳文學 외에 政論으로 賈誼의 《新書》와 陸賈의 《新語》가 있고, 또 雜論으로 揚雄의 《法言》 등이 있지만 모두가 《사기》·《한서》와는 비할 바가 못된다. 따라서 사전문학은 선진시대로부터 한대에 이르기까지 명실공히 중국 산문의 중심을 이루고 있다고 하겠다.

>> 2. 魏晉南北朝의 산문

위진남북조는 曹操가 漢室을 찬탈하고 魏를 건립한 때부터 隋의 楊堅이 전국을 통일한 때까지 약 360년간을 말한다. 이때 중국 문단은 실용위주의 문학으로부터 오직 외형적인 아름다움만을 추구하는 唯美主義 풍조에 물들어 駢儷文이란 새로운 문학형식이 크게 유행하였다. 이러한 변려문의 유행은 문학의 본질상 일종의 크나큰 변혁을 일으켜 漢代 이전까지만 해도 일체의 학술을 가리키던 문학관념을 역사나 철학으로부터 분리시켜 純文學으로서 독립적인 발전을 하게 한 계기를 만들었고 또한 이러한 문학관념의 변화는 그 동안 역사나 철학을 주류로 했던 산문으로 하여금 자연 量的으로 상당히 감소하게 하였다. 그래서 결국 위진남북조는 한마디로 말해서 「변려문의 천하」였으며, 산문으로서는 변려문의 세력 및 문학과 역사·철학의 분리라는 상황하에서 이렇다 할 업적을 이룩하지 못하였다. 현재 전하고 있는 작품 가운데 魏 초기에 曹操가 자서전으로 쓴 《述志令》과 그의 아들 曹丕의 《與吳質書》가 있고 그밖에 蜀나라 諸葛亮의 《出師表》, 李密의 《陳情表》, 그리고 晋나라 陶淵明의 《五柳先生傳》·《桃花源記》 및 王羲之의 《蘭亭集序》 등이 유명하나 그 중 순수한 산문이라고 할 수 있는 작품은 《출사표》와 《진정표》 및 《난정집서》 뿐이라 해도 과언이 아니다.

그러나, 위진남북조를 통해 우리가 또 간과할 수 없는 것은 문학비평이다. 현대의 문학 관념으로 볼 때 문학비평이 비록 앞서 예로든 그러한 순수한 산문은 아니라 해도, 그 체제나 격식으로 본다면 광의의 의미에서 결코 산문의 범주를 벗어난다고 볼 수는 없다.

위진시대에 최초로 문학비평의 문을 연 사람은 曹操의 장남인 魏文帝 曹丕였다.

조비가 지은 《典論 · 論文》은 중국 최초의 본격적인 문학비평이라고 할 수 있는데, 《전론》은 이미 망실되어 전하지 않으나 그 중 《論文》이 梁 昭明太子 蕭統이 편찬한 《文選》에 수록되어 있다. 조비는 《典論 · 論文》에서

대저 문장이란 나라를 다스리는 큰 사업이요, 영원히 불멸하는 성대한 일이다.
(蓋文章, 經國之大業, 不朽之盛事。)

라고 하여, 문학의 독립을 천명하고 나서 당시 문단의 대표적인 인물이라고 할 수 있는 建安七子의 문장에 짤막한 논평을 가했다.

조비의 뒤를 이어 晉의 陸機라는 사람은 《文賦》를 지었는데, 그의 문장에 대한 기본관념은 내용을 중시하고 창작 정신이 있어야 좋은 문장을 지을 수 있다고 주장하면서 단순한 모방을 극력 반대하였다. 그러므로 우리는 그를 「창작론의 개척자」라고 할 수 있다. 그리고 陸機와 같은 시대의 摯虞는 《文章流別集》과 《文章流別志論》을 지었다. 두 책은 이미 없어져 현재 전하지 않고 있으나 문헌의 기록에 의하면 《文章流別集》은 古今의 문장을 文體別로 구분하여 간추려 모은 것이고, 《文章流別志論》은 여러 체의 문장을 派別로 논한 것이라 한다.

이상으로 대략 北朝시대 이전의 문학비평작업에 대해 설명했는데 그 이후의 南朝시대에도 역시 문학을 논한 저술은 계속 상당수가 나왔다. 그러나 그 중에서도 앞을 계승하고 이를 더욱 확대시켜 완전한 체재를 확립한 것은 무엇보다도 《文心雕龍》과 《詩品》이었다. 이 두 책이 나옴으로써 그 동안 지지부진했던 문학비평이 바야흐로 활짝 꽃을 피웠으니 이 두 책 이야말로 중국의 문학비평사에서 불후의 명작이다.

>> 3. 唐宋의 산문

위진남북조를 지나 당송에 이르자 산문은 바야흐로 꽃을 활짝 피웠다. 여기에는 그럴 만한 이유가 있었다. 즉, 중국은 後漢으로부터 위를 거치는 동안 문학의 풍조가 점차 唯美主義로 흘러, 문장을 쓰는 데 있어서도 오직 외형적인 형식과 美를 추구한 나머지, 내용에서 교훈이 결여된 이른바 「四六體」의 변려문이 크게 유행하였다. 변려문은 문장을 쓸 때 一句를 4자 또는 6자로 하고 대구를 많이 쓰며, 또 마치 시에서처럼 平仄을 사용했다.

이러한 변려체의 문장은 唐代 초기에 이르러서도 계속 성행하여 이른바 「初唐四傑」이라 불리는 王勃 · 楊炯 · 盧照鄰 · 駱賓王이나 그밖에 沈佺期 · 宋之問 · 上官儀 등 이름난 문인들이 아직도 변려체 문장을 썼다. 그러다가 陳子昂이 나타나면서 漢魏로 돌아갈 것을 역설

하고, 이어서 柳冕·蕭穎士·李華·獨孤及·梁肅 등이 일어나 진자앙의 복고운동을 뒷받침함으로써 드디어 열기가 붙기 시작한다. 그들 중에서도 특히 유면의 문학 이론은 이후 韓愈와 柳宗元의 古文運動에 사상적인 기초를 확립시켰다. 유면은《與徐給事論文書》에서 이렇게 말했다.

문장은 敎化에 바탕을 두고 治亂에 표현되는 것이며 國風에 연관되는 것이다. 그러므로 君子의 마음 속에 있으면 뜻이요, 군자의 말로써 표현되면 글이 되며, 군자의 道를 논하면 敎가 되는 것이다.……나는 뜻을 비록 復古에 두고 있으나 옛 수준에 미치지 못하여, 옛 사람들의 글을 논할 수가 없다.
(文章本於敎化, 形於治亂, 繫於國風。故在君子之心爲志, 形君子之言爲文, 論君子之道爲敎。……意雖復古而不逮古, 則不足以議古人之文。)

유면의 문학관념은 이렇게 儒家의 道에 바탕을 둔 것이었다. 그래서 그는 屈原이나 曹植·陶淵明 등의 詩·文章·賦 할 것 없이 일체를 벌레 따위나 조각하는 자질구레한 기술이라고 경시했고 또 자신도 말했듯이 마음만 復古일 뿐 힘이 없었다. 그래서 고문운동의 절정은 결국 한유와 유종원을 기다려야만 했다.

한유는 중국 역사상 漢나라 司馬遷 이후의 가장 뛰어난 문장가였다. 그는 이러한 재능을 바탕으로 복고운동을 힘껏 전개해 나갔다. 그는 스스로가 孔·孟의 계승자임을 자부하며《答李翊書》에서

三代와 兩漢의 글이 아니면 감히 보지도 않았고, 聖人의 뜻이 아니면 감히 마음에 두지도 않았다.
(非三代兩漢之書不敢觀, 非聖人之志不敢存。)

라고 말했고, 또《題歐陽生哀辭後》에서는

내가 古文을 짓는 것이 어찌 다만 그 글이 오늘의 것과 다른 바를 취하는 데만 있겠는가? 옛 사람을 생각하되 만나볼 수 없으니 그 도리를 배우려면 그 문사를 함께 통해야 하고, 그 문사에 통한다는 것은 곧 옛 도리에 뜻을 둔다는 것이다.
(愈之爲古文, 豈獨取其句讀不類於今者邪? 思古人而不得見, 學古道則欲兼通其辭, 通其辭者, 本志乎古道者也。)

라고 말했는데 이러한 그의 주장은 확실히 글이란 「道를 위한 수단」이며 도리의 표현을 위해 존재한다는 것이라 하겠다.

한유의 이러한 운동에 적극적으로 호응한 사람이 柳宗元이었다. 그는《答韋中立論師道書》에서 이렇게 말했다.

(문장을 씀에 있어서)《書經》을 근본으로 삼아 질박함을 구했고,《詩經》을 근본으로 삼아 항구함을 구했고,《禮記》를 근본으로 삼아 예의에 합당함을 구했고,《春秋》를 근본으로 삼아 시비를 판단하는 것을 구했고,《易經》을 근본으로 삼아 영활한 변화를 구했다. 이것이 내가 성인의 학설을 취한 원천이다. 또한《穀梁傳》을 참고하여 문장의 氣運을 굳세게 하고,《孟子》와《荀子》를 참고하여 글이 갈라진 枝葉을 통하게 하고,《老子》와《莊子》를 참고하여 문장의 구상을 자유자재로 하고,《國語》를 참고하여 문장의 취지를 넓게 하고,《離騷》를 참고하여 뜻을 깊게 하고,《史記》를 참고하여 문장의 간결함을 추구했는데, 이것이 내가 널리 구하고 통달한 다음에 문장을 쓰는 방법이다.

(本之《書》以求其質, 本之《詩》以求其恒, 本之《禮》以求其宜, 本之《春秋》以求其斷, 本之《易》以求其動。此吾所以取道之原也。參之穀梁氏以厲其氣, 參之《孟》‧《荀》以暢其支, 參之《莊》‧《老》以肆其端, 參之《國語》以博其趣, 參之《離騷》以致其幽, 參之太史以著其潔。此吾所以旁推交通而以爲之文也。)

이 내용에서 보듯이 유종원의 復古에 대한 견해는 화려하기만 한 六朝의 문학풍조를 반대하면서 한편으로는 古典에서 글 짓는 도리를 찾으려는 것이었다. 따라서 한유와 유종원을 비교해 보면 두 사람 모두가 옛 것을 그대로 모방하지 않고 다만 옛 정신을 바탕으로 새로운 글을 창조한다는 공통점을 갖고 있다. 그러나 그 대신 운용방법에서 본다면 한유는 지나치게「道」를 중시했고, 유종원은 비교적「文」에 치중했다고 하겠다. 여하튼 이 두 사람은 탁월한 문필과 재능 및 확고한 이론으로 唐代의 고문을 바로잡는 데 크게 공헌했고 그만한 성과도 거두었다.

그러나 한유와 유종원 이후 唐代의 고문운동은 또 다시 쇠미해지기 시작했다. 비록 皇甫湜이나 李翶 같은 사람이 나와 한‧유를 계승했지만 뿌리깊었던 四六文이 다시 고개를 들자 고문은 대중의 호응도 받지 못한 채 그만 지리멸렬하고 말았다. 따라서 五代에는 또 한 번 六朝의 풍조를 모방한 西崑詩派가 문단을 뒤흔들었다.

그러다가 宋代에 이르러 六朝風인 서곤시파를 몰아내고 한유가 제창한 고문운동을 완수하자고 나선 사람이 蘇舜欽‧穆修‧尹洙‧梅堯臣 등이었고 이들과 협력하여 이 운동에 적극 참여한 사람이 歐陽修였다. 구양수는 한유의 문장을 매우 좋아했다. 그리고 그는 정치적으로 높은 지위에 있었는데, 王安石‧曾鞏과 蘇氏 三父子인 소순‧소식‧소철 등과 같은 인재를 발탁하여 천하의 문장이 모두 자신의 문하에서 나오게 되자 그의 명성은 절정에 올라 누구나 따르지 않는 사람이 없었다. 따라서 한‧유가 완성할 수 없었던 고문운동은 宋代에 구양수를 중심으로 크게 위세를 떨치니 四六文은 그만 힘을 잃고 말았다. 그리하여 문학사에서는 당의 한유‧유종원과 더불어 구양수‧왕안석‧증공 및 소씨 삼부자를 산문의 大家라는 뜻에서「당송팔대가」라 칭했다.

>> 4. 明淸의 산문

唐宋八大家가 나온 이후 明初에 이르기까지 산문가들은 대체로 그들의 문장법을 따라왔다.
그러나 明代 중엽에 이르러서는 李夢陽을 비롯한 일곱 사람의 소위 前七子가 나타나 문장은
秦漢이요, 詩는 盛唐을 따라야 한다고 주장하면서 옛 것을 모방하는 풍토가 일시에 성행했다.
따라서 신선했던 산문으로 하여금 점차 활력을 잃게 만들었다. 이때 唐順之와 歸有光 등이 唐
宋의 古文을 제창하며 唐宋八家文을 정통으로 삼고 나서자 前七子의 모방파들이 비로소 잠
잠해졌다. 그러나 얼마 후 이번에는 李攀龍과 王世貞을 필두로 한 이른바 後七子들이 문장은
西漢, 詩는 天寶(唐玄宗의 연호) 이하로 내려오면 볼만한 것이 없다고 주장했는데 결국 이들
의 견해도 따지고 보면 前七子들과 다를 바 없었다. 그래서 다시 이들을 반대하고 나선 사람들
이 明末의 公安派와 竟陵派였다.

공안파의 중심인물은 袁宗道 · 袁宏道 · 袁中道 3형제였다. 그러므로 이들을 「공안파의
三袁」이라 했는데 공안파라는 이름은 이들의 고향이 湖北 公安이기 때문이었다. 공안파의 문
학관념은 구태의연한 復古나 모방을 반대하고 개성 있고 청신한 문학으로 개혁하자는 것이었
다. 三袁 중에는 원굉도가 중심인물이었다.

맏형 원종도는 자가 伯修이며 萬曆(明 神宗의 연호) 연간에 進士에 올라 編修하는 일을
맡아 하면서 復古派인 後七子를 반대하고 자연적이고도 진실한 풍격을 숭상하였다.

袁宏道는 3형제 중 둘째로 자가 中郎이며 호를 石公이라 했다. 萬曆 중에 進士를 지냈다.
그는 복고파를 반대하여《雪濤閣集序》에서 이렇게 말하고 있다.

> 대저 옛은 옛 시대가 있고 오늘날은 오늘날의 시대가 있는데, 옛 사람의 언어가 남긴 흔적을 답
> 습하여 옛 것이라고 함은 마치 한겨울에 여름의 갈포 옷을 만들어 입는 것과 같다.
> (夫古有古之時, 今有今之時, 襲古人語言之迹而冒以爲古, 是處嚴冬而襲夏之葛者也。)

원굉도는 이와 같이 문장이란 모방을 떠나 독창적으로 개성에 따라 지혜를 표현하고 격식에
구애받지 않아야 한다는 것을 극력 주장했다. 이른바 「독창적 표현」이란 곧 작가 개성의 발전
을 추구한다는 말로 개성이 각기 다르므로 옛 사람의 개성을 자신의 개성으로 삼을 수 없다는
의미이다. 그리고 「격식에 구애받지 않는다」는 것은 곧 자유롭게 창조의 정신을 발휘하여 옛
사람의 격식에 속박당하지 않아야 한다는 말이다. 이러한 원굉도의 이론은 당시에는 혁신적인
성격을 지닌 것이었다.

원중도는 자가 小修이며 三袁 중 막내이다. 萬曆 중에 진사에 급제하여 두 형을 따라 떠돌
며 문인 명사들과 광범위한 교제를 가졌다. 그의 산문에 대한 이론은 역시 형들과 같이 모방을
반대하고 자연을 추구해야 한다는 것이었다.

이상과 같이 三袁의 反復古·反摹倣 운동으로 明代의 문단은 기풍이 일신되고 한때 공안파의 문장이 매우 유행했다. 이렇게 공안파의 개혁정신이 수립되자 또 이에 호응하고 나선 사람들이 있었는데 이들이 바로 竟陵派였다.

경릉파는 공안파의 혁신을 찬성하면서 또한 그 폐단을 시정하고자 나선 사람들이었다. 이 파는 鍾惺과 譚元春을 중심으로 한 竟陵 사람들이었으므로 경릉파라 한 것이었다. 이들은 古詩와 唐詩를 評選하여 이를 모범으로 삼아 사회에 전파했다. 그러나 그들이 지은 문장은 모두가 심오하고 괴벽하였다. 원래 그들의 의도는 공안파가 「혁신을 위해 모든 격률상의 구속을 제거함으로써 격식과 내용면에서 평이하고 깊이 없는 결과를 초래했다」하여 심오하고 독특한 작품으로 이를 보완하고자 한 것이었다. 그러나 그 결과는 공안파의 폐단을 바로잡기보다는 오히려 괴벽한 문자와 비정상적인 押韻法을 사용하여 詩文을 맛없게 만들었으므로 비록 공안파의 저속함을 제거했다 하더라도 또다시 탐탁치 못한 병폐로 빠져든 결과가 되고 말았다. 그래서 어떤 이들은 공안파와 경릉파가 서로 적대관계에 놓여 있다고 말하기도 하지만 사실은 용어의 사용이 다를 뿐 사상과 정신은 양파가 모두 문학의 혁신이란 공통된 분모를 가지고 있었다.

淸代에 이르러 산문은 다시 唐宋의 法度를 따르고 明의 기풍을 반대하는 방향으로 일변하였다. 이러한 상황을 《四庫全書總目提要》에는 다음과 같이 설명하고 있다.

> 古文의 일맥은 明代로부터 七子에 의해 겉만 화려하게 되었고 三袁에 의해 경박하게 되었으며 明 熹宗 天啓·思宗 崇禎 연간에 이르러 격이 떨어졌다. 淸初에 기풍이 순박하게 돌아오자 학자들이 비로소 다시 唐宋의 법도를 말하게 되었고, 汪琬과 영도의 魏禧·상구의 侯方域이 가장 뛰어났다.
> (古文一脈, 自明代膚濫於七子, 纖佻於三袁, 至啓·禎而極蔽。國初風氣還淳, 一時學者始復講唐宋以來之矩矱, 而琬與寧都魏禧·商邱侯方域, 稱爲最工。)

이 말로 미루어 淸初의 산문은 唐의 韓愈와 宋의 歐陽修를 본받았음을 알 수 있는데 그 당시 대표적인 인물은 汪琬·魏禧·侯方域이다. 왕완은 자가 苕文이며 長洲 사람이다. 그의 문장은 기량이 넓고 조리가 정연하기로 廬陵과 震川지방에서 이름이 있었다. 위희는 자가 叔子이며 江西 사람이다. 그의 문장은 의미가 깊고 탁월한 데다 사리가 분명하고 잘 맞는 것이 특징이다. 후방역은 자가 朝宗이며 河南 사람이다. 그의 문장은 한유와 구양수를 따랐으며 재능이 뛰어났고 특히 傳記文으로 유명했다.

淸代 중엽에 이르자 산문은 桐城派와 陽湖派에 의해 주도되었다. 동성파의 중심인물은 方苞·姚鼐·劉大櫆이다. 방포의 자는 鳳九, 호는 望溪이며, 禮部侍郎의 벼슬을 지냈다. 그는 스스로 학문은 程·朱를 계승했고 문장은 韓愈와 柳宗元을 따랐다고 했다. 유대괴의 자는 海峯, 방포의 문하생으로 스승의 문장법을 계승하였다. 요내는 자가 姬傳, 호는 惜抱이며, 유

대괴의 문하생으로 문장은 오히려 방포보다 뛰어났고 학문은 유대괴보다 깊다고 정평이 나 있는데, 그가 지은 《古文辭類纂》은 秦漢으로부터 방포·유대괴에 이르는 古文을 선정·분류하여 각 문체에 대한 해설을 붙인 고문의 교과서로 이 후 200여 년 간 고문을 공부하는 사람들에게 마치 성경처럼 인식되어졌다.

동성파라는 이름은 이들이 모두 安徽 桐城 사람이고 또한 학술의 傳授계통이 같았으므로 붙여진 것이다. 동성파의 주장은 古文이 마땅히 義法을 구비하고 있어야 한다는 것이다. 이를 바꾸어 말하면 「義」는 내용이고 「法」은 條理인데 이 두 가지를 겸하는 것이 바로 동성파가 바라는 「最高의 理想」이다. 그러므로 그들은 이러한 義法을 바탕으로 문장작성의 규범을 규정, 古文에는 語錄 중의 말이나 魏晉·南北朝의 騈儷하고 경박하며 기교부리는 말 또는 漢賦와 詩歌 중의 감미로운 말을 삽입할 수 없다고 하였다.

동성파의 이러한 주장으로 말미암아 고대의 문장 가운데 義法의 격식에 부합하는 문장은 다만 《論語》·《孟子》·《左傳》·《史記》 및 唐宋八家文뿐이며 기타의 문장은 모두 부속물로 간주되었다.

동성파는 이 세 사람 이후 한동안 이렇다 할 대가들이 나타나지 않다가 淸末에 이르러 曾國藩이 나와 다시 한 번 크게 위세를 떨쳤다. 증국번은 자가 滌生, 호가 伯涵이며, 湖南 사람이다. 그는 학문에 있어서 漢學과 宋學을 조화시키려 했고 문장은 방포와 요내를 계승했으나 이들보다 더욱 뛰어나서 후세 사람들로부터 宋 歐陽修 이후의 유일한 사람이라고 불리웠다. 후에 文正公이란 시호를 받아 그의 문집을 《曾文正公集》이라 했다.

양호파는 동성파의 고문이 유행한 후 양호 지방에서 출현한 학파이다. 양호파의 중심인물은 惲敬과 張惠言이었는데 이들이 모두 陽湖 사람들이었으므로 양호파라고 불린 것이다. 그들은 동성파의 작품에 불만을 갖고 동성파의 義法에 반대하며 문장이란 호방한 氣가 있어야 훌륭한 문장이 될 수 있다고 주장했다. 그리고 그들의 문장은 三蘇를 본받기는 했으나 縱橫家의 맛도 다분히 지니고 있었고 문장력에 있어서 法家의 영향도 많이 받았다. 그러나 양호파는 문인들의 수가 적고 뛰어난 인물과 작품도 많지 않아 동성파에 필적할 수 없었다.

요컨대 동성파와 양호파를 비교하면 淸代의 산문은 한 마디로 동성파의 천하라 하겠으며 동성파의 활약이 비록 증국번 이후 고개를 숙였지만 그 영향은 최근 新文學運動이 일어나 古文이 멸망하기까지 그치지 않았다.

참고문헌

古今文選(精裝本 1-9 集), 台北, 國語日報社, 民國 71.

古代風景散文評釋, 于非, 黑龍江人民出版社, 1984.

古代漢語虛詞詞典, 北京, 商務印書館, 1999.

古文觀止(正續篇), 汕頭大學出版社, 1996.

古文觀止, 謝冰瑩 等, 台北, 三民書局, 民國 60.

古文觀止新編, 台北, 明倫出版社.

古文觀止譯註, 鄧英樹 等, 成都, 巴蜀書社, 1997.

古文觀止譯註(修訂本), 陰法魯主編, 北京, 北京大學出版社, 2001.

古文導學, 李必雨, 昆明, 雲南人民出版社, 2005.

孔子家語 譯注, 王德明 主編, 廣西師範大學出版社, 1998.

歐陽修全集, [宋]歐陽修, 台北, 河洛圖書出版社, 民國 64.

基礎漢文, 崔相翼 著, 서울, 大學敎材出版社, 1981.

論語今註今譯, 毛子水 註譯, 台北, 商務印書館, 民國 66.

唐宋八家文譯釋, 范羽翔, 黑龍江人民出版社, 1983.

唐宋八大家, 張迅齊, 台北, 常春樹書場, 民國 64.

唐宋八大家選譯註(上·下), 陳霞村·閻鳳梧, 山西人民出版社, 1986.

大學國文選, 國文敎育硏究會編, 台北, 幼獅文化事業公司, 民國 66.

陶淵明集全譯, 郭維森·包景誠 譯注, 貴州人民出版社, 1992.

孟子今註今譯, 史次耘 註譯, 台北, 台灣商務印書館, 民國 63.

孟子譯注, 台北, 河絡圖書出版社, 民國 66.

明心寶鑑, 李基奭 譯解, 서울, 弘新文化史, 1986.

文山先生全集, [宋]文天祥, 台北, 河洛圖書出版社, 民國 64.

方望溪文集, [淸]方苞, 台北, 河洛圖書出版社, 民國 65.

白話史記, 台北, 河洛圖書出版社, 民國 68.

范文正公集, [宋] 范仲淹, 台北, 商務印書館, 1968.

史記, [漢] 司馬遷, 國史硏究室, 民國 63.

尙書釋義, 屈萬里 著, 台北, 華岡出版部, 民國 61.

先秦寓言選(注譯本), 王升魁, 福建敎育出版社, 1985.

先秦寓言選譯, 沈起煒, 上海古籍出版社, 1981.

先秦諸子文譯釋, 合爾濱師範專科學校中文科 編著, 黑龍江人民出版社, 1985.

說文解字今釋, 湯可敬, 岳麓書社, 1997.

蘇東坡全集, [宋]蘇軾, 台北, 河洛圖書出版社, 民國 64.

昭明文選譯註(1-5冊), 于非 等, 吉林文史出版社, 1994.

蘇洵集, [宋]蘇洵, 台北, 河洛圖書出版社, 民國 64.

蘇轍集, [宋]蘇轍, 台北, 河洛圖書出版社, 民國 64.

續古文觀止, 王文濡 選·段曉華 譯注, 百花洲文藝出版社, 1995.

宋金文學作品譯註講釋, 左成文·李漢超 主編, 遼寧人民出版社, 1987.

水經注選譯, 趙望秦 等, 巴蜀書社, 1990.

水經注全譯(上·下), 陳橋驛 等, 貴州人民出版社, 1996.

荀子讀本, 王忠林 註譯, 台北, 三民書局, 民國 63.

詩經欣賞與研究, 糜文開·裴普賢, 台北, 三民書局, 民國 61.

兩漢文論譯註, 曹順慶 主編, 北京出版社, 1988.

呂叔湘語文論集, 呂叔湘 著, 北京, 商務印書館, 1983.

呂氏春秋今註今譯(上·下), 林品石 註譯, 台北, 商務印書館, 民國 75.

歷代賦譯釋, 李暉·于非, 黑龍江人民出版社, 1984.

歷代書信選譯, 曹鐵娟 選譯, 雲南人民出版社, 1984.

列子譯註, 嚴北溟·嚴捷 譯注, 上海古籍出版社, 1986.

禮記今註今譯, 王夢鷗 註譯, 台北, 商務印書館, 民國 66.

王安石全集, [宋] 王安石, 台北, 河洛圖書出版社, 民國 63.

袁宏道集箋校, 錢伯城, 上海古籍出版社, 1986.

袁枚詩文選譯, 李靈年·李澤平 譯注, 巴蜀書社, 1990.

元豐類稿, [宋]曾鞏, 台北, 世界書局, 民國 52.

魏晉南北朝文學論文名篇譯註, 郭正之, 湖北人民出版社, 1986

魏晉南北朝文學作品譯註講釋, 甫之·涂光社, 遼寧人民出版社, 1987.

柳河東全集, [唐] 柳宗元, 台北, 世界書局, 1975.

戰國策全譯, 王守謙 等, 貴州人民出版社, 1992.

諸葛孔明全集, 諸葛亮, 台北, 先河文化圖書出版社.

左傳譯注(上·下), 李夢生 撰, 上海古籍出版社, 1998.

周易今註今譯, 南懷瑾·徐芹庭 註譯, 台北, 商務印書館, 民國 63.

中國名言輯, 施惠 選譯, 台北, 文致出版社, 民國 62.

中國文學家大辭典(上·下), 台北, 世界書局, 民國 63.

中國歷代文論選(上·中·下), 台北, 木鐸出版社, 民國 70.

中國歷代寓言選, 王玄武 等, 湖北人民出版社, 1983.

中國人事制度史, 姜文奎 著, 台北, 驚聲文物供應公司, 民國 65.

中國通史(上·下), 傅樂成 著, 台北, 大中國圖書公司, 民國 62.

中國學術名著今釋語譯(1-6冊), 台北, 西南書局, 民國 61.

中學文言文講析, 路廣正 主編, 濟南出版社, 1997

曾鞏詩文選譯, 祝尚書 譯注, 巴蜀書社, 1990.

震川先生集, [明]歸有光, 上海古籍出版社, 1981.

漢文解釋法研究, 崔相翼 著, 江原大學校 出版部, 1991.

韓非子今註今譯, 邵增樺 註譯, 台北, 商務印書館, 民國 76.

韓非子釋評(1-4冊), 朱守亮 著, 台北, 五南圖書出版公司, 民國 81.

漢書全譯(1-5冊), 劉華清 等, 貴州人民出版社, 1995.

閑情偶寄, [清] 李漁 著, 浙江古籍出版社, 1985.

韓昌黎集, [唐]韓愈, 台北, 河洛圖書出版社, 民國 64.

淮南子譯註, 薩廣忠 注譯, 吉林文史出版社, 1990.

중국고전산문選讀 〈개정판〉

편저 최봉원
펴낸이 정규도
펴낸곳 (주)다락원

초판 1쇄 발행 2001년 8월 1일
개정 1판 4쇄 발행 2016년 9월 1일

책임편집 최준희
디자인 윤지은, 공혜경

다락원 경기도 파주시 문발로 211
내용문의: (02)736-2031 내선 430~439
구입문의: (02)736-2031 내선 250~252
Fax: (02)732-2037
출판등록 1977년 9월 16일 제300-1977-23호

값 15,500원

ISBN 978-89-7255-666-4 03820

http://www.darakwon.co.kr
• 다락원 홈페이지를 통해 인터넷 주문을 하시면 자세한
  어학 정보와 함께 다양한 혜택을 받으실 수 있습니다.